# Caramelo

# Caramelo
## o Puro cuento

# SANDRA CISNEROS

### TRADUCIDO POR LILIANA VALENZUELA

ALFRED A. KNOPF · NUEVA YORK 2002

Este está un libro de Borzoi publicado por Alfred A. Knopf
Copyright de la traducción © 2002 por Liliana Valenzuela

Todos los derechos reservados conforme a las Convenciones de Registro
Literario Internacionales y Panamericanos (International and
Pan-American Copyright Conventions). Publicado en los Estados Unidos
de América por Alfred A. Knopf, una división de Random House, Inc.,
Nueva York, y simultáneamente en el Canadá por Random House of
Canada Limited, Toronto. Este libro fue publicado simultáneamente
en inglés por Random House, Inc., en 2002.

Biblioteca del Congreso de los Estados Unidos
Información de catalogación de publicaciones
Cisneros, Sandra.
[Caramelo. Spanish]
Caramelo, o, Puro cuento / Sandra Cisneros ; traducido por Liliana Valenzuela.
p.     cm.
ISBN 0-375-41509-2
1. Mexican American families—Fiction. 2. Grandparent and child—Fiction.
3. Women—Mexico—Fiction. 4. Chicago (Ill.)—Fiction. 5. Grandmothers—Fiction.
6. Mexico—Fiction. 7. Girls—Fiction. I. Title: Puro cuento. II. Title.

PS3553.I78 C3718 2002
813'.54—dc21          2002073194
Impreso en los Estados Unidos de América
Primera edición

*Para ti, papá*

*Cuéntame algo, aunque sea una mentira.*

## NO ME HAGO RESPONSABLE, O NO LA QUIERO, TE LA REGALO, ES DEMASIADO HOCICONA PARA MÍ

*L*a verdad es que estas historias son puro cuento, pedazos de hilo, retazos hallados aquí y allá, bordados y entrelazados para crear algo nuevo. He inventado lo que no sé y exagerado lo que sé, para continuar con la tradición familiar de decir mentiras sanas. Si en el curso de mis inventos he tropezado sin querer con la verdad, perdónenme.

Escribir es hacer preguntas. No importa si las respuestas son verdad o puro cuento. Al fin y al cabo y después de todo, lo único que se recuerda es el cuento, y la verdad se desvanece como la tinta azul pálido de un diseño de bordado barato: *Eres Mi Vida, Sueño Contigo Mi Amor, Suspiro Por Ti, Sólo Tú.*

# PRIMERA PARTE

## Recuerdo de Acapulco

Acuérdate de Acapulco,
de aquellas noches,
María bonita, María del alma;
acuérdate que en la playa,
con tus manitas las estrellitas
las enjuagabas.

—*«María bonita», de Agustín Lara, versión cantada por el compositor al*
*piano, acompañado de un violín muy, pero muy, muy dulce*

•

Somos chiquitos en la foto de encima de la cama de papá. Éramos chiquitos en Acapulco. Siempre seremos chiquitos. Para él seguimos siendo como en ese entonces.

Aquí están las aguas de Acapulco chapaleando detrás de nosotros, y aquí estamos sentados entre los labios de la tierra y el agua. Los chiquitos, Lolo y Memo, se ponen cuernos; la abuela enojona los abraza aunque nunca en la vida real los haya abrazado. Mamá se sienta tan lejos de ella como le es cortésmente posible; Toto se recuesta a su lado. Los niños grandes, Rafa, Ito y Tikis, están de pie bajo el techo que forman los brazos flacos de papá. Tía Güera abraza a Antonieta Araceli. Tía cierra los ojos cuando el obturador se dispara como si prefiriera no recordar el futuro, la venta de la casa en la calle del Destino, la mudanza al norte a Monterrey.

Aquí está papá entrecerrando los ojos igual que yo cuando me toman una foto. Todavía no se ve acabado, fatigado de trabajar, de preocuparse, de fumar demasiadas cajetillas de cigarros. No hay nada en su cara más que su cara, y un bigote fino y bien recortado como de Pedro Infante, como de Clark Gable. La piel de papá es carnosa y suave, pálida como la panza de un tiburón.

3

La abuela enojona tiene la misma piel blanca que papá pero en dobleces de elefante, está embutida en un traje de baño del color de un paraguas viejo de mango de ámbar.

No estoy aquí. Se han olvidado de mí cuando un fotógrafo pasa por la playa ofreciendo un retrato, un recuerdo. Nadie se da cuenta de que estoy sola, haciendo casas en la arena. No se darán cuenta de que hago falta sino hasta que el fotógrafo entregue el retrato en casa de Catita, y yo lo vea por primera vez y pregunte, —¿Cuándo la tomaron? ¿Dónde?

En ese momento todos se darán cuenta de que el retrato está incompleto. Es como si yo no existiera. Es como si yo fuera el fotógrafo caminando por la playa con la cámara de trípode al hombro preguntando, —¿Un bonito recuerdo? ¿Un recuerdo inolvidable?

# 1.
## Verde, blanco y colorado

El Cadillac blanco usado nuevecito de tío Chato, el Impala verde de tío Baby, la camioneta Chevrolet roja de papá comprada en abonos ese verano se encarreran hacia la casa del abuelito y la abuela enojona en la Ciudad de México. Chicago, Ruta 66 —Ogden Avenue pasando por la tortuga gigante del *Turtle Wax*— todo el camino hasta Saint Louis, Missouri, al que papá llama por su nombre en español: San Luis. San Luis a Tulsa, Oklahoma. Tulsa, Oklahoma a Dallas. Dallas a San Antonio a Laredo por la carretera 81 hasta que estamos del otro lado. Monterrey. Saltillo. Matehuala. San Luis Potosí. Querétaro. Ciudad de México.

Cada vez que el Cadillac blanco de tío Chato rebasa nuestra camioneta roja, los primos —Elvis, Aristóteles y Byron —nos sacan la lengua y nos dicen adiós con la mano.

—Apúrate —le decimos a papá. —¡Más rápido!

Cuando rebasamos al Impala verde, Amor y Paz jalan del hombro a tío Baby. —¡*Daddy, please!*

Mis hermanos y yo les hacemos trompetillas, retorcemos la lengua y hacemos caras, escupimos y señalamos y reímos. Los tres carros —el Impala verde, el Cadillac blanco, la camioneta roja— en una carrera, a veces rebasándose por el borde de la carretera. Las esposas gritando, —¡Más lento! —los niños gritando, —¡Más rápido!

Qué desgracia cuando uno de nosotros se marea y tenemos que parar el carro. El Impala verde, el *Caddy* blanco nos pasan zumbando, ruidosos y alegres como mil banderas. Tío Chato hace *pip pip* con el claxon como loco.

# 2.
## Chillante

—Si llegamos a Toluca, me voy de rodillas a la iglesia.

Tía Licha, Elvis, Aristóteles y Byron arrastran cosas a la banqueta. Licuadoras. Radios de transistores. Muñecas Barbies. Navajas del ejército suizo. Candelabros de cristal de plástico. Aviones a escala. Camisas de vestir de hombre con cuello abotonado. Brasieres de realce de encaje. Calcetines. Collares de cristal cortado con aretes que hacen juego. Maquinillas para cortar el pelo. Lentes de sol con espejo. Faja pantaletas. Plumas atómicas. Juegos de sombras para los ojos. Tijeras. Tostadores. Suéteres de acrílico. Colchas satinadas. Juegos de toallas. Todo esto además de cajas de ropa usada.

Afuera, rugiendo como el océano, el tránsito de Chicago proveniente de las vías rápidas de Northwest y Congress. Adentro, otro rugido; en español del radio de la cocina, en inglés de las caricaturas de la tele, y en una mezcla de ambos de sus niños que piden un *nicle* para la limonada italiana. Pero tía Licha no oye nada. Tía Licha está murmurando un trato:

—Virgen Purísima, si llegamos siquiera a Laredo, aunque sea eso, rezaré tres rosarios...

—Cállate, vieja, me pones nervioso. Tío Chato está ajustando la rejilla portaequipajes encima del techo. Le ha tomado dos días hacer que todo quepa en el coche. La cajuela del Cadillac blanco está llena hasta el tope. Las llantas se ven bajas. La parte trasera del carro se hunde hasta abajo. No cabe nada más que los pasajeros y aun así los primos tienen que sentarse en las maletas.

—Papi, ya me duelen las piernas.

—Tú, cállate el hocico, o te vas en la cajuela.

—Pero ya no hay lugar en la cajuela.

—¡Te dije que te callaras el hocico!

Para pagar por las vacaciones, tío Chato y tía Licha siempre llevan cosas para vender. Después de visitar al abuelito y la abuela enojona en la ciudad, hacen un viaje extra a Toluca, el pueblo de tía Licha. Todo el año su departamento parece tienda. El equivalente a un año de fines de semana pasados en el mercado de la pulga en Maxwell Street* coleccionando mercancía para el viaje al sur. Mi tío dice que lo que se vende es lo chillante. —Mientras más charro mejor —dice la abuela enojona. —No tiene caso llevar algo de valor a ese pueblo de indios.

Cada verano es algo increíble lo que se vende como *hot queques*. Llaveros de Topo Gigio. Rizadores de pestañas. Juegos de perfume *Wind Song*. Gorros de plástico para la lluvia. Este año mi tío le está apostando a los yo-yos fosforescentes.

Cajas. Encima de las alacenas de la cocina y el refrigerador, a lo largo de las paredes de los pasillos, detrás del sillón modular de tres piezas, del piso al techo, encima o debajo de las cosas. Aun el baño tiene una repisa especial para guardar cosas en lo alto para que nadie las pueda tocar.

En el cuarto de los niños, flotando cerca del cielo raso justo fuera del alcance, hay juguetes clavados a las paredes con tachuelas de tapicería. Camiones de carga Tonka, aviones a escala, juegos de armar todavía en sus cajas de cartón originales con la ventana de celofán. No son para jugar, son para mirar. —Éste me lo dieron la Navidad pasada, y ése fue un regalo de cuando cumplí siete años… Como muestras en un museo.

Hemos estado esperando toda la mañana a que tío Chato llame por teléfono y diga, —Quihubo, *brother,* vámonos, para que papá pueda llamar a tío Baby y decir lo mismo. Cada año los tres hijos Reyes y sus familias van en carro al sur hasta la casa de la abuela enojona en la calle del Destino, Ciudad de México, una familia al principio del verano, otra a la mitad y otra al final del verano.

—Pero, ¿qué tal si les pasa algo? —la abuela enojona le pregunta a su marido.

—Por qué me preguntas a mí, si yo ya estoy muerto —dice el abuelito, retirándose a su recámara con su periódico y su puro. —Vas a hacer tu voluntad, como siempre.

—¿Qué tal si alguien se queda dormido al volante, como la vez en que Concha Chacón se quedó viuda y perdió a la mitad de su familia cerca de Dallas? ¡Qué barbaridad! ¿Y oíste la triste historia de los primos de Blanca? Ocho gentes que se mataron justamente cuando regresaban de

Michoacán, afuerita de los límites de la ciudad de Chicago, un tramo de hielo y un poste de luz en un lugar llamado Aurora, pobrecitos. ¿Y qué tal esa camioneta llena de monjitas gringas que se desbarrancó cerca de Saltillo? Pero eso fue en la carretera vieja por la Sierra Madre antes de que construyeran la autopista nueva.

De todos modos, conocemos de sobra las cruces del camino y las historias que representan. La abuela enojona se queja tanto, que sus hijos finalmente se dan por vencidos. Por eso este año, tío Chato, tío Baby y papá —el Tarzán— por fin se ponen de acuerdo en manejar juntos, aunque nunca se ponen de acuerdo en nada.

—Si me preguntas a mí, esa idea me parece puros líos —mamá dice mientras trapea el linóleo de la cocina. Grita de la cocina al baño, donde papá se recorta el bigote sobre el lavabo.

—Zoila, ¿por qué eres tan terca? —papá grita al espejo, empañándolo. —Ya verás, vieja, nos vamos a divertir.

—Y no me llames vieja —mamá le contesta a gritos. —¡Me choca esa palabra! No soy vieja, la que es vieja es tu mamá.

Vamos a pasar todo el verano en México. No saldremos hasta que acabe la escuela, y no regresaremos hasta que haya empezado. Papá, tío Chato y tío Baby no tienen que reportarse a la mueblería L.L. Fish Furniture Company sobre la calle de Ashland al sur hasta septiembre.

—Como somos tan buenos trabajadores el jefe nos dio todo el verano libre, figúrate nomás.

Pero eso es puro cuento. Los tres hermanos Reyes han dejado sus trabajos. Cuando no les gusta un trabajo, renuncian. Agarran sus martillos y dicen: —*Hell yu… Get outa… Ful of chit*. Son artesanos. No usan engrapadora y cartón como los tapiceros de Estados Unidos. Hacen sofás y sillas *a mano*. Trabajo de calidad. Y cuando no les cae bien un jefe, agarran sus martillos y sus tarjetas de asistencia y salen maldiciendo en dos lenguas, con tachuelas en las suelas de los zapatos y pelusa en el cabello y la cara sin afeitar, y con pedacitos de hilo colgando de la bastilla de sus suéteres.

Pero no renunciaron esta vez, ¿o sí? No, no. La verdadera historia es ésta. Los jefes de la L.L. Fish Furniture sobre Ashland al sur han empezado a descontarles de su sueldo porque llegan dieciséis minutos después de la hora, cuarenta y tres minutos, cincuenta y dos, en lugar de a tiempo. Según tío Chato, —*Sí*, llegamos a tiempo. Depende de a qué tiempo te refieras: tiempo occidental o el calendario del sol. La L.L. Fish Furniture

Company sobre Ashland Avenue al sur ha decidido que ya no tiene tiempo para los hermanos Reyes. — *Go hell… Guat's a matter… ¡Seim tu yu moder!*

Fue idea de la abuela enojona que sus *mijos* manejaran juntos a México. Pero años después todos olvidarán este detalle y se culparán entre ellos.

---

*\*El Maxwell Street original, un mercado de artículos baratos y de segunda mano en Chicago por más de 120 años, se extendía sobre la intersección de las calles Maxwell y Halsted. Era un lugar inmundo y maravilloso de olores punzantes repleto de gente asombrosa, buena música y mercancía de no me preguntes dónde. Devorado por la expansión de la Universidad de Illinois, fue trasladado, aunque el nuevo mercado de Maxwell Street ya no está en Maxwell Street, y existe como una sombra de su antigua mugre y gloria. Sólo Jim's Original Hot Dogs, fundado en 1939, permanece donde siempre ha estado, un monumento al pasado funky y colorido de Maxwell Street.*

# Qué elegante

*Del estéreo de alta fidelidad, brotando de las ventanas, se escucha*
*«Por un amor», en versión de Lola Beltrán, esa reina de la música*
*ranchera mexicana, que canta con lágrimas en la garganta*
*y un grupo de mariachis susurrándole, —Pero no llores, Lolita,*
*y Lola responde —No lloro, es que . . . nomás me acuerdo.*

Una casa de madera que parece como si un elefante se hubiera sentado en el techo. Un departamento tan pegado al suelo que la gente toca a la ventana en lugar de la puerta. Cerca de la calle Taylor. No muy lejos de la iglesia de Saint Francis de los mexicanos. A tiro de piedra del mercado de la pulga de Maxwell Street. La vieja sección italiana de Chicago a la sombra del *Loop*. Aquí es donde viven tío Chato, tía Licha, Elvis, Aristóteles y Byron, en una cuadra donde todos conocen a tío Chato por su apodo italiano, «Rico», en lugar de Chato o Federico, aunque «rico» quiere decir *rich* en inglés, y tío siempre se queja de que es pobre, pobre. —No es desgracia ser pobre —dice tío, mencionando el dicho mexicano, —pero es muy inconveniente.

—¿Qué he logrado en la vida? —piensa tío. —Mujeres hermosas he tenido. Muchas. Y carros bonitos.

Cada año tío intercambia su Cadillac viejo por uno usado nuevecito. El 16 de Septiembre, tío espera a la cola del desfile mexicano. Cuando la última carroza circula hacia el *Loop*, tío se les pega en su *Caddy* grande, encantado de ir por State Street, con la capota abajo, los niños sentados atrás en sus trajes de charro y saludando.

Y en cuanto a mujeres hermosas, tía Licha debe temer que también esté pensando en cambiarla por otra y mandarla de regreso a México, aunque ella es tan hermosa como una Elizabeth Taylor mexicana. Tía tiene celos de cualquier mujer, joven o vieja, que se le acerque a tío Chato, aunque tío está casi tan calvo y pequeño y moreno como un cacahuate. Mamá dice, —Si una mujer está loca de celos como Licha, puedes apostar a que es porque alguien le está dando motivos, ¿me entiendes? Es que ella es de allá —mamá continúa, queriendo decir del lado mexicano, no de este lado. —Las mexicanas son como las canciones mexicanas, locas *for love*.

Una vez tía casi intenta matarse por culpa de tío Chato. —¡Mi propio marido! ¡Qué barbaridad! Una enfermedad de prostituta de mi propio marido ¡Imagínate! Uy, ¡sáquenlo de aquí! No te quiero volver a ver nunca. ¡Lárgate! ¡Me das asco, cochino! No mereces ser el padre de mis hijos. ¡Me voy a matar! ¡¡¡Me voy a matar!!! Lo cual suena mucho más dramático en español. ¡Me mato! ¡¡¡Me maaaaaaaatoooooo!!! El cuchillo grande de la cocina, el mismo que pasa por agua antes de cortar los pasteles de cumpleaños de los niños, apuntado hacia su propio corazón triste.

Es demasiado horrible ver eso. Elvis, Aristóteles y Byron tuvieron que salir corriendo a buscar a los vecinos, pero para cuando los vecinos llegaron ya era demasiado tarde. Tío Chato estaba sollozando, desplomado en el suelo como una silla de playa rota, tía Licha acunándolo como la Virgen María acuna a Jesús después de que lo bajan de la cruz, acercando esa cabeza con hipo a su pecho, murmurándole en el oído una y otra vez: —Ya, ya. Ya pasó.

Cuando tía no está enojada le dice payaso. —No seas payaso —lo regaña dulcemente, riéndose de los cuentos bobos de tío, peinándole con los dedos las pocas mechas de pelo que le quedan en la cabeza. Pero esto sólo consigue que tío se ponga todavía más payaso.

—Así que le dije al jefe, renuncio. Este trabajo es como el calzón de una puta. ¡Me oye! Todo el día no es más que subir y bajar, subir y bajar, subir y bajar…

—No digas eso delante de los niños —tía lo regaña, aunque lo dice riéndose, secándose sus ojos de Cleopatra con la punta de una servilleta de papel retorcida.

Pero los que viven como estrellas de cine son nuestros tío Baby y tía Ninfa. Su departamento huele a cigarro y a aire acondicionado; el nuestro, a tortilla frita. Durante mucho tiempo he creído que el aire acondicionado y el cigarro son el olor de la elegancia. En el estéreo de alta fidelidad suenan los discos favoritos de tía; *«Exodus»*; *«Never on Sunday»*; Andy

Williams cantando «*Moon River*». En la casa de tía todo huele a cigarro: las cortinas, los tapetes, los muebles, hasta sus hijas y el *french poodle* que tiene las uñas pintadas de rosa y un peinado de crepé estilo colmena; todo menos la recámara de las niñas con las camas de princesas, que huelen a pipí porque Amor y Paz todavía mojan la cama.

—*Shut up stupid*.

—Te voy a acusar. Ma, Amor me «dijo cállate, estúpida».

—¡Jesús! ¡Se pueden callar y dejarme escuchar mi música o las tengo que callar yo!

Aunque su departamento en sí es chico, los muebles son enormes: sillas de fierro en la cocina con respaldos altos como tronos; juegos de recámaras que resaltan más allá de los marcos de las puertas y que no dejan cerrarlas bien, y detrás de cada puerta, un montón de ropa colgada en ganchos. Cuesta trabajo caminar. Cuando alguien quiere pasar, el otro se tiene que sentar; cuando alguien quiere abrir una puerta, otro se tiene que parar. En la cocina un retrato tamaño natural de una pordiosera italiana agachándose para tomar agua de una fuente. —Lo compramos porque se parece tanto a nuestra pequeña Paz. Alfombra afelpada de pared a pared cubierta con tiras de plástico y tapetes pequeños. Una mesa de centro de mármol como la tapa de un féretro. Adornitos moteados de cristal soplado de Venecia: un gallo; un pescado tropical; un cisne; ceniceros de ónix. Mi objeto favorito es una lámpara dorada colgante de las Tres Gracias, surcada por hilos de agua, que parece una fuente de verdad. Hasta nuestra lamparita de noche de Carmen Miranda, silbido de maraca y base giratoria, no le llega.

En nuestro departamento, las cosas bellas no son para siempre. Los pajaritos posados alrededor del plato para servir dulces, vuelan y desaparecen. Los perritos boxer gemelos de porcelana atados a la mamá boxer por una cadena dorada, de alguna manera se escapan y no los podemos hallar. Las geishas japonesas en el anaquel ya no tienen sus sombrillas de papel, aunque el anaquel está en lo alto y es difícil de alcanzar. ¿Quién sabe a dónde se habrán ido? Antes, la mesa de centro de mármol, que ahora está en la casa de tío Baby y tía Ninfa, era nuestra, hasta que varios de nosotros nos partimos la cabeza en ella. Así pasa con la belleza.

Es porque tía Ninfa es de Italia, que está acostumbrada a las cosas finas. Tío Baby la conoció en una lavandería automática de la calle Taylor y se enamoró de su voz: sexy y triste como un trombón en un café lleno de humo.

—Mi familia no quería que me casara con Baby porque no es italiano, pero me casé con él de todos modos... tal vez porque me dijeron que no.

¿Alguna vez extraña Italia? —No sé, *honey*, nunca he estado allí.

Todo en casa de mi tía es blanco o dorado como si fuera de la reina María Antonieta: parece un pastel de bodas. Hay un sofá con muchos botones, asientos envolventes y giratorios en brocado con respaldos acolchonados y bordes de flecos, y banquillos para los pies en forma de mantecadas Bimbo. Los hizo tío Baby, así como las fundas de plástico. Las cortinas y las cornisas acolchadas también son obra de tío Baby. Sobre la mesa del comedor, hay un candelabro de porcelana con rosas de porcelana y enredaderas de porcelana traído un verano de Guadalajara. Su mesa del comedor no es formica, sino una hoja de vidrio gruesa sostenida por un armazón de fierro con rosetones de fierro blancos enroscados que se trepan por las patas y sillas. Cada cuarto, hasta la cocina y el baño, tienen varios ceniceros: un par de manos blancas de mujer con las palmas ahuecadas hacia arriba; una canasta de cristal; una señorita descarada acostada boca arriba, sus piernas en vaivén, abanico agitándose en su mano. Hay espejos gigantes con marcos dorados abultados. Hay lámparas con enormes pantallas de seda, todavía envueltas en celofán, que parecen un corsé de dama. La alfombra de la sala color champaña está cubierta con tiras de plástico. Y hay espejos y cristal y figurillas: cosas que cuesta mucho trabajo mantener limpias.

Es por ello que cuando vas de visita tienes que ponerte tus calcetines buenos y haberte lavado los pies, porque tienes que quitarte los zapatos y dejarlos a la entrada. Todos andan en calcetines, menos el *french poodle* amarillo de los ojos como oxidados.

El departamento de tía Ninfa está tan limpio que no nos gusta ir de visita. —No toques nada. Cuidado de no andar corriendo, no vayas a romper nada. Ten cuidado de no tocar los espejos cuando prendas la luz del baño. *Honey*, esa silla no es para sentarse. Nunca te sientes en la cama de tu tía, cariño, o hasta le podrías provocar uno de sus ataques de asma. Pon todos los cojines de adorno exactamente como los encontraste cuando te vayas, ¿*okey*? Nena, ¿quieres un dulce? —No, gracias, mientras que en casa hubiéramos estado ahí sentados come y come, hasta recoger las migajas.

Nuestra propia casa está compuesta de muebles prestados, *Duncan Phyfes* y *Queen Annes* que no hacen juego, sofás victorianos de crin de caballo, sillones de orejas de cuero con hombros como los de Al Capone.

Cualquier cosa sobrante, abandonada o almacenada en el taller acaba en nuestra casa hasta que se vuelva a tapizar y la reclamen. ¿Podrían imaginarnos los clientes de papá sentados en sus muebles finos tomando leche de fresa *Quick* de Nestlé y viendo *Los tres chiflados?* Una vez papá encontró una perla de verdad entre los dobleces de uno de estos sillones, una perla color azul plateado con la que se mandó a hacer un prendedor para la corbata porque el color hacía juego con su traje favorito. Metemos la mano en las grietas entre los cojines buscando un tesoro escondido todavía mejor que la perla azul de papá, pero sólo encontramos un botón de cuero, dos monedas de un centavo y diez centavos canadienses, un mechón de perro, y la luna amarilla de una uña.

A veces, si tenemos suerte, un cliente olvida recoger un mueble y entonces nos lo quedamos. Así fue como conseguimos el sillón reclinable anaranjado de cuero artificial *Naugahyde*, el *Lazy-Boy:* el favorito de papá y que hace las veces de mi cama en la noche. Perteneció una vez a un dentista, pero nunca regresó por él. ¿Le sacaría un diente a alguien y de pronto recordaría? Es algo demasiado horrible de contemplar. A papá le encanta su *Lazy-Boy*. Siempre que sufre una de sus famosas jaquecas, pide una de las medias de nylon de mamá y se la amarra en la frente estilo apache. Mamá le sirve su cena en la sala en una charola de metal mientras él se sienta en su *Lazy-Boy* a ver las telenovelas mexicanas. —¿Qué intentas ocultar, Juan Sebastián? ¿Qué intentas ocultar?* Subimos el reposapiés y papá se queda dormido como una «W» por un rato, con la boca abierta, antes de voltearse de lado y enroscarse en un signo de interrogación y pedir: —Tápame. Traemos una cobija y lo tapamos, hasta la cabeza porque así le gusta dormir.

Todos los cuartos de nuestra casa están llenos de cosas que sobran: de las cosas que papá compra en Maxwell Street, las cosas que mamá compra en las tiendas de segunda mano cuando papá no se da cuenta, las cosas compradas aquí para llevar al otro lado y aquellas compradas en el otro lado para traer aquí, de manera que siempre parece como si nuestra casa fuera una bodega. Lámparas de querubines dorados y cristales en forma de lágrimas, antigüedades finas y muñecas negritas cucurumbés encima de una pila de álbumes de fotos, muñecas mexicanas de recuerdo, una lámpara de mesa extra grande comprada cuando un hotel quebró y liquidó todos sus muebles, un árbol rosa de plástico en una maceta de plástico, una hermosa *chaise lounge* rellena de plumas de ganso cubierta con un poncho mexicano, un sillón confidente de piel de leopardo cubierto con una sábana floreada, Bugs Bunny, cinco sillas de comedor que no hacen juego, un estéreo gigante de los años cincuenta, una varilla de cortinas rota, y por todos lados, en los pasillos, las paredes, las sábanas, las sillas: flores, flores, flores en pie de guerra entre sí.

---

*—*¿Qué intentas ocultar?*
—*¿Por qué eres tan cruel conmigo?*
—*Te encanta hacerme sufrir.*
—*¿Por qué me mortificas?*

*Di cualquiera de las frases anteriores, o di cualquier frase dos veces, en forma más lenta y más dramática la segunda vez, y sonará como el diálogo de cualquier telenovela.*

# México: la próxima a la derecha

No como en el atlas «Triple A» —de anaranjado a rosa—, sino en un semáforo con un calor ondulado y una peste a gasolina que marea, los Estados Unidos terminan de golpe, una maraña de luces rojas de carros y camiones que esperan su turno para atravesar el puente a empujones. Millas y millas.

—*Oh, my Got* —dice Papá en su inglés gótico. —*¡Holy cripes!* —dice Mamá, abanicándose con un mapa de la Texaco.

Olvidé la luz, blanca y punzante como una cebolla. Recordé los insectos, un parabrisas salpicado de amarillo. Recordé el calor, un sol que se derrite dentro de los huesos como *Bengué*. Recordé qué tan grande es Texas. —¿Ya llegamos a México? —No, todavía no. [Dormir, despertar.] —¿Ya llegamos a México? —Todavía Texas. [Dormir, despertar.] —Ya llega... —*¡¡¡Jijos de su madre!!!*

Pero la luz. No recuerdo haberla olvidado hasta que la recuerdo.

Hemos atravesado Illinois, Misuri, Oklahoma y Texas cantando todas las canciones que nos sabemos. «*The Moon Men Mambo*», de nuestro disco favorito de Rocky y Bullwinkle. «*Ah, ah, aaaah! Scrooch, doobie-doobie, doobie-do. Swing your partner from planet to planet when you dooooo the moon man mamboooo!*» La canción de El Oso Yogui. «*He will sleep till noon, but before it's dark, he'll have ev'ry picnic basket that's in Jellystone Park... Cantamos los comerciales de la tele. «Get the blanket with the A, you can trust the big red A. Get the blanket made with* ACRYLAN *today... Knock on any Norge, knock on any Norge, hear the secret sound of quality, knock on any Norge! Years from now you'll be glad you chose Norge!» Coco Wheats, Coco Wheats can't be beat. It's the creamy hot cereal with the cocoa treat...»* Hasta que Mamá grita, —¡¡¡Cierran el hocico o se los cierro yo!!!

Pero al cruzar la frontera nadie tiene ganas de cantar. Todos estamos acalorados y pegajosos y de mal humor, el pelo tieso de ir con las ventanas abiertas, la parte de atrás de las rodillas sudorosa, un pequeño círculo de saliva cerca de donde mi cabeza se quedó dormida; qué suerte que papá pensó en coser unas fundas de toalla para nuestro carro nuevo.

Se acabaron los letreros anunciando la próxima dulcería Stuckey's, se acabaron las donas de las paradas de los camiones de carga o los picnics al lado del camino con sándwiches de mortadela y queso, y botellas frías de 7-Up. Ahora tomaremos refrescos de frutas, tamarindo, manzana, piña; Pato Pascual con Donald Duck en la botella, o Lulú, refresco de Betty Boop, o el que oímos en el radio con la canción alegre del refresco Jarritos.

Tan pronto como cruzamos el puente todo cambia a otro idioma. *Toc,* dice el apagador de luz en este país, en casa dice *click. Honk,* dicen los carros en casa, aquí dicen *tan-tan-tán.* El *ric, rac, ric, rac* de tacones altos pasando por un piso de loseta de Saltillo. El rugido feroz de león de las cortinas corrugadas cuando los tenderos las desenrollan cada mañana y el rugido perezoso de león en la noche cuando las cierran. El *pic, pic, pic* del martillo de alguien a lo lejos. Las campanadas de la iglesia una y otra vez, todo el día, aun cuando no es hora. Gallos. El eco hueco de un perro ladrando. Las campanillas de los caballos flacos que llevan a los turistas en una carroza, *clip-clop* en los adoquines y pedazos grandes de caquita de caballo saliendo de ellos como cereal de trigo tipo *shredded wheat.*

Los dulces más dulces, los colores más brillantes, lo amargo más amargo. Una jaula de loros en todos los colores del arcoiris de los refrescos Lulú. Abrir las ventanas empujando hacia afuera en lugar de subiéndolas. La barra fría de la manija de la puerta en tu mano en vez de la perilla redonda y lisa. Cuchara de hojalata para el azúcar y qué sorprendida se siente la mano porque es tan ligera. Niños que caminan a la escuela en la mañana con el cabello todavía mojado del baño matutino.

Trapear con un palo y un trapo morado llamado la jerga en lugar de con un *mop.* El borde grueso de la botella de refresco cuando echas la cabeza hacia atrás y bebes. Pasteles de cumpleaños que salen caminando de la panadería sin caja, así nada más, en un plato de madera. Y las pinzas y la charola de metal cuando compras pan dulce mexicano, sírvanse.

Corn Flakes servidos con leche *¡caliente!* Un globo pintado con ondas rosas lleva puesto un sombrero de papel. Una gelatina de leche con una mosca como una pasita negra frotándose las manos. Ligero y pesado, fuerte y suave, *pum* y *ting* y *ping.*

Iglesias del color del flan. Vendedores ofreciendo rebanadas de jícama con chile, jugo de limón y sal. Los globeros. El vendedor de banderas. El vendedor de elotes. El vendedor de chicharrón. El vendedor de plátano frito. El vendedor de *hot cakes.* El vendedor de fresas con crema. El vendedor de pirulís de arcoiris, de barritas de manzana, de tecojotes bañados en almíbar. El señor de los merengues. El vendedor de helados, —Un helado de crema muy bueno a dos pesos. El señor del café con la máquina a cuestas y un dispositivo para los vasos de papel, el niño de la crema y el azúcar corriendo a su lado.

Niñas vestidas de domingo como campanas de encaje, como sombrillas, como paracaídas, mientras más encaje y frufrú mejor. Casas pintadas de morado, azul eléctrico, anaranjado tigre, aguamarina, un amarillo como un taxi, rojo hibisco con una barda amarilla y verde. Sobre las entradas, coronas desteñidas de un aniversario o una muerte hasta que el viento y la lluvia los borren. Una mujer con delantal talla la banqueta frente a su casa con una escoba de plástico rosa y una cubeta verde fuerte llena de agua jabonosa. Un trabajador carga una pipa larga de metal al hombro, silbando *fffittt-fffit* para advertir a la gente que tenga cuidado, la pipa más larga que él, casi le saca un ojo a alguien, ya mero, pero no, ¿o sí? Ya mero, pero no. Sí, pero no.

Puestos de fuegos artificiales, fabricantes de piñatas, tejedores de palma. Plumas, —Cinco estilos diferentes, ¡nos costaron mucho! Un restaurante llamado —Su Majestad, El Taco. Los triangulitos de servilletas de papel tieso con el nombre pintado de un lado. Desayuno: una canasta de pan dulce; *hot cakes* con miel de abeja; o bistec; frijoles con cilantro fresco; molletes; o huevos revueltos con chorizo; huevos a la mexicana con jitomate, cebolla y chile; o huevos rancheros. Comida: sopa de lentejas; bolillos crujientes recién horneados; zanahorias con jugo de limón; carne asada; abulón; tortillas. Como nos sentamos al aire libre, los perros mexicanos debajo de las mesas mexicanas. —No aguanto los perros debajo de la mesa cuando estoy comiendo —se queja Mamá, pero tan pronto como espantamos a dos, otros cuatro se arriman.

El olor a diesel del tubo de escape, el olor de alguien tostando café, el olor a tortillas de maíz calientes junto con el *pat-pat* de las manos de las mujeres haciéndolas, el ardor de los chiles cuando los asan en tu garganta y en tus ojos. Algunas veces un olor en la mañana, muy fresco y limpio que te pone triste. Y un olor en la noche cuando las estrellas se abren blancas y suaves como a bolillo recién horneado.

Cada año que cruzo la frontera, es lo mismo: mi mente olvida. Pero mi cuerpo siempre recuerda.

# 5

# México: nuestro vecino más cercano al sur

Asfalto. Si miras fijamente hacia adelante por la raya de en medio, una mancha de agua se levanta y desaparece antes de que puedas alcanzarla, como un fantasma que se va al cielo. El carro se traga la carretera y las líneas blancas vienen y vienen, rápido, rápido, rápido, como puntadas en la máquina de coser de papá, y el camino te da sueño.

Le toca a Memo sentarse enfrente, entre mamá y papá. De vez en cuando Memo se ladea y papá deja que lo ayude con el volante y, de vez en cuando, sólo por unos segundos, papá deja ir el volante y ¡Memo está manejando! Hasta que mamá grita: —¡Inocencio!

—Sólo estamos jugando —dice papá, riendo entre dientes, sus manos de nuevo al volante. —Un camino excelente —dice, tratando de cambiar el tema. —Mira qué bonito está este camino, Zoila. Es casi tan bueno como los de Texas, ¿verdad?

—Mucho mejor que la Carretera Panamericana —agrega mamá. —¿Te recuerdas cuando teníamos que atravesar la Sierra Madre? ¡Qué dolor de cabeza!

—Me acuerdo —digo.

—¿Cómo que te acuerdas? ¡Si ni siquiera habías nacido! —dice Rafa.

—Sí, Lala —agrega Tikis. —¡Todavía eras mugre! ¡Ja, ja!

—Sí, me acuerdo. ¡De veras!

—Querrás decir que te acuerdas lo que alguien te contó —dice mamá.

Una vez por la carretera vieja que atraviesa la Sierra Madre, Rafa e Ito echaron la mitad de la ropa en nuestras maletas por la ventana sólo para verla volar haciendo *¡fum!* de sus manos. Las camisetas quedaron abanderadas en los picos de los magueyes, los calcetines enmarañados en los matorrales polvorientos, la ropa interior puesta como sombreros de fiesta en los nopalitos en flor, mientras mamá y papá miraban hacia adelante, preocupados por lo que estaba enfrente y no detrás.

A veces los caminos de las montañas son tan angostos que los camioneros tienen que abrir la puerta para ver qué tan cerca están de la orilla. Una vez un camión se cayó y rodó por el cañón en cámara lenta. ¿Lo soñé o alguien me lo contó? No recuerdo dónde termina la verdad y empieza el cuento.

Los pueblos con sus zócalos, siempre con un quiosco y bancas de fierro. El olor del campo como la coronilla de tu cabeza un día soleado. De vez en cuando las casas pintadas de los colores de las flores, y de vez en cuando brotando a la orilla de la carretera, las cruces del camino que marcan el lugar donde un muertito abandonó su cuerpo.

—No miren —dice mamá cuando pasamos en carro por allí, pero eso sólo hace que nos den más ganas de mirar.

En medio de la nada, tenemos que parar el carro para que Lolo haga pipí. Papá prende un cigarro y checa las llantas. Todos nos bajamos a tropezones para estirar las piernas. No hay nada a la vista, más que cerros de nopales, mezquite y salvia: ese árbol con flores blancas como sombreritos. El calor ondula las montañas azul morado en la distancia.

Cuando me volteo, tres niños descalzos se nos quedan viendo: una niña que chupa la bastilla de su vestido desteñido y dos niños llenos de polvo.

Papá les habla mientras checa las llantas. —¿Es tu hermana? Acuérdate de cuidarla bien. ¿Dónde viven ustedes? ¿Dónde allá?

Hable que hable así por lo que parece un largo rato.

Justo cuando estamos a punto de irnos, papá toma mi muñeca de hule del carro y me dice, —Te voy a comprar otra.

Antes de que pueda decir algo, ¡mi bebé está en brazos de esa niña! Cómo puedo explicarlo, ésa es mi muñeca Bobby, le faltan dos dedos en la mano izquierda porque se los mordisqueé cuando me estaban saliendo los dientes. ¡No hay otra muñeca Bobby como ella en el mundo! Pero no puedo decir esto lo suficientemente rápido cuando papá le regala mi Bobby a esa niña.

Los camiones Tonka de Navidad de Lolo y Memo también desaparecen.

Los tres niños se encaraman por los cerros de polvo y grava suelta con nuestros juguetes. No podemos quitarles los ojos de encima, la boca totalmente abierta, el asiento trasero se llena de nuestros aullidos.

—Lo que pasa es que ustedes están muy consentidos, papá nos regaña cuando nos alejamos de allí.

Sobre el hombro de la niña que corre me lo imagino o es cierto que veo el brazo de hule de mi muñeca Bobby, la de los tres dedos, alzado en el aire diciendo adiós.

# 6.

## Querétaro

Como somos niños, pasan cosas y alguien olvida decirnos, o nos dicen y a nosotros se nos olvida. No sé cuál. Cuando oigo la palabra «Querétaro», empiezo a temblar, esperando que nadie recuerde.

—Córtaselo.

—¿Todo? —pregunta papá.

—Todo, —dice la abuela. —Le va a salir más grueso, ya lo verás.

Papá asiente y la señorita obedece. Papá siempre hace lo que la abuela le ordena, y en dos tijeretazos sorprendidos me convierto en una pelona.

*Chas. Chas.*

Las trenzas gemelas que he tenido desde que me acuerdo, tan largas que me puedo sentar en ellas, están tendidas ahora como víboras muertas en el piso. Papá las envuelve en su pañuelo y las mete en su bolsillo.

*Chas, chas, chas.* Las tijeras susurran cosas malas en mis oídos.

En el espejo una niña loba fea aúlla.

Todos los kilómetros a la Ciudad de México.

Sobre todo porque los hermanos se ríen y me señalan y me dicen niño.

—¡Caramba! Qué chillona salistes. ¿Y 'ora qué? —pregunta mamá.

—¿Qué podría ser peor que ser un niño?

—¡Ser niña! —grita Rafa. Y todos en el carro ríen aún más fuerte.

Por lo menos no soy la mayor como Rafa, que un día no regresa a casa con nosotros de uno de nuestros viajes a México.

—¡Olvidamos a Rafa, paren el carro!

—No pasa nada, dice papá. —Rafa se va a quedar con tu abuelita. Lo verán el año que entra.

Es cierto. Pasa un año antes de que volvamos a verlo. Y cuando regresa a nuestro lado con una camisa blanca limpia y el pelo más corto de lo que podemos recordar, su español es tan garigoleado y correcto como el de papá. Lo hicieron ir a un colegio militar como al que tuvo que ir el abuelito cuando era niño. Cuando Rafa regresa con una fotografía de grupo en su uniforme de colegio militar, cuando regresa a nuestro lado más alto y más callado y extraño, es como si hubieran secuestrado a nuestro hermano Rafa y nos lo hubieran cambiado por otro. Nos trata de hablar en español, pero no usamos ese idioma con los niños, sólo con los grandes. No le hacemos caso y seguimos viendo las caricaturas en la televisión.

Más tarde cuando tenga ganas y pueda hablar de ello, explicará qué se siente ser abandonado por tus padres en un país donde no tienes suficientes palabras para decir las cosas que tienes dentro.

—¿Por qué me dejaron?

—Fue por tu propio bien, para que hablaras mejor el español. Tu abuelita pensó que sería lo mejor…

Fue idea de la abuela enojona. *Eso* lo explica todo.

La abuela enojona es como la bruja en ese cuento de Hansel y Gretel. Le gusta comer a niños y niñas. Nos tragaría enteros, si la dejaran. Papá ha dejado que se trague a Rafa.


Hemos venido a Querétaro por el día. Para comer y para caminar viendo edificios antiguos y, a última hora, la abuela sugiere ir a arreglarse el pelo, porque es más barato en los pueblos que en la capital. Así lo dice un letrero mientras caminamos para bajar la comida y así es como papá, la abuela, mamá y yo nos encontramos en el salón de belleza, los niños esperan afuera aburridos en la plaza.

Como no entiendo, me cortan las trenzas antes de que pueda decir algo. O tal vez ni me preguntan. O tal vez estoy soñando despierta cuando me lo dicen. Sólo sé que cuando las trenzas se dejan caer sobre el piso de mosaico, me quedo sin habla.

—¡Como si te hubieran cortado los brazos! —la abuela regaña. —Es puro pelo. Hubieras visto las cosas tan horribles que me pasaron cuando era niña, pero ¿acaso lloré? Ni que Dios lo mande.

—Te vamos a hacer un postizo para cuando crezcas, papá dice cuando estamos en el carro. —Eso te gustaría, ¿o no, mi reina? Voy a dar una gran fiesta con todo el mundo en trajes de noche y esmoquin, y compraré un pastel grande, grande, más grande que tu altura, y la orquesta tocará un vals cuando yo te saque a bailar. ¿Verdad, mi cielo? No llores, mi niña bonita. Por favor.

—Ya deja de chiquearla —dice mamá, enojada, —Nunca va a crecer.

Querétaro a 33 kilómetros. Tan pronto como se menciona la palabra, espero que nadie recuerde, pero nunca olvidan, mis hermanos.

—Querétaro. Oigan, ¡se acuerdan de esa vez que le cortaron el pelo a Lala!

Entonces están sobre mí otra vez con su risa como dientes afilados.

Querétaro. Un escalofrío como tijeras contra el cuello. Querétaro. Querétaro. El sonido de las tijeras hablando.

# 7.
## La capirucha

—Ya casi llegamos —sigue diciendo. Ya mero. Casi. Ya mero.

—Pero es que tengo que hacer pipí —dice Lolo. —¿Cuánto es ya mero?

—Ya mero, ya mero.

Aunque todavía nos faltan horas.

Papá ya no hace caso del resto del paisaje, buscando los letreros del camino que nos dicen cuántos kilómetros faltan. ¿Cuántos? ¿Cuántos? Imaginando la llegada por las rejas de fierro verde de la casa en la calle del Destino, la cena caliente y la cama. El sueño que vendrá cuando termine el camino y la pierna derecha le deje de punzar.

Impala verde, *Caddy* blanco, camioneta roja. Rengueamos hacia adelante, cada carro más sucio que el otro —por dentro y por fuera— polvo e insectos muertos y vómito. El camino lleno de autobuses y camiones de carga grandes alumbrados como árboles de Navidad conforme nos acercamos. Nadie trata siquiera de rebasar al otro. Kilómetros, kilómetros…

Luego, de repente, después de que hemos olvidado el ya mero…

—¡Ay, ay, ay, ay, ay! ¡Ahí está!

Un silencio en el carro. Un silencio en el mundo. Y luego… El pecho y el corazón se ensanchan, por fin. El camino baja de pronto en picada y nos sorprende como siempre. ¡Ahí está!

¡La Ciudad de México! La capital. El D.F. La capirucha. ¡El centro del universo! El valle como un tazón grande de caldo de res caliente antes de probarlo. Y la risa en el pecho cuando el carro desciende.

Una risa como serpentinas. Como un desfile. La gente en las calles gritando hurra. ¿O tan sólo me imagino que gritan hurra? Hurra cuando

el letrero gigante de la cerveza Corona aparece con sus lentejuelas plateadas. Hurra cuando las autopistas se convierten en avenidas y bulevares.
Hurra cuando los camiones y taxis de la Ciudad de México se deslizan a
nuestro lado como delfines. Ya mero, ya mero. Las tiendas bien alumbra-
das con las puertas abiertas. Hurra el atardecer que se llena de estrellas
como tiras ondulantes de papel plateado. Hurra los perros de las azoteas
que nos dan la bienvenida. Hurra el olor de la merienda frita en las calles.
Hurra la colonia Industrial, hurra Tepeyac, hurra La Villa. Hurra cuando
las rejas de fierro verde de la casa en la calle del Destino, número 12, se
abren, abracadabra.

En el ombligo de la casa, la abuela enojona se pone el rebozo de bolita
entrecruzado por el pecho, como las cananas de una soldadera. La gran
«X» negra al final del mapa.

Somos de todos los tamaños, de chicos a grandes, como una marimba. Rafa, Ito, Tikis, Toto, Lolo, Memo y Lala. Rafael, Refugio, Gustavo, Alberto, Lorenzo, Guillermo y Celaya. Rafa, Ito, Tikis, Toto, Lolo, Memo y Lala. Los más chicos no podían decir los nombres de los más grandes, y así es como Refugito se volvió Ito, o Gustavito se volvió Tikis, Alberto —Toto, Lorenzo— Lolo, Guillermo —Memo y yo, Celaya— Lala. Rafa, Ito, Tikis, Toto, Lolo, Memo y Lala. Cuando la abuela nos llama dice, —Tú. O a veces, —Oyes, tú.

Elvis, Aristóteles y Byron son de tío Chato y tía Licha. La abuela le dice a tío Chato, —Qué atrasado eso de que Licha les ponga nombres a esos pobres bebés en honor a cualquiera que se encuentre en sus horóscopos. Gracias a Dios que Shakespeare nació muerto. ¿Te imaginas responder al nombre de «Shakespeare Reyes»? Que trancazos le hubiera dado la vida. Qué triste pensar que tu padre perdió tres costillas en la guerra para que su nieto se pudiera llamar Elvis... ¡No te hagas que no sabes!... Elvis Presley es un enemigo de la patria... Sí que lo es... ¿Por qué habría de inventarlo? Cuando estaba haciendo esa película en Acapulco dijo: «Lo último que desearía hacer en la vida sería besar a una mexicana». Eso dijo, te lo juro. Besar a una mexicana. Salió en todos los periódicos. ¡En qué estaba pensando Licha!

—Pero nuestro Elvis nació hace siete años, mamá. ¿Cómo iba Licha a saber que Elvis Presley vendría a México y que diría esas cosas?

—Bueno, alguien debió haber pensado en el futuro, ¿eh? Y ahora mira. Toda la República está boicoteando a ese cochino y mi nieto se llama ¡Elvis! ¡Qué barbaridad!

Amor y Paz son de tío Baby y tía Ninfa, y se llaman así porque, —Estábamos felices de que Dios nos hubiera mandado a unas niñas tan bonitas. Son tan malas que nos sacan la lengua mientras su papá dice esto.

Como siempre, cuando apenas llegamos a casa de los abuelos, mis hermanos y yo nos ponemos tímidos y sólo hablamos entre nosotros, en inglés, lo cual es falta de educación.

Pero para el segundo día ya hicimos enojar a nuestra prima Antonieta Araceli, que no está acostumbrada a estar con otros niños. Rompemos sus discos viejos de Cri-Crí.* Perdemos las piezas de su juego de Turista. Usamos demasiado papel de baño o a veces muy poquito. Metemos los dedos sucios en el plato de los frijoles remojándose para la comida del medio día. Subimos y bajamos corriendo por las escaleras y por el patio persiguiéndonos por los departamentos de atrás donde los abuelos, tía Güera y Antonieta Araceli viven, y por los departamentos del frente donde nos quedamos.

Nos gusta que nos vean en el techo, como la servidumbre, sin preocuparnos en absoluto de que los peatones nos puedan confundir por otra cosa. Tratamos de entrar a escondidas a la recámara de los abuelos cuando nadie se da cuenta, algo que la abuela enojona nos prohibe terminantemente. Hacemos todo esto y más. Antonieta Araceli informa fielmente de todo esto a la abuela enojona, y la propia abuela enojona se ha dado cuenta de cómo estos niños criados del otro lado ni siquiera saben cómo contestar, —¿Mande usted?, a sus mayores. —¿*What?* —decimos en ese idioma horrible que la abuela enojona oye como «*Guat?*» —¿*What?* —repetimos entre nosotros y le repetimos a ella. La abuela enojona mueve la cabeza y rezonga, —Mis nueras han parido a una generación de changos.

«Mi gorda», así llama tía Güera a su hija Antonieta Araceli. Era su apodo de chiquita y gracioso cuando era chica, pero ya no es gracioso ahora porque Antonieta Araceli es tan flaca como una sombra. —¡Mi gorda!

—Mamá, ¡por favor! ¿Cuándo vas a dejar de llamarme así delante de todo el mundo?

Quiere decir delante de nosotros. Antonieta Araceli ha decidido que ya es grande este verano y se la pasa todo el día frente al espejo sacándose las cejas y el bigote, pero no es adulta. Ella es sólo dos meses más chica que Rafa: trece. Cuando los adultos no están cerca gritamos, —¡Mi gorda! ¡Mi gorda! hasta que nos avienta algo.

—¿Como es que te pusieron Antonieta Araceli, un nombre tan chistoso?

—No es un nombre chistoso. Me pusieron así por la bailarina cubana que baila en las películas y trae puestos trajes hermosos. ¿No oíste hablar nunca de María Antonieta Pons? Es muy famosa y todo. Güera, güera, güera y blanca, blanca, blanca. Muy bonita, no como tú.

La abuela enojona le dice «mijo» a papá. —Mijo, mijo. No le dice «mijo» a tío Chato ni a tío Baby, aunque ellos también son sus hijos. Les llama por sus nombres de verdad: —Federico. O, —Armando, cuando está enojada, o sus apodos cuando no lo está. —¡Chato, Baby! —Es que cuando era bebé tenía la nariz chata —explica tío Chato. —Es que soy el menor —dice tío Baby. Como si la abuela enojona no se diera cuenta de que tío Chato ya no está tan chato y tío Baby ya no es un bebé. —No importa —dice la abuela enojona, —Todos mis hijos son mis hijos. Son tal y como eran de chicos. Los quiero a todos por igual, ni muy poco, ni tanto, tanto. Usa la palabra en español «hijos», que quiere decir *sons* y *children* a la vez. —¿Y tu hija?, pregunto. —¿Y ella qué? La abuela enojona me lanza esa mirada, como si fuera una piedrita en su zapato.

El verdadero nombre de tía Güera es Norma, pero ¿a quién se le ocurriría llamarla así? Siempre la han dicho «la Güera» aun cuando era una bebecita porque, —Bueno, nomás mírala.

La abuela enojona es la que se debería llamar «la Perica», porque habla tanto y tan fuerte, la que da alaridos desde el patio a las recámaras del segundo piso, de las recámaras abajo a la cocina, de la azotea a toda la colonia de La Villa, los cerros de Tepeyac, el campanario de la Basílica de la Virgen de Guadalupe, los volcanes gemelos: el príncipe guerrero Popocatépetl, la princesa dormida Iztaccíhuatl.

El nombre de papá es el Tarzán, tío Tarzán para mis primos, aunque no se parece nada a Tarzán. En traje de baño se parece a un Errol Flynn llevado por la corriente hasta la playa, pálido y flaco como un pez. Pero cuando era niño en México papá vio una película de Johnny Weissmuller en el cine del barrio, El Piojo. A partir de ese momento, su vida cambió. Saltó de un árbol agarrado de una rama, sólo que la rama no lo aguantó. Cuando le compusieron los dos brazos rotos y su mamá se curó del susto, ella le preguntó: —¡Válgame Dios! ¿Qué te picó? ¿Estabas tratando de matarte o matarme? ¡Contéstame!

¿Cómo podría papá contestar? Su corazón estaba lleno de tantas maravillas para las que no había palabras. Deseaba volar, quería gritar con la voz del viento, quería vivir en un mar de árboles con los changos, satisfechos de sacarse los piojos uno al otro, contentos de cagarse sobre la gente abajo. ¿Pero cómo puede uno decirle eso a su madre?

Desde entonces papá fue apodado por siempre el Tarzán por sus cuates. Inocencio tomó su apodo con calma. El Tarzán no estaba tan mal. El mejor amigo de Inocencio desde el primer grado era «el Reloj», porque nació con el brazo izquierdo más corto que el derecho. Por lo menos Inocencio no tenía tan mala suerte como el vecino que se quedó sin una oreja en una pelea a navajazos y fue, desde ese día hasta su muerte, llamado «la Taza». Y qué tal ese pobre infeliz que sobrevivió la polio con un pie lisiado sólo para que lo apodaran «la Polka». Pobrecito del Moco. El Pedo. El Mojón. La vida era cruel. Y chistosísima al mismo tiempo.

Juan el Chango. Beto la Guagua porque no podía decir «agua» cuando era chiquito. Meme el King Kong. Chale la Zorra. Balde la Mancha. El Vampiro. El Tlacuache. El Gallo. El Borrego. El Zorrillo. El Gato. El Mosco. El Conejo. La Rana. El Pato. El Oso. La Ardilla. El Cuervo. El Pingüino. La Chicharra. El Tecolote. Toda una colección de animales salvajes como amigos. Cuando se veían en un partido de fútbol, gritaban,
—Ahí va el Gallo. Y en lugar de gritar —¡Oye, Gallo!, soltaban un cacareo de gallo —*kiki-riki-kiiiiiii*— que era contestado por un grito de Tarzán o un balido o un *gua-gua* o un *cua-cua* o un aullido o un graznido o un rugido o un zumbido.

---

*Antes de Pepe Grillo, estuvo Cri-Crí, el Grillito Cantor, el alias de ese brillante compositor infantil, Francisco Gabilondo Soler, quien creó innumerables canciones, influenciando a generaciones de niños y a aspirantes a poetas por toda América Latina.*

# 9

# Tía Güera

Tía Güera duerme como una ahogada, tan lejos de los vivos. Un punto en el horizonte. Las extremidades pesadas y empapadas de agua salada. Un esfuerzo terrible tener que levantar ese cuerpo impregnado de agua de la cama. La abuela enojona tiene que ayudarla cada mañana, abotonarle la bata acolchada rosa, llevarla de la mano por las escaleras y pasar por el comedor donde hacemos sombreritos de cáscara de huevo sobre nuestros huevos pasados por agua.

—¿Cómo dormiste, tía?

—Como los muertos —dice tía. La abuela enojona la guía hacia el baño, tía Güera con los ojos cerrados se deja guiar.

Tía Güera usa vestidos de cóctel de hilo metálico para ir al trabajo, faldas ajustadas con tablón de abanico en la parte de atrás y sacos tipo bolero que hacen juego con botones de tela. Suéteres bordados con chaquira, blusas de seda verde chapulín con cuello mandarín o de crepé de China sin manga. Tacones de aguja de piel de cocodrilo y bolsa de cocodrilo. Gamuza café con cuello de leopardo y guantes de leopardo. Sombreritos tipo casquete con canutillo en el velo. Tía siempre se ve elegante. Porque no va de compras a El Palacio de Hierro o Liverpool como las otras chicas de la oficina. Su ropa es de *Carson Pirie Scott* y *Marshall Field's*.

—¡Ay, tanto para un trabajito de oficina! —dice tía Licha con desdén cuando la abuela y tía Güera salen del cuarto.

—¿Cómo le alcanza para esos trapos tan lujosos? —agrega tía Ninfa.

—Quiero decir, *Jesus Christ*, ¿con un sueldo de secretaria? Un buen trabajo si lo puedes conseguir.

Mamá dice: —Pos, ha de ser muy, muy buenota en lo que sabe hacer. Las nueras sueltan la carcajada.

Tía Güera tiene que arreglarse porque trabaja para un hombre muy importante. El Sr. Vidaurri.

El Sr. Vidaurri de los trajes gris perla y el cabello gris perla. El Sr. Vidaurri de la elegante fedora de fieltro. El Sr. Vidaurri del carrazo negro. El Sr. Vidaurri que recoge a nuestra bonita tía Güera y la lleva a su compañía de construcción todos los días y la trae a casa cada noche. El Sr. Vidaurri de piel tan morena como la de mi madre. *Ese* Sr. Vidaurri le da a nuestra prima Antonieta Araceli su domingo cada semana, nunca lo olvida, aun cuando no es su abuelo. Es porque es el jefe de mi tía y le sobra el dinero.

Cuando mamá y las tías no están hablando de la tía Güera o el Sr. Vidaurri, o la abuela enojona, les gusta hablar del esposo de tía, del cual se divorció hace tanto tiempo que Antonieta Araceli ni lo recuerda, cuyo nombre nadie debe mencionar porque a tía le da un ataque.

—Sabes qué pienso, que no hubo divorcio porque no hubo boda, dice mamá, —¿Me entiendes, Méndez?

—¿Cómo se podrían haber casado? Si todavía estaba casado legalmente con otras dos, tía Ninfa susurra en voz alta.

—¡No me digas! —dice tía Licha.

—Una en Durango y otra en Tampico. Por eso tuvo que dejarla, tía Ninfa continúa. —Esa es la versión que yo oí.

—¡A poco! ¡Qué barbaridad! —dice Licha.

—Sólo te digo lo que me contaron.

Ya acabamos de desayunar, nos estamos limpiando los bigotes de leche con las servilletas cuando tía Güera vuelve a salir del baño, sus ojitos unos apóstrofes radiantes, su boca un corazón de mandarina, su cabello peinado con los dedos en ondas mojadas. Anda apurada pidiendo que le suban el cierre a un vestido color aguamarina con tirantes de espaguetis y lentejuelas rosas, se pone a tropezones los tacones de aguja de charol negro que se entrecruzan a la altura del tobillo, echando apresuradamente sus cosas de la bolsa de noche de lentejuelas plateadas a su cartera negra de esta mañana, sus tacones altos rechinando por los mosaicos del corredor.

Desde el patio la voz de tía suena casi como la voz de perico de la abuela enojona.

—Oralia, saca la maceta del hule al sol y asegúrate de regarla bien. Mamá, pide tres tanques de gas esta vez del vendedor de gas, no lo olvides. Antonieta Araceli, mija, el dinero de las flores para la monjita muerta, busca en mi tocador, lo dejé anudado en un pañuelo. Oralia, dile a Amparo que planche mi blusa de seda, la de las flores bordadas, no la blanca, la otra. Y dile que tenga cuidado de no chamuscarla. Mamá, ¿puedes mandar a alguien a que recoja mis cosas de la tintorería? No me esperen a cenar hoy, voy a cenar fuera. Antonieta Araceli, deja de morderte las uñas. Te las vas a dejar peor. Usa una lima de uñas… Dile a tu abuelita que te busque una. ¡Antonieta Araceli! ¡Oralia! ¡Mamá! ¡Oralia!

No deja de gritar hasta que escucha el *tan, tan, tán* del claxon del Sr. Vidaurri. La reja de fierro verde se cierra y retumba con un estruendoso *cuás*.

# 10.

## La niña Candelaria

*L* a primera vez que veo a alguien con la piel del color de un caramelo voy caminando detrás de la abuela y le piso el talón.

—¡Torpe! ¡Fíjate por dónde andas!

En lo que me estoy fijando es el cuarto de lavar de la azotea donde la niña Candelaria le está dando de comer ropa a la lavadora de rodillos. Su mamá, la lavandera Amparo, viene todos los lunes, una mujer como un nudo retorcido de ropa para lavar, duro y seco y con toda el agua exprimida. Primero creo que Amparo es su abuela, no su mamá.

—¿Pero cómo es posible que una niña con piel como un caramelo tenga a una mamá tan polvosa?

—¡Hocicona! —dice la abuela enojona. —Ven acá. Y cuando estoy a su alcance, me da un coscorrón.

La niña Candelaria tiene la piel brillante como una moneda de cobre de veinte centavos después de que la chupas. No es transparente como una oreja como la piel de tía Güera. Tampoco pálida como la panza de un tiburón como la de papá y la abuela. Ni del color de barro colorado de río de mamá y su familia. Tampoco del color café con demasiada leche como el mío, ni del color de tortilla frita de su mamá la lavandera Amparo. Como ninguna otra. Suave como la crema de cacahuate, intensa como la cajeta.

—¿Cómo te pusiste así?

—¿Así cómo?

Pero no sé lo que quiero decir, así que no digo nada.

Hasta que conozco a Candelaria creo que lo hermoso es la tía Güera, o las muñecas con cabello color lavanda que me dan en Navidad, o las mujeres de los concursos de belleza que vemos en la televisión. No esta niña con tantos dientes como mazorca de maíz blanco y pelo negro, negro, negro como las plumas de gallo que relucen verdes en el sol.

La niña Candelaria de las piernas largas de pájaro y los brazos flacos es todavía una niña, aunque es mayor que cualquiera de nosotros. Le gusta cargarme y hacer de cuenta que es mi mamá. O digo *pío, pío, pío* y me pone un pedacito de chicle Chiclets en la boca como si fuera su pajarito. Digo, —Candelaria, dame vueltas otra vez, y ella me da vueltas. O, —Hazme caballito, y me sube a la espalda y galopa por todo el patio. Cuando quiero, deja que me siente en sus piernas.

—¿Y qué quieres ser cuando seas grande, Lalita?

—¿Yo? Quiero ser... una reina. ¿Y tú?

Candelaria dice, —Quiero ser una actriz, como las que lloran en la tele. Mira cómo me hago llorar. Y practicamos hacernos llorar. Hasta que empezamos a reír.

O me lleva por la calle cuando tiene que hacer un mandado. De camino y de vuelta, decimos, —Vamos a jugar a los cieguitos, y nos turnamos caminando por la calle con los ojos cerrados, una guiando, la otra dejándose guiar. No abras los ojos hasta que te diga. Y cuando lo hago, estoy parada frente a la puerta de una casa extraña, la niña Candelaria risa y risa.

*¿Qué quiere usted?*
*Mata rile rile ron.*

*Yo quiero una niña.*
*Mata rile rile ron.*

*Escoja usted.*
*Mata rile rile ron.*

*Escojo a Candelaria.*
*Mata rile rile ron.*

Cuando jugamos «mata rile rile ron», quiero tomarte de las manos, Candelaria, si tu mamá te deja, sólo un ratito, antes de que tengas que regresar a tu trabajo a lavar ropa, por favor. Porque ¿te conté? La niña Candelaria es una niña a la que le gusta jugar aunque se levante con el gallo y se duerma en el camino al trabajo sobre el hombro duro de su madre, la vieja lavandera, el largo viaje a la ciudad, los tres autobuses hasta la casa de la abuela en la calle del Destino cada lunes, para lavar nuestra ropa sucia.

—¿Cómo dejas que esa india juegue contigo?, mi prima Antonieta Araceli se queja: —Si se me acerca, me largo.

—¿Por qué?

—Porque es una cochina. Ni siquiera usa calzones.

—¡Mentirosa! ¿Cómo sabes?

—Es cierto. Una vez la vi acuclillarse detrás del cuarto de lavar y hacer pipí. Como si fuera un perro. Le dije a la abuela y ella hizo que tallara todo el techo con una cubeta de jabón y la escoba.

¿Cómo saber si la prima Antonieta Araceli está diciendo la verdad o contando un cuento? Para ver si es verdad que Candelaria no usa ropa interior, mi hermano Rafa inventa este juego.

—Vamos a jugar a la roña sólo que no te la pueden pegar si te agachas así, ¿entiendes? Yo la traigo ahora. ¡A correr!

Todo el mundo, los hermanos y primos, se esparcen por el patio. Cuando Rafa trata de pegársela a Candelaria, ella se agacha como una rana y todos los demás también nos acuclillamos y miramos. Candelaria sonríe su sonrisa grande de dientes de mazorca, las piernas flacas dobladas debajo de ella.

No usa calzones. No exactamente. Nada de florecitas ni elástico, nada de encaje ni algodón suave, sino un burdo tablón de tela entre las piernas, unos pantaloncitos hechos en casa arrugados y grises como trapos de cocina.

—Ya no quiero jugar este juego —dice Rafa.

—Yo tampoco.

El juego termina tan pronto como había empezado. Todo el mundo desaparece. Todo el mundo se va. Candelaria acuclillada en el patio, sonriendo su sonrisa de dientes grandes como granos de mazorca blanca. Cuando por fin se levanta y viene hacia a mí, no sé por qué, corro.

—¡Estate quieta! Quieta, —me regaña mamá.

—Es que mi pelo tiene risa, —digo.

Mamá hace que me siente en sus piernas. Me jala y me parte el pelo en todas direcciones.

Me llevan corriendo a la pileta de afuera, restriegan mi cuero cabelludo con jabón negro hasta que está en carne viva, hasta que mis berridos hacen que mamá pare. Luego ya no me dan permiso de jugar con Candelaria. O ni siquiera hablarle. Y no debo dejar que me abrace ni debo masticar la nubecita de chicle que pasa de su boca a sus dedos a mi boca, todavía tibia de su saliva, y nunca dejar que me cargue en las piernas como si fuera su bebé. Nunca, ¿entiendes?

—¿Por qué?

—Porque sí.

—¿Porque sí qué?

—Porque no me dejan, grito desde el balcón del patio, pero antes de que pueda agregar cualquier cosa me meten adentro.

Candelaria en el patio reclinándose sobre la pared, mordiéndose la uña del dedo gordo, o parada sobre una pierna de cigüeña, o quitándose los zapatos empolvados con los talones apachurrados como pantuflas de casa, haciendo un círculo con el dedo grande del pie en los mosaicos del patio, o doblando sábanas, o arrastrando una palangana de hojalata con ropa mojada para el tendedero de la azotea, o agachada en un juego que inventamos, el paño sucio de sus calzones como el pañal arrugado que lleva Jesús en la cruz. Su piel un caramelo. Un color tan dulce, que duele de tan sólo verla.

# 11.

## Un rebozo de seda, una llave, una moneda bajando en espiral

—¿Un rebozo de seda? ¿De Santa María? ¿Para qué? ¿Para que Celaya trapee el piso con él? De veras, Inocencio, ¿en dónde tienes la cabeza? ¿Para qué quiere una niña un rebozo de seda?

—Es que le prometí a Lalita que un día le íbamos a buscar uno. ¿Verdad que sí, Lala? —dice papá, dándole un golpecito a su cigarro dentro de la taza de café, la ceniza haciendo una chispa al caer. Entonces se pone a cantar la canción de Cri-Crí sobre una patita que usa rebozo.

—¡Pero de seda, Inocencio! ¡Qué exagerado! —dice la abuela quitando la taza de la mesa y reemplazándola con un cenicero «de recuerdo» estampado con el nombre «Aeroméxico». Estás hablando de rebozos que cuestan una fortuna. Ya no los hacen. Con suerte y los encuentras.

—¿Ni siquiera aquí en la capital?

—Están desapareciendo. Si quieres uno auténtico, tendrás que encontrar a una familia que esté dispuesta a desprenderse de uno. Alguna viejita que necesite los centavos, alguien que esté pasando por una mala racha. No, los rebozos famosos de mi pueblo ya no los encuentras. Ve y busca aquí en la capital. Busca en el campo. Pregunta y ve si miento. Vas a regresar con puros rebozos de los que venden en el mercado. Hechos en fábrica. Rebozos que parecen como si alguien los hubiera hecho con las patas. ¡Y ni siquiera de seda artificial! De eso puedes estar seguro. Mira, mientras más trabajo tenga el fleco, más caro cuesta. Como éste que traigo puesto, cuenta cuántas hileras de trenzado… Nomás cuenta. ¡¡¡¿Éste?!!! Ya te lo dije. No está a la venta. Ni que Dios lo mande. No mientras viva. Ni me preguntes.

—¿Qué, qué, qué? ¿Qué no está a la venta? —dice el abuelito, regresando a la mesa por su segunda taza de café y otro pan dulce.

—Estamos hablando de los rebozos de seda, papá, dice mi papá.
—Le quería buscar uno a Lalita.

—Le estaba diciendo que ya no se encuentran, Narciso. Tú dile.
Mejor que le compre a Celaya uno de los de algodón del mercado, ¿no es
cierto? No tiene caso gastar en algo que no se pueda poner hasta que
crezca. Y qué tal si cuando sea grande ni siquiera *quiere* ponérselo. Entonces qué, ¿eh? ¿Para que lo guarde para su entierro? Allá del otro lado ¿se
los ponen siquiera? No lo creo. Son demasiado modernas. Vaya, mi propia hija no quiere ni que la vean usando un rebozo. En otra generación los
verán como harapos, barbaridades, algo que poner sobre la mesa o, Dios
nos libre, una cama. Si encuentras uno de seda verdadero, mejor cómpraselo a tu madre. Yo soy la única por estos rumbos que conoce el auténtico
valor de un rebozo.

—Escucha a tu madre, Inocencio. Más sabe el diablo por viejo…
—Que por diablo. Ya sé, ya sé.

Después del café y un cuernito de azúcar, el abuelito está satisfecho y
hace la misma broma que siempre después de cada comida:

—Duermo. Y me da un haaaambre. Como. ¡Y me da un suuuuueño!

—¡Sáquense, sáquense todos ustedes! —nos regaña la abuela, espantándonos del comedor con su rebozo como si fuéramos moscas.

—¿Cómo carambas vamos a limpiar esta mesa si todo mundo se entretiene tanto después de cada comida?

Es la hora de la siesta. La casa está quieta finalmente, todos los departamentos están en silencio, al frente y atrás, arriba y abajo, hasta el patio.
El mundo toma la siesta. Tan pronto como Oralia ha recogido los platos
de la comida, la abuela se retira a su recámara.

La puerta de la recámara se cierra, la llave hace *clic*, *clic* dos veces
detrás ella. Todo mundo sabe que no debemos tocar a la puerta.

—Nunca molestes a tu abuela cuando esté tomando la siesta, ¿entiendes? ¡Nunca!

De nuestro lado de la puerta podemos oír al abuelito roncando, la
abuela arrastrando los pies nerviosamente en sus chanclas de los tacones
aplastados. Antes eran las pantuflas del abuelo. El abuelo dice que ella
nunca tira ninguna de sus cosas aunque no las haya usado desde… desde
que yo era mugre.

Tikis, que siempre se queja de cuánto trabajo tiene que hacer, que
nunca se sienta ni come con los demás, porque está demasiado ocupado
lavando la camioneta nueva de papá para ganar dinero extra, o boleando

los zapatos de papá como sólo Tikis sabe hacerlo, o haciendo una tabla con cuántos pesos hay para tantos dólares, y encuentra un pretexto para salir deprisa y comer solo en algún lado, regresa de donde sea que se ha estado escondiendo con su vaso y plato vacíos. Todos los demás se han ido a sus cuartos a dormir después de comer. Menos yo y Tikis.

—¿Por qué será que la abuela siempre cierra la puerta con llave? —pregunto, señalando la recámara de la abuela y el abuelito.

—Sepa.

Me acuesto de panza y me asomo por debajo de la puerta.

—¡Levántate, Lala, antes de que alguien te vea!

Pero como no me levanto, Tikis también se acuesta de panza y se asoma. Las chanclas de la abuela se detienen frente a las ventanas, las persianas de metal cierran sus ojos de metal y luego las cortinas rechinan al cerrarse, las chanclas chanclean al ropero de nogal, una llave gira, las puertas del ropero hacen un chirrido al abrirse, los cajones se abren y cierran. Los pies de la abuela, tamalitos gordos que se arrastran hasta el abultado sillón de terciopelo y los resortes del sillón crujen bajo su peso. Las piernas se entrecruzan a la altura de los tobillos gruesos. Luego la mejor parte: la abuela que no sabe cantar, ¡está cantando! Cuesta trabajo no reírse. Cantando en una voz aguda de perico y tarareando.

—¿Qué tiene guardado con llave en el ropero? —pregunto. —¿Dinero? ¿Un tesoro? ¿Tal vez hasta un esqueleto?

—¿Quién sabe? Pero te apuesto lo que quieras a que voy a averiguar. Ya verás.

—¿De veras?

—Cuando el abuelo salga a su tienda y la abuela vaya a la iglesia. Espérate. *Yo* me voy a meter allá.

—¡No-oh!

—¡Ajá! ¿Me quieres ayudar? Si te portas bien, te dejo.

—¿De veras? Por favor, Tikis. *¡Plis, plis, pleeeeease!*

—Pero me tienes que prometer que no vas a decir nada, bocona. ¿Me lo prometes? En serio, ¿por el osito Bimbo?

—¡Te lo prometo, de veras, de veras!


Es cierto. No puedo guardar un secreto. Antes de que acabe el día todos los hermanos se enteran y también quieren ayudarnos. Es Rafa, igual que siempre, el que se impone. Es por ese año que fue al colegio militar mexicano. Es por eso que a Rafa le gusta mandonearnos. Estudió cómo mandar.

—Toto, a la cocina. Dile a Oralia que te haga algo de comer. Lolo, quédate en el balcón y vigila el patio. Memo, tu deber es entretener a los primos, empieza un juego de Turista. Tikis, tu puesto es en la azotea, échale un ojo a la calle. Si alguien se acerca a la entrada, nomás empieza a chiflar. ¡Y asegúrate de chiflar bien y recio!

Tikis lloriquea, —A mí siempre me toca hacer el trabajo sucio. ¿Por qué me tengo que quedar en la azotea si fue mi idea?

—Porque yo mando, Capitán Tikis. Por eso. Y es una orden. Ito viene conmigo. Que nadie abandone sus puestos hasta que yo diga. ¿Alguna otra pregunta, tropa? Tú quédate aquí, Lala… Noo, pensándolo bien, mejor ven con nosotros. Si te dejamos sola, capaz que nos delatas.

El abuelito ya ha regresado a su tlapalería por la tarde. Por fin, la abuela sale de la casa con el monedero lleno de cambio para las velas que va a prender en la basílica, su rebozo bueno de seda enlazado por los hombros y su rosario fino de cristal en el bolsillo. Da órdenes a gritos a todos los que ve mientras cruza el umbral, la puerta que está dentro de la reja repica detrás de ella. Rafa, Ito y yo ocupamos nuestros puestos.

Ito me trepa a sus espaldas y me lleva de caballito. Debo estar apretándole muy fuerte el cuello. —Oye, ¿qué te pasa, te estás poniendo gallina, Lala?

—No-oh. Prefiero esto mil veces a jugar mata rile rile ron, ¿tú no?

—¡Sh! Esténse callados a menos que les diga que pueden hablar —dice Rafa, —¿Está claro, soldado burro Lala?

—¡A la orden! digo. Ya me bajaron de categoría dos veces este verano, de soldado zorrillo a soldado chango y luego a soldado burro. Hasta el momento no hay nada más bajo que soldado burro.

Hay que tener mucho cuidado de que Oralia no nos vea. La recámara de los abuelos está cruzando el desayunador, apenas pasando la cocina. Cuando Oralia sube a la azotea por atrás y sus pasos hacen *cling, clang* en la escalera de caracol de metal, es nuestra oportunidad. Rafa va al frente, luego Ito galopa conmigo rebotando en sus espaldas como un costal de arroz. Tan pronto como entramos, Rafa cierra la puerta de la recámara detrás de nosotros e Ito me desliza de sus espaldas. En una percha detrás de la puerta, la pijama gastada del abuelo huele a medicina para la tos y a puros.

Sólo he visto la recámara de la abuela y el abuelo desde la entrada. La abuela siempre nos echa fuera. Dice que rompemos cosas, dice que siempre faltan cosas cuando venimos a visitar. Aun aquí, dentro de la recámara, puedes oler el olor a la casa de la calle del Destino, un olor como a carne frita. Rafa no nos deja prender la luz y con las persianas cerradas da miedo, el aire pesado y lleno de fantasmas.

La cama alta y gorda como una hogaza grande de pan, tan blanca y limpia que tengo miedo de tocarla. Una colcha tejida a gaucho, fundas blancas y sábanas almidonadas y planchadas y ribeteadas con encaje de crochet. Encima de las almohadas, más almohadas, de las mexicanas bordadas con palomas y flores y dichos.

—¿Qué dicen? —digo en voz baja.

—Amor de mi vida —Ito susurra, —Sólo tú. Eres mi destino. Amor eterno: Narciso y Soledad.*

El cuarto lleno de cosas que te dan comezón, que te hacen querer estornudar nomás de verlas. Encima de los burós, lámparas temblorosas con pantallas de seda color marfil adornadas con cintas y encajes como los calzones de una niña. Peinetas de carey y pasadores, un cepillo con un nido de los cabellos rizados y canos de la abuela.

—¡No toques *na*-da! —dice Rafa, tocándolo todo.

Todos los muebles del cuarto oscuros y lúgubres. Arriba en el tocador alto, un Santo Niño de Atocha me mira fijamente, sus ojos tenebrosos me persiguen por la recámara. *No toques,* parece decir. Bajo una campana de cristal, un bonito reloj dorado con rosas rosadas haciendo *tic-tic-tic.* En la pared sobre la cabecera, una cruz de Domingo de Ramos, la Virgen de Guadalupe y un rosario. Carpetitas tejidas a gancho por todos lados, hasta sobre el mueble de la televisión grande con sus puertas de armario. Una caja de música que toca un vals triste cuando la abro; *chuc, chuc, chuc.*

—¡Te dije que no tocaras nada!

Un cenicero con un alacrán congelado en el vidrio. Un tarro lleno de botones. Una fotografía sepia del abuelito cuando era joven, con un traje a rayas, sentado en una banca, recargándose en alguien que ha sido recortado. Un papel enmarcado con letra garigoleada y sellos dorados.

—¿Qué dice, qué dice? Léelo, Rafa.

—En la facultad que me concede... el Presidente de la República confiere a Narciso Reyes... En testimonio de lo cual se le... Dado en la

Ciudad de México… en el año de nuestro Señor… Un montón de palabras rimbombantes nada más para decir que el abuelo fue leal al gobierno mexicano durante la guerra.

Foto de la primera comunión de tía Güera cuando era chiquita, su boca un corazón, sus manos entrelazadas como Santa Teresa, los hermanos de pie a su lado sostienen largas velas con listones. Una foto ovalada de papá tamaño infantil, sus ojos como casitas aun entonces, piernas de salchicha embutidas en botas de piel antiguas, en la cabeza un sombrero grande y ondulado como un girasol. Los periódicos del abuelo cuidadosamente doblados en su buró. Una jícara de barro llena de monedas. Una taza de té donde el abuelo pone a dormir sus dientes. Adentro de los cajones del buró, los tubos de los puros del abuelo. Del lado de la abuela, una pila gruesa de fotonovelas y una caja de chocolates mordidos a medias.

—¿Quieres uno? —dice Ito, riendo.

—¡Nunca!

Miramos por todas partes, hasta abajo de los cojines del sillón abultado, pero no podemos encontrar la llave del ropero de nogal. ¿Estamos fríos o calientes?

—Mira lo que me encontré —dice Ito, saliendo a rastras de la cama con piezas de nuestros bloques Lego, nuestra mejor revista de número doble de los monitos de Archie y mi cuerda de saltar que estaba perdida.

—¡Rayos y centellas! *¡Holy Cow!* ¿Cómo vino a dar aquí todo esto?

—¡A que yo sé! —dice Ito, despolvoreándose el pelo. —Esa chismosota de Antonieta Araceli. ¿Quién más?

Antes de que podamos encontrar la llave, Tikis empieza a dar su chiflido de alarma. Corremos alrededor como los «Tres ratones ciegos», hasta que Rafa se calma y nos ordena que nos estemos quietos.

Trato de abrir la puerta de un tirón, pero Rafa la detiene. Abre una rendija, luego nos empuja adentro otra vez.

—Oralia está en el fregadero, espérense —dice. El chiflido de Tikis suena más y más urgente. Podemos oír la reja de fierro verde abajo rechinando al abrirse y dando un azotón al cerrarse. Muy pronto los pasos del abuelo estarán subiendo las escaleras y cruzando por el balcón del otro lado de las persianas. Tengo ganas de llorar, pero si lo digo, Rafa de seguro va a inventar algo peor que soldado burro.

Rafa abre la puerta otra vez.

—No podemos esperar más —susurra. —Tropa, vamos a tener que echar la carrera.

Cuando Oralia se voltea hacia la estufa, Rafa empuja primero a Ito, después a mí y luego se escabulle, cerrando la puerta detrás de él sin hacer ruido. El abuelito apenas está levantando el pie sobre el primer escalón cuando bajamos rebotando hasta el patio.

—Mi general —dice Rafa, saludando.

—Coronel Rafael, ¿están listas mis tropas para la inspección? —pregunta el abuelo.

—Sí, mi general.

—Bueno, pues, coronel, llame a mis tropas.

De un cordón peludo alrededor de su cuello, Rafa saca un silbato de metal y da un pitido tan fuerte como para llamar a la colonia entera. De todos los rincones de la casa, la azotea, el patio, las recámaras y las escaleras, de rincones bajo cubos de escalera, de los departamentos al frente y los departamento atrás, de escondites en la alacena y los clósets, trece niños salen a borbotones hasta el patio y se forman en una hilera por estaturas. Nos paramos tan tiesos como podemos, los ojos mirando hacia enfrente y saludamos.

El abuelo se pavonea de arriba abajo.

—Capitán Elvis, ¿dónde están sus zapatos?

—No tuve tiempo de ponérmelos, mi general.

—La próxima vez, vas a tener que *hacer* tiempo para ponértelos. Y usted ahí, teniente Toto, deje de rascarse como un perro. Sea digno. ¡No somos perros! Recuerde, usted es un Reyes y un soldado. Coronela Antonieta Araceli, nada de posturas desgarbadas en mi ejército, ¡me *escuchá*! Soldado Lala, ¿a qué viene esa sonrisita? No podemos tenerla sonriendo de oreja a oreja como un payaso, éste no es un circo, ¿o sí? Cabo Aristóteles, nada de patear a sus compañeros soldados cuando estén en formación, ¿entendido? Coronel Rafael, ¿son éstas todas mis tropas?

—Sí, mi general.

—¿Y cómo se han portado?

—Como verdaderos soldados, mi general. Debe estar orgulloso.

Bien hecho, bien hecho —dice el abuelito. —Eso me gusta oír. Y ahora… —empieza a rebuscarse en los bolsillos. —Y ahora… dice el abuelito, echando pesadas monedas mexicanas al aire, —¿Quién quiere al abuelito?

Y al oír eso, todos los que han estado parados como una estatua de pronto brincan y se pelean, las monedas bailando sobre los mosaicos, ellos aullando bajo la lluvia de cobre y plata, gritando, —¡Yo! ¡Yo! ¡Yo!

---

*Los cojines mexicanos, bordados con piropos mexicanos tan empalagosos como cualquier chuchuluco. Siempre Te Amaré. Qué Bonito Amor. Suspiro Por Ti. Mi Vida Eres Tú. O el siempre popular, Mi Vida.*

# 12.

## Las mañanitas o «The Little Mornings»

—No te rías tan fuerte —me regaña la abuela. —Te vas a tragar la lengua. Fíjate, a ver si no tengo razón. ¿Qué no sabes que siempre que te ríes tan fuerte, también vas a llorar así de fuerte más tarde el mismo día?

—¿Eso quiere decir que si lloramos muy fuerte en la mañana, nos vamos a reír igual de fuerte antes de acostarnos?

Pregunto y pregunto, pero la abuela no contesta.

La abuela está demasiado ocupada supervisando que saquen las mesas y sillas al patio. Dio órdenes de que se colocara el estéreo de alta fidelidad del otro lado de la sala y se volteara para que diera a las ventanas del patio. Han vuelto a enyesar y pintar todo el comedor para la ocasión. Durante semanas los trabajadores han desfilado dentro y fuera, dejando una estela de huellas blancas desde el comedor, a través del balcón techado, bajando las escaleras, y por los mosaicos del patio hasta las rejas de fierro verde. La abuela los ha estado regañando a diario; primero por ser tan cochinos y, finalmente, por ser flojos y lentos. Apenas ayer, con sus sombreritos de periódico puestos y su ropa de trabajo moteada, terminaron su trabajo, justo a tiempo para la fiesta de hoy en la noche.

Pero ahora que se han ido, es a los nietos a quienes grita por estar en todos los lugares donde no deben estar; jugando al hospital del ejército en la alacena, escupiendo a los peatones desde la azotea, saliéndose por la reja a la calle corriendo.

—¡Bárbaros! ¡Nunca, nunca, nunca, nunca se salgan por las rejas del patio! Los robachicos se los podrían llevar y cortarles una oreja. ¿Qué les parecería eso? No se rían, pasa todos los días. ¡Los podría atropellar un coche y llevárselos de corbata! Alguien les podría sacar un ojo y entonces qué, ¿eh? ¡Contesten!

—Sí.

—¿Sí, qué?

—¿Gracias?

¿Cuántas veces tengo que decírtelo? Se dice, «Sí, abuela».

Es el cumpleaños de papá. Toda la semana la abuela ha estado haciendo las compras ella misma porque no confía en que la sirvienta Oralia compre los ingredientes más frescos para la comida preferida de papá: guajolote en el mole de la abuela.

Cuando la abuela va al mercado, toma probaditas de cada puestero, pellizcando y picando y embolsándose su mercancía. Hace como que no los oye maldecir cuando se aleja sin comprar nada. Eso la tiene sin cuidado. Es el cumpleaños de mijo.

Este año, como ya hay demasiada gente en la casa, sólo habrá pocos invitados, algunos de los amigos de la infancia de papá: su compadre de Juchitán al que llaman el Juchiteco, o Ju-chi, sólo que yo oigo «cu-chi», como de cuchillo.

Por toda la casa, la abuela da órdenes a gritos desde el balcón con vista al patio, por encima de la ropa limpia revoloteando en la azotea, desde el departamento arriba al fondo donde ella y el abuelito duermen, desde los cuartos de tía Güera y Antonieta Araceli abajo, hasta los dos departamentos del frente que dan a la calle los cuales fueron desocupados por los dos inquilinos este verano para que los tres hijos de la abuela y sus familias pudieran visitar a la vez. Imagínate el sacrificio. Los abuelos no son ricos después de todo. —Sólo están las rentas, y la pensión de Narciso, y las pequeñas entradas de su tlapalería, que es cualquier cosa, a decir verdad. ¿Pero qué es el dinero comparado con la familia? —insiste la abuela. —Los inquilinos van y vienen, pero mis hijos son mis hijos.

Cada año se celebra el cumpleaños de papá en la Ciudad de México y nunca en Chicago, porque el cumpleaños de papá cae en verano. Es por eso que en la mañana del cumpleaños de papá nos levantamos con «Las mañanitas» y no con el «Happy Birthday to You». La abuela enojona se asegura de zarandear y despertar personalmente a todos y reunirlos para llevarle serenata a papá mientras todavía está en cama. Cada año un disco de Pedro Infante cantando «Las mañanitas» resuena por toda la casa, a través del patio, por los departamentos del frente y de atrás, por la planta de arriba y de abajo, más allá de la azotea donde vive Oralia, hasta la pocilga mugrosa del mecánico de al lado, por encima de los muros altos coronados de vidrios rotos, hasta los pollos de la azotea del vecino, a través de la calle hasta la casa de la Muñeca y el consultorio del Dr. Arteaga tres casas más adelante, y bajando por Misterios hasta la tlapalería del abuelo, más allá de las paredes tiznadas de la basílica, hasta el cerro polvoriento en forma de sombrero de hongo detrás de ésta llamado Tepeyac. Todos, todo el mundo en La Villa, hasta el gallo, se despiertan con la voz oscura y aterciopelada de Pedro Infante llevándole serenata la mañanita del cumpleaños de papá.

Como lo obligaron a despertarse temprano todos los días de su infancia, papá tiene un sueño atroz. No hay cosa que le guste más que despertarse tarde. Especialmente en su cumpleaños.

Y así, todos los demás ya están vestidos y listos para saludar la mañana de su nacimiento con una canción. Pero esto quiere decir todos. La abuela enojona, el abuelito, la tía Güera y la prima Antonieta Araceli, la niña Oralia exhausta por tener que cocinar y limpiar para dieciocho personas más de lo normal, y hasta Amparo la lavandera y su hermosa hija, Candelaria.

Además de cualquier otro a quien puedan forzar a presentar sus respetos —los primos, las tías y tíos, mis seis hermanos— todos desfilan por nuestra recámara mientras todavía estamos dormidos bajo las sábanas, parpadeando con los ojos legañosos, el aliento agrio, el pelo chueco como escobas: mi mamá, mi papá y yo, porque, olvidé contarte, yo también me duermo en su cuarto cuando estamos en México, a veces en el catre con ruedas enfrente de ellos y a veces en la misma cama.

—Parecen rancheros —nos regaña la abuela después de que se acaba la canción del cumpleaños. —Sinvergüenza —me dice. —¿No crees que ya estás grandecita como para dormir sola?

Pero ¿a quién le gusta dormir solo? ¿A quién se le ocurriría dormir solo a menos que tuviera que hacerlo, chico o grande?

Da vergüenza que te canten y te griten antes del desayuno cuando todavía estás en tu camiseta con olanes y tus calzones floreados. ¿A mamá también le da pena? Estamos clavados a la cama, sin poder levantarnos hasta que todos hayan felicitado a papá por su cumpleaños.

—¡Felicidades! *¡Happinesses!*

—Sí, gracias —dice papá, pestañeando. *Trae la barba gris sin rasurar, su camiseta ya no es tan blanca*, piensa mamá, *y ¿por qué tuvo que ponerse ésa con el hoyo?*

—¿Adivina que te guardé nada más para ti, mijo? ¡La nata de hoy! ¿Prefieres vestirte y bajar a desayunar, o te traigo una charola?

—Gracias, mamá. Me voy a vestir. Gracias a todos. Gracias, muchas gracias.

Luego, después de lo que parece un largo rato mientras la abuela asiente y supervisa los buenos deseos de todo el mundo, todos salen en fila.

Mamá se levanta de un brinco y se ve en el espejo del tocador.

—Me veo horrible, dice, cepillándose el pelo con furia.

*Sí* se ve horrible, el pelo parado como si se estuviera incendiando, pero nadie le dice, —Ay, no, no te ves horrible para nada, y esto sólo hace que se sienta peor.

—Apúrate y vístete —me dice de esa manera que me hace obedecerla sin preguntar por qué.

—¡Tu mamá! Te apuesto a que se cree muy chistosa cuando entra todos los años sin tocar siquiera. Despierta a todo el barrio más y más temprano. ¿Qué cree? ¿Que me ve la cara de taruga o qué?

Papá no hace caso de las quejas de mamá. Papá ríe esa risa que siempre ríe cuando el mundo le parece divertido. Esa risa como las chicharras, una risa como la letra «k».

# 13.

## Los niños y los borrachos

### La Petenera

*Vi a mi madre llorar un día,*
*cuando supo que yo amaba.*
*Vi a mi madre llorar un día,*
*cuando supo que yo amaba.*

*Quién sabe quién le diría*
*que eras tú a quien yo adoraba.*
*Quién sabe quién le diría*
*que eras tú a quien yo adoraba.*
*Después que lo supo todo*
*la vi llorar de alegría.*

*Petenera, Petenera.*
*Petenera, desde mi cuna,*
*mi madre me dijo a solas*
*que amara nomás a una*

*Una vela se consume*
*a fuerza de tanto arder,*
*una vela se consume*
*a fuerza de tanto arder.*

*Así se consume mi alma*
*por una ingrata mujer.*
*Así se consume mi alma*
*por una ingrata mujer.*

*Petenera, Petenera.*
*Petenera, desde mi cuna;*
*por qué no sales a verme*
*en esta noche de luna.*

*Ay, soledad, soledad,*
*qué soledad y qué pena;*
*aquí termino cantando*
*versos de la Petenera.*

—Anda, saluda. No me hagas pasar vergüenzas —dice papá en voz baja. —Sé amable y saluda a todos los invitados.

La sala llena de gente tomando jaiboles antes de la cena. No me gusta entrar a la sala, pero papá insiste. Los hombres bajo una carpa de humo de cigarro, sus bebidas ámbar tintinean en sus manos, su aliento un apestoso dulce cuando te hablan a la cara. ¿Cómo puedo decirle a papá que me asustan? Siempre hablan demasiado fuerte, como si todo lo que dijeran fuera chistoso, especialmente si están hablando de ti.

El compadre de papá, el Sr. Cuchi, está tocando la guitarra. El sonido de la voz del Sr. Cuchi temblorosa como lágrimas, como agua que cae transparente y fría. Las uñas del Sr. Cuchi largas como las de una niña y sus ojos, de un verde, verde, que resalta y te sorprende cuando los cierra y después cuando los abre mientras canta. Es curioso que alguien te cante como en las películas. Cuando me empieza a cantar, no puedo contenerme y empiezo a reír. Entonces la música de la guitarra se para de repente.

—¿Y tú?

Cuando el Sr. Cuchi habla, todo el cuarto se queda callado como si todo lo que dice fueran perlas y diamantes.

—Y tú, ¿qué eres?

—Soy una niña.

El cuarto se ríe como si fuera una persona riéndose.

—Ah, una niña, ¿eh? Bueno, qué suerte. Sucede que estoy buscando a una niña. Necesito una, en realidad. ¿Te gustaría venir a mi casa y ser mi niñita?

—¡Nooooo!

Otra vez una carcajada que no comprendo.

—Pero necesito una niña que sea mía. Qué tal si te digo que tengo un jardín con un columpio y un perrito muy lindo. Y no tendrías que hacer otra cosa que jugar todo el día. ¿Qué te parece? ¿Vas a venir ahora y ser mi niña?

—¡No, nunca!

—Pero y si te diera un cuarto lleno de muñecas…

—¡No!

—Y juguetes maravillosos…

—¡No-oh!

—Y un mono de cuerda que echa maromas…

—¡Ay, no!

—¡Y! ¿Qué te parece esto?… Una bicicleta azul. Y tu propia guitarrita. Y una caja de chocolates.

—Ya le dije. No y no y no.

—¿Pero qué tal si te doy tu propia recámara? Te compraría una cama digna de una princesa. Con un dosel con cortinas de encaje blancas, blancas, como el velo de la primera comunión. Ahora, ¿vendrías conmigo?

—Bueno… ¡*Okey*!

El cuarto se ríe con una carcajada que me aterra.

—¡Mujeres! Así son todas. Sólo tienes que nombrar su precio —dice Cuchi, rasgueando su guitarra.

—Como dice el dicho —agrega tía Güera, guiñando el ojo. —Los niños y los borrachos siempre dicen la verdad. ¿No es cierto, Juchi?

Pero el Sr. Cuchi sólo echa la cabeza para atrás y ríe. Luego empieza a cantar «La Petenera» sin preocuparse de volverme a ver, como si no estuviera ahí.

En casa de la abuela, duermo en el catre con ruedas en la recámara de mamá y papá cuando no duermo en su cama. Y en nuestra casa de Chicago, mi cama es el sillón anaranjado reclinable *Lazy-Boy* de cuero artificial en la sala. Nunca he tenido una recámara propia. Todas las noches sacan las cobijas y almohadas del clóset y hacen mi cama. El despertador de viaje fosforescente de papá me cuida desde su caja de cocodrilo. Antes de cerrar los ojos, papá le da cuerda y me lo pone cerca para que no tenga miedo.

Papá hace la misma broma de siempre a la hora de acostarse, —¿Qué tienes? ¿Sueño o *sleepy?*

—Es que tengo *sleepy,* papá.

—¿Y quién te quiere, mi cielo?

—Tú.

—Así es, mi vida. Tu papi te quiere. Nunca lo olvides. Y a quién quieres más: ¿a mí o a tu mamá?

—¡Inocencio! —grita mamá enojada desde no sé dónde.

—Sólo estoy vacilando —dice papá. —¿Verdad, Lalita? Sólo estoy vacilando. Ya es hora de hacer la meme. Que duermas con los angelitos panzones, mi corazón, agrega antes de apagar la luz.

Si despierto a media noche o no puedo dormir, me pongo el reloj en la oreja y escucho su corazón haciendo *tic, tic,* huelo el cuero y me imagino que así huelen los cocodrilos. Los números verdes flotan en la oscuridad. Me gustaría tener una recámara para mí sola algún día, blanca y llena de encajes como las recámaras de princesas del catálogo de Sears. El Sr. Cuchi conoce los gustos de las niñas.

Memo, Elvis, Aristóteles y Byron persiguen las charolas de antojitos. Tan pronto como Oralia las trae, empiezan a comer, rápido, rápido, y no se apartan hasta que los platos están vacíos. Les estoy ayudando a acabarse los cacahuates con chile cuando llega la abuela y nos espanta con su rebozo. —¡Changos! Pero si no quiere que comamos, ¿por qué ponen comida por todos lados?

El olor a yeso fresco y pintura mezclado con el olor del mole mancha manteles de la abuela. Los grandes sentados en la mesota de madera clara, la mesa cubierta con un mantel de encaje y el mantel de encaje cubierto con plástico transparente, aun hoy en el cumpleaños de papá.

—No me importa —dice la abuela. —¿Por qué crees que le dicen mancha manteles? De veras mancha y no se le quita la mancha al lavarlo, ¡nunca!

Luego agrega en un susurro fuerte, —Es peor que la sangre de mujer.

Nos ponen en el desayunador en la «mesa de los chiquitos», aunque no seamos chiquitos: Tikis, Toto, Lolo, Memo, yo, Elvis, Aristóteles, Byron, Amor y Paz. A Rafa e Ito les toca sentarse en la mesa de los grandes porque la abuela dice que ya son hombrecitos. Antonieta Araceli tampoco es grande, pero es demasiado creída para sentarse con nosotros. Aun así, alcanzamos a oír todo lo que dicen en el comedor grande de al lado como si estuviéramos ahí mismo en lugar de en la mesa de los chiquitos.

—¡Qué delicioso mole, mamá! —dice tío Baby.

—¿Delicioso? —dice tío Chato. —¡Mamá, está rico!

—¿Estás loco? —dice papá, limpiándose el mole del bigote con la servilleta. —¡No les hagas caso! Está exquisito, mamá. El mejor. Te volaste la barda como siempre. Este mole está excelente. Yo siempre digo, no hay comida como la de mamá.

—Ay, si no es ninguna lata, ¡aunque lo hice todo en casa! No soy como esas mujeres modernas. ¡Ay, no! ¡No creo en fórmulas mágicas! —dice la abuela, sin mirar a sus nueras. —Para que la comida sepa realmente bien, hay que esforzarse un poco, usar el molcajete y moler hasta que te duela el brazo, ése es el secreto.

—Pero, mamá, ¿por qué no usaste la licuadora nueva que te traje el verano pasado? ¿Qué, ya se rompió?

—¡La licuadora! ¡Olvídalo! ¡Ni que Dios lo mande! Nunca sabe igual. Los ingredientes se tienen que moler *a mano*, o nunca tiene ese sabor auténtico. Estos aparatos domésticos modernos, ¡francamente! ¿Qué saben ustedes los hombres? Vaya, tu propio padre nunca ha entrado a mi cocina. ¿No es así, Narciso?

—Ni siquiera sé de qué color son las paredes —dice el abuelo, con una risita.

—Y ahora todos, cuando terminen, por favor ¡bajen al patio para el pastel y el ponche!

Hay un chirrido fuerte de sillas y muchas vivas de la mesa de los chiquitos al escuchar esta noticia. Luego del comedor grande un alarido horrible. Corremos a la entrada del comedor grande y nos asomamos.

—¡Mi vestido! —Antonieta Araceli está berreando. —¡Alguien echó mole en mi silla! ¡Mi vestido está arruinado!

Es cierto. Tiene una mancha fea de chocolate en el trasero que nos hace reír a todos.

—No te apures, mi gordita, estoy segura de que te lo pueden componer en la tintorería.

—¡Pero es mole! Nunca se le quitará esa mancha. ¡Y era mi vestido favorito, favorito!

—No llores, mi amor. Baja y ponte otro vestido, ¿sale? Tienes tantos vestidos bonitos. Rafa e Ito te van a acompañar a bajar las escaleras, ¿verdad, muchachos? Uno vaya enfrente y el otro detrás.

—¿Estás segura de que era mole? —pregunta Rafa. —A lo mejor es diarrea.

—¿Estás tratando de hacerte el chistoso?

—Bueno, ¿cómo sucedió? Bastante raro, ¿eh? —continúa Rafa. —Ito, ¿dime la verdad? ¿Había mole en esa silla cuando te sentaste?

—No, yo no vi nada.

—Yo tampoco —dice Rafa. —Qué misterioso.

—Seguro que sí —dice Ito.

—¿De quién es este plato? —pregunta la abuela al inspeccionar la mesa de los chiquitos.

—Mío, digo.

—Celaya, ni siquiera tocaste tu mole.

—No me lo puedo comer, abuela. Pica. Hace agujitas en mi lengua.

—¿Qué quieres decir? Te gusta el chocolate, ¿o no? Es prácticamente puro chocolate, con sólo un poquitín de chile, una receta tan antigua como los aztecas. ¡No te hagas que no eres mexicana!

—Déjala, mamá. Es sólo una niña.

—Inocencio, ¡se te ha olvidado que en este país no tiramos la comida! Caramba, me acuerdo que durante la guerra éramos felices si podíamos encontrar siquiera un poco de carne de perro. Señorita, no se atreva a pararse de la mesa hasta que se haya terminado su mole, ¿entendido? No va a haber pastel de cumpleaños para usted hasta que se haya terminado todo este plato.

—Pero está frío.

—¿Y quién tiene la culpa? ¡Ahora estás bajo mi techo!

—¿Y yo qué, acaso estoy pintado? —pregunta el abuelo, señalándose con su puro. —¿Qué mi opinión ya no cuenta por aquí?

—¿Tú? Estás casi muerto. Tú no cuentas.

—Ya estoy muerto, no me pregunten —dice el abuelito, encogiéndose de hombros y arrastrando los pies hacia su recámara envuelto en una estela de tabaco dulce.

La muchacha Oralia está ocupada llevando los platos de acá para allá, de arriba abajo, del comedor a la cocina. No me hace ningún caso mientras estoy ahí sentada frente a un plato feo de mole frío. La tiene sin cuidado. Sacudo un pie y veo cómo mi zapato se tambalea y cae de mi pie enfundado en un calcetín blanco. Sacudo el otro pie y veo al otro caer. Tarareo una cancioncita inventada. Alzo la capa transparente de mi vestido favorito sobre mis ojos y veo el mundo a través de ramitos de lilas, pero de nada sirve. Abajo empiezan a cantar «Las mañanitas». *Estas son las mañanitas que cantaba el Rey David, a las muchachas bonitas...*

Cierro las manos en un puño, pongo los puños en mis ojos y empiezo a llorar.

—¿Qué es esto? ¿Qué es esto?

Es el abuelito que está a la entrada. Se ha quitado la camisa de fiesta y el saco, pero todavía se ve bien vestido porque trae puestos los pantalones de domingo con tirantes. Con su camiseta interior sin mangas puesta, se le ven los brazos carnosos y blancos como masa para pizza. Un puro grueso relumbra en una mano y en la otra lleva un periódico arrugado.

—¡Qué tontita eres, soldado Lala! No hay que llorar por un plato de mole. Ya, ya, niña.

—Pero la abuela dijo que…

—No le hagas caso. ¿Tú crees que ella manda por aquí? Mira lo que voy a hacer. ¡Oralia!

—Sí, señor.

—Dale esto al perro del vecino. Y si mi mujer pregunta, dile que la niña se lo comió.

—Sí, señor.

—¿Viste qué fácil fue?

—Pero es una mentira.

—¡No es una mentira! Es una mentira sana. Que a veces tenemos que decir para no meternos en problemas. Ya, ya, deja de llorar. ¿Te gustaría ver la televisión conmigo en mi recámara? ¡Sí quieres! Bueno, primero tienes que dejar de llorar. No puedo tenerte lloriqueando por mi cuarto, ¡por supuesto que no! Ponte los zapatos. Qué buena niña.

El abuelito gruñe mientras camina como un pequinés.

—No les digas a los demás porque se ponen celosos, pero tú eres mi favorita —dice el abuelo, guiñándome un ojo.

—¿De veras?

—De verdad. Eres mi cielo. *You are my sky* —dice el abuelito, presumiendo su inglés. —¿Sabías que viví una vez en Chicago? Hace mucho tiempo, antes de que nacieras, cuando era joven y vivía con mi tío Viejo en Chicago. Te apuesto a que no sabes cuál es la capital de Illinois. ¿Cuál es la capital de Illinois? ¿Cuál es la capital de California? ¿Cuál es la capital de Alaska? ¿Que no te enseñan nada en la escuela?

—Todavía no voy a la escuela.

—Eso no es excusa. Caray, cuando tenía tu edad me sabía los nombres de todos los estados de la República y sus capitales, así como las capitales de todos… ¿Qué ves?

—Abuelito, ¿cómo fue que se te puso el pelo como peluche?

El abuelito se ríe como la letra «k», exactamente como se ríe papá.

—Solía ser como el tuyo. Durante muchos años. Luego, cuando me jubilé, me empezaron a salir canas. Al principio me lo pintaba, antes era muy vanidoso. Pero un día me lo dejé, así nomás, y pasó de ser negro betún de zapatos a blanco, blanco, blanco en cuestión de días. Como las cumbres nevadas de los volcanes gemelos Popocatépetl e Iztaccíhuatl —dice riendo. —¿Te sabes la historia de los volcanes gemelos?... ¡¡¡¿No te la sabes?!!!

—Nadie me cuenta nada. Dicen que hablo de más y que no puedo guardar un secreto. Por eso dicen que no me pueden contar cosas.

—¡No me digas! Bueno, deja que te cuente. Izta y Popo, Izta y Popo, dice el abuelo ajustándose el puro y mirando el techo. —Una historia de amor a la mexicana. Carraspea. Deja su puro y luego lo recoge otra vez. Se rasca la cabeza.

—Una vez, bajo el cielo y sobre la tierra había un príncipe y una princesa. El nombre del príncipe era Popocatépetl. Te imaginarás lo difícil que era para su mamá gritarle, «Popocatépetl, Popocatépetl». Así que lo llamaba «Popo» de cariño.

Hay una pausa. El abuelo se queda mirando una mancha en el tapete. —Ahora, el nombre de la princesa era Iztaccíhuatl y estaba enamorada de este Príncipe Popo. Pero como las familias de Izta y Popo se odiaban, tuvieron que mantener su amor en secreto. Pero luego algo pasó, se me olvida qué, excepto que él la mató. Y luego al verla morir, estaba tan estremecido ante su belleza que se arrodilló y lloró. Y entonces los dos se convirtieron en volcanes. Y allí están, dice el abuelo, subiendo las persianas y señalando los volcanes a lo lejos. —¿Ves? Uno recostado, el otro agachado sobre ella, mirándola. Allí está. Así es cómo sabes que fue verdad.

—Pero si la quería tanto, abuelito, ¿por qué la mató?

—Pues, no sé. No sé. Es una buena pregunta. No sé. Me supongo que así es como aman los mexicanos, supongo.

—Abuelito, ¿qué hay ahí?

—¿Dónde?

—Ahí. Allá adentro.

—¿El ropero? Ah, muchas cosas. Muchas. ¿Te gustaría ver?

El abuelo camina hacia el ropero de nogal, le pasa la mano por arriba y baja una llave pequeña con una borla rosa gastada en un extremo. Le da dos vueltas a ésta y la clavija hace su consabido *clic,* luego las puertas se abren con un suspiro que huele a cosas viejas, como una camisa que de tanto plancharla se pone café.

En un cajón el abuelito me enseña su uniforme de cadete y en otro un bulto rojo.

—Este pañuelo le pertenecía a mi madre. Durante la Revolución le hizo una promesa a la Virgencita para que me cuidara. Me tuvieron que serruchar tres costillas. Y aquí están las tres costillas, dice, desenvolviendo el bulto y poniéndolas en mi mano.

Están tan ligeras como la madera vieja y tan amarillas como los dientes de un perro.

—Abuelo, ¿es cierto que las perdiste en una batalla horrible?

—¡Ah, sí! Horrible, horrible.

—¿Y no extrañas tus tres costillas?

—Bueno, no mucho. Recoge una foto vieja color sepia de sí mismo. Sentado en una banca de mimbre, un joven con los ojos sorprendidos de quien no sabe nada del mundo. La persona sobre la que se está recargando ha sido recortada de la foto. —A todo se acostumbra uno, he aprendido —agrega, mirando la fotografía y suspirando. —Bueno, a casi todo.

—¿Y qué es esto? —digo, jalando una funda de almohada bordada.

—¿Esto? —dice el abuelo, sacando de la funda una tela de franjas color caramelo, orozuz y vainilla. —Éste era el rebozo de tu abuela cuando era niña. Es el único recuerdo que guarda de esa época, de cuando era chiquita. Es un rebozo caramelo. Así les dicen.

—¿Por qué?

—Bueno, no sé. Supongo que porque parece un caramelo, ¿no crees?

Asiento con la cabeza. Y en ese instante no puedo pensar en ninguna otra cosa que quiera más que esta tela del color dorado de la cajeta.

—¿Me lo das, abuelito?

—No, mi cielo. Me temo que no me corresponde a mí regalarlo, pero lo puedes tocar. Es muy suave, como pelos de elote.

Pero cuando toco el rebozo caramelo surge un alarido del patio y brinco hacia atrás como si el rebozo estuviera hecho de fuego.

—¡¡¡Celayaaaaaaaaaaaaaaaaaaaaaaaaaaaaaaaaaaaaaaaaa!!!

Es la abuela enojona gritando como si se hubiera cortado un dedo. Dejo al abuelo y el rebozo caramelo y corro azotando puertas a mi paso, saltando dos escalones a la vez. Cuando llego al patio, me acuerdo de contestarle a la abuela como nos ha enseñado.

—¿Mande usted?

—Ah, aquí está. Celaya, encanto, ven acá. No tengas miedo, mi niña. ¿Se acuerdan cómo cantaba cuando era sólo una criatura? Que maravilla. Era igualita a Shirley Temple. I-dén-ti-ca, se los juro. Todavía en pañales pero ahí andaba cantando con todas sus ganas, ¿se acuerdan? Debimos haberla presentado en el programa *Chocolate Exprés*, pero no, nadie me hace caso. Imagínense el dinero que hubiera traído a casa desde entonces. Ven, Celaya, querida. Súbete a esta silla y vamos a ver si todavía puedes cantar como antes. Vamos a ver. Ándale, cántale a tu abuelita. Miren.

—Yo… no sé.

—¿Cómo que no sabes?

—No sé si me puedo acordar. Fue cuando era chiquita.

—¡Tonterías! El cuerpo siempre se acuerda. ¡Súbete aquí!

Los parientes empiezan a corear, —¡Que cante la niña Lalita, que cante la niña Lalita!

—¡Párate derecha! —ordena la abuela. —Echa los hombros para atrás, Celaya. Traga. Respira hondo. Eso es. Ahora, canta.

—*Pretty baby, pretty baby, tan tarrán-tara taran-ta, tara-ranta-rantarán…*

Mi voz delgadita al principio pero luego me hincho como un canario y canto tan fuerte como puedo.

—PRETTY BABY, OF MINE, OF MINE. ¡PRETTY BABY, OF… MIIIIIIIIIIIIINE!

Un pequeño silencio.

—No —anuncia la abuela dándolo por hecho. —No puede cantar. Juchi, toca esa canción que me gusta, la de mis tiempos, Júrame. Ándale, no seas malo, tócamela.

Durante el resto de la noche me escondo en la planta alta y veo la fiesta desde el balcón techado donde nadie me puede ver mirando, mi cara apretada contra los barandales, los barandales fríos contra mi piel caliente. Una vez se me quedó atorada la cabeza en el espacio entre una «s» y una flor. Tuvieron que usar la barra de jabón café de lavandería para sacarme de ahí, y después me dolía la cabeza… de los barrotes de fierro y de la regañada. Y me dolía el corazón por los hermanos riéndose de mí, pero no me gusta pensar en eso.

La música y las espirales de humo de cigarro se elevan como genios. Los demás niños ya se quedaron dormidos donde caiga. Tendidos en una silla. O en un volcán de abrigos. O bajo una mesa. En todas partes menos en sus camas. Pero nadie se da cuenta.

Los cuerpos abajo se mueven y giran como pedazos de vidrio de colores en un caleidoscopio. Las mesas y las sillas han sido empujadas hacia la orilla para hacer lugar al baile. «Vereda tropical» toca en el estéreo. Las tías en vestidos de seda tan entallados que parecen explotar como orquídeas, las tías se ríen con sus bocas de flores enormes, y el aire dulce, dulce de sus perfumes de dama, y aún más dulce la colonia para caballero, del tipo que los hombres usan aquí en México, más dulce que las flores, como las palabras melosas que susurran a los oídos de las mujeres: mi vida, mi cielo, muñeca, mi niña bonita.

Los hombres en sus trajes de tiburón, gris con un rayito azul, o aceituna con un destello dorado cuando se mueven. Un pañuelo tieso en el bolsillo. La mano del hombre guía a la mujer cuando bailan, sólo un pequeño tirón, sólo un poco como cuando jalas el papalote para recordarle: no te vayas muy lejos. Y la mano de la mujer anidada dentro de la mano grande en forma de corazón del hombre y la otra mano de él sobre las caderas grandes en forma de corazón de ella. Una hermosa mujer con ojos negros, negros, y piel morena, que es nuestra mamá en su vestido bueno rosa mexicano de raso comprado en *Three Sisters* sobre Madison y Pulaski, y sus aretes de cristal cortado rosa mexicano que hacen juego. El silbido de las medias contra el fondo de nylon color crema con sus capas gemelas de encaje en la parte de arriba y un plisado de acordeón en la bastilla, y un tirante, siempre uno, flojo y suelto pidiendo ser recogido otra vez. Mi papá con el rizo de humo lavanda de su cigarro, su boca caliente junto al oído de mi mamá cuando le dice algo al oído, su bigote haciéndole cosquillas, la aspereza de su mejilla y mi mamá echando la cabeza hacia atrás y riendo.

Tengo tanto sueño, sólo que no me quiero ir a acostar, me podría perder algo. Recargo la cabeza contra los barandales del balcón y cierro los ojos, y pego un brinco cuando los invitados empiezan a rugir. Se trata sólo de tío Chato que baila con una escoba como si fuera una mujer. A mi tío le gusta hacer reír a todo el mundo. Cuando me aburro del baile de la escoba, me levanto a buscar al abuelo. La puerta del comedor es pesada, la tengo que abrir con las dos manos.

Pero cuando doy un paso adentro no me muevo.

Bajo las escaleras como puedo para decirles a todos, sólo que no tengo las palabras para lo que quiero decir. Ni en inglés, ni en español.

—*The wall has fallen* —sigo diciendo en inglés.

—*¿What?*

—Arriba. En el comedor grande. *The wall fell. Come and see.*

—¿Qué quiere esta niña? *Go see your mother.*

—Es que se cayó la pared.

—*Later, sweetie, not now. I'm busy.*

—*The wall in the dining room, it came down like snow.*

—¡Qué latosa es esta niña!

—¿Qué es, mi reina? Dime, mi cielo.

—La pared arriba, es que se cayó. Ven, papá, ven.

—Ve tú, Zoila. Tú eres la mamá.

—¡Ay! Siempre, siempre soy la mamá cuando no quieres que te frieguen. *All right, all right already.* Ya para de jalarme, Lala, vas a echar a perder mi vestido.

Jalo a mamá y subimos las escaleras pero es como jalar a un payasito boxeador. Se ladea y se tambalea y se ríe. Por fin, subimos las escaleras.

—Ahora, vamos a ver, ¡esto debe de valer la pena!... *¡¡¡Holy Toledo!!!*

El comedor está empolvado con una capa de yeso blanco como azúcar. Yeso blanco encima de todo, tapetes, mesas, sillas, lámparas. Pedazos grandes de yeso aquí y allá también, como rebanadas de pastel de cumpleaños.

—Mamá grita hacia abajo, —*¡Everybody, quick! ¡The ceiling's fallen!*

—¡Se cayó el cielo raso! —grita papá.

Y entonces aprendo las palabras para lo que quiero decir. «*Ceiling*» y «cielo». «Cielo», la palabra que papá usa cuando me llama. La misma palabra que el abuelito trata de agarrar cuando quiere decir lo mismo. Sólo que él lo dice en inglés, —*My sky.*

*Y*a sabes que no me gusta ser chismosa, y te lo digo en confianza, pero es ése Memo el responsable. Lo encontré escondiéndose en el techo apenas esta mañana.

—¡No me digas! ¡Ese chango! Déjalo. Yo me encargo.

—Pobrecito. Es mucho más torpe que nuestro Elvis. Después de todo, apenas se llevan un mes de edad. ¿Han pensado que tal vez sea retrasado?

—*¡Like hell!* ¡Es el trabajo de albañilería barato, por el amor de Dios!

—¡Tía, es la verdad! Antonieta Araceli escondió algunos de nuestros juguetes debajo de la cama del abuelo. Yo los vi.

—¡Mentirosa! ¡No fui yo! Nomás te gusta inventar cuentos, mocosa. ¿Tú me crees, verdad, Mami?

—Ya mero. ¡Casi! ¿Viste eso? ¡Por mero le saca un ojo!

—¿Quién te hizo eso, mi cielo?

—Fue… mi primo Toto.

—Ya sabes que mi gorda nunca me ha dicho mentiras. Nunca. Si ella dice que no lo hizo, no lo hizo. ¡Yo conozco a mi propia hija!

—¡Chango! Si te pesco otra vez tocando a mis hijos me voy a sacar el cinturón…

—Quítale las manos a mi hijo, o te saco el molc a golpes yo misma.

—Estás loca, no iba a…

—¡No le hables así a mi esposa, tarugo!

—¿Quién eres TÚ para llamarme idiota? Tú fuiste quien organizó este picnic.

—¡Ay, caray! No empieces, hermano. Ni empieces. No me eches la culpa a MÍ de tus brillantes ideas.

—Ya saben que no acostumbro a meterme en los asuntos de mis nueras, pero ¿te has dado cuenta de que Zoila le está diciendo mentirosa a tu niña?

—Válgame Dios. Nunca falta, ¡un pelo en la sopa!

—Mi vida, te dije que esto iba a suceder. Primero le prestas dinero a tu hermano y ahora mira. Así te paga.

—Se acabó. Ya no aguanto más. Licha, empieza a empacar. Mañana nos vamos a Toluca. Está decidido.

De pronto los hijos de la abuela están haciendo planes para irse: tío Baby y su familia a Veracruz, tío Chato y tía Licha con sus parientes de Toluca. Pero esta noche hay muchos azotones de puertas y mucho llanto a medida que se lleva a los niños lloriqueando a la cama y se acompaña a los invitados a las rejas del patio.

—Gracias. Felicidades. Buenas noches, buenas noches —dicen algunos de los invitados, mientras otros sólo dicen «buenas, buenas», demasiado cansados como para decir la parte de «noches».

La muchacha Oralia abre las rejas y bosteza. Las rejas en sus bisagras chirriantes también bostezan. El Sr. Cuchi se va sin siquiera voltear a verme. Luego las rejas se cierran con un gran «cuás» como en las películas de cárceles.

Tal vez se le olvidó. Tal vez tiene que preparar mi cuarto de princesa. Tal vez quiso decir mañana. La noche siguiente después de nuestra leche caliente con un chorrito de café, bajo al patio, meto las puntas de mis zapatos de charol negro en el borde de abajo de la reja, me subo al cuadro abierto donde el cartero deja las cartas y contra este marco aprieto la cara. El silbido de las llantas de carro por las calles mojadas después de la lluvia, y las luces de los carros viniendo hacia nuestra casa, me hacen pensar que tal vez es él, pero cada vez no es.

—¡¡¡Lalaaaa!!! ¿Te subes o te subo?

—¡Voy!

Pero no llega por mí.

No la siguiente noche. Ni la siguiente. Ni la siguiente, siguiente, siguiente.

# 14.

## *Fotonovelas*

$\mathcal{Y}$a que se deshizo de los demás, la abuela enojona puede abrir el ropero de nogal y consentir a su hijo preferido. Saca de su escondite lo que le ha estado guardando desde su última visita. Montones disparejos de fotonovelas* y revistas de monitos. *El libro secreto. Lágrimas, risas y amor. La familia Burrón.* Papá lee éstas y su periódico deportivo *ESTO* impreso con tinta color leche con chocolate. Papá pasa días enteros encerrado, en cama, fumando cigarros y leyendo. No sale del cuarto. La abuela enojona le trae sus comidas en una charola. Desde afuera de la puerta no hay más que el sonido de las páginas dando vuelta y papá riendo como la letra «k».

---

*\*La abuela le ha guardado sus fotonovelas favoritas:*
    *Mujeres hay muchas, pero madres: sólo hay una*
    *Virgen Santísima, ¡la matase!*
    *La tal por cual*
    *Mujeres: ¡todas son iguales!*
    *Maté al amor de mi vida*
    *No me hagas cometer una locura*
    *Le importa un carajo lo que tú sientas*
    *La historia sin fin*
    *La mujer más infeliz de todas*
    *Me casé con un trabajador inculto (Pero conmigo se volvió refinado)*
    *Las glorias de su amor*
    *Yo era su reina… ¿por qué cambió?*
    *La mujer con quien tuvo relaciones*
    *¿Debería irme o qué?*
    *Le pido a Dios que me guíe porque no sé qué hacer*

## Cenicienta

—Siempre que entro a un cuarto, tu tía Güera y tu abuela dejan de periquear.

Es lo que me dice mamá mientras talla nuestra ropa en el lavadero de la azotea. Amparo la lavandera lava los lunes, pero mamá empieza a lavar nuestra ropa ella sola, porque la abuela se ha estado quejando de las cuentas altas del agua y de la luz, y las sirvientas, y la cuenta de la comida, y esto y lo otro y aquello. Eso me dice mamá, maldiciendo entre dientes mientras le espolvorea el detergente a la ropa y le echa agua fría de una lata de café, y lava los pantalones de mis hermanos en el lavadero de piedra con el fondo acanalado, o restriega el cuello de una camisa con la escobeta de paja en forma de vestido de bailarina. La lata de café raspando contra el fondo acanalado, y mamá rezongando y maldiciendo y gruñendo cosas entre dientes que no puedo oír bien.

Todas las tardes mamá se viste y me lleva con ella de paseo.

—Lalita, vámonos.

—¿Adónde?

—Ni me importa.

Y cada día caminamos un poco más lejos. Primero sólo a las tienditas de la esquina por revistas y chicles *Chiclets*. Y después por la calzada de Guadalupe o Misterios. Y a veces hacia el centro. En la sombrita por la banqueta, el olor dulce a naranjas. La señora de las naranjas apilando naranjas en bonitas montañas anaranjadas sobre una toalla, su bebé dormido sobre un costal abultado. En otra entrada, esparcida sobre un rebozo moteado, una montaña de pepitas, las pepitas se venden en conos de periódico. Un viejito con un ojo apagado y el otro lechoso extiende la mano y dice en voz baja, —Bendita caridad, —y luego ruge, —Que Dios se lo pague, cuando le damos dos monedas.

Otras veces caminamos hacia La Villa, el aire turbio con el estruendo y el resuello y el zumbido de los camiones y taxis y carros, el aullido y rugido y bramido de los vendedores ofreciendo globos y fotografías de recuerdo y velas y estampitas religiosas, y las mujeres echando gorditas dulces en el comal, friendo platos de comida, sirviendo aguas frescas de frutas. El olor quemado de las gorditas y el maíz asado.

Pero nunca entramos a la basílica. Nos sentamos al sol en los escalones de la plaza hasta que se nos entibian los huesos y se nos cansa el trasero, comiendo gorditas calientes y tomando refrescos de piña, mirando a un hombre borracho bailar hacia atrás con un perro, una niña tejiendo carpetitas a gancho con hilo rosa, una viuda bajo una sombrilla negra tambaleándose de rodillas hacia la iglesia lenta, lentamente, como una mujer del circo en la cuerda floja.

O a veces nos dirigimos a la peste del mercado de la carne donde se encuentran las cabezas de los toros muertos —¿de las corridas de toros?— echadas en un charcote pegajoso, las feas y gordas lenguas afuera y los ojos llenos de moscas zumbando. —¡No mires!

Y un día hasta entramos a un restaurante en un bulevar de la esquina con azulejos brillantes verdes y negros en las paredes como tablero de ajedrez, por dentro y por fuera, y cortinas de metal que se abren hacia los dos bulevares de manera que si ves hacia adentro puedes ver directamente a la otra calle, los carros y los camiones y la gente apurándose a su casa del trabajo, y un camión de carga con una cadena amarrada a la defensa que traquetea echando chispas y polvo. Y nos sentamos en una mesa bonita cubierta de papel de estraza limpio con un salero con granos de arroz crudo revueltos con la sal, y un salero con palillos adentro, y un vaso de beber lleno de triángulos de servilletas, y la mesa baila hasta que el mesero le mete una tapita de cerillos doblada bajo una pata. Y pedimos el menú del día que viene con sopa de fideo y limones y un bolillo caliente y bolitas de mantequilla y un bistec empanizado, que mamá me corta en pedacitos.

En el radio Jorge Negrete está cantando una canción triste sobre una flor que es llevada por el río. Mamá con esos lentes de sol en forma de ojos de gato, viendo hacia la calle, hacia ningún lado, hacia la nada, suspirando. Por mucho tiempo. En un vestido blanco nuevo que compró especialmente para este viaje. Un vestido sin mangas que planchó ella misma, que hace que su piel morena se vea todavía más oscura, como el adobe cuando llueve. Y pienso en mi interior qué hermosa es mi mamá, luciendo como una estrella de cine en este momento, y no como nuestra mamá que tiene que tallar nuestra ropa sucia.

Mamá rompe palillos y hace una montañita con ellos, hasta que ya no quedan más. Cuando por fin recuerda que estoy sentada a su lado, me toca la mejilla y me pregunta, —¿Qué más quieres, Cenicienta— que quiere decir que está de buen humor, porque sólo me llama así cuando no está enojada y me compra cosas, refrescos Lulú, gelatinas de leche, rajas de pepino, elotes, un mango en un palo.

—¿Qué más quieres, Cenicienta?

Y estoy tan contenta de tener a mi mamá para mí sola comprándome cosas ricas de comer, y hablándome sólo a mí, sin que mis hermanos nos molesten.

Cuando regresamos a la casa en la calle del Destino, no puedo evitarlo. La felicidad burbujea de mi boca como la espuma de un refresco cuando lo agitas y lo agitas. Lo primero que digo cuando entro corriendo al patio es, —¿Adivinen qué? ¡Fuimos a un restaurante! Y es como si hubiéramos estado bajo un encantamiento, mi mamá y yo, pero con esas palabras lo he roto.

La abuela hace una cara, y tía Güera hace una cara, y papá hace caras también, y luego mamá me regaña y me dice, —Chismosa, ¿pa' qué tuviste que abrir el hocico? Pero si no se lo debía decir a nadie, ¿por qué no debía? ¿Y por qué mamá no me dijo que no se lo dijera a nadie *antes* y no después? ¿Y ahora por qué están enojados todos sólo porque fuimos a comer a un restaurante? No sé nada, excepto esto. Soy la razón por la cual mamá está gritando:

—¡Ya no aguanto más, me voy a largar de aquí! No puedo ni abrir el refrigerador y comerme una manzana si me da la gana. ¡Me voy a largar, me oyes!

Y papá le dice, —¡Zoila! ¡Cállate, que te van a oír!

Y mamá grita aún más fuerte, —¡Y a mí qué chingaos me importa que me oigan!

Y luego no sé por qué, pero estoy llorando, y lo que no puedo olvidar, mamá se quita uno de sus zapatos y lo avienta al otro lado de la recámara, y luego cuando pienso en ello, cómo lo recordaré distinto, afuera, contra el cielo nocturno, aunque no sucedió así. Un anochecer en la Ciudad de México lleno de estrellas como los vidrios rotos sobre los muros del jardín, y una luna de jaguar mirándome, y cruzando el cielo de vidrios rotos la zapatilla de cristal de mamá volando, volando, volando.

# 16

## El destino es el destino

—¿Qué crees que soy, una máquina? Tan sólo limpiar el desastre del comedor la semana pasada fue una tarea gigantesca. Enorme. Monumental. No tienes idea del trabajo. Sólo soy de carne y hueso, Dios me ampare, y con esa floja de Oralia, ¿cómo pretendes que pueda lidiar con tanto y para tantos, dime? ¿Y mencioné los gastos? No somos ricos, ya lo sabes. Doy gracias a Dios por la pensión de tu papá y la tlapalería, y el espléndido salario de tu hermana. Pero recuerda, hemos dejado de ganar el dinero de los dos departamentos este verano; porque le pedí a los inquilinos que desalojaran y les dejaran a ustedes los cuartos. No, no me quejo. Por supuesto, prefiero tener cerca a la familia. ¿Qué vale el dinero comparado con la alegría de tener a la familia de uno cerca? Hay que hacer sacrificios. Primero está la familia. Recuerda eso. ¿Inocencio, qué no te he enseñado nada?

La abuela enojona se queja a diario aunque ya se fueron los dos hijos menores y sus familias. Para colmo de males, debido a los corajes de la abuela, Oralia ha amenazado con renunciar.

—Si no le gustan mis servicios, señora, ya me puede correr.

—¿Para que te puedas largar con lo que me debes todavía por los adelantos que te di? ¡Ni que Dios lo mande! No me hagas caras. Mírame, Oralia, dije mírame, no me interrumpas, mírame. Voy a encontrar a otra muchacha que te ayude, te lo juro. Oye, ¿no sabes de alguna de confianza? Pregunta. Ve si no puedes encontrar a alguna pobrecita del campo. Las del campo siempre son más decentes y trabajadoras. No me gusta la idea de tener a gente que no sea de confianza durmiendo bajo mi techo.

Pero a fin de cuentas es sólo Candelaria a quien finalmente mandan llamar y entregan lavada, restregada y tallada la próxima semana. Le ponen un catre en el mismo cuarto de Oralia en la azotea, para que no tenga que viajar tantas horas de ida y vuelta a la casa de su mamá, excepto en su día libre. ¡La niña Candelaria va a vivir en casa de la abuela!

—No para siempre, no te hagas ilusiones, señorita, por ahora nomás. Y te tienes que bañar a diario y mantener limpio tu pelo, ¿entiendes? Éste no es el rancho.

Para que descanse un poquito, para que las reparaciones del comedor puedan ocurrir sin que los niños anden corriendo por allí, la abuela insiste en que papá lleve a su familia a Acapulco por ocho días. No va a salir muy caro. Nos podemos quedar en casa de la hermana del Sr. Vidaurri. Acapulco está nomás a unas cuantas horas. Podemos ir en carro.

Mamá, que nunca está de acuerdo con la abuela, esta vez le ruega a papá:

—Cada vez que venimos a México es la misma mierda. Puro salas, salas, salas. Nunca vamos a ningún lado. Estoy harta, ¿me oyes? ¡Fastidiada!

Finalmente, papá se rinde.

Al principio el viaje a Acapulco sólo va a incluir a papá y mamá, los seis hermanos y yo. Pero la abuela suspira tanto que papá tiene que invitarla a acompañarnos.

—¿Por qué carajo *insististes* en traerla? dice mamá bufando mientras empaca.

—¿Cómo le podría decir que no a mi propia madre? Especialmente después de que fue tan amable en prestarnos dinero para el viaje.

—Ah, sí, pos ya no aguanto sus «tan amable».

—Shhh. Los niños.

—¡Que me oigan! Mejor que ya se den cuenta de quién es su abuela.

La mañana en que nos vamos a ir, tía Güera y Antonieta Araceli han hecho sus maletas y también vienen. La abuela ha ido personalmente a la secundaria a informarle a la Madre Superiora que mi prima se enfermó de la gripa.

¡Hasta Candelaria va a venir!

Porque justo cuando están subiendo la última maleta a la rejilla portaequipajes, la abuela le lloriquea a papá, —Tráela, pobrecita. Puede ayudar con los nenes.

Así que a última hora, mandan a Candelaria a su cuarto de la azotea a que recoja una bolsa del mandado de plástico llena de unos cuantos harapos. Pero el pueblo de Candelaria está en Nayarit. Nunca ha visto el mar.

Antes de que pasen los ocho días, la mandarán de regreso en el próximo camión Tres Estrellas de Oro a la Ciudad de México con la dirección de la abuela enojona prendida a su fondo interior para que no se convierta en una más de las innumerables desdichadas que se pueden ver con unas lágrimas tremendas e hipo en los anuncios al público de la televisión... *Si reconoce a esta señorita, favor de llamar*... como es nueva en la ciudad y no sabe leer ni escribir, porque una enorme ola en Acapulco la tumbará, y el mar le saldrá de la boca y los ojos y la nariz durante días cuando se descubra que Candelaria no puede cuidar a los nenes sin que alguien la cuide primero a ella.

Es inútil. El destino es el destino. El papelito prendido a su fondo con la dirección de la casa se pierde. ¿Quién sabe a dónde fue a parar? Y Candelaria *sí* aparece en la televisión, llore que llore lágrimas de telenovela. ¡Quién lo hubiera creído! Agua salada como el mar corre de sus ojos, la sirvienta Oralia le grita al abuelito a que venga ver, y el abuelo manda a Oralia al centro a buscarla, y su mamá Amparo la lavandera le dará una paliza por el susto que le pegó, y luego vendrá y pedirá permiso de sacarla de trabajar de la casa de la abuela porque su hija ya está en edad, y una madre no puede tener demasiados cuidados, ¿verdad? Y el abuelo dirá,

—Bueno, sí, supongo, me imagino. Y tanto Amparo como la niña Candelaria desaparecerán otra vez en algún pueblo de Nayarit, porque para cuando la abuela regrese, será como si se las hubiera tragado la tierra, la lavandera y la hija de la lavandera se habrán ido, y quién sabe a dónde, y nada que se pueda hacer al respecto.

Pero esto es antes de que Candelaria se trague el Pacífico y sea enviada de vuelta a la Ciudad de México en el próximo Tres Estrellas de Oro. Vamos camino a Acapulco en la camioneta roja de papá, todos nosotros. Papá al volante. La abuela enojona sentada donde mamá acostumbra sentarse, porque se ofende si no le dan el lugar de honor. Antonieta Araceli sentada entre ellos en la joroba porque, —Siempre que me siento atrás me mareo. Mamá y tía Güera y Candelaria toman el asiento de en medio, cada una con un «nene» en las piernas: Lolo, Memo, yo. Rafa, Ito, Tikis y Toto reclaman el mejor lugar, el que ve hacia atrás.

—¿Por qué a ellos les toca sentarse atrás y a nosotros no?

—Porque son una bola de malcriados —dice la abuela, —Por eso. Quiere decir *«badly-raised»*, aunque sólo mamá se da cuenta cuando lo dice.

Le decimos adiós con la mano al abuelito, a Oralia y a Amparo que están de pie junto a las rejas del patio.

—¡Adiós! ¡Adiós!

—Si no paramos, tal vez podamos llegar en siete horas —dice papá.

—¡Siete horas! ¡Ni que Dios lo mande! Me conformo con llegar vivos. No te preocupes de quién te esté pitando, Inocencio. Tómate todo el tiempo que quieras, mijo. Vete con calma...

Cerrando las rejas de fierro verde con un gran estruendo, la lavandera Amparo en el círculo tembloroso del espejo retrovisor.

# 17

## Arroz verde

—¿Y entonces qué pasó?

—No me acuerdo.

—Inténtalo, papá.

—Pasó hace mucho tiempo.

—¿Estabas en la escuela, o sentado en un árbol? ¿Qué dijiste la primera vez que te gritaron, «Tarzán, Tarzán!» ¿Te hicieron llorar?

—Qué preguntas me haces, Lalita. ¿Cómo quieres que me acuerde de esas cosas?

—¿Ya casi llegamos? —pregunta Tikis desde el asiento que ve hacia atrás. —Nos estamos tardando mucho.

—¡Mucho! —dice la abuela. —Estos caminos tan buenos están aquí gracias al trabajo duro de tu abuelo. Antes de que la comisión de caminos construyera esta misma carretera, solía tomarnos tres semanas viajar lo que ahora cruzamos en sólo unas horas. Imagínate lo que debió haber sido para nosotros con el calor y los insectos, y dando tumbos en un burro. Sufrimos, de verdad que sí.

—Creí que el abuelo sólo se dedicaba a la contabilidad, dice Tikis. Ito le echa una mirada que mata, y Rafa le da un codazo.

—Pudo haber sido contador —dice la abuela, —pero tuvo que batallar con el polvo y las selvas y los mosquitos y las explosiones de dinamita igual que cualquiera que empuñaba una pala. Esto no era más que una jungla antes de la comisión de caminos. La gente tenía que viajar en barco y en tren y a caballo, y cuando llegaban las lluvias, en burro o en las ancas de un indio. Dicen que el emperador de la China mandó una vez un regalo a Hernán Cortés que se suponía iba a viajar por esta ruta. Dos hermosos tibores chinos bastante grandes como para que un hombre se escondiera en ellos. Pero según cuentan, el virrey español tuvo que mandarlos de vuelta, todo el camino a través del océano hasta el emperador chino, figúrense. Porque los caminos de la montaña estaban en tan mal estado que no podía estar seguro de que los tibores sobrevivieran el viaje.

—¿Por qué mejor no les dijo que se habían roto, abuela, y se los hubiera quedado en lugar de mandarlos de regreso a China y ofender al emperador?

—¡Qué tonterías dices, criatura! ¿Cómo quieres que yo sepa?

Al lado del camino, un perro haciendo caca.

—¡No vean! —grita la abuela, —o les va a salir una perrilla en el párpado.

Pasamos pueblos con baches grandes en las calles de lodo y puercos que se han escapado, y unas montañas de un verde, verde, verde que te da ganas de llorar. Todo huele a plata. Como si acabara de llover. Como si quisiera.

En Taxco comemos en un restaurante al aire libre junto a la calle. Un muerto pasa en los hombros de una marcha fúnebre al momento en que nos embuchamos unas cucharadotas de arroz verde en la boca.

El camino a Acapulco tiene tantas curvas, es mejor ver donde has estado en lugar de a donde vas. El aire caliente oloroso como un acuario. Tenemos que parar para que Antonieta Araceli tome agua mineral de Tehuacán porque trae el estómago revuelto. Luego nos tenemos que parar más adelante porque todos los niños tenemos que hacer pipí por tomar tantas botellas de Lulú y Pato Pascual. Antes de llegar a Acapulco estamos vomitando en varios sabores: tamarindo, tutti frutti, limón, naranja, fresa.

# La casita de Catita

Acapulco. En una casa en forma de barco. Todo está rizado como las frondas de un helecho. El mar. Nuestro pelo. Nuestros guaraches secándose al sol. La pintura en la casa barco.

La Sra. Catita es la gemela fea del Sr. Vidaurri, ¿pero cómo es posible que la gemela del Sr. Vidaurri tenga un barco oxidado por casa que huele a mangos pasados y a jazmín enmohecido? La cara del Sr. Vidaurri no es fea en un hombre, pero no es bonita en una mujer. El Sr. Vidaurri tiene una carota quemada como el sol de las tarjetas de la lotería. —La cobija de los pobres, el sol. Catita ha tenido que arreglárselas con esta cara prestada de hombre. Me asusta verla y ver en ella al Sr. Vidaurri.

Sólo que este Sr. Vidaurri tiene dos trenzas largas y grises a ambos lados de la carota quemada. Este Sr. Vidaurri lleva un mandil con peto, del tipo que usan las sirvientas, a cuadros para que no se le note la mugre, con flores bordadas en cada bolsillo: una margarita, un clavel, una rosa.

La primera vez que me presentan a Catita no quiero darle un beso, aunque papá insiste.

—Déjela —dice Catita —Es que le da pena.

¿Se asusta también el Sr. Vidaurri cuando ve la cara de su hermana y se ve a sí mismo?

El camino a casa de Catita está muy empinado. Eso hace que nuestros pies caminen como si tuvieran prisa, así que bajamos ladeándonos como patos de cuerda. Nos ponemos unos guaraches feos de hule que papá nos compra el primer día y unos sombreros bobos de paja. Cuando me quito el mío, la abuela enojona rezonga:

—¡Necia! ¡Póntelo o te lo pongo!

A excepción de Candelaria, que la abuela dice que ya está más quemada que un chicharrón, a todo el mundo le dan un sombrero bobo. Mamá y papá. Los seis hermanos. Abuela, tía Güera y Antonieta Araceli. Sombreros de paja con «ACAPULCO» bordado en hilo anaranjado, dos palmeras de cada lado, o un maguey bordado en verde de un lado y del otro, un mexicano dormido bajo un sombrero.

Catita y su hija duermen en la popa, un cuarto con ventanas redondas como portillas. En el cuarto arriba de ellas, duermen la abuela, tía y Antonieta Araceli. Bajo un mosquitero en un catre en el patio, la niña Candelaria. Nosotros dormimos encima de la cocina, más allá de un balcón con toallas mojadas y trajes de baño secándose en el barandal. Las ventosas verdes de las patas de una rana de árbol. Flores rosa mexicano con lenguas peludas. Lagartijas congeladas en unas «eses» en el techo hasta que un coletazo las hace salir disparadas.

Dormimos con las sábanas encima de la cabeza por las lagartijas, aunque hace mucho calor. Insistimos en dormir así. Sólo con la nariz de fuera. Bajo las sábanas, el olor agrio de la piel.

Aquí está Catita y aquí está su hija gorda que huele a chocolate. Tal vez sea sólo su piel del *color* del chocolate, me hago bolas. Podría ser. No recordaré el nombre de la hija. Sólo sus brazos gordos y sus tetas gordas. Y lo que dijo una vez de que la gente del lugar nunca nada en el mar.

—¿Por qué no?

—Porque no se nos ocurre.

—¿Pero como podría alguien que vive en Acapulco olvidarse del mar?

Cuando por fin viene con nosotros a la playa de la Caleta una mañana, nada tan lejos que parece una dona café chiquita en la distancia, agitando la mano, subiendo y bajando en las olas fuertes.

—¡Regrésate o te van a comer los tiburones!

Pero así es cómo la gente que vive aquí nada cuando se acuerda de nadar, olvidando los tiburones.

Todos los olores se arremolinan juntos. El olor a señora vieja de Catita el mismo olor que la servilleta humeante para guardar las tortillas de maíz calientes. La soñolienta brisa terrestre de plátanos podridos y flores podridas. El viento rizado del mar que huele a lágrimas. El olor a levadura de nuestros cuerpos dormidos bajo las sábanas. La hija sin nombre y el olor penetrante, dulce y perezoso a chocolate.

# 19.

## Un recuerdo

—Digan «whisky», —nos ordena el indio con sombrero de vaquero de paja.

—¡Whiskyyyyyyyyy!

«Clic» —dice la cámara. Cuando la cámara deja de parpadear, Rafa, Ito, Tikis y Toto echan una carrera a la playa para ver al próximo paracaidista flotar por el cielo. Tía le quita un grano de arena al ojo de Antonieta Araceli con un pañuelo floreado y saliva. Lolo y Memo arrastran a mamá de la mano a los labios del agua para brincar sobre las olas. Y la abuela susurra muy fuerte al oído de papá, —No le pagues por adelantado un centavo a ese peón, o nunca lo volveremos a ver.

El vaquero indio agrega la dirección de Catita a su libreta, pliega el trípode y se lo engancha al hombro gritando con voz gangosa, —¡Fotos! ¡Un bonito recuerdo! ¡Fotos! ¡Muy bonitas y muy baratas!

Más allá de la bahía de la Caleta, el anillo de montañas verdes sube y baja como el mar. Y más allá, el cielo más azul que el agua. Los turistas gritando en español, y gritando en inglés, y gritando en idiomas que no entiendo. Y a su vez, el mar gritando en otro idioma que desconozco.

No me gusta el mar. El agua me asusta y las olas son groseras. En casa, el lago Michigan es tan frío que hace que me duelan los tobillos, aun en verano. Aquí el agua está caliente, pero las olas meten arena a mi traje de baño y me raspan el trasero hasta dejarlo en carne viva. Se supone que la Caleta es la playa buena, pero me quedo afuera del agua después de que el mar trata de llevarme.

La espuma de las olas revuelve y revuelca y arrastra todo lo que está a la vista. Hago casas de arena donde la arena está lodosa y me chupa los pies, porque la arena seca está tan caliente que quema. La espuma del mar como las babas de un chango, burbujitas que cambian de verde a rosa y se revientan con un chasquido hasta ser nada.

Candelaria, con un collar de conchitas puesto, me teje una rosa de tiras de palma trenzadas.

—¿Dónde aprendiste a hacer eso?

—¿Esto? No sé. Mis manos me enseñaron.

Pone la rosa en mi sombrero y corre al mar. Cuando se mete al agua profunda su falda se abomba alrededor como una hoja flotante de lirio. No usa traje de baño. Trae ropa de calle, una blusa vieja y una falda recogida y metida en la pretina, pero aun así, meneándose en el agua, se ve bonita. Tres turistas toman bebidas de coco a la sombra de una palapa y cantan una canción escandalosa de los Beatles, —«*I saw her standing there*». Su risa por toda la playa como gaviotas.

—Cande, ¡cuidado con los tiburones!

El fondo del mar tiene ondas como el paladar de una boca y desaparece bajo tus pies a veces cuando menos te lo esperas. Por eso le tengo que gritar a Candelaria que tenga cuidado cuando se mete en el agua profunda. El agua de Acapulco, salada y caliente como sopa, arde cuando se te mete en los ojos.

—¡Lalita! ¡Métete!

—No, el agua es mala.

—No seas tontis, tontis. Anda. La voz de ella contra el rugir del mar, un pequeño gorjeo.

—¡Noooo!

—Y si te echo, ¿entonces qué?

Hemos ido a la isla de la Roqueta del otro lado de la bahía en un barco de fondo de cristal, y de camino allí hemos visto la estatua sumergida de la Virgen de Guadalupe hecha de puro oro. Vimos al burro que bebe cerveza en la playa de la Roqueta. Y hemos visto a los clavadistas de la Quebrada y la puesta de sol en los Hornos donde el mar quiere atraparte y baja de un trancazo, como un puño en un juego de luchitas. Y hemos cenado pescado al aire libre en una mesa chueca sobre la arena, y después nos hemos mecido en una hamaca. Papá, de buen humor, nos compró collares de conchas a todos, a mamá y a mí, a tía y Antonieta Araceli, a la abuela y hasta a Candelaria.

Candelaria con su collar de conchitas puesto brinca con cada ola, tan morena como cualquiera nacido aquí, sube y baja en el agua. La luz del sol hace destellos sobre su piel de agua y sobre las gotas que salpica. El agua resplandece, haciendo que todo se vea más claro. Podrías flotar y desaparecer, como espuma de mar. Allá, un poquito fuera del alcance. Candelaria centelleando como un lustroso pájaro acuático. El sol tan brillante que la hace parecer todavía más oscura. Cuando voltea la cabeza entrecerrando los ojos de esa manera, entonces me doy cuenta. Sin saberlo me doy cuenta.

Todo esto en un segundo.

Antes de que el mar abra su bocota y trague.

# 20

# Echando palabras

Busco la cara de Candelaria en las ventanas mugrosas de los camiones mugrosos enfilados y que rugen aire caliente. Papá me alza y me sube a sus hombros, pero la abuela despacha a Cande a toda prisa y no sé cuál es su camión. Por fin, veo a la abuela abrirse paso de regreso hacia nosotros dando brazadas y empujones al mar de gente. La abuela da manotazos a cualquiera que se le atraviese, un pañuelo pegado a la boca como si no se sintiera bien.

—¡Ay, ay, qué horror! —sigue refunfuñando cuando finalmente regresa a donde estamos papá y yo. —¡Sáquenme de este infierno de indios! ¡Huele peor que un muladar!

—¿Pero no vamos a esperar a que salga el camión de Candelaria? —pregunto.

—¡Dije vámonos de aquí antes de que nos peguen las pulgas!

No hay nada más que decir. Nos alejamos de ese calor de eructo de camiones y el pregón de los vendedores que equilibran charolas de tortas de jamón en la cabeza, lejos de la gente que viaja con bolsas del mandado repletas y cajas de cartón atadas con mecate peludo.

Hemos dejado a todos esperando en el carro, y ahora están acampados en cualquier pedazo de sombra que pudieron encontrar, comiendo barquillos de helado, las caras brillantes, las voces quejumbrosas e impacientes. —¿Por qué se tardaron tanto?

Cada puerta abierta de nuestro carro bosteza. Antonieta Araceli, de muy mala cara, está acostada adentro con un pañuelo mojado en la cabeza porque, como lo explica tía, —Pobrecita. La Gorda por poco se desmaya de calor.

Ya es la parte más caliente de la tarde. Para evitar que se eche a perder el día, la abuela sugiere que vayamos al puerto y tomemos un paseo en barco.

—Me acuerdo que hay unas excursiones muy buenas y baratas. Tan refrescante. De esa manera por lo menos podremos disfrutar de la brisa marina. Todos ustedes me lo agradecerán al final.

Pero ya en el puerto, el precio de los boletos no es tan económico como la abuela recuerda.

—¡Todos los refrescos que pueda beber! ¡Absolutamente gratis! —grita el vendedor de boletos.

Nos subimos a bordo mientras papá y la abuela regatean una tarifa de grupo con el vendedor de boletos. —Tengo siete *hijos,* comienza papá, presumiendo de sus siete «*sons*».

Desde el barandal del barco, vemos a un montón de niños ruidosos del vecindario echándose clavados para recoger monedas. Rafa está dando órdenes en voz baja, pellizcándonos y jalándonos. —Y Lala, no empieces a lloriquear con que quieres algo extra. Papá no tiene dinero.

—No iba a…

—¡Seño, seño! —gritan los buzos, sin decir señora o señorita sino algo intermedio, sus cuerpos brillosos y oscuros como leones marinos. Saltan y desaparecen en las aguas aceitosas, seguidos de un camino de burbujas, y regresan con las monedas en la boca. ¿Que no le dijeron sus mamases que nunca se pusieran dinero en la boca? Nadan como si no fuera la gran cosa, riéndose y gritándonos. Le tengo miedo al agua. Los niños de Acapulco no le tienen miedo.

Suena la sirena, suben el tablón de madera, los motores comienzan a rugir y nos empezamos a alejar de la costa, las banderas ondeando al viento, el agua agitándose a nuestro alrededor. Los niños acapulqueños meneándose en el agua nos hacen adiós con la mano. Me quito el sombrero para el sol y también les hago adiós con la mano.

Como si tuviera alas de palomilla, la rosa que Candelaria me hizo revolotea de mi sombrero. La miro sin poder hacer nada mientras gira en el aire, se eleva por un momento, luego cae en el agua, donde sube, baja y se ríe antes de que la espuma se la trague.

Pero todos se han ido. Mi prima y mis hermanos han desaparecido. Sólo los grandes están a la vista, subiendo las escaleras a la cubierta, el viento azotando su pelo como llamas. Ya es muy tarde. Para cuando los alcanzo, la orilla se hace más y más pequeña.

—¿'Ora qué? —pregunta mamá al verme llorando.

—Mi flor, se cayó al agua.

—¿Por eso lloras? Pos mira tú.

—No llores, Lalita —dice papá. —Yo te compro otra.

—¿Qué, que, qué? —pregunta la abuela. —¿En qué vamos a malgastar dinero?

—Está llorando por una flor que dice que perdió.

—¡Llorando por una flor! Vaya, yo perdí a mis dos padres cuando tenía tu edad, ¿pero acaso me ves llorando?

—¡Pero era la flor que me hizo Cande! ¿Crees que esos niños podrían bucear y tal vez encontrarla, papá? ¿Cuando regresemos, quiero decir?

—Por supuesto, mi cielo. Y si ellos no se echan, yo mismo me echo y la encuentro. No llores, corazón.

—Ándale —agrega mamá. —Ahora lárgate y déjanos en paz.

Camino de arriba abajo a lo largo del barco, voy dos veces al baño, me tomo tres Cocas en la cubierta, dos en la parte de abajo, me meto debajo las escaleras, me acuesto en las bancas, le saco el corcho a dieciséis corcholatas, pero no puedo olvidarlo. Tal vez la corriente de mar llevará mi flor a la playa, quizá. Precisamente cuando estoy dando otra vuelta al bar por otra Coca, un brazo gordo y peludo me agarra de los hombros y me pone una espada de plástico al cuello. ¡Es un pirata con bigote y cejas como Groucho Marx!

—Dí «whisky».

Un flash relampaguea.

Un recuerdo, dice el fotógrafo: —Un bonito recuerdo listo para cuando regresemos al muelle, muy barato. Ve a decirle a tus papás, niña.

Pero ya he recordado que Rafa me dijo que no hay dinero para ninguna cosa extra. Lástima que nadie se lo haya dicho ni al pirata Groucho Marx ni al fotógrafo. Ya es demasiado tarde; están ocupados tomándoles fotos a mis hermanos.

Papá y tía Güera se cansan del viento en la cubierta y están entretenidos contándoles historias a Rafa y Antonieta Araceli en el bar. Sólo la abuela y mamá todavía están arriba cuando regreso. Puedo ver la boca de la abuela abrirse y cerrarse pero no puedo oír lo que está diciendo sobre el rugido del viento y el motor. Mamá está sentada mirando de frente sin decir nada. Detrás de ellas, el pueblo de Acapulco con sus hoteles elegantes donde se quedan los ricos: Reforma, Casablanca, Las Américas, El

Mirador, La Bahía, Los Flamingos, Papagayo, La Riviera, Las Anclas, Las Palmas, Mozimba.

Antes de la puesta de sol, el mar se nos pone bravo. Todos estamos enfermos por las Cocas gratis y nos urge regresar a tierra. Parece una eternidad antes de que lleguemos al puerto y nos amontonemos en la camioneta, los niños grandes trepándose por la parte de atrás, Antonieta Araceli enfrente entre papá y la abuela, los niños chiquitos en la fila de en medio sobre las piernas. Mamá toma su lugar detrás de papá.

La abuela está de buen humor e insiste en contar anécdotas graciosas de sus hijos cuando eran chiquitos. Todo el mundo está parloteando como changos, contentos de estar en tierra firme, deseosos de regresar a casa de Catita y comer una rica merienda después de haber vaciado y limpiado a fondo nuestros estómagos con las Cocas.

Me he de ver muy desgreñada porque mi tía me sienta en sus piernas, saca mi pelo de la liga de hule, y me lo peina con los dedos. Entonces me acuerdo:

—¡Mi flor! Paren el carro. ¡Nos olvidamos de ir a buscarla!

—¿Qué flor, mi cielo?

—¡La que perdí en el agua, la que me hizo Candelaria!

Mamá se empieza a reír. Como una histérica. Salvajemente. Como una bruja que se ha tragado a un bebé. Al principio nosotros también nos reímos. Pero cuando no para, nos asusta. Como cuando a Antonieta Araceli le da uno de sus ataques, o a Toto le sale sangre de la nariz. No sabemos si debemos subirle los brazos, alzarle los pies, obligarla a acostarse, hacerle presión en la lengua con una cuchara o qué. Luego, tan de repente como había empezado, se para, dirige la mirada hacia el frente al espejo retrovisor, entrecruza la mirada con la de papá, y dice una palabra:

—¿Cómo?

Las cejas de papá se arrugan.

—¿Cómo… pen… sas… tes? ¿Quién crees que soy? ¿Una taruga? ¿Una imbécil? ¿Una alcahueta? ¿Disfrutas que haga el ridículo con tu familia?

—Estás histérica —dice papá. —Domínate. No sabes de lo que hablas.

—*That's right*. Yo no sé nada. Yo soy el mero chiste, ¿no? Todo saben todo menos la esposa.

—¡Zoila! ¡Por el amor de Dios! No seas escandalosa.

—Tu mamá fue tan amable de decirme. Ahora... a ti que te gusta tanto decir cuentos, cuéntame éste, o ¿quieres que te lo cuente?

Tía trata de abrazarme y taparme los oídos, pero nunca he visto a mamá así y me zafo. Todos en el carro están callados como si el mundo se hubiera desvanecido y no existiera nadie más que papá y mamá.

Papá guarda silencio.

Mamá dice, —¿Sí *es*... *es* cierto, verdá? Todo lo que me dijo tu mamá. No lo inventó esta vez. No tuvo que, ¿verdá? ¿Verdá? Inocencio, ¡te hablo! Contéstame...

Papá mira de frente y sigue manejando como si no estuviéramos ahí.

—¡Canalla! Mientes más por lo que *no* dices, que por lo que sí. ¡Eres pura bola de mierda! ¡Mentiroso! ¡¡Mentiroso!! ¡¡¡Mentiroso!!! Y entonces empieza a darle de puñetazos a papá en el cuello y los hombros.

Papá da un volantazo y casi le pega a un hombre en una bicicleta con una canasta de pan dulce en la cabeza, y el carro se para en seco con un rechinón. La abuela abre sus alas de guacamaya y trata de proteger a papá de los trancazos de mamá, aplastando a la chillona de Antonieta Araceli. Tía trata de sujetar a mamá como en camisa de fuerza, pero sólo logra que mamá se ponga todavía más brava.

—Suéltame, ¡*you floozy* fulana!

—¡Maneja, maneja! —la abuela ordena, porque para entonces un grupito de mirones se ha reunido en la banqueta para disfrutar de nuestro sufrimiento. Papá pisa a fondo el acelerador de la camioneta, pero es inútil.

—Párate. Déjame salir del carro o me aviento, ¡*I swear*! —Mamá empieza a gritar. Abre la puerta mientras el carro está en movimiento y obliga a papá a dar un frenazo otra vez. Antes de que alguien pueda detenerla, mamá sale destapada, corriendo por el tráfico como una loca y desaparece en medio de la plaza de un vecindario rascuache ¿Pero a dónde puede ir mamá? No tiene dinero. Todo lo que tiene es un marido e hijos, y ahora ni siquiera nos quiere.

Papá se para en seco y salimos como tapón del carro.

—¡Zoila! —grita papá, pero mamá corre como si el diablo la persiguiera.

Es la hora en que todo mundo en México desfila por las calles, justo cuando oscurece y el aire nocturno está húmedo y pegajoso con el olor de la merienda friéndose. Hombres, mujeres, niños, la plaza hierve de gente, agitándose con los olores de elotes asados, aguas negras, flores, fruta podrida, palomitas, gasolina, el caldo de pescado del Pacífico, talco dulce, carne asada y caca de caballo. Del otro lado de la plaza, una versión orquestal rayada de «María bonita» retumba de las bocinas de la plaza. Las luces de la calle tartamudean al momento en que mamá choca contra un vendedor que espolvorea jugo de limón y chile piquín sobre un chicharrón tan grande como un sombrero de sol, casi tirándoselo de las manos.

—¡Epa, cuidado!

Mamá se tropieza con los boleritos y se abre paso a empujones por un nudo de jóvenes tan esbeltos y morenos como tasajo, parados ociosamente por los puestos de periódicos.

—Chulita, ¿soy yo a quién buscas?

Sale disparada más allá de los coches de caballos tristes con caballos tristes y cocheros tristes.

—¿Adónde te llevo, mamacita, adónde? Mamá corre histéricamente.

Los niños con collares de conchas colgados en ambos brazos le relamen los codos, —Seño, seño. Mamá no los ve.

Zigzaguea más allá de los camiones calentando motores, se congela a media calle, luego sale disparada de vuelta hacia la banca más cercana del parque, donde la encontramos ya tranquila, de lo más calmada junto a una inocente; una niña de cara morena y cuadrada y trenzas enrolladas en la cabeza como una diadema.

Rafa e Ito son los primeros en alcanzar a mamá, pero se detienen antes de acercársele demasiado. Mamá ignora todo y a todos, y sólo vuelve a la vida cuando papá aparece.

—¡Zoila! —Papá dice sin aliento. —¡Por el amor de Dios! ¡Súbete al carro!

—Yo nunca volveré a ir contigo a ningún lado, ¡nunca! ¡*you big fat liar*! ¡Mentirosote! ¡Nunca! ¿Quién crees que soy?

—Zoila, por favor, no hagas una escena. No seas escandalosa. Sé digna...

—¡Lárgate! ¡Te advierto, no te me arrimes! ¡*Scram*!

Papá la agarra del brazo y trata de obligarla a pararse, sólo para mostrar que todavía es el jefe, pero mamá se zafa de un jalón. La niñita sentada al lado de mamá le hace una mueca feroz a papá.

—¡No me toques! —dice mamá. —¡Suéltame! ¡Animal bruto! —le grita a todo pulmón.

En dos lenguas mamá lanza palabras como armas, y éstas atinan al blanco con un ruido sordo de asombrosa precisión. Los huéspedes se asoman medio desnudos desde ventanas de hoteles de tercera clase, los clientes de los puestos de licuados se dan la vuelta en sus banquillos desde el mostrador, los choferes de taxis abandonan sus carros, los meseros olvidan sus propinas. El vendedor de elotes ignora a sus clientes y se acerca para tener mejor vista como si fuéramos el último episodio de una telenovela favorita. Los vendedores, la gente del pueblo, los turistas, todos nos rodean para ver a quién está llamando mamá un *big* caca, un chivo, un güey, un *fat butt*, un sinvergüenza, un farsante, un salvaje, un bárbaro, un gran puto.

Al sonido de las palabrotas, la abuela da órdenes a mi tía de que se lleve a las niñas al carro. Tía me levanta en brazos y trata de pastorearnos de regreso, pero para entonces el gentío nos aprieta y tiene que bajarme otra vez.

—Zoila, súbete al carro. Mira el escándalo que estás haciendo. Éste no es lugar para discutir asuntos familiares. Vamos a regresar a nuestros cuartos y hablar con calma como la gente decente.

—¡Ja! ¡'Tas loco! No vuelvo contigo. ¡*Forget it*! ¡Olvídalo!

—¿Qué estás diciendo?

—Me oíste. ¡Olvídalo! Desde ahorita se acabó. *Finished*. Finito. Se acabó. ¿Entiendes? Entonces le saca la lengua y le echa una fuerte trompetilla.

Papá se queda ahí parado, humillado, sin habla. Mis hermanos tienen cara de susto. Para ahora la multitud que nos rodea cambia de posición nerviosamente como un público que observa a un actor que intenta penosamente recordar lo que le tocaba decir. Papá tiene que decir algo, ¿pero qué?

—Está bien. ¡Está bien! Si eso es lo que quieres, Zoila, eso tendrás. Quieres desbaratar a nuestra familia, ándale pues. Lalita, ¿con quién te quieres ir, con tu mamá o conmigo?

Abro la boca. Pero en vez de palabras, me salen unos grandes sollozos atragantados con hipo rociados de telarañas de saliva. Rafa de pronto recuerda que es el mayor y se abre paso a empujones hasta mi lado, alzándome y abrazándome.

—Ya ves. Ya ves —dice papá. —Espero que estés satisfecha.

—Mijo, interviene la abuela. —Déjala. Te conviene más no estar con las de su clase. Las mujeres van y vienen, pero madres, ¡sólo hay una!

—¿Quién eres tú pa' meterte en nuestros pleitos? ¡Metiche! —dice Zoila abruptamente.

Al oír esto, algunos aplauden, otros maldicen. Unos se ponen del lado de mamá. Otros de papá. Algunos de la abuela. Otros nomás se quedan parados con la boca abierta como si fuéramos el espectáculo más maravilloso del mundo.

—¡Atrevida! Subiste de posición social al casarte con mi hijo, un Reyes, y no creas que no lo sé. Ahora tienes el descaro de hablarme de esa manera. A mi hijo le podría haber ido mucho mejor que casándose con una mujer que ni siquiera sabe hablar bien el español. Suenas como si te hubieras escapado del rancho. Y lo más triste del caso, eres prieta como una esclava.

La abuela dice todo esto sin recordar a tío Chato, que es tan moreno como mamá. ¿Es por eso que la abuela lo quiere menos que a papá?

—¡Vieja cabrona! —dice mamá silbando entre dientes.

La multitud da un grito ahogado, de susto e incredulidad. —¡Qué golpe! —¡Y a una anciana!

—Mira, *you raise-heller*, vieja peleonera —mamá continúa, —¡Nomás has querido de arruinar este matrimonio desde que empezó! Bueno, ¿pos qué crees? Me vale madres lo que me tengas que contar, ni te voy a dar el gusto, ¿y sabes por qué? Porque eso es lo que quieres, ¿no? Pase lo que pase, te guste o no te guste, tarde o temprano, tienes que acomodarte a la idea. Soy la esposa de Inocencio y la madre de sus hijos, me oyes. Soy su esposa por la ley. ¡Soy una Reyes! Y no hay una chingadera que puedas hacer.

—¡Aprovechada! —la abuela contraataca. —¡Basura! ¡India! No me voy a quedar aquí parada y dejar que me insulten. Inocencio, insisto en que nos lleves a casa. ¡A México! ¡Ahora!

—Inocencio, si dejas que esta caca de vaca se meta en nuestro carro, te puedes olvidar de volverme a ver a mí o a tus hijos. Échala en un camión con su dirección prendida en su fondo, a mí qué me importa.

—Qué estupideces dices. Un hijo nunca se atrevería a poner a su propia madre en un camión, para que lo sepas. Eres una cualquiera.

—Pos, yo no me meto en ese carro contigo aunque te amarren del techo con las maletas. ¡Eres una bruja, te odio!

—¡Silencio! Ya basta. ¡Las dos! —Papá les ordena.

—Haz lo que te dé la chingada gana, ya no me importa —dice mamá. —Pero te digo y no te lo vuelvo a decir. ¡Yo no voy a *ningún* lado con esa vieja!

—Ni yo con… ésa. ¡Nunca, nunca, nunca! Ni que Dios lo mande —dice la abuela. —Mijo, tendrás que escoger a… Ella…

El dedo gordo de la abuela señala a mamá, que está temblando de rabia.

—O yo.

Papá mira a su mamá. Y luego a nuestra mamá. La muchedumbre se apretuja a nuestro alrededor. Papá alza la cabeza al cielo como buscando una señal divina. Las estrellas repiquetean como un redoble de tambor.

Entonces papá hace algo que nunca ha hecho en su vida. Ni antes, ni desde entonces.

# SEGUNDA PARTE

Cuando era mugre

"Cuando era mugre»… es como empezamos a contar una historia que sucedió antes de nuestro tiempo. Antes de que naciéramos. Una vez fuimos polvo y al polvo hemos de regresar. Polvo eres y en polvo te convertirás. Una cruz en la frente el Miércoles de Ceniza para recordarnos que es cierto.

Por mucho tiempo creo que el primer momento de mi existencia es cuando brinco por encima de una escoba. Recuerdo una casa. Recuerdo la luz del sol a través de una ventana, la luz del sol con motas de polvo centelleando en el aire y alguien que barre con una escoba de maíz. Un montón de polvo en el piso, y yo brinco encima. Los pies brincando encima de un montón de polvo; así fue cuando comenzó el mundo.

Cuando era mugre es cuando comienzan estas historias. Antes de mi tiempo. Así es como las escuché o no las escuché. Así es como me imagino que sucedieron estas historias, en ese entonces. Cuando yo brillaba y giraba y daba vueltas felizmente por el aire.

# 21.

## Así comienza mi historia para tu buen entender y mi mal decir

Había una vez, en la tierra de los nopales, antes de que a todos los perros les pusieran «Woodrow Wilson», en la época en que la gente todavía bailaba el chotís, el cancán y el vals al son de un violín, un violoncelo y un salterio, en la nariz de un cerro donde una diosa se le apareció a un indio, en esa ciudad fundada cuando un águila posada en un nopal devoraba una serpiente, más allá de los volcanes gemelos que fueron una vez príncipe y princesa, bajo el cielo y sobre la tierra vivían la mujer Soledad y el hombre Narciso.

La mujer Soledad es mi abuela enojona. El hombre Narciso, mi abuelito. Pero cuando comenzamos esta historia son simplemente ellos mismos. No han comprado todavía la casa en la calle del Destino, número 12. Ni sus hijos han nacido ni se han mudado al norte a ese país horrible con sus costumbres bárbaras. Más tarde, después de que muera mi abuelo, mi abuela vendrá al norte a vivir con nosotros, hasta que sufre un tremendo ataque que la deja paralizada. Entonces se queda sin palabras, excepto para sacar la punta de la lengua por unos labios delgados y balbucear una espumosa oración de saliva. Tantas cosas quedan sin decir.

Pero esta historia es del tiempo de antes. Antes de que mi abuela enojona se volviera enojona, antes de que se convirtiera en la mamá de mi papá. Una vez había sido una mujer joven a quien los hombres miraban y las mujeres escuchaban. Y antes de eso había sido una niña.

¿Hay algún vivo que recuerde a la abuela enojona cuando era niña?

¿Queda alguien en este mundo que alguna vez la haya escuchado decir «mamá»? Fue hace tanto, tanto tiempo.

**¡Qué exagerada eres! ¡No fue hace tanto tiempo!**

Tengo que exagerar. Es por el bien de esta historia. Necesito detalles. Tú nunca me dices nada.

**Y si te lo dijera todo, ¿qué te quedaría hacer a ti, eh? No te digo ni muy poco…**

Ni tanto, tanto. Bueno, déjame seguir con la historia, entonces.

**¿Y quién te está deteniendo?**

Soledad Reyes era una niña de buena familia, si bien humilde, la hija de afamados reboceros de Santa María del Río, San Luis Potosí, de donde vienen los rebozos más finos de toda la república, rebozos tan ligeros y delgados que se pueden meter y sacar por un anillo de boda.

Su padre, mi bisabuelo Ambrosio Reyes, era un hombre que apestaba a astillero y cuyas uñas estaban permanentemente manchadas de azul. A decir verdad, el hedor no era culpa suya. Se debía a su pericia como fabricante de rebozos negros, porque el negro es el color más difícil de teñir. La tela se tiene que remojar una y otra vez en agua donde sartenes oxidados, tubos, clavos, herraduras, barandales de cama, cadenas y ruedas de carreta se han puesto a disolver.

**¡Cuidado! Ni muy poco, ni tanto, tanto…**

…De otra manera la tela se desintegra y todo el trabajo ha sido en vano. Tan preciado era el rebozo de olor, que se decía que cuando a la enloquecida ex–emperatriz Carlota* le entregaron uno en su castillo convertido en prisión de Bélgica, olió la tela y anunció dichosa, —Hoy partimos a México.

**Ni muy poco, ni tanto, tanto.**

Todo el mundo coincidía en que los rebozos negros de Ambrosio Reyes eran los más exquisitos que nadie había visto jamás, tan negros como la cerámica de Coyotepec, tan negros como el huitlacoche, tan verdaderamente negros como una olla de frijoles negros recién cocidos. Pero eran los dedos de su esposa Guillermina los que daban a los rebozos su elevado precio debido al fleco anudado en diseños elaborados.

El arte de las empuntadoras es tan antiguo que nadie recuerda si llegó del Oriente, del macramé de Arabia a través de España, o del Occidente de la bahía azul cielo de Acapulco donde los galeones se meneaban cargados de porcelana fina, objetos laqueados y seda costosa de Manila y la China. Quizá, como sucede con frecuencia con lo mexicano, vino de ambos y de ninguno.[†] El diseño característico de Guillermina, con sus intrincados nudos enganchados en ochos entrelazados, requería ciento cuarenta y seis horas para terminarlo, pero si le preguntabas cómo lo hacía, ella diría, —¿Cómo he de saberlo? Son mis manos las que saben, no mi cabeza.

La madre de Guillermina le había enseñado el arte de la empuntadora de contar y dividir las hebras de seda, de trenzarlas y anudarlas en rosetones, arcos, estrellas, diamantes, nombres, fechas y hasta dedicatorias, todo hecho con sumo cuidado, y anteriormente, su madre le había enseñado como a su vez su propia madre lo había aprendido, así que era como si todas las madres e hijas estuvieran trabajando a la vez, todas ellas un hilo entrelazándose y haciendo lazadas dobles, cada mujer aprendiendo de la anterior, pero agregando un adorno que se convertiría en su sello, luego pasándolo a la siguiente.

—Así no, hija, así. Es como trenzar pelo. ¿Te lavaste las manos?

—Ves este diseño de araña aquí, pon atención. La viuda Elpidia te dirá otra cosa, pero fui yo quien lo inventó.

—Hortensia, ese rebozo que vendiste antier. Policarpa anudó el fleco, ¿verdad que sí? Siempre se puede reconocer el trabajo de Policarpa... parece que lo hizo con las patas.

—¡Puro cuento! ¡Qué mitotera eres, Guillermina! Sabes que lo hice yo misma. Te gusta entretejer historias nomás para echar pleito.

Y de esa manera mi abuela fue envuelta de recién nacida en uno de estos famosos rebozos de Santa María del Río, los rebozos que un pintor mexicano afirmaba podrían servir de bandera nacional, los mismos rebozos que las esposas adineradas codiciaban y guardaban en cajas incrustadas de cedro y perfumadas de manzana y membrillo. Cuando el rostro de mi abuela era todavía un trébol gordo, la sentaron en un huacal de madera debajo de estos preciosos rebozos y le enseñaron los nombres que se le da a cada cual según su color o diseño.

**Sandía, farol, perla. Lluvia, ves, que no es lo mismo que llovizna. Nieve, columbino gris, jamoncillo coral. Café con ribetes de coyote blanco, los tornasolados arcoíris, el rojo quemado y el amarillo dorado maravilla. ¡Ya ves! Todavía me acuerdo.**

Las mujeres de toda la república, ricas o pobres, feas o bonitas, ancianas o jóvenes, en los tiempos de mi abuela todas tenían rebozos; los de seda china verdadera se vendían a precios tan elevados que uno los pedía como dote y se los llevaba a la tumba como mortaja, así como los ordinarios hechos de algodón y comprados en el mercado que se usaban a diario. Los rebozos de seda se usaban con el mejor vestido, de gala como dicen. Rebozos de algodón para cargar a un niño o espantar las moscas. Rebozos piadosos para cubrirse la cabeza al entrar a la iglesia. Rebozos lucidores enroscados y anudados en el cabello con flores y broches de plata. El rebozo más gastado y suave para ir a la cama. Un rebozo como cuna, como paraguas o sombrilla, una canasta para ir al mercado o cubriendo con modestia el pecho de venas azules amamantando.

Ese mundo con sus costumbres mi abuela presenció.

**¡Exactamente!**

Era lógico, entonces, que ella hubiera sido una anudadora de flecos también, pero cuando Soledad era todavía demasiado pequeña para trenzar su propio cabello, su madre murió y la dejó sin el lenguaje de los nudos y los rosetones, de la seda y la artisela, del algodón y los secretos teñidos de *mengikat*. No había una madre que tomara sus manos y las pasara por una piel de víbora seca para que sus dedos recordaran el diseño de diamantes.

Cuando Guillermina partió de este mundo a aquél, dejó un rebozo sin terminar, el diseño tan complejo que ninguna otra mujer fue capaz de acabarlo sin deshacer los hilos y volver a empezar.

—Compadrito, lo siento, traté, pero no puedo. De sólo hacer unos cuantos centímetros casi me cuesta mi vista.

—Déjelo así —dijo Ambrosio, —inacabado como su vida.

Aun con la mitad del fleco colgado sin trenzar como el cabello de una sirena, era un exquisito rebozo de cinco tiras, la tela una hermosa mezcla de rayas color chicloso, orozuz y vainilla con motas blancas y negras, razón por la cual llaman a este diseño caramelo. El rebozo era suave y resbaloso, de una calidad y peso excelentes, con un trabajo asombroso en el fleco parecido a una cascada de fuegos artificiales sobre un campo de girasoles, pero imposible de vender por su rapacejo sin terminar. A la larga cayó en el olvido y Soledad pudo reclamarlo como juguete.

Después de la repentina muerte de Guillermina, Ambrosio sintió la urgencia de volver a casarse. Tenía una hija, un negocio y la vida por delante. Se casó con la viuda del panadero. Pero debió haber sido los años de tintura negra lo que caló el corazón de Ambrosio Reyes. ¿De qué otra manera explicar sus costumbres sombrías? Fue su nueva mujer, una mujer amargada que amasaba la masa para hacer cochinitos de genjibre, conchas de azúcar y cuernitos de mantequilla, quien le robó toda su dulzura.

Porque a decir verdad, poco después de volverse a casar, Ambrosio Reyes perdió interés por su hija de la misma manera en que a veces uno recuerda el sabor de un dulce pero ya no lo echa de menos. La memoria bastaba para satisfacerlo. Olvidó que una vez había amado a su Soledad, cómo le había gustado sentarse con ella a la entrada tomando el sol, y cómo su coronilla olía a té de manzanilla caliente, y este olor lo había hecho feliz. Cómo solía besar el lunarcito en forma de corazón en la palma de su mano izquierda y decir: —Este lunar es mío, ¿verdad? Cómo cuando ella le pedía unos centavos para un chuchuluco, él contestaba: —Tú eres mi chuchuluco, y fingía comérsela. Pero lo que más le rompía el corazón a Soledad era que ya no le preguntaba: —¿Quién es mi reina?

Ya no recordaba: ¿sería posible? Era como en el cuento de hadas «La reina de las nieves», un poco de vidrio maléfico no más grande que una astilla se le había metido en el ojo y en el corazón, un dolor tierno que le dolía cuando pensaba en su hija. Si sólo hubiera optado por pensar en ella con más frecuencia y disolver ese mal con lágrimas. Pero Ambrosio Reyes se comportaba como la mayoría en cuanto a pensamientos dolorosos. Optó por no pensar. Y al no pensar, la memoria se infectó y se puso aún más tierna. ¡Cuán corta es la vida y cuán largo el arrepentimiento! No había nada que hacer al respecto.

Pobre Soledad. Su niñez sin una niñez. Nunca sabría lo que era que un padre la abrazara una vez más. Sin nadie que la guiara, la acariciara, la llamara con nombres cariñosos, la calmara o la salvara. Nadie la podría enternecer otra vez con el amor de una madre. No habría un cabello suave sobre su mejilla, sólo el fleco suave del rebozo sin terminar, y ahora a los dedos de Soledad les dio por peinarlo, trenzarlo, destrenzarlo, trenzarlo, una y otra vez, el lenguaje de las manos nerviosas. —¡Deja! —su madrastra le gritaba, pero sus manos nunca se detenían, aun mientras dormía.

Ella era treinta y tres kilos de dolor el día en que su padre la regaló a su prima en la Ciudad de México. —Es por tu propio bien —dijo su padre. —Deberías estar agradecida. De eso su nueva mujer lo había convencido.

—No llores, Soledad. Tu padre sólo piensa en tu futuro. En la capital tendrás más oportunidades, una educación, la oportunidad de conocer a gente de mejor categoría, ya lo verás.

**Así que ésta es la parte de la historia que si fuera una fotonovela o telenovela se podría llamar «*Solamente Soledad*» o «*Sola en el mundo*» o «*No soy la culpable*» o «*Qué historia he vivido*».**

El rebozo de caramelo sin terminar, dos vestidos y un par de zapatos chuecos. Esto fue lo que le dieron cuando su padre le dijo: —Adiós y que el Señor te bendiga, y la dejó ir a la casa de su prima Fina en la capital.

Soledad recordaría las palabras de su padre. *Ni muy poco, ni tanto, tanto.* Y aunque eran las instrucciones para teñir de negro los rebozos negros, quién se hubiera imaginado que le enseñarían cómo vivir su vida.

---

*La emperatriz Carlota, quien estaba predestinada al fracaso, era hija del rey Leopoldo de Bélgica y esposa del bien intencionado aunque insensato austríaco el Archiduque Maximiliano de Habsburgo. El emperador Maximiliano y la emperatriz Carlota tomaron posesión como gobernantes de México en 1864 a instancias de los conservadores y el clero mexicano insatisfechos, quienes creían que la intervención extranjera estabilizaría a México después de los desastrosos años de Santa Anna, quien, como podremos recordar, les regaló la mitad de México a los Estados Unidos. Los monarcas títeres gobernaron por unos años, convencidos de que los mexicanos los querían como sus gobernantes; hasta que los nativos se inquietaron y Francia retiró sus tropas.*

*Carlota regresó a Europa para conseguir el apoyo de Napoleón III, ya que éste había prometido ayudarlos, pero Francia tenía suficientes problemas. Rehusó verla. Delirante y sintiéndose abandonada, Carlota sufrió un colapso nervioso y empezó a abrigar sospechas de que todo el mundo quería envenenarla. En su desesperación, trató de conseguir la ayuda del papa Pío IX, y representa la única «constancia oficial» de que una mujer haya pasado la noche en el Vaticano, rehusando salir porque insistía que éste era el único refugio a salvo de los asesinos de Napoleón.*

*Mientras tanto, en México, Maximiliano fue ejecutado por un pelotón de fusilamiento a las afueras de Querétaro en 1866. Carlota finalmente fue persuadida de regresar con su familia a Bélgica, donde vivió exiliada en un castillo rodeado de un foso hasta su muerte en 1927, a los ochenta y seis años.*

*Olvidé mencionar que Maximiliano fue derrocado por nada menos que Benito Juárez, el único indio de sangre pura que gobernara México. Para ver una versión de Hollywood de lo antes mencionado, ver «Juárez», la película de John Huston de 1939, con la inestimable Bette Davis jugando el papel de —quién más podría ser— la loca.*

†*El rebozo nació en México, pero como todos los mestizos, vino de todas partes. Evolucionó de las telas que usaban las indias para cargar a sus bebés, pidió prestado su fleco anudado de las mantillas españolas, y recibió la influencia de los bordados de seda de la corte imperial de la China exportados a Manila y de allí a Acapulco a bordo de los galeones españoles. Durante la época colonial, a las mujeres mestizas les estaba prohibido vestirse como indígenas por ordenanza de la corona española, y como no tenían los medios para adquirir ropa como la de los españoles, empezaron a tejer en los telares prehispánicos un chal largo y angosto que poco a poco recibió influencias extranjeras. El rebozo mexicano por excelencia es el rebozo de bolita, cuyo diseño de motas imita la piel de una víbora, un animal venerado por los indígenas de la época prehispánica.*

# 22

# Sin madre, sin padre, sin perro que me ladre

Tía Fina vivía en un edificio que parecería hermoso sólo después de su demolición, sobreviviendo en una fotografía nostálgica pintada a mano de Manuel Ramos Sánchez, el Atget mexicano. En tonos rosa pastel parece elevarse como el sueño de un tiempo más encantador…

**No era color de rosa y ciertamente no fue encantador. Era apestoso, húmedo, ruidoso, caliente y lleno de alimañas.**

¿Quién está contando esta historia, tú o yo?

**Tú.**

Bueno, entonces.

**Sigue, sigue.**

Había soportado varios siglos de epidemias, incendios, temblores, inundaciones y familias, cada era dividiendo su antigua elegancia en departamentos diminutos abarrotados de habitantes siempre en aumento. No queda nadie vivo que recuerde dónde quedaba exactamente este edificio, pero vamos a suponer que era en la calle del Niño Perdido, ya que esto le vendría a la perfección a nuestra historia.

**¡Tonterías! No fue así para nada. Fue así. En la parte trasera de un patio angosto, subiendo un tramo de escaleras, en la cuarta entrada de un pasillo ancho vivían tía Fina y sus niños. Para llegar allí tenías que primero cruzar el patio abierto y pasar debajo de varios arcos…**

¿Que le daban al edificio un aire morisco?

**Que le daban al edificio un aire deprimente.**

Aunque las paredes tenían humedad y manchas de óxido, el patio se alegraba con varias macetas de bugambilia, hules, camelias y canarios enjaulados.

¡Qué exagerada! No puedo entender de dónde sacas esas ideas ridículas.

A lo largo de las paredes había grandes urnas de barro que los aguadores ambulantes llenaban de agua a diario.

Y abandonados enfrente de la entrada o el cubo de la escalera, esa obsesión mexicana, la cubeta y el trapeador. La azotea albergaba un perro guardián flaco de media pulga llamado el Lobo, varios pollos, un gallo e hileras de tendederos que ondeaban con ropa lavada de colores brillantes. Aquí en la azotea, en esa hora sagrada entre la luz y la oscuridad, al momento en que las estrellas parpadeaban y se abrían, era posible hallar un respiro del caos del mundo abajo, y aquí se podía encontrar con mayor frecuencia a Soledad Reyes examinando el horizonte de la ciudad.

¡Exacto! En esa época, la capital era como los lugareños, chaparrita, rechoncha y pegada a la tierra.

Únicamente los volcanes y las torres de las iglesias se erguían encima de los tejados de poca altura como los antiguos templos en los tiempos de los muchos dioses. No había rascacielos, y los edificios más altos no excedían los ocho pisos.

Si te querías matar tenías que hallar una iglesia.

En una manera muy similar a la que las víctimas habían sido sacrificadas en la cima de un templo en forma de pirámide, ahora se sacrificaban a sí mismos al saltar de los campanarios de los templos. Al momento del arribo de Soledad, tantas mujeres habían buscado iglesias con este expreso propósito que todos los obispos del país habían firmado una proclama y se había dictado un mandato que prohibía terminantemente quitarse la vida en propiedad de la iglesia. Como resultado, el acceso a los campanarios estaba estrictamente prohibido, salvo los campaneros, los albañiles y los curas, pero aun estos tenían que estar bajo vigilancia para detectar signos de suspiros excesivos y arrebatos dramáticos. Pero echemos un vistazo a esta Soledad.

¡Ya era hora!

Si ésta fuera una película de la época de oro del cine mexicano, sería en blanco y negro y sin duda una obra musical.

Como «Nosotros, los pobres».

Una ocasión perfecta para el humor, las canciones y, curiosamente, la alegría.

—Hay que dejar que los niños sean niños —dice tía Fina de detrás de una montaña enorme de ropa para planchar. Tía Fina también es una montaña enorme. Tiene la cara de una geisha mexicana, pies minúsculos y manos minúsculas, y todo lo que hace lo hace despacio y con gracia como si estuviera bajo el agua. —Hay que dejar que los niños sean niños —dice, las cejas altas, delgadas de su cara bonita de geisha se alzan aún más arriba. Recuerda su propia niñez, y su corazón se ensancha por estas pobres criaturas que ha traído al mundo. Esa es la razón por la que deja que sus hijos hagan su voluntad, y razón por la cual tiene espacio en su casa y en su corazón para recoger a Soledad.

Una de sus pobres criaturas no trae nada puesto más que un calcetín sucio, otro está debajo de la mesa rompiendo huevos con un martillo, otro está bebiendo del recipiente de agua del perro a lengüetazos, otro, ya lo suficientemente grande como para masticar, exigiendo y recibiendo teta, y todos lloriqueando, gimiendo, chillando, berreando como una camada de seres salvajes. Tía Fina parece no darse cuenta o no importarle.

—Oyes, oyes, muchacha.

—¡No es una muchacha! Es tu prima Soledad.

—Oyes, oyes, tú. ¿Cuál es tu color favorito?

—El rojo.

—¡El rojo! Es el color favorito del diablo.

Eso les parece de lo más cómico. Una niña que está bebiendo leche de una taza la escupe por la nariz y da comienzo a otro ataque de gruñidos. Soledad los ve a todos iguales, estos primos, cabezotas, dientitos azules puntiagudos, pelo tan desgreñado que parece como si se lo hubieran mordisqueado ellos mismos. Al principio se paran cerca de la pared y se le quedan mirando sin hablar, pero una vez que se les quita la pena, pican, pellizcan y escupen como niños criados por los lobos. Soledad no quiere que la piquen con un dedo que ha estado quién sabe dónde.

—Váyanse a jugar. Váyanse.

Pero no quieren dejarla.

—Oyes, oyes, Soledad.

—¿Qué no sabes que tienes que decir «tía» antes de decir mi nombre? Soy mayor que tú.

—Oyes, tú, tía. ¿Por qué eres tan fea?

Tía Fina tiene tantos niños que no sabe cuántos tiene. Soledad cuenta doce, pero todos tienen la misma cara gorda, los mismos ojos de cuentas de rosario; cuesta trabajo diferenciarlos.

—¿Pero cuántos niños tienes en total, tía Fina?

—Dieciséis o diecinueve o dieciocho, creo. Sólo Dios sabe.

—¿Pero cómo es que no sabes?

—Porque algunos se me murieron antes de nacer. Y otros nacieron angelitos. Y algunos nunca nacieron. Y otros desaparecen hasta que nos olvidamos de ellos como si *estuvieran* muertos. Uno, un niño con pelo como un huracán, nos mandó una postal una vez de La Habana, y otra vez, un barquito hecho de coral y conchas marinas que todavía tengo por ahí, pero eso fue hace años. ¿Los otros? Sólo Dios.

Así es como tía Fina lo explica, aunque más tarde Soledad se enterará del bebé que murió al tragar veneno para ratas, otro que se rebanó la cabeza a la altura del cuello al caer de la parte trasera de un tranvía, aquélla que tuvo su propio hijo y fue enviada quién sabe a dónde, aquél que corrieron por hacer cochinadas con las hermanas menores. Así son las cosas. ¿Pero quién podría culpar a tía Fina? Una madre no cuenta ese tipo de historias.

En la casa de tía Fina hay una furia de olores en pie de guerra entre sí. Al principio a Soledad le da por respirar por la boca, pero después de un rato se acostumbra a la nube picante de ropa para lavar hirviendo en tinajas de lejía, el aroma a cáscara de papa chamuscada de la tela almidonada cuando la estiran bajo el vapor de la plancha, los círculos agrios de manchas de requesón sobre el hombro de cuando los bebés repiten, el olor costero y neblinoso penetrante de la orina, la bilis de las bacinicas.

Todos los días hay un montón sin fin de ropa para lavar y planchar porque tía Fina lava ajeno. Ésa es su penitencia por casarse por amor. Su esposo es un morenito con una cara de luna suave como las pompis de un bebé y una nariz maya alargada con una gotita de carne en la punta como lluvia. —Es que es artista, mi Pío —dice tía Fina orgullosa, mientras Pío arrastra los pies por la cocina en ropa interior y pantuflas. Pío toca la guitarra y canta baladas románticas en un espectáculo ambulante; su arte lo lleva de gira con frecuencia. En su altar del tocador tía Fina tiene una postal color sepia de su Pío en un traje de charro bordado con incrustaciones de plata y un enorme sombrero ladeado a un ángulo sombreando un ojo, el cordón listado del sombrero justo debajo del labio inferior que hace un puchero, un cigarro entre la «V» de una mano gruesa que luce un anillo de dama de oro en el dedo meñique. En una letra que parece como de *Las mil y una noches,* el mismo Pío ha puesto una dedicatoria en la postal «A la encantadora Anselma, con afecto, Pío». Pero el nombre de tía Fina es Josefina.

Es el tiempo justo antes de la Revolución. La Ciudad de México se conocía como «La ciudad de los palacios», el París del Nuevo Mundo, con sus calles pavimentadas y sus bulevares arbolados, su arabesco de balcones y faroles y tranvías y parques con globos rayados y banderas al aire y una banda militar uniformada que toca un vals debajo de un pabellón garigoleado.

¡Ah, me acuerdo! ¡La música de mis tiempos! «El vals poético», «El vals de los soñadores», «El vals de amor», «El vals capricho», «El vals melancolía», «Duda», «Los tristes jardines», «Morir por tu amor», «El vals sin nombre».

¿Pero qué sabe Soledad de todo esto? Su mundo empieza y termina en la casa de tía Fina. La única canción que conoce su corazón es…

Estoy tan sola.

Estaba el cartero con su silbato de cartero, estridente, lleno de esperanza. Quizá. Ese pequeño vuelco que daba el corazón cuando sonaba el silbato. Quizá. Pero nunca había carta para ella. No un mensaje que su padre le pudiera haber escrito de su puño y letra, pero al menos algo que el escribano de la plaza pudiera haber escrito a su nombre. *«Mi querida hija: —Recibe estos saludos y besos de tu padre. Espero que esta carta te encuentre bien y con buena salud. Si Dios quiere, nos veremos muy pronto. Estamos milagrosamente bien y listos para que regreses a casa de inmediato…»* Pero no había tal carta. A veces pensaba, estoy triste. ¿Acaso mi papá también está triste y pensando en mí en este momento? O, tengo hambre y frío. Tal vez mi papá tenga hambre y frío en este preciso momento.* De manera que su propio cuerpo le recordaba por extensión a ese otro cuerpo, ese otro hogar, esa raíz, ese ser en quien no podía evitar pensar siempre que su cuerpo tiraba de ella para llamarle la atención.

En el día era fácil aliviar el dolor, entre los niños y las órdenes de tía Fina, y tener que cerrar la puerta con llave contra los modos raros del tío Pío, y asegurarse de que no estuviera cerca mientras se desvestía, y siempre pegándose a los niños más pequeños para protegerse mientras se quedaba dormida. Pero después de que comenzaba la respiración silbante de ellos, las cosas en las que uno no quiere pensar salen a flote, aquellas cosas guardadas con cerrojo y llave, aun en la oscuridad surgían, y entonces decía: —Mamá. Y la palabra la sorprendía porque sonaba tanto familiar como extraña.

Allí. En la azotea. Entre las fundas de almohada y las sábanas y los calcetines y el mecate con ropa interior goteando, ésa, es ella. Muy atractiva no es.

**¡Pero tampoco está tan mal!**

Una cara larga de payaso, labios delgados, ojos como casitas, pero quién puede verlos debajo del triste derrumbe de cejas. Pobre cenicienta cansada de traer agua para el pelo de éste, de meter la maceta del hule, ayudar al niño a desabrocharse los pantalones para hacer pipí, correr a la yerbería por un poco de manzanilla para el dolor de panza de éste, para la infección del oído de aquél, para el cólico de este otro, para la cabeza llena de piojos de aquel otro, bueno, pues así son las cosas.

No es de extrañar que esté en la azotea viendo aparecer las estrellas nocturnas, los volcanes gemelos, las luces eléctricas de la ciudad abriéndose como estrellas, y todas las cosas en su interior abriéndose también.

Un día, mientras mira pasar a los peatones por la calle de tía Fina, hace una oración: —San Martín Caballero, traeme al hombre que yo quiero. Luego se asoma por la barda y contiene el aliento. —El próximo que pase por la calle será mi marido.

**No tienes idea de lo que era estar tan sola, de estar como dice el dicho: «Sin madre, sin padre, sin perro que te ladre».**

Y al momento en que dijo: —El próximo que... Tan pronto como lo había dicho allí estaba, el que la Divina Providencia le había mandado para que fuera su compañero de toda la vida. Allí, caminando por la calle en su elegante uniforme de cadete militar, tocando el timbre, caminando por los mosaicos del patio que ella había barrido y trapeado esa mañana, su primo Narciso Reyes. Y ella tan madura para ser cosechada como un mango.

---

*\*Más tarde se enteraría de que no hay un hogar al cual regresar. Comienza la Revolución mexicana y Ambrosio Reyes es reclutado por las tropas de Obregón y no se vuelve a saber de él. Ya sea que lo hayan asesinado, o haya desertado según dicen y abierto una farmacia homeopática en Bisbee, Arizona, o, quizá, si el rumor de que lo hayan ahorcado con uno de sus propios rebozos negros fuera cierto (por su segunda esposa, la viuda del panadero, ¡nada menos!), o se haya suicidado al colgarse de las vigas del techo con un rebozo de bolita de seda especialmente hermoso, bueno, quién sabe y ni modo. Pero ése ya es otro cuento.*

# 23.
## Un hombre feo, fuerte y formal o Narciso Reyes, tú eres mi destino

Era la opinión cultural de esos tiempos que los hombres debían ser feos, fuertes y formales. Narciso Reyes era fuerte y formal, pero, no, no era feo. Lo cual fue desafortunado por razones que veremos más adelante.

Lo que fue fortuito fue su aparición oportuna. —El próximo que pase por la calle… Vino a entregar el dinero que debían por la ropa limpia de la semana, porque la semana anterior habían dejado ir a «la muchacha» y nadie más quería ir. Si, en ese momento, un borracho con nueve capas de orines hubiera salido a traspiés de la pulquería 'Orita Vuelvo de la planta baja, quién sabe qué historia tan distinta tendríamos aquí. Pero fue el destino de Soledad enamorarse de Narciso Reyes. Como todas las mujeres con un poco de bruja por dentro, ella lo supo antes de que Narciso mismo lo supiera.

Así que vamos a tomar un vistazo más de cerca a Narciso Reyes, un muchacho precioso que había recibido la bendición de una vía láctea de lunares flotando sobre su piel cremosa como flechas con la instrucción: —Bésame aquí. Aquí debo insistir en usar la palabra lunares, literalmente lunas, pero quiero decir *moles* o pecas o *beauty spots,* aunque ninguna de estas palabras llega a capturar el equivalente en español con su sensibilidad de encanto y poesía.

No obstante, lo que más llamaba la atención sobre Narciso Reyes eran sus ojos: una oscuridad completa con casi nada de blanco, como los ojos de los caballos, y era esto lo que engañaba al mundo a creer que era una alma sensible y tierna. Fastidioso, exigente, impaciente, impertinente, impulsivo, era todas estas cosas, más nunca sensible y rara vez tierno.

**Ay, pero Narciso Reyes podía ser encantador cuando quería.**

Siempre fue pulcro, puntual, organizado, preciso, y no esperaba menos de aquéllos que lo rodeaban. Por supuesto, como aquellas personas hipersensibles que censuran fácilmente a los demás, estaba ciego a sus propios hábitos que los demás encontraban repugnantes.

—Oye tú, —le dijo Narciso a una mujer que bañaba a sus niños en el patio con una lata de agua, una mujer mucho mayor que él a quién debía haberse dirigido con más respeto, excepto que su pobreza la convertía en su inferior. —Oye, dime, ¿dónde puedo encontrar a Fina la lavandera?

—Allá atrás, atrás, atrás, atrás, atrás, señorcito. Ándele. Eso. Subiendo las escaleras. De donde sale todo ese ruido. Correcto. Entre, no lo van a oír tocar.

Al momento en que Narciso puso un pie en la puerta, ¡*zas*! Un tazón pasó zumbando por su cabeza haciéndose añicos en una lluvia de leche y pedazos de barro.

—¡Ay, escuincles! —dijo tía Fina en un tono a la vez indignado y resignado. Secó a Narciso con un pañal. —Lo siento. Mire nomás cómo lo dejaron. Pero ya sabe cómo son los niños, ¿verdad? ¡Soledad! ¿Dónde está esa niña? ¡Soledad!

**¿Si ésta fuera una película, aquí seguirían algunas notas de una canción, algo romántico y tierno e inocente en el piano, tal vez «*El vals sin nombre*»?**

Entra Soledad por una puerta cubierta con una cortina floreada, su cabello recién cepillado con agua. Soledad se ha envuelto en su rebozo caramelo como si fuera uno de los Niños Héroes de Chapultepec envuelta en la bandera mexicana. Los primos lobos sueltan una risita.

—¡No te quedes nomás ahí parada! Soledad, mira a este pobre. Ayúdame a limpiarlo. Disculpe, por favor discúlpennos, señorcito. Hago lo que puedo, pero a veces ni los mejores esfuerzos de una madre son suficientes, ¿no es así?

Soledad limpió a Narciso con su rebozo caramelo, secando esa preciosa cara tan suave y cuidadosamente como si fuera la estatua del Santo Niño de Atocha en la iglesia de la esquina. Lo hubiera lavado con sus lágrimas y secado con su cabello si él se lo hubiera pedido.

—Muchas gracias, mi reina.

—¡Papá!

—¿?

—Discúlpeme, por favor. Quise decir, papa.

—¿Papa para comer?

—Es que… es mi comida favorita.

—La papa.

—Sí.

Tenía vergüenza de tener vergüenza. La casa palpitaba de ruido, bur-
bujeaba de olores desagradables, y ¡ah, qué joven tan elegante!

¿Joven? Pero si eran primos. Es decir, primos de primos. Eran parientes como la llama y el camello son parientes, supongo. Se podía detectar
un aire Reyes en sus fisionomías, pero hacía mucho que habían evolucio-
nado hasta convertirse en dos ramas distintas del mismo ser. Tan distintas
que no sabían que eran familia. Debido a que Reyes es un nombre bastante común, era muy fácil que esto sucediera. Y aun Narciso, un muchacho orgulloso y vanidoso que se creía bien educado, nunca sospechó que
tía Fina y sus lobitos también fueran Reyes.

**Tal como en una buena fotonovela o telenovela.**

Como no sabía qué más hacer, Soledad mordió el fleco de su rebozo. Ah,
si tan sólo su madre estuviera viva. Le podría haber enseñado a hablar con el
rebozo. Cómo, por ejemplo, si una mujer remoja el fleco de su rebozo en la
fuente cuando va a traer agua, esto significa: —Estoy pensando en ti. O,
cómo cuando envuelve el rebozo como una canasta, y pasa por enfrente de
su amado y deja caer su contenido por accidente, si una naranja y una caña
de azúcar ruedan hacia abajo, quiere decir: —Sí, te acepto como mi novio.
O si una mujer le permite a un hombre que recoja la punta izquierda de su
rebozo, está diciendo: —Quiero huirme contigo. Cómo en algunas partes
de México, cuando se usa el rebozo con las dos puntas sobre la espalda, cruzadas sobre la cabeza, le está diciendo al mundo: —Soy viuda. Si deja que
caiga suelto a sus pies: —Soy una mujer de la calle y mi amor debe pagarse
con monedas. O anudado a los extremos: —Me quiero casar. Y cuando se
casara, cómo su madre le pondría un rebozo azul pálido en la cabeza, que
significa: —Doy fe que mi hija es virgen. Pero si una amiga de la madre lo
hace a su nombre, esto quiere decir: —Mercancía sin usar, bueno, ¿cómo
saberlo? O tal vez en su vejez podría instruir a su hija: —Ahora, no lo olvides, cuando me muera y envuelvan mi cuerpo en mis rebozos, el azul va
arriba, el negro abajo, porque así se hace, mi niña. ¿Pero a quién tenía Soledad ahora para ayudarle a interpretar el lenguaje del rebozo?

**¡A nadie!**

No había nadie, te das cuenta, que la guiara.

*Qué muchacha tan curiosa,* Narciso no pudo sino pensar para sus adentros. Pero también tenía su encanto, tal vez porque no lo podía mirar a los ojos y existe algún encanto, aun si es vanidoso, en saber que uno tiene poder sobre otra persona.

—Señor, usted nos trae ese uniforme y se lo tendremos impecable. Se lo juro. Nomás tráigalo, se lo hacemos gratis, dijo tía.

A continuación hubo una gran cantidad de imploraciones y disculpas y Dios esté con usted, porque el español es muy formal y está compuesto de ciento y una formalidades, tan intrincadas y anudadas como las puntas de un rebozo. Parecía que le tomó a Narciso una eternidad convencer a tía Fina de que se encontraba bien, de que no, el traje no estaba arruinado, que un poco de leche es buena para la lana, que sólo venía a entregar el dinero y que ahora se tenía que ir, gracias.

—Por favor tenga la amabilidad de aceptar nuestras disculpas por este inconveniente.

—No hay por qué.

Le ruego sea tan amable de perdonarnos.

—Qué le vamos a hacer.

—Estamos eternamente agradecidas. Sepa que nuestra humilde casa será siempre suya. Estamos aquí para servirle.

—Mil gracias.

Etcétera, etcétera. Y así, poco a poco, Narciso Reyes pudo escapar. Todo esto mientras la muda Soledad lo miraba embelesada por su elegancia, formalidad y buenos modales. Ya iba por el patio, bajando los escalones y trotando de su vida para siempre cuando Soledad comprendió esta verdad. Todos nacemos con un destino. Pero a veces hay que ayudar un poquito a nuestro destino.

—¡Espere! —la palabra hizo erupción de quién sabe dónde. ¿En verdad lo dijo? En el primer descanso de la escalera, Narciso obedeció la orden. Esperó.

Y fue en este momento propicio que Soledad hizo lo que hacía mejor y lo hizo con abandono. Empezó a llorar. Un aullido de coyote que perforó a Narciso en el corazón como una diana.

—¿Qué es esto? ¿Qué pasa? ¿Quién te hizo daño, mi reinita? Dime.

Tal bondad sólo hizo que Soledad llorara aún más fuerte. Grandes bocanadas avariciosas dentro de una boca oscura como una cueva, el cuerpo pidiendo aire a sollozos, la cara boba como la de un payaso.

Ahora, lo que pasó después uno podría interpretar de muchas maneras. Como no había crecido rodeado de mujeres, Narciso no sabía qué hacer con las lágrimas femeninas. Lo desconcertaban, lo alteraban, lo enojaban porque despertaban sus propias emociones y las dejaban en un estado de confusión. Lo que Narciso hizo enseguida fue un acto impulsivo, reflexionaría más tarde, nacido de un deseo sincero de mejorar las cosas, ¿pero cómo habría de saber que simplemente seguía el hilo rojo de su destino?

**Me besó.**

No fue un beso casto en la frente. Ni un beso afectuoso en la mejilla. Ni un beso apasionado en la boca. No, no. Su intención había sido un beso de consolación, un beso en la ceja, pero ella se movió súbitamente, asustada por su cercanía, y el beso aterrizó en el ojo izquierdo, cegándola un poco. Un beso que sabía a mar.

Si el beso hubiera sido motivado por el deseo, Soledad se hubiera asustado ante esta repentina intimidad y hubiera huido, pero como fue plantado torpemente le sugirió una ternura y una inmediata familiaridad, una protección paternal. Soledad no pudo sino sentirse protegida. Una sensación de bienestar, como si Dios estuviera en el cuarto. ¿Hacía cuánto que se había sentido así? Malinterpretó la boca de Narciso sobre su ojo como si hubiera querido decir más de la cuenta y, como un girasol siguiendo al sol, su cuerpo giró instintivamente hacia el suyo. Le dio un poco de ánimo, pero no tanto, tanto.

Ah, el cuerpo, ese chismoso, se reveló en toda su franqueza. La de Soledad, un ansia. La de Narciso, un ansia también... pero de otro tipo.

¿Ahora me puedes decir por qué estabas llorando?

—Es que... bueno. No sé, señor. ¿Ha estado alguna vez en Santa María del Río en San Luis Potosí?

—Nunca.

—Qué extraño. Es como si siempre, siempre, lo hubiera conocido, señor, y de verlo irse, mi corazón se llenó de tal tristeza, no se imagina. Pero, se lo juro, fue como si mi propio padre me estuviera abandonando, ¿me entiende?

Narciso empezó a reír.

—Por favor no se burle de mí.

—No era mi intención faltarte al respeto, disculpa. Es que dices unas cosas tan curiosas... ¿Cómo te llaman?

—Soledad.

A ver, Soledad, ¿no te va a regañar tu familia por andar hablando con muchachos a media escalera?

—No tengo a nadie que me regañe. Mi mamá está muerta. La gente de mi papá está en San Luis Potosí. Y mi tía allá arriba, bueno, es como si no tuviera tía. No tengo a nadie, ¿ve? Puedo hacer lo que quiera mientras nadie se dé cuenta de que me fui por mucho tiempo... y ahorita, pos, tengo ganas de hablar con usted, señor.

—No sigas diciéndome «señor» como si fuera un anciano. Me llamo Narciso.

—Ah, Narciso, ¿eh? Qué elegante.

—¿Tú crees?

—Ay, sí. Le queda. Un nombre muy fino. Muy fino.

—Sí, me supongo. Muchas veces he pensado lo mismo, pero es mucho mejor oírlo de otros labios.

—¡Un nombre digno de un rey!

—Qué chistoso. Porque mi nombre *es* rey. Narciso Reyes del Castillo, es decir.

—Ah, ¿y conque usted también es un Reyes? Porque yo también... me apellido Reyes.

—¿De veras?

—Sí.

—Vaya, vaya. Qué curioso.

—Sí, qué curioso.

Y aquí Soledad empezó a reír, un poco forzadamente porque no sabía qué más decir. —Tiene los pies muy chicos. Quiero decir, para un hombre.

—Muchas gracias.

—No tiene por qué agradecerme.

—Pues, buen día.

—Buen día. Que le vaya bien.

—Y a ti también.

—¡Señor Narciso!

—Es que... es que...

Y porque no se le ocurría qué más decir, se puso a llorar de nuevo, esta vez con más violencia que la primera.

—Ya, ya, ya. ¿Qué es esto? ¿Qué te pasa?

En ese momento Soledad le contó la historia de su vida. Desde sus primeros recuerdos, sentada en las piernas de su padre en la entrada de su casa en San Luis Potosí hasta las noches más recientes aquí en la capital con el miedo constante de tío Pío, a quien le gustaba levantarle el vestido mientras dormía. Habló y habló como nunca había hablado, porque son las historias de las que nunca hablas de las que tienes más que decir. Las palabras salieron en un torrente sucio de lágrimas y moco; afortunadamente para Soledad, Narciso era un caballero y le ofreció su pañuelo y su silencio. Cuando acabó de pronunciar la larga y triste historia de su corta vida, Narciso de alguna manera sintió la obligación de rescatarla. Él era, después de todo, un caballero y un soldado, y esto fue lo que le dijo.

—Mira, puedes venir a trabajar con nosotros. ¿Por qué no lo haces? Hablaré con mi madre. No hay inconveniente. Corrieron a la muchacha y necesitamos a alguien. Ven enseguida si quieres. Ya, está arreglado.

Soledad no dijo ni sí ni no. Daba vértigo decidir la propia suerte, porque, a decir verdad, nunca había tomado decisión alguna en cuanto a su propia vida, sino que más bien había flotado y girado como una hoja seca en un remolino de agua espumosa. Aun ahora, aunque creía que estaba tomando una decisión, en realidad sólo estaba siguiendo el rumbo ya establecido para ella. Iría a vivir con la familia Reyes del Castillo.

Soledad se asomó por el barandal para ver a Narciso saltar los escalones de piedra de dos en dos y echar la carrera por el patio jabonoso donde la vecina todavía estaba bañando bebés. El olor húmedo a piedra mojada se elevó por el aire y Soledad tembló con un escalofrío que nada tenía que ver con el fresco de la mañana. Le gritó a Narciso al momento en que llegaba a las pesadas puertas coloniales mexicanas y descorchaba la pequeña puerta dentro de la otra puerta.

—¿Pero a dónde me presento?

Narciso estaba agachado, de pie, en ese diminuto marco de puerta por un momento, un pie de cada lado del elevado umbral de madera. Detrás de él esa luz blanca y reluciente de una mañana en la Ciudad de México; en esa época todavía estaba transparente y plateada como una moneda pulida. El bullicio del ajetreo de la calle: limpiadores de la calle, comerciantes con toda su mercancía a cuestas, sillas, canastas, escobas, el frutero, el nevero, el carbonero, el cremero, chiflidos y gritos, el traqueteo de ruedas, el *clip clop* de los caballos, el zumbido de los tranvías eléctricos, los gemidos roncos y tristes de las mulas jalando las carretas, el chanclear de los guaraches, el *clic, clic, clic,* de las botas duras, el inconfundible olor de una mañana en la Ciudad de México a avena caliente, a cáscara de naranja, a bolillo recién horneado, y el olor acre de la suciedad de la alcantarilla. Se encontraba parado con una mitad en ese mundo y la otra mitad en la sombra fresca del patio, un perfil bonito en su uniforme de cadete militar, titubeó por un segundo, y ella creyó, aunque no podía estar segura de ello, que él frunció la boca en un beso. Luego alcanzó la puertita para cerrarla detrás de sí, y sólo antes de cerrarla de golpe, lanzó su respuesta sobre el hombro como la flor blanca de la esperanza...

## 24.

### Calle Leandro Valle, esquina con Misericordia, por Santo Domingo

Soledad Reyes llegó el 24 de junio. Recordaba la fecha porque era el día de la fiesta de San Juan Bautista.

El día en que uno acostumbra a levantarse en la madrugada y bañarse en el río.

Por lo menos era la costumbre en la provincia en ese entonces. Hoy en día, los ciudadanos de la Ciudad de México ya no se molestan en ir al río, sino que te llevan el río a ti, empapándose con cubetas de agua o hasta con globos de agua.

En mis tiempos le cortaban a uno el pelo con una hacha, y todo el mundo con sus rosarios y escapularios cantaba, San Juan, San Juan, atole con pan…

Los Reyes del Castillo vivían en el corazón de la capital, por la plaza de Santo Domingo en un departamento de dos balcones con vista a la calle de Leandro Valle, departamento número 37, edificio número 24, esquina con Misericordia. En otra época el edificio había sido un monasterio para los frailes de la iglesia de Santo Domingo.

Los mismísimos que dirigieron la Santa Inquisición en la época de la colonia. No, es cierto, te lo juro. Que venga el diablo y me jale de los pies si miento. Pregunta por allí si no me crees. Y antes de ser un monasterio, era el lugar que ocupaba un templo azteca. Dicen que las piedras del edificio vienen de ese edificio original. Fíjate cómo las paredes miden un metro de ancho después de todo. Pudo ser cierto. Al igual que las historias de un pobre que había sido enterrado dentro de éstas pudieron ser ciertas también. Bueno, quién sabe, eso dicen. Pero a mí no me gusta andar de cuentera.

Lo cierto era la buena ubicación del edificio, a tiro de piedra del Zócalo. Sastrerías, imprentas, papelerías, mercerías, joyerías, comercios de todos tipos se albergaban en la planta baja de las antiguas mansiones construidas por los conquistadores y sus hijos. Alguna vez indios uniformados habían hecho guardia frente a estas puertas coloniales. Alguna vez las hijas y las esposas engalanadas con perlas y diamantes de las familias buenas habían sido transportadas a la iglesia en palanquines adornados con borlas cargados por esclavos del África Occidental. Hacía mucho tiempo, los mejores días de estas residencias ya habían pasado a la historia. Inclinadas debido al esponjoso movimiento de la tierra y raspadas por siglos de descuidos, todavía mostraban algo de su antigua opulencia, aunque las temporadas de lluvia y el sol habían marchitado su esplendor original como un vestido dorado arrastrado a la orilla en una tempestad.

La vivienda de los Reyes se encontraba en el tercer piso, un departamento enorme de techos altos y demasiadas habitaciones. Más tarde en su vida Soledad lo recordaría como teniendo tantas habitaciones que no podría recordar cuántas eran. Lo que nunca olvidó, sin embargo, fue su primer encuentro con los padres de Narciso. El Sr. Eleuterio comenzó por hacer indagaciones corteses, pero fue obvio quién mandaba allí cuando la Sra. Regina irrumpió en la habitación, una mujer morena e indómita con ojos que parecían quemar.

—Creí que dijiste que me ibas a traer a alguien que me ayudara con la casa. Esta escuincla parece como si tuviera que ayudarla a ponerse los calzones. Apuesto a que todavía moja la cama. Oyes tú, ¿todavía mojas la cama?

—No, señora.

—Bueno, ni se te ocurra, niña. No me hagas trabajo de más. ¿Cuántos años tienes?

—Casi doce.

—¿Casi? Querrás decir que algún día tendrás doce. Voltéate. Tienes el pecho tan plano como la espalda y la panza más curva que las nalgas. Si no te vieran la cara, ¡la gente creería que ibas caminando al revés! ¡Ja, ja! Pobrecita. No es tu culpa que no seas una belleza, ¿verdad? Bueno, qué importa. Sólo necesitamos a alguien que esté dispuesto a trabajar. Dios no puede ser bondadoso con todos, ¿no?

Pero Dios sí había sido bondadoso con la Sra. Regina. Tan oscura como un gato, no medía más que Soledad, sin embargo tenía porte de reina. A pesar de que la Sra. Regina había engordado con los años, era fácil ver que siempre había sido bella y estaba acostumbrada a ser tratada como tal. Aun entonces a Soledad le daba un poco de miedo que esa mujer feroz la mirara tan atentamente. Si Regina tuviera un nagual, un animal gemelo, éste tendría que ser un jaguar. Es la misma cara que se ve en los jeroglíficos mayas y por todos lados en el Museo Nacional de Antropología: labios que parecen gruñir y ojos rasgados de jaguar. Esta cara se ve con frecuencia aun ahora manejando un taxi del color de las lunetas *M&M* o entregándote un elote en un palo. Esta cara, antigua, histórica, eterna, tan común que no estremece a nadie más que a los extranjeros y a los artistas.

Y así, la madre de Narciso se vio obligada a recoger a este mosquito llamado Soledad, ya que había corrido a la muchacha por clavarse las galletas.

—Bueno, pues no parece que comes mucho, eres puro hueso. Así que, niña, dime, ¿qué sabes hacer?

—Soy buena para trenzar el pelo. Puedo contar, sumar, restar y dividir, aprendí esto de trenzar y destrenzar el fleco de un rebozo. Y todo el mundo dice que soy buenísima para sacar los piojos. Puedo pelar papas y cortarlas en cuadritos. Ayudé a mi tía con los niños y a tender la ropa. Trapeo y barro, sé tallar el patio con una cubeta de jabón y la escoba. Hago las camas. Vacío las bacinicas. Puedo limpiar y recortar el pabilo de las lámparas. También me enseñaron a planchar y remendar. Lavo platos y traigo agua, y puedo hacer mandados yo sola. Y sé leer y escribir, pero sólo si las palabras son cortas. Sé hacer un poquito de bordado sencillo, sé mi catecismo básico, y me sé todo una rima que se llama «Verde, blanco y colorado», que recité una vez en la asamblea cuando el gobernador vino a nuestro pueblo. Bueno, sé un poco de casi todo.

—Pero no mucho de nada.

—Ni muy poco, ni tanto, tanto.

—Pregúntale si sabe cantar.

—Tú no te metas. No le hagas caso a mi marido. Sólo piensa en malgastar su tiempo en el piano mientras yo trabajo como una esclava. Así son todos los Reyes. Viven en las nubes. Se pasan la vida soñando mientras los demás trabajamos como burros.

Debe recordarse que Soledad también era una Reyes, aunque de la clase atrasada, india, que a Regina le recordaba demasiado sus propias raíces humildes,* una campesina Reyes del campo llena de brujería y superticiones, rezando aún a los dioses antiguos junto con los nuevos, apestando aún a leña y copal. De todos modos, Regina se apiadó de ella.

—Pobrecita, puedes quedarte en el cuarto de la muchacha al lado de la cocina. Y pon de tu parte para mantener la casa en orden. Y hacer mandados de vez en cuando. Y limpiar, que no es mucho en realidad, sólo somos yo y mi marido. Y Narciso. Cuando viene a casa del colegio militar, o sea casi nunca. Ahora, déjame enseñarte la casa. Debes cambiar las sábanas una vez a la semana. Y acuérdate de orear las almohadas y las cobijas en el balcón, asegúrate de asolearlas debidamente. Y si encuentro una pizca de polvo debajo de la cama...

—¿Y cuándo espera que lleguen sus demás hijos, Sra. Regina?

—¿Mis demás hijos? No tengo más que a Narciso.

Aun con todas esas recámaras vacías, Soledad se encontró sin una recámara que fuera en verdad suya. Le dieron un catre en la alacena que daba a la cocina, detrás de una puerta de metal de vidrio esmerilado dividido en seis hojas, pero sólo cuatro de éstas estaban intactas y una estaba rota. La puerta en sí, que fuera blanca una vez, se había puesto amarillenta del color de la crema mexicana, salvo las orillas oxidadas. Como los cimientos de la casa se habían movido, no se podía cerrar la puerta por completo sin raspar el mosaico, pero al menor chirrido la Sra. Regina empezaba a dar alaridos diciendo que estaba sufriendo una de sus jaquecas. Por eso Soledad siempre tenía cuidado de levantar un poco la puerta cuando la abría o la cerraba, aunque después de un rato se le hizo más fácil dejarla abierta.

Me acuerdo que el departamento tenía un salón grande y oscuro con unas empolvadas cortinas a rayas muy de moda en ese entonces, llamadas estilo del castillo, y un comedor con un piso de mosaicos rojos que tenía que ser trapeado a diario porque a la Sra. Regina le gustaba que los mosaicos brillaran, pero no importaba si los trapeabas seis o sesenta y seis veces, tan pronto se secaban, se veían todavía sucios. ¡Y la cocina! Tan grande como para bailar en ella. Solamente el horno tenía seis hornillas de carbón. Era una de ese tipo antiguo que tenías que prender con una vara de ocote comprada de un vendedor ambulante.

A comparación de la familia de Soledad, la de Narciso vivía en el esplendor. Se consideraban a sí mismos como una de las familias buenas cuyo escudo de armas había una vez adornado las puertas de estos edificios coloniales. Después de todo, el Sr. Eleuterio era de Sevilla, como la familia se preciaba de recordarle a cualquiera y a quienquiera. Pero la verdad sea dicha, aunque pocas veces lo era —¿quién querría mencionarla?— los Reyes estaban lejos de ser ricos e igual de lejos de la verdadera pobreza. Aunque los aposentos de los Reyes eran espaciosos, pagaban renta y no eran dueños de las habitaciones que consideraban su hogar.

El Sr. Eleuterio era simplemente un pianista, que se ganaba la vida como maestro de música en una escuela primaria —¡Una vez toqué para el Presidente de la República!— su sueldo no era superior al de un obrero no calificado. Pero Regina era una mujer astuta.

—Digamos que tengo mi pequeño comercio. Sus amigos le traían artículos usados para vender y los fines de semana tenía un puesto en el mercado del Baratillo, aunque no le gustaba mencionarlo. Pero fue el «pequeño comercio» de Regina lo que les permitió conservar el departamento y mantener las apariencias de ser gente adinerada, especialmente durante los años arduos por venir cuando nadie podía darse el lujo de ser orgulloso.

Lo peor de vivir con la familia de Narciso no eran los huesos enterrados en las paredes, o las demasiadas recámaras, o el piso que nunca se veía limpio, o el cuarto que daba a la cocina sin ninguna intimidad, no. Lo peor era la bondad de la Sra. Regina.

Regina era tan agradable que era horrible. —Mira, Soledad, qué bonito se te ve ese vestido. Te queda. Como si te lo hubieran mandado a hacer, de veras. Lástima que necesites un corte de pelo. Pero de otra manera te ves perfecta, te lo juro. Tú y la muchacha anterior deben haber sido de la misma talla. No, claro que no va a regresar por él. Porque ya está muy gorda. Decía que era señorita, pero quién sabe. Es cualquier cosa. De nada. No hay de qué. Gracias a la Virgen que nos deshicimos de esa muchacha atrasada, llena de piojos. Pobrecita.

La ropa, los regalos de cosas que la Sra. Regina ya no quería hacían que Soledad se sintiera peor por tener que aceptarlos y usarlos. —Vamos, Soledad, ya verás. No hay de qué agradecerme. No tienes la culpa de que te hayan criado limpiándote el culo con un olote y vagando por ahí sin zapatos. Una niña de tu categoría no está acostumbrada a otro estilo de vida. Qué afortunada te debes sentir ahora, viviendo aquí como una reina.

Desde luego, la tristeza siempre llega en dosis más grandes después de la oscuridad. ¿Puede el llorar ayudarlo a uno a sobrellevar la pena? Quizá un poco. Pero no para siempre. Después de llorar, la recámara seguía ahí con su puerta coja, las seis hojas con los dos vidrios que faltaban, la raja-dura en uno en forma de signo de interrogación. Todo como siempre fue, siempre había sido y siempre sería. Por los siglos de los siglos. Amén.

---

*Debido a que una vida contiene una multitud de historias y una sola hebra no explica con exactitud el quién de quién es uno, tenemos que examinar las complicadas vueltas que le permitieron a Regina convertirse en la Sra. Reyes.*

*A Regina le gustaba pensar que al casarse con Eleuterio Reyes había purificado la sangre de su familia, se había vuelto española, por así decirlo. Hay que reconocer que su familia era tan morena como la cajeta y tan humilde como una tortilla de nixtamal. Su padre se ganaba la vida como mecapalero, un hombre cuyo trabajo es ser una bestia de carga, acarreador ambulante que lleva a cuestas objetos diez veces su peso, chiffoniers, barriles, otros seres humanos. Hoy día sus equivalentes son esos bicitaxis del Zócalo, inhumanos y degradantes, pero, podría decirse, un trabajo honrado y práctico en esta época contaminada y llena de gente. Antiguamente, en los tiempos de la Sra. Regina, no obstante, a veces era necesario en la época de lluvias contratar a alguien como su padre que se amarraba una silla a cuestas y por una pequeña cuota te llevaba por las calles inundadas de la capital tan seguramente como San Cristóbal transportando al niño Jesús por el arroyo rugiente. Regina no debió haber menospreciado tanto a sus vecinos, después de todo, ya que ella sólo había subido de posición social al ir montada a cuestas de su marido el español de manera muy similar a la que los clientes de su padre habían cruzado a tierra firme al ir a cuestas suyas.*

*Pobrecita Sra. Regina. No se había casado por amor. Una vez y hacía mucho tiempo había existido un tal Santos Piedrasanta, un fabricante de Judas que se había matado por su amor. Hacía los muñecos de Judas de papel maché que se queman el Sábado de Gloria, el sábado antes de Pascua, los Judas que se amarran en el patio y explotan con fuegos artificiales y se convierten en pedacitos humeantes de papel periódico. Durante el resto del año su negocio eran las piñatas —toros, liras, payasos, vaqueros, rábanos, rosas, alcachofas, rebanadas de sandía— lo que uno quisiera, Santos Piedrasanta lo podía hacer. Era, en palabras de la propia Regina: «. . . muy atractivo, muy, muy, muy atractivo, pero mucho, ay, no sabes cuánto».[†]*

*A decir verdad, ella amó y todavía amaba a este Santos Piedrasanta. Hasta había perdido un diente una vez en una paliza muy fea, pero si le pre-*

guntaban, diría, —Es que me caí del árbol de eucalipto cuando era chiquita. Sólo Narciso sabía la verdad. —Sólo tú has escuchado esta historia, Narciso, sólo tú.

De cómo Regina le había roto el corazón al fabricante de Judas cuando se fugó y se casó con el español. De cómo, por amor a ella, Santos se había llevado una pistola a la cabeza, de cómo Regina había observado mientras él destruía esa belleza inolvidable. Después abriría su ropero de nogal, y allí en un cajón, dentro de una caja laqueada de olinalá pintada con dos palomas y un corazón envuelto en una corona de espinas, allí entre algodones y un retazo de terciopelo verde botella, un botón negro barato, un recuerdo de la chaqueta de Santos Piedrasanta.

Y de ver a su madre parloteando tan animada, tan estúpida, tan infantilmente sobre un fantasma que una vez hacía mucho tiempo le había tumbado un diente, Narciso comprendió que el amor nos convierte a todos en un chango, y sintió lástima por esta mujer, su madre, demasiado joven para ser vieja, atada a un recuerdo y a un marido envejecido que se parecía a la escobeta que se usa para restregar las ollas.

Cuando Regina conoció por primera vez a su marido, éste ya era viejo. Ella era solamente una frutera en el mercado de San Juan, chupando el jugo dulce de una caña de azúcar morada cuando él posó su mirada en ella por primera vez. —¿Qué va a llevar, señor? Sin darse cuenta de que se la llevaría a ella. Quién sabe cómo fue que cayó bajo el encanto de los valses del pianista. No puedo pretender inventar lo que no sé, pero baste con decir que se casó con este Eleuterio aunque no lo quería tanto. Él era como un zopilote grande y entrecano, pero tan pálido y de ojos color avellana que los mexicanos lo consideraban guapo por su sangre española. Ella, por otro lado, se creía fea por sus facciones indias, pero en realidad era como la India Bonita, la esposa del jardinero, cuya belleza postró de rodillas a Maximiliano como si también fuera un jardinero y no el emperador de México. En otras palabras, Regina era como las rebanadas de papaya que ella vendía con limón y una pizca de chile; uno no podía menos que querer tomar una probadita.

[†]Estas palabras en realidad fueron dichas por Lola Álvarez Brazo, la brillante fotógrafa mexicana, pero me gustaron tanto que tuve que «pedirlas prestadas» aquí.

# 25.

## Dios aprieta

Y luego, como era huérfana, o, al menos, huérfana de madre, que todo mundo sabe que es lo mismo que ser totalmente huérfana ya que no tienes a nadien que te aconseje, especialmente si tu padre se vuelve a casar. Así que ahí me tenías, una niña buena de familia buena, abandonada como dice el dicho —sin madre, sin padre, sin perro que me ladre— después de que una epidemia de tifoidea arrasó con el pueblo y me dejó sin madre a una edad en que todavía me costaba trabajo peinarme sola, y por eso andaba toda despeinada, con el pelo lleno de nudos espantosos, tan espantosos que era imposible peinarme y me lo tenían que cortar en la fiesta de San Juan Bautista, que es el 24 de junio, y ese día te levantan temprano para bañarte en el río en la madrugada, y te cortan el pelo con un hacha, y todo el mundo con sus rosarios y escapularios canta, —«*San Juan, San Juan, atole con pan*» y las flores para el Día de San Juan Bautista son blancas, blancas, como el jazmín, pero con un aroma a vainilla. Pero ¿qué te estaba diciendo?

Mira, sucede que yo, una chica de buena familia, aunque no adinerada, yo, la pariente pobre, la prima cenicienta de la familia, podría uno decir, porque mi madrastra me había encargado como si fuera una cualquiera, una sirvienta del campo, ay, de veras, me dan ganas de llorar de contarte esta parte de la historia, como si fuera una nada, una nadie, mi padre permitió que su misma carne y hueso fuera mandada a trabajar como criada debido a que su nueva mujer, la madrastra malvada, lo había hechizado con una magia poderosa y lo había convencido de que me haría bien estar en la capital, pero en realidad sólo quería deshacerse de mí, ves, porque olvidé contarte que ella tenía sus propios hijos, esta mujer.

¿Cómo decírtelo? Antes de que mi padre se volviera a casar vivía la vida de provincia, es cierto, en Santa María del Río, donde estudié catecismo y bordado. Bueno, era un pueblo donde todos olían a caballo, así que no me oponía a ir a la capital, ves, pero cómo iba yo a saber que mi situación no iba a ser mejor que la de una sirvienta, aun si era en la cocina de la prima de mi propio padre. ¡Qué barbaridad! Bueno, aquí esta la escoba, dijeron, y sanseacabó. Mi vida no era mejor que la del perro de la azotea que ladraba toda la noche o las gallinas cluecas que escarbaban entre las cáscaras de naranja.

A veces antes del anochecer, después de que todos habían acabado de gritarme para que hiciera esto o aquello o quién sabe qué, bueno, ahí estaba, en la azotea viendo las luces de la ciudad encendiéndose como el cielo de la noche. No sé, siempre he sido, pues, las cosas que pienso me las guardo. Sólo tú has escuchado esta historia, Celaya, sólo tú. Es que a veces mi corazón es como un canario enjaulado, que brinca de aquí para allá, aquí para allá. Y cuando ese canario nervioso no se está sosiego, para no sentirme tan sola, hablo con Dios.

Porque yo no era mala, ¿me entiendes? Nunca había sido mala con nadie en realidad. ¿Qué había hecho para merecer estar encerrada en ese manicomio llamado hogar? Mi tía Fina con sus demasiados hijos, demasiado exhausta para darse cuenta de que yo ya era una señorita y pues, había cosas de las que tenía que hablar con alguien, y allí estaba pasándola mal, pero como dice el dicho, «Dios aprieta, pero no ahorca». Y pues, yo era tan joven y estaba tan sola en esa época, bajo ese cielo extraño, no te imaginas, así que… ¿cómo decírtelo?

A veces si decía que necesitaba confesarme, me dejaban ir corriendo a la iglesia. El fresco como el fresco adentro de la boca de una montaña, como cuando uno maneja por un túnel, ¿entiendes? La calma como la calma antes de que el mundo naciera. Y recuerdo algo muy raro que no tengo lugar ni recoveco donde ponerlo. Estaba muy chica y sentada en las piernas de alguien, y alguien me ponía un zapato en el pie y lo abotonaba, porque en esos días tenías que tener un gancho para ponerte un zapato, y esta persona, abotonándome, chiqueándome, cuidándome, pues, no estoy segura, pero creo que esta persona era mi madre. Y si no era mi madre, era Dios, que es lo mismo que una madre, como lo son todas las cosas buenas que te pasan, esa sensación de ser amado, ser cuidado por alguien, esa sensación de seguridad total, de felicidad total, los brazos de alguien abrazándome y la sensación de que nunca nadie podría lastimarme. Ésa era Mamá. Y Dios. De eso estoy convencida.

Mija, recuerda, cuando más sola estés, Dios está cerca. Y esa vez, antes de conocer a tu abuelo, fue la época en que recuerdo haberme sentido más sola, yo una señorita joven en el París del Nuevo Mundo, una ciudad de grandes bailes y música y maravillas que admirar y ocasiones para ser admirada, ¿pero qué iba a saber yo? Mi mundo terminaba y comenzaba en la casa de mi tía Fina donde nadie mencionaba mi nombre a no ser para darme una orden.

Enterraron a mi madre en uno de sus famosos rebozos negros. Dicen que los nudillos de sus dedos todavía estaban negros cuando pusieron el rosario entre sus manos, porque la única manera de desmanchar la tintura es remojar la piel en vinagre, pero mi madre murió el día más caliente del año y no hubo tiempo para formalidades.

Y yo, toda mi vida con ese hábito de anudar y destrenzar que he conservado, sobre todo cuando estoy nerviosa. Un rosario o mis trenzas o el fleco del mantel, no sé. Los dedos nunca olvidan, ¿no es así? Durante muchos años, cuando estaba más desesperada, más sola, esos años en casa de mi tía Fina y más tarde en la vida también, me consolaba frotando vinagre en mis palmas, y lloraba y olía y lloraba, el olor a vinagre, el olor a las lágrimas, uno tan amargo como el otro, ¿no?

Porque no tienes idea de lo que era vivir con mi tía Fina y sus dieciséis criaturas. No te imaginas. Tu padre nunca te ha abandonado. Tu padre *nunca* haría algo así.

Ah, pero no creas que todo en mi vida han sido tristezas. Después de que me casé con tu abuelo, qué felices éramos.

Te estás adelantando a la historia, Abuela.

Bueno, pues era todo muy divertido. Como algo salido de una película bonita, podrías decir, aunque nunca fuimos ricos… Me refiero después de la guerra, porque en esa época antes de la guerra, la familia Reyes era considerada adinerada. Los hombres nunca se ensuciaban las manos con el trabajo y las mujeres nunca tenían que meter las manos en agua jabonosa excepto para bañarse. Porque tu bisabuelo Eleuterio era un músico y un maestro, recuerdas. Hasta tocó el piano en el Palacio Nacional para el presidente Porfirio Díaz y para familias como los Limantour, Romero de Terreros, Rincón Gallardo, Lerdo de Tejada, las familias *popoff,* como dicen. Me acuerdo que Narciso tenía una caja con los papeles de su padre con muchos valses que había compuesto de su propio puño. Tengo algunos de ellos, pero quién sabe dónde estarán ahora.* ¿Te sentaste en uno de ellos?

Me casé con una familia de categoría. Al principio no podía comer enfrente de mi esposo. Comía en la cocina. Y como la comida mexicana requiere hacerle de sirvienta al que está comiendo, era fácil esperarme a que él acabara. Yo decía: —No tengo hambre, ya comí cuando estaba cocinando, o, —Come, come, antes de que se te enfríe, ¿necesitas más tortillas? Y ahí estaba calentando tortillas en el comal.

Por lo que, en mi opinión, el mejor invento culinario es el horno de microondas, donde uno puede calentar una docena de tortillas a la vez y sentarse a comer como la gente decente en lugar de parados como caballos.

Qué *microwave oven,* ni qué nada. Hablas como una tontita. Las tortillas nunca saben a tortillas a menos que estén requemadas del comal. Las tortillas y un plato de frijoles en su caldo con unas cuantas cucharadas de arroz revueltas, la tortilla de maíz enrollada más apretada que un cigarro. ¡Delicioso! Ay, pero Narciso era tan quisquilloso: —¡Arroz y frijoles juntos! ¡Qué vulgar! Luego empezaba a hablar durante una hora sobre cómo debías traer cada plato por separado, y así es como comía, como si no pensara dos veces en quién iba a lavar los platos. Toda la vida Narciso presumiría: —No sé ni de qué color son las paredes de la cocina, lo que es decir que nunca entraba allí.

Lo que es decir que era muy hombre, hombre.

Porque así es como uno se puede dar cuenta de qué clase es una persona. Por la manera en que come. Y por sus zapatos. Narciso comía como las familias acomodadas, como si estuviera seguro de dónde iba a venir su próxima comida, sin atragantarse a las prisas ni comer demasiado, ni coger las cosas con las manos sino agarrando el cuchillo y el tenedor de manera exquisita, cortando la comida en bocados pequeños sin dejar caer los utensilios, sin hablar con la boca llena, ni hacer ruidos con la boca, ni usar un palillo en la mesa y, por supuesto, estaba acostumbrado a que le sirvieran cada platillo en un plato diferente. No empuñaba el cuchillo y el tenedor, ni recogía la comida con una tortilla en lugar de cubiertos como en la casa de tía Fina. Sus modales en la mesa eran muy elegantes. ¿Y sus zapatos?

También eran muy elegantes. Botas militares bien lustradas o unos preciosos zapatos bostonianos con bigoteras. Pues, le gustaban las cosas buenas.

Mira, puedo decir sinceramente que el nuestro fue un matrimonio por amor. Es decir, Narciso y yo no nos casamos como se acostumbraba en esa época por arreglo, sino porque nos enamoramos. Es decir, yo me ocupaba de la cocina de la casa de mi tía Fina, que también era la tía de tu abuelo, bueno, éramos primos lejanos. Y luego me invitaron a trabajar con tu bisabuela. Y creo que tu abuelo se compadeció de mí, porque en ese entonces yo era bonita. Y como en los cuentos de hadas, él se enamoró de mí, aunque yo andaba toda empolvada por el quehacer. De todos modos, se dio cuenta de que yo era el amor de sus amores. Así que, tan pronto como pudo, hizo los arreglos para robarme, y pues, nos casamos, y ya ves.

Y como mi Narciso era muy listo, le dieron un papelito que certificaba que había sido fiel al Gobierno Constitucional durante la Decena Trágica de 1914 y le dieron un puesto muy bueno en la Comisión Federal de Caminos por su herida de guerra. Una herida que sufrió por un susto espantoso. Y es por eso que tu abuelo nunca se podía meter al mar cuando íbamos a Acapulco. Ah, pero ese es otro cuento, adentro de otro cuento, adentro de un cuento.

Pronto lo veremos.

*«Un vals sin nombre» porque se me perdió ese papel pero me acuerdo que iba...[†]

(Compositor— El Señor Eleuterio Luis Gonzaga Francisco Javier Reyes Arriaga, nacido en el año de 1871 y bautizado ese año según consta en la rectoría de la iglesia de San Esteban de Sevilla. Este documento prueba sin lugar a dudas que la familia Reyes es descendiente directa de sangre española.)

I.
Tenía tal distinción
Que era de aquel salón.
Tal distinción que verla
y amarla todo fue en mi
y amor ardiente le declaré.

*II.*
Ella sonrió, mi ruego oyó.
También me dijo: Te quiero yo.
Pues si me quieres, le respondí,
un beso dame y seré feliz.
Si con un beso feliz te haré
después del baile te lo daré.

*III.*
*(Ésta es la página que se perdió pero iba más o menos…)*
En el salón un ruido atronador se escuchó,
un tiro fugaz que en el pecho de su amada dio,
y ya no pudo cumplir su palabra y hacerlo feliz.

*Tan tán*

†*Esta canción en realidad fue escrita por el bisabuelo de la autora, el Sr. Enrique Cisneros Vásquez.*

## 26.

## Un poco de orden, un poco de progreso, pero no tanto de ambos

¿En qué estabas pensando, abuela? No recuerdas o no quieres recordar los detalles, y para que una historia sea creíble hay que tener detalles. Olvidaste mencionar que el año en que llegaste a casa de los Reyes era el Centenario de la Independencia de México: «la era del orden y el progreso». Entonces como ahora, el presidente se gastó sumas astronómicas del crario para impresionar al mundo de cuán «civilizado» —europeizado— se había vuelto México. Podrías haber dicho: —Me acuerdo que cada edificio, avenida, plaza y bulevar estaba inundado de lucecitas como perlas que me hacían feliz. Debes haberlas notado a lo largo de la plaza de la Constitución, la Catedral, el Palacio Nacional. La capital no se había visto tan espléndida desde los tiempos del emperador Maximiliano. Mientras dormías en la alacena de la cocina y comías arroz remojado en caldo de frijol, se construían magníficos edificios públicos nuevos, la oficina de correos estilo veneciano florentino, el teatro de la ópera de mármol de Carrara, tan elaborado como un pastel de bodas. Se invitó a los representantes de todas las naciones «civilizadas», gastos pagados, y los agasajaron con banquetes cada noche en los que el champaña importado y los filetes no terminaban nunca. Se comisionaron estatuas doradas y se erigieron en intersecciones prominentes para que las futuras generaciones siempre recordaran el año de 1910. Todas las noches los fuegos artificiales silbaban y giraban y se reventaban como un campo de amapolas sobre tus anocheceres de la azotea, mientras a la distancia, las plazas palpitaban con valses sentimentales y pomposos aires militares.

Abuela, siempre quieres contar historias y luego cuando debes contarlas, no lo haces. ¿Y qué hay del 16 de Septiembre, el día de las celebraciones del Centenario? Hubo desfiles, corridas de toros, charreadas, recepciones, bailes, de todo para celebrar el cumpleaños de Don Porfirio así como el Día de la Independencia de México. Mandaron llevar lejos a los indios y a los mendigos de las calles del centro donde vivías para que no estropearan la vista. Se regaló a los pobres miles de pares de pantalones cosidos a máquina con las instrucciones de que usaran estos en lugar de la manta blanca de campesino. Se regañó a los padres de aquéllos que no tenían zapatos para que les compraran calzado a sus niños o de lo contrario se enfrentarían con multas espantosas, a la vez que reclutaban a las niñas de las familias pudientes para que tiraran pétalos de rosa en el desfile del Centenario ante una falange de indios vestidos de «indios».

En su más grande esplendor y a bordo de los más suntuosos carruajes, los embajadores invitados presentaban sus respetos escoltados por un escuadrón de húsares en vestido de gala. Después, la caballería mexicana cabalgaba a medio galope en corceles adornados de borlas, tan orgullosos y apuestos como sus jinetes. Olvidaste mencionar al Moctezuma sentenciado sobre una litera dorada cargada por dieciséis infelices sudorosos, o el carro romano adornado con colgaduras lleno de ninfas chaparritas grecomexicanas. En sus manos, pergaminos con palabras maravillosas —Patria, Progreso, Industria, Ciencia— cuyos significados pasaban desapercibidos para la mayoría de la ciudadanía porque no sabía leer.

Entonces como ahora, la gente votaba por la paz, y entonces como ahora, nadie creía que sus votos valían algo. El gobierno, dirigido por los Científicos, creía sinceramente que la ciencia podía llevarlos a solucionar la Teoría de Todo. Pero la Teoría de Todo tendría que esperar. Para cuando el año de 1911 hizo su aparición, la pequeña revolución comenzó. Durante la siguiente década, los hermanos lucharon entre sí, los gobiernos fueron derrocados y reemplazados, los soldados eran patriotas un día, rebeldes al otro día.

¿Quién pensaría que la insignificante violencia del campo afectaría a una muchacha en la cocina? Acaso no había el presidente dictador, Don Porfirio, establecido el orden y el progreso, eligiéndose a sí mismo ocho veces por el bien de la nación, y civilizado a los mexicanos para que fueran la envidia de otras naciones, para que niños como Narciso tuvieran sueños patrióticos de defender a México contra los invasores de los Estados Unidos y de morir una muerte honorable envueltos en la bandera mexicana, como los Niños Héroes de Chapultepec, los jóvenes cadetes militares que se lanzaron de las murallas de este castillo en vez de rendirse antes las tropas estadounidenses que avanzaban sobre la Ciudad de México en 1847. No podía saber que para 1914 los infantes de marina estadounidenses invadirían México otra vez, y una vez más en 1916. Para entonces Narciso Reyes ejecutaría su propia invasión de los EE.UU. al emigrar a Chicago. Pero ahora soy *yo* la que se está adelantando a la historia.

Como en la película de «Los tres García» de Pedro Infante, vamos a hacer girar la cámara como un niño borracho por un juego de piñata y vamos a ver la historia que no quisiste o no pudiste contar. Sucedió durante la Decena Trágica cuando el presidente Madero se encontró prisionero en su propio palacio presidencial. Algunas de sus tropas eran fieles al presidente, otras estaban del lado de los rebeldes, y el millón de ciudadanos de la Ciudad de México se vieron atrapados entre dos fuegos. Durante diez días las calles fueron un campo de batalla. ¿Quién hubiera pensado que la capital se quedaría paralizada? Pero la vida es siempre más insólita que la imaginación de cualquiera...

# 27

# De cómo Narciso pierde tres costillas durante la Decena Trágica

—¿Tú? No sabrías dónde encontrar comida si tu vida dependiera de ello? ¡Y tu vida depende de ello!

—Si no está satisfecha con mis servicios, señora, me puede despedir.

—Por supuesto que no lo voy a hacer. Me debes de ese juego de porcelana que rompiste. Y si crees que voy a dejar que te largues sin pagar la deuda que tienes con tu patrona mejor préndele una vela a San Judas Tadeo.

—Por Dios, ya déjala en paz, Regina. Es sólo una niña.

—Una semana. Hemos estado encerrados aquí por más de una semana. Como ratas. Peor que ratas. Estoy cansada de esconderme bajo los colchones. ¿Cuánto tiempo más puede durar esto? ¿Quién hubiera soñado que esto pasaría en la capital? Nunca en la vida… Ay, siento como si me dieran un machetazo en la cabeza cada vez que dispara un cañón. ¿Cómo es posible que alguien duerma en este infierno? Y cómo se supone que voy a guisar para todos con solamente un diente de ajo y dos jitomates en la alacena, quiero que me digas. Pero mira qué contentos están ustedes dos, como unos tontos. Qué bonito. Una ocupada jugueteando con el fleco de su rebozo, y el otro tocando el piano.

Eleuterio se quedó callado. ¿Cómo podría defenderse? Su mujer no sabía de arte, de cómo al crear algo puedes evitar la muerte. Regina sólo entendía de pesos, no de las matemáticas del corazón.

—Basta, basta, basta —suspiró Eleuterio. —Ya estoy harto de que me avergüences. Voy a salir y encontrarnos algo para comer.

—Ah, no, eso sí que no. Si no sabes cómo encontrar comida cuando no hay guerra, ¿cómo vas a aprender ahora? ¿Cómo? Soledad, tráeme una sábana. Y no una de las buenas. Del montón de trapos.

Luego Regina hizo que movieran el piano a empujones de donde lo habían apuntalado contra la puerta, y salió a las calles desiertas de la Ciudad de México armada tan sólo de una bandera blanca hecha de una funda de almohada bordada y la escoba. Desde las ventanas hechas añicos del comedor, su marido y la sirvienta la miraban marchar a media calle de Leandro Valle tan orgullosa y majestuosa como si fuera una de las abanderadas del desfile del Centenario del año pasado.

Del otro lado de la ciudad, Narciso se encaminaba fielmente a su hogar en el departamento de Leandro Valle. —Mamá —dijo entre hipos. Había corrido la mayor parte del camino, y ahora le dolía el costado. —Mamá. Llamarla lo hacía sentirse más seguro. —Mamá, mamá. No hay nada que los hombres mexicanos reverencien más que a sus mamás; son los hijos más devotos, quizá porque sus mamás son las mamás más devotas… cuando se trata de sus varones.

Toda la vida Narciso había querido ser un héroe. Y ahora aquí estaba su oportunidad, y el olor a muerte le provocaba el vómito. A los cadetes les habían tocado los peores trabajos. En vez de luchar como lo habían soñado, defendiendo a su patria contra un enemigo común, ahora eran testigos de mexicanos luchando contra mexicanos.

El dictador Porfirio Díaz había sido derrocado y obligado a huir, y como muchos presidentes mexicanos fugitivos antes y desde entonces, partió a Europa con buena parte del erario en sus maletas. Después Madero fue elegido presidente. Pero un golpe militar dirigido por uno de sus propios generales trastornó su victoria. Las fuerzas armadas mexicanas estaban divididas. Algunas apoyaban al general Huerta en su intento de apoderarse del gobierno, mientras otras permanecían fieles al nuevo presidente. Durante diez días la capital y sus habitantes se vieron atrapados en esta lucha por el poder.

A los niños cadetes les fueron asignados los detalles que nadie más tenía tiempo de atender. Como quemar a los muertos. Narciso debía registrar los bolsillos para buscar identificaciones mientras dos compañeros de clase rociaban los cuerpos con gasolina. Era desgarrador ver a los niños recostados por las calles como si se hubieran quedado dormidos, las viejitas y las madres jóvenes, los tenderos que no debían haberse visto enredados en este asunto. ¿Qué le estaba pasando al país?

Al parecer había incendios por doquier, un hilo de humo picante le punzaba los ojos. Narciso se cubrió la nariz y la boca con un pañuelo. No había tiempo de enterrar a nadie. Estaban bajo órdenes de quemar a los muertos donde habían caído, de otra manera comenzarían las epidemias. A veces los cuerpos saltaban y se retorcían como chicharrón en un sartén. Ay, qué feo. Era horrible observarlo. Chisporroteaban y se partían, la grasa brotándoles a borbotones. Narciso sentía náuseas, tenía la cabeza aturdida y mareada, los ojos le ardían.

Se dirigía ahora a su casa tan rápido como le era posible. Sólo estaría lejos de su deber por un rato, razonó. ¿Quién lo echaría de menos? En la distancia, por una iglesia, Narciso vio a una mujer desesperada escabullirse por un patio con una bandera blanca amarrada a una escoba. La mamá de alguien, pensó. Pobrecita, y su corazón se contrajo.

En la esquina frente al estudio de un fotógrafo, un desafortunado campesino vestido de manta blanca yacía sacudiéndose en el suelo, la sangre negra goteando de sus ojos y boca y oídos. *Mamá*, pensó que escuchó al moribundo toser antes de dejar que la vida se le escapara. Narciso tembló y siguió adelante a tropezones. Las sombras se proyectaban ahora largas y a un ángulo inclinado y le hacían ver que tenía que llegar a casa antes del anochecer. Después del anochecer la ciudad estaba totalmente oscura a excepción de los fuegos funerarios.

Cuán desolada se veía la ciudad. Todos los comercios estaban cerrados, las cortinas de metal sobre las entradas. El vidrio roto de las ventanas superiores estaba regado por todas partes. Narciso estaba atemorizado de ver tan dañadas las calles familiares. Pégate a las paredes, se decía a sí mismo. Los francotiradores se escondían en las azoteas. Cuando llegó al Zócalo quiso llorar, pero se recordó a sí mismo que ya era demasiado grande como para hacerlo. El yeso de las fachadas de varios edificios estaba agujereado con hoyos de bala y en algunos lugares una ventana se abría a un pedazo de cielo. Un hombre tiene que ser feo, fuerte y formal, seguía repitiéndose a sí mismo para evitar que le fallaran las rodillas.

—¿Quién vive? —llamó una voz debajo de la oscuridad de los portales. Querían decir: —¿de qué lado estás? ¿de Madero? ¿o Huerta? Narciso hizo una pausa. La respuesta incorrecta seguramente vendría acompañada de balas.

—Quién vive —dije.

—Yo vivo, si Dios quiere.

Risas.

—Primero dale un tiro, después discutimos de política.

—¡¡¡…!!!

—Páralo junto al paredón.

—Yo digo que lo ejecutamos bajo la ley de fuga. Deja que corra y decimos que estaba tratando de huir.

—Podríamos errar. Mejor que se pare junto al paredón.

Dos soldados escoltaron a Narciso de cada brazo, porque para entonces apenas podía caminar. Lo tuvieron que arrastrar y obligarlo a ponerse de pie, ya que las piernas se le habían hecho de trapo y no le obedecían. Sus captores estaban discutiendo de nuevo cuál sería la mejor manera de deshacerse de él cuando, por designios de la Divina Providencia, en ese mismo instante pasó por allí un oficial.

—¿Qué pasó aquí?

—Un prisionero tratando de huir, mi capitán.

—Déjenlo ir. Conozco a este muchacho. Su padre y yo vamos al mismo peluquero.


Después de mucho rato, lo suficiente como para que Eleuterio se preocupara por la salud de su mujer y se arrepintiera de no haber ido él mismo, Regina apareció tan dichosa como si acabara de regresar de un paseo dominical por la Alameda.

—¡Viejo! ¡Qué suerte la mía! ¿A quién crees que me encontré? ¿Te acuerdas de Agapito Molina? Agapito. Ya sabes cuál. El gordito que trabaja en los establos de los ingleses. Ése. Bueno, no te imaginas. ¡Prometió entregarnos dos costales de avena hoy por la noche a cambio del piano!

—¡No, no mi Bosendorfer!

—Vamos, no vayas a empezar con uno de tus berrinches, viejo. No es hora de ponerse sentimental por un piano tonto. Te prometo que luego te consigo otro.

—¿Mi Bosendorfer por dos costales de avena? Regina, por el amor de Dios, no tienes idea del valor de este instrumento. No es solamente un piano, es un Bosendorfer, hecho por uno de los mejores y más antiguos fabricantes de pianos en el mundo, el preferido de los reyes europeos. Vaya, si Franz Liszt era dueño de un Bosendorfer. Dicen que el joven Liszt arruinó varios instrumentos en una sola actuación, tan poderosa era su manera de tocar, ¡hasta que le trajeron un Bosendorfer que sobrevivió a su furia!

—No quiero oír otro de tus cuentos. Pasé toda la mañana arriesgando el pellejo buscando comida mientras…

—Pero considere esto, señora —Soledad interrumpió. —Tenga en cuenta que el piano ha servido como barricada contra la puerta. En estos tiempos difíciles puede que lo necesitemos para algo además de la música.

—Bueno… es muy cierto. No había pensado en eso. Déjame ver qué otra cosa le gustaría a Agapito.

Narciso descubrió que sus piernas corrían y su cuerpo las seguía a rastras. Corrió por las calles desiertas como un loco. Se tropezó, gateó, rodó, se deslizó por las paredes, se raspó los nudillos, se tiró en picada por las entradas y se escabulló con la vejiga a punto de explotarle, más no paró de correr hasta que pudo ver el edificio en la esquina de Misericordia y Leandro Valle. Trepando las escaleras de dos en dos, Narciso no se detuvo hasta que se encontró ante las enormes puertas de su departamento, las cuales aporreó salvajemente con el pie.

Fue Regina quien abrió la puerta, sorprendida y un poco molesta. Ante ella estaba su hijo, sudoroso, inmundo, exhausto.

—Lo sabía, lo sabía. Sabía que no podía contar contigo. Igualito a tu padre. No te preocupes de mí. A quién le importa si me muero de hambre, sólo soy tu pobre madre…

Narciso abrió la boca. Abrió la garganta, vació los pulmones, pujó y pujó, pero no salió ningún sonido más que una tos áspera como quien se ha tragado un hueso de pollo. No pudo emitir una sílaba más allá de soltar un leve cacareo justo antes de desplomarse de rodillas y derrumbarse sobre los mosaicos rojos que nunca estaban tan limpios como a Regina le hubiera gustado.

Todas las campanas de las catedrales de la ciudad repicaban cuando Narciso abrió los ojos. Por un momento creyó que estaba en el cielo, pero no, era sólo la enfermería, y las campanas que repicaban le daban la bienvenida al nuevo presidente, el General Huerta. Narciso había sufrido un colapso de pulmón y lo habían tenido que ingresar de inmediato en el hospital del ejército, donde le habían quitado tres costillas tan fácilmente como si estuvieran serruchando tres peldaños de una escalera. Lo mandaron a casa con un agujero en el pecho por el cual dicen que respiraba —no me consta, pero es lo que cuentan— y con los tres pedazos de hueso que habían sido una vez sus costillas envueltos en un bulto de gasa, como el almuerzo anudado en un paliacate. A partir de entonces tuvieron que untar de yodo la abertura y envolverla en vendas limpias a diario, de manera que por el resto de sus días Narciso Reyes no pudo ya disfrutar de los placeres de remojarse en un jacuzzi o nadar en la bahía espumosa de Acapulco.

El diagnóstico fue un colapso de pulmón, pero la verdadera causa de los problemas de Narciso Reyes, como Regina nunca se cansó de explicar, fue el susto, ese mal mexicano responsable de siglos de desgracias:

—Sucedió durante la Decena Trágica cuando lo pararon contra el paredón. Mi hijo Narciso esperaba una bala, pero fue el puro susto lo que se alojó dentro de él como un trozo de metal.

# 28

## Puro cuento

Más tarde en la vida Narciso haría alarde de cómo había perdido tres costillas en la decisiva batalla de Celaya, pero, por supuesto, esto era puro cuento. Mucho antes de esa histórica batalla ya se encontraba en los Estados Unidos aguardando a que terminara la guerra. Narciso era sólo un muchacho con más acné que vello facial en la cara. Pero recordaría con cariño sus días de soltero en Chicago. Después de la Decena Trágica, ya había dejado atrás las nociones patrióticas de morir envuelto en la bandera mexicana. Había visto lo suficiente de la guerra como para darse cuenta de que no tenía sentido.

Toda la vida Narciso recordaría aquellos cuerpos que le habían ordenado quemar durante la Decena Trágica, los niños y las mujeres y los ancianos muertos. De sólo pensar en ello le daban ganas de vomitar. Se preguntaba si todos los soldados sentirían lo mismo, pero eran demasiado cobardes como para admitirlo. Lo hacía estremecerse. Cualquier remordimiento culpable que tuviera por haber desertado su país se desvanecía al momento en que se tocaba el agujero en el pecho. Él había hecho su parte, ¿no era cierto? Su madre no merecía que su único hijo se viera reducido a tres costillas.

—No quiero ver a mi hijo reducido a tres costillas —dijo Regina.

—Listo. Está decidido. Narciso, te voy a mandar con la familia de tu papá a Chicago.

—¿Pero no que tío Viejo había cometido pecados imperdonables y por eso toda la familia ni siquiera le hablaba?

—Creémelo, estarás en menor peligro con tu tío Viejo que si te quedaras aquí en tu propio país, mijo.

Luego se retiró a su habitación y procedió a encenderle velas a todos sus santos, a la Divina Providencia, y especialmente a una estatua dorada de la Virgen de Guadalupe, saqueada quién sabe de dónde que dominaba toda una pared de su cuarto.

—Virgencita, te prometo que si me devuelves entero a mi hijo, haré lo que tú me mandes, ¿me oyes? —dijo, gritándole a la estatua de madera de la patrona de México. —¿Entonces, qué? ¿Es un trato? La Virgen de Guadalupe parecía asentir dócilmente con la cabeza.

Satisfecha, Regina permitió que su hijo aguardara a que terminara la revolución con un bribón que había huido a Cuba y luego a los Estados Unidos después de robarse la nómina del ejército mexicano. Me gustaría poder hablar sobre este episodio de la historia de mi familia, pero nadie habla de ello y me niego a inventar lo que no sé.

Menos mal que Narciso se fue cuando lo hizo. Para fines de 1914 cualquier hombre entre las edades de quince y cuarenta que fuera sorprendido vagando por las calles era reclutado, uniformado y se le hacía entrega de una pistola. Jorobados, inválidos, vagabundos, vendedores ambulantes, borrachos, nadie estaba a salvo. Los agarraban saliendo de la plaza de toros, o de las cantinas o del cine. Después del anochecer todo el mundo se guarecía, o las carretas de la conscripción venían a recogerte y pasabas a formar parte del ejército. Si no eras lo suficientemente bueno como para matar, eras lo suficientemente bueno como para que te mataran. Hasta Eleuterio tuvo que esconderse y no salir; bueno, hasta a los viejos se llevaban.

Era difícil conseguir agua y luz durante la guerra. Las azoteas de todas las casas estaban llenas de recipientes de todos tipos para recolectar el agua de lluvia. La electricidad se prendía intermitentemente y nunca cuando lo esperabas, y las velas eran exorbitantemente caras. Debido a la demanda, la gente tuvo que recurrir a hacer sus propias velas o a volver a usar lámparas de aceite, aunque el aceite también escaseaba.

A menudo la ciudad se sumergía en una oscuridad total, lo que daba la falsa apariencia de estar a salvo de los francotiradores, las balas y las balas de cañón. La población entera corría de aquí para allá como ratones rozando las paredes. Algunas noches sin luna uno se movía descubriendo el mundo por el tacto, a veces tropezando en las entradas donde las parejas se encontraban absortas en ocupaciones pacíficas: —Ay, ¡discúlpenme!

Como es el caso en las guerras, aquellos que se beneficiaron no eran los más fervientes sino los más astutos, y Regina era astuta. Vendía lo que se le presentaba a medida que la gente se desprendía lentamente de sus posesiones, pero por lo que se hizo famosa, por lo que la gente tocaba a su puerta, día y noche, noche y día, era su negocio de cigarros. Ella y Soledad enrollaban cigarros caseros a mano, porque los cigarros son lo que la gente más necesita cuando tiene miedo.

Los años en que Narciso estuvo fuera, les sucedieron tantas cosas inauditas a los habitantes de la Ciudad de México que sólo podrían ser ciertas. La sirvienta Soledad Reyes, en su reino de la cocina, presenció muchas cosas. Un perro que arrastraba una mano humana. Un villista asesinado mientras se agachaba para ponerse los guaraches. Una soldadera bizca al mando de una tropa de soldados. Los temibles zapatistas marchando sobre la Ciudad de México, empolvados como vacas, humildes y hambrientos, mendigando amablemente tortillas duras.

Soledad Reyes vio cañones, y máusers, y a sus vecinos escondiendo caballos en sus recámaras de la planta alta para evitar que se los robaran. Vio a un hombre bailar por el Zócalo con un candelabro de cristal más grande que su altura. Vio una cabeza desmembrada murmurar una maldición indecente antes de morir. Vio una mula entrar a la catedral principal y arrodillarse al llegar al altar principal. Vio al magnífico Zapata montado en su hermoso caballo por las calles de la capital, y justo cuando cruzaba enfrente de ella, se llevó una mano elegante a la cara y se rascó la nariz. ¡Vio estas cosas con sus propios ojos! Fue sólo más tarde cuando se acercaba al final de su vida que empezaría a dudar de lo que en realidad había visto y de lo que había bordado a lo largo del tiempo, porque después de un rato lo bordado parece real y lo real parece bordado.

Lo que podía jurar que había sido cierto era el hambre. Eso sí lo recordaba. Parecía que durante la guerra no habían comido sino frijoles, atole y tortillas y, cuando podían conseguirlo, un pedazo de carne grasosa de mal sabor que se suponía era de res pero que probablemente era de perro, una leche aguada, un café salpicado de migajas de pan y garbanzos, manteca y mantequilla con aceite de semilla de algodón, y pan que sabía a papel.

Mientras tanto, Narciso deambulaba por las calles de Chicago, donde los carteles de reclutamiento pregonaban: DEBEMOS ATRAPAR A VILLA, CAPTURAR A VILLA, ¿A QUIÉN QUEREMOS?: A VILLA, VAMOS POR ÉL. Pero aun si pudieran agarrar al hombre que escupió a la cara de Estados Unidos y le respingó la nariz al rojo, blanco y azul, ¿qué harían con él si lo capturaran?

La invasión a Veracruz, la invasión enviada para capturar a Villa. Fue entonces que los mexicanos empezaron a ponerle Wilson a sus perros.*

---

*En 1914 el presidente Woodrow Wilson autorizó a los infantes de marina para que invadieran el puerto de Tampico después de que unos marineros estadounidenses entraran a un muelle de acceso restringido y fueran arrestados. En esa época los Estados Unidos trataban de ocasionar la ruina del gobierno del general Huerta al fomentar la venta de armas a los revolucionarios norteños como Pancho Villa. Esto es interesante, ya que Wilson había apoyado a este mismo general Huerta cuando había derrocado al presidente Madero con un golpe militar. Madero y su vicepresidente fueron arrestados en el Palacio Nacional y bajo circunstancias misteriosas, o no tan misteriosas, fueron asesinados a boca de jarro mientras los llevaban a la penitenciaría por «razones de seguridad». Los periódicos reportaron que murió durante un intento de rescate por parte de sus partidarios, pero nadie creyó eso aun entonces. Gracias a la falta de protesta de parte de Woodrow Wilson y del mundo, Huerta se convirtió en presidente de México. Pero me estoy desviando del tema.*

*Aunque México puso en libertad a los marineros estadounidenses en menos de una hora, el 21 de abril los infantes de la marina de los Estados Unidos desembarcaron en el «recinto de Moctezuma», y lo que resultó fue una batalla sangrienta con cientos de víctimas entre la población civil. Esta «invasión» creó fuertes sentimientos en contra de los Estados Unidos, donde la prensa mexicana exhortaba a los ciudadanos a tomar represalias contra los «cochinos de Yanquilandia». Hubo disturbios callejeros en la Ciudad de México. La muchedumbre saqueó comercios de propiedad estadounidense, destruyó una estatua de George Washington, y atemorizó mucho a los turistas estadounidenses.*

*Por supuesto, más tarde Villa contraatacaría con su propia invasión. En marzo de 1916, Villa y sus hombres cruzaron la frontera con Estados Unidos y atacaron Columbus, Nuevo México. Uno de los primeros disparos detuvo el reloj grande de la estación del tren a las 4:11 a.m., y para cuando la escaramuza había terminado, dieciocho estadounidenses habían sido asesinados. El presidente Wilson mandó al general John J. Pershing y seis mil tropas estadounidenses a México a encontrar a Villa. Pero Villa y sus hombres los eludieron hasta el fin. Wilson retiró sus fuerzas en enero de 1917, después de haber gastado 130 millones de dólares.*

# 29

# Trochemoche

—Y pues así fue como vine a dar a Chicago, una ciudad con la maldición de no una sino dos palabrotas por nombre: «el chingado» y «el que sí cagó» —dijo tío Viejo, la rama más débil de ese impetuoso árbol Reyes.

A los setenta y tres, tío Viejo aún trabajaba como un Sísifo cansado, aunque todo le dolía, hasta respirar. Tío se encontraba en esa etapa de la vida en que el cuerpo es una molestia y uno añora y anhela ser polvo una vez más. Arrastraba esa molestia de cuerpo como alguien con un abrigo de invierno puesto en el día más caluroso de verano.

Pobrecito. La verdad daba lástima verlo. Desgarrador, pensó Narciso. Tío Viejo y sus hijos, Gordo, Chino y Víbora, a duras penas se ganaban la vida resollando en una tapicería extra chica de la calle Halsted llena de muebles extra grandes, de sillas redondeadas y sofás que producían grandes nubes de polvo cuando se les daba un puñetazo. Quizá los antepasados y los descendientes de los Reyes daban vueltas por esas galaxias polvorientas. Quizá el Destino le había cobrado a tío Viejo por todo el dolor que había ocasionado en una vida. ¿Sería cierta la historia de que cuando tío era todavía un joven contador del ejército mexicano, se había robado la nómina y huido a Cuba? Dicen que en menos de tres meses había intercambiado el salario de 874 federales mexicanos por ron cubano, mujeres cubanas y juegos de azar cubanos. —¡A poco no es increíble lo rápido que puedes gastarte el dinero! Después había rengueado como un vagabundo hasta que se encontró en su destino.

¿Y luego qué pasó, tío?

—Quién se acuerda y a quién le importa, el hecho es que estoy aquí.

—*Qué curioso* —pensó Narciso. En su casa sólo había escuchado presumir de la familia Reyes. Pero aquí se encontraba tomando café con una de las historias, y el relato distaba de ser heroico. Quizá hay algunas historias que no vale la pena mencionar.

—¿Y qué hay de las mulatas? —preguntó Narciso. —¿Son tan sensacionales como dicen?

—¿Sensacionales? —preguntó tío. —Exquisitas más bien.

Narciso esperó a que entrara en detalles, pero no hubo nada de eso.

—Bueno, tío, ¿no extrañas aunque sea un poquito tu patria? Te apuesto a que con la revolución podrías regresar a México y ni quién se diera cuenta.

—¿Regresar? —preguntó tío. —Estoy mejor aquí. Una vez, cuando estaba de paso por Raymondville, Texas, por poco me quedo allí. Había una chaparrita que quería que me casara con ella, pero cuando conocí a su familia, un cuarto lleno de chaparritos sentados en huacales de madera, y el pasto de enfrente no era más que un cuadrito de polvo, y los pollos picoteando este polvo, y mi pelo también lleno de este polvo, vi mi futuro, todos mis hijos picoteando como pollos en ese miserable patio de polvo. No, gracias. No soy rico, pero por lo menos no ando escarbando tierra.

Narciso pensó que había tanta tierra y polvo en el taller de su tío como para darle ganas de rascarse a cualquiera, pero, por supuesto, no lo dijo.

—Y ahora mira. Con todo lo que lees en los periódicos —continuó tío, —bueno, fue mejor que no me quedara en Texas o los *Texas Rangers* me hubieran correteado de vuelta a casa, ¿verdad?*

Como la esposa de tío Viejo había muerto hacía mucho tiempo, su casa era una casa de hombres y, como tal, faltaba cuidado a las cosas del espíritu. No había mantel ni servilletas, ni un jardín de flores que creciera de una lata de manteca vacía, ni un montón de ropa de cama planchada y limpia, ni platos bonitos. Los objetos eran austeros, utilitarios, improvisados, económicos y mugrientos. Los periódicos servían de tapete de la entrada, cojines para sentarse o mantel. Las páginas de las fotonovelas bastaban como material de lectura en el baño así como de papel de baño. Un clavo retorcido en la puerta del baño era la única protección de la intimidad. Una lata de café y una palangana galvanizada eran la tina. Y etcétera, etcétera. Un estilo de vida caótico, trochemoche, venga lo que venga.

—Hay tres placeres en la vida —dijo tío Viejo y rió, —comer, cagar y coger; ¡en ese orden! Hacía tacos de mortadela frita. ¡Usaba queso amarillo para las quesadillas! ¡Qué barbaridad! Hacía huevos revueltos con salchicha y los servía en tortillas de harina caseras. Cada mañana tío estiraba la masa y hacía torres enormes de tortillas enharinadas recién hechas para sus muchachos y las servía calientes con mantequilla y sal para el desayuno o, si se sentía atrevido, con mantequilla de cacahuate. —No hay como un taco caliente de mantequilla de cacahuate y una taza de café —decía tío.

Tío Viejo andaba mal vestido y, lo que era peor, olía mal. Esto afectaba mucho la sensibilidad de Narciso, quien había estado tan orgulloso de su linaje y ahora se enfrentaba a que su familia «vivía como húngaros»; es decir, como gitanos.

Le escribió a su madre: *Vaya, no son mejores que los bárbaros. Creo que ésta es la influencia de vivir en los Estados Unidos, ¿no crees? Viven en la misma tapicería, con paredes hechas de retazos separando el espacio de trabajo de la cocina, si se le puede llamar cocina. En una estufa de campamento es donde cocinan y una puerta de madera sobre dos burros es la mesa. De cama usan cualquier mueble a la mano que esté por ser tapizado, un sofá o tal vez dos sillas arrimadas, o la mesa de la cocina. Así viven, peor que un campamento de soldados en el campo, pues al menos los soldados tienen orden. Lo más triste es que ni mi tío ni mis primos le ven nada raro ni desean algo mejor. ¡Es asombroso!*

—¿Y cómo aprendiste a hacer tortillas de harina, tío? —preguntó Narciso, ya que los Reyes estaban acostumbrados a comer tortillas de maíz.

—El ejército, dijo tío. —Y la necesidad.

Narciso escribió: *Tacos. Es todo lo que comen aquí. O hot dogs, que es el taco americano. Creerías que se habían olvidado de la deliciosa sopa de flor de calabaza, o el chile en nogada, o el huachinango a la veracruzana, o cualquiera y todos los demás manjares sublimes de la cocina mexicana. Y lo que los restaurantes llaman aquí comida mexicana, ¡es de dar lástima!*

Narciso había llegado con sombreros, trajes, camisas de lino y pañuelos de seda con corbatas a la inglesa que hacían juego. ¡Y aquí pretendían que barriera el taller y desmontara los muebles hasta el armazón! Nunca había agarrado un martillo, mucho menos una escoba. Sus bostonianos con bigoteras importados quedaron arruinados en una semana, la piel raspada, las suelas agujeradas por las tachuelas. Todas las noches las arrancaba con pinzas, contándolas según trabajaba mientras los primos se reían de él a sus espaldas.

Lo que era realmente bárbaro era un mapa escolar de los Estados Unidos que su tío había pegado en la pared del baño con miel de maíz. Representaba los estados en diferentes colores con sus capitales marcadas con una estrella. Cada vez que entraba al baño, Narciso se proponía memorizar un estado y su capital. Creía que ese conocimiento conservaría la agudeza de su memoria y lo distinguiría de la chusma que tenía por primos.

—Pero dime, tío, ¿por qué pegaste el mapa con miel de maíz?

—Porque no había pegamento cuando se me ocurrió colgarlo.

En general, tío Viejo parecía satisfecho con lo que los Estados Unidos le había dado. No era una vida lujosa, pero era vida y era suya. Había aprendido un poco de esto y de aquello al pasar de los años, y el esto y el aquello habían pagado su sustento. De manera que, a diferencia de su primo Eleuterio de las manos pianísticas, las manos de tío Viejo estaban llenas de los callos y las ampollas de su oficio, el arte y la labor de hacer sofás y sillas. *Trabajo infame*, pensó Narciso, *gracias a Dios no tengo que hacer esto para siempre.* Sus propias manos con la perfecta letra manuscrita estilo Palmer no estaban acostumbradas al martillo, y estar de pie todo el día en el concreto duro le estaba sacando callos tan robustos y macizos como las conchas de las tortugas. —Mis pies son muy delicados —se quejaba Narciso, mientras se remojaba los pies todas las noches en una tinaja de agua caliente. —*Qué principillo* —pensó tío, pero no lo dijo.

La condición de los pies del príncipe Narciso no mejoró durante los siete años que vivió con su tío Viejo. Estaban tan maltratados al final de su estancia en los Estados Unidos como al principio, para entonces no por la labor, sino por el placer. Narciso bailaba todo el fin de semana en los centros nocturnos conocidos como *black-and-tan* de State Street al sur. Esto fue durante la época en que el charleston fue declarado ilegal en algunas ciudades estadounidenses.[†]

En aquellos días las mujeres más hermosas eran las estrellas de la pantalla muda. Las mujeres de todas partes las imitaban y se pintaban la boca como corazón de San Valentín. Pero la mujer de la que Narciso Reyes se enamoró no solamente tenía una boca de corazón de cupido, sino unas nalgas como uno al revés.

La había visto en vivo en el escenario, la chica de piernas hermosas y un trasero como el de ninguna. La mujer era como la leche con un chorrito de café que su madre le servía cuando era niño antes de acostarse, café con mucho azúcar, una mujer que lo hacía feliz de sólo contemplarla. Ella era la felicidad, una comediante nata. El público era suyo desde el momento en que entraba bajo el reflector. Su número era parte pantomima, parte acrobacia, parte baile. Se reía y guiñaba el ojo, hacía bizcos, se ponía las manos en las caderas, hacía pucheros, hacía piruetas, sacaba las pompas y las meneaba, hacía el charleston, luego se abría de piernas, echaba una maroma, después salía caminando como pato del escenario sólo para regresar dando vueltas de carro y terminar con un bamboleo que destrozaba el teatro y casi mataba a Narciso.

Narciso asistía a cada espectáculo, se ponía insoportable tras las bambalinas, y creía estar enamorado. No podía creer su buena fortuna cuando un día ella se dejó caer sobre sus piernas, toda ella brazos y lengua meneándose.

Ay, tener una mujer como ésta. Cuando oprimió su boca contra la de ella, él también se llenó de júbilo. La risa borboteó y se desbordó y lo penetró, y le infundió vigor y lo llenó de vida. Decidió que se casaría con esta Freda McDonald que se llamaba a sí misma *Tumpy*, cuyo nombre artístico era Josephine Wells, corista de piel de caramelo. La cuidaría, la amansaría y la haría suya. Lloró al oír su relato de cómo había tenido que luchar por todo lo que le pertenecía. De cómo se había escapado de su pueblo natal de San Luis Misuri, en 1917, el mismo año de los disturbios raciales. De cómo los blancos se preocupaban porque los negros sureños les estaban quitando los trabajos, aunque la mayoría de los blancos no trabajarían por $2.35 al día en la fábrica de cañería de alcantarillas, ¡ni aunque les pagaras!

—Freda McDonald, por favor tenga la amabilidad de aceptar...

—Te lo dije, nadie me llama Freda más que mi madre. ¿No puedes leer la marquesina? Me llamo Jo. Jo Wells. Pero me puedes decir *Tumpy*. Lo que Narciso pronunciaba como «Tom-pi». Su inglés la hacía reír.

—*Tompita*, corazón mío, tengo que preguntarte esto...

—*Honey*, dilo.

—¿*Please will you...*? ¿La capital de Idaho *what is*?

—*Shit*, y yo qué sé.

—¡*Oh, you kid*!

Y jugaban a las luchas y se reían y daban chillidos, él tratando de impresionarla con los nombres de todos los estados y las capitales de los Estados Unidos —Springfield, Illinois; Sacramento, California; Austin, Texas— y ella risa y risa por su manera tan curiosa de hablar.

En sus brazos su cuerpo relumbraba y resplandecía y se retorcía. Era como hacer el amor con un río de mercurio, una boa constrictora, una comadreja. Era *lovely*, bruto, *tender*, bonito, bonito. Había poseído mujeres rosa como un conejo y tan morenas como el chocolate amargo, y todos los tonos intermedios de caramelo. Había poseído y poseído, y nunca se llenaba, nunca.

Hasta ahora.

Narciso le escribió una carta a su padre en casa: *Papá, es española como tú. Bueno, española de parte del padre. Su madre es mitad cheroquí y mitad negra. Pero toda ella es una americana de verdad y maravillosa, y cuando la conozcas…*

¡Qué! ¡Una negra de nuera! ¡Que una negra se convirtiera en Reyes! Pero esto era demasiado. Eleuterio olvidó que su propia familia lo habría desheredado si hubieran conocido a Regina. Por supuesto, como todo el mundo, su memoria era selectiva y no pensó en esto.

Sucedió que la carta de Narciso llegó cuando su padre estaba desayunando, pero Eleuterio nunca pudo terminar su comida. La noticia de la carta de su hijo hizo que Eleuterio hiciera su propio bamboleo mortal. Regina le mandó un telegrama a su hijo: PADRE MUERTO REGRESA CASA.

—*My sky*, te lo digo con toda confianza que por ti moriría, pero tengo *compromises* en este momento. ¿Me esperarás? *Promise*, Tompita, mi *queen*.

—*Chili pie*, no haré otra cosa que llorar hasta que me mandes llamar.

Como el Destino lo quisiera, Narciso abordaba un tren a la frontera hacia el sur mientras Freda Josephine Tumpy McDonald Wells también se encontraba en otra vía del tren con su sombrerito de casquete de fieltro y un abrigo con cuello de mapache, y una maleta de cartón que contenía todas sus pertenencias. Freda salió de Chicago con la compañía esa misma tarde camino a Filadelfia para casarse con Billy Baker, abandonar a Billy Baker a cambio de Nueva York, abandonar Nueva York a cambio de París, bailar con una falda de plátano, y bueno, el resto ya todos saben que pasó a la historia.

———

*En 1915 más de la mitad de la población estadounidense de ascendencia mexicana emigró del valle de Texas hacia un México que había sido devastado por la guerra, huyendo de los Texas Rangers, la policía rural que tenía órdenes de sofocar una rebelión armada de los méxicoamericanos que protes-*

taban la autoridad angloamericana en el sur de Texas. Con el apoyo de la caballería estadounidense, el acoso por parte de los Rangers llevó a la muerte a cientos, algunos dicen miles, de mexicanos y méxicoamericanos que fueron ejecutados sin previo juicio. El resultado final fue que la tierra que había sido propiedad de los mexicanos fue desalojada, permitiendo que los recién llegados anglosajones la urbanizaran. Con tanta frecuencia eran asesinados los mexicanos a manos de los «Rinches», que el periódico San Antonio Express-News afirmó que «se había vuelto tan común» que «era de poco o ningún interés»; poco o ningún interés, a menos que fueras mexicano.

†El charleston fue llamado «el baile de la muerte» después de una tragedia que cobró 147 vidas cuando la pista de baile que vibraba con el charleston cayó desplomada, ocasionando que el edificio también hiciera el charleston. Variety reportó: «. . . Se dice que el ritmo sincopado del charleston, aumentado por el abuso de bebidas alcohólicas ocasionó que el Hotel Pickwick se bamboleara con tanta violencia que se vino abajo».

# 30.

## A poco

Eleuterio estaba acabando su huevo cocido y la punta de un bolillo tostado cuando leyó la carta de su hijo. Fue tan grande la impresión que sufrió un fuerte coraje, ese síndrome nacional, y el 12 de octubre de 1921, fue declarado muerto de una embolia cerebral. Como en ese país no se acostumbra embalsamar a los muertos, simplemente velaron el cadáver de Eleuterio en la sala con su mejor traje, un rosario negro enredado en las manos, cuatro velas prendidas en cada esquina, y en su vientre un abanico de gladiolos rojos, el regalo colectivo de los clientes del mercadillo de su mujer.

La siguiente sección de la historia ya sé que parece que la estoy inventando, pero los hechos son tan insólitos que sólo podrían ser ciertos. El cuarto estaba lleno del murmullo respetuoso de una novena cuando la sobrina de Eleuterio pegó un grito como una daga. Todos pensaron que lloraba de pena. —Qué buena niña, ésa, se ve que era la que más lo quería. Pero se debía a lo que notó cuando besó al cadáver de despedida. —¡Todavía está caliente! ¡Miren, le tiemblan los párpados! Era cierto, aun en la muerte algo detrás de los párpados parecía bailar tan nerviosamente como lo había hecho cuando estaba en vida. —¡Virgen Purísima, está vivo!

Llamaron inmediatamente al doctor, pasaron el cuerpo a una cama y pidieron a toda la comitiva y los parientes, primero con amabilidad y luego con malos modos, que se fueran, porque para ahora ya había muchos curiosos, los vecinos y los que pasaban por la calle para ver qué veían, los metiches, mirones y mitoteros, o sea, los mentirosos-chismosos-cuenteros-alborotadores, todo en uno. A estos el doctor dio órdenes de que se fueran. Luego con un cepillo duro y alcohol del 96, el doctor frotó a Eleuterio hasta que revivió.

Poco a poco el cuerpo empezó a recobrar su color, y poco a poco Eleuterio Reyes empezó a respirar normalmente; por consiguiente, el doctor enmendó su diagnóstico final de embolia cerebral a ataque epiléptico. Todo el mundo se regocijó, y abrieron una botella de rompope y pasaron los vasos.

Fue un momento exuberante, quizá la única epifanía en esa década de privaciones, hasta que se descubrió que Dios tenía un sentido perverso del humor.

Eleuterio sólo estaba vivo a medias. Únicamente la mitad derecha de su cuerpo se levantó de los muertos. La mitad izquierda permanecía tan adormilada como el día de su velorio. A partir de entonces Eleuterio se arrastraba por el departamento con un bastón y murmuraba un lenguaje peculiar compuesto de gruñidos, gestos y saliva que solamente Soledad podía comprender.

Esa noche la familia celebró la resurrección a medias de Eleuterio. Después todos los parientes sanguíneos firmaron un testamento. Yo, fulano de tal, por la presente solicito que me abran las venas, o que me claven un alfiler de sombrero en el corazón, o ambos, antes del entierro para evitar ser enterrado vivo en el triste caso de que haya heredado la desafortunada y rara condición de Eleuterio Reyes, etcétera, etcétera. Algo así, más o menos, porque ese papel se perdió junto con todas esas otras cosas sin importancia que nadie puede exactamente recordar y nadie puede completamente olvidar.

# 31.

## *Los pies de Narciso Reyes*

Toda su vida Narciso nunca supo lo que le estaba sucediendo en el momento en que le sucedía. Como si su vida fuera un par de dados y el mundo un vaso que lo sacudía y dejaba caer en momentos inusitados. Sólo después del repiqueteo y la voltereta se daba cuenta de los números que la vida le había echado. Fue así como el amor floreció sin que se diera cuenta. Únicamente tenía que sentir el dolor intenso en su pecho para recordar que estaba vivo. Y el amor también es así, recordándonos constantemente con sus intensos placeres y sus intensos pesares, que estamos, ¡ay!, vivos.

Cuando Narciso regresó a casa, a Regina le bastó un vistazo para comprender que su bebé se había esfumado. En su lugar estaba un fanfarrón, un joven pavo real, un hombre con destellos de aquel niño reluciendo por aquí y por allá, de vez en cuando, dependiendo del ángulo o la luz. Su cuello era grueso y poderoso, tenía un brío al caminar, y su cuerpo se había puesto fornido y de carnes firmes. Pero había algo más. Algo que le pulsaba en los ojos, o tal vez algo que ya no se encontraba ahí. Tenía esa expresión de aquellos que han sufrido una decepción en la vida.

¿Por que será que la gente se complace en infligir malas noticias? Aun antes de que el tren de Narciso arribara a la estación de la Ciudad de México, llegó un telegrama de sus primos de Chicago que pronta y jubilosamente le informaban de su desaire. Un dolor resolló de esa pequeña herida más arriba de la pequeña herida: el agujero en su corazón donde Narciso había albergado alguna vez a la negrita Tompi. *Ah*, pensó Regina para sus adentros, *tiene la expresión de un hombre privado del amor de una madre; lo voy a remediar.*

Entre sus deberes, a Soledad le tocó ayudar a Narciso con su limpieza. Qué importaba que se hubiera ocupado de su cuidado personal mientras vivió en Chicago todos esos años. Ahora que estaba en casa, Regina insistía en que Soledad hiciera las veces de enfermera, y Soledad lo atendía ahora con una palangana y una tetera de agua caliente que había calentado en la estufa.

—Cuando me pusieron contra el paredón, creí que me habían matado aun antes de escuchar un disparo, porque sentí algo caliente chorrearme del cuerpo y correr por la pierna. Solamente después cuando empecé a apestar de miedo, porque el miedo apesta, ¿sabías? Sólo entonces me di cuenta de que no era sangre, sino orines.

—¡Mentiras! —dijo Soledad.

—Te juro por Dios que es cierto. Es casi como la historia de cuando Dios le pidió prestada a Adán su costilla prestada para hacer a Eva. Tuvieron que serrucharme tres de mis costillas, ponme la mano aquí. Eso hicieron para llegar al pulmón que había sufrido un colapso, porque eso fue lo que me pasó —explicó Narciso.

—¡Qué barbaridad! ¿Y es cierto que ya no puedes nadar?

—Nunca —dijo Narciso, bajando la cabeza y fingiendo sentirse lástima.

La expresión de tristeza por parte de Narciso sólo sirvió para granjearse el cariño de su enfermera. Tan desamparado, y con unos ojos tan tiernos y oscuros como el café de olla, como si en cualquier momento fuera a llorar. Se veía más triste de lo que ella lo recordaba. Más solo. Esto lo volvía todavía más atractivo. Encantador, Soledad no pudo evitar darse cuenta, y esos pies, demasiado pequeños para un hombre.

¡Qué pies tan delicados! Suaves como palomas, tan pálidos como el trasero de una monja, luminescentes como las alas de las palomillas bajo la luna nácar, de venas tan delicadas como el mármol y tan transparentes como una taza de té. Una vez habían sido lisos como las piedras de un río, pero ahora estaban tan encallecidos como los de ella.

—Cayos —explicó Narciso —en el norte tuve que trabajar como un negro.

La verdad, los callos eran de bailar el charleston toda la noche, no por el trabajo arduo.

En ese instante el corazón de Soledad se llenó de compasión. Quiso bendecir esos pies con besos, acariciarlos, acunarlos, lavarlos con leche. Pero como siempre, tuvo miedo de sus sentimientos y dijo simplemente:

—Tienes patas de mujer. Quiso hacerle un cumplido pero fue tomado como un insulto.

Narciso Reyes dejó salir una risotada como si estuviera acostumbrado a que se burlaran de él. La muchacha Soledad evocaba sentimientos extraños en él. Recordó la primera vez que se había sentido así, hacía mucho tiempo ese primer día en que habló con ella, en el cubo de la escalera de su tía Fina. Había intentado consolarla con un beso, pero había errado; un beso chueco e infantil que aterrizó en su ojo, cegándola un poco. Habían sido unos niños. Y ahora aquí se encontraba, más llenita, con un trasero agradable, y un rebote encantador en su blusa cada vez que se movía. Le enseñaría unas cuantas cosas que había aprendido en Chicago.

Entonces Narciso Reyes se acercó a Soledad y besó a la mujer que se convertiría en la madre de sus hijos. En ese beso estaba su Destino. Y el de ella.

# 32

# El mundo no comprende a Eleuterio Reyes

Aun con toda una vida de experiencias, la vida lo toma a uno por sorpresa. Así que Eleuterio Reyes estaba perplejo no sólo por haber muerto sino por estar vivo otra vez y tener a su hijo único junto a su cabecera. Aquí estaba su Narciso, esa pequeña lagartija dándose aires en su traje ajustado y sus zapatos de charol, un clavel rojo en el ojal. No era más que un dandi con cara de niño, un hijo de mami, un niño mimado y asustado, un mocoso disfrazado de hombre, llorando lágrimas de verdad, prometiendo de rodillas: —Haré lo que me pidas, papá, sólo tienes que decirlo, nomás no te me mueras otra vez.

Qué otra cosa podía hacer Eleuterio sino reír, ya que cualquier palabra que trataba de emitir salía como gárgaras. Rió, entonces, un ataque de tos de perro que hizo temer a sus parientes que estaba sufriendo otro síncope. Como ya no tenía otro idioma con que expresarse, la risa de Eleuterio llegaba en lo que parecían ser momentos raros. La familia lo creía un poco chocho desde su resurrección, aunque dentro de ese mar de aguas mansas que tenía por cuerpo, él estaba varado en un témpano de hielo, irremediablemente alerta.

Afortunadamente, Eleuterio conservó su habilidad de tocar el piano, si sólo con la mano derecha, y esto quizá lo salvó de tirarse de la torre de alguna iglesia. Compuso unas piezas sencillas, divertidas, y fue allí donde encontró un refugio del mundo que no lo comprendía. Su música era rápida, elegante, ligera, y demasiado romántica como siempre. No importaba que él no lo fuera. Con los modales caballerosos de otra era, un lápiz y su imaginación, Eleuterio Reyes compuso varios valses que revelaban, si alguien se hubiera molestado en escucharlos, cuán claramente ingenuo y juvenil era todavía. El alma nunca envejece, el alma, esa bola de luz atada a ese fastidio, el cuerpo.

Eleuterio Reyes hacía todo lo posible por levantarse de las cenizas de su cuasimuerte y la nación mexicana hacía lo mismo. De manera que Narciso regresó en una época en la que la Ciudad de México se ocupaba de bailes, funciones benéficas y de recaudación de fondos, como si la reconstrucción comenzara al llenar una tarjeta de baile. ¿Quién podría culpar a los habitantes? Los hombres estaban hartos de saltar sobre cadáveres. Las mujeres estaban cansadas de llorar a los muertos. La ciudad, como sus tropas, estaba exhausta, triste y sucia, asqueada de ver diez años de cosas que desearía no haber visto, lista para olvidarlo con una fiesta.

En la década de la guerra, la Ciudad de México había vitoreado a una gran confusión de líderes. La mañana en que Madero marchó triunfalmente por la ciudad, los ciudadanos gritaron vivas. Cuando la Decena Trágica terminó y Huerta asumió el poder, las campanas de la iglesia repicaron y se dijeron misas mayores en su honor. Al poco tiempo, cuando Huerta huyó, repicaron de nuevo como diciendo: —Adiós y hasta nunca. Las mujeres por los balcones tiraban besos y flores a los victoriosos Villa y Zapata,* quienes marcharon como césares, y la ciudad vociferó nuevamente con Carranza, y con igual sinceridad por su rival, el manco Obregón. No es que fueran veleidosos. Era la paz a la que daban la bienvenida, no a los líderes. Habían tenido suficiente de la guerra.

Para Regina la guerra había significado una oportunidad de encontrar su verdadera vocación. Como en todas las guerras, aquellos que florecen no son los mejores sino los más astutos y de corazón duro. El pequeño comercio de Regina no sólo mantuvo a la familia en una época difícil, sino que prosperó y los elevó un nivel más de posición económica. Ahora su departamento estaba atiborrado de tantos muebles que se parecía al gran almacén La Ciudad de Londres. Narciso tenía que trepar sobre escupideras de latón, jaulas de pájaros musicales, espejos obscenos más grandes que una cama, aguamaniles venecianos, arañas de cristal, candelabros, platos tallados, juegos de té de plata, libros encuadernados en cuero, más allá de pinturas de gorditas desnudas, y retratos de castas novicias adolescentes haciendo sus votos.

Todas las camas servían de mostradores para exhibir la ropa de cama y la mantelería, hasta la cama donde dormía Regina; sencillamente hacía un lugarcito para ella al pie de la cama debajo de antimacasares de terciopelo, cojines orientales, paños con flecos de raso, quimón y brocado, torres de sábanas, toallas y fundas de almohada bordadas con los monogramas de los dueños originales. Cada habitación estaba asediada de muebles en los colores populares de ese tiempo, rojos y púrpuras reales: un juego de muebles Luis XVI, sillones de orejas con respaldos altos, confidentes de crin de caballo, sillas de posta de damasco, cabeceras talladas Reina Isabela, camas de latón completas con cortinas de seda y doseles, canapés Art Noveau de mimbre y sillas estilo victoriano.

A la hora sonaban una variedad de relojes frágiles, algunos con figurillas que bailaban, otros con cucús, unos con algunas notas de un vals de moda, como una pajarera de aves ruidosas. Mantillas con flecos para el piano, baúles de madera tallados, faroles de estaño perforado, instrumentos musicales, cristalería acanalada, estuches grabados para cigarros, colchas tejidas a gancho, abanicos pintados a mano, sombreros con plumas, sombrillas de encaje, tapices empolvados, juegos de ajedrez de marfil, apliqués dorados, estatuillas de bronce y mármol, vitrinas doradas, bacinicas de porcelana Sèvres, urnas vidriadas, platería y cristalería y porcelana, cajas con incrustaciones de joyas, biombos chinos laqueados, alfombras Aubusson, tinas de cinc y, bajo cúpulas de vidrio, santos torturados, madonas llorosas y niños Jesús regordetes. Más es más. Era un estilo de decoración que destacaría en ésta y en futuras generaciones de la familia Reyes.

—Mira cómo vivimos ahora, hijo. ¡Como reyes!

—Querrás decir como húngaros —dijo Narciso.

—¿Qué dices, mi vida?

—Dije precioso, mamá.

Cuando Regina le había indicado a Narciso que se quitara los zapatos al entrar al departamento, él había creído que era para que no molestara a su papá, pero luego se dio cuenta de que era para evitar que se desgastaran las alfombras y el mobiliario.

—Ten cuidado. Todo está a la venta —dijo Regina.

Todo el día la gente tocaba a la puerta para entregar o recoger cosas. Los indios llegaban con ayates, un cabestro que se ata por la frente y cuelga por la espalda, y con esto podían cargar cosas diez veces su propio peso, tal como el papi de Regina lo había hecho alguna vez. Bajo cargas monstruosas, humildes como hormigas obreras, iban tranquilamente a entregar un ropero o un sofá o una cama a una dirección dada. A Regina le iba mejor que al Monte de Piedad, la casa de empeño nacional. Los desesperados venían a empeñar su herencia. Muchos de ellos se iban con el verdugón de un latigazo feo de malas palabras o en la miseria de las lágrimas, y algunos de ellos ¡eran hombres!

Muchas cosas habían cambiado mientras Narciso había estado fuera. Su madre, Regina, contaba sus ganancias todas las noches y las escondía en una caja de zapatos en el ropero de nogal al lado del paliacate rojo que albergaba sus tres costillas y la caja con el botón de Santos Piedrasanta. Su padre, Eleuterio, se había vuelto un inválido medio loco cuya habla babeante todos ignoraban menos Soledad. ¿Y Soledad? La hogareña muchacha de casa se había convertido en una joven esbelta de pechos mezquinos y nalgas mezquinas, pero con todo y eso era agradable a la vista, en realidad. Ah, esas simpáticas cejas de Charlie Chaplin y esos ojitos oscuros debajo de ellas. Era guapa, casi bonita, en serio, era agradable, tenía que admitirlo. ¿Cómo fue que no lo había recordado?

Soledad había desarrollado un talento especial para interpretar a su familia los berrinches y lágrimas de Eleuterio. —Dice que tiene antojo de un plato de camote con leche. Dice que ni se les ocurra vender su piano o va a destrozar todo lo que esté a la vista. Dice que tienes los modales de un Pancho Villa.

—¿Te dijo todo eso?

—Más o menos.

Pobre Soledad. Comprendía a Eleuterio porque ella estaba tan muda como él, quizás más aún porque no tenía un piano. Era mejor sólo decir lo absolutamente necesario, ni muy poco, ni tanto, tanto, mejor hacerse a un lado si la señora estaba sufriendo una de sus jaquecas. Todo lo que tenía era el rebozo caramelo, cuyo fleco trenzaba y destrenzaba, lo cual era una especie de lenguaje.

Pobre Eleuterio. Una gran agonía llenaba su corazón todas las noches y sufría sin poder hacer nada al presenciar que su hijo, Narciso, se metía con disimulo a la alacena de la cocina al oscurecer. Eleuterio gruñía y daba golpes con su bastón en la pared de la recámara contigua de su mujer. Regina llegaba con una taza de té de manzanilla.

—¿Qué pasa, viejo?

Lo había llamado así de broma de recién casados debido a la diferencia de edades, pero ahora era la verdad y lo decía con afecto.

—¿Tienes sed, viejo? Ándale pues.

Eleuterio gorjeaba, aullaba y gemía.

—Ya, ya, ya duérmete. ¿Es porque hoy vendí tu colchón viejo a la familia del jefe de la oficina de correos? No, no le des importancia, mi gordito. Te voy a conseguir un colchón bueno y nuevo mañana, y vas a dormir como un bendito, ¿verdad? Pobrecito. Tómate tu té.

Lo alzó mientras se retorcía como un niño, lo envolvió apretadamente en su rebozo y le dio su té de manzanilla con una cuchara.

—Ése es mi niño bueno. No te preocupes, todo va a salir bien.

Qué otra cosa podía hacer Eleuterio sino tragar.

---

*Hubo muchas revoluciones dentro de la Revolución, de modo que a veces ciertas facciones eran patriotas y otras veces eran llamadas rebeldes, acosadas por el mismo gobierno al que una vez habían apoyado. Un buen ejemplo, Emiliano Zapata, quien dirigió las fuerzas indígenas desde Morelos, la región subtropical al sur de la Ciudad de México, un grupo que luchaba por sus antiguos derechos de tierras. Pancho Villa era un bandolero que se convirtió en líder rebelde y que controlaba los estados desérticos del norte. Estos dos poderosos jefes, «el Atila del Sur» y «el Centauro del Norte», y sus seguidores, tuvieron un encuentro histórico en la Ciudad de México a mitad de la guerra. En cualquier restaurante mexicano bueno hoy día podrás ver una foto color sepia que documenta el evento: un Villa jovial sentado en la silla presidencial mientras un Zapata indómito lanza una mirada fulminante y sospechosa a la cámara.*

*Para una versión de Hollywood de la Revolución mexicana, ver «Viva Zapata» de Elia Kazan. John Steinbeck escribió el guión. Su candidato para el papel principal era nada menos que la estrella del cine mexicano Pedro Armendáriz, que aparece en «La perla». Armendáriz tenía el tipo sexy e indígena adecuado para el papel y, lo más importante es que sabía actuar, pero era desconocido en los Estados Unidos. Kazan, sin embargo, deseaba que Marlon Brando hiciera el papel y así lo consiguió. En mi opinión, Brando se ve ridículo con los ojos pegados con cinta adhesiva para que se vean rasgados tratando de hacerse pasar por un indio mexicano.*

# 33.

## Cuídate

$\mathcal{L}$a gente le decía: —Ahora que ya eres señorita, cuídate. ¿Pero cómo iba Soledad a saber lo que querían decir con esto? Cuídate. Acaso no había cuidado de su cabello y de sus uñas, se había cerciorado de que su ropa interior estuviera limpia, remendado sus medias, boleado sus zapatos, limpiado sus orejas, cepillado sus dientes, se había persignado cuando pasaba por una iglesia, almidonado y planchado sus enaguas, tallado sus axilas con un trapo enjabonado, desempolvado las plantas de los pies antes de acostarse, enjuagado sus trapitos ensangrentados en secreto cuando tenía «la regla». Pero lo que querían decir era cuídate allá abajo. ¿No era extraña la sociedad? Te exigían que no te... pero no te decían cómo. El cura, el papa, tía Fina, la Sra. Regina, la vecina sabia de enfrente, las tortilleras, la vendedora de pepitas, las tamaleras, las mujeres del mercado que le daban el cambio con su pilón: —Cuídate. Pero nadie le decía cómo... bueno, *cómo* exactamente.

¿Porque no era un beso parte del acto de amor? ¿En serio? ¿De veras? No era un beso el tirón de un cordel, un listón, una danza, un hilo lanado y entrelazado que comenzaba con los labios y terminaba con su cosa dentro de ti. En verdad, no había manera una vez que comenzaba que ella supiera dónde o cómo parar, porque era una historia sin principio ni fin. Y por qué era su responsabilidad decir *basta*, cuando en lo más profundo de su corazón no quería que se terminara nunca, y qué triste se sentía ella cuando acababa y él se zafaba y ella volvía a ser ella misma, y no quedaba nada de esa felicidad más que algo como el jugo de un maguey, como baba fría en sus muslos, y cada uno volvía a ser quien era.

Por un instante, por un momento tan fino como una espina de nopalito, sentía como si nunca pudiera estar sola, sentía que no era ella misma, ella no era Soledad y él no era Narciso, ni piedra ni flor morada, sino todas las piedras y las flores moradas y el cielo y la nube y la concha y la piedra. Era un secreto demasiado hermoso, a decir verdad. ¿Por qué todos le habían ocultado tal maravilla? No se había sentido tan bienamada a excepción quizá de cuando aún se encontraba en el vientre de su madre, o se había sentado en las piernas de su padre, el sol en la coronilla de la cabeza, las palabras de su padre como la luz del sol: —Mi reina. Sentía que cuando este hombre, este muchacho, este cuerpo, este Narciso se metía dentro de ella, el cuerpo de ella ya no estaba separado del de él. En ese beso, se tragaban uno al otro, se tragaban el cuarto, el cielo, la oscuridad, el miedo, y era hermoso sentirse tanto como parte de todo y más grande que todo. Soledad ya no era Soledad Reyes, Soledad sobre esta tierra con sus dos vestidos, su par de zapatos, su rebozo caramelo inacabado, ya no era una muchacha de ojos tristes, no era ella misma, no era sólo ella, únicamente ella. Sino todas las cosas chicas y grandes, grandiosas y pequeñas, importantes y modestas. Un charco de lluvia y la pluma que cayó haciendo añicos el cielo en su interior, las veladoras titilando a través del vidrio azul cobalto de la catedral, las notas iniciales de aquel vals sin nombre, un plato hondo de barro con arroz en caldo de frijol, un terrón humeante de estiércol de caballo. Todo, ay Dios mío, todo. Una gran inundación, una dicha abrumadora, y era bueno y jubiloso y bendito.

# 34.

## De cómo Narciso cae en descrédito gracias a los pecados del cuelgacuelga

Entonces, ¿qué te parece hasta ahora?

**Unas partes no tan buenas. Pero tampoco tan horribles. Sigue, sigue.**

Híjole, no se te puede dar gusto. Mira, de haber sabido que me costaría tanto trabajo contar esta historia, no me hubiera molestado. Cuánta lata. No ha sido más que batallar de principio a fin. Debí haberlo imaginado. Un hilo enmarañado, no te miento. Así que, ¿en qué estaba?

**Estabas contando qué felices éramos Narciso y yo.**

Ah, sí… la felicidad.

Se podría decir, y con bastante precisión, que Narciso Reyes llegó repleto de sus historias en veintidós volúmenes, como una enciclopedia. Era, después de todo, un hombre bonito. Se preguntarán qué veía un hombre bonito como Narciso Reyes en su no tan bonita prima Soledad.

**¡Pero tampoco tan fea!**

Pero en sus preferencias sexuales, Narciso no era remilgoso. No era ni heterosexual ni homosexual exactamente. Era… ¿cómo decirlo?… omnisexual. Es decir, era un hombre normal. Sin embargo, si se lo dijeras, se mortificaría. Como la mayoría de los hombres, desconocía su propia verdad. Si hemos de ser sinceros, diremos entonces que todo en el universo le apetecía sexualmente. Mujer. Hombre. Muchacho. Papaya. Agarradera tejida a gancho. La vía láctea. Cualquiera y todas eran posibilidades, reales o imaginarias.

Antes de su iniciación en el amor, Soledad había sido tan asexuada como una piedra…

**Me choca que me hagas esto.**

… tan pura como un rebozo de seda y tan inocente como si la hubieran castrado antes de nacer. Y así *había* sido. No con cualquier cuchillo salvo uno abstracto llamado religión. Tan ingenua era sobre su cuerpo que no sabía cuantos orificios tenía ni para qué servían. Entonces como ahora, la filosofía de educación sexual de las mujeres era: mientras menos se diga al respecto, mejor. ¿Así que por qué esta misma sociedad le lanzaba piedras por lo que juzgaban un comportamiento irresponsable cuando su silencio había sido igualmente irresponsable?

**¿Por qué a la fuerza tienes que imponer tu inmunda política? ¿Qué no puedes nomás relatar los hechos?**

¿Y qué tipo de historia sería ésa con puros hechos?

**¡La verdad!**

Depende de la verdad de quién estés hablando. La misma historia se convierte en una historia distinta según quién la cuenta. Ahora, ¿me permites proceder?

**¿Y quién te está deteniendo?**

Como en todos los noviciados, Soledad se creía sinceramente todos los piropos que Narciso le lanzaba, una palabra en español para la cual no hay traducción en inglés, excepto quizá «*harassment*» o «acoso sexual» (en otra época, se les llamaba *gallantries* o galanteos). —¡Ay, Mamacita! ¿Si me muero quién te besa? —Lástima que no haya una tortilla para envolverte, estás así de exquisita. —¡Virgen de Guadalupe, aquí está tu Juan Dieguito! Nunca nadie le había dicho esas cosas. Quién podría culparla por sentirse agradecida con el hombre a quien admiraba por ser honorable y bien educado, de una clase social superior.

—No se lo digas a nadie, ¡pero tú eres mi preferida!

¡Hacía que su corazón hiciera ¡*ting*! ¿Cómo iba a saber que era sólo un piropo? Algo que un hombre le dice a una y después repite a varias más.

—No se lo digas a nadie, ¡pero tú eres mi preferida!

No era exactamente una mentira, sino una falsedad. Ella era su preferida. En ese preciso momento. Un momento puede ser eterno, ¿no es cierto?

Soledad no pudo haber sabido que Narciso no la estaba eligiendo entre todas las mujeres, sino sencillamente disfrutando de ella como su derecho inalienable. ¿No era acaso «la muchacha», y no era parte de su deber servir al joven de la casa?

Ese Narciso. Era como si el Destino le hubiera encargado al universo la tarea de echarlo a perder, más no, no es cierto. Era como si hubiera nacido con un sello de «mercancía dañada», arruinado, sin compostura, un camino que había comenzado antes del primer beso que su mamá le plantara al inspeccionar lo que había expulsado y admirara el fruto de su labor y parto, su fina joya, su exquisita artesanía. Muy contenta estaba su mamá de ver que había nacido con la piel más clara que la suya. Le pellizcó los genitales color malva para comprobar que era cierto: —Así es cómo se sabe. Sí, sería güero. El mundo lo trataría con bondad.

Era una pena que Narciso no hubiera leído ese ilustre y educativo libro de su tátara tátara bis- esto o aquello, Ibn Hazm, y le hubiera prestado atención detenida al capítulo «De la vileza del pecado».* Si hubiera tenido la suerte de ser instruido por su antiguo antepasado, quizá entonces Narciso Reyes se hubiera evitado toda una vida de dolor. Pero es cierto que no somos más que una extensión de nuestros antepasados, nuestros varios padres y muchas madres, de manera que si uno lo piensa seria y calculadamente, en un momento dado hace cientos de años, miles de personas que llegarían a ser parientes caminaban por las aldeas, topándose sin saber al salir y entrar de las tabernas o sobre los puentes donde los lanchones se deslizaban sigilosamente por debajo, sin saber que en años venideros sus propias vidas y aquellas de coetáneos desconocidos confluirían varias generaciones más adelante para producir a un sólo descendiente y entretejer a todos como familia. Así, según palabras de los antiguos, todos somos hermanos.

¿Pero quién hace caso de las palabras de los antiguos? Era la juventud, esa amnesia, como una ola avanzando y luego retrocediendo, que mantenía a la humanidad atada a la insensatez eterna, como si un hechizo descendiera sobre la humanidad y cada generación se viera obligada a descreer lo que la generación anterior había aprendido a trancazos, como dicen.

Así fue que Eleuterio decidió intervenir y dar a su hijo unos consejos muy necesarios, si bien tardíos. Podía ver a su hijo entrar y salir de la cocina en la noche aun si Regina fingía no verlo. Él no estaba ciego. Pero sí estaba mudo. Después de que se habían recogido los platos de la cena, cuando él y Narciso estaban solos tomando el café con leche, Eleuterio miró a su hijo al otro lado de la mesa.

—*Hijo mío, escúchame* —Eleuterio pensó, viendo a su muchacho. —*Más sabe el diablo por viejo que por diablo.*

Narciso bebía a sorbos su café y leía un periódico deportivo.

—*Tú madre. Tú madre y yo fuimos jóvenes una vez, como tú. Y solíamos pensar como tú, lo creas o no. Sí, es verdad. Pero te estás portando como un perro, peor que un perro, no como le corresponde a un Reyes.*

—*¿Sabes acerca de tu abuelo Hipólito Eduviges Reyes, no, mijo?*

Narciso carraspeó.

—*Bien, sabía que recordarías cuando te conté de él. Siempre decía que un hombre debe ser feo, fuerte y formal. Sí, tu abuelo decía eso. Pero sobre todo debe ser formal.*

—*Ahora, esto pasó hace algún tiempo, recuerda, cuando no era yo el viejo que ves aquí sentado ahora. Era muy elegante en ese entonces...*

Narciso se rió de algo que estaba leyendo.

—*Es risible, lo sé, sólo porque es cierto. Ahora no me gusta bañarme, pero en ese entonces, pues, era yo un catrín, si puedes creerlo.*

Narciso agachó la cabeza y eructó.

—*¿Sí me lo crees? Bien. Pues tu madre y yo hemos permanecido juntos como hombre y mujer por más de veinte años porque hicimos una promesa mutua de que así lo haríamos, lo que a veces parece una razón tonta. Especialmente si alguien está acostumbrado como tu madre a sus hábitos de campesina. Sin lugar a dudas habrá problemas. Pero así era cuando llegó a mí, tu madre, con sus costumbres rancheras.*

—*Por supuesto, hay pleitos. Tiene que haber pleitos. Siempre hay pleitos. Pero por lo menos creíamos en el honor. No como ahora que ya nadie cree en nada. En ese entonces, todos, sensatos o insensatos, creíamos en algo, y eso evitaba que nos convirtiéramos en perros.*

—*Algo que nunca te he dicho... Cuando conocí a tu madre no podía pensar en otra cosa que no fuera mi propio placer. Y en mi ceguera, hijo mío, fuiste concebido. Cuando tu madre me dijo que estaba encinta, empaqué mis cosas y empecé a vagar por los caminos sin mirar atrás, y a la larga me encaminé a mi lugar de origen, Sevilla. Salí corriendo y abandoné a tu madre.*

Narciso se recostó sobre la mesa, ocultando la cabeza entre los brazos.

—*Ah, debí suponer que reaccionarías así, hijo. Me avergüenzo tanto de mí mismo como tú ahora. Pero espera, el cuento se pone mejor. No me des por muerto.*

Recargado en un codo, Narciso se concentraba ahora en un mosquito enorme gimiendo por el cuarto.

—*Cuando tu abuelo se enteró de que había dejado a una mujer encinta, esperó a que estuviéramos solos después de la cena, tal como estamos ahora, y me dijo esto.*

Narciso se enderezó, retorciendo nerviosamente el periódico.

—*Dijo, ¡Eleuterio, no somos perros! Fue todo lo que dijo. No somos perros. Sus palabras me llenaron de tanta vergüenza que supe de inmediato lo que tenía que hacer.*

El periódico de Narciso se estrelló en el hombro de Eleuterio.

—*No abuses de mí, hijo mío, aunque lo merezco. No fue fácil convencer a una mujer tan orgullosa como Regina de que se casara conmigo. Al principio no me quería ¿y quién podría culparla? Pero tal vez se dio cuenta de que si no se casaba con el padre de su hijo, su destino no sería sino una vida de dificultades.*

Satisfecho, Narciso se relajó en su silla y se enfrascó de nuevo en su periódico.

—*Pero gracias a Dios por fin me perdonó, y fue así como nos casamos. Y años después, años y años me refiero, porque nunca se lo dije, años después se enteraría de que había sido su suegro a quién debía agradecerle por salvar su honra, un hombre al que nunca conoció, del otro lado del mar. Qué irónica es la vida. Su suegro, quien hubiera prohibido el matrimonio si viviéramos en Sevilla.*

Un tremendo bostezo hizo erupción de la garganta de Narciso.

—*No somos perros. No somos perros* —Eleuterio continuó. —*Era todo lo que necesitaba decir, me di la media vuelta y regresé y cumplí con mi obligación como caballero. Y así fue como ese día pasé de ser un perro a ser el caballero según me habían educado.*

De pronto Narciso levantó la vista y entrecruzó la mirada con la de su padre.

—*Más sabe el diablo por viejo que por diablo* — Eleuterio repitió en sus pensamientos. Narciso parpadeó. ¡Me estoy comunicando con el muchacho! —*Somos Reyes y debemos comportarnos como tales. Prométeme que siempre lo recordarás, hijo. ¿Me lo prometes?*

Cuando su padre lo miró detenidamente con tal intensidad, Narciso casi creyó que todavía quedaba un pequeño destello de inteligencia en su interior. Pero pensándolo bien… No, probablemente su padre sólo sufría de indigestión.

—*Lo que quiero decir es, ¿debo decirle a tu madre lo que he presenciado… ?* —Eleuterio Reyes se detuvo a medio pensamiento y parpadeó de manera excesiva, una costumbre nerviosa desde su juventud en

Sevilla. Recordaba con demasiada claridad cómo su propia castañuela lo había metido en problemas. Permítanme hacer un desvío en nuestra historia, porque el desvío resulta con frecuencia ser el verdadero destino de uno...

---

*«Se decía de antaño: "Aquél que se protege de la malicia de su castañuela, de su rugido y de su cuelgacuelga, se salva de la malicia del mundo terrenal". La castañuela es la lengua, el rugido es la panza, y el cuelgacuelga son las partes privadas». El collar de la paloma, de Ibn Hazm.

# El desvío que resulta ser el propio Destino

Hasta el fin de sus días Eleuterio Reyes tendría el hábito nervioso de apretar los ojos como estrellas angostas como si le hubiera entrado jabón en ellos. Pero se debía a lo que sus ojos recordaban. Un asesinato. ¡Sí, un asesinato! Hacía mucho tiempo, en su otra vida, cuando aún vivía en su país de origen…

En esa Sevilla de sus tiempos, no de los nuestros, más polvorienta, menos llena de turistas, pero con el mismo calor enceguecedor, el joven Eleuterio Reyes trabajaba en los bares tocando melodías en el piano que hacían que los parroquianos se pusieran, ora felices, ora tristes. Como sucede a menudo en los días de asesinato, era día de paga, y de nuevo como sucede a menudo, el asesino y la víctima eran amigos. Se habían estado riendo y abrazándose, invitándose bebidas y luego, al momento en que Eleuterio comenzaba una alegre mazurca, los dos se abalanzaron uno sobre el otro como gatos, rodaron, bailaron y echaron chispas por el cuarto, salieron por la puerta como un número de flamenco, y rodaron por la calle adoquinada haciendo un reguero de sillas, mesas, y vidrio que caía estrepitosamente tras de ellos.

Todos los demás tuvieron la sensatez de esconderse o salir corriendo a pedir ayuda. Sólo Eleuterio miraba inmóvil como un sonámbulo; era por naturaleza un hombre entrometido. Fue por eso que durante toda su vida pudo recordar con tal nitidez la cara del asesino. Lo había visto todo, desde el abrazo inicial, la ronda de bebidas, las bromas, la risa, la repentina explosión de ira, el sorprendente destello de la hoja de la navaja, la sangre oscura del color de las dalias de otoño burbujeando por la nariz y la boca.

Fue solamente cuando una bola de mirones se empezó a juntar que Eleuterio volvió a sus sentidos y, como un animal herido, de pronto tuvo el instinto de correr. Pero era demasiado tarde, la policía había llegado.

—¿Quién fue? ¿Alguien vio algo?

—No, dijeron los sabios. —No sé nada, no vi nada, ni me pregunten.

Pero Eleuterio, quien no tenía el don de la sabiduría, habló: —Sí, fue él, señalando al que lo había hecho, porque para ahora el asesino había regresado y estaba parado entre los curiosos. En un instante la policía se dejó ir sobre el tipo, forzándolo a asumir posiciones contorsionistas espantosas y agregando varios golpazos a su cuerpo, ese tambor humano, por si acaso. Le dieron órdenes a Eleuterio de que los acompañara a la estación, ya que era el testigo estelar.

Hubo gran conmoción, todo el mundo caminaba a la comisaría, el asesino, Eleuterio, la policía más una marabunta, ya que para entonces esto era un desfile, y para cuando llegaron al caos de la comisaría, Eleuterio, quién era simplemente un músico, estaba tan aterrado ante el prospecto de ser insertado en la historia, que su mente empezó a dejarse a llevar por el pánico y luego a dudar de si este hombre había sido realmente el asesino, y ese pensamiento alarmante le provocó unas ganas feroces de mear.

Por designios de la providencia, en ese preciso momento dos mujeres que habían sido acarreadas por reñir entraban a la estación, una todavía agarrando a la otra de las greñas y la otra sin un zapato, y una muchedumbre aún más nutrida había venido a mirar a estas dos, porque dos mujeres peleándose es algo mucho más emocionante para los hombres que dos pobres matándose entre sí, y con el alboroto y el jaleo de toda esa gente, el asesino y Eleuterio aprovecharon la situación y se escabulleron sin que nadie se diera cuenta.

Y es por eso que mi bisabuelo Eleuterio ya no podía vivir en Sevilla, ves, pero si de decir la verdad se trata, debo explicar su otro motivo. Había emparentado con una familia de posición superior a la suya. Su primera esposa, una mujer de memoria excepcional, tenía un talento único para recordarle a Eleuterio sus humildes orígenes y su posterior mediocridad. Fue sin remordimientos y con la ropa que traía puesta que Eleuterio abandonó a su esposa, a Sevilla, y a esa vida que no era vida. —Ahora vuelvo, voy por cigarrillos. Después, como incontables cónyuges que han ido por cigarrillos antes que él, se marchó hacia donde la tierra topa con el mar, se embarcó en el primer navío por cruzar un océano y comenzó de nuevo su vida.

Su destino: Tierra del Fuego, al extremo de la tierra, donde nadie jamás lo encontraría, o por lo menos hasta Buenos Aires, donde todo el mundo tiene un pasado que preferiría olvidar. Pero fue el destino de Eleuterio llegar primero a Veracruz, México, para trabajar un poco y recaudar fondos. Eleuterio no era orgulloso. Trabajaba en lo que podía, tocando el piano en los cabarets de mala muerte y las casas de citas. También conocía las carpas, donde acompañaba a un coro disparejo de señoritas de piernas cortas y cinturas anchas como troncos de árbol vestidas en unos trajes fatales —banderitas mexicanas, cáscaras de coco, hileras de papel picado— unos atuendos tan corrientes y patéticos que le daba a uno lástima verlos. Una vez Eleuterio hasta acompañó una versión indecente del jarabe tapatío ejecutado con un rebozo de Tenancingo con los colores de la bandera mexicana, un hermafrodita y un burro: una culminación impúdica los hizo aplaudir a rabiar.

Como todos los inmigrantes, Eleuterio Reyes hizo lo que tenía que hacer, trabajando los peores turnos en las partes más peligrosas de los pueblos en bares públicos y en fiestas privadas donde era seguro que alguien moriría, aunque nadie lo notaría hasta la mañana siguiente cuando vinieran a limpiar. Y así, empujado hacia adelante por la necesidad, Eleuterio anduvo sin rumbo fijo por los pueblitos aletargados de la provincia, meros espejismos de la civilización tan olvidables y desamparados que sólo había una manera de entrar y una de salir.

Eleuterio Reyes no era un hombre guapo, pero había nacido con buena estrella. Tenía un bigotito fino que se enroscaba hacia arriba cuando se acordaba de encerarlo, y dientes pequeños y parejos, tan diminutos y cuadrados como si fuera todavía un bebé. Animismo, las manos eran delicadas como las de un niño, aunque el resto de su aspecto fuera colosal y arrugado, como si la ropa que llevaba puesta no le perteneciera, o como si viviera en lugares sin espejo, lo que ocurría con frecuencia. Esto no quiere decir que Eleuterio Reyes no tuviera su atractivo. Las mujeres gustan de hombres así, para asearlos y llevarlos a casa y arreglarlos. Así fue, con ese cuerpo torpe como costal de harina y esas manos suaves de pianista, que Eleuterio Reyes finalmente se abrió paso hacia esa ciudad en medio del mundo, a mitad de camino entre aquí y allá, entre quién sabe dónde.

El traslado a la capital mejoró su posición social. Para cuando finalmente mandó avisar sobre su paradero a sus hermanos en España, tenía el respetable puesto de maestro de música en una escuela primaria. Se convirtió en el ejemplo de la familia. Se envió a los hermanos y a las hermanas jóvenes que no habían prosperado, a los primos buenos para nada y a los ahijados haraganes con la esperanza de que el Nuevo Mundo les permitiera rehacer sus vidas. Así que para cuando Narciso Reyes nació, ya había varias ramas podridas de la familia Reyes desperdigadas por la República Mexicana, y algunas de éstas les recordaban demasiado sus humildes orígenes. Digan lo que digan, eran de sangre española, algo que les gustaba recalcar cuando ensalzaban su superioridad racial frente a sus vecinos mestizos. Y aun si estos Reyes ineptos no hubieran heredado más que una sobredosis de orgullo, la familia Reyes seguía siendo española, si bien es cierto que mezclada con tanta sangre sefardí y árabe, que lo único que hubieran conseguido en el México antiguo hubiera sido una muerte calcinante en la Plaza del Volador.

Así que, como siempre es el caso, un desvío resulta ser nuestro destino. Así fue como Eleuterio Reyes llegó a la Ciudad de México, donde dio clases en una primaria y una vez tocó el himno nacional cuando el Presidente Dictador, quien se había autoelegido ocho veces, vino a la inauguración de un edificio. Sólo que los descendientes lo recordarían al revés y afirmarían que había sido en el Palacio Presidencial donde el bisabuelo Eleuterio había tocado, aunque no era un compositor brillante y sólo tenía habilidades mediocres como músico. Como todos los mitoteros crónicos, los Reyes se inventaron un pasado, recordando a todos que sus antepasados estaban acostumbrados a comer ostiones con tenedores de madreperla en platos de porcelana traídos en los galeones de Manila.* Era una linda historia y contada con tal lujo de detalles, que los vecinos sabían que era mejor quedarse callados, embelesados por el bordado rococó que llegó a ser un talento Reyes.

---

*La verdad era que sólo recientemente habían aprendido a comer con cuchillo, cuchara, tenedor y servilleta. Sus antepasados habían comido alimentos preparados con palos, servidos en platos de barro, o en ese plato comible, la tortilla.

# 36.

## *No somos perros*

Una declaración reveladora de esos tiempos vino de boca de ese pintor mujeriego Diego Rivera quien, después de enterarse de las venganzas de su esposa, exclamó, «¡No quiero compartir mi cepillo de dientes con nadie!» Por lo que podemos deducir que las mujeres eran cepillos de dientes. Si ese fuera el caso, cuando la panza de Soledad se empezó a hinchar, no cabía duda de quién era cuál cepillo.

Sucedió que Narciso regresaba a su patria al momento en que México intentaba erigirse como una nación moderna. Con una gran parte de las vías férreas destruidas en la guerra, era urgente unificar al país con carreteras pavimentadas para el recién inventado automóvil. El gobierno creó la Comisión Federal de Caminos, y la Comisión Federal de Caminos creó un trabajo de oficina para Narciso como contador en su sucursal de Oaxaca, gracias a su perfecta caligrafía, una aptitud Reyes para las matemáticas y el excelente requisito de tener por padrino al director general. El papelito que certificaba que Narciso había sido fiel al gobierno constitucional durante la Decena Trágica de 1914 y una nota de un doctor que le debía un favor a Regina, permitieron que Narciso reingresara a México sin desgracia ni sospecha, y su pecho vendado sólo daba fe de su patriotismo.

Eran tiempos de un nacionalismo intenso, y Narciso se contagió del fervor patriótico de la nación. Recordó sus lecciones de historia de la niñez. Oaxaca era donde los últimos bastiones de los linajes zapotecos y mixtecos habían desafiado exitosamente a los invasores españoles, auxiliados en su resistencia tanto por su propia ferocidad como por el territorio con el frío de las altas montañas y sus húmedas selvas del istmo.

No había caminos pavimentados en el estado en ese entonces, sólo caminos de terracería aporreados por carretas de bueyes. Para agravar la situación, el paisaje oaxaqueño estaba abrumado de cañones, valles, ríos y montañas tropicales. Dicen que cuando el rey de España le pidió a Cortés que describiera el terreno, Cortés arrugó una hoja de papel, la aventó a la mesa y dijo: —Así, Su Majestad. Así.

Igualmente abrumado de cañones, valles y montañas estaba el estado nervioso de Regina. Tenía tal confusión de emociones ahora que Narciso estaba en casa. ¿De qué servía tener al amor de su vida de vuelta si lo iban a mandar fuera otra vez? Sus jaquecas regresaron, así como la sombra del dolor: la ira. Y la ira, a diferencia del dolor, se conforma con cualquier blanco a la mano. Éste era con frecuencia Soledad. Unos nudillos, un puño, una cuchara de madera, una mala palabra, todos estos golpeaban a la pobre muchacha sin siquiera pensarlo dos veces.

Es increíble lo ciego que son los hijos mexicanos ante los defectos de sus madres. Una madre entrometida, buscapleitos, difícil, posesiva es vista tan sólo como una madre que ama a su hijo en demasía, en lugar de como lo que es: una persona sola y desdichada. De manera que aunque Regina le hacía la vida imposible a Soledad, Narciso veía en su madre únicamente un ejemplo de devoción absoluta. Estaba llorona y molesta, se encerraba en su cuarto y se rehusaba a probar bocado. Su muchacho estaba en casa pero se lo iban a robar otra vez. No era justo. En los momentos más insólitos hacía unos fuertes corajes y se echaba a llorar. *Ah, mira cómo me quiere* —pensaba Narciso, *¿y quién podría culparla?*

En su honor, Regina decidió organizar una elaborada cena de despedida para enseñarle a todos cuánto quería a su muchacho. Le serviría para entretenerse en algo y, aunque era el doble de trabajo para Soledad, por lo menos disminuiría las palizas.

El cuerpo de Soledad ya mostraba los cambios. Como un polvoso gato doméstico, se estiraba a menudo y se sobaba la parte inferior de la espalda, y cuando estaba absorta en sus pensamientos, se acariciaba la barriga sin darse cuenta de que se estaba acariciando la barriga. El cuerpo habló y dijo ni muy poco, ni tanto, tanto. Solamente el Sr. Eleuterio se tomó la molestia de escuchar. Al igual que él, ella era una criatura triste y temerosa a quien todos estaban tan acostumbrados a ver que ya no la veían. Menos que nadie su esposa Regina, quien estaba tan atareada con la fiesta de despedida de su *mijo,* ajena a todo menos los preparativos.

173

La noche de la fiesta, la mesa estaba arreglada con tesoros que no tenían nada que envidiarle al botín de Cortés: jarrones de porcelana rebosantes de flores, manteles de encaje hechos a mano, candelabros de plata, cristal cortado, porcelana Sèvres de borde dorado y servilletas de lino con monogramas de una «S» rococó. Eran, después de todo, objetos del inventario de Regina.

Se invitó a una prestigiosa lista de don nadies. Los familiares y los conocidos importantes del comercio de Regina. Gente a la que deseaba impresionar más que gente allegada a Narciso. De hecho, la mayoría apenas conocía al invitado de honor. Pero eso nunca ha sido obstáculo para que alguien asista a un festín mexicano.

¡Y qué festín! Toda la comida favorita de Narciso. Carne adobada, tamales de dulce y de chile, pierna de puerco asada, chiles rellenos, mole negro, amarillo y rojo, sopas de crema, chorizo y quesos, pescado asado y rosbif, ceviche fresco y huachinango a la veracruzana, platos de arroz del color de la bandera mexicana, salsas de varios tonos y potencias, y bebidas de todos tipos: ponche, vino, cerveza, tequila. Durante toda la comida la muchacha Soledad servía platones y se llevaba platos, una criatura patética con una cara triste hecha aún más triste por las circunstancias. Nadie le hacía caso salvo Eleuterio, quien la miraba acarreando charolas de comida hacia adentro y acarreándolas de nuevo hacia afuera.

Soledad estaba sirviendo el último plato cuando Eleuterio decidió que todo había llegado a su límite. Soledad acababa de colocar un plato hondo de capirotada frente a él y procedía a servir al siguiente invitado cuando Eleuterio gruñó y la jaló hacia atrás. Él se levantó despacio de su silla. Al principio Soledad pensó que estaba cansado y necesitaba de su ayuda para levantarse. Los invitados cotorreaban y reían y lo ignoraban como lo habían hecho toda la noche hasta que levantó su bastón y lo estrelló despedazando la costosa mercancía de Regina.

El cristal se hizo añicos, el vino se derramó en la alfombra, el café de olla salpicó permanentemente la ropa de los invitados. Eleuterio estaba como loco, lanzando la platería, descomponiendo las tazas de café, haciendo pedazos la ponchera, destrozando los exagerados arreglos florales, blandiendo las arañas de cristal como si fueran piñatas. No se detuvo hasta que cada plato, vaso y platón estuvo roto, doblado o destruido. Y cuando finalmente acabó, las mujeres sollozando y los hombres indignados, Eleuterio permaneció de pie, un cúmulo entrecano de carne jadeante y balbuceante, echando espuma por la boca, asustando a los invitados que habían anticipado un trastorno nervioso, un ataque epiléptico, un síncope cardíaco, todo menos esto...

Eleuterio habló. Todos esos meses posteriores a su cuasimuerte las palabras se habían retorcido en su interior, un estofado de emociones que no podía exteriorizar. Y ahora, finalmente, decía algo.

—¡No somos perros! —dijo, mirando directamente a su aturdido hijo, Narciso. Luego sacó de abajo de la mesa a la aterrada Soledad y la estrechó a su lado. —¡No somos perros!

No fue tanto, tanto, pero fue un poco de milagro, uno que jamás fue capaz de reproducir. Dios le había otorgado a Eleuterio la habilidad de hablar en el momento decisivo, o tal vez Dios había hablado a través de Eleuterio. —¡No somos perros! —dijo Dios.

Hasta ese momento, era como si Narciso no hubiera visto realmente a Soledad. Se veía tan lastimosamente absurda y pequeña temblando al lado de Eleuterio, con su panza redonda y todo. Él recobró su humanidad en ese momento y comprendió lo que su padre le estaba diciendo. Él era un Reyes, un Reyes, y los Reyes, aunque eran muchas cosas, definitivamente ¡no eran perros! Habiéndole recordado esto, Narciso Reyes cumplió con su obligación como caballero.

Sería una falsedad decir que todos vivieron felices para siempre, porque para siempre es muy largo y la felicidad es más bien corta. Pero las campanas de la iglesia repicaron hasta la saciedad la mañana de la boda de Soledad y Narciso, aunque sólo en la imaginación porque las bodas por la iglesia estaban estrictamente prohibidas en los años posteriores a la guerra debido a las provisiones de la nueva constitución en contra de la Iglesia. Así que imaginemos las campanas, e imaginemos los mariachis, e imaginemos una hermosa recepción que nunca tomó lugar porque, a decir verdad, la panza de Soledad hacía que Regina se avergonzara de verla. No, no era la nuera que hubiera escogido, pero tenía que aceptar el habla milagrosa de su marido como la voluntad de Dios. Le había prometido a la Virgen de Guadalupe hacer lo que le mandara, si tan sólo mantenía a Narciso a salvo durante la guerra. Y aquí estaba, después de todo, sano y salvo.

Y fue así como aconteció que Narciso Reyes, quien nunca salía de casa sin un sombrero, un pañuelo limpio y un pliegue bien marcado en los pantalones, tomó por esposa a su prima Soledad Reyes, ella del reino de la cocina.

# 37.

## Esa tal por cual

Ay, Zandunga
Zandunga, mamá, por Dios.
Zandunga, no seas ingrata,
cielo de mi corazón.

—«*La Zandunga*»

Exaltación Henestrosa, como la diosa pez Nohuichana, en todo el istmo de Tehuantepec no hay otra. Un diente con un casquillo de oro y una estrella incrustada, ojos oscuros y vivos como el ombligo del tempestuoso mar, ojos marinos ligeramente ladeados en forma de pez. Una cara ancha, lustrosa. Dos monedas de oro que penden como gotas de agua de las conchas de sus orejas. Una falda morada teñida con caracola. Brazos en jarras. Cinturón tejido. Pies morenos descalzos. Grandes pechos marinos desnudos. Un collar de vértebras de pescado. Y un mar embravecido de cabello cubierto con un cuadro de tela blanca con rayas de caracol, anudado en la nuca como una pirata.

Un mujerón de mujer. Tan grande y espléndida como un barco con las velas desplegadas. Voluptuosa. Llena de gracia. Elegante. Voz ronca como el mar, una voz exprimida con limón. Falda anudada para permitir verle aquel valle sin nombre entre la esfera del vientre y la curva ósea de la cadera. Mujer de brazos tersos y caderas tersas. Cintura ancha como el árbol de Tula bajo el que se dice que Cortés durmió. Con una opulencia de pelo grueso «allá abajo», que en el istmo es lo mismo que decir: una mujer feroz.

Vendía canastas de camarón, huevos de tortuga frescos, pescado seco, iguanas y telas bordadas. Intercambiaba estos por maíz, pan, chocolate, fruta y huevos de gallina. Y como era buena vendedora y sabía la importancia de llamar la atención, amarraba sus existencias de iguanas vivas por la cola en un manojo y se las arreglaba en la cabeza como un tocado. Esto traía puesto mientras iba por el camino a Tehuantepec, y así fue cómo Narciso Reyes la vio por primera vez, resplandeciente en la época de lluvia, con su corona de iguanas y su sombrilla de hoja de plátano, aunque ella no lo vio a él.

—Esa mujer, la del tocado de iguanas —dijo, preguntándole a uno de los trabajadores, —Pregunta de dónde es. La respuesta dada y traída: —San Mateo del Mar Vivo.

San Mateo. En esa época, no había un camino a San Mateo del Mar. Para llegar uno tenía que viajar en carreta de bueyes, a caballo o a pie. Pero como Soledad, rodeada de montañas, se encontraba mareada con el Inocencio nonato, se quedó en Oaxaca, Oaxaca, de las montañas verdes que ondulaban alrededor de la ciudad como un mar de olas que la mareaba de tan sólo atravesar el umbral.

Así fue como Narciso Reyes se encontró sin Soledad en esa época de lluvia, en el Istmo de Tehuantepec, en 1922. El cielo azul como la felicidad se tornaba color peltre repentinamente después de la comida, el aire pesado como la mano de Dios en tus pulmones. —Ve tú —dijo Soledad, resollando y sudando como una perra. —Estaré bien aquí. Mientras las venas en sus piernas se quejaban.

Su refugio era un cuarto del otro lado del zócalo que Narciso le había encontrado en un edificio colonial que había sido un convento una vez y que ahora era una casa de huéspedes. Se trataba de la recámara encima de la tienda que vendía palomitas de maíz, dulces, gelatinas y aguas frescas de frutas: horchata, chía, tamarindo, piña, jamaica. —Así nunca estarás sola. Nada más asómate por el balcón —le instruyó él, —y tendrás a todo el mundo como diversión.

Pero entre semana Soledad no toleraba el ruido de los escolares: —¡Váyanse al diablo, changos! Lo peor de todo eran las parejas que se manoseaban en la plaza, ajenos a la humanidad, indecentemente felices. Les echaba encima el agua de su lavamanos: —¡Váyanse a la casa de su madre, jijos sinvergüenzas! Miraba con asco a la viuda ir y venir de la iglesia en sus impúdicas prendas negras pavoneando su trasero gordo de vaca. —¡Inmunda reina madre de la diosa de las putas! Deseaba poder hervir una tinaja de agua para bañarlos a todos y limpiarse de su mar de problemas.

¡Virgen Purísima! A todas horas le asediaba el silbato de vapor triste del señor de los elotes, el hombre de los plátanos verdes, el —¡Exquisitos camotes!— del camotero, el vendedor de ixtle anunciando mecates y hamacas finas y petates de todos tamaños y calidades, la patrulla maña- nera de los barrenderos con sus escobas de varas raspa-raspando las losas de la plaza, la mujer con voz de cuervo gritando: —¡Aquí hay atoleeeee! —el vendedor de sombreros con toda su mercancía puesta, el silbato estridente de dos notas del afilador de cuchillos, el pordiosero ciego gri- tando a voz en cuello: —¡Bendita caridad! ¡Buitres despiadados del reino del infierno!

No se sentía bien. Vomitaba todo lo que tragaba, hasta su propia saliva. Por las noches sufría de escalofríos y luego una fiebre, la lengua seca y los huesos adoloridos como si un gordo se le hubiera sentado encima. La casera anunció «dengue» porque le había dado un aire, o quizá había comido algo caliente cuando debió haber comido algo frío. O al revés, no se acordaba. Eso aparte de su mareo del embarazo.

Soledad no podía aguantar ni el olor dulce de las palomitas de maíz que se elevaba de la planta baja ni el aroma aún más dulce de las gardenias que flotaba del otro lado del zócalo. La muchacha que barría los cuartos pero siempre olvidaba barrer bajo la cama le trajo un puño de flores mal- vas con pétalos tan translúcidos que parecían como... bueno, parecían como... ¡Santa madre de Dios! Parecían justo del color del pene erecto de un hombre, pero con centros de pelo grueso como el pelo tosco que crece de las orejas y las fosas nasales de los hombres o las patas de moscas. En su delirio acabó aventándolas contra el ropero, con florero y todo.

—Es el bebé que traigo dentro — explicó. — No me deja descansar, da vueltas y se retuerce toda la noche, bueno, me temo que va a nacer o muy temprano o muy tarde.

La abuela de la casera hizo esta predicción: —Es que este niño está destinado a ser poeta, sólo los artistas tienen almas así.

Pero esto no serenó a la mujer Soledad. No podía admitir que era Narciso el que le daba vueltas y se retorcía en su corazón aquellos días y aquellas noches, los anchos y arenosos trechos de semanas como las lagu- nas donde se encontraba Narciso sin ella. Soñó un sueño de gaviotas rojas, pelícanos rojos, patos rojos, venados rojos, cabras rojas y maripo- sas rojas. No sabía que estaba soñando con los dedos de Exaltación

Henestrosa bordando con hilo rojo gaviotas, pelícanos, patos, venados, cabras y mariposas en cuadros de algodón blanco que vendía en el mercado de Tehuantepec.

¿No crees que necesitamos una escena de amor aquí de Narciso y yo juntos?

¿Por qué?

¿Nada más algo en la historia que muestre qué felices éramos?

Nadie quiere leer sobre la felicidad.

Todo lo que te pido es una pequeña escena de amor. Por lo menos algo que le recuerde a la gente que Narciso y yo nos amábamos. ¡Ay, por favor! En verdad sólo tenemos esa vulgar escena de amor que Eleuterio escucha por casualidad. ¿Y acaso no es importante entender que Narciso y yo estábamos enamorados, anda, me refiero a antes de que conociera a esa tal por cual? Sobre todo después de su aventura con esa fulana de Chicago.

¡No! Ahora deja que siga con la historia. El mundo estaba henchido de viento el día en que Narciso Reyes conoció a Exaltación Henestrosa.

¡Ja! Cómo se ve que no sabes. Los vientos llegan a Oaxaca sólo durante el invierno.

Bueno, supongamos que es invierno.

Pero acabas de decir que era la época de lluvias. ¡Caramba!

Está bien. Para fines poéticos, dejemos que el viento llegue en esta escena. Le viene mejor a la historia.

E l mundo estaba henchido de viento el día en que Narciso Reyes conoció a Exaltación Henestrosa, como si no estuviera satisfecho hasta que hubiera puesto todo al revés, puesto todo de cabeza. Las palmeras se arremolinaban, las faldas de las mujeres, las nubes eran azotadas por el viento como si alguien les hubiera pasado un peine. En ese día cuando la arena le escocía a uno la cara y los niños corrían persiguiendo las figuras de mujeres como palmeras con canastas de pescado en la cabeza, en ese día con su aullido de campanadas de iglesia y perros ladrando, ese día de todos los días patas pa'arriba, la ceguera de Narciso se convirtió en visión.

Sufría de una infección del ojo atroz, mi abuelo. Para el jueves estaba tan mal que tuvieron que llevarlo con los ojos cerrados a casa de una tal Exaltación. En una jícara de barro mezcló un polvo seco y blanco, le escupió hasta formar una pasta, y se la frotó en el párpado interior.

—¿Qué es eso?

—Mejor que ni lo sepas. Nomás te vas a quejar.

—¿Por quién me tomas, por una mujer? Dime.

—Caca de iguana —dijo.

Pero antes de que pudiera protestar, los ojos se le despejaron de esa niebla lechosa, y vio ante sus ojos a la diosa pez Nohuichana. Era la mujer del tocado de iguanas.

—¿De dónde viniste? ¿Tierra, mar o cielo?

—Del infierno —dijo ella. —De aquí, de San Mateo del Mar Vivo.

Lo opuesto a las lagunas saladas y arenosas que llaman el Mar Muerto.

—Me refiero, ¿de qué media concha surgiste? De todas las criaturas de Tehuantepec, lo juro, eres la más exquisita.

Se encogió ligeramente de hombros y suspiró: —Lo sé.

Algunos dirían que había un poco de brujería en esa saliva y caca de iguana, porque Exaltación tenía fama de loca, es decir, sabía de plantas y hierbas y otras cosas que a la gente no le gustaba mencionar pero que mencionaban de todos modos, bueno, podía hacer que sucedieran cosas. Pero digan lo que digan, no es verdad. Su magia consistía en que poco le importaba colocar a un hombre al centro de su vida, y esto, para cualquier hombre, es afrodisiaco suficiente.

—Ahora, pues, ¿qué vas a hacer? —dijo Exaltación. —¿A dónde crees que vas?

—Bueno, supongo que todavía creen que estoy enfermo —dijo Narciso.

—Bueno, entonces, acompáñame un café. Me temo que te lo tendrás que tomar frío, no puedo prender la lumbre hoy, demasiado viento, muy peligroso —dijo, refiriéndose a las paredes polvorientas de paja.

Él fue víctima del lugar y el momento propicios. Y porque se le dio la gana, ella se acostó con él. Porque se le dio la gana. ¿Y qué?

**Celaya, ¿por qué eres tan cruel conmigo? Te encanta hacerme sufrir. Gozas mortificándome, ¿no es cierto? ¿Es por eso que insistes en mostrarle a todos esta… mugre, pero me niegas una pequeña escena de amor?**

¡Por Dios, abuela! Si no puedes dejar que haga mi trabajo y cuente esta historia sin tus interrupciones constantes…

**Todo lo que quería era un poco de comprensión, pero ya veo que es mucho pedir.**

Confía en mí, ¿sí? Déjame proseguir con la historia sin tus comentarios. ¡Por favor! Ahora, ¿en qué estaba?

**Estabas diciendo cochinadas.**

No es cierto. Y, a decir verdad, me estás estorbando en la narración de mi historia.

**¿Tu historia? ¿Creí que estabas contando *mi* historia?**

Tu historia es *mi* historia. Ahora, si te pudieras estar quieta, abuela, o te voy a tener que pedir que te vayas.

**¿Pedirme que me vaya? Ahora sí, ¡me das risa! ¿Y qué tipo de historia vas a contar sin mí? Contéstame, ¿eh?**

Bueno, para empezar, una historia con un final. Tranquilízate un poco y déjame continuar con la historia. Estábamos en la casa de Exaltación, ¿te acuerdas?

**¿Me acuerdo? Después de todos estos años, aún trato de olvidarlo.**

La mujer Exaltación había hecho del abuelo su juguete, pero no estaba muy satisfecha.

—No deberías comenzar lo que no puedes acabar —dijo Exaltación. —El problema con los hombres bonitos como tú es que no saben hacer el amor. Para todo lo que sirven es para coger.

—Enséñame, entonces —dijo Narciso.

—¡Ay!, mi cielo, no seas tonto. Para hacer el amor uno tiene que usar esto —dijo dando unos golpecitos en su corazón, —y eso no se puede enseñar.

Fuera amor o falta de éste, Exaltación Henestrosa lo salpicó. Es decir, el corazón de él quedó salpicado de un millón y un jejenes, como los tramos arenosos de esa tierra llamada San Mateo del Mar.

Cómo iba Soledad a saber que albergaba en su vientre, en ese ser no más grande que una semilla de amaranto, al gran amor de su vida. Por su parte, en ese mismo instante, Narciso albergaba en su corazón oculto su propia semilla de amor. Cada una comenzando su furiosa lucha por la vida.

# 38

# ¡Pobre de mí!

*Y* entonces se enamoró de ella.

No sé por qué la gente marcha tan alegremente hacia los desastres del corazón. De alguna manera en la oscuridad antes del sueño, la verdad debe llegar con sus dientecillos afilados. Es casi como si el papel de héroe trágico fuera un lujo poético, una penitencia pública, un dolor luminoso. Quizá fue así con Narciso Reyes y el instrumento de su perdición, Exaltación.

Cuando Narciso trabajaba en el istmo,* se sentía desconectado de todo el mundo, como si pudiera huir y nadie lo encontraría jamás. Era un gran alivio no tener que ser Narciso Reyes, abandonar las exigencias y expectativas del mundo. Y como las plantas tropicales que crecen por aquí, en exceso y sin que nada las detenga, una exuberancia, una superabundancia, una suntuosidad, él también permitió que su pasión creciera, descuidada e indómita, y conoció por vez primera la dicha.

Así fue que cuando Narciso Reyes vino a que le curaran los ojos infectados vio ante sus ojos el fulgor que era Exaltación Henestrosa, pero no pudo vislumbrar el interior de su corazón.

En el invierno, llega una ola fría del norte, arremolinando el polvo por el istmo a través de millas. El viento dobla las palmeras, el viento arremete y limpia el cielo hasta dejarlo azul, el viento bombea las faldas de las mujeres, el viento se hincha sobre la piel del rizado mar, el sonido del viento en los oídos por meses y meses.

Y en el verano, nada de viento; una falta de aire pegajosa que deja a todos de un humor fatal sin ganas de hacer nada. Un silencio como las fauces del dolor. Hasta la noche, cuando llegan los mosquitos.

Fue el viento del deseo lo que sopló al circo hasta San Mateo del Mar, un desfile que enardecería los corazones hasta de los habitantes más muertos en esa porquería de mar muerto con peces podridos, aunque sería una exageración llamarlos un circo; no eran más que desertores de otros oficios. El Circo Garibaldi consistía en una mula pintada con rayas de cebra que jalaba una carreta antigua cargada de telones de fondo de lona de aeroplanos, madonas y paisajes tibetanos inventados. La compañía incluía a una fotógrafa, una familia maya de payasos acróbatas, un acordeonista y percusionista gitano, un mapache bailarín que decía la buenaventura, y la cantante Pánfila Palafox. El día en que llegaron no se podía hablar sin el melodramático acompañamiento del viento.

**¿Cuántos meses supones que una mujer puede estar encinta? Tu padre nació en el verano, ¿te acuerdas? Y aquí pasaste la historia al invierno. ¡Te tomas tantas libertades!**

Dame un gusto. Necesito el viento para esta parte de la historia.

Con una fanfarria de instrumentos de otra era, conchas, gongos, marimbas, flautas de bambú que olían a humo y un tambor de concha de tortuga, se anunció el Circo Garibaldi. El gitano tocó un magnífico vals mientras el mapache aplaudía, Pánfila cantaba, el payaso encandilaba a la muchedumbre haciendo ruedas de carro y contorsiones, y la fotógrafa pasaba volantes anunciando el próximo espectáculo así como un anuncio para: *Fotografía artística, ¡El logro del siglo! ¡Un bonito recuerdo! ¡Un souvenir! Conserve su belleza, su fortaleza. Permita que sus hijos lo recuerden en su gloriosa juventud. Permítanos tomar su foto. Tenemos palacios espléndidos, jardines magníficos y aeroplanos modernos que le servirán de tela de fondo. O seleccione la imagen sagrada de su santo patrón si así lo desea. El mismo presidente Obregón ha declarado que nuestras fotografías son «¡tan reales y verosímiles como para ser asombrosas!»*

Y a pesar de que el Circo Garibaldi gritaba y tocaba con todas sus fuerzas, el aire furioso se movía bruscamente a su alrededor, girando y tragándoselos como un mar espumoso. Los volantes impresos en papel barato revoloteaban de sus manos, y de esta manera se abrían paso por el pueblo como una bandada de palomas. Las tolvaneras arremolinaban los volantes en círculos vertiginosos en la plaza. Por dondequiera que caminaras no podías evadir los volantes del circo que mostraban una pirámide de payasos equilibrada sobre un magnífico elefante pintado, aunque el Circo Garibaldi no tenía elefante.

Los cuadros sucios de papel se atoraban en las palmeras, revoloteaban al mar, se quedaban atrapados en las redes de pescar secándose afuera, así como en las hamacas de aquellos que tomaban la siesta de la media tarde. Se atascaban en los barriles colocados afuera para recolectar la lluvia. Los puercos los hurgaban de la maleza durante meses y se los comían. Los volantes descendían a montones golpeando a los habitantes en la cabeza como una plaga de langostas. Uno se deslizó bajo la amplia abertura debajo de la puerta improvisada de las barracas de los empleados de la Comisión Federal de Caminos, quienes rebosaban de alegría ante la posibilidad de una nueva distracción. Esto le dio a Narciso Reyes la excusa para salir rumbo al zócalo, donde los muy viejos y los muy jóvenes se reunían a diario esperando paciente e impacientemente a que algo sucediera.

Una carpa desteñida luchaba por cobrar vida y, frente a la confusión, Narciso esperó. La fotógrafa dispuso con calma una galería fotográfica al aire libre y le estaba yendo estupendamente bien a pesar del viento que hacía que los sujetos parecieran como si tuvieran el cabello en llamas. Cuando Narciso llegó, ya había una larga fila de gente que esperaba su turno, al parecer casi todo el pueblo, menos Exaltación. Las familias con el pelo recién peinado todavía mojado del baño, llegaban vestidas con su ropa buena, casi todas descalzas, salvo los excesivamente vanidosos o aquéllos de mejor posición que la mayoría, que eran solamente el presidente municipal y su ahijado. Las viudas con su sarta de hijos y la sarta de hijos de sus hijos enfilaban a su clan para hacerse un examen minucioso. Los bebés estaban vestidos en sus elegantes camisas de encaje, pero sin nada que les cubriera el trasero desnudo. Unos cuantos habitantes trajeron sus más preciadas posesiones: una trompeta, un uniforme de béisbol, un puerquito. Una traía en brazos a su recién nacido muerto vestido de angelito, con una corona de papel arrugado puesta.

Y cuando el polvo relampagueó, nadie sonreía. No se acostumbra sonreír a la cámara por esos rumbos. Los habitantes de San Mateo del Mar miraban directamente al lente con esa misma mirada seria que se encuentra en los retratos de lápida. Jóvenes, viejos, beldades, hijos, maridos, esposas, hermanos, hermanas envueltas en brazos de una hermana cariñosa, niños, solos o en grupo, todos miraban directamente a la cámara como si se miraran severamente frente a un espejo. Así se hacía, entonces como ahora.

Como telón de fondo, había de donde escoger. Ese nuevo invento, el aeroplano, el que en ese entonces Lindbergh probaba apenas en un campo de aviación en los llanos de Balbuena entre la Ciudad de México y Puebla; la siempre solicitada Virgen de Guadalupe, o el jardín de un palacio.

—¡Mira que bonito!

Narciso Reyes esperó y esperó, y se entretuvo comprando chuchulucos: obleas de cajeta color pastel; cocadas tricolores con los colores de la bandera mexicana; pepitorias; naranjas cristalizadas.

Cuando estuvo a punto de darse por vencido, la mandíbula adolorida de tanto azúcar, finalmente vio a Exaltación cruzando el zócalo.

—¡Exaltación Henestrosa! —gritó Narciso. Llegó corriendo hasta ella como un niño. —Te compré unos chuchulucos.

Fue una suerte que Narciso trajera los dulces. Había muchas cosas que Exaltación podía resistir, incluso a este niño tonto frente a ella con su traje a rayas de fanfarrón, pero no podía resistir las golosinas.

Para hacer plática, Narciso relató el chisme más reciente que había oído mientras la esperaba. —¿Supiste el escándalo? Es sobre la fotógrafa y la cantante del circo. Dicen que esas dos mujeres comparten una hamaca.

Exaltación Henestrosa soltó una carcajada, cubriéndose la boca con las manos, quizá un hábito de los días anteriores a su diente de oro con la estrella incrustada. —Ah, ¿conque así es? —dijo. —¡Vaya! Lo único que puedo decir es que yo nunca haría algo semejante.

No tan pronto lo había dicho cuando… ¡agáchense! ¡Allá viene el pay de crema batida! ¿Cuál pay de crema batida? El pay de crema batida que la Divina Providencia se complace en aventarnos a la cara cada vez que decimos. —Ah, yo nunca… Y sea lo que fuere que digas que «yo nunca», créemelo, lo harás. Algunos años hay tantos pays de crema batida volando por allí, entrecruzándose como una lluvia de meteoritos. ¡*Zuum, ʒuum*! Lo que sea que no esperes, ¡ahí viene! ¡Cuidado! Justo a la vuelta de la esquina te aguarda tu pay de crema batida.

Narciso iba a la zaga de Exaltación como un niño y la convenció de que se tomara un retrato con él.

—Por favor. ¿Qué tal un recuerdo, algo para recordar esta velada?

—Si en eso te quieres malgastar el dinero, quién soy yo para detener a un tonto.

Estaban sentados en un canapé de madera alabeada y al momento en que el polvo relampagueó, Narciso se inclinó hacia Exaltación. Era un gesto muy revelador, como una flor inclinándose hacia el sol.

Pasaron el resto de la noche en el circo. Aunque el Circo Garibaldi distaba de ser excelente, le traía a un pueblo hambriento alimento considerable. Los actos consistían en algunas escenas cómicas olvidables, cursis y sin chiste, donde sólo los animales tenían algo de gracia, pero el espectáculo se salvó por el grandioso número final, la cantante Pánfila quien entró a la pista vacía con su guitarra de Paracho. Venía vestida con la humilde manta blanca del campesino, y cantó y cantó, canciones tan sencillas y verdaderas que te partía el alma escucharlas.

Esa voz. Como el dolor tembloroso de una guitarra. Podría ser cierto que la mujer Pánfila a menudo estaba llena de pensamientos maléficos, pero cuando cantaba confirmaba sin lugar a dudas la existencia de Dios. Soy Dios, si tan sólo por el fulgor de un momento. Pero, ah, ese momento era como si le exprimieran a uno el corazón al ver un grupo de delfines brincar del mar.

Todo el mundo lloró. Todo el mundo estaba encantado. Y luego, llorando, los habitantes de San Mateo caminaron arrastrando los pies a sus casas abrazándose unos a otros.

El secreto era éste. Pánfila cantaba con ganas, como dicen. Con sentimiento. Daba a todo lo que cantaba una autenticidad, y la autenticidad de emociones engendraba admiración, y la admiración: amor. Cantando, decía lo que el público no podía decir, lo que no sabía que sentía. Y lo que cantaba lo cantaba con tal sinceridad, con una emoción tan sentida, que hizo temblar y llorar incluso a la estoica Exaltación.

Narciso rebosaba de alegría. Creyó que las lágrimas eran lágrimas de emoción dirigidas únicamente a él. Daba lo mismo. Era una noche hermosa y el universo no tenía ninguna prisa de arrebatarle este placer.

Esa noche Narciso fue invitado a la cama de Exaltación. Bueno, eso no era exactamente cierto. Lo dio tanta lata que la única manera de deshacerse de él era invitarlo, atenderlo caprichosamente, y luego conseguir que se fuera sólo después de prometerle que lo vería mañana otra vez.

—¿Mañana?

—Te lo prometo.

—¿De veras?

—Sí, mañana, mañana, seguro. ¡Ahora vete y déjame en paz!

Pero cuando regresó a la noche siguiente la casa de ella estaba vacía. Todo lo que encontró fue unos cuantos pollos flacos y unos perros escarbando la basura. Los niños dijeron que se había ido con sus pertenencias en un bulto grande.

—¿Pero cómo?

—Se fue con esa mujer.

—¿Cuál mujer?

—Ya sabe. La del circo. La que canta.

Era cierto. Se había esfumado con Pánfila Palafox.[†] Había sido como si fueran espíritus disolviéndose en el aire, porque nadie pudo decir en qué dirección se habían ido. Los caminos estaban tan finos como talco en esa temporada seca, y con el viento tan alborotado, no dejaron huella.

Unos días después, el Circo Garibaldi se marchó rengueando del pueblo. Para colmo de males, el retrato de cartón llegó y le removió la herida. La fotógrafa estaba tan descorazonada como Narciso, después de todo ella también había sido abandonada, y no tuvo ánimos para entregarlo en persona. Lo dejó encargado con el ahijado del presidente municipal para que lo entregara, lo cual el niño hizo diligentemente y hablando como perico, como si trajera buenas noticias y no un profundo dolor.

La foto le partió el alma a Narciso. La fotógrafa se había molestado en recortar la imagen de su rival de manera que sólo quedaba la imagen de Narciso. Narciso Reyes miró fijamente a lo que quedaba de la fotografía color sepia. Estaba ladeado como las manecillas de un reloj a las diez para las seis, la cabeza ladeada hacia un fantasma. ¡Ay, cielo de mi vida!

---

*Si México fuera una señorita Gibson, entonces el istmo de Tehuantepec sería su cinturita de avispa. Los lugareños todavía presumen de que uno puede bañarse en el Golfo de México antes del desayuno y nadar en el Pacífico antes de la puesta del sol, pero esto sólo es cierto si uno tiene carro. Antes de la invención del automóvil, durante la niñez de Narciso y Soledad, había trenes hasta veinte veces al día que unían los dos océanos y eran prueba fehaciente de la nación moderna en la que México se estaba convirtiendo. Pero el Canal de Panamá de 1906 puso fin a esta eficacia transcontinental y, con el tiempo, el área se consideraba afortunada si acaso pasaba un tren a diario.*

*Debido al amor, los ferrocarriles se aventuraron a ese salvajismo feroz llamado Tehuantepec. Fue allí, mientras estuvo estacionado como soldado durante la Intervención francesa, que el futuro dictador Porfirio Díaz conocería al gran amor de su vida, Juana Romero o Doña Cata, y se convertiría en su amante hasta la muerte. Los ferrocarriles, gracias a esta eterna pasión, fueron construidos bajo órdenes de Díaz y a petición de ella, y fue así como los* rieles casi llegaban a la puerta de la casa espléndidamente chillante de Doña Cata. Esto no sólo servía para acelerar las visitas de los enamorados, sino que el silbato del tren agregaba una melancolía encantadora a sus aventuras.

Desde la época de Cortés, desde el virrey español Bucareli, desde el naturalista alemán Humboldt, incontables inversionistas, conquistadores, ingenieros e inventores habían fracasado en su intento de tender un puente entre los dos océanos, frustrados por la falta de fondos, las insurrecciones o las plagas de mosquitos. Fue durante la Fiebre del Oro de California que la Compañía Ferroviaria Tehuantepec de Nueva Orléans operó una ruta a San Francisco, aunque no tuvo que ver con trenes ferroviarios.

Una vez al mes los pasajeros abordaban un buque de carga de Nueva Orléans a la costa del golfo de México, después navegaban perezosamente por el río Coatzacoalcos en un barco de vapor de ruedas laterales llamado el Allegheny Belle. Se agasajaban con frutas exóticas para el norteamericano promedio: plátanos machos, papayas, mangos, guayabas, caimitos y chirimoyas, y no digamos con la carne de animales que nunca antes habían visto: mono, iguana y armadillo. Las comodidades del barco de vapor confederado terminaban en el pueblo de Suchil, donde los pasajeros se apiñaban en carruajes que iban dando tumbos, luego eran obligados a montar mulas, y finalmente eran llevados en sillas encajonadas amarradas a cuestas de los indios antes de llegar agradecidamente a la costa del Pacífico, y a un barco con destino a San Francisco, si una tormenta no se los impedía. De acuerdo a informes escrupulosos, 4,736 buscadores de oro realizaron así el viaje a California soportando el paludismo, la disentería, el arrepentimiento, y una enfermedad misteriosa que les dejaba la piel azul.

†Pánfila Palafox, fue una mujer famosa por fugarse con las esposas de medio mundo. Su verdadero nombre fue Adela Delgadina Pulido Tovar, y era de familia adinerada y decente. Pánfila fue criada por las monjas francesas del Convento del Sagrado Corazón y se le recuerda por sus versos apasionados escritos en un francés impecable y por sus acuarelas en miniatura pintadas con sus propias lágrimas. Pero después de la Revolución ya no estuvo de moda estar a la moda. Adela se rebautizó con el nombre de la hija del ama de llaves, y le dio por escaparse de noche a aquellos bares donde la música es buena y la colonia mala.

Dicen que Pánfila Palafox tuvo aventuras amorosas con las artistas más talentosas del día —Lupe Marín, Nahui Olín y la joven Frida Kahlo— antes de que los periódicos denunciaran a Pánfila por su «actitud libertina en contra de la decencia pública y las buenas costumbres». Cada pueblo en México, chico o grande, tenía una historia acerca de Pánfila Palafox. Fuera o no cierto, Pánfila cantaba con un vibrato de caoba, una voz inimitable por hombre o mujer, y la retahíla de escándalos sólo sirvió para que un público curioso la buscara aún más, tan horrorizado como fascinado por su desafío.

Al momento de esta historia Pánfila Palafox vivía como un arriero, andando por los caminos con su guitarra de Paracho a cuestas y un morral de ixtle con todas sus pertenencias. Cantaba en las esquinas, bajo las estrellas, a los pies de los balcones y en bares, donde un público escandalizado, curioso y deseoso acudía en tropel a escucharla. Pánfila estaba acostumbrada a viajar por los caminos más polvorientos de la república llevando la vida del artista campesino; provenía de familia rica y se podía dar el lujo de ser pobre. Fue así que se encontraba en el istmo de Tehuantepec, esa tierra de extremos, durante la época del viento.

# 39.

## Tanta miseria

Júrame
Todos dicen que es mentira que te quiero
porque nunca me han visto enamorado,
yo te juro que yo mismo no comprendo
el por qué de tu mirar me ha fascinado.

Cuando estoy cerca de ti y estás contenta
no quisiera que de nadie te acordaras,
tengo celos hasta del pensamiento
que pueda recordarte a otra persona amada.

Júrame, que aunque pase mucho tiempo
no olvidarás el momento en que yo te conocí,
mírame, pues no hay nada más profundo
ni más grande en este mundo, que el
cariño que te di.

Bésame, con un beso enamorado,
como nadie me ha besado desde el día en
que nací.
Quiéreme, quiéreme hasta la locura,
y así sabrás la amargura que estoy sufriendo
por ti.

—*María Grever, compositora*

*Para ser acompañada por la versión rayada de 1927 de «Júrame» de José Mojica, el Valentino mexicano, quien más tarde renunciaría a la fama, la fortuna y la adoración de millones de admiradoras al profesar los votos y convertirse en sacerdote.*

**Su vida es una historia maravillosa y fue adaptada para esa película inolvidable... ¿Cómo era que se llamaba?**

*Si nunca has escuchado a Mojica, imagina una voz como la de Caruso, una voz como terciopelo púrpura con borlas de satín dorado, una voz como la chaqueta ensangrentada de un torero, una voz como una almohada manchada de agua, comprada en el mercado de la Lagunilla bordada con un «No Me Olvides», olorosa a manzanilla, copal y gato.*

*L*a duda comienza como una leve rajadura en un plato de porcelana. Muy fina, como un cabello, casi inexistente. Metida entre las páginas de la sección deportiva, en el bolsillo lateral de raso fruncido de su valija, al lado de una bolsa arrugada de pepitas, una foto color sepia pegada a un cartón grueso cortada toscamente por el centro. Un Narciso sonriente sentado recargándose sobre la mitad recortada.

—¿Y esto?

¿Cuánta gente ha empezado un pleito con tan sólo esas dos palabras? Si te asomas por debajo de la cama, prepárate a encontrar mugre.

—Ah, eso. Era sólo una broma. Nos tomamos un retrato el día que un fotógrafo ambulante llegó al pueblo. Uno de los compañeros y yo estábamos aburridos y pensamos que sería divertido. ¡Qué te parece! Sólo nos alcanzaba para una foto, así que la tuvimos que recortar en dos. Tírala. No sé ni por qué la tengo todavía.

—Claro que no la voy a tirar. Me gustaría conservarla. Especialmente ya que estuviste fuera tanto tiempo.

—Como quieras. Me da igual.

¿Cómo fue que mi abuela lo supo? Cómo es que una mujer sabe lo que sabe sin saberlo, quiero decir. De modo que mientras mi abuelo Narciso disfrutaba de los placeres de la mujer del tocado de iguanas, su querida de tierra caliente, mi abuela Soledad se encontraba en ese mismo instante agobiada por unos temores disparatados pero reales.

Se despertaba a media noche, desorientada, con una sensación de angustia dándole vueltas en el corazón. ¿Dónde estaba Narciso en este momento? ¿Quizá aflojando el tirante de un fondo de mujer que antes fuera blanco? ¿Besando la luna de un hombro, el empeine de un pie arqueado, la muñeca con su pequeña chispa de vida, la tierra caliente y pegajosa de la palma, la suave red de los dedos? ¿Estaba en este instante chupando la sal del lóbulo de la oreja o colocando la mano en el corazón de San Valentín de la espalda de una mujer, o quizá deslizándose sobre la carne tensa de los caderones de una mujerona? No, no, era demasiado aterrador de contemplar, no podía soportar cuando él estaba lejos. ¿Y qué tal si la dejara? Peor...

¿Qué tal si se quedara? Una fiebre como esta. Sufría, ay, sufría como sólo las mexicanas sufren, porque amaba como los mexicanos aman. Enamorados no sólo del presente de una persona, si no perseguidos por su futuro y aterrados por su pasado. Por supuesto, cada vez que Narciso regresaba de la costa, Soledad lo atacaba con acusaciones, una ráfaga de colores brillantes como alas de guacamayas selváticas.

—¡Estás loca!

—Júrame. Júrame que sólo me amas a mí, mi vida, júrame.

—Te lo juro.

—¡Otra vez!

—Sólo tú —dijo él.

Sólo tú. Esto la colmaría. Por un rato. Hay un dicho; los niños y los borrachos siempre dicen la verdad. Una tarde cuando el cielo estaba color alazán como si el mundo fuera a llegar a un abrupto fin, el niño metiche de la mujer del aseo estaba visitando el cuarto de Soledad y tocando todo lo que estaba a su alcance, incluso la foto de Narciso que Soledad había puesto en el buró.

—¿Y quién es ése?

—Es mi esposo.

—No, que diga, ¿quién es la señora que está a su lado?

—¿De qué hablas? A ver, ¡dame eso, mocoso! ¿Que no te han enseñado a no tocar lo que no es tuyo?

Soledad ahuyentó al niño del cuarto y miró más de cerca la parte inferior de la foto. La sacó al balcón y la miró de nuevo. La miró y miró, no dijo nada, se metió la foto en la bolsa, se puso el rebozo, se dirigió resueltamente a la plaza, esperó en la banca de hierro forjado enfrente del quiosco hasta que abriera la joyería, luego le pidió al relojero que si le prestaba su ocular de joyero. —Por un segundo solamente, le prometo que no lo voy a dejar caer, claro, por quién me toma, si fuera tan amable, gracias, por favor, ¡le ruego que me deje a solas si es tan amable!

Lo que vio al lado de la bota de su esposo fue esto. Una sombra oscura de algodón estampado con flores. ¡El dobladillo de una falda! ¡Virgen Purísima! Un alfiler fino y largo en su corazón.

Cuando volvió en sí, había una bola de chismosos apretujándose a su alrededor gritando: —¡Denle agua! ¡Denle aire! Álcenle los pies. ¡Que alguien le baje la falda! Y también entremezclados estaban los gritos furiosos del relojero, quien estaba más preocupado de su ocular que del bienestar de Soledad.

¿Pero cómo puede uno vivir así, con un alfiler en el corazón? ¿Cómo? Dime.

Soledad buscó a la única persona en quien podía confiar, la anciana que vendía atole y tamales sobre una mesa de madera afuera de la iglesia. Adentro, el cura escuchaba la confesión y mandaba a los culpables con una larga lista de oraciones inútiles como penitencia. Pero afuera, la tamalera daba sólo consejos sensatos, que eran tan razonables que podrían confundirse con la estupidez.

—Ayúdeme, sufro —dijo Soledad después de explicar su historia.

—Ah, pobrecita criatura. ¿Qué esposa no ha tenido tus problemas? Son puros celos. Créeme, no te van a matar, aunque te sientas morir.

—¿Pero cuánto tiempo más me voy a sentir así?

—Depende.

—¿De qué?

—De qué tan fuerte amas.

—¡Santa Madre de Dios!

Soledad empezó a llorar. La gente a menudo confunde las lágrimas femeninas por derrota, por debilidad. Sus lágrimas no eran de resignación, sino lágrimas por la injusticia del mundo.

—¡Ya, ya, mi linda! Basta ya. Ni pienses en cosas horribles. No le hace bien al niño que traes en el vientre. Lo recordará más tarde cuando nazca y te mantendrá en vilo en las noches con su llanto.

—Es sólo que... Tanta..., Soledad se las arregló para decir entre hipos: —Tanta miseria en el mundo.

—Sí, tanta miseria, pero también tanta humanidad para compensar la crueldad.

—Ni muy poco, ni tanto, tanto.

—Ni tanto, tanto, ni muy poco, dijo la anciana.

Mandó a Soledad a casa con té de hierbabuena y con las instrucciones de tomar una taza en la mañana, una en la noche y bañarse en éste tan frecuentemente como se sintiera triste.

—Paciencia. Ten un poco de fe en la Divina Providencia, anda. Los temerosos son los que no confían en los planes de Dios. Hay, después de todo, una cura para los celos, lo sabes, ¿verdá?

—¿Y que sería eso?

—Ah, es muy fácil. Vuélvete a enamorar. Como dicen, un clavito saca a otro clavito.

—Sí, y la segunda bala adormece el dolor de la primera. Gracias. Me tengo que ir.

Cuando uno es joven y apenas comienza su matrimonio, ¿cómo puede creer en la sabiduría de alguien tan enjuta y fea como un chile poblano asado?

—¡Dios cierra puertas para que otra se abra! —gritó la mujer. —Cuando menos te lo esperes, llegará el amor con su trompeta de Gabriel. Entonces olvidarás toda esta pena. Ya lo verás. Ánimo, ánimo.

Pero para entonces Soledad se escabullía por el patio adoquinado de la iglesia hacia los extremos con las rejas de filigrana, abriéndose paso a empujones más allá de los pordioseros perseverantes y los vendedores de rosarios insistentes, más allá de los bultos cojos de humanidad plácidamente sentada en los escalones fríos de piedra inmóviles y sólidos como piedras de río grises, apresurándose sin cesar a través de un coro de voces que la llaman alegremente a que pruebe sus bebidas refrescantes y su comida caliente, caminando a empellones por la muchedumbre de los fieles e infieles que se caen torpemente enfrente de ella para complicar la ruta a su cuarto.

Ánimo, ánimo. Soledad no vio nada, no vio a nadie en esa carrera por recuperar su soledad. Estaba absorta en sus pensamientos, que no eran animosos en absoluto, sino lo opuesto. Ese sombrero apachurrado y feo: la desesperación.

# 40

# Le pido a la Virgen que me guíe porque no sé qué hacer

Mentiras, mentiras. Puras mentiras de principio a fin. No sé por qué te confié mi linda historia. Nunca has podido decir la verdad aunque tu vida dependiera de ello. ¡Nunca! Debo haber estado loca...

¡Abuela! Tú eres la que andaba detrás de mí para que contara esta historia, ¿te acuerdas? No te das cuenta del revoltijo enmarañado que me entregaste. Estoy haciendo lo mejor que puedo con lo poco que me contaste.

**¿Pero tienes que decir mentiras?**

No son mentiras, son mentiras sanas. Para llenar los huecos. Vas a tener que confiar en mí. Va a salir bonito al final, te lo prometo. Ahora, si pudieras guardar silencio o se me va a ir el hilo. ¿En qué estábamos? Y entonces...

Y entonces, cada vez que Narciso regresaba a Oaxaca, se encontraba con que Soledad estaba sufriendo de una tristeza sin nombre. Razón por la cual tenía pavor de regresar y la eludía cuando lo hacía. Ella había subido tanto de peso que tenía la cara hinchada, el cuello ancho y rosado, y ahora tenía papada doble. Se había transformado de una mujer a una niña gorda vestida con ropa suelta y cuellos de bebé blancos y bordados. También se había hecho algo raro en el pelo, se había cortado el fleco de manera que se veía como una niña crecida. ¿Por qué hacían esto las embarazadas? se preguntaba.

Así fue como Narciso encontró a su mujer, llorosa, abotagada y descalza porque decía que ya no le venían los zapatos. Desde que su esposo se había ido, Soledad juraba que le habían crecido un número los pies. En la intimidad, le dio por andar descalza, pero esto enfurecía a su esposo.

—Pareces india —la regañaba. —No me insultes dejando que te vean así; como si no tuviera dinero para comprarle zapatos a mi mujer.

—¿Tienes hambre?

—No, no tengo hambre. ¡Te puedes estar quieta!

—¿Qué?

¿Cómo podría él explicarlo?

¿Cómo podría ella explicarlo? El cuerpo de él había pasado a ser el cuerpo de ella. Se preocupaba de si estaba cansado, si tenía hambre, si necesitaba dormir más, un suéter para abrigarlo. Era como si el cuerpo de ella se extendiera para abarcar el cuerpo de él, otro cuerpo con todas sus necesidades. Porque así aman las mujeres. ¿Cómo podría explicarlo aun cuando ella lo sabía?

Pero los hombres aman de otra manera. No comprenden. No ponen un vaso de agua para su amada cuando ellos mismos tienen sed. No le ponen una cuchara en la boca y le dicen: —¡Prueba!, tan cerca que ni siquiera puedes ver lo qué hay dentro. No hacen eso. A menos que se enamoren de su propio hijo o hija, lo cual sucede con frecuencia. —¿Quién te quiere?

Le parecía a Soledad que su esposo olvidaba su presencia. Últimamente pasaba frente a ella como si no estuviera ahí. Lo que la hubiera enfurecido antes la hacía llorar ahora. ¿Qué un hombre no comprendía? ¿Tenía idea de lo importante que era tomar a una mujer de la mano cuando caminaban juntos por la calle? Se daba cuenta de que al tomar de la mano a una mujer su cuerpo estaba diciendo: —Mundo, ésta es mi querida, la mujer que yo amo, y estoy orgulloso de caminar a su lado, mi mano en la suya la bandera de nuestro amor.

Si tan sólo él me susurrara un cariñito al oído, pensaba ella, una palabra dulce, una palabra que se hacía sagrada por el aliento tibio de él en su cuello. Una palabra amable que le hiciera temblar la piel. ¿No lo sabía, su Narciso? Ella no sabía que podía decírselo. Él no sabía que podía preguntar.

La pesadilla final era su cuerpo. ¡Santa Madre de Dios! Un cuerpo que se veía como si no le perteneciera. Era un desastre de nalgas y caderas, tan anchas y pesadas como la diosa pétrea Coatlicue. Cuando se miraba al espejo, se estremecía.

¿Por dónde empezar? Soledad no podía explicar sin explicar de más. Le dolía la columna, le dolían las costillas, estaba cansada todo el tiempo, no podía salir sin tener la sensación constante de tener que orinar, y:

—¿Te conté que no he podido dormir? No puedo descansar, no puedo descansar.

Se quejaba toda la noche y luego se tenía que levantar a media noche y sentarse para recobrar el aliento. Trató de dormir de lado porque cuando dormía de espaldas sentía que se ahogaba. Estaba tan grande que no podía dormir. Le tenía miedo al parto, le confesó al ama de llaves:

—Es porque no sé qué esperar.

Pero el ama de llaves que había dado a luz dieciocho veces dijo: —Créemelo, es peor cuando lo sabes.

Su esposo le dijo: —Te vas a sentir mejor una vez que nazca el bebé. Todos decían que la maternidad era sagrada, pero todos los que lo decían eran hombres. Soledad no se sentía sagrada. Se sentía más humana que nunca. Rezaba porque el bebé se apresurara y naciera para que pudiera recobrar su cuerpo. Con este fin, Soledad probó los remedios femeninos, los baños calientes o intentó caminar todo el día por el pueblo. Restregar el piso a gatas también aseguraba provocar el parto, pero dado que fue la muchacha floja que limpiaba los cuartos quien lo sugirió, Soledad ignoró el consejo.

¿Qué era? Últimamente cuando entraba a un cuarto Soledad se encontraba a sí misma buscando desesperadamente entre las vigas del techo, siempre mirando hacia arriba como en las pinturas de la iglesia de la Madona subiendo a los cielos. —¿Qué ves? —Ah, nada, nada. No sabía cuándo había comenzado con este hábito, pero era algo que ahora hacía automáticamente, como si estuviera buscando... ¿Qué buscaba? Como si en algún lugar de esas vigas y esquinas llenas de telarañas hubiera una respuesta, un secreto, un ángel, una visión, que descendiera del cielo y la rescatara de sí misma.

Parecía como si su sentido del olfato nunca se hubiera agudizado tanto como durante este periodo mientras esperaba al nonato Inocencio. En las mañanas, cuando los barrenderos llegaban con sus escobas de varas, había tal frescura en el alba, una quietud por sólo un momento, cuando Soledad se abanicaba en el balcón y así de súbitamente se quedaba dormida allí en su silla. La noche que olía a noche, una humedad aterciopelada que cedía a la luz y gradualmente el perfume de los laureles, y con esto un dolor espantoso detrás del puente de la nariz como las punzadas de un diente, que no desaparecería hasta la siesta. Pero cualquier aroma, el humo de un puro, la avena hirviendo para el desayuno, el olor a perro húmedo de los callejones humildes, el incienso de la iglesia tan dulce que apestaba a orines, el aroma vaporoso del maíz cocido del elotero, todos ellos la mareaban. Una vez en el mercado al recoger una moneda, hasta se desmayó en un puesto de cilantro, cebollitas verdes y chiles poblanos.

Además de las agruras, el gusto por los mangos de Manila, la flema en la garganta que la atragantaba, los calambres en las piernas, pies, dedos de los pies, manos, aunados a toda esta calamidad estaban los accesos de llanto.

—¡Ay, caray! —dijo Narciso. —Otra vez no. Cómo explicarle a su esposo que era algo más que la pérdida de control de su cuerpo, sino también, de su vida.

En la fresca oscuridad de la iglesia de la Soledad, Soledad Reyes le rezaba a diario a la estatua de madera de la Virgen de la Soledad envuelta en una túnica de terciopelo y bordes dorados albergada en una vitrina detrás del altar principal. Soledad estaba tan grande ahora que a duras penas podía hacer una genuflexión y tuvo que conformarse con una posición medio acuclillada, medio sentada en vez de arrodillada. Miró al Santo Niño de Atocha albergado en su propia vitrina pequeña de al lado, el Santo Niño con su cayado de pastor y su simpático sombrero con borde de piel, su traje de encaje bordado con hilo dorado, los aljófares que seguramente acabaron por costarle la vista a una monja. Si su bebé era varón, Soledad prometió que lo amaría como la Virgen y lo llamaría Inocencio. Desgraciadamente, no lo podía llamar Jesús, porque Jesús se llamaba el viejo rabo verde de la farmacia que te meneaba impúdicamente el dedo en medio de la palma cuando te daba el cambio. No, llamaría Inocencio a su bebé si era varón, y lo amaría con el amor puro de una madre como la Santísima Virgen de la Soledad que murmuraba y sufría solita mientras José, bueno, ¿dónde demonios estaba cuando lo necesitaba? Confiablemente poco confiable, como todos los maridos.

Y cuando comenzaron los dolores y mandaron llamar a la partera, ahí estaba, esa sensación, ese buscar entre las vigas a —Ay, Dios mío, no sé. No llamó a su esposo, ni a Dios, ni a la Virgen o a un santo.

Cuando comenzó el parto sintió que su cuerpo se sacudía por cuenta propia como una pieza de maquinaria, como un carro romano, como un caballo desenfrenado y ella colgada del estribo. No había marcha atrás y no podías arrepentirte. Y tu vida como una banderita ondeando al viento. Tu vida solamente un jironcito de tela. *Muu.* Como todos los huérfanos y los prisioneros condenados a muerte, escuchó una voz que reconoció como propia llamar desde un lugar que no recordaba. *Muu, muu, muu,* con cada aliento como un puñal. *Ma,* se oyó decir a sí misma, y era como si fuera todas las mujeres en la historia que habían dado a luz alguna vez, un grito, un coro, el único, el interminable alarido alfa y omega de la historia, gutural y extraño y aterrador y poderoso a la vez, *Ma, ma, ma...* ¡ma-má!

# 41.

## La curandera sinvergüenza, la bruja sabia María Sabina

Todas las mujeres tiene un poco de bruja por dentro. A veces lo usan para mal y a veces para bien. Una que lo usaba desvergonzadamente para bien era la mujer llamada María Sabina,* y aunque todavía era joven al momento de esta historia, ya había adquirido fama de curandera. Así fue como Narciso Reyes llegó a oír de esta mujer de grandes poderes mientras trabajaba en los caminos de Oaxaca, y finalmente, porque ya no soportaba las noches en vela, dando vueltas en la red de sus sueños y despertando enredado en su hamaca como un pescado triste, estuvo listo para escuchar lo que de otra manera no hubiera escuchado.

—Ay, lo que pasa es que estás embrujado, eso es.

—Ah, con que así es. Quiso reír pero no lo hizo, porque el alcalde del poblado era quien le decía esto. El alcalde era muy, muy anciano y se decía que sabía mucho de esas cosas.

—¿Y qué hace uno con esos embrujos por estas partes?

—Tendrás que ir a buscar a la bruja María Sabina. Arriba en tierra fría, en Huautla de Jiménez, donde las nubes se quedan enganchadas de los peñascos de las montañas, allá la encontrarás. María Sabina Magdalena García se llama. Yo no te puedo ayudar.

Narciso Reyes partió en mula en busca de esta María, un viaje que lo llevó más y más alto hasta las regiones más indómitas de Oaxaca, un territorio furiosamente bello pero furiosamente pobre. Se abrió paso más allá de matorrales violentos y arroyos de agua tan cristalina y fría que le dolían los dientes de tomar un trago. Subió con dificultad por senderos que se

tambaleaban al borde de precipicios y a través de selvas tropicales enreda-
das en nudos de lianas codiciosas. Montó más allá de las hojas risueñas y
rizadas de los platanares y por los pastizales quebradizos de las vacas,
pasando los limoneros y los naranjos y los claros de los cafetales. El aire se
sentía caliente y húmedo, después fresco, después caliente de nuevo mientras se elevaba y llovía, y la luz, de un color verde perezoso, ora tenue, ora
brillante, mientras viajaba bajo el manto de una vegetación tan espesa que
las hojas soltaban un suave talco de polvo al rozarlas mientras pasaba.

Por tramos del camino Narciso siguió el Santo Domingo río arriba,
crecido y bullicioso por los aguaceros. De vez en cuando en los claros vio
mariposas negras tan grandes como murciélagos revolotear en ochos aletargados sobre flores azules. El aire húmedo y caluroso a veces lo fasti-
diaba, y luego de golpe una intensa lluvia comenzaba tan de pronto que
no le daba tiempo de refugiarse. Narciso rebanó hojas gigantescas en
forma de corazón del camino sin siquiera bajarse de su mula, y estas le
servían de poncho para la lluvia y de paraguas así como de sombrero.

Cuando la lluvia se disipó hasta formar una llovizna fina y luego paró
por completo, y la tierra convirtió esto en vapor, los colibríes se dispara-
ban nerviosamente sobre las flores empapadas y luego oscilaban hasta
desaparecer. El mundo olía a lodo, estiércol de mula, flores, fruta podrida
y a lo lejos a humo de leña, nixtamal y frijoles refritos. El viento del otro
lado de los barrancos, del otro lado del agua, del otro lado de los llanos de
tierra caliente, del otro lado de los bosques tropicales, del otro lado de
filas interminables de caña de azúcar, a través de los plátanos rizados, por
toda Oaxaca, se mezclaba con el hedor dulce de la piel de Narciso.

Allí en las montañas en una choza chueca de barro desmoronándose
con un piso disparejo hecho también de tierra, en una oscuridad que apestaba a estiércol de cerdo y a humo, encontró a su bruja. La casa estaba
vacía a no ser por una mesa lastimosa que servía de altar y una bola de
niños encuerados que corrían por allí persiguiendo a las gallinas.

Estaba cubierta de harapos. Una mujer flaca no mucho mayor que él,
su vientre a punto de dar a luz.

—Dios es una tela immensa que contiene al universo —murmuró.

*Esta muchacha está loca,* pensó Narciso y casi se dio la media vuelta,
pero el viaje por la montaña le había tomado ocho días, a pie y en mula.
Lo embargaban la desesperación y la duda, hasta que ella comenzó de
nuevo.

—Te diré por qué has venido, tú, Narciso Reyes. Quieres un remedio para el amor. ¿No es cierto?

—Sí, así es.

—Para que la mujer que usa una corona de iguanas regrese a ti y te ame sólo a ti, ¿no?

—¿Cómo lo supiste?

—¿Quieres hechizarla?

—Con todo mi corazón lo deseo.

—Bueno, pues, es obvio lo que tienes que hacer: olvidarla.

—¡Olvidarla!

—Sí, olvidarla. Abandonarla. Mientras más sueltas a alguien, más quieren volar de vuelta a ti. Mientras más los enjaulas, más tratan de escapar. Mientras peor los tratas, más se enamoran perdidamente de ti. ¿No es así? Es todo. Ése es mi remedio de amor para ti el día de hoy.

Por supuesto, Narciso no podía olvidar a Exaltación. Era demasiado hombre. Y porque no podía perdonarle su preferencia por Pánfila a costa de él, esto sólo ocasionaba que recordara a Exaltación aún más. El dolor lo sobrecogía, le provocaba que dijera: —Te odio, Exaltación Henestrosa, lo cual sólo podía significar que la amaba mucho, de otra manera, para qué molestarse. Porque los fracasos son mucho más memorables que los éxitos, ella estaba continuamente en sus pensamientos. ¿Olvidar a Exaltación Henestrosa? No. No podía hacerlo. Y porque no podía olvidarla, él la perdió a ella, ella lo perdió a él.

Una persona independiente, que no nos necesita o quiere, inspira nuestra admiración, y la admiración es una pócima de amor. Una persona que nos necesita demasiado, que es débil por su necesidad, da lástima. Y la lástima, el reverso de la admiración, es el antídoto del amor.

Recordar es la mano de Dios. Te recuerdo, por lo tanto te inmortalizo. Recuerdo. Un recuerdo.

Años más tarde, manejando detrás de un camión de carga lleno de escobas por el periférico, la memoria de Exaltación Henestrosa llegaría, y con ella, todo el amor que Narciso había escondido durante toda una vida inundaría las válvulas y las cámaras del corazón como una zandunga, causándole gran dolor. ¡Ay, mamá, por Dios!

En letras rosas pintadas a mano, la defensa del camión de enfrente hacía alarde de esta verdad:

PODRÀS DEJARME, PERO OLVIDARME, ¡NUNCA!

*En la época de amor y paz, una invasión de inmigrantes ilegales descendió sobre Oaxaca, tierra de los siete moles, y ascendió a las nubes de Huautla de Jiménez debido a la magia de los hongos Ndjixito, «aquello que hace que uno se transforme», que los vecinos del lugar habían usado en sus ceremonias religiosas y rituales curativos durante miles de años y que llevaba a uno a viajes más alucinados, se decía, que el LSD. Los hippies y los antropólogos vagabundos, los artistas, los estudiantes, los extranjeros, los niños mimados de los ricos, los Beatles, los Rolling Stones, Bob Dylan, las esposas de los políticos, los devotos y los curiosos, cualquiera que fuera importante y toda una sarta de don nadies vinieron a ver a María Sabina y así tomar un atajo al nirvana. Algunos saltaron de las ventanas de hoteles, perdidos en la Era de Acuario, otros se convirtieron en un atentado al orden público, los echaban fuera de sus hoteles o se quedaban dormidos en el mercado como costales chuecos de azúcar, algunos se perseguían desnudos unos a otros alrededor del quiosco del zócalo, causando tal escándalo, ay, qué latosos, y otros que acampaban despreocupadamente en los bosques provocaron un incendio terrible que quemó miles de hectáreas de bosques y campos y fue una amenaza para media docena de poblados indígenas, y todo porque esa María Sabina le dio a esos tontos los hongos, dijeron los del pueblo. Por consiguiente, María Sabina se volvió infamemente famosa, tan famosa que la hermana de un presidente mexicano venía a visitarla, y todo el mundo se tomaba una foto a su lado como si fuera una reliquia sagrada, y los restaurantes llamados «María Sabina» que hasta tenían servilletas que llevaban su nombre sacaban provecho de su celebridad, pero María viviría tan pobre después de que todo el mundo desde profesores a escritores y políticos hasta equipos de televisión, absolutamente todos salieran corriendo, y moriría sin un quinto y casi desnuda como el día en que nació, gracias a un montón de hijos buenos para nada, sin mencionar el mal de ojo de sus vecinos —porque su fama hizo que ellos adquirieran una marcada conciencia de sus propias vidas desdichadas— quienes armaron un escándalo porque el secreto de los hongos espirituales había sido traicionado ante extraños que no comprendían que los hongos eran medicina y, como cualquier medicina, sólo se toman cuando se está enfermo, y por eso enturbiaron su propósito en este planeta, lo cual a su vez disminuyó los poderes de María, hasta que finalmente estaba acabada, agotada, rendida, de manera que al final de su extraordinaria vida, se dice que María Sabina afirmó: —¿Estuvo bien que les diera los hongos? ¿Tú, qué dices?*

*Tú, lector, te pregunta a ti.*

# 42

# Nacido bajo una estrella

El bebé era calvo como una rodilla, con una cabeza como un cacahuate y extremidades como chorizo, pero para Soledad él era exquisito.

—¿No está hermoso? Mi rey, le canturreaba, plantándole un besote en un pie gordo. —Algún día llegarás a ser una persona de categoría, mi gordito. Sí, mi vida, naciste bajo una buena estrella. No andarás descalzo como yo cuando era chiquita. No, tú no. ¿Eres un Reyes, verdá? ¿Verdá? Verdá que sí, mi cielo. Estás destinado a ser un rey. Ya lo verás. ¿Verdá, mi chulito, verdá? ¿Quién es mi belleza? ¿Quién es mi tesorito? ¿Quién te quiere más? Te voy a tragar, mi gordito de dulce. Tu panza-pancita de caramelo. Ñam, ñam, ñam, ñam. ¿Qué pasa, mi cielo? No llores. Mama te quiere y vas a ser un rey.

El bebé Inocencio llevaba puesto un gorrito de encaje con un ribete ondulado gigante como un girasol, como una estrella, y fruncía el ceño como si supiera cuán ridículo se veía. —Precioso, su mamá le decía a él y a nadie en particular. —Precioso.

Una vez, hacía mucho tiempo al parecer, Soledad se había acostado despierta mirando a Narciso dormir, maravillándose ante el perfil de su esposo, su dulce roncar, sus pestañas tupidas, la delirante constelación de lunares esparcidos sobre sus hombros masculinos, la pelusa sensual en la nuca. —Precioso, había susurrado en su interior, fascinada por los elementos propios que hacían de Narciso un hombre. Sus bigotes tiesos, el remolino de las patillas, la fuerza de sus muñecas, su mandíbula, la coraza dura de su pecho. Hizo un inventario de sus encantos. La gente se quejaba y se quejaba del matrimonio, al parecer, pero nadie mencionaba el don de dormir junto a alguien. —Precioso.

Ahora contemplaba a Inocencio dormir a su lado. *Cómo era posible que Dios pusiera tanta belleza en un pequeño ser,* se preguntó. Quizá Dios hacía hermosos a los bebés porque necesitaban de tantos cuidados. Quizá Dios repartía porciones iguales de belleza y de problemas, y así fue como Inocencio llegó con su enorme belleza y su igualmente enorme carga de necesidades.

Las palomillas revoloteaban contra el vidrio de las puertas del balcón, pero no podían entrar. El viejito del otro cuarto tosía y escupía, como siempre lo hacía antes de dormir. El silbato de un vendedor callejero gemía desde la plaza. En la distancia un perro hacía *guau-guau.* El ojo amarillo de la luna se asomaba por una de las hojas de vidrio de las puertas francesas. Era de noche. ¿Dónde estaba Narciso? En algún lugar vago y lejano, pero ya no importaba. Ella había hecho a este pequeño ser humano. Este pequeño humano había crecido dentro de ella y ahora aquí estaba, tan perfecto. *¿Cómo está? Ah, estoy muy bien, verdaderamente bien.*

Muy bien. Muy. Miró y miró a su hijo, sin recordar ni una vez lo que la tamalera afuera de la iglesia le había dicho acerca de enamorarse otra vez ese día en que ella había estado tan triste. Tanta miseria en el mundo. Pero también tanta humanidad. Un poco. No tanto, tanto. Pero un poco, gracias a Dios.

# 43.

## El Sufrido

Nunca estaba feliz a menos que estuviera triste. A decir verdad, se debió haber llamado el Sufrido. Pero, no, era Inocencio Reyes. En otra vida, pudo haber sido un filósofo. O un poeta. Le gustaba pensar y pensar, un joven flaco a quien le gustaba examinar la vida con detenimiento. Le daba la vuelta a la cuadra si las cosas que veía valía la pena mirarlas más de una vez. Una mesera con un bosque espeso de pelos en la axila. Un negro con una blanca. Un borracho que se había cagado en los pantalones. Estas cosas merecían consideración. Tan entusiasmado estaba Inocencio con sus pensamientos, que olvidaba que era mortal y que no era invisible a la vista, y siempre se sorprendía cuando alguien le sostenía la mirada.

—Es un soñador —se quejaban sus maestros de la escuela.

—Es un pensador —decía su madre en su defensa. Le gustaba recordarles cómo cuando era un bebé le había dado cólico. —Lloraba y lloraba, de día y de noche, llora y llora y llora, como si aun entonces supiera su destino. No como mis otros bebés.

Cierto. A diferencia de sus hermanos menores —Chato, Güera y el Baby— la cabeza de Inocencio estaba llena de demasiados recuerdos. Las cosas que creía recordar y las cosas inventadas para que él las recordara. —Antes de la revolución, cuando la familia Reyes era propietaria de ferrocarriles… su madre empezaba.

La Revolución mexicana había sacudido y creado un tumulto por doquier, incluso en la memoria de todos. Era como si la Revolución le brindara a todos desde el más mendigo y pobre una excusa para decir: —Antes de la revolución cuando éramos adinerados, y por lo tanto, para excusar su humilde presente. Era mejor tener un pasado galante, porque hacía que las circunstancias presentes de uno parecieran aún más desdichadas y le daba a uno la libertad de mirar con condescendencia a sus vecinos. O, si no había una fortuna reciente, uno siempre podía recurrir al pasado lejano: —¿Te acuerdas de nuestro tátara, tátara, tátara, tátara, tatarabuelo, Nezahualcóyotl, el poeta rey? No era tal, pero sonaba bonito.

La familia de Inocencio no era ni rica ni pobre, sino parte de una amplia clase media que floreció en la Ciudad de México mientras los Estados Unidos sufrían durante la Gran Depresión. Se alentaba a los niños como Inocencio a que se esforzaran por conseguir una educación en la universidad nacional, sobre todo si sus padres querían que evitaran una carrera militar. Pero una carrera de cualquier tipo, militar o civil, al parecer era lo que menos ocupaba los pensamientos de Inocencio.

Dios había sido bueno y había conferido un aura de melancolía alrededor de Inocencio Reyes y esto, aunado a sus intensos ojos oscuros como los de Narciso pero de forma como los de su madre Soledad, como casas inclinadas, bendeciría a Inocencio con el aire de un poeta o un Sebastián martirizado sin tener que haber sufrido ninguna de esas dos torturas.

No escogió ser infeliz. ¿Quién escogería ser infeliz? Era simplemente un muchacho sin palabras para lo que estaba sintiendo, alguien que se sentía más a gusto en compañía de sus propios pensamientos.

Sería una costumbre de toda la vida. Cuando se quería volver invisible, cuando tenía ganas de salir de un cuarto, cuando no soportaba estar rodeado de la gente que lo rodeaba, la casa que lo albergaba, la ciudad que habitaba, salía del lugar sin salir del lugar. Salía para volcarse hacia dentro de él, hacia dentro de él, hacia dentro de él. Sin el cuerpo, ese mal actor. Simplemente su alma, pura y libre de ataduras, ¡ah!

Se podía decir que Inocencio Reyes vivía la vida de la persona en autoexilio, más feliz cuando se podía dedicar a sus ensoñaciones. El amor lo inspiraba a pensar, como inspira a tantos tontos. Dedicó su vida a esta indagación interna. No sabía que continuaba una tradición que viajaba por el agua y la arena desde antepasados nómadas, poetas persas, acróbatas cretenses, filósofos beduinos, matadores andaluces rezándole a la Virgen de la Macarena. Cada uno a su vez había influenciado a su descendiente Inocencio Reyes. Un visir de baja graduación de Bagdag, un traficante egipcio de quesos, una bailarina del vientre Oulid Naid con su dote de monedas alrededor de las caderas, un santo varón gitano, un pastor de gansos, un fabricante árabe de sillas de montar, una monja erudita llevada por un jefe beréber el día en que Córdoba fue saqueada, un astrónomo sefardí a quien la Inquisición le sacó los ojos, una esclava picada de viruelas —la favorita del sultán— acostada en un harén de oro y marfil a orillas del Abi Diz. Túnez. Cartago. Fez. Cartagena. Sevilla. Y como sus antepasados intentaba elaborar su propio tratado sobre ese enigma de enigmas. ¿Qué es el amor? ¿Cómo sabe uno que está enamorado? ¿Cuántas clases de amor hay? ¿Existe realmente el amor a primera vista? Quizá se remontaba tan atrás como nuestros artistas de grafitos tátara algo de Altamira que pintaron en las paredes de las cuevas.

Mientras otros jóvenes se ocupaban con las preparaciones serias de su profesión, a Inocencio le dio por desvelarse: —¡Como un vampiro! se quejaba su padre, y en esas horas de oscuridad y luz se daba gusto haciendo lo que más le gustaba hacer: soñar. Soñar dormido o despierto, es lo que Inocencio hacía mejor.

Estaba pensando en cómo es que una mujer puede desplomarse tan cómodamente con las piernas dobladas por debajo como un gato. La seducción del cerrar de párpados cuando alguien enciende un cigarro. El encantador *tac tac tac* de zapatos de tacón sobre losetas. O un millón y una observaciones catalogadas ya sea como disparatada o genial, dependiendo de tu punto de vista.

A decir verdad, su madre a veces lo creía un poco loco, y en realidad lo estaba. Un poco loco de estar tan contento a solas hilando sus pensamientos y desbaratándolos, y pensando una y otra vez en lo que debió haber dicho, y en lo que alguien quiso decir con lo que no dijo, en los detalles minuciosos de la vida, viviendo su vida al revés, viviendo la vida, reviviendo la vida y examinándola al punto de una complacencia morbosa.

Sus primeras obsesiones eran acerca de cosas que lo abrumaban y atemorizaban precisamente porque no había lenguaje para describirlas. Y buscaba un lugar tranquilo y pensaba hasta que ese tizne de emoción se aclaraba. El miedo y la atracción del viento que hacía temblar los árboles y las arterias de su cuerpo. Los atardeceres vistos desde la azotea cuando la Ciudad de México todavía no estaba contaminada y uno podía contemplar un atardecer. La cara de una rubia, tres cuartos de perfil, con el sol al trasluz y el vello encendido de su mejilla.

Las cosas así lo llenaban de un gozo parecido a la tristeza o una tristeza parecida al gozo, y era incapaz de explicar por qué trataba de contener las lágrimas con un incontrolable deseo de reír y llorar a la vez. —¿Qué? —No sé, nada—hubiera dicho. Pero eso era mentira. Debería haber dicho: —¡Todo, todo, ah, todo!

# 44.

## Chuchuluco de mis amores

No sé, pero me sigo preguntando, ¿no necesitamos ver a Narciso y a mí juntos un poco más? ¿Para sentir la pasión que teníamos? ¿Para creer en ella? ¿No crees? ¿Sólo una pequeña escena de amor? Algo lindo sería bueno. Ándale, no seas mala.

Ay, qué fregona. Está bien. ¡Está! ¡Bien! Sólo una escena, pero me tienes que prometer que vas a dejar de interrumpirme. Después de esto, ¡ya no me hagas ruido! No puedo trabajar así. No digas ni una palabra más hasta que termine sin importar cómo salga.

¡Ni que Dios lo mande! Ni siquiera vas a saber que estoy aquí. Te lo juro.

Un sueño es un poema que el cuerpo escribe. Aun si nos mentimos durante el día, el cuerpo se ve obligado a decir su verdad durante la noche. Y éste era el caso con Narciso, quien atiborraba las horas de su día con tanto ruido y distracciones que no conocía su propio corazón, pero se atormentaba al escuchar su balbuceo toda la noche.

— Abrázame — le decía a su esposa cuando se subía a la cama con él.

Y ella lo abrazaba. Así es como acostumbraba a quedarse dormido.

Una noche soñó este sueño. Estaban dormidos como siempre dormían, el cuerpo de él acunado adentro del de ella, los brazos de ella alrededor de él. Por eso es que el sueño lo asustó, porque no se daba cuenta que soñaba. Estaba dormido con ella abrazándolo. Al principio era una sensación bonita estar dormido adentro del círculo de los brazos de una persona. Pero aquí es cuando se dio cuenta de que había un tercer brazo a su alrededor y entonces empezó a gritar. De su lado del sueño estaba dando gritos y alaridos, dando vueltas y chillando, pero del otro lado, el cuerpo simplemente resollaba y gimoteaba como si quisiera estornudar.

—Ya, ya, es sólo un sueño. Aquí estoy. Entonces Soledad se acurrucaba más y lo envolvía en sus brazos con aún más fuerza. Un nudo de frustración y temor, como un suéter de lana no puesto ni quitado sino enredado en la cabeza de uno. Lo jaló hacia ella, el calor de sus palabras al oído. —Ya, ya, ya, aquí estoy.

Hacía que se pusiera miserable, molesto y cruel con ella. Mucho después de que había terminado su temporada en Oaxaca, y tenía una familia y estaba viviendo en la capital, de pronto soñó un sueño que lo sorprendió. Un sueño sobre la otra, la querida de tierra caliente.

—Me traicionas todas las noches —se escuchó decirle a ella.

—¿Traicionarte? —dijo ella riendo. —¡Estás casado! ¿Quién eres tú para empuñarme la palabra traición en la garganta?

Luego trató de estrangularla, pero cuando trató de alcanzarla se convirtió en un pez y se le resbaló de entre los dedos. Cuando despertó se encontró sumergido en la tristeza.

Se había enamorado de una sirena. De su aroma a mar. El guisado arenoso y sudoroso de cuando hacían el amor que él amaba. Su risa plateada. La orquídea púrpura de su sexo. Recordaba ese calor, hasta los jejenes, porque le recordaban a ella, la mujer que no se interesaba por él, a diferencia de su madre y su esposa, que lo adoraban. Los hombres no saben valorar el amor de las mujeres. Toda la vida había sido apapachado y mimado. Se sobresaltaba al encontrar que esta poderosa, enorme y santa mujer era indiferente a su aprobación. Por supuesto, debido a esto, la amaba aún más.

No podía perdonarla. Perdonarla por el sexo ya era bastante malo, pero no era el sexo a lo que no podía renunciar. Era el amor. Después de que cuántas lunas y cuántos soles habían crecido y menguado, se habían sumergido y desplomado hacia la negrura, se habían puesto huesudos y vacíos, y se habían engordado hasta rellenarse otra vez, sin embargo el dolor permanecía dejándolo con una lengua muy afilada y malhumorado y con los ojos rasgados. El cuerno de una luna de Guadalupe, el hueso de ballena de la palabra se alojaba en la parte suave, carnosa de su corazón. Amor.

Dormido de día o de noche, vivía su vida así, atormentado por una molestia que no podía nombrar, como un pelo en la lengua. Un día caminando por las calles de la capital se dio cuenta de que tenía un antojo de golosinas. No podía explicar por qué de pronto tenía ganas de chuchulucos. Era como un sonámbulo hasta que llegó a la Dulcería Celaya en la calle Cinco de Mayo. Compró obleas con pepitas incrustadas: rosas, blancas, amarillas, verde pálido, azul Ave María. Compró gallinitas de mazapán, cajeta de Celaya, guayabate, palanqueta de ajonjolí, jamoncillos, limones cristalizados rellenos de coco, dulce de camote con piloncillo, clavo y canela, cáscaras de naranja glaseadas, calabazate, bolas de tamarindo, cocadas, pirulís, listones de membrillo, turrón de almendras, manjares mexicanos llamados gorditas, arlequines, reinas, alegrías, aleluyas, glorias, y esas gotas sublimes de merengue llamadas pedos de monja. Compró todo lo que señaló, y salió a tropezones de la tienda con sus compras azucaradas, ¿hacia dónde?

Era un día extraordinario, veteado de sol, tibio, tan limpio y suave como un trapo de algodón de la cocina usado para envolver las tortillas recién hechas. Deseó tener un cuarto a solas para ir y lavarse la cara. ¿Quizá debía rentar un cuarto de hotel? Pero de sólo pensar en un cuarto de hotel. Los cuartos de hotel lo deprimían. Estaban llenos de las memorias de otros cuerpos, de tristezas, de alegrías que ninguna cantidad de copal o desinfectante con olor a pino podía purgar. No, no podía rentar un cuarto lleno de las emociones de otros.

Narciso deambuló hacia el pasto de la Alameda y en las estrías y espirales onduladas de una banca de fierro encontró finalmente un refugio. Los fresnos y los sauces nunca habían parecido tan transparentes y frescos como en ese momento, como si el mundo estuviera bajo el agua y todo fuera puesto en marcha por corrientes y remolinos lejanos.

Un perro callejero de pelaje rojizo olfateó su zapato izquierdo y en vez de patearlo, él se observó a sí mismo dándole de comer un pollito amarillo de mazapán. Membrillo, jamoncillos, cocadas con la orilla rosada, Narciso y el perro no lo comieron todo. Se llenó de azúcar, ajeno a los esplendores de los vendedores de chicharrones, los enamorados indecentes y la exuberancia de las nubes.

Narciso se comió los chuchulucos, pero sabían como la comida en los sueños, a aire, a nada. Ni siquiera se daba cuenta de que comía al igual que no se daba cuenta que la luz se atenuaba, las nubes se rasgaban en jirones de gasa por el cielo, el perro se alejaba trotando, satisfecho.

La tristeza se acumulaba donde siempre se acumula, primero en la punta de la nariz, y luego en los ojos y la garganta, y en el cielo del atardecer pasando como un trapo arruinado, ni siquiera todos los chuchulucos del mundo podrían detenerla. Masticó lentamente el último pedacito de caramelo, con cuidado, las muelas machacando, la mandíbula trabajando, tragando grandes gotas de saliva por la garganta. Le dolían los dientes, pero, no, no era eso. Le dolía la cabeza. Y algo más. Exaltación Henestrosa. Dijo su nombre. Una profunda raíz de dolor. El pequeño muro que había erigido en contra de su recuerdo desmoronándose como azúcar.

# 45.

## 'Orita vuelvo

¿Cómo pude esperar alguna comprensión de tu parte? Tienes la sensibilidad de una asesina con machete. Me estás matando con esta historia que estás contando. Me maaataaas.

Por favor. No hagas tanto teatro.

**Es lo que pasa cuando alguien se cría en los Estados Unidos. Sin memoria y sin vergüenza.**

Te equivocas. Sí tengo vergüenza. Así es como sé dónde están las historias.

**¿No tienes ninguna dignidad? Nunca te voy a volver a contar nada. De aquí en adelante, te las arreglarás tu sola.**

Mientras menos me digas, más tendré que imaginar. Y mientras más imagino, me resulta más fácil comprenderte. Nadie quiere saber de tus felicidades inventadas. Son tus problemas lo que constituye un buen relato. ¿Quién quiere saber sobre una persona agradable? Mientras más mala seas, mejor el cuento. Ya verás...

Con ese amor tan intenso que vinculaba a madre e hijo, Inocencio Reyes debió haber sido el tipo de muchacho que nunca se apartaría de Soledad. Pero es precisamente porque ella lo amaba tanto que él estaba destinado a ser su cruz. A Dios le encanta una trama interesante.

Como en la bendición-maldición china, Inocencio Reyes tuvo la desgracia de criarse en tiempos interesantes y presenciar el comienzo de la Época de Oro mexicana. Mientras que los EE.UU. sufrían la Gran Depresión, México atravesaba su mejor década. El presidente Cárdenas expulsó a los inversionistas extranjeros y nacionalizó las compañías petroleras ante el aclamo de toda la nación. Auspiciadas por el nuevo gobierno, las artes florecieron, creando una nueva identidad mestiza orgullosa de su patrimonio indígena, aunque en realidad los indios eran todavía tratados como los indios en todas partes, de la patada. Las industrias nacionales fueron creadas para fabricar los bienes importados que ya no se conseguían debido a la guerra. La «Política del Buen Vecino» de Franklin D. Roosevelt invitaba a los trabajadores mexicanos a cosechar los cultivos de los Estados Unidos, ya que la fuerza de trabajo estadounidense se había agotado por la conscripción militar. Y los jóvenes como Inocencio hasta podían presumir de que México había hecho su parte para ayudar a los aliados al mandar a la pequeña pero valiente unidad aérea, el Escuadrón 201,* para ayudar al General MacArthur en las Filipinas.

Seamos francos. Soledad Reyes no era una persona culta. ¿Así que cómo se le podía culpar por descuidar la educación de sus hijos? Ella apenas había tenido estudios y no era la persona más indicada para supervisar los de ellos. Su esposo debió haber sido quien aconsejara a su esposa en estas cuestiones, y le hubiera aconsejado, si hubiera estado pendiente de su prole. Pero la verdad es que Narciso apenas sabía que existían. Su trabajo lo llevaba de viaje por puestos fronterizos atrasados y a menudo era difícil regresar a casa. A decir verdad, estaba más contento solo, ensimismado en sus propias preocupaciones. Apenas conocía a su familia y ésta apenas lo conocía a él. Era tímido y no estaba a gusto con estos extraños. Le gustaría haber sido más cálido con ellos, pero no sabía cómo. Había transcurrido tanto tiempo.

El orden. Confiaba en su educación militar para crear algún tipo de disciplina, algún tipo de afecto con sus hijos.

—Sargento Inocencio, ¿son éstas mis tropas?

—Estas son, mi general.

Hacía mucho tiempo que no jugaba con sus hijos. Ya no sabía cómo.

Así que cuando Inocencio trajo a casa calificaciones mediocres, Narciso no debió haber culpado a nadie más que a sí mismo. Por supuesto, no se culpó a sí mismo. Esperaba que su hijo tuviera las oportunidades que él no había tenido. Obligaron a Inocencio a hacer la solicitud a la universidad nacional, pero desafortunadamente, no se puso a estudiar con empeño.

Un semestre después, Inocencio se aterró al darse cuenta de que sus calificaciones finales mostraban que había pasado más tiempo con las chicas que con los libros. ¿Qué podría hacer? Su padre era un hombre estricto quien rara vez venía a casa y quien rara vez era comprensivo. Narciso ya había corrido a Chato por ser un burro, y ahora Chato andaba de vagabundo por los EE.UU.

—Qué burro eres, nunca llegarás a nada —Narciso le había dicho con demasiada frecuencia a Chato, y como el poder de las palabras dichas por aquéllos que amamos tienen tanta fuerza, hirieron profundamente el corazón de Chato. Si nunca iba a llegar a nada, para qué intentarlo, ¿verdad? Chato se trepó a la parte trasera de un camión de redilas lleno de hojas de maíz y tembló por todo el camino a través del Desierto de los Leones hasta que encontró el camino a la frontera, y anduvo sin rumbo fijo por los Estados Unidos.

Inocencio admiraba la audacia de su hermano menor. Inocencio siempre había sido el niño bueno, mientras que Chato había sido el aventurero. Ahora que Inocencio se había metido en aprietos, decidió empezar a vagar por los caminos y acompañar a su hermano Chato de aventón por los trenes y ligando a las chicas. Por lo menos así es como Inocencio se lo imaginaba.

Y entonces, Inocencio Reyes salió con la meta eventual de llegar a Chicago. Tenía parientes allí. Los hijos de tío Viejo. Sería sólo por unos meses, razonó. —Cuando Papá se tranquilice, le prometió a su madre: —regresaré a casa.

---

*Durante la segunda Guerra Mundial, el escuadrón de pilotos de caza mexicanos, el Escuadrón 201, ayudó a liberar Luzón y Formosa. Creado por el presidente Manuel Ávila Camacho en 1944, el escuadrón de 38 pilotos de caza y 250 de personal de tierra anotaron 59 misiones e hicieron 1,290 horas de vuelo de combate sirviendo bajo órdenes estadounidenses.*

*Para ver una historia supersentimental del escuadrón 201, ver la espléndida película del Indio Fernández «Salón México», un clásico. Notar la escena del matriarcado mexicano entre el piloto herido que regresa y su angelical madre. Esta escena por sí misma lo explicará todo.*

## 46.

## — ¿Espic espanish?

El viejo proverbio tenía razón. El español era el idioma para hablar con Dios y el inglés el idioma para hablar con los perros. Pero papá trabajaba para los perros, y si ladraban él tenía que saber cómo contestar a ladridos. Papá mandó pedir el curso *Inglés Sin Stress* para estudiar en casa. Practicaba cuando hablaba con su jefe: —*Gud morning, ser.* O al conocer a una mujer: —*¿Jáu du iú du?* Si le preguntaban cómo le iba con sus clases de inglés: —*Beri güel, zenc iú.*

Como tío Chato había estado en los Estados Unidos más tiempo, le aconsejó a papá: —Mira, cuando hables con la policía, siempre comienza con «*Hello, my friend*».

Para avanzar en la sociedad, papá pensó que sería prudente memorizar varios pasajes del capítulo de «Frases de cortesía»: *I congratulate you. Pass on, sir. Pardon my English. I have no answer to give you. It gives me the greatest pleasure. I am of the same opinion.*

Pero su inglés sonaba raro a los oídos americanos. Se esforzaba en su pronunciación y hacía lo posible por enunciar correctamente. —*Ser, kaindly direct me to de water closet.* —*Pliis guat du iú say?* —*May I trouble iú to ask for guat time it is?* —*Du me de kaindness to tel me jau is.* Como último recurso y cuando papá no podía hacerse entender, recurría a: —*¿Espic espanish?*

Qué *estrange* era el inglés. Maleducado y al grano. Nadie anteponía a una petición un, —No sería tan amable de hacerme el favor de… —cual debe ser. ¡Nada más preguntaban! Tampoco agregaban un —Si Dios quiere a sus planes como si estuvieran en audaz control de su propio destino. ¡Era un lenguaje bárbaro! Cortante como las órdenes de un amaestrador de perros. —Siéntate. —Habla. Y por qué nadie decía: —De nada. En vez de eso gruñían: —Ajá, sin verlo a los ojos, sin decir siquiera: —Es usted muy amable, Míster, y que le vaya muy bien.

# Al que nació para tamal

Como dice el dicho mexicano, al que nació para tamal, del cielo le caen las hojas, y lo cierto es que Inocencio es un tamal muy afortunado. En Little Rock Inocencio por fin es reconocido como el miembro de la realeza que realmente es. No es un mojado. Es un Reyes. Míster Dick comprende esto.

Es durante la época en que Inocencio está desconchando almejas. Trabaja en un gran restaurante de mariscos llamado *Crabby Craig's Crab Kingdom* que tiene un cangrejo de neón abriendo y cerrando las tenazas. Era un ascenso estar desconchando almejas. En Waco había sido lavaplatos, en Dallas ayudante de mesero. En San Antonio había tosido polvo y estornudado negro durante semanas después de recolectar nueces pacanas. Y ahora se encuentra aquí en su bonita chaqueta blanca, casi tan bonita como su propio esmoquin colgado en el clóset de su casa.

Inocencio disfruta por una temporada su trabajo desconchando almejas. Pero después de un rato le arden las manos de los rasguños y las cortaduras. El hielo no sirve de nada. El jugo de limón sigue irritándole las heridas. A Inocencio le da por usar guantes de algodón blancos, y a Míster Dick, el jefe, le impresiona este toque adicional, confundiendo lo práctico por la elegancia.

Inocencio se ve *muy* elegante en su chaqueta blanca y su corbata negra de moñito, sus guantes de algodón blancos y la cara de un Errol Flynn joven. Podría ser el Catrín de las tarjetas de la lotería. Podría ser Claude Rains con su bigote tan fino. Podría ser el apuesto Gilbert Roland con su cabello oscuro y ondulado y los ojos oscuros. Cuando abre la boca y pregunta: —*May I serve you?* de una manera tan encantadora, las clientas seguramente le preguntan: —¿Es usted francés? O, —Ya sé, es español, ¿verdad? No dicen «mexicano» porque no quieren insultar a Inocencio, pero Inocencio no sabe que «mexicano» es un insulto.

Al final del día, antes de que Inocencio regrese a pie al cuarto que renta en el hotel a la vuelta de la esquina de la estación de los autobuses, le anuncia al ayudante de mesero: Hoy trabajé como un negro, que es lo que dicen en México cuando trabajan muy duro. Cuando un hombre blanco dice: —Trabajé como un negro, quiere decir que no trabajó casi nada. Pero Inocencio no es un hombre blanco, aunque tenga la piel blanca. Hoy trabajé como un negro, le dice al otro hombre blanco que tampoco es blanco: el ayudante puertorriqueño.

Míster Dick y su esposa le toman cariño a Inocencio. La Sra. Dick cree que es una pena que Inocencio tenga que regresar cada noche a ese hogar que es un nido infame lleno de gentuza que está de paso, un hombre de tan buenos modales. —Venga con nosotros, usted no es de esa clase. Así que Inocencio se va a casa del Sr. y la Sra. Dick y vive con ellos por un tiempo casi como un hijo. —*Thank you*, Inocencio —dice la Sra. Dick, dándole unas palmaditas en la mano con su mano de ramita pinta cuando le trae su gin tonic. —*Wid pleshur* —dice Inocencio. —Sí, realmente un hombre muy bueno —dice Míster Dick cuando Inocencio le prende el cigarro. Inocencio no puede creer su buena fortuna y está agradecido en exceso, cortés como un mexicano debe ser, famoso por sus cumplidos y su grandilocuencia.

Una vez cuando Inocencio está sirviendo los jaiboles, Míster Dick le dice: —Los mexicanos sí que saben vivir. ¿Tú crees que les importa quién sea presidente o qué está pasando afuera de sus pequeños pueblos? Esa gente vive para el momento. El pasado y el futuro no significan nada para ellos. Son gente que vive en las nubes y les va mucho mejor así.

—*Ser, I am of de seim opinion* —dijo Inocencio. No se le ocurría qué más decir. Y aun si se le hubiera ocurrido, no habría podido decirlo.

—Brindemos por ti, Inocencio —dijo Míster Dick, —y por tu raza alegre.

—*Iú are bery kaind, ser.* Si Inocencio hubiera tenido un sombrero, se lo hubiera quitado y hecho una caravana.

# Cada quien en su oficio es rey

Tío Viejo ya era polvo para cuando Inocencio salió dando tumbos del autobús Greyhound en el centro de Chicago, y con muchos *pliis, moust kind y bery zenc iús,* llegó por fin a la dirección del taller de tapicería de su tío Víbora en la calle de Halsted al sur. Gordo, Chino y Víbora habían heredado el oficio de su padre, pero sólo Víbora había heredado su negocio. Tío Víbora, como tío Viejo antes que él, tenía buena disposición para recoger a parientes extraviados y ofrecerles todo lo que tenía, aunque todo lo que tenía no fuera gran cosa.

Era la misma fachada de cuando el padre de Inocencio se había quedado allí mientras el país estaba en garras de una guerra mundial anterior, y el changarro estaba tan sucio como siempre. Las ventadas ahumadas estaban cubiertas de retazos de tela, y en un burdo estante de repisas había rollos y rollos de telas viejas y mugrientas apiladas como los pergaminos de una antigua biblioteca. Sillas extra rellenas en forma de abuelitas en sus vestidos floreados de domingo, sillones enormes y redondeados como aviones de combate, banquillos para los pies en forma de mantecadas y meridianas con flecos, todos ellos estaban amontonados uno encima del otro como pirámides aztecas. Pero a diferencia de su quisquilloso padre, Inocencio vio en el caos del taller de su tío una oportunidad; algo que él podía mejorar y, por consiguiente, volverse útil.

—¿Te acuerdas de cuando mi papá vino a vivir con tu familia, o eras muy chiquito, tío Víbora?

—¿Que si me acuerdo? Soy yo quien le enseñó todo lo que sabe. Pero él nunca tuvo madera de tapicero. Lo intenté, pero él no servía para eso. Espero en Dios que tú no hayas salido como él. Vamos a ver. Déjame ver tus manos, mijito. ¿Has agarrado alguna vez un martillo?

—Una vez derribé un gallinero que mi mamá quería que quitáramos del techo después de que se murieron todas las gallinas. ¿Eso vale?

—Claro, por qué no. Lo importante es tener ganas, y traes a la necesidad mordiéndote por el culo, ya me doy cuenta. El problema de tu padre es que no le daba la gana aprender un oficio. No respetaba la tapicería. Así que cómo puedes hacer bien un trabajo si no le tienes respeto, ¿verdá? Tienes que estar orgulloso de tu trabajo, Inocencio. Entrégate en cuerpo y alma. No quieres tener fama de hacer porquerías, ¿verdá? Después de todo, tu trabajo es tu sello, acuérdate de eso.

Tío Víbora vivía en el taller de tapicería porque su esposa no le permitía subir las escaleras. Había estado enojada con él desde 1932. Es la verdad. Poco a poco adaptó su lugar de trabajo hasta convertirlo en un hogar.

Empezó por cortarse las uñas con unas tijeras de tapicería. Después una hornilla. Después una regadera casera improvisada con una manguera del jardín, una palangana y un biombo viejo. Un triángulo con picos por espejo encima del lavabo para rasurarse. Y acabó por recortarse su propio pelo y aspirarse los recortes del cuello con el compresor.

—Bueno, pues con razón me veo así. Se pasaba la mano por el cuero cabelludo, riendo.

No exageraba. Su pelo parecía como si se lo hubiera mordisqueado un coyote. Las articulaciones y los músculos le colgaban, flácidos y cansados como un colchón viejo. Y su ropa estaba tan arrugada como si se hubiera dormido en ella. Así lo había hecho. Encima de todo, mechones de pelusa y pedacitos de hilo: pelo, barba sin rasurar por un día, pestañas y cejas, camiseta interior andrajosa, pantalones guangos, calcetines, hasta los zapatos con las puntas onduladas hacia arriba porque le quedaban demasiado grandes.

—Me estoy convirtiendo en una silla —decía y se reía.

—La tapicería es sencilla —comenzaba tío Víbora. —Se trata de agarrarle el gusto, ¿ves? El gusto por el cáñamo italiano cuando lo chupas así antes de ensartar la aguja curva. El sabor a fierro de un puñado de tachuelas en la boca y el martillo frío contra los labios cuando lo besas para recoger una tachuela. El polvo de las fibras de la guata desgarrada dando vueltas en el aire y en la nariz, el relleno de algodón, los retazos de tela, el barrer interminable todo el día como un ayudante de peluquero, las tachuelas torcidas pegadas a las suelas de los zapatos, el *crkkk, crkkk, crkkk* de las tijeras cortando tela, las máquinas de coser con su vibración de «erres» españolas. Tienes que agarrarle el gusto, es todo. En un abrir y cerrar de ojos serás un maestro tapicero, Inocencio. Te lo aseguro. Pero primero tienes que comenzar desde abajo.

Habiendo dicho esto, le pasó la escoba a Inocencio, y con la escoba como compañera, Inocencio Reyes comenzó su regia profesión.

# 49.

## Piensa en mí

**1945.** El tambo. La estación de policía de Chicago, en Homan y Harrison. Luces deslumbrantes y cegadoras como en un supermercado, pintura descascarada verde chícharo, bancas demasiado angostas para sentarse y con demasiada gente como para dormir en ellas, una letrina en el centro del cuarto que apesta a orines y vómito y mierda, piso de cemento tan pegajoso como el de un cine. Pero lo peor de todo, el eco de puertas azotándose de golpe.

—Ay, Dios, Dios, Dios Santo, este lugar es un pinche agujero de mierda. Este lugar es un pinche agujero de mierda. Este lugar es un pinche agujero de mierda.

—¿Me podrías hacer el favor de callarte?

—¡Carajo! Este lugar es un pinche agujero de mierda. Este lugar es un pinche agujero de mierda. Este lugar es un pinche agujero de mierda...

—¿Podría alguien callarle el hocico a ese tipo?

—Ay, Diosito Santo, Dios, Dios. Agujero de mierda, hombre. Pinche...

—Inténtalo tú. Ha estado dándole por más de media hora. Como el hipo. Nos está volviendo locos a todos.

—Pinche agujero de mierda, Dios mío. Este lugar es una pinche, pinche mierda...

—¡Ya cállate! una voz como de caricatura ordena desde la letrina.

—¿Quién dijo eso?

—¡Yo lo dije!

—¿Quién? No hay nadie en la caseta.

—¡Yo! ¡Ese es quién, pendejo! ¡Yo! Un pedazo de mojón te habla, pedazo de mojón. Entre ellos se reconocen, y ¡te dije que te callaras de una pinche vez!

—¡!

Una risa nerviosa reverberó por el cuarto, un reflejo como un músculo sacudiéndose una mosca; los hizo sentir mejor a todos, aunque fuera por un momento.

Sí que eran feos. Hasta dolía verse unos a otros. Amoratados y temblando como perros abandonados en la lluvia. Los habían arrastrado aquí por pelear, por orinar, por maldecir, por meter bordes afilados en la carne, por estornudar, por escupir, por hacer crujir cráneos o hacer crujir nudillos, por robar carteras o buscar pleito, por correr cuando debieron haber caminado, por caminar cuando debieron haber corrido. Por tener la desgracia de hacerse notar en el lugar inoportuno al momento inoportuno. Ya fueran culpables o inocentes, todos gimoteaban: —Yo ni hice nada, yo ni hice nada. Sea de donde fuere que hubieran venido, ciertamente no querían pertenecer aquí.

Inocencio tenía ganas de llorar y quiso evitarlo dándole unas caladas a su último Lucky. Nunca se había sentido peor. Tenía una hinchazón amarilla en la ceja izquierda, un ojo apagado como Popeye, y el labio partido color pulpo. Sentía la cara grasosa, y podía olerse a sí mismo, un intenso tufo metálico en la carne. Una capa revestía su ojo bueno haciéndolo parpadear, y tenía un sabor amargo en la lengua y los dientes. Tenía las narices y el bigote incrustados de sangre. Y aunque casi no había comido nada, seguía eructando bilis y no podía controlar sus pedos. Cada vez que pensaba en cómo había venido a dar aquí sentía que el estómago se le encogía como a un perro pateado. Le punzaban los riñones. Y no podía sentarse sin que le doliera la espalda. Todo le dolía, cada hueso y músculo, hasta su sucio, tieso pelo.

El único que no parecía pertenecer a este inframundo era un señor de edad muy apuesto vestido de frac. Para colmo de gracias, traía puesto un sombrero de copa. Se parecía a un Fred Astaire envejecido.

Quizá debido al frío, o el miedo en la garganta, o todas las cosas que se había estado guardando desde que lo arrastraron aquí, Inocencio comenzó a toser y no podía dejar de hacerlo. El hombre del sombrero de copa le pegó en la espalda hasta que pudo respirar de nuevo.

—*Zo-rraight, my friend?*

—*Zo-rraight* —contestó Inocencio. —*Zenc iús. Meny ʒencs.*

—*Iu are moust güelcom* —dijo el hombre del frac con un acento muy curioso, como una escoba barriendo un piso de piedra.

—*¿Espic espanish?* —se aventuró Inocencio.

—¡Por fin! ¡Alguien que hablaba el idioma de Dios! Wenceslao Moreno* para servirle —dijo orgullosamente el hombre del frac y se quitó el sombrero de copa, relampagueando por un momento una calva.

—Inocencio Reyes a sus órdenes —respondió Inocencio, aliviado de por fin encontrarse en compañía de un igual. —Lamento que éste sea mi último cigarro, pero, por favor, tome la mitad.

—No, no, ni pensarlo.

—Insisto. No me ofenda— dijo Inocencio.

—Como guste. Muchas gracias.

—No hay de qué. Es un placer encontrar a alguien que hable castellano en esta fosa de perros. ¿Es usted español? —preguntó Inocencio.

—Así es. Creo que no es una exageración decir que hay más españoles viviendo en otros países que en España.

—Entiendo. Soy mexicano por nacimiento, pero el padre de mi padre era de Sevilla.

—¿No me diga? —dijo Wenceslao, estudiando la cara de Inocencio.

—Así es. Vea mi nariz.

—Pero es obvio, hombre. Tiene el perfil de un moro. Y la misma mala fortuna. ¿Qué lo trae por aquí, amigo?

—El honor —dijo Inocencio. —Me tomaron por borracho e irresponsable y me arrastraron en un coche lleno de criminales. ¿Y usted?

—Lo mismo —dijo Wenceslao Moreno, suspirando. —¿Así que cuál es su historia?

—Bueno, mire —dijo Inocencio, haciendo una pausa para llamar la atención. —No quiero aburrirlo con mis palabras, pero ya que pregunta. Todo comenzó más bien inocentemente. ¡No me lo va a creer! En un partido de fútbol.

—¿Un partido de fútbol? —preguntó Wenceslao. —Se lo creo.

—Bueno, déjeme decirle, sucedió de esta manera. Voy a menudo al parque Grant a ver al equipo mexicano y, como lo quisiera el Destino, nuestro equipo estaba jugando contra un equipo local de mexicanos de este lado, méxicoamericanos, quiero decir. La gente siempre cree que porque somos de la misma sangre todos somos hermanos, pero es imposible llevarnos bien, no tiene idea. Siempre nos menosprecian a los nacionales, ¿entiende? Así que siempre que anotábamos, algún pocho gritaba un insulto: —¡Hijos de su puta madre!, o esto o lo otro, cosas horribles.

Lo peor era su falta de respeto durante el himno nacional mexicano. Se pusieron a aventar una media de dama llena de orines y arena. Le daban vuelta por encima de las cabezas así, como David y Goliat, y la dejaban salir volando hasta nuestro lado, donde esa inmundicia nos llovía a todos. Se puede imaginar de qué tipo de animales estoy hablando, ¿verdad?

El colmo fue cuando un chango empieza a insultar a México. Eso es todavía peor que alguien insulte a su madre. Que esto, y aquello, y lo de más allá. Bueno... algunas cosas que dijeron son ciertas. ¡Pero duele que las digan de todos modos! Sobre todo porque *son* ciertas, ¿entiende? Y luego empezaron con: —No vinimos a este país porque estábamos muertos de hambre —eso dijeron. —No —dije. —Ustedes vinieron a este país porque sus padres eran una bola de cobardes y desertaron a su patria cuando ésta más los necesitaba. Entonces fue que contestaron a puños, hasta los jugadores le entraron. Un campo entero de brazos y cuerpos enmarañados, y cuando vengo a ver la policía ya nos estaba rodeando y aporreando a ambos, a los «mexicanos mexicanos» y los «americanos mexicanos», arriándonos en sus camionetas como si fuéramos ganado. No le miento. Y eso nos encabronó como no se imagina. Y los mexicanos de este lado más americanos que nada, y nosotros los mexicanos del otro lado más mexicanos que Zapata todavía. Y, bueno, ¿qué más le puedo decir? Aquí estoy.

—Pero usted sólo estaba haciendo su deber patrio —agregó Wenceslao.

—Correcto.

—No sería un patriota verdadero si no defendiera a su patria. Estos norteamericanos no saben del honor.

—Así es, mi amigo —suspiró Inocencio. —Qué suave su ropa. Muy elegante. Siempre he querido un frac. Y la corbata blanca y la faja. De mucho estilo.

—Gracias, pero me temo que no es mío. Se lo pedí prestado a un compañero de trabajo. Aunque creo que me va bien.

—Fíjese nomás. Parece como si se lo hubieran hecho a la medida —dijo Inocencio.

—¿No le parece que el sombrero me hace ver ridículo?

—Para nada, un caballero de verdad es lo que parece. Francamente creo que le da categoría, y la categoría, en mi opinión, siempre abre puertas. Con su permiso, ¿le podría preguntar cuál es su profesión?

—Mejor se lo muestro —dijo Wenceslao. —Si me permite.

—Pero por supuesto.

Wenceslao Moreno miró al interior de la puerta de la letrina, llamó al interior del excusado, y gritó: —¿*Zo-rraight*? Y una voz desde muy adentro del excusado gorgoreó en respuesta: —¡*Zo-rraight*! Dio unos pasos, encontró un cerillo en el piso, y dibujó un par de ojos con cejas oscuras en su puño.

El puño dijo con una voz aguda y temblorosa: —Sr. Wences, tengo miedo.

—¿Tienes miedo, Johnny, amigo mío?

—Sí, señor. Y la verdad, tengo muchas ganas de llorar. De llorar y mear.

—No hay por qué temer, Johnny. No te preocupes. Sé exactamente cómo te sientes. ¿Te quieres divertir un poco? ¿Quizá una canción para alegrarnos, entonces? Ya sé qué. ¿Qué tal un bonito bolero mexicano para nuestro invitado mexicano que está aquí? Sacó un poco el bolsillo al revés e hizo que su bolsillo cantara, «*Piensa en mí*», una canción triste garantizada a hacerte llorar, aún si estás contento.

—*Si tienes un hondo penar, piensa en mí; si tienes ganas de llorar, piensa en mí.*

Inocencio se tragó su propio pesar, pero justo entonces el sándwich de mortadela de Wenceslao se empezó a quejar del cantante. Y las cucarachas correteando por el techo también lanzaban insultos cómicos. Riendo, Inocencio olvidó que estaba esperando en una celda miserable. La risa lo alimentó, y esto lo nutrió un poco. Cuando Wenceslao se detuvo, Inocencio irrumpió en aplausos frenéticos.

—Maestro, ¡es usted un genio!

—No tanto un genio, sólo un artista. Y en estos tiempos eso ya es bastante genio. Trabajo en el teatro. Viajando. Quizá hoy es Chicago, mañana será Nashville. Este frac es de mi amigo el mago. Se lo pedí prestado para una boda. Pero en la recepción unos tíos se emborracharon mucho, y antes que cantara un gallo, hubo una riña. ¿No es así como siempre sucede? Ya había salido por la puerta y estaba bajando por la cuadra antes de que la policía llegara. Luego recordé que había dejado mis marionetas en el salón, porque se suponía que yo iba a actuar en la recepción. Era mi regalo para los novios. Por supuesto, me vi obligado a regresar, con ellas me gano el pan. Y entonces la policía me confundió con uno de los alborotadores y se me abalanzaron. De manera que ahí estábamos, ¿me entiende? Tenía a mis marionetas bajo el brazo y me estaba abriendo paso cuando ¡epa! Un gorilón trató de arrebatármelos. No los iba a soltar, por supuesto. Cuando me doy cuenta me tenía del cuello así, y otro gorila me doblaba los brazos por detrás así, como si fuera una marioneta y luego, por si esto fuera poco, aporrearon mis marionetas y las hicieron polvo de tiza ante mis propios ojos. No tiene idea. Era como ver a mis propios hijos asesinados. No le puedo decir cómo me parte el alma. Me enferma pensarlo todavía.

Wenceslao hizo una pausa para sonarse la nariz. —Creerá que soy un tonto. Pero ésa es mi maravillosa vida, para que vea. Haría cualquier cosa por tener un poquitín de suerte. He pisado las tablas durante veinte, más de veinte años y no me he visto recompensado. Míreme. Ya no soy joven.

—¡Tonterías! Está bien conservado, maestro.

—Bien o mal conservado, si algo no sucede pronto… no sé. Por supuesto, ni pensar en regresar a España. La guerra.

—Bueno, claro.

Wenceslao suspiró. Y luego, como para combatir la tristeza, hizo que la marioneta-puño hablara:

—Y usted, Sr. Inocencio, ¿y usted qué tal? ¿Qué desea?

—¿Yo? Bueno, ahorita dos cosas. Una, salir de aquí. La otra, arreglar mis papeles. Seguramente tendré problemas después del arresto. Es que no estoy aquí legalmente, ve. Me van a deportar de seguro. Y, al igual que usted, no puedo volver a casa porque… pues, por mi padre. Él y yo…

—¿No se entienden? —Wenceslao terminó la oración por él.

—Así es.

—Comprendo. Así que, ¿sólo desea dos cosas? ¿Salir de aquí y arreglar sus papeles?

—No se imagina cuánto.

—Creo que sí puedo, creo que sí puedo. Bueno, déjemelo. Tengo algo de mago también. Mire.

Esperaron a que el siguiente guardia pasara por ahí y entonces una vocecita hizo erupción de Inocencio sin que él moviera los labios siquiera. Dijo esto:

—¡Guardia! Disculpe la molestia, pero no tengo el inglés.

—¿Qué dijiste, sabelotodo?

—Disculpe —interrumpió Wenceslao. —Este amigo dice que quiere enrolarse.

—Oh, ¿de veras?

—Sí, señor —Wenceslao continuó. —Le ruego que sea tan amable. Permítame presentarle a mi amigo Inocencio...

—Reyes —dijo Inocencio.

—Sí. Aquí Inocencio Reyes tiene muchos deseos de convertirse en soldado raso.

—¡¡¡!!! Sí —tartamudeó Inocencio. —Con todo mi corazón, *officer my frend. Pliis, pliis.*

—¿Oh, sí? Conque te quieres enrolar, ¿eh? Se me figura que deberían mandar a toda esta sarta de gente a la línea de combate. El tío *Sam* no es muy exigente hoy día. Le voy a pedir alguien de enfrente que te acompañe personalmente a la oficina de reclutamiento más cercana, amigo. Espera.

Cuando se había ido, Inocencio dijo:

—¿Qué, estás loco? No quiero enrolarme.

—Dijiste que querías salir de aquí y arreglar tus papeles, ¿no es cierto? Y a menos que tengas dinero, mi amigo, ésta va a ser la manera más fácil, créemelo.

—Bueno, mi padre *fue* un militar. Quizá estaría orgulloso de mí finalmente si...

—Claro. No te preocupes. Eres joven. Tienes siete vidas. Puedes hacer cualquier cosa. Pero veme a mí. Aquí estoy en la madurez de la vida sin llegar a nada. Estoy cansado. ¿Cuántas veces puede reinventarse un hombre? No tengo absolutamente nada, ni energía, ni dinero, ni familia, ni siquiera mis marionetas. Estoy acabado, te digo, estoy muerto.

—Pero, maestro, no exageres. Mientras Dios te siga prestando la vida, te irá bien. Estoy seguro. Eres un genio. Haces que todo cobre vida. En mi opinión no necesitas juguetes. Me parece que eres excelente con lo que Dios te dio, tu imaginación y tu ingenio.

—¿Tú crees?

—Absolutamente. Confía en mí.

—Bueno... habrán destruido mis instrumentos, ¡más no mi música!

—¡Eso es!

Justo cuando Wenceslao Moreno estaba hablando largo y tendido sobre la naturaleza del arte, un guardia abrió la puerta y gritó:

—¡Moreno! ¡Fuera!

—¿Cómo?

—Queda libre. Un payaso pagó su fianza. Dice que es mago.

—¡Ah! Mi amigo el escapista, ¡por supuesto! El mejor desde Houdini en mi opinión. ¡Un hombre excelente! ¡Pero mira qué hora es! Si me apresuro podré llegar apenas al teatro.

No hay tiempo para cambiarse. Tendré que ir como estoy. No tiene nada de malo, ¿verdad? Me las arreglaré sin mis marionetas. Improvisar, como dicen. Después de todo, ¡que siga la función!

—¡Bravo, maestro!

—Inocencio mi amigo, ha sido un verdadero placer. Me voy. Hasta luego. Deséame mierda.

—¡Mierda! —dijo una voz que salía del excusado.

Inocencio rió, y su espíritu salió apretujándose de entre las rejas de su celda, dió una voltereta por un haz de luz solar, flotó más allá de los guardias armados, ascendió a los cielos estrellados, y escapó en las alas llamadas esperanza.

---

*El ventrílocuo español Wenceslao Moreno —Sr. Wences— se convirtió en un gran éxito en los años cincuenta y sesenta y apareció muchas veces en The Ed Sullivan Show. Como Desi Arnaz y Gilbert Roland, fue uno de los primeros latinos que vimos en televisión. Entonces, como ahora, casi no había ningún latino en la tele que fuera realmente latino y no algún payaso queriendo pasar por latino. Con su elegante frac y su elegante acento, el Sr. Wences nos estremecía y nos hacía sentir orgullosos de ser quienes éramos. Me pregunto si alguna vez se dio cuenta del don que nos había regalado. Murió el 20 de abril de 1999, en la ciudad de Nueva York, a la edad de 103 años.*

# 50.

## Ni contigo ni sin ti

—Un fanfarrón, confesará con repugnancia, primero a su mejor amiga, Josie, y después y siempre a nosotros. Está hablando de papá, de su impresión de él cuando lo conoce por primera vez. De cómo está impregnado del aroma dulce de la brillantina Tres Flores y de cómo es un mentiroso de mierda. Pero nunca dice por qué siguió saliendo con él. Zoila Reyna no podría decírselo a sus hermanas ni a sí misma. No es de aquéllas a quienes les gusta hablar de sus sentimientos. No es de las que piensan en *esas* cosas.

Prefiere no pensar. Ni contigo ni sin ti, dando vueltas y repitiéndose en su cabeza, como una musiquilla de anuncio de radio. Ni contigo ni sin ti...

Viernes. 8:49 cuando un soldado delgado con cara de Errol Flynn entra con ocho de sus amigos y un cigarro en la boca. Nunca sale a ninguna parte sin un cigarro y una comitiva a su alrededor. Sus cuates del ejército. Y puedes apostar a que paga por ellos cuando no traen ni un quinto. Es buena gente cuando se trata de eso.

—Es que soy un caballero.

—Un pendejo —murmuró ella.

Mejor que quedarse en casa, piensa Zoila, mientras el reloj hace *tic tac* y se aproxima a la hora y después pasa por ésa en que Enrique* acostumbraba a llamarla por teléfono. El reloj, el calendario, las horas, semanas, meses. El silencio. El silencio como respuesta. El silencio una respuesta. Había un agujerito en su corazón donde él había estado una vez, y cuando respiraba, el aire le dolía ahí, ahí. Antes. Y luego después. Antes. Después.

El salón de baile olía a uniformados, a brillantina Tres Flores, a colonia Tweed. El piso de duela viejo y manchado como un colchón meado.

Las mujeres llevan redes en el cabello, flores de seda compradas en el *Five-and-Dime* prendidas con pasadores tras una oreja como Billie Holliday.

Las hermanas Reyna. Aurelia, Mary Helen, Frances, Zoila. En crepé floreado y zapatos de plataforma sin punta. La mejor amiga, Josie. El frufrú de la falda y la marca del bilé en el papel de baño. Medias de nylon que cuestan un dólar entero. —¡Una hora de estar parada en la fábrica de galletas me costaron éstas!

—Un mitotero —diría ella. —Un presumido. Puro güiri güiri. Pura plática. A mí no me engaña.

Quiere ir a México. —¿Has estado allí alguna vez? ¿Nunca? Yo te llevo. Tengo coche nuevo. Aquí no. Allá. Señorita, ¿me concede esta pieza?

—Échale un vistazo a ésa.

Se le quedaba mirando a una pelirroja de pechos grandes y colgantes. —¡Chiches *Christ!* Miraba a una morenita con nalgas en forma de corazón. —¡Nálgame Dios! Bailaba el bugui-bugui con una tejana coqueta que traía un vestido tan pegado que podías ver el monte de su panocha, te lo juro.

Zoila Reyna vestida con una falda crepé y una blusa rosa transparente que le había pedido prestada a Aurelia, su hermana mayor, después de rogarle tres días. —Huerca, ¡me la vas a arruinar! —No, te lo prometo —por favor— te la lavo a mano. Una blusa rosa con canutillo y perlas cosidas alrededor del cuello. El cabello cepillado cien veces cada noche y cubriéndole un ojo como Verónica Lake. Zoila sabe arreglarse el cabello, peina a todas sus hermanas. Su hermana Frances no deja que nadie más que Zoila le toque el pelo.

—Péiname como Betty Grable.

Primero pones un postizo y peinas el pelo así por encima. Luego remojas el peine en esa goma verde, y usas bastantes pasadores, y entonces terminas con una red. Lo hace con calma. Le gusta hacer peinados. Quizá hasta tome clases en el Azteca Beauty College en Blue Island. Zoila, la que estudia las revistas *Mirror* y *Hollywood*, te puede decir cualquier cosa: con quién estaba casada Linda Darnell antes de que se hiciera famosa, cómo Gene Tierney se pinta las cejas en un arco perfecto, y el secreto del pelo brillante de Rita Hayworth.

Zoila Reyna busca su cara entre la multitud. Enrique. La multitud de hombres de pelo negro. *Enrique. Enrique,* había dicho en su interior y cada célula dentro de ella se llenaba de luz.

No podía admitir que todavía lo llamaba por teléfono, colgaba antes de que alguien contestara. Una vez lo había dejado sonar y alguien contestó, pero la voz al otro extremo era la de un niño y dijo que nadie con ese nombre vivía allí. Algunas noches, todavía pasaba por la casa, *esa* casa, aunque sabía que Enrique ya no vivía allí. Hasta el nombre de la calle la hacía temblar. *Hoyne. Zonza, ¿verdá? Zonza, una taruga. Una zonza, zonza. Esa soy yo.*

Los discos comienzan antes que la orquesta. La voz atrevida de Peggy Lee canta «*Why don't you do right*». Los cuerpos apretados uno contra otro, los tristes sonidos silbantes de pies arrastrándose por la pista de baile.

Cuando era chiquita y tenía una herida en una mano o una rodilla, algún lugar que rompía la simetría del cuerpo, miraba al gemelo ileso y lo comparaba con la extremidad que ahora estaba hinchada y color ciruela. Así es cómo mi mano había estado antes de que la barda la rasgara y así es cómo está mi mano ahora. Antes. Y después. Antes. Y ahora así.

Algo así le había sucedido a Zoila Reyna cuando conoció a Enrique Aragón. Estaba su vida antes de él, suave, íntegra y completa sin jamás ella haberse dado cuenta ni haber estado agradecida por esa sensación de bienestar, y luego la vida después de Enrique Aragón, tensa y sensible. Por siempre jamás.

Vestida en una blusa rosa prestada y una falda demasiado grande para ese cuerpo de niña flaca, le nada por las caderas, prendida con seguritos. Tráeme suerte blusa y un par de aretes de oro comprados con derecho de apartado.

*No era Hank. Ni Henry.* —«*Enrique*» —*había dicho Enrique Aragón en español.* Y tampoco en un español chueco, como el suyo. Un español lujoso como hilo de oro envuelto en papel de china, un inglés crujiente y arrugado como un pañuelo de bolsillo. Una lengua que saltaba del *runrún* de uno al lino almidonado del otro con la facilidad de un acróbata en un trapecio volador. Enrique, este nombre con su trinar de la lengua, con sus zapatos de charol haciendo claqué al bajar por unas escaleras de mármol construidas por Ziegfeld, este nombre de frac, comenzó su reino de terror. Le había dado por escribir su nombre junto al de él mil veces con bolígrafo, en servilletas, adentro de la marca de bilé de sus labios sobre papel de baño. Enrique Aragón. Enrique Aragón. Enrique Aragón. Y algunas veces si se atrevía, Zoila Aragón.

—*Mi reina* —*le había dicho Enrique una vez.* —*Ni contigo ni sin ti* —*le había dicho. Eso había dicho. Y es como si el amor fuera una especie de guerra.*

*—¿Eres lo suficientemente valiente como para sacrificar todo por el amor? ¿Lo eres? —le había dicho.*

Enrique Aragón. Hijo del Sr. Aragón, que viajaba y venía a Chicago por un rato y luego a allá, a Los Ángeles. Porque los Aragón eran dueños de muchas salas de cine en Chicago y en Los Ángeles —Teatro San Juan, Las Américas, El Tampico, La Villa, El Million Dollar— todos raídos y desgastados, con una versión parpadeante de una película vieja de vaqueros estilo mexicano en blanco y negro: «*Jalisco, no te rajes*», «*Soy puro mexicano*», «*Yo maté a Rosita Alvírez*».

Ni contigo ni sin ti.

Las hermanas Reyna, siempre escandalosas. Haciendo tanta bulla en inglés, tanta bulla en su español chueco. Guiñando un ojo sobre el hombro de esta hermana a quien están sacando a bailar, las otras sueltan una risita: —¡Ni que me pagaras! —¿Lo quieres? Te lo regalo. —Tú que sabes de amor, tú que nunca has besado ni a un burro. —¡Un burro! ¿Sabes qué quiere decir eso? —Qué cochina eres. —¿Quieres a ése, Zoila? Te lo doy cuando acabo con él. Te digo, te lo regalo, llévatelo, yo no lo quiero.

Las hermanas le dan ligeros codazos a Zoila cuando el soldado con ojos como casitas y un bigote puntiagudo se acerca y la saca a bailar, en español, y cómo el español le recuerda a Enrique Aragón. Y cómo se encoge de hombros y lo acompaña a la pista de baile, con una actitud de me tiene sin cuidado. Es él quien habla. —Inocencio Reyes a sus órdenes. La Ciudad de México es de donde soy. Mi familia es muy importante. Mi abuelo un compositor que tocó para el presidente. Yo, mi, mi, ¿has estado allí alguna vez? Yo te llevo. Tengo un coche. Aquí no. Allá. Y los ojos de ella se ponen vidriosos sobre su hombro. El idioma la lleva de vuelta a Enrique.

Enrique le había sostenido la cara, la había extraído como agua, bebido de ella, bebido de ella y dejado vacía como una taza de hojalata. Cómo hubiera querido saltar por esa ventana y como un gorrión haber sido encontrada en la nieve, ¿no hubiera sido esto cómico? Las hermanas habrían tenido que ir a recogerla en una cobija y llevarla a casa, como en el cuento de hadas que había leído. Todos los huesitos fracturados. Cómo habría querido saltar de esa ventana de su departamento de la calle Hoyne. Le hubiera gustado haber saltado y burbujeado entre sus propios jugos, ¿no hubiera sido lindo?

Pero es éste quién está hablando a mil por hora. —¿Fumas? ¿Quieres un cigarro? Apaga un cigarro y prende otro inmediatamente. —¿Qué? Sí, es que no, es que no sé. Inocencio Reyes tan cerca que apenas si lo puede ver. Y ella cansada, exhausta, arrastrando el cuerpo por la pista de baile, este cuerpo, con su persistente necesidad de que le laven y alimenten todas sus hambres indispensables, esta *ella* dentro de la blusa rosa prestada con manchas en las axilas y la falda sujetada con un seguro. Este ser humano que habla y habla encima de su cara, ella tiene que hacerse para atrás. De seguro sus hermanas la están mirando y riéndose. Una cara extraña. Bigote delgado como el de Pedro Infante, aquellos ojitos tristes como si acabara de llorar.

Ni contigo ni sin ti.

Cómo había regresado a la escena del crimen, una y otra vez, rodeando esa casa, aquellos cuartos, esos corredores, esa casa que la obsesionaba, que la detenía y la agarraba y la mordía en dos. Casa vudú que la hipnotizaba. —*No te amo,* —había dicho él. *Aquí estoy otra vez. Aquí estoy. Y regreso.* La misma compulsión de medianoche.

La manera en que Inocencio Reyes la mira. Más que eso, la manera en que la abraza, la lleva por la pista de baile. No es torpe como otros hombres de su edad. Baila como si supiera a dónde va, como si supiera lo que está haciendo con su vida. Con esa confianza que te permite cerrar los ojos y saber que jamás habrá de pasarte algo malo. Sin importar cuán enredado y turbio sea todo lo demás, Inocencio Reyes baila seguro de sí mismo. Un tirón para decir por acá, da vuelta, un ligero empujón para dirigirla en la otra dirección.

*Había dicho:* —*No te amo. No te amo. No te amo. Y mi corazón abrió su boca en una «oh», en una herida, una bala, un círculo lo suficientemente grande para meter un dedo.* —*No te amo,* —*dijo Enrique. Tú dijiste. Yo me quedé callada.*

*No te caigo bien cuando no hablo. De qué sirvo si no hablo. No es agradable que no hable. Para el caso prefieres estar solo. Para el caso mejor llamar un taxi, meterme en él y mandarme a casa. No te gusta cuando comienzo. No lo tolerarás otra vez. No es como si estuviéramos casados ni nada. ¿Y qué tonterías estás diciendo entre dientes ahora? Por supuesto, no eres mía. Es un mundo nuevo y un amor nuevo y tú no me perteneces y yo no te pertenezco y somos libres de ir y venir y amar como nos dé la gana. Una era moderna, ¿verdad?*

*Excepto anoche, martes o jueves, o cualquiera o los dos, cualquier día mientras no sea fin de semana, me llamas y me pides que venga a visitarte. Y yo lo hago, pero se vuelve tan difícil salir y viajar y tomar el tranvía y preocuparme mientras lo espero, dices ven y yo vengo, preocupándome en la noche, caminando esa media cuadra desde donde me deja, más esa media cuadra hasta tu casa en la oscuridad, no muy lejos, no mucho, no hay problema, cómo no. No mucho, pero es deprimente y solitario y yo voy tarareando para no tenerle miedo a la noche. Y mis zapatos duros contra el concreto, llevándome a ti, llevándome. Pero no hablo. Es decir. Hablo menos y menos. Al principio hablaba todo el tiempo, ¿verdad? Y tú hablabas conmigo y reíamos y tú abrías un coñac, uno bueno, uno que te costó caro, porque sabes mucho de coñacs —y ponías el tocadiscos— no el tipo de música barata de los salones de baile, del tipo que me gustaba antes de conocerte, sino música como la de Agustín Lara y el Trío los Panchos y Toña la Negra, —Música de categoría, no porquerías, —dijiste, y bailábamos bajo esa luz suavecita de una lámpara con un vidrio grueso tallado que arrojaba luz al techo. Tú y yo bailando, esa luz suavecita de tu departamento allí en Hoyne. Y qué importaba que los dos tuviéramos que ir a trabajar mañana, ¿verdad, Enrique? Tenías que verme. Tenía que verte. Éramos un par de locos así, ¿verdad? Todo por el amor. Me llamabas por teléfono y decías: —Zoila, y aunque me había dicho a mí misma que te odiaba, no puedo explicar por qué llegaba allí en un brinco. No lo puedo explicar muy bien. No importa, no importa. Pero yo lo oía como que tú decías «no me importas».*

*Bailábamos y luego me desvestías, y no me importaba, porque lo que quería y lo que esperaba era después cuando te tenía en mis brazos. Y nos estamos amando, suavecito, calladito, como si acabáramos de inventarlo, como si nunca tuviéramos que volver a salir al mundo, ¿verdad? Y te mezco, te tarareo una cancioncita, te mezco y te tarareo, como si fueras mío.*

*Y es como si el amor fuera una guerra. ¿Y eres lo suficientemente valiente como para pelearte con el mundo, desafiar a todos, y lo que el mundo dice que es lo correcto, lo que piensan de ti? ¿Eres lo suficientemente valiente como para sacrificar todo por el amor? ¿Lo eres?*

*Me pregunta cómo es que una muchacha tan joven como yo llegó a ser tan valiente. Cómo supo desde el primer momento que me vio que era el tipo de mujer que... «¿Qué, qué?», un poco con demasiado coraje. —El tipo de mujer que apreciaría el amor, —dice, y de pronto estoy tan suave como la nieve. Soy cualquier cosa que él quiera que sea. No me sueltes.*

*Ni contigo, ni sin ti... ni contigo porque me matas, ni sin ti porque me muero.*

—¿Qué? ¿Qué dijiste? —Zoila le pregunta a Inocencio, porque a decir verdad, ha estado soñando despierta otra vez. No ha escuchado ni una palabra que él ha dicho.

—Dije que tienes las uñas más limpias que haya visto jamás, mi reina.

En lugar de la respuesta de sabelotodo que por lo general lanzaba, sólo un leve ruidito le salió de la boca, como el sonido que uno hace en un sueño cuando está tratando de gritar. Y ese sonidito con su espiral ondulada y enroscada jalaba todos los demás sonidos como un tren, como un animal rebuznando enredado en las hebras de su cabello negro azulado de manera que al principio Inocencio Reyes pensó que ella se estaba riendo de él. Mi reina. Esas palabras en ese idioma de la ternura y el hogar. No fue hasta que ella alzó la cabeza a la luz que Inocencio se dio cuenta de su error.

Veinticinco años después él todavía contaba la historia. —Como soy un caballero le dije algo bonito, qué que lindas manos tenía. Eso es bonito, ¿no? Y ella en lugar de decir gracias, empezó a aullar como un bebé. Como un bebé, no les miento. Ella era un misterio entonces y sigue siendo un misterio ahora. Así ha sido siempre, tu madre. Le dices algo feo, nada más se ríe. Pero le ofreces una palabra amable, y ¡zas!

---

*Enrique Aragón era lo que se podría llamar un hombre bonito. Había cumplido con su obligación y escogido una profesión honorable ante los ojos de su familia. Eso era todo lo que pedían.*

*—Cualquier cosa que no sea mesero o maricón. Eso es lo que el abuelo Enrique Aragón le había dicho a su hijo, Enrique Aragón, Junior, como bendición antes de partir al norte a buscar fama y fortuna en los Estados Unidos. Su abuelo había tenido la buena fortuna de encontrarse con el presidente Venustiano Carranza y su destacamento huyendo de la Ciudad de México con todo el oro del país en los bolsillos y en las alforjas. Tanto así que les resultaba imposible dejar atrás a las fuerzas de Obregón que los perseguían. Habían tenido que deshacerse de bolsas del erario por aquí y por allá, intercambiando fortunas por sus vidas, y había sido el destino de este patriarca Aragón, encontrarse una mañana camino a Veracruz con un compinche de Carranza[†] en un momento desesperado y decisivo. Por haberlo escondido detrás de una maceta de barro, el patriarca Aragón había recibido en pago un sombrero lleno de monedas de oro. Con esto, pudo huir del calor aletargado del pueblo*

*en que nació y comenzar su empresa como propietario del primer cine con aire acondicionado de Tampico.*

*El hijo había seguido los consejos de su padre, y con una parte de la fortuna fortuita de su padre como capital, llegó primero a Chicago, y luego a Los Ángeles en el mismo tren que llevaba el cadáver de Rodolfo Valentino, en octubre de 1926. Chicago, Los Ángeles, Los Ángeles, Chicago. Por medio de varios contactos importantes, había podido abrir varios cines en los barrios de habla hispana. Contaba entre sus conocidos al Indio Fernández joven, que en aquellos días era todavía un extra de Hollywood con bigote, pantalones ajustados y sombrero, la hermosa Lolita del Río —«Una escuincla más tratando de destacar en Hollywood»— y los hijos de Al Capone. Bueno, eso dijo. Era imposible saber lo que era cierto y lo que no era tan cierto, porque el padre de Enrique había contado la historia tantas veces que ya no podía recordar qué verdad estaba contando.*

*Lo que sí fue verdadero fue el consejo que recibió de un cineasta mexicano que aspiraba a ser reconocido: «El arte es más poderoso que la guerra, Enrique. Más grande que una estampida de caballos. Más grande que un máuser, un avión, todas las fuerzas de los aliados juntas. No tienes idea del arma tan poderosa que es el cine».*

*Era cierto. Acaso no se había enamorado de la suplente de Greta Garbo, una cosita cubana llamada Gladys Vaughn (Vasconcelos, de soltera‡), la había tomado por su esposa e instalado en el casco de una calabaza dorada en Tampico preñada de tantas semillas como para ocasionar que su cuerpo envejeciera prematuramente por el impacto de demasiados nacimientos, demasiado pronto. Su mayor, Enrique, era su consuelo sin embargo, especialmente dado que su esposo nunca estaba en casa, o a menudo era indiferente con ella cuando estaba. Era sorprendente ver la cara de este niño y ver la suya, en aquellos ojos plateado pálido como los ojos de un lobo blanco, los pómulos altos y la nariz larga y afilada que probaba sin lugar a dudas el abolengo aristocrático de los Vasconcelos, la piel transparente tan pálida como la de una cebolla, igual a la de Greta Garbo. Amaba a Enrique Junior como se amaba a sí misma, pero tan pronto tuvo edad, su padre se lo llevó de su lado y lo inscribió en escuelas en los Estados Unidos.*

*Enrique Aragón, Junior, no había heredado habilidad extraordinaria alguna para nada que no fuera gastar dinero. Su padre se había propuesto entrenar a su hijo en la administración de los cines. Después de todo, era importante que tuviera una carrera, algo con qué mantener a una familia, pues al fin y al cabo después de unos fallidos intentos en el campo de la actua-*

ción, *Enrique había aprendido que era importante ser algo, algo, cualquier cosa aunque no tuviera la más remota idea qué era esa cualquier cosa. Mientras tanto, llenaría ese período de espera como aprendiz de su padre. —Cualquier cosa, algo, cualquier cosa —dijo Enrique padre. —Que no sea mesero o maricón.*

† *Qué irónica es la historia. El primo de este mismo Carranza también tuvo que huir del país, porque era un Carranza. Huyó a San Antonio, Texas, y allí abrió una carnicería, Carranza's Grocery and Market, la cual sus nietos hasta hace poco administraban, como restaurante bajo el nombre de la familia. De este modo, Venustiano Carranza, el carnicero de los zapatistas, tendría un primo que también se convertiría en un carnicero famoso, pero no por ensartar en una brocheta a los zapatistas. En vez de eso, la familia Carranza de San Antonio se hizo famosa por su excelente carne asada tipo brisket y sus salchichas ahumadas, las cuales yo solía recomendar hasta que un incendio les apagó el negocio.*

‡ *Gladys Vasconcelos era una de las hermanas Vasconcelos de la Ciudad de México, todas ellas beldades famosas. Después de su matrimonio con Enrique Aragón, amenazó con divorciarse de él a menos que los instalara en un edificio Art Deco de dos pisos frente a la casa de su familia en la Ciudad de México. Esto fue en la colonia Roma. Vivieron allí durante la época en que Fidel Castro tuvo que huir de Cuba y encontró refugio en la Ciudad de México, y como todos los cubanos en México se conocían, fue fácil que Fidel les fuera presentado y trabara amistad con la familia Vasconcelos. Dicen que el joven Fidel estaba tan enamorado de la hija menor de Gladys, Gladys chica, que le rogaba a su madre que le permitiera verla dormir. Solamente eso. Tan buenas relaciones y tanta confianza tenía con la familia que le permitieron este tierno privilegio. Todo sin que Gladys chica lo supiera hasta años después. Era rubia y de ojos azules e increíblemente bonita, según dicen. Me imagino al joven Fidel apasionadamente enamorado, inclinado como un girasol sobre la Gladys durmiente. Supuestamente le escribió sonetos de amor desesperados, los cuales publicó bajo un seudónimo y tituló* Los poemas de Gladys, *pero me temo que no resultó nada del asunto, y Fidel salió de México para escribir su nombre en la historia cubana. En cuanto a la joven Gladys, ella se casó con un rey de la industria farmacéutica y se fue a vivir a Pasadena, donde vivió el tiempo suficiente como para presenciar el desastroso derrumbe de su belleza. En su vejez, entraba y salía de hospitales de belleza*

de *Beverly Hills donde le estiraron la cara más veces que a María Félix. La mamá de mi amiga, que todavía vive en la colonia Roma y era vecina de la familia Vasconcelos en los años cuarenta y cincuenta, me contó esta historia pero me hizo prometer que nunca se la contaría a nadie, por lo que estoy segura que debe ser cierta, o, por lo menos, cierta en parte.*

# 51.

## Todas las piezas de México, ensamblada en los U.S.A., o mi nacimiento

Soy la hija predilecta de un hijo predilecto. Sé lo que valgo. Mamá me nombró en honor a una batalla famosa donde a Pancho Villa le llegó su Waterloo.

Soy la séptima hija de la familia Reyes de seis varones. Papá los nombró a todos. Rafael, Refugio, Gustavo, Alberto, Lorenzo y Guillermo. Lo hizo sin consultar a mamá, reclamándonos como continentes inexplorados para honrar a los antepasados Reyes muertos o por morir.

Luego nací yo. Fui una decepción. Papá había esperado otro varón. Cuando yo todavía era una espiral de sueño, él reía y acariciaba el vientre de mamá, presumiendo: —Voy a tener mi propio equipo de fútbol.

Pero no rió cuando me vio. —¡Otra vieja! Ahora, ¿cómo la voy a cuidar?— Mamá había metido la pata.

—¡Chinelas! —exclamó mamá, —Siquiera está buena y sana. Ten, agárrala.

No fue exactamente amor a primera vista, si no un extraño *déjà vu*, como si papá mirara dentro de un pozo. La misma cara boba suya, la de su madre. Ojos como casitas bajo el techo triste de la ceja.

—Leticia. Le pondremos Leticia —murmuró papá.

—Pos ese nombre no me gusta.

—Es un buen nombre. Leticia Reyes. Leticia. Leticia. Leticia.

Y entonces él se fue. Pero cuando la enfermera vino a anotar mi nombre, mamá se escuchó a sí misma decir: —Celaya. Un pueblo donde una vez se habían parado a tomar un agua mineral y una torta de milanesa

241

camino a Guanajuato. —Celaya, —dijo, sorprendida ante su propia audacia. Era la primera vez que desobedecía a papá, más no, no la última. Razonó que el nombre «Leticia» le pertenecía a alguna fulana, alguna de las «historias» de mi padre. —Si no, ¿por qué andaba neciando tanto?

Así que me bautizaron Celaya, un nombre que papá odiaba hasta que su madre declaró por el cable telefónico: —Un nombre tan bonito como para una telenovela. Después de eso, no dijo nada.

Días y días, meses y meses. Papá me cargaba consigo a todas partes. Era un puñito. Y luego un pulgar. Y luego podía sostener la cabeza sin dejarla caer. Papá me compró crinolinas y vestidos de tafeta y listones, y calcetines y calzones de olanes con bordes de encaje y zapatos blancos de piel tan suave como las orejas de los conejos y exigía que no me dejaran andar andrajosa nunca. Era un bombón. —¿Quién te quiere? —susurraba. Cuando eructaba la leche, ahí estaba limpiándome la boca con su pañuelo de lino irlandés y saliva. Cuando empecé a rascarme y a jalarme el pelo, cosió guantes de franela que se amarraban con listones rosados en las muñecas. Cuando estornudaba, papá me acercaba a su cara y me dejaba estornudar en ella. También aprendió a cambiar mis pañales, lo que nunca había hecho con sus varones.

Me llevaba en el brazo como una joya, como un racimo de flores, como la Infanta de Praga. —Mi hija —les decía a los interesados y desinteresados. Cuando empecé a aceptar la botella, papá compró un boleto de avión y me llevó a conocer a su madre. Y cuando la abuela enojona vio a mi padre con esa mirada de loca alegría, lo comprendió. Ella ya no era su reina.

Era demasiado tarde. Celaya, un pueblo de Guanajuato donde Pancho Villa encontró su Némesis. Celaya, el séptimo retoño. Celaya, el Waterloo de mi padre.

---

*Trad. ¿Cómo la voy a cuidar de hombres como yo?*

## TERCERA PARTE

# El águila y la serpiente
## o Mi madre y mi padre

Durante mucho tiempo he creído que el águila y la serpiente que aparecen en la bandera mexicana eran México y los Estados Unidos peleando. Y después, durante mucho tiempo más, creí que el águila y la serpiente representaban la historia de mamá y papá.

Hay muchas peleas, grandes y chicas. Las grandes tienen que ver con el dinero, con los mexicanos de este lado comparados con los mexicanos del otro lado, o con aquel viaje a Acapulco.

—Pero, Zoila —dice papá —fue a ti y a los niños a quienes llevé de regreso a casa, ¿te acuerdas? Dejé a mi propia madre en Acapulco. Pobre mamacita. Todavía está sentida por eso y ¿cómo culparla? ¡Te escogí a *ti* por encima de mi propia madre! ¡Ningún mexicano escogería a su esposa sobre su propia madre! ¿Qué más quieres? ¿Sangre?

—¡*Yeah, blood*!

—Te encanta mortificarme —le dice papá a mamá. Luego agrega, dirigiéndose a mí cuando ella ya no puede oírlo: —Tu mamá es terrible.

—Te hablo —continúa mamá —te hablo. Que suena como la palabra que significa *devil* en español.

—Ma, ¿por qué le dices diablo? —digo para hacerme la chistosa.

—Ay, nomás se hace guaje.

«Te hablo, te hablo», al comienzo y al final de cada frase, así que, por supuesto, él nunca oye. Papá está un poco sordo desde la guerra. Dice que las cosas le explotaron demasiado cerca, o quizá sea cierta la historia de que se quedó sordo por saltar de un avión tantísimas veces a cincuenta dólares el salto. Cuando le conviene, no puede oír lo que se dice a su alrededor.

Mamá empieza. —Te hablo, te hablo...

Papá mira la televisión. El boxeo, una película vieja de Pedro Infante, una telenovela, un partido de fútbol. A la bio, a la bao, a la bim, bom, bam... Si esto no funciona, abre su sillón Lazy-Boy anaranjado para reclinarse, se mete debajo de una cobija tejida a gancho, y se queda dormido.

Por último, cuando mamá está harta de que papá la ignore, agarra la piedra más grande de todas y la arroja:

—Tu familia…

Esto basta para incitar a la guerra.

# 52.
## Cielito lindo

Ese lunar que tienes,
cielito lindo,
junto a la boca,
no se lo des a nadie,
cielito lindo,
que a mí me toca.

¡Ay, ay, ay, ay!
canta y no llores,
porque cantando se alegran,
cielito lindo,
los corazones…

Esta es la canción que la abuela nos enseña de camino a Chiongo. La camioneta entera la canta a grito pelado. La abuela, papá, mamá, Toto, Lolo y Memo. Tan fuerte como se lo permiten sus pulmones.

Menos yo. No cantaría esa canción cursi ni aunque me pagaras.

Pero mi familia no, a ellos les encanta lo cursi. Sobre todo las partes del *ay-ay-ay-ay,* las que aúllan como una jaula de loros. Las palabras retumban de las ventanas, se estrellan con un ruido sordo sobre el remolque que arrastra el ropero de nogal de la abuela, y ruedan cuesta abajo por los cerros desérticos del norte de México, asustando a los zopilotes en los matorrales.

Papá se retuerce las puntas de su bigote de Zapata con los dedos como lo hace cuando está absorto en sus pensamientos. Me ve por el espejo retrovisor y se da cuenta de que estoy fastidiada.

Vamos en la camioneta azul metálico del taller con los vidrios bajados por el calor. TAPICERÍA TRES REYES —*THREE KINGS UPHOLSTERY*— se lee en las puertas, MUEBLES DIGNOS DE UN REY. Papá vendió la camioneta Chevy roja el año en que él y los tíos montaron su propio negocio. Durante el año de trabajo, sacan los asientos de atrás para hacer lugar para los pedidos, pero en el verano, los sacan de la bodega y los atornillan otra vez para el viaje al sur. Cuando a papá se le entumence las piernas como plomo, se pasa para atrás y deja que Toto maneje, o, si el camino está despejado, le toca a Lolo, pero sólo cuando alguien lo vigila.

—¿Qué te pasa, Lala? ¿Estás «*deprimed*»? —dice papá, con una risita.

Es un chiste viejo, del que nunca se aburre, de cambiar una palabra en español al inglés, o al revés, nomás para hacerse el gracioso.

Pienso en mi interior, *Sí, estoy deprimida. ¿Quién no estaría deprimido con esta familia?* Pero no lo digo.

Cuando no contesto, papá agrega: —Ay, qué Lalita. Eres como tu madre.

¡No soy como mamá para nada!

—Hace calor acá atrás —digo. —Es como el paludismo. Es como una lavandería. Es como Maxwell Street en agosto. ¿Por qué a Toto le toca sentarse enfrente a tu lado, papá?

Lo digo sólo para molestar a Toto, no porque quiera su lugar. Desde que a Toto le tocó el número 197 de la lotería de la conscripción* por su fecha de cumpleaños, lo han tratado como a un reyecito.

—Necesito a Toto aquí —dice papá, golpeando la caja caliente del motor entre su asiento y el de Toto. —Se te olvida que Toto es mi copiloto. Y además, él sabe manejar.

—Yo te puedo ayudar con eso, papá. ¿Ya me toca manejar? —pregunta Memo.

Todo el mundo grita: —¡No!— al mismo tiempo.

Memo ha estado intentando meterse tras el volante desde que era chico. Papá cedió en el viaje de ida y dejó que manejara en el campo, pero en algún lugar antes de llegar a San Luis Potosí, Memo aplastó un pollo. Tuvimos que parar el carro, buscar al dueño, y pagarle cinco dólares americanos, lo que mamá dijo que era muchísimo. Papá le tuvo lástima. —Era una chiquilla —explicó —y estaba llorando. Ahora nadie confía en Memo detrás del volante salvo Memo.

Estoy atrapada en la fila de atrás al lado de la abuela. A mamá, Memo y Lolo siempre les toca la fila de en medio. Ni hablar del tema. Tan sólo el recuerdo de Acapulco pone fin a cualquier argumento. A papá ni siquiera le gusta decir la palabra «Acapulco». ¿Para qué alebrestar y molestar a mamá y a la abuela?

¡Olvídalo! Apenas termina el canto y la diversión, la abuela empieza de nuevo con su memoria de elefante.

—Voy a tener que comprar ropa nueva cuando lleguemos a Chicago. Negra, por supuesto, ahora que soy viuda. Nada muy elegante, pero tampoco tan corriente. Ya no me queda ninguna de mis cosas viejas. Bueno, he subido tanto de peso este verano, es increíble. Era de esperarse. Lo mismo le pasó a la Sra. Vidaurri cuando murió su marido. Se infló de pena, ¿se acuerdan? Su hijo le compró cajas y cajas de chuchulucos. Y no de los corrientes, de los dulces finos importados, ¡de Francia! Qué buen hijo, ése. Tan atento. Se acuerdan de cómo el Sr. Vidaurri nos vino a buscar a Acapulco. Puedes apostar a que *él* nunca dejaría abandonada a su madre...

—Mamá, no te dejé abandonada —explica papá. —Fui yo quien hizo arreglos para que Vidaurri...

—Tan buen hombre. Un caballero. Siempre tan propio, tan correcto, tan mexicano. Tu papá solía decir que un hombre debía ser feo, fuerte y formal, eso decía, pero hoy en día...

*Right.* Olvida mencionar cómo un *«gentleman»* como el Sr. Vidaurri olvidó casarse con nuestra tía Güera y dejó que se mudara a Monterrey, Nuevo León, donde Antonieta Araceli estudió en el Tec y sacó su título en MMC, mientras me caso...

—Muy joven, quizá, pero por lo menos se casó —dice siempre la abuela cuando sale el tema a colación. —Y mejor que esté casada decentemente que metiéndose en problemas.

Sé que se refiere a tía Güera, y de sólo pensar en mi tía suspiro. Pobre tía. ¿Se cansó de mi tía el Sr. Vidaurri, me pregunto, o se cansó ella de que la llamaran su hija? No lo sé, y es demasiado tarde para preguntar. Tía vive ahora en Monterrey. Se suponía que iba a ser por mientras, sólo para ayudar a Antonieta Araceli mientras esperaba a su bebé. Y luego para ayudarla mientras se le curaban las puntadas. Y luego tía nomás... se quedó. Regresó a ayudarnos a clausurar la casa, pero luego la abuela y la tía empezaron a meterse una con la otra y tuvieron un pleitazo. Si no fuera porque la abuela y la tía se pelearon a última hora, hubiéramos podido parar en Monterrey y pasar allí la noche. Podríamos estar comiendo tacos de cabrito en este momento, evitando el calor de la tarde, y quizá hasta tomando una siesta o nadando en una alberca. Pero no, olvídalo. La abuela no puede ni mencionar a tía sin que le dé un síncope.

*T*ía está metiendo toda su ropa en las maletas Samsonite blancas, cerrando las bolsas con un *clic,* las puntas de las pantimedias y el encaje de los fondos saliéndose por fuera. Ella contiene las lágrimas, se suena fuertemente la nariz con un pañuelo. Tía hace que me siente con ella encima de la maleta más grande, y estamos tratando de cerrar la tapa cuando papá toca suavemente a la puerta.

—Es inútil, hermano, no puedes hacerme cambiar de parecer. ¡Ya te lo dije, me regreso esta noche a Monterrey!

—Ándale, hermana. ¿Qué diría papá si estuviera vivo? Haz las paces. ¡Por favor! No puedes estar enojada con mamá toda la vida.

—Eso es lo que tú crees, Inocencio. No estuviste aquí cuando me dio de puñetazos. ¡De puñetazos! ¡Como si fuera una puerta! Y eso no es todo. ¡Tuvo el descaro de decirme que me odiaba! A mí, la que se quedó y la cuidó mientras todos ustedes se fueron al norte. ¿Qué clase de madre le dice a su hija que la odia? ¡Está bien loca! ¡Nunca le voy a volver a hablar mientras viva!

Con un amplio movimiento del brazo tía mete todas las botellas y tarros de su tocador en su neceser Samsonite que hace juego.

—¡Ay, hermana, te lo ruego! No hables así. Imagínate lo que está pensando papá al ver todo esto desde el cielo. Por él, perdónala. Piensa en la familia.

—Para ti es fácil hablar del perdón. ¡Tú te fuiste! Yo he estado atrapada con ella todos estos años. Pero ahora que ya no está papá y vendimos la casa, es toda tuya. Oye, ¿me vas a llevar a la estación o tengo que pedir un taxi?

*L*a abuela se está cepillando el cabello crespo y con rizos de permanente con un cepillo de plástico rosa. Se cepilla y se cepilla con furia, las hebras de su cabello cano y áspero vuelan sobre mi ropa.

—¡Caspa! Es lo que me pasa por no lavarme el pelo. Pero con la frontera y todo, creí que sería mejor esperar a que llegáramos del otro lado.

¡Tanta mugre! Puro polvo, mugre y desierto por aquí. No sabía que iba hacer un calor tan endemoniado… ¡Fuchi! Si quieres saber mi opinión, le deberían haber regalado todo esto a Pancho Villa.

Me mira abruptamente como si apenas me enfocara y luego agrega:
—Celaya, ¿no puedes hacer algo con esos flecos? No me sorprende que tengas la frente llena de barros. ¿Qué pasa con los jóvenes y su pelo hoy en día? Inocencio, deberíamos pasar a una peluquería tan pronto como lleguemos a Nuevo Laredo. Tú te pareces al esposo de Burrola, don Regino,[†] con ese bigote de escoba. Y tus hijos, nomás míralos. Parecen una bola de *hippys* greñudos.

Papá dice: —Es que son adolescentes, mamá, no hacen caso. Ya nadie me hace caso.

—Pero Lala se acaba de cortar el pelo. Especialmente para este viaje, Lolo tiene que recordarle a todos: —¿No es cierto, *Celery*?

—¡Déjame en paz!

Mamá tiene la culpa. Ella fue la que se quejó e hizo que me hicieran este corte tan chafa. Quería un corte en capas, pero como mi pelo es grueso y abundante, la parte de arriba se me para como un apio cuando hay humedad.

—No se burlen de Lalita —papá le recuerda a Lolo. —Es tu única hermana y la bebé.

—Dirás la bebé de King Kong —agrega Memo, con una risilla.

Los muchachos se portan como idiotas, como si fuera lo más gracioso que hubieran oído en su vida.

—¿Y? ¿Y qué tiene que no me parezca a la modelo Twiggy? ¿Y qué con eso? Soy… papá, ¿cómo se dice *big-boned*?

—Eres fornida —dice papá, defendiéndome contra los mensos de mis hermanos.

—¿Fornida? —dice la abuela. —¿Estás seguro de que Celaya no tiene una lombriz? Lo que esta niña necesita son inyecciones. Se está volviendo hombre.

Esto hace que los muchachos se rían aún más fuerte. No hay caso.

—Lala salió a la familia de su mamá —dice papá. —Los Reyna tienen cuerpo de cordillera. Es su sangre india. Puro yaqui. ¿Verdad, Zoila?

—¿Y yo qué sé? —dice mamá, enojada. No le gusta que le digan yaqui enfrente de su suegra.

—Lalita, ¿alguna vez te conté la historia de cómo te compré?

—Sólo un millón de veces —digo, suspirando.

—Como ya tenía demasiados varones, quería una mujercita. Con todo mi corazón. Quería una mujercita, seguía rezando.

—¡Ja! —dice mamá. —¿Desde cuándo rezas? Y no querías una niña. Estuvistes enojado conmigo por semanas.

Papá sigue con su historia como si no la escuchara. —Fui a todos los hospitales de Chicago buscando a la niña perfecta. Casi me daba por vencido. Por fin, en el Presbyterian Hospital me encontré una sala de maternidad llena de bebitas hermosas. Hileras e hileras. Pero la más bonita que había, ¿quién crees? Eso es, tú. ¡Ay, qué bonita! ¡Ésa! Me llevo a ésa. Y después de pagar mucho dinero por ti —porque me costaste mucho, mi cielo— después de que voy con el cajero, ¡me dejan que te lleve a casa!

—*Oh, brother* —se queja Lolo. —Creo que me estoy mareando.

—Papá, ¿guardaste el recibo? Quizá todavía nos den un reembolso —agrega Memo, carcajeándose de su propio chiste cursi.

Toto no dice nada, pero es el peor porque se ríe más fuerte.

Son como los Tres Chiflados, mis hermanos. Si uno pudiera divorciarse de los hermanos, créemelo, yo estaría en primera fila.

Mamá está arreglando un paliacate sobre la ventana para que el sol no le pegue tan duro, y pueda dormir una siesta.

—Olvídalo —dice mamá, fulminándome con la mirada sobre su hombro.

—No iba a…

—Bueno, lo que sea que me ibas a pedir, olvídalo —dice mamá, agrandando los ojos antes de ladear de nuevo la cabeza y cerrarlos por completo.

¡Cómo puede papá decir que me parezco a ella! Hasta ella reconoce que salí a él. Dice que hasta de bebé era una chillona. Cómo me tenía que traer a la cadera como una pistola y, aun así, no dejaba de llorar. La volvía loca.

Ahora ella me vuelve loca.

Cuando era chiquita, mamá me contaba esta historia para que me portara bien. Había una vez una niña que no dejaba de llorar. Lloraba y lloraba y lloraba, hasta que los ojos se le pusieron más chiquitos y más chiquitos y más chiquitos. Hasta que finalmente sus ojos eran sólo dos semillas de manzana, y sus lágrimas las arrastraron. Entonces se quedó ciega. El fin. Es el tipo de historias que mamá me contaba. Digo, ¿qué tipo de historia es ésa para contársela a un niño?

Honrarás a tu padre y a tu madre.

¿Me pregunto si la abuela realmente odia a tía? La abuela se agacha encima de sus rodillas y se cepilla el pelo de arriba a abajo. No hay ningún mandamiento que diga honrarás a tu hija.

Memo y Lolo están discutiendo sobre el atlas, tratando de calcular cuántos kilómetros equivalen a cuántas millas, y Toto no para de preguntarle a papá sobre la guerra.

—Quiero decir, ¿mataste alguna vez a alguien, papá? —pregunta Toto.

—Sólo Dios sabe.

—¡Ja! Que cerebrito eres. ¡Jíjole, estás mal, pero mal, Memo! Con razón casi repruebas matemáticas.

—No fui sólo yo, el noventa y cinco por ciento de la clase casi reprueba, no te miento.

—Abuela, ¿sabías que en los Estados Unidos hacen un fijador para el cabello en polvo que puedes usar para no tener que lavarte el pelo?

—Pero, digo, ¿te tocó ver la acción, papá?

—¿La acción? Estuve así de cerca de la muerte, dice papá, llevándose la mano a su nariz de árabe.

—¿Un *esprey* para no tener que lavarte el pelo? Qué espantoso. Suena como algo que de seguro te sacaría piojos.

—¿Dónde? ¿En las playas del Pacífico o en las selvas isleñas?

—En ninguno de los dos. En un bar de Tokio. Dos mexicanos que se mataron a navajazos en una pelea. Esto fue *después* de la guerra. Para cuando me embarcaron, los japoneses ya se habían rendido.

—Es nuevo. Lo anuncian mucho en el radio. Se llama *Psssssssst*.

—¿Y qué andaban haciendo dos mexicanos en Tokio?

—Igual que yo, peleando con el ejército americano.

—¿Qué tipo de nombre es ése? Es lo que las mujeres fáciles le dicen a los hombres en las esquinas. No me pescarías pidiendo ese producto ni que me lo regalaran.

—Pero qué tal si estaban del mismo lado, ¿por qué matarse entre ellos?

—Esos son los que más se odian —dice papá y suspira.

—¿Quién odia más a quién? —pregunta la abuela.

Mamá abre los ojos y súbitamente pone atención.

—Estábamos hablando de la guerra.

—¡Guerras! Vaya, eso es algo que conozco muy de cerca. Siempre se puede distinguir a los que han visto la guerra —dice la abuela, haciendo una pausa para llamar la atención. —Bueno, al menos *yo* los distingo.

—¿Cómo?

—Es fácil. Es algo en la cara. Algo en los ojos. O mejor dicho, algo que ya no está allí. Es por las cosas que uno ve durante la guerra, créemelo. Tu abuelo, que en paz descanse, vio cosas durante la revolución y, uy, ¡las historias que te podría contar sobre lo que vi!

La abuela espera a que alguien le pregunte qué fue lo que vio, pero nadie la dirige la palabra a excepción de una mosca zumbándole por la cara.

—¿Y *tú* viste cosas, papá? En la guerra, digo —pregunto.

—Bueno, sí, pero no. Es decir, no mucho.

—¿Cómo qué?

—Como malos tratos.

—¿Qué tipo de malos tratos?

—El maltrato de mujeres.

—¿En dónde?

—En el Japón y en Corea.

—¿De parte de quién?

—Los bárbaros.

—¿Quiénes?

—Los norteamericanos.

—¿Pero y tú por qué no hiciste nada?

—Porque así es la guerra, los ganadores hacen lo que les da la gana.

—¿Pero por qué no los detuviste? ¿Por que no lo hiciste, papá, si eres un caballero se supone que deberías, verdad?

—Porque era apenas un chamaco —dice, usando la palabra azteca mexicana para «niño». —Era apenas un chamaco entonces —dice.

—¿Pero por qué te enrolaste, papá, si no eras ciudadano americano? —pregunta Toto. —¿Creíste que haría de ti un hombre?

—Es que me agarró.

—¿Quién?

—Bueno, la policía.

—Ya empezamos otra vez —refunfuña mamá, desplomándose en el asiento y cruzándose de brazos.

—¿Pero cómo te agarró la policía, papá?

—Mira, estaba trabajando en Memphis, y como casi no quedaban jóvenes sin uniforme por esos lados, me echaron el ojo y me llevaron con ellos a la oficina de reclutamiento.

—¿Pero qué andabas haciendo en Memphis, papá? ¿No estabas viviendo en Chicago con tío Víbora?

Veo a papá con su cara de Sevilla, Fez, Marrakech, mil y una ciudades.

—Cuando iba de camino hacía paradas y trabajaba cuando podía encontrar trabajo —dice papá. —En Memphis estaban contratando en una compañía de ataúdes. Necesitaban tapiceros que cosieran los forros de raso de los ataúdes, y yo necesitaba dinero para el pasaje a Chicago. «¿Tienes experiencia como tapicero?» «*Yes, ser,* en el taller de mi tío en Chicago prácticamente estoy a cargo del negocio». «Bueno, enséñanos lo que puedes hacer».

En ese entonces apenas comenzaba, ¿entienden? Pero a los muertos no debe importarles si las costuras parecen como si las hubieras hecho con las patas. «*Okey,* estás contratado». Así fue que estaba trabajando en Memphis cuando la policía me agarró y me acompañó al centro de reclutamiento. Cuando llegué a mi destino, a Chicago, una carta del gobierno me estaba esperando. Repórtese aquí y allá y acullá. Así que ya ven, me vi obligado a servir ya que era mi deber como caballero. Después de todo, este gran país me ha dado tanto.

—¡Un gran país, pura mierda! Si un día sale el número de Toto, yo misma me lo llevo a México —dice mamá, fastidiada. —Tú ni lo sabes, Ino, porque nunca agarras un periódico, pero créeme, todas esas caras morenas y negras están en el mero frente. Si quieren saber mi opinión, ¡son unos mentirosos esos del gobierno! A mí no me pueden engañar, ¡yo escucho a Studs Terkel!‡

Memo y Lolo empiezan a cantar «Mi mamá me mima...» para molestar a Toto, el preferido de mamá.

—¡Cállense, tarados! —dice Toto. —¡*I said shut up already*!

—¿Qué vas a hacer? —pregunta Memo. —¿Degradarnos a soldado burro?

—Espérense a que los manden a Vietnam, ¡entonces veremos quién se ríe!

—Chato tiene la culpa de todo —dice la abuela, sin haber entendido una sola palabra de las pestes que echó mamá porque lo dijo todo en inglés. —No sé cómo le hace, pero Chato siempre ha sabido convencer a tu papá de hacer cosas horribles.

—¿Qué tipo de cosas horribles, abuela?

—Sí, ¿qué tipo de cosas horribles?

—Como irse de casa, y hasta mandar traer a Baby para que también se fuera al norte. Así es como todos acabaron tan lejos de mí, metiéndose en donde no los llaman.

Mamá nada más bufa, pero la abuela o no se da cuenta, o se hace.

—Estaba trabajando aquí y allá —explica papá. —Filadelfia, Little Rock, Memphis, Nueva York. Desconchando almejas, limpiando mesas, lavando platos…

—¡Caray, si nunca ha lavado un sólo plato en su propia casa! —agrega la abuela como presumiendo.

—¡*You can say that again*! —dice mamá en inglés. —¡Ya lo creo!

Papá nomás ríe su risita de la letra «k».

—¿Pero por qué no te quedaste en Filadelfia o Little Rock o Memphis o Nueva York, papá?

—Porque no era mi destino.

Y me pregunto si quiere decir «*destiny*» o «*destination*». O quizá ambos.

—¿Y entonces qué? Cuéntanos más cuentos de tu vida, papá, ándale.

—Pero te estoy diciendo, no son cuentos, Lala, son la verdad. Son historias.

—¿Cuál es la diferencia entre un cuento y una historia?

—¡Ah!… bueno, ése es otro tipo de mentira.

---

\*Durante la guerra de Vietnam, se instituyó una lotería del servicio militar comenzando en 1969. Salía al aire en cadena nacional. Familias enteras observaban aterrados esta lotería de la muerte, mientras 366 pelotas de ping pong bajaban por el tobogán y anunciaban si eras un «ganador». Se extraían las fechas de nacimiento de los hombres entre las edades de 18 y 26 y se anunciaban por secuencia. Si eras uno de los primeros doscientos, era casi seguro que el tío Sam te mandaría llamar.

†Burrola y don Regino Burrón son personajes de la excelente revista de monitos mexicana «La familia Burrón», una crónica de la vida en la Ciudad de México creada por Gabriel Vargas. En un país donde los libros son caros y a menudo están fuera del alcance de las masas, las revistas de monitos y las fotonovelas en México están dirigidas principalmente a un público adulto,

entre ellos los «mexicanos mexicanos», los «americanos mexicanos», así como los «mexicanos americanos» y algunos «'mericans» tratando de aprender el español mexicano. «La familia Burrón» es notable por su longevidad. Comenzó en 1940 y todavía se vende hoy en las tienditas de todo México. Cada martes —¿o jueves?— sale un nuevo número en los puestos de periódico, pero si no llegas temprano, no estás de suerte. Se venden copias de «La familia Burrón» en las tiendas mexicanas a través de los Estados Unidos, aunque los números no son tan recientes. Por tanto, un encargo común a alguien que se aventura al sur es que traiga los últimos números de «¡La familia Burrón!»

‡ —¡Mentiras! Puras mentiras —dice mamá. —Pura bola de mentiras. No existe.

—¿Quién no existe?

—Dios —dice mamá.

Está mirando fijamente un altero de sus adoradas revistas que ha apilado en una canasta de plástico de la ropa sucia.

—No puedo creer que guardé esta mierda —dice.

Hay montones de Reader's Digest, McCalls, Good Housekeeping, y el equivalente a un año de National Geographic, *una suscripción de regalo de su hermana Aurelia. «Apolo 15 explora las montañas de la luna». «Esos populares pandas». «El diario personal de Lady Bird Johnson en la Casa Blanca». «Julia Child: 28 maravillosos platillos de verduras nuevos». «El problema del largo de la falda: ¡Diez maneras de resolverlo!» «Ideas y preparativos para los días festivos: comida, moda, belleza, regalos, labores de costura». «Ralph Nader: ¿Son peligrosos los alimentos para bebés?» «Una guía de regalos de Navidad por menos de veinte dólares». «El diario de Kahlil Gibrán». «Animales adorables para tejer a gancho y decorar». «Quince maneras de adelgazar esa panza». «Veinte recetas de postres para chuparse los dedos».*

—Tú —me dice mamá con esa voz de «es una orden», —ayúdame a sacar estas porquerías.

La canasta de la ropa sucia está repleta y hasta se desborda, demasiado pesada para levantarla. Tenemos que deslizarla por la puerta trasera, luego bajarla retumbando por dos tramos de escaleras hasta el patio trasero. Creí que mamá se refería a que arrastráramos todo al callejón, pero se encamina al garaje, abre el candado, y saca el asador portátil Weber que compró en el Wieboldt's con sus libretas de estampillas verdes que ha juntado del S & H. Mamá le da de comer la primera tanda al Weber, rocía todo con petróleo y, acompañado de un pequeño suspiro, prende un cerillo.

El fuego tarda en prender. Las revistas son gruesas y sueltan un humo pálido y ceniciento que te hace toser. Satisfecha, mamá pone la tapa y vuelve a entrar. Hace la cama, lava los platos del desayuno, echa a andar varias tandas en la lavadora, antes de sentarse a comer tacos de huevo y salchicha de hot dog. De vez en cuando entreabre las cortinas de la cocina y me manda afuera a darle de comer más revistas al asador. Mamá no está conforme hasta que ve el humo desenredarse sin cesar de la tapa, un hilo delgado y gris.

—Chinelas —dice ella entre dientes mientras pela papas.

Cuando los muchachos regresan más tarde esa noche preguntan: —¿Qué se está quemando?

—Mi vida —dice mamá. Cada vez que habla así, como medio loca, sabemos que es mejor dejarla en paz.

Memo quiere salir y echar un vistazo, pero nuestra mamá lo agarra por el gorro de su sudadera. —Ah, eso sí que no. Cómete tu cena, muchacho, y acaba de limpiar tu cuarto, dice. Y para cuando él termina, se ha olvidado del asador Weber.

Hay labores de bordado sin terminar que ha abandonado. Hay juegos de «pintar por números». Hay plantas que volver a plantar y programas de televisión que ver. Pero mamá no tiene ganas de nada. De nada. Ni siquiera de acostarse boca arriba y mirar el techo.

Todo comenzó el 20 de diciembre en que el cumpleaños de Toto apareció en una pelota de ping-pong que lo ponía en el número 197 de la lotería del servicio militar. Mamá deja de pintarse, de hacerse los tubos y sacarse las cejas. Deja que se acumulen los catálogos de las semillas Burpee junto con el periódico The Chicago Sun-Times, y luego tira todo. Sube de peso cuando deja de hacer sus ejercicios diarios. Nada le llama la atención.

Hasta que los muchachos mayores traen a casa sus libros de texto de la universidad. Lee a Freire, Fromm, Paz, Neruda, y más tarde a Sor Juana, Elridge Cleaver, Malcolm X y el Jefe Indio Joseph. Se suscribe a Mother Jones y a The Nation. Arranca páginas de poesía política y las pega en nuestro refrigerador. Escucha fielmente a Studs Terkel§ en la estación WFMT y pega la cara de Spiro Agnew‖ en nuestro tiro al blanco. Mamá recorta el lema de una campaña publicitaria nacional y lo pega al espejo del baño: «Es lamentable dejar que una mente se desperdicie».

§ *Studs Terkel, un locutor de radio de Chicago que ha sido galardonado con un premio Pulitzer, coleccionó más de 9000 entrevistas en su carrera, creando un nuevo género de historias orales que documentaba las voces de los grandes pensadores así como del hombre de la calle. Fue responsable de llevar la cultura y el pensamiento intelectual a las vidas de incontables ciudadanos comunes y de transformar sus vidas.*

‖ *Spiro Agnew, vicepresidente de Richard M. Nixon, abandonó su cargo público desacreditado por un escándalo financiero. Su nombre, al igual que el de Nixon, se convirtió en un chiste durante su vida.*

# 53

# El otro lado

El abuelito murió un martes en la época de lluvias. Le dio un ataque al corazón cuando manejaba por el periférico y se estrelló contra un camión lleno de escobas. El abuelito tenía la cara sobresaltada. Ésta no era la muerte que había imaginado. Una avalancha de escobas de plástico de todos colores volcándose sobre el parabrisas como crayones. El zurriagazo de escobas bajo las llantas de los coches. El *chas-chás* de sus volteretas sobre el metal. Las escobas dando vueltas por el aire y rebotando. El abuelito, que nunca agarró una escoba en su vida, enterrado bajo una montaña de escobas de plástico, de las que usan las amas de casa con una cubeta llena de agua jabonosa para tallar el patio, para tallar la calle y la banqueta. Como si la muerte hubiera llegado con su delantal y su escoba y hubiera arrasado con él.

Al principio la familia cree que puede ganarle a la muerte y llegar a tiempo para despedirse. Pero el abuelito muere en su automóvil y no en un cuarto de hospital. El abuelo, quien tanto se preció en vida de ser feo, fuerte y formal, provocó un embotellamiento de kilómetros; un desvío *feo*, una molestia *fuerte* para los automovilistas que pasaban, un espectáculo tan común como una momia de Guanajuato bostezando, tan *formal* como cualquier retrato de la muerte en las francas portadas de la revista «¡*Alarma*!».

Cuando lo desenterraron de abajo de las escobas, dicen que masculló el nombre de una mujer antes de morir, pero no era el nombre «Soledad». Un pantano embrollado de sílabas borboteó de ese agujero en su pecho de la guerra. Es lo que dijeron los testigos del periférico. Pero quién sabe si sería cierto o nada más una historia para entretejerse a sí mismos en los sucesos dramáticos de ese día.

Estaba mal del corazón, explicarán después cuando haya tiempo de dar explicaciones. —Es que tenemos un historial, nosotros los Reyes, de estar mal del corazón —dice papá. Mal del corazón. Y me pregunto si eso quiere decir que amamos demasiado. O muy poco.

Los hermanos Reyes se apresuran a hacer sus reservaciones al sur. En nuestra familia somos papá y yo quienes volamos al entierro. Papá insiste en lo acompañe, aunque ya casi es fin de cursos y la semana de mis exámenes finales. Papá habla con la directora y hace arreglos para que tome mis exámenes más tarde, para que pueda pasar al octavo grado. Voy a faltar a la asamblea de fin de año cuando mi clase va a cantar «*Up, Up, and Away*». No puedo ir sin Lala, papá sigue diciendo. Papá y yo en un avión otra vez, como en las historias que le gusta contarme de cuando era bebé.

La abuela ya ha superado el dolor para cuando llegamos allá. Se entretiene haciendo grandes ollas de comida que nadie puede comer y hablando sin parar como un loro que ha mordido un chile. Cuando ha agotado sus historias con nosotros, habla por teléfono con desconocidos y amigos, explicando una y otra vez los detalles de la muerte de su marido, como si fuera una historia que le pasó al marido de otra mujer y no al propio.

Las cosas empeoran en el entierro. Cuando llega el momento de echar tierra encima del ataúd, la abuela grita como si le hubieran insertado un alfiler en el corazón. Luego hace lo que se espera de cualquier viuda mexicana que se precie de serlo desde la época de los olmecas. Trata de tirarse a la tumba abierta.

—¡¡¡Narcisooooooo!!!

Sus tres hijos y varios vecinos corpulentos tiene que contenerla. ¿Cómo se volvió tan fuerte la abuela? Hay una conmoción de cuerpos apiñados, gritos, gañidos, alaridos y sollozos ahogados, y luego ya no puedo ver.

—¡¡¡Narcisooooooo!!!

Por favor. Tan espantoso. La abuela se desploma en un montón tembloroso de prendas negras y este bulto es alzado con ternura y llevado al coche.

—¡¡¡Narcisooooooo!!! —dice la abuela entre hipos mientras se la llevan. La última sílaba se estira larga y dolorosa. ¡¡¡Narcisooooooo, Narcisooooooo!!! La «o» del silbato de un tren. La añoranza en el aullido de un coyote.

Quizá está viendo el futuro. Quizá puede predecir la venta de la casa en la calle del Destino, la mudanza de su vida y el nuevo comienzo en el norte, del otro lado.

A decir verdad, la abuela no se dio cuenta de cuánto amaba a su esposo hasta que no hubo esposo al cual amar. El olor de Narciso la persigue, su extraño olor penetrante a tabaco dulce y a yodo. Abre todas las ventanas, pero no puede eliminar el olor de la casa. —¿No lo hueles? ¿A poco no? Un olor que te pone triste, como el mar.

Días después, cuando todos los que han tratado de ayudar se han quitado de en medio y los sucesos se han asentado hasta llegar a una asombrosa soledad, la abuela toma la decisión.

—Debemos vender la casa en la calle del Destino —dice, sorprendiendo a todos, sobre todo a sí misma. —No hay manera de hacerme cambiar de parecer.

La abuela decide todo, como siempre.

—¿Y para qué quiero una tan casa grande en el centro de una colonia tan ruidosa? Era diferente cuando mis hijos eran niños. Pero no tienen idea de cómo ha cambiado la Ciudad de México. Caramba, si nuestra antigua colonia de La Villa ¡ya no es La Villa! Está invadida de gente de otra categoría estos días. No miento. Ya no hay seguridad para una mujer sola, y donde que mi única hija me abandonó para ser una carga para su propia hija, ¿tú crees que me invitaría? Por supuesto, no pensaría en molestarla aun si lo hiciera, no soy de ésas. Siempre he sido independiente. Siempre, siempre, siempre. Hasta el día de mi muerte mis hijos sabrán que nunca abusé de la amabilidad de ninguno de ellos. Pero mis hijos, después de todo, son hijos. Y con tres de ellos en Estados Unidos, qué más puedo hacer sino sufrir una calamidad más y mudarme allá para estar cerca de mis nietos. Es un sacrificio, ¿pero qué es la vida sino sacrificios por el bien de nuestros hijos?

Y entonces, fue así que mandaron a llamar a la tía Güera a la Ciudad de México para que ayudara a la abuela a despedirse del pasado. Y es así cómo regresamos, después del entierro del abuelo, reclutados como voluntarios involuntarios para ayudar a la abuela a mudarse al norte. Por lo menos la mitad de la familia que todavía es suficientemente joven como para tener que obedecer a papá. Los mayores tienen excusas perfectas: trabajos de verano, estudios de posgrado, clases de verano. Papá, mamá, Toto, Lolo, Memo y yo estamos atrapados con ella. Es así cómo malgastamos otra vacación de verano y nos encaminamos por última vez a la casa en la calle del Destino.

Para cuando llegamos, hace mucho que la casa ya ha sido vendida a la familia que renta la planta baja, los departamentos donde tía y Antonieta Araceli vivían. Los cuartos más cercanos a la calle, donde siempre nos quedábamos, se rentarán a desconocidos. Lo único que queda por hacer es que la abuela empaque sus cosas y se mude al norte con nosotros a Chicago. Tiene planes de comprar una casa en los Estados Unidos con el dinero de la venta del mobiliario y la casa de la calle del Destino.

La abuela insiste en supervisar cada detalle, y es por eso que todo tarda el doble de tiempo. Papá tiene que asegurarse de darle algo que la mantenga ocupada, y ahora se encuentra revisando las cosas del ropero de nogal, las puertas están abiertas y exhalan un aliento rancio a manzanas blandas. Hace una pausa ante la bata de franela favorita de su esposo, se la pone en la cara y aspira. El olor a Narciso, a tabaco y a yodo, permanece en la tela todavía. Había evitado esculcar su ropa. Y ahora aquí está, llevándose la bata raída y vieja de su esposo a la nariz y disfrutando el olor de Narciso. Un dolor oprime su corazón.

¿Qué es lo que más extraña? Le avergüenza confesarlo: la ropa para lavar. Extraña sus calcetines arremolinándose en la lavadora, la ropa oscura de él revuelta con los estampados florales de ella, sus camisetas interiores limpias arrancadas todavía tiesas del tendedero, doblar sus pantalones, planchar una camisa al vapor, la flecha de la plancha moviéndose por una costura, una pinza, la presión firme por el cuello y el hombro difícil. Ya, así se hace. ¡Esa muchacha tonta! Deja las cosas de mi esposo. Esas las plancho yo. Maldecía mientras tanto de cuánto trabajo cuesta planchar las camisetas interiores y los calzoncillos, las camisas de hombre con sus pinzas y botones y costuras difíciles, pero lo hacía de todos modos. La queja como una especie de alarde. Quita las manchas de sudor —¡a mano! — tallando con una barra de jabón café de lavadero y los nudillos escarapelados en carne viva, talla con mucha espuma, así. Llévate las camisas a la nariz antes de dejarlas a remojar en el lavadero de afuera con el fondo acanalado el olor a ti como el de ninguno. Tu olor, el calor hacia donde me ruedo en el sueño, tu amplia espalda, tu aterciopelado trasero, las piernas dobladas, los pies suaves y gordos que estrecho con mis pies. Tus camisas de hombre infladas de aire, tus pantalones enganchados a la perilla de la puerta, tus calcetines hechos bola sacudidos de entre las sábanas, una corbata tirada en el suelo, una bata colgada tras una puerta, la parte de arriba de un pijama echada en una silla. —'Orita vuelvo —parecen decir. —'Orita vuelvo. 'Orita... vuel... vo.

Y extraña dormir con alguien. El quedarse dormido y despertar al lado de alguien calientito.

—Abrázame —él le exigía cuando ella llegaba a la cama. Cuando ella envolvía con sus brazos a su esposo, su espalda carnosa, sus ordenados huesos de la cadera, las nalgas peludas pegadas a su vientre, el pecho vendado, su herida con su olor a yodo y a galletas rancias, entonces él apretujaba los pies regordetes de ella entre sus pies regordetes, tibios y suaves como tamales.

La conversación en la noche, el lujo de esa pequeña plática sobre nada en particular y sobre todo antes de quedarse dormido. —¿Y luego que pasó?

—Y luego le dije al carnicero, esto no parece carne de res, parecen chuletas de perro si quiere saber mi opinión...

—¡A poco!

—No, eso le dije...

Cómo algunas veces él se quedaba dormido mientras ella hablaba. El calor del cuerpo de él, esa pequeña caldera candente. La suavidad de su panza, la suave espiral de pelo que comenzaba en el ombligo y terminaba abajo en aquél vórtice de su sexo. Era difícil expresar todo esto en palabras. La mente tardaba un poco en alcanzar al cuerpo, el cual ya recordaba, siempre recordaba.

Todo el mundo se queja del matrimonio, pero nadie se acuerda de exaltar sus maravillosas extravagancias, como dormir al lado de un cuerpo cálido, como entremeter los pies de uno adentro de los pies de otra persona. Hablar de noche y compartir lo que ha sucedido en el día. Imponer cierto orden a los propios pensamientos. Como no podía sino pensar: la felicidad.

—Papá dice que te venga a ayudar, —digo yo, entrando a la recámara y sobresaltando a la abuela de sus pensamientos.

—¿Qué? No, yo lo hago sola. Nomás me vas a hacer trabajar de más. Anda, vete, no te necesito.

Por todo el piso y desbordándose del ropero de nogal hay un enredijo de chácharas que resulta imposible no querer tocar. Las puertas abiertas exhalan el mismo olor que recuerdo de cuando era chiquita. Añejo, dulce y rancio, como las cosas que compras en Maxwell Street.

En una caja de zapatos llena de las cosas del abuelo, la fotografía de un hombre joven. Una fotografía color sepia pegada a un cartón grueso. Reconozco los ojos oscuros. ¡Es el abuelo cuando era joven! El abuelo bien parecido en un elegante traje a rayas, el abuelo sentado en un canapé de madera alabeada, su cuerpo ladeado como las manecillas de un reloj al diez para las seis. Alguien ha recortado a su alrededor de manera que sólo existe el abuelo. La persona en cuyo hombro se recargaba ya no está allí.

—Abuela, ¿a quién recortaron de esta foto?

La abuela me arrebata la foto de la mano. —Cierra la puerta cuando salgas, Celaya. Ya no necesitaré tu ayuda el día de hoy.

La llave gira dos veces haciendo *clic*, y los resortes de la cama sueltan un fuerte quejido.

Detrás de un cajón de medias, enrollado en un mango de escoba, envuelto en una funda de almohada vieja, el rebozo caramelo, lo blanco ya no es blanco sino marfil por la edad, el rapacejo inacabado está enredado y roto. La abuela sacude el rebozo caramelo. Cuando se abre da un batido suave como de alas. La tela color caramelo se despliega como una bandera, no, como la espiral de un hipnotizador. Y si ésta fuera una película antigua, sería apropiado insertar justamente esta escena de la espiral del hipnotizador dando vueltas y vueltas para dar a entender la idea de ir hacia el pasado. El pasado, el porvenir. Arremolinándose juntos como las rayas de un chuchuluco…

La abuela lo desdobla en toda su extensión sobre la cama. Qué bonito se ve extendido, como una melena larga de cabello. Juega a trenzar y destrenzar las hebras inacabadas, estirándolas en línea recta con los dedos y luego alisándolas hasta quedar lisas. Esto la calma, sobre todo cuando está nerviosa, como algunas personas que se trenzan y destrenzan el propio cabello sin darse cuenta de que lo están haciendo. Con un cepillo de dientes viejo, cepilla el fleco. La abuela tararea pedacitos de canciones que no se da cuenta que está tarareando mientras trabaja, desbaratando con cuidado las imperfecciones y nudos, finalmente toma un peine y unas tijeras de las uñas para recortar las puntas irregulares, sujeta la guirnalda de tela entre sus brazos y aspira su fragancia. Qué bueno que se le ocurrió quemar romerito seco para que siguiera oliendo rico todos estos años.

Cuando la abuela había dormido en la alacena de la cocina de Regina Reyes, había envuelto su paga y la había anudado al extremo de este rebozo. Con él se había sonado la nariz, quitado el sueño de la cara, amortiguado sus sollozos, y llorado entre hipos lágrimas calientes, espesas como jarabe. Y una vez con cierto boticario sinvergüenza llamado Jesús, hasta lo había usado como un arma. Ella recuerda todo esto y la tela lo recuerda también.

La abuela se olvida de todo el trabajo que la aguarda y sencillamente desdobla el rebozo caramelo y se lo acomoda sobre los hombros. El cuerpo recuerda el peso sedoso. Los diseños de diamante, las figuras en ocho, el tejido de las hebras como canasta apretada, el fino lustre de la tela, la manera cuidadosa en que el rebozo caramelo fue teñido a rayas, considera todo esto antes de enrollar el rebozo de nuevo, envolverlo en la funda vieja y guardarlo con llave en el ropero de nogal, el mismísimo ropero donde Regina Reyes había escondido el botón de madera de Santos Piedrasanta hasta su muerte, cuando alguien lo había tirado a la basura con la misma facilidad con la que Santos le había tumbado a ella un diente. Con la misma facilidad con la que hoy alguien tira una foto sepia jaspeada de un joven en traje a rayas inclinado sobre un fantasma.

# 54.

## Exquisitos tamales

—Hermana, por favor, no es mi culpa que mamá haya querido que yo me encargara de todo esto. Pobrecita. Ya sabes cómo depende de mí. Papá dice esto mientras amarra otra caja con mecate.

La abuela, Memo y Lolo han estado fuera toda la mañana haciendo mandados, y por fin la casa está en silencio. Como el comedor está casi vacío, la voz de papá tiene un extraño eco metálico. Se vendió la mesa grande de madera clara y las sillas pesadas del comedor y las acarrearon antes de que llegáramos. Las paredes están vacías. Todos los platos de adorno y la cristalería de la abuela tampoco están. No queda nada en el cuarto más que el candelabro de cromo, una mesita destartalada y algunas sillas plegadizas de madera.

—¿Y yo qué? ¿Acaso estoy pintada? ¿Que mi opinión ya no cuenta por aquí? —dice tía Güera, apareciendo de nuevo en la recámara con los brazos cargados de sábanas. —Yo también hice sacrificios para estar aquí, ¿pero tú crees que se digna a darme las gracias? No sé ni para qué me tomo la molestia. Me debería haber ido a Veracruz con Zoila y Toto. Zoila hizo bien en irse.

—No seas así. La única razón por la que Zoila estuvo de acuerdo en venir fue porque le prometí unas vacaciones. Pero tú y yo, somos de la misma sangre. Mamá cuenta con nuestra presencia. No te tomes tan a pecho lo que dice. Y, si te hace sentir mejor, agradezco mucho tu ayuda. No podría clausurar esta casa sin ti, hermanita. Tantos —Lala, tráeme un cuchillo o las tijeras— tantos recuerdos.

—Es que no sabes. Tan pronto puse pie en el patio que recordé por qué me había ido. Es tremenda. No tira nada. Mira estas sábanas viejas. Remendadas una y otra vez; se parecen a Frankestein. ¿Pero qué crees?

¡Encontré unas sábanas nuevecitas en el clóset! ¡Te lo juro! Nuevecitas. ¡Todavía en su envoltura de la tienda! ¿Para qué las guarda? ¿Para su entierro? Mira, trato de ayudar y cuando lo hago, me dice bruscamente: —¡Esta es *mi* casa, no la tuya! ¿Recuerdas esas historias que papá nos contaba sobre cómo su mamá acumulaba cosas? Bueno, es la enfermedad que tiene mamá. No me lo vas a creer, pero encontré una rebanada de pastel de cumpleaños en el congelador que había estado guardando desde tu última fiesta, el año que se cayó el cielo raso, no te miento. Antonieta Araceli tenía trece entonces, así que eso quiere decir… ¡hace siete años! ¡Qué barbaridad!

—Ay, qué mamá —dice papá, meneando la cabeza y riendo.
—Pobrecita.
—No empieces. De pobre no tiene nada.

—Eres como tu padre, se le antoja todo lo que ve —dice la abuela, regañándome mientras esquivamos, empujamos y nos tropezamos con el gentío del Zócalo.

—Es que ha pasado mucho tiempo —explico.

A decir verdad, todos los viajes de regreso son así, ya sea que haya pasado mucho o poco tiempo.

Lo que quiero es un globo. Del tipo mexicano que pastorean por plazas o parques. Los globos que recuerdo, con un sombrero de papel puesto, globos pintados de espirales bonitas o la cara de un payaso. El globero silbando su silbato estridente de globero. El sonido de ese silbato que llama a los niños afuera como el flautista de Hamelín.

—En serio, Celaya, ¿no crees que ya estás grandecita para un globo? Nomás mírate. Tiene el cuerpo de un hombre y la mente de una niña. Apuesto a que mides más que tu papá. ¿Cuánto mides? ¿Cuánto pesas?

—Mido igual que papá, sólo que él se ha encogido un poco con la edad —digo. —En cuanto al peso, no sé cómo decirlo en kilos.

Sí sé, pero no tengo la más mínima intención de darle cuerda a la abuela. Apuesto a que podría cargar a papá y llevarlo en ancas si fuera necesario. La abuela dice que es la leche que tomamos en Estados Unidos lo que nos vuelve gigantes a todos.

—Bueno, fíjate que no esté contigo cuando compres ese globo —agrega la abuela, jadeando y resoplando porque camina como si corriera.
—Vas a hacer el ridículo, créemelo. De seguro.

He estado esperando el momento oportuno para escapar a La Villa. Enfrente de la basílica hay quesadillas de flor de calabaza. Gelatinas de leche. Gorditas recién hechas envueltas en papel de china brillante con las puntas retorcidas: rosa mexicano, amarillo circo, anaranjado, azul real. Me he estado muriendo de ganas por todo esto desde que empezamos nuestro viaje al sur.

Pero la abuela no tiene tiempo ahora para mis antojos. La abuela está ansiosa por encontrar tamales para la torta de tamal de papá, tamales metidos en un bolillo crujiente, una comida tan espesa y pesada que te duele al tragar.

—Mamá, nomás quiero dos cosas —dice papá en el momento en que llegamos. —Un plato de nata para el desayuno y una torta de tamal.

—Ay, mijo, por qué no me lo dijiste. Voy corriendo al centro a conseguirte los tamales más exquisitos de todo México. Conozco a una señora que guisa divinamente. Como un ángel. No lo vas a creer.

—Mamá, no te apures. Voy a conseguir tamales de aquí de La Villa. Puedo mandar a Memo y Lolo.

—¡Memo y Lolo! ¿Estás bromeando? Con su español pocho nadie les va a entender lo que dicen. No, voy al centro yo misma, mañana, insisto. Los tamales a los que me refiero son exquisitos. Y en cuanto a tu nata, la tendrás para tu desayuno, Dios mediante. Inocencio debe tener su nata. Inocencio tendrá su nata, con un pedazo de bolillo recién horneado para sopearla: —¿No, mi rey? Cuando eras chiquito nunca te podías acabar el desayuno. Esperaba a que te fueras a la escuela y entonces me terminaba tu desayuno, y la comida siempre me sabía mejor porque era tuya. ¡Te lo juro! Que vieja tan sentimental se ha vuelto tu mamá, contándote sus secretos. Ay, no te rías de tu mamá, ¡anda y deja que te abrace! ¿Quién te quiere? Así es, tu mamá. No tienes idea. Caramba, cuando te tengo durmiendo bajo mi techo, por fin puedo dormir un poco. Hasta mis sueños son más hermosos cuando estás aquí. Cuando me muera, entonces te darás cuenta de cómo te quería tu mamá, ¿verdá?

Una torta de tamal.

La abuela me lleva con ella a conseguir los exquisitos tamales. Es idea de papá, no de ella, ni mía. Tenemos que tomar el camión al centro y también caminar varias cuadras. La abuela camina como siempre lo hace, trotando enfrente de mí, siempre deprisa, jalándome de la muñeca en vez de la mano. De vez en cuando se voltea y me habla con brusquedad porque me entretengo, pero cuando trato de seguirle el paso, se queja de que le estoy pisando los talones.

Yo troto como si fuera invisible, hasta que alguien se me queda viendo y me recuerda que no soy una bola de luz, una mota de polvo subiendo y bajando en espiral por un rayo de sol. Últimamente a la abuela le ha dado por hablarme sólo para quejarse. —Enderézate, Celaya. No soporto verte caminar como el jorobado de Nuestra Señora de París. ¿Por qué insistes en traer el pelo así? ¿No puedes al menos prenderte el fleco con pasadores? Pareces perro de aguas. La última vez que te vi eras una niña normal. Y ahora mírate. Estás tan grande como una rusa. ¿No crees que deberías hacer ejercicio y verte más femenina?

Déjame en paz, carajo. Pero por supuesto que no lo digo. Digo: —Todas las niñas de mi clase se parecen a mí.

No es cierto. Ya es bastante grave que mamá todavía no me quiera comprar un brasier.

—¡Pero, maaa! Todo el mundo en el octavo grado usa brasier menos yo, algunas incluso desde el cuarto grado. ¡Y yo voy a empezar el *high school* este año! ¡Qué vergüenza!

—¡Olvídalo! ¡No voy a malgastar nuestro dinero en algo que todavía ni necesitas! Y ya no estés fregando. ¡No me vas a hacer que cambie de idea!

A fin de cuentas, creo que heredé lo peor de ambas familias. Tengo la cara de mi papá con su perfil moro, una nariz demasiado grande para mi cara o una cara demasiado pequeña para mi nariz, no sé cuál. Pero soy pura Reyna del cuello para abajo. Un cuerpo de tamal, recto de arriba a abajo. Para rematar, soy mucho más alta que cualquiera de mi clase, hasta los hombres. Lo único que me falta es que la abuela señale mis encantos. Con razón siempre ando deprimida.

Gracias a Dios hay tantos bichos raros en el centro que hasta yo me veo normal, tantas cosas extrañas que ver, no sabes ni para dónde mirar. En una caja de cartón en la banqueta, un hombrecillo bajo y fornido en forma de puro bate un montón de algo que parece crema para afeitar. Concha nácar. La bate con un naipe de plástico, bate que bate, y parece una locura ver un montonsote de crema batida blanca que hace *plaf* sobre el mostrador así nomás, desnuda, sin un recipiente siquiera.

—Para curar barros, espinillas, manchas, cicatrices, paño negro, jiotes, acné, quemaduras y manchas de varicela. Garantizado para blanquearle la piel, dejársela más hermosa, más radiante. ¿Algún voluntario? ¿Qué tal tú, muñeca? Pero la abuela me jala cuando me detengo.

El centro está cambiado de cómo lo recuerdo, ¿o será que me acuerdo mal? Las paredes están más sucias, hay más gente, hay grafitos pintados en los edificios como en Chicago. El D.F. se parece más a las ciudades de los EE.UU., como si de pronto se hubiera enfermado y cansado de lavarse.

Y las banquetas, torcidas y chuecas. Tienes que fijarte por dónde caminas. Hay baches enormes y peligrosos como cuevas subterráneas, algunos tienen pedazos de tubos de metal que emergen como una víbora. Si no te fijas, podrías accidentarte. Debe ser por eso que casi la mitad de las personas que veo en el centro traen un parche en el ojo, o una gasa grande en la cara.

En cierta esquina que huele a maíz asado, la abuela da vuelta y me arrastra por un patio oscuro. En el portón, una viejita con un rebozo de motas negro está de pie frente a un bracero de aluminio humeante. La abuela llena la canasta que trajimos con bastantes tamales como para durarnos una semana.

La lluvia de la tarde llega justo cuando nos apuramos y nos encaminamos a la estación del camión. La abuela y yo tenemos que esperar bajo el toldo de una zapatería CANADÁ para no mojarnos. Una multitud de gente de apariencia cansada que acaba de salir del trabajo nos acompaña. Se está haciendo más y más oscuro, más y más tarde, y los camiones que dicen La Villa van y vienen, pero ni siquiera se paran porque ya vienen atascados de gente, algunos colgándose de las puertas abiertas y de las defensas de atrás como en los monitos de «La familia Burrón».

Por fin un camión se detiene.

—Empuja, empuja —instruye la abuela.

Un hombre con mal cutis y papada se mete delante, espera a que abran las puertas, luego hace a todos a un lado. —Dejen que entre primero la señorita —ordena. Algunos se muestran indignados, otros empujan en sentido contrario, pero el hombre se mantiene firme, partiendo la muchedumbre como Moisés partiendo las aguas del mar. —La señorita primero, repite. La abuela me empuja hacia adelante, y es sólo entonces que caigo en la cuenta de que ¡se refiere a mí!

¡La señorita! No lo puedo creer. Aunque el camión está repleto y huele a lana mojada y a tamales, todo el camino de regreso no puedo dejar de pensar en que alguien apartó a una muchedumbre de gente mojada y malhumorada para que yo pudiera pasar primero. Y me llamó ¡la señorita!

*L*a sangre llega durante el día cuando tía no está en casa. No hay nadie más que la abuela en casa. Y papá. La sangre no es una historia que le puedas contar a tu papá. No hay nadie más que ella a quién decirle.

—¿Quieres decir que no te ha bajado «la regla»? ¿Una muchachota como tú? ¿En qué estaba pensando tu madre? Debió haberte llevado al doctor hace siglos como le dije y debió haberte conseguido inyecciones.

Entonces la abuela hace ruiditos chasqueando la lengua como una gallina enojada y va a buscar algo para ponerme allá abajo.

Cuando le pregunté a mis amigas que qué se sentía, me dijeron que esperara un goteo nervioso como una llave goteando. O algo tembloroso como la cuerda de un papalote. O un hilo de sangre como la savia de un árbol. Mentiras. La regla es como el cuerpo tragando al revés. Pero desde allá abajo.

Es en el baño rosa de la casa de la calle del Destino donde la sangre aparece por primera vez, el baño con la tina grande en forma de una enorme tumba tan grande como para ahogarse en ella, el piso de octágonos blancos, los cientos de veces que me he equilibrado en la orilla de la tina para abrir las ventanas de vidrio abollonado cuando el globero pasaba silbando su silbato de globero.

No sé por qué, pero la abuela no regresa con una caja de toallas sanitarias. Me da una bolsa de plástico de algodón de la Cruz Roja, una caja de kleenex, y dos seguritos.

—Toma. Esto es mucho mejor, créemelo. Haz una torta de algodón y envuélvela con pañuelos deshechables. No empieces con tus caras. No sabes qué suerte tienes. Por lo menos no tienes que lavar trapos como yo cuando tenía tu edad. ¿Pero acaso me quejé?

*E*n el viejo departamento en que papá, mamá y yo dormíamos cuando era chiquita, el de la planta alta, el más cercano a la calle, tía Güera y yo compartimos un cuarto. El cuarto más chico de lo que recuerdo, la cama matrimonial reemplazada ahora por dos camas individuales.

¿Cuánto se supone que dura la regla? ¿Cinco días? ¿Seis? ¿Siete? Al décimo día, me asusto y le pregunto a tía. —No te apures, mi alma, se te se te pasará pronto. Me trae un té de manzanilla y una bolsa de agua caliente envuelta en una toalla, y me platica desde su cama gemela, hable y hable hasta que me quedo dormida y sueño que me está hablando.

Un globo. Todo lo que quiero es un globo, Chihuahua. ¿Qué, es mucho pedir? Todo el mundo está demasiado ocupado con la clausura de la casa para acompañarme. Le digo a papá que iré sola.

—¿Sola? ¿Cómo, Lala? Por lo menos llévate a la muchacha.

—No, mandamos a la muchacha por más cajas. Deja que Celaya vaya. — dice la abuela. —Mejor que no nos estorbe.

¡Por fin! Creí que nunca me dejarían escapar de esa cárcel. Pienso en las advertencias de la abuela cuando cruzo el patio y abro la reja. ¡No jueguen en la calle, les podría pasar algo! Y me río de pensar en lo histérica que era la abuela con nosotros cuando éramos niños.

La calle del Destino se ve más pequeña de lo que la recuerdo, además. Más ruidosa. ¿Se volvería más ruidosa, o será que olvidé el ruido? Los enormes camiones de carga retumban y eructan con gran estruendo por nuestra calle y atraviesan Misterios, los tanques de gas en la plataforma trasera traquetean peligrosamente, la peste y el polvo hacen que me alegre de llegar a la avenida.

En la esquina, doy la vuelta y me voy por el camino que Candelaria y yo acostumbrábamos a tomar a la tortillería, y veo las entradas y trato de recordar en dónde abandonaba a Cande y dónde ella me abandonaba a mí cuando jugábamos a los cieguitos. Aquí está la tienda donde el abuelo siempre se paraba a hablar con el sastre, y aquí el puesto donde él recogía sus periódicos, y aquí la tienda donde yo compraba las gelatinas de leche con los pesos que el abuelo nos daba. Me detengo en una entrada. Un anciano detrás del mostrador con el mismo pelaje blanco y el aroma a buen puro del abuelito. De pronto tengo una sensación extraña, de tristeza y ternura entremezcladas. Hasta que el viejo levanta la mirada y me empieza a echar besos tronados. Me olvido de comprar cualquier cosa y me apresuro hacia La Villa.

Los hombres en las calles, solos y en grupos, se me quedan viendo y me dicen cosas. —¿Adónde vas, mi reina? Sólo que no de la manera en que papá lo dice. Camino deprisa como si se me hiciera tarde, y mantengo la mirada en la banqueta.

En la alcantarilla, el hueso de un mango con mechones de pelo dorado. Un elote a medio comer. Satélites de moscas verdes tornasoladas. ¿Cómo es posible que no recuerde estar asustada?

Desde lejos la figura chueca de la iglesia que se apoya en la basílica como un borracho. En la esquina antes de cruzar el atrio de la iglesia, un borrachito más desarrapado que Cantinflas se recarga como un costal de ropa sucia. ¿Qué es *eso* que resalta de su cinturón? No se me ocurre nada hasta que me acerco.

Ay, es su *cosa*. Aún peor, ¡tiene una mosca verde parada encima como una lentejuela grande y verde!

¡Córrele, córrele! Mi corazón late aceleradamente y se me adelanta varios pasos. Ay, qué feo, feo, feo. Un escalofrío me recorre cuando doy la vuelta por la esquina y regreso a la casa de la abuela en la calle del Destino. Olvidé los globos, las gelatinas de leche, las vendedoras de gorditas frente a la iglesia, las quesadillas de flor de calabaza, el tambache de algodón metido entre mis piernas. Me olvido de todo de regreso a casa de la abuela menos de lo que quisiera olvidar, el pito feo de ese hombre con la mosca encima.

Cuando regreso, me tiro a la cama y me hago como que me siento mal por la regla, y así es como me escapo de tener que comer un plato de mole que la abuela me ha guardado. —No, gracias.

Me hago bolita en forma de interrogación y me tapo la cabeza con la cobija. Trato de no pensar, pero las cosas en las que no quiero pensar siguen cabeceando a la superficie como ahogados. Una gelatina verde, blanca y colorada con un insecto muerto enroscado encima. Un elote en la alcantarilla. Un hueso de mango peludo. Una mosca en el pito de un hombre. Un tambache de algodón como una torta de tamal entre mis piernas. Un río que ruge en mi cerebro. Agua lodosa que acarrea con todo.

—ꟾice que no tiene hambre. ¡Te imaginas! Siempre ha sido remilgosa, ésa. Si quieren saber mi opinión, Inocencio tiene la culpa.

—Quizá tuvo un susto —dice tía. —Así se portan las niñas a quienes les han hecho un mal.

—¿Y tú qué sabes? A ti nunca te ha pasado nada así.

—¿Cómo sabes lo que me ha pasado?

Es cierto, la abuela no tiene idea. Todos esos años de convivir con alguien y nunca ha reparado en su hija sino para decir: —Pásame ese plato. Ha estado demasiado ocupada con Narciso, con Inocencio. Bueno,

¿cómo podría evitarlo? Ellos la necesitaban, y su hija era independiente, siempre podía contar con que se cuidara sola.

—¿Cómo sabes lo que me ha pasado?

El silencio en el cuarto es denso. Las motas de polvo escuchan a escondidas, haciendo piruetas y marometas en los rayos de luz solar.

Un estruendo como un bramido sale rodando de la garganta de la abuela. Y después se deja ir sobre su hija como un animalito atacándola, como si el diablo hubiese mandado a traerla.

—Qué egoísta, siempre has sido egoísta —dice la abuela, puñeteando el cuerpo de su hija. *Zas, zas, zas.* —Siempre has hecho tu regalada gana con tu vida, siempre, siempre, siempre. ¡Te odio!

Pasmada, tía corre al baño y se encierra, su cuerpo convulsionado y sollozante.

—Sal de ahí, escuincla malcriada.

—No, no voy salir. ¡Nunca!

Nunca. Siempre. Nunca. Pero la vida es muy corta y «nunca» muy largo.

La abuela siente como si su hija le hubiera clavado un tenedor. *¡Hija cruel!* *¡Muchacha viciosa, egoísta!* Tía siente como si su madre la hubiera noqueado a martillazos. *¡Vieja loca, escandalosa!* Después de un rato, tía puede escuchar a la abuela dando pisotadas hacia su recámara, un portazo, las llaves girando en la clavija, las puertas del ropero de nogal abriéndose, una revoltura de cajones, luego los resortes de la cama gimiendo como un suspiro.

Tía sólo había querido lo que la abuela había querido. El amor. ¿Era mucho pedir de su propia madre?

La abuela se tira en la cama y se cubre la cara con el rebozo caramelo para atenuar el dolor que siente detrás de los ojos. *¡Muchacha desagradecida!*

Al mismo tiempo en extremos opuestos de la casa cada una jura nunca más volver a hablarle a la otra por el resto de sus días. Pero la vida es muy corta y el enojo largo.

# 55

# El hombre cuyo nombre nadie debe mencionar

—Mira, por la Santa Cruz que te estoy diciendo la verdad —dice tía, besándose los dedos pulgar e índice. El pequeño disco verde del reloj despertador brilla. La pared se abanica de luz de vez en cuando por los faros de los carros que pasan. Tía Güera está sumida en su cama gemela, yo en la otra. El suave siseo de la lluvia, y las ventanas también cubiertas de lluvia. En la pared las sombras de las gotitas de lluvia caen temblorosamente, como si las paredes lloraran.

Tía acaba de apagar una película vieja en blanco y negro. —No es una película vieja, rectifica tía, —una película de mis tiempos. Tin Tan en *Chucho el remendado*. Y no fue hace *tanto* tiempo.

Tía se pone su camisón mientras me da la espalda. Las mexicanas nunca se visten o se desvisten a menos que te estén dando la espalda y el cuarto esté oscuro. La forma del cuerpo de tía como una sirena. En el cisne de su columna, un lunar grande y negro tan bonito y perfecto como el botón de un elevador. Cuando era chiquita una vez le pregunté si podía tocarlo. ¿Cómo es posible que las cosas feas sean tan hermosas?

—Así que allí estábamos, era 1950, y él y yo por fin casados. Tía Güera le dice «él» o el papá de Antonieta Araceli. Nunca menciona su nombre. Nadie menciona su nombre. Jamás. Mencionar su nombre equivaldría a despertar la aflicción que duerme dentro de su corazón y causarle demasiado dolor. Para evitárselo, tampoco lo mencionamos. Por eso nunca pregunto. Esta noche, sin pedírselo, tía está contando su historia.

—Te estoy diciendo la verdad. Que el diablo venga y me jale los pies esta noche si miento. Estábamos casados por la ley. Casados. Tengo un anillo y papeles para comprobarlo. Lalita, tú me crees, ¿verdad? No nos casamos por la iglesia, claro. Porque él se había casado por la iglesia la primera vez, entiendes, entonces no nos podíamos casar por la iglesia. Pero nos casamos en el registro antes de empezar a vivir juntos. No éramos como los jóvenes de ahora, ¿me entiendes? En aquellos días a una mujer ni se le ocurriría irse con un hombre nomás así.

Eran otros tiempos. Hasta para salir de día una mujer tenía que ir acompañada o no era propio. Tu tío Baby siempre se las ingeniaba con un plan para que me pudiera escapar y divertirme un poco. Si no fuera por él, no habría ido a ningún lado. Pero, qué vagos éramos, tu tío y yo. Vivíamos para ir a ver los *shows*. Era todo muy divertido. Y sano, no como ahora.

Tía se anima al recordar los nombres de los clubes, los intérpretes de sus tiempos. La Carpa Libertad, donde vió a Tin Tan por primera vez.

—¿Quieres decir el chaparrito que acabamos de ver en la tele?

—El mismísimo. Antes de que se hiciera famoso. Y Cantinflas, Pedro Infante, Jorge Negrete, y quién podría olvidar a la inolvidable Toña la Negra con su hermosa voz de orquídea nocturna. *Veracruz, rinconcito donde hacen sus nidos las olas del mar...*

—¡Oye, tía! No sabía que cantabas. Cantas bastante bien.

—Antes tal vez, pero ya no.

—¿Pero qué tiene que ver esto con el papá de Antonieta Araceli?

—Espérate, para allá voy. Había carpas a lo largo de las calles de San Juan de Letrán y las Vizcaínas en ese entonces, tenían telones de fondo pintados muy chillantes, puras hileras de bancas duras como asientos, como un circo de gente pobre. Pero muchas de las grandes estrellas empezaron allí y luego pasaron a teatros más elegantes como el Lírico y el Follies, el Tívoli, el Teatro Blanquita. Pero fue en el Blanquita donde... lo conocí.

Casi menciona su nombre, pero luego no lo hace.

—Dijo que en cuanto me vio lo supo. Eso fue lo que dijo, no sé. Yo no lo vi de esa manera al principio, pero él dijo que supo el instante en que me vio, que yo era el amor de sus amores.

Tía se ve encantada y avergonzada cuando lo dice, y de verla tan emocionada me entristezco por ella. Cuando el hombre cuyo nombre nadie debe mencionar solía llamar por teléfono, tía metía el teléfono en el clóset debajo de las escaleras para hablar con él. Así fue como la abuela sabía que estaba hablando con un hombre.

—¿Quién crees que nos presentó? ¡Adivina!

Antes de que pueda contestar siquiera…

—¡Tongolele!

—¿La que baila el bamboleo en la película?

—La misma. La mera Tongolele. ¡No te imaginas!

Pero sí me imagino. Una película de textura granulada en blanco y negro. Los reflectores girando por un centro nocturno lleno de humo, las congas tamborileando cuando Tongolele entra bailando descalza.

—Las rumberas y las bailarinas exóticas fueron y vinieron —agrega tía, —Kalantán, Rossy Mendoza, María Antonieta Pons, Ninón Sevilla, Rosa Carmina. Pero después de Tongolele, el baile tahitiano se volvió la sensación.

—¡Directamente de Papeete para usted!

—Pero eso no es cierto —dice tía. —Llegó como Yolanda Montez de Oakland, California, ¿pero qué tal sonaría eso? ¡Yolanda Montez directamente de Oakland, California! Muy sin chiste. Inventaron todo tipo de historias sobre Tongolele. Que era cubana. Que era tahitiana. Pero eso era puro cuento. Era como tú, Lala, una chica nacida del otro lado que habla español con acento.

—No sabía que conocieras a ninguna artista de cine, tía. ¿Cómo es que nunca me habías llevado a ver sus películas?

—¿Películas? Dirás churros —tía da un resoplido. —Eran un pretexto de película. ¡Ay, pero haberla visto bailar!

Me imagino una comedia musical mexicana de los años cincuenta como la que acabamos de ver, unos buenos treinta minutos dedicados a la escena de cabaret de Tongolele, mucho humo elevándose a través del reflector plateado, y ¡el increíble cuerpo de Tongolele para salvar ese churro! Palmeras de cartón en un escenario grande y vacío con bailarinas en silueta, el escenario demasiado grande como para ser creíble, bebidas llamadas «jaiboles» con sombrillas de papel puestas, y el centro nocturno tropical decorado con papel tapiz de bambú, cortinas de cuentas brillantes, mesas con lamparillas de luz suave, y aquí y allá, máscaras africanas, que se suponía eran de Polinesia, porque así es en las películas. En un bikini blanco y negro con una cola de chiffón, la joven Yolanda Montez con una cara como mi primera muñeca Barbie, ojos rasgados, delineador de ojos cargado, y una cascada grande de cola de caballo. El pelo pintado de negro azabache a excepción de su distintivo mechón blanco sobre la ceja derecha.

—Yolanda Tongolele era una adolescente, un poquito mayor que tú ahora, Lala, cuando vino por primera vez a México, se trepó en una conga y bailó hasta alcanzar la fama y la fortuna en un bikini de piel de leopardo.

—¿De veras? ¿Nomás un poquito mayor? Tal vez haya esperanzas para mí después de todo.

—La noche en que me llevaron a verla —continúa tía, —Tongolele ya era famosa y había estado bailando durante años, aunque apenas era una chiquilla. Yo también era una escuincla. Eso fue en los tiempos en que los brasieres eran picudos, porque la noche en que vi el espectáculo de Tongolele en el Blanquita, traía yo puesto uno de esos brasieres picudos con círculos concéntricos cosidos como un tiro al blanco. Me acuerdo de ese detalle porque era yo tan joven que no tenía con qué rellenarlos más que con aire. Tenía que ser muy cuidadosa de que nadie me abrazara.

—Tu tío Baby y una de sus novias me llevaron. Si no hubiera sido por tu tío no creo que mamá me hubiera dejado ir. «¿Para qué quieres ir allá? ¿Que no sabes que es pura indiada en el Blanquita, que vomitan en los pasillos y tiran medias llenas de arena y orines, y ¡ucha!, quién sabe qué rayos más, bueno, ni pa' qué te cuento?» Pero por fin tu tío, que era bien lambiache con mamá, siempre, «Ay, mamá, qué bonita te ves con tu permanente en el pelo», y «Qué joven te hace ver ese vestido», que esto y lo otro y aquello, ¡no te imaginas que tremendo era Baby! Así que finalmente tu tío consigue que ella me deje ir.

—Creí que la abuela sólo era estricta con nosotros. ¿Entonces qué te pusiste, tía?

—Iba estrenando, una hermosa falda pintada con lentejuelas, una escena nocturna de Taxco, negra con lentejuelas moradas y verdes. Todavía tengo esa falda, recuérdame que te la enseñe. Increíble. No, cariño, ya no me viene.

¡Pero deja que te cuente! La noche que fuimos a ver a Tongolele ¡se armó una revuelta! No, quiero decir *adentro* del teatro, con sillas destrozadas y botellas rotas y todo. ¡Fue fabuloso! Bueno, no al momento, pero ahora al recordarlo.

—Híjole, ojalá me pasaran cosas como de película a mí.

—Imagínate una ola. No, un mar de gente que empujaba y empujaba. Y para colmo de males, algún bruto se aprovechaba de la situación y se restregaba contra tu trasero.

Bueno, fue contra el mío. ¡Qué feo! ¡Fuchi! Es la parte de la historia que no quiero recordar. Pero, ¡ah! Imagínate, este mar de locura apresurándose para acercarse a Tongolele.

—¿Y luego qué pasó?

—¿Qué crees? Se treparon al escenario y se precipitaron por las cortinas.

—¡Mientes!

—¡De veras! Eran como caníbales, esa turba. El teatro apestaba, me acuerdo, de tantos cuerpos apiñados. Como a cacahuates japoneses, como a humo de cigarro rancio y brillantina para el cabello Tres Flores, como las lágrimas agrias de los sobacos y entrepiernas y patas, como el gas dulce de alguien que había comido mucho chicharrón. Un caldo de pestes. Se alocaron, se montaron en el escenario, arrancaron las cortinas de terciopelo y rugieron todo el camino hasta su camerino. Todo esto pasó mientras yo estaba esperando tras bambalinas a que Tongolele autografiara mi boleto.

Después de la primera tanda de aplausos me dice Baby: —Vamos atrás. El público estaba dando pisotadas y chiflando y gritando y prácticamente echando el edificio abajo, porque querían más, no les bastaba. Creían que una hora de baile no era suficiente. Pero deberías haberla visto, la pobre, estaba ensopada de sudor, tan escurridiza como un pez sacado del mar, pero ay, despampanante. Yo estaba fascinada. Nunca había visto a nadie bailar así. No tienes idea de la beldad que era, Lala, era divina. Aquellos ojos. Sensacionales. Verde selva. Verdes como las alas de un perico. Ese verde, verde, como un aguacate. Tan verde como la joya peridoto, creo. Un verde brillante como... ese refresco Jarritos que tanto te gusta. No te rías, no te miento. Pero te estaba contando del despelote. Qué escándalo, Lalita, no te imaginas.

Pero sí me lo imagino, tía. Todo filmado en sombras pronunciadas, alto contraste, muchos perfiles y siluetas. Un churro en blanco y negro con un pelo en el lente parpadeando en la pantalla. Tongolele es una tormenta tropical, una selva tórrida, una pantera negra en celo. La puerta de su camerino inhala y exhala con la presión de 3,129 mexicanos empujando para devorarla, hincarle los dientes, lengüetear su sangre, tragar su corazón entero. ¡Ton-go-le-le! ¡Ton-go-le-le! ¡Ton-go-lee-leeeeeeeee!

¡La puerta se disuelve!

Tongolele apenas tiene tiempo de escapar, corre descalza por una entrada de artistas acompañada de dieciséis soldados y doce policías por la avenida San Juan de Letrán seguida de una caravana de vehículos. La sirena aullando como un bebé berreando en el cine.

Tía dice: —Y entonces, allí estaba tras bambalinas con mi boleto en una mano y la pluma fuente de Baby en la otra. Tongolele traía puesto un estupendo abrigo de pieles que olía a perfume caro y a chicle, y en los pies calzaba zapatos de piel de víbora, del tipo que estaba de moda en ese entonces, sin punta con correas que se entrecruzaban a la altura del tobillo. Me acuerdo que estaba admirando las uñas de sus pies pintadas de dorado cuando el populacho llegó dando empujones por los angostos corredores rugiendo como una manada de elefantes salvajes.

—«¡*Jeepers*! ¡Otra vez no!» —dice Tongolele.

—Me acuerdo que estaba tan asustada que nomás me aferré a ella como un chango y me encontré metida en el asiento trasero de un Cadillac grandote color granate con Tongolele y una bola de amigos suyos, ¡imagínate! No había tiempo de dar explicaciones. Nadie se dio cuenta de que estaba allí hasta que Tongolele preguntó: «¿Te gustan los tamales?» Antes de que pudiera contestar, dijo: «Vamos al Café Tacuba»* «Adonde usted ordene, mi reina» —dice el chofer. La corona de lentejuelas del anuncio de la cerveza Corona de la avenida San Juan de Letrán relumbrando por el espejo retrovisor.

Todo ese rato tía se está divirtiendo. La está pasando muy bien. ¡La vida es maravillosa! Echando la cabeza hacia atrás. Riéndose con todos sus dientes.

—De repente, Tongolele dirige esos ojos gemelos de pantera hacia mí y pregunta: «Disculpa, ¿quién eres?»

¿Cómo le puede decir tía que no es nadie? Cómo podría tía enseñarle un boleto sobado, con las esquinas dobladas y una pluma que chorrea tinta y decirle: «Soy una de sus admiradoras, la estaba esperando atrás para estrechar su mano y felicitarla junto con mi hermano Baby», porque para entonces tío ha desaparecido, ha abandonado en ese mar turbio de lujuria llamado el Auditorio del Blanquita.

¿Pero qué le importa eso a Baby? Está acostumbrado. Para él, esto no es nada. Se la pasa en los clubes que tienen letreros que dicen, CABALLEROS, ROGAMOS SE ABSTENGAN DE TIRAR CIGARROS PRENDIDOS EN LA PISTA DE BAILE, ÉSTOS QUEMAN LOS PIES DE LAS DAMAS, así como el otro tipo de letreros en el baño que espetan, POR FAVOR NO VOMITE EN EL LAVABO. Dondequiera que tío Baby esté, no está preocupado por su hermana.

—¿Entonces qué hiciste, tía?

—¿Qué hice? Hice lo que cualquier mujer haría en mi lugar.

—¿Inventaste un cuento?

—No. Bueno, todavía no. Primero empecé a llorar. El cuento vino después. No sé por qué, pero cuando Tongolele me preguntó: «¿Y tú quién eres?», nomás me puse a temblar. Para entonces todos en el coche habían dejado de hablar y se habían dado cuenta de que yo no era nadie. «¿Y *tú* quién eres?» —dijo, así nomás.

Se me querían salir las lágrimas, Lala, te lo juro. Siempre he sido una tonta para esas cosas. Cuando estoy emocionada o alguien me grita, me suelto llorando. No hay quién me pare durante horas. Y podía sentir la vergüenza subiéndome por la garganta y los ojos, todos con sus miradas penetrantes sobre mí y esperando, y el coche de pronto muy callado, callado, callado. Y yo en un estado de pánico, porque eso es lo que era, Lala, un pánico absoluto por un momento. Justo cuando estoy a punto de llorar entre hipos, una voz dice: «Viene conmigo».

Era una voz suave para un hombre, aunque el cuerpo era grande, fornido, un hombre de amplios hombros como gorila, pero una voz tan amable. Todo lo que podía ver era la parte de atrás de su sombrero y los hombros de un abrigo de hombre, porque se me olvidó decirte, estaba sentado en el asiento de enfrente junto al chofer.

—Viene conmigo —dice.

—¿Contigo?

—Claro, conmigo. ¿Verdá que sí, mi alma?

Asentí. Luego todo mundo empezó a cotorrear de nuevo, y él se voltea y sonríe y me guiña un ojo. Ese guiño que dice «sé que es mentira y tú sabes que es mentira, pero no digamos nada, ¿verdad?» Vuelvo a ser invisible para todos menos para él. Es como si siempre hubiera sido invisible hasta ese momento. Hasta que él dijo «Viene conmigo», yo no tenía una vida, ¿verdad?

Con tanto empujón y empellón para salir viva de ese teatro, se habían caído la mitad de las lentejuelas de mi falda pintada, y los conos de mi brasier parecían un mapa de Oaxaca, pero no me importaba. Estaba tan feliz.

Cuando paramos en el Café Tacuba, me ayuda a bajar del coche y me toma del brazo, pero con cuidado, ¿eh? Como diciéndole al mundo, «Viene conmigo». Y bueno, desde entonces, desde entonces...

Pero no tiene que terminar.

—Era divino, divino, divino. Por supuesto, se portó muy bien. Esa primera noche no podía mirarlo a los ojos, él no me podía mirar a los ojos, sin sentir... ¿cómo explicarlo? Ay, Lalita, se me para el vello de los brazos aún después de todos estos años.

—¿Así que cómo fue que él estaba en el Cadillac esa noche con Tongolele?

—Bueno, Tongolele tenía músicos que tocaban con ella, los tambores y eso. Y allí había un tal tumbador…

—¿Así que el papá de Antonieta Araceli tocaba las congas?

—No, él no era tumbador. Era primo del tumbador. Pero era muy artista. Y un caballero.

—¿De veras? ¿A qué se dedicaba?

—Era vendedor de llantas. Pero eso nada más era como se ganaba la vida. El talento que Dios le dio fue para bailar. Y para ser un payaso. Creo que así se conquista a una mujer, ¿no crees? Haciéndola reír y bailando con ella. Se conoce mucho de alguien por la manera en que te lleva por la pista de baile.

—Pero para acabar de contarte la historia, era 1950 y allí nos tienes, tan enamorados y queriéndonos casar, sólo que tenía miedo de decirle a mis papás. Tu abuelo era muy estricto, por lo militar, pero tu abuela, ¿cuál era su excusa? Crees que ya era mala para cuando la conociste, pero en ese entonces, bueno, no tienes idea, y por qué habría de decírtelo, pero créemelo, era estricta. Es por eso que *él* dijo: «Normita, tú sabes mejor que yo que tus padres nunca nos darán permiso para casarnos.» Esto era porque él ya había estado casado, y lo más triste, por la iglesia. Además era mucho mayor, casi veinte años mayor que yo, y para acabarla de amolar era un poco rechoncho y muy, pero muy, pero demasiado indio como para que mamá diera su consentimiento. Siempre le preocupaba el qué dirán.

—Y entonces él me dijo «Normita, sólo hay una manera de que nos casemos; que te robe». Y dije: «Bueno, está bien, róbame». Y entonces dejé que me robaran y así fue como por fin nos casamos.

—¡Robada! ¿Cómo en *kidnapped?* Todo por amor, qué suave, tía. Tu vida sería una estupenda telenovela. ¿Habías pensado en eso alguna vez?

—Y entonces, me casé, ¿pero de qué me sirvió cuando tu abuela se enteró? «¿Qué, eres estúpida o te haces?» Mi propia madre me dijo esto, ¿lo puedes creer? «¿Qué, eres estúpida o te haces? Mientras viva su primera esposa, tu matrimonio será nomás un papel. Creerás que estás casada, pero a los ojos de Dios no eres más que una prostituta». Esas palabras, todavía me duelen, Lalita.

—Espera, tía. Voy a conseguirnos una caja de Kleenex.

—Gracias, mija. Pero te estaba diciendo, me fui a vivir con mi esposo, ¿cierto? Sólo que fue como si me hubiera ido a vivir sola, porque el trabajo de mi esposo como vendedor de llantas lo llevaba por toda la república. A veces se ausentaba por semanas a la vez. Y después de uno de sus viajes de trabajo todo fue de Guatemala a Guatepeor.

Habíamos estado peleando. Era una de esas discusiones estúpidas que comienzan con «Y tu familia… ¡Pero qué me dices de *tu* familia!» Un pleito sin fin. Acababa de regresar de un viaje. Se había ido enojado y regresó peor. Traía algo raro esa noche, algo. Como si quisiera pelear conmigo a propósito. Una mujer puede sentir esas cosas, créemelo. Al final de la noche ninguno de los dos estábamos hablando y nomás se tiró en la cama como un montón de ropa sucia y empezó a roncar. Trabajaba tanto. Me sentí fatal después de un rato, de verlo durmiendo así, tan rendido, el pobre.

—Me llenaba de amor el verlo dormir tan profundamente, sólo quería hacer las paces, así que me acuesto y pongo las manos así, bajo su camiseta, nomás para poder acariciarle la espalda y decirle: «Aquí estoy, corazón, aquí estoy». Y qué siento en su espalda sino arañazos, verdugones grandes. Prendo las luces y le levanto la camisa y le pregunto: «¿Y esto?» Pero qué podía decir, ¿verdad?

—¡Qué alarido pegué! Como si me hubieran atravesado el corazón con un alfiler. Rompí todo lo rompible y maldije y lloré, y que cómo podía traer los rasguños de otra vieja a nuestra cama, y no sé que más. Los vecinos han de haber disfrutado nuestro pleito. Él estaba tan alterado que se fue. No regresó en días, y luego recibí una nota diciendo que estaba con su familia en Jalisco. Me volví un poco loca. Ay, sufrí, Lala. En el día estaba bien. En el día era fácil ser valiente. Era cuando me acostaba a dormir, entonces me permitía llorar.

—¿Por qué será que la tristeza siempre llega y te agarra cuando te acuestas?

—Quizá porque hablamos tanto de día, y no podemos oír lo que el corazón está diciendo. Y si no pones atención, luego te habla a través de un sueño. Es por eso que es importante recordar tus sueños, Lala.

—Por eso cuando empecé a soñar los sueños de un teléfono sonando, lo tomé como una señal de que debía llamarlo y perdonarlo. Hasta fui a la basílica a pedirle a la Virgencita que me diera fuerzas, porque para entonces mi corazón estaba tan anudado y retorcido como esos trapos que los fieles se atan a las piernas para ir de rodillas a la iglesia. Prendí una vela y recé con toda mi alma, así: —«Virgencita, sé que es mi esposo, pero me da asco. Ayúdame a perdonarlo».

—Y ya sé que parece una locura, pero fue como si una piedrota hubiera rodado de mi corazón en ese instante, te lo juro. Caminé de La Villa como un ángel, como si tuviera alas y volara. Cuando llegué a la esquina donde vivíamos, iba prácticamente corriendo, sabía que tenía que llamarlo por teléfono. Se suponía que se estaba quedando con su familia, ¿verdad? Pero cada que lo llamaba, adivina qué, no estaba allí. Y otra vez: —«Ah, no está aquí». Cada vez que llamaba a sus parientes, no me dejaban hablar con él. «Pues, fíjate, que no está aquí ahorita». «Ah, ¿cómo que no está allí?» «Bueno, acaba de salir». Y así y asado. Por supuesto, estaba preocupada. Hasta que finalmente una noche se me metió en la cabeza llamar al único hotel de ese pueblo infeliz y preguntar por mi esposo en el registro.

Uy, Lala, nunca llames a un hombre a media noche a menos que tengas la valentía de saber la verdad. Siempre se sabe cuando un hombre tiene a una mujer desnuda durmiendo a su lado. No me preguntes cómo, pero se sabe. Los hombres tienen una manera de hablar contigo, o, más bien, de no hablar. Los silencios. Es lo que *no* dicen que es la mentira.

«¿Estás solo? ¿Hay alguien allí contigo?» «Bueno, por supuesto que no, mi vida». Pero, Lala, podía oír ruidos en el fondo.

—¿Cómo qué tipo de ruidos?

—Bueno, como un cierre subiendo. Como tos, como agua, ¿cómo qué sé yo? Como alguien. Pero nada más lo supe. Hay ciertas cosas que nomás sientes aquí mismo, sabes. Aquí mismo tuve una sensación enfermiza, como si mi corazón fuera un limón que estaba siendo exprimido. ¡*Pom*! Y simplemente lo supe.

«¿Me amas?» «Claro que sí». «¿De veras? Entonces dilo». «. . . ¿Qué?» «Nomás dilo. Di que me amas, Dilo, canalla. Di que me amas, ¡dilo!» «. . . Te amo» «Ahora, di mi nombre. Di, te amo Normita». «. . . Te amo, Normita». Y yo riendo una risita como de bruja, un *ji, ji, ji*, no sé de dónde. Y en ese momento era una bruja, ¿no es cierto?

Todo el mundo sabía cómo iba a terminar esta historia menos yo. ¿No pasa siempre igual con el amor? Había estado juntándose con muchos güeros. De ahí es de donde sacó esas ideas tan extrañas. De manera que cuando tronamos quería seguir llamándome, ¿lo puedes creer? «¿No podríamos nada más ser amigos?»

«¿Amigos? ¿Por quién me tomas, por una gringa?» Es lo que le dije, Lala, «¿Por quién me tomas, por una gringa?» Porque así son los gringos, no tienen moral. Todos van a comer con los «exes» de todos como si nada.

«Es porque somos civilizados», me explicó una vez un turista. ¡Qué barbaridad! ¿Civilizados? ¿A eso le llaman civilizado? Como perros. Peor que perros. Si agarrara a mi ex con «la otra», les clavaría un tenedor a los dos. ¡Sí, señor!

Cuando regresé a casa a vivir con mis padres y sus terribles «te lo dije», lo primero que hice fue deshacerme de todas y cada una de las cosas que me había regalado alguna vez, porque no quería que ninguna parte de él contaminara mi vida, ¿verdad? Cuando éramos novios uno de los vendedores del Zócalo por la catedral escribió nuestros nombres en un grano de arroz. Era sólo un regalo barato, pero tenía mucho valor sentimental para mí en ese entonces.

Puse ese grano de arroz adentro de mi bolsillo, y el próximo domingo cuando fui a la Alameda se lo di de comer a una paloma fea. Así de enojada estaba. Ah, al ver cómo esa paloma se tragaba ese arroz me dio un placer como no te puedo describir.

«Normita, estás mejor así», todos me decían. «Eres joven, encontrarás a alguien que te borre el dolor del último amor; como dice el dicho, un clavito saca otro clavito». Claro, pero a menos que seas Cristo, ¿quién quiere que lo perforen con clavos, verdad?

Durante mucho tiempo, se me salían las lágrimas cuando alguien me tocaba siquiera. A veces así pasa cuando alguien te toca y no te han tocado en mucho tiempo. ¿Te ha pasado alguna vez? ¿No? Bueno, así me pasó a mí. Cualquiera que me tocara, adrede o sin querer, lloraba. Era como un pedacito de pan ensopado en salsa. De manera que cuando cualquier cosa me apretaba, empezaba a llorar y no podía parar. ¿Has estado alguna vez así de triste? Como una dona sopeada en café. Como un libro abandonado en la lluvia. ¿No, nunca? Bueno, es porque eres joven. Ya te tocará.

Una de mis amigas dijo que necesitaba ir a ver a un curandero. *Eso* me curaría. «Mira, necesitas ir a algún lugar donde puedas estar sola y desahogarte llorando», me dijo él. «Es que no tengo ningún espacio íntimo», dije. «Bueno, ¿por qué no vas al bosque?» Fue cuando me di cuenta de lo mucho que ignoran los hombres el mundo en que viven las mujeres. ¿El bosque? ¿Cómo podría ir allí? Una mujer sola. Porque así estaba, más sola de lo que había estado en mi vida. Estaba sola, y la persona que me amaba era un pedazo de hilo rojo deshilanchándose. Gracias, adiós. Y cuando me muera, entonces te darás cuenta de cuánto te amaba, ¿verdad? Sí, por supuesto. ¿Así pasa siempre, o no? Soñé un sueño; abría mi cartera, pero en lugar de dinero, había una sarta de pañuelos almidonados, y supe que todavía tenía muchas lágrimas que derramar.

Sólo quisiera que *él* me hubiera dicho, «Te hice mal, Norma, y lo siento». Nomás eso, no sé, no sé. Si tan siquiera hubiera dicho eso. ¡Tal vez por eso todavía lo odio!

—Pero si lo odias tanto, tía, ¿por qué te molesta?

—Mira, si no lo amara no lo odiara. Sólo aquellos a quienes amas te pueden llevar al odio, ¿todavía no lo sabes, Lalita? Aquellos por los que no das un pepino, ¿a quién le importa lo que digan, verdad? No vale la pena molestarse por ellos. Pero cuando alguien a quien amas te hace algo cruel, ¡te mata! Te mata o te puede orillar a matar, «¡te mato!» ¿Supiste de esa pobrecita que salió en la portada de la revista «¡Alarma!», la que hizo pozole de la cabeza de su marido infiel? ¿Qué coraje, verdad? ¿Te imaginas lo encabronada que debe haber estado para hacer pozole de su cabeza? Así somos, las mexicanas, puro coraje y pasión. Eso tenemos dentro, Lala, tú y yo. Así somos. Amamos como odiamos. Para atrás y para adelante, pasado, presente y futuro. Con el corazón y el alma y las tripas también.

—¿Y eso es bueno?

—No es bueno ni malo, así es nada más. Mira, cuando no sabes cómo manejar tus emociones, tus emociones te manejan a ti. Por eso tantos pobres acaban en la portada de «¡Alarma!» En mi caso, supe encauzar mi coraje. Lo usé para forjarnos una vida a mí y a Antonieta Araceli. Ten cuidado con el amor, Lalita. Amar es una cosa atroz, maravillosa. El placer te recuerda: ¡estoy viva! Pero el dolor también te recuerda: ¡ay, estoy viva! Estás muy joven para entender de lo que hablo, pero un día dirás: «Mi tía Güera, ella sabía de la vida».

—¿Y nunca lo volviste a buscar, tía? ¿Nunca?

—¿Para qué? Una mujer no quiere a un hombre que la va a matar de celos. Créemelo, mejor estar sola que celosa. La soledad es una cosa. Conozco la soledad. Pero los celos, Lalita, para *eso* no hay cura.

Pero escucha, te digo en secreto, Lala, después de todo, después de todos estos años, después de todas las humillaciones, después de todo, todo, todo, todo, todavía lo amo. Me da pena decirlo, todavía lo amo… Pero, bueno, eso ya terminó.

Vamos, mi reina, es hora de hacer la meme.

—¿Pero cómo, tía? Me ibas a contar de… de *él*.

Ay, otro día, tu tía ya se cansó de contar historias. Ven, dame un beso, mi tesoro… Mi Lalita, entiendes, sólo a ti te he contado esta historia porque eres la gordita de la perra, y ahora ya eres una señorita. Pero no se lo digas a los demás o se pueden sentir, ¿me lo prometes? Vamos, a dormir con los angelitos panzones. Recuerda, sólo tú has escuchado esta historia, mi cielo. Sólo tú.

---

*El maravilloso Café Tacuba en Tacuba no. 28, sigue abierto al público y sirve platillos mexicanos tradicionales, incluso postres mexicanos que no se encuentran fácilmente en otros sitios de la capital, aunque siempre pido lo mismo: tamales y chocolate caliente. El Sr. Jesús Sánchez, a quien Oscar Lewis hizo famoso, trabajó una vez allí como ayudante de mesero.*

# 56.

## El marciano

arios kilómetros antes de llegar a la frontera, la abuela finalmente se queda dormida, con la cabeza echada hacia atrás y la boca abierta. Papá maneja sin decir palabra. Hace demasiado calor como para hablar. Como siempre, cuando nos acercamos a la frontera nadie tiene ganas de moverse. Toto, Memo y Lolo por fin se quedan callados y dejan de jorobar, arrullados por el movimiento de la camioneta. Mamá se ausenta como siempre lo hace cuando la abuela está con nosotros, sumida en sus propios pensamientos.

La poca brisa que entra por las ventanas te da ganas de pelear. Es peor cuando por fin paramos. Nuevo Laredo está mareante, polvoriento y sofocante. Un niño de ojos legañosos quiere vendernos Chiclets, y la abuela lo ahuyenta con la mano y un —¡Váyase, chango apestoso! Está de pésimo humor. Cuando por fin pasamos por la aduana, le dice a los aduaneros lo que piensa de ellos. Y sólo por eso, hacen que nos bajemos del carro mientras registran todas nuestras pertenencias, ¡hasta el ropero de nogal durmiendo en el remolque!

La abuela había deseado estar triste y llorona al cruzar, tararear el himno nacional mexicano, o quizá recitar ese versito de la infancia, «Verde, blanco y colorado». —¿Cómo es que iba? Verde, blanco y colorado, la bandera del soldado... Después de todo, dejaba atrás su patria.

Semanas antes, la abuela, quien siempre había jurado que México era la más burra de las naciones, de pronto se vuelve nacionalista. Seguía cantando «*México lindo y querido*» una y otra vez. Pero con el calor y la confusión, cuando por fin llegamos a la frontera, se olvida de ser patriota y en lugar cruza el puente internacional maldiciendo a los agentes aduanales corruptos, al gobierno estadounidense, al gobierno mexicano, a los tres últimos presidentes mexicanos y a sus esposas que usaban demasiado maquillaje. Lo que la molestó fue haberse quedado sin sus mangos. Además no deja de quejarse todas las millas *después* de que cruzamos la frontera. Para cuando paramos en San Antonio a cenar, unas tres y media horas calurosas más tarde, sigue insistiendo en esos mangos.

—Traté. Pero, ay, tratar de pasar mangos de Manila es más difícil que tratar de pasar mexicanos. ¿Qué son los mangos, por Dios Santo? Conozco a una señora que pasa casi todos los fines de semana con un brasier lleno de loros dormidos. Mira, les echas un poquito de mezcal en el pico, y luego roncan como bebés, los metes debajo de un vestido guango y ahí está. Una feria para la Navidad.

Pero no tuve tanta suerte con los mangos. Estaban así de grandes, te lo juro. Y pesados también. Dulces, dulces, dulces, con eso de que es época de mangos y todo. Qué lastima que los aduaneros nos los confiscaron. Si los hubieras metido debajo de la ropa sucia como te dije, ¡muchacha floja! Te apuesto a que esos desgraciados se zamparon nuestros mangos para la comida. Porque los mangos de Manila son los más dulces. No te miento. Los mangos de Manila son los mejores, por eso no los dejan pasar. Por eso nunca ves mangos de Manila en los Estados Unidos. Esos agentes aduanales, sí que saben lo que es bueno.

Ay, qué daría yo por un mango de Manila en este momento con un poco de limón y chile. Yo prefiero el mango de Manila en forma de pez gordo al petacón, el mango redondo color perico que uno compra aquí en Estados Unidos, ¿no crees? Pero, ay, el mango de Manila sólo se puede comprar en México, ese país donde los dulces son más dulces, ¿no es verdad? Antes de irme comí mangos de Manila día y noche para no quedarme con el antojo. ¿Que si me enfermé? No, no, qué va. Figúrate cuando vi a los vendedores callejeros con su pirámide de mangos anaranjados cuando ya nos íbamos. Una abundancia de mangos desparramándose de la caja de las camionetas como el oro de Cortés. «Mira, mangos», le dije a mi nieta, pero ella nomás se encoge de hombros como la niña malcriada que es. El día de mi fiesta de despedida me comí dos mangos antes de la comida en casa de mi vecina aunque era de mala educación preguntar si me los podía comer antes de que me los ofrecieran. Y luego me comí otro en casa de mi comadre la viuda Márquez, el último mango que había en la casa y que ella quizá guardaba para su hijo, pero estaba en una canasta bonita encima del refri soltando su perfume dulce que te dice: «Ven y cómeme, estoy listo».

Está hablando con un hombre que se llama *Mars* (o sea Marte, en español), un amigo de papá de cuando la guerra. Se llama Marcelino Ordóñez, un hombre bien gallito de lentes oscuros y una voz profunda y áspera, y dientes grandes, blancos, que parecen como si pudieran arrancar un clavo de la pared. Un tatuaje en cada brazo bronceado. Betty Boop en un brazo y la Virgen de Guadalupe en el otro. Mars es dueño de la taquería en Nogalitos Street al sur, donde nos hemos parado a comer.

—La mera verdá es que, nomás empecé con este restaurante… comienza Mars.

Mamá suspira y dice a todos y a nadie en particular —Estoy aburrida…

—Pero ahora soy dueño de todo de aquí a la estación de bomberos — dice Mars con orgullo, señalando una calle con comercios de un piso pintados de un color tan blanco que te hace entrecerrar los ojos.

—¡A poco! —dice la abuela, tan impresionada como si estuviera señalando el Taj Mahal en lugar de una hilera de fachadas desmoronándose.

No sé que tiene de especial. La joya de la corona es el comercio de la esquina, donde estamos sentados, y no es como para darse aires. Un montón de mesas de formica y sillas de cocina de cromo pegajosas, unas cuantas butacas de plástico que podrían forrarse de nuevo de *Naugahyde*, el olor a carne frita y a Pine-Sol como otro millón de taquerías más. MARS TACOS TO WENT. Un letrero enorme que da a la calle Nogalitos, la antigua carretera Highway 90, la ruta que acostumbrábamos a tomar en la frontera antes de que construyeran la nueva autopista interestatal. Quizá Mars creyó que iba a tener mucho tráfico de paso, y quizá con el Highway 90 viejo así era. Pero la autopista I-35 pasa zumbando más allá de la vista, nada más haciendo temblar el letrero.

—El nombre fue idea mía —explica Mars, —en lugar de «*Tacos to Go*» o sea, «Tacos para Llevar». A cualquier tarugo se le ocurre eso, ¿verdá? Quería algo con más chispa, con más chiste. Algo que dijera servicio rápido. Así que le puse «*Mars Tacos to Went*», «Mars Tacos para Llevó». A todo dar, ¿eh? *Pretty cool.*

Mamá pone los ojos en blanco y suspira.

—¿Quieren saber cuál es el secreto del éxito por estas partes? ¡Bienes raíces! —Mars continúa, —Hijo 'esú, deberían ver qué *barganzas* hay en San Anto». Es el secreto mejor guardado. Ándenle, llévense un periódico, *you'll see,* dice Mars, forzándonos a llevar una publicación semanal gratuita.

Mamá se anima. Hasta la abuela demuestra interés.

—Ustedes necesitan venir a San Antonio —dice Mars, dirigiéndose a mis hermanos que hacen más caso de su plato de enchiladas que de los consejos de inversión. —Hagan una buena lana, batos, continúa Mars, —*I kid you not.* La pura verdá, voy a enseñarles cómo ser millonetas antes de cumplir los treinta. Cómprensen una casa pa' arreglar. Vivan de las puras rentas…

Mars habla como un bato loco, un vaquero tejano, un Dean Martin o algo. Es difícil imaginar que de verdad sea compañero del ejército de mi papá. Aún más difícil de creer es la forma en que lo trata la abuela, haciéndole un campo a su lado en la butaca, escuchando cada palabra como si fuera familia, como si lo hubiera conocido toda la vida en vez de acabarlo de conocer.

—En la guerra Mars le salvó la vida a tu papá —nos recuerda con orgullo.

—¡A poco! —digo. —¿Cómo fue eso, Míster Mars?

—*Sweetheart,* me puedes llamar Mars —dice. Se le olvida que es de mala educación llamar a la gente grande por su nombre de pila sin agregar «míster». A lo mejor no sabe que es gente grande.

Al final, es papá quien cuenta la historia, una que nunca he escuchado antes, lo cual es todavía mejor. Para comenzar papá da sorbos a su café y exhala su cigarro a media oración, echa a un lado su plato, haciendo una historia larga aún más larga, estirándola tan lentamente que casi te dan ganas de gritar.

—Cuando estaba en el ejército…

—¿'On 'tá el baño? —dice mamá, a la vez que se levanta y desaparece.

—Acostumbraba ahorrar todo el dinero que ganaba, lo cual no era mucho, tal vez como cincuenta dólares a la semana. Casi no gastaba nada en mí. Y puedes preguntarle a tu abuela, si no me crees. ¿Verdad que sí, mamá? Todos los demás compraban cerveza y qué sé yo… pero yo no. Sólo me permitía dos chocolates Milky Way a la semana, un Hershey de vez en cuando, y muy de vez en cuando, siempre que no tuviera que dispararle a nadie, una cerveza. Estaba ahorrando para cuando tuviera licencia del ejército y fuera de regreso a México.

Bueno, sucede… [Aquí hace una pausa para dar un golpecito a la ceniza del cigarro en el plato del café.] Sucede que en un viaje… tenía todo el dinero que había ganado, cerca de cuatrocientos dólares o algo así, en el bolsillo de enfrente de mi uniforme. Iba a bordo de un tren que se dirigía a Nueva Orléans… De allí seguiría a Texas… luego a la frontera… y luego a casa. Me acuerdo que me quedé dormido… Y cuando me voy a dar cuenta… el conductor me estaba zarandeando hasta despertarme y ¡pidiéndome mi boleto! Revisé mi bolsillo de enfrente… me revisé los otros bolsillos… me paré y busqué abajo del asiento… Mi boleto había desaparecido y todos mis ahorros también… El conductor hizo que me bajara en la siguiente parada, Nueva Orléans. Así que allí estaba en Nueva Orléans sin un quinto.

—¿Cómo te sentías, papá?

— Bueno, con ganas de llorar…

- –Guau, ¿de veras? ¿Y lloraste?

—No, mi cielo, no lo hice, pero ganas no me faltaban. Sabía que de nada me serviría. Es peor tener ganas de llorar, créemelo, sin el alivio de las lágrimas. Necesitaba encontrar un lugar para sentarme y pensar… Recordé por mi primera visita a Nueva Orléans que había un parque… cerca de la estación del tren. Me acuerdo porque allí me había comido un pay de durazno. Sabes… es curioso, cuando estás solito las cosas que deseas. Me acuerdo que deseaba poder comprarle un pay a alguien, una mesa y una silla, un lugar donde sentarme y comer un pay, alguien con quien compartirlo… En casa nunca se me hubiera ocurrido comprar un pay. Pero allí había comprado un pay de durazno enterito y me lo había comido yo solo en el parque, imagínate.

Bueno, era el mismo parque donde me había comido el pay, y ahora me encontraba aquí otra vez, pero esta vez ni siquiera tenía unas monedas para comprar un café.

—¿No se te ocurrió hacer una llamada por cobrar?

- –¡Lala! Deja de meter tu cuchara con tus preguntas babosas —dice Toto, indignado.

—Sí —agrega Lolo, —siempre estás diciendo tonterías.

—Déjenla en paz —los regaña papá. —Es su *única* hermana.

—¿La única mujercita? ¿Y seis varones? Oh, así que es la consentida, ¿eh? Mars suelta una risita.

—La única. Es la que manda a papá, ¿verdad que sí, mi cielo?

—¿Entonces qué paso, papá? —pregunta Memo. —¿Entonces, qué?

—¿Cómo?

—En Nueva Orléans.

—¡Ah! Y entonces… allí estaba en Nueva Orléans sin dinero y sin amigos. Estaba sentado en la banca del parque pensando, «¿Y ahora qué?» Y creo que me he de haber visto muy triste, porque había un soldado sentado ahí cerca, un tejano de San Antonio…

Mars me mira y me guiña el ojo en esta parte de la historia.

Papá continúa: —Bueno, hablaba español como si viniera de otro planeta, pero era mexicano también, un mexicano del otro lado. De Texas, es decir. Le cuento mi historia y él me cuenta la suya.

—«Ordóñez, Marcelino me llamo» —me dice. «Del oeste de Texas vengo. De Marfa, 'onde aparecen esas luces raras de los ovnis. ¿Has oído hablar alguna vez de las luces de Marfa? ¿No, nunca? Podría estarme todo el día contándote historias. Por eso me dicen el marciano, el *Martian*. Pero para ti soy *Mars*» —dice.

Luego hizo algo totalmente inesperado… Sacó cincuenta dólares de la cartera y me los dio… así nomás. ¡Cincuenta dólares! Mucho dinero que darle a un desconocido, entonces como ahora.

En ese instante Mars interrumpe —Ooogh, es porque semos raza, ése.

—Me acuerdo que te prometí pagarte tan pronto como llegara a la Ciudad de México —dice papá, enrollando otra vez la historia como con un sedal de pesca, —y en cuanto entré a casa mi papá, que era muy correcto, todo un caballero, le mandó a Mars sus centavitos por giro…

Mars agrega: —¿Y qué te dije entonces?… No te preocupes, mi carnal. A mi forma de ver, o me pagabas a mí o le pagarías algún día a alguien más. Da igual. Mira, si das odio, te pagan con odio. Si das amor, el mundo te paga con amor. Te doy cincuenta verdes, y un día alguien me devuelve el favor cuando más lo necesite, ¿ves?

—De todos modos. Pagué mi deuda. Soy hombre de palabra.

Me asomo por la ventana y me sorprende ver a mamá recargada contra nuestra camioneta fumando un cigarro. Mamá casi nunca fuma, quizá sólo de vez en cuando, como la noche de Fin de Año.

—Pero el día en que conocí a mi amigo éste —continúa papá, —me llevó a la Cruz Roja a sacar duplicados de los papeles de la licencia, en ese entonces era la estación de la USO o *United Services Organization*, me compró una hamburguesa, dos tazas de café y una dona de chocolate, me compró un boleto de tren y luego me acompañó a la estación del ferrocarril, me dio una despedida mexicana: un abrazo y dos palmadas en la espalda…

—Porque semos raza —dice Mars, encongiéndose de hombros. —¿Sabes qué estoy diciendo? Porque semos familia. Y la familia, nos guste o no nos guste, en la riqueza y en la pobreza, la familia siempre tiene que jalar parejo, *bróder*.

Entonces Mars le estrecha la mano a papá en ese saludo de solidaridad de la raza, como del poder chicano, y papá, que siempre está echando pestes contra los chicanos, el mismo papá que dice que los chicanos son unos exagerados, vulgarones, pachucos, leguleyos, marihuanos, que se han olvidado de que son «mexicanos mexicanos», nos sorprende a todos. Papá le devuelve el saludo de mano de solidaridad.

# Pájaros sin nido

$S$in compañía. Sin compañero. Sin compromisos. Sin preocupaciones.

Fue extraño lo callada que estuvo la abuela el resto del viaje. La hilera de edificios de Mars le causaron una profunda impresión. Pensó en cómo podría invertir el dinero de la venta de la casa de la calle del Destino. Ahora no tenía que pedirle permiso a nadie, ¿verdad? Estaba ocupada viendo los anuncios clasificados del periodiquito que Mars le había regalado y hacía caso omiso del parloteo de sus nietos. Como hablaban entre ellos en inglés la mayor parte del tiempo, esto le resultaba fácil. ¿Sería cierto que uno podía volverse rico en San Antonio? No que tuviera ninguna intención de cambiarse a San Antonio. Claro, quería vivir cerca de sus hijos y estar con ellos en Chicago. Pero no se pierde nada con mirar, pensó en su interior. Esta sección fue la que agarró su corazón:

## FLECHAZO

*¿Le gustaría comenzar una amistad interesante? ¿Está cansada de buscar por todas partes a esa persona especial con quien compartir su vida? Mándenos su anuncio personal y mencione su nombre, edad, peso, estatura y pasatiempos.*

*Mexicana, blanca, alta, delgada, 5 pies 3 pulgadas, atractiva, alegre, decente, elegante, sin vicios, sin compromisos. Me encanta el baile y todo tipo de diversiones sanas. Soy formal y cariñosa. Quisiera conocer a un caballero entre*

45 y 55 años de edad, de piel clara o rubio, estatura mediana (como 5 pies 5 pulgadas o más alto). Debe ser atento, cariñoso, responsable, sin vicios ni compromisos, y debe ser formal. También, debe ser educado; le debe encantar el baile y las relaciones serias; y sobre todo, debe ser económicamente solvente.

Feel free de escribirme en English o en español, no le hace y ¡don't you worry! Mex-Tex, soltero, 35 años de edad, 145 libras, piel apiñonada, no muy fat, no muy skinny, no muy feo tampoco, sin vicios, tengo mi propio negocio de recortar árboles y cortar pasto. Me encanta la música norteña, el dancing, tocar el acordeón, no tengo dependientes, me encantan las diversiones, pero soy hogareño y fiel. Busco a una mujer entre 19 y 30 años, de cualquier nacionalidad, atractiva, femenina sobre todo, si crees que eres compatible conmigo, escríbeme, you won't be sorry. No olvides la foto y el número de teléfono. ¡Come on, vamos a hacerle el try!

Soy una señora mexicana, divorciada, 5 pies 2 pulgadas, 157 libras, 46 años de edad, de piel blanca, una persona hogareña, limpia, trabajadora, cariñosa y dicen que soy bastante atractiva. Soy romántica. Me encantan esas cosas que hacen que una persona se sienta mejor cada día. Adoro todo tipo de diversiones sanas, y creo en los valores morales. Deseo un caballero entre 43 y 53 años, entre 5 pies 7 pulgadas y 5 pies 10 pulgadas, de peso proporcional a la estatura, moreno claro (no es requisito), sin vicios, responsable, honesto. Estable en sus sentimientos, por favor no quiero mentiras. Debe ser trabajador y sin ningún compromiso amoroso. Absténgase, no aventuras. Dios mediante lo encontraré para empezar una amistad, no el matrimonio. Cuando escriba, lo sabré.

Me llamo Rudy, soy un viudo de 61 años (no tengo canas, dicen que parezco de 55). Soy un veterano y me gustan las diversiones sanas, la pesca, las películas, acampar y visitar las cavernas de Natural Bridge. Busco compañera para toda *la vida. Barro mi casa, plancho y trapeo. Hago pasteles y pan. No fumo ni bebo, y siempre he tratado de ser tan sincero como sea posible. Me gustaría conocer a una persona de buena presentación, amable, de buen carácter, para comenzar una relación pura y sincera. Mis intenciones son serias. Escriba o llámeme para una plática amistosa. No se arrepentirá.*

*Señora de 48 años busca caballero entre 48 y 60 para establecer una hermosa relación. No tengo vicios, tengo un diploma universitario en arte y soy muy sana espiritualmente. Vengo de buena familia con una apreciación de las cosas más refinadas de la vida. Busco un profesional, ni viudos ni divorciados por favor, un hombre de categoría sin compromisos, alguien con las mismas cualidades que yo. Si tiene interés, mande una foto de inmediato.*

*Soltero, 31, tímido, trabajador, hombre honorable de buen carácter busca mujer ideal para formar una relación firme. Mido 5 pies, 6 pulgadas, peso 160 libras, y aunque tengo un corazón grande, está parchado ya que me tuvieron que operar recientemente. Primero hablaremos por teléfono, luego decidiremos la fecha de nuestra cita. Nunca he sido casado, y soy limpio, sincero, honesto y vivo sencillamente. Trabajo como operador de maquinaria pesada.*

*Mujer de 60 años, Tauro, bien conservada, activa, muy cariñosa busca hombre de edad apropiada sin vicios. Debe ser alegre, atento, sin ningún compromiso. Si es veterano, aún mejor. Me encanta la tele, la música suave, la meditación, el aire puro. Soy un poco vegetariana y no fumo ni bebo. Deseo a un hombre con intereses parecidos. El color, la apariencia y la nacionalidad no importan, pero el carácter y las ideas sí. Si es Virgo o Cáncer, todavía mejor. Mande número telefónico.*

Había tantos hombres decentes en San Antonio. La abuela pensó que quizá la Divina Providencia la estaba guiando allí. Quién sabe lo que el futuro le depararía. Se sintió un poco avergonzada de sus pensamientos. ¿Era pecado estar pensando en esas cosas tan pronto después de esa pena tan honda? Pero siempre había estado tan sola, especialmente *después* de su matrimonio.

No, nunca se atrevería a poner un anuncio en el periódico como si fuera media res a la venta. De todos modos, no podía evitar sino recrearse en la mente:

*Mujer madura y bondadosa, agraviada muchas veces en la vida, busca caballero estable, cariñoso, tierno y, sobre todo, un caballero fiel sin problemas. Debe ser feo, fuerte y formal...*

# 58

# Mi tipo de ciudad

Uno pensaría que ahora que estaba viviendo en Chicago, en la misma ciudad que su Inocencio, la abuela encontraría la felicidad. Pero no, no era así. La abuela era más malvada que nunca. Era infeliz. Y no sabía que era infeliz, que es el peor tipo de infelicidad que existe. Como resultado, a todos les urgía conseguirle una casa de cualquier tipo. Un búngalo, un dúplex, una casa de ladrillo, un departamento. Algo, cualquier cosa, porque la melancolía de la abuela era del tipo contagioso, infectando a todos los miembros de la casa tan ferozmente como la plaga bubónica.

Como el departamento de Baby y Ninfa tenía espacio para recibir a un huésped, se sobreentendía que la abuela se quedaría con ellos hasta que pudiera encontrar su propia casa. Lo cual había parecido como una buena idea cuando se hicieron los planes por larga distancia con tío Baby que gritaba en la bocina que insistía, que él y Ninfa no aceptarían que ella se quedara en otra parte, que las niñas estaban encantadas de que viniera. Pero ahora que ya estaba durmiendo en la cama angosta de Amor mientras que los radios y los televisores parloteaban por el departamento, y se escuchaban los portazos de las puertas y las alacenas, y la peste de los cigarros lo calaba todo, hasta su piel, y los camiones hacían un gran estruendo y hacían temblar el edificio como un terremoto, y las sirenas y las bocinas de los coches sonaban a todas horas, bueno, casi se volvía loca; incluso el tumultuoso viento de Chicago, una bestia brusca y temperamental que te lanzaba una mirada y se reía.

La familia de Baby estaba acomodada en un departamento inmaculado del último piso de un edificio de tres departamentos coronado con un zigurat frente al Kennedy Expressway, cerca de Avenue al norte y Ashland. En los viejos tiempos los pasillos de estos edificios de ladrillos habían exhalado el aroma a col agria o empanadas polacas, pero ahora soltaban un olorcillo a arroz con gandules o sopa de fideo.

Todo el día y toda la noche el tráfico de la vía rápida pasaba zumbando, sin que la abuela pudiera dormir. Tomaba la siesta cuando podía, aun cuando el departamento y sus habitantes estaban en su punto más escandaloso. Se sentía cansada todo el tiempo, y sin embargo no dormía bien, a menudo despertándose una o dos veces en la madrugada, y en su insomnio, caminaba en sus pantuflas con paso suave a la sala, donde las ventanas de enfrente daban a los carriles del tráfico, a los letreros de la autopista y a las fábricas terriblemente mugrosas de más allá. Los camiones y los carros, en una histeria para llegar de aquí a allá, no se detenían ni un momento, el sonido de la vía rápida casi no era un sonido, sino un rugido como la voz del mar atrapada en una concha.

Oprimió la frente contra el vidrio frío y suspiró. Si la abuela hubiera consultado sus sentimientos, hubiera comprendido por qué le estaba tomando tanto tiempo comprar una casa nueva e instalarse en Chicago, pero no era una mujer dada a la reflexión. Extrañaba demasiado su vieja casa y era demasiado orgullosa como para admitir que había cometido un error. No podía dar marcha atrás, ¿o sí? Estaba atrapada, al parecer, en medio de quién sabe dónde, a mitad de camino entre aquí y ¿dónde?

La abuela extrañaba la rutina de sus mañanas, sus desayunos de huevos cocidos de tres minutos y bolillos. Extrañaba frotar con el dedo gordo del pie los azulejos octagonales del piso de su baño. Pero más que nada, extrañaba su propia cama con el colchón sumido en el centro, el aroma y el peso conocido de sus cobijas, la manera en que la mañana entraba gradualmente por la izquierda mientras el sol trepaba por el muro del patio hacia el este, el muro con la cresta de vidrios rotos para protegerse de los ladrones. ¿Por qué nos acostumbramos tanto a despertar en cierto cuarto? Y cuando no estamos en nuestra cama y nos despertamos en otra, un miedo atroz por un momento, como la muerte.

No hay nada peor que estar de visita en una casa por demasiado tiempo, sobre todo si tu anfitrión es un pariente. La abuela se sentía prisionera. Le chocaba escalar tres tramos de escaleras, y siempre llegaba agarrándose el corazón, convencida de que le estaba dando un ataque, como el que mató a Narciso. En verdad, una vez que llegaba arriba, no podía ni pensar en volver a bajar. ¡Qué barbaridad!

El departamento, con sus vidrios y tapetes y adornitos y frufrú, la enfermaba, le provocaba unas ganas inexplicables de agarrar una silla y hacer añicos todo. Los cojines con borlas, los flecos, las cortinas de brocados, los vidrios y los espejos impecables y la cocina reluciente, le resultaban insoportables. La abuela culpaba a su nuera. Ninfa nunca te dirigía la palabra sin hacer veinte cosas a la vez. Metía una tanda de ropa en la lavadora, enjuagaba un vaso, limpiaba el mostrador con un trapo, rociaba un espejo con líquido limpia cristales. Todo esto mientras dejaba a su paso una estela violeta de humo de cigarro. Ninfa era tan inquieta como un gato. La abuela estaba convencida de que Ninfa tenía intenciones de enloquecerla lentamente.

Para aliviar su nostalgia, la abuela trató de hacer que su cuarto prestado se pareciera al que había dejado atrás en la calle del Destino. Cubrió la cama con sus cojines mexicanos con sus cariños mexicanos. Pero de nada servía. Todavía era el cuarto de Amor con la colcha color chartreuse y el tapete afelpado rosa mexicano, las marcas de la cinta adhesiva de donde habían quitado los pósters de luz negra todavía pegajosas sobre el papel tapiz de margaritas, el juego de recámara de mimbre blanco de cuando Amor era niña, la lámpara imitación Tiffany de pétalos verdes y rosas que colgaba como un rosario de su cadena dorada, el helecho Boston de plástico en su maceta colgante de macramé peludo todavía tan empolvada como siempre, el tocador de princesa atestado con todas las cosas de Amor: tubos eléctricos para el cabello, un espejo iluminado para aplicarse el maquillaje, y dos pelucas: una estilo paje color cobre y un corte a capas rubio. Amor dejó el póster de Leonard Whiting y Olivia Hussey en *«Romeo y Julieta»*, pero el de los Jackson Five tuvo que desaparecer para hacerle lugar a la abuela, quien no podía comprender por qué alguien querría tener fotos de negros.

Amor y Paz fueron las que más se quejaron porque tuvieron que compartir un cuarto, y eran pocas las cosas que compartían con gusto menos una intensa antipatía mutua. A la abuela le parecía que las niñas tenían demasiado de todo: ropa, dinero para gastar, novios, y sus padres las consentían aún más cada cumpleaños. Trataba de darles la instrucción que tanto les hacía falta, pero eran niñas flojas, malagradecidas, fuera del alcance. Se preguntaba qué tanto español entendían realmente cuando asentían a todo lo que les decía, aun cuando no era apropiado.

—Siempre, siempre, mantén la cama ordenada —decía la abuela, estrujando y jalando la colcha chartreuse hasta que quedaba tirante. —Se conoce el carácter de una mujer por cómo hace su cama. Enséñame tu cama y te diré quién es.

Cualquier cosa que la abuela dijera siempre hacía que Amor y Paz se sintieran pésimo. Se preguntaban si su papá le había estado diciendo a ella cómo con frecuencia olvidaban hacer su cama, porque se levantaban demasiado tarde y tenían que apresurarse para ir a la escuela, y luego llegaban a casa después del anochecer cuando ya no tenía caso hacer la cama por tan sólo unas horas.

—Una cama sin hacer es señal de una mujer cochina, de ésas que se llenan de piojos, ¿me oyen? Ningún hombre se casaría con una mujer que no sepa hacer la cama decentemente.

¡*Oh, brother*! —pensaban las niñas, pero sólo tenían permitido asentir y decir —Sí, abuela.

Sus hijos tenían tantos hijos y tantas cosas. Esto hacía que sus departamentos estuvieran atiborrados. Y rentaban, no eran dueños. Ninguno había tenido la prudencia ni los recursos para comprar casa propia. ¡Hijos tontos! ¿Por qué no pensaban?

Baby y Ninfa estaban demasiado ocupados gastando en mobiliario de la casa y ajuareando a sus hijas como a princesas. Chato y Licha se gastaban todo el dinero en el mercado de la pulga los fines de semana de la misma manera en que otros juegan a las máquinas tragamonedas, y luego transportaban todas estas cháchuras a México, se gastaban las ganancias en sus vacaciones y regresaban a comprar todo de nuevo. E Inocencio, aunque era un muy buen tapicero, nunca destacó con los números como con los cojines de borlas. Con siete niños y Zoila de ama de casa, nunca alcanzaba para comprar una casa, aunque Zoila alegaba que si Inocencio la dejara trabajar podrían ahorrar para el enganche. —¡Bienes raíces! Ésa es la clave —dijo. Pero Inocencio le respondía con su propio argumento: —¡Qué! ¿Qué mi esposa trabaje? ¡No me ofendas!

Los hijos de la abuela estaban muy ocupados. Trabajaban toda la semana y los fines de semana se turnaban para acompañarla a buscar casa, un asunto feo eso de asomarse a los botiquines de baño de otra gente. Las casas nuevas quedaban muy lejos y estaban más allá de sus posibilidades. Y las casas dentro de su presupuesto quedaban en colonias donde vivía todo tipo de chusma.

—Aquí te sentirás en casa —decían, pero ella no les podía decir que no se sentía en casa en esa miseria abarrotada de gente conocida como el barrio mexicano. —Éste no es un hogar. Éste es un muladar, eso es.

Algo pasó cuando cruzaron la frontera. En vez de ser tratados como los miembros de la realeza que eran, eran después de todo mexicanos, fueron tratados como *Mexicans,* lo cual era algo que alarmaba sobremanera a la abuela. En las colonias que estaban dentro de sus posibilidades, ella no soportaría que la asociaran con esos mexicanos de clase baja, pero en las colonias que estaban más allá de sus posibilidades, sus vecinos no soportarían que los asociaran con ella. Todo el mundo en Chicago vivía con la ilusión de ser superior a alguien más y, si podían evitarlo, no vivían en la misma cuadra sin tener que hacer muchos reajustes, sin hacer excepciones para la gente que conocían de nombre en lugar de esos «tales por cuales».

Ir de visita a Chicago era una cosa, vivir allí otra. Éste no era el Chicago de sus vacaciones, donde siempre lo llevan a uno a la orilla del lago, a la costa dorada, lo pasean por los carriles sinuosos de Lake Shore Drive a la sombra de hermosos edificios de departamentos, por State Street y Michigan Avenue aunque sea a mirar los escaparates. Y quizá lo llevaban a uno a una excursión por el lago. Cómo podía ser que no se hubiera fijado en las expresiones de los habitantes, no de los que iban y venían en taxis, sino de los que estaban en las paradas del camión, dando saltos como gorriones, temblando y asomándose nerviosamente buscando el próximo camión, y aquellos que descendían fatigosamente a las asquerosas entrañas del metro como almas condenadas al purgatorio.

Al principio la abuela estaba emocionada por los restaurantes y las grandes cadenas de descuento, pero después la rutina perdió su encanto. Los sábados buscando casas que no eran de su agrado. Casas de ladrillo oscuro con ventanas pequeñas como ojos entrecerrados, departamentos deprimentes o búngalos húmedos, donde todo era sombrío y triste y no entraba suficiente luz, sin patio, unos pasillos fríos, húmedos y miserables, un pedacito de pasto ralo al que llamaban jardín, y quizá un árbol pelón enfrente. No era lo que buscaba.

Y conforme pasaban las semanas y los meses, y todavía se encontraba sin casa, comenzó el clima lluvioso y el frío del otoño y esto sólo hizo que se sintiera peor. Se aproximaba el invierno de Chicago del que todo el mundo le había advertido, y ya tenía tanto frío y estaba tan desanimada que ni tenía ganas de salir del cuarto, mucho menos del edificio. Le echaba la culpa a Ninfa, que le bajaba a la calefacción para ahorrar dinero. La abuela se confinó a la cama, sólo satisfecha cuando estaba bajo varias capas de cobijas.

La ciudad era una molestia. Todo quedaba tan lejos y era difícil ir de un lado a otro. No podía tomar el camión, no, no, aunque había andado sola en México.

Ahora le tocaba a sus hijos decir: —¿Sola? ¿Cómo? No, espérate hasta el fin de semana. Pero cuando llegaba el fin de semana, estaban exhaustos, y Amor y Paz por algún motivo eran tan groseras con ella. Daban gruñidos, salían disparadas sin saludarla cuando entraba a un cuarto. Murmuraban en su español pocho atroz revuelto con palabras en inglés hechas picadillo. Sospechaba que se escondían de ella, —¿Y la Amor? —Amor se fue a la... *library*. Así.

Sus hijos peleaban como perros y gatos. ¿De dónde sacaban tanta crueldad? Sólo habían pasado unas semanas desde que Inocencio había ido a buscarla a México, pero en ese corto tiempo Inocencio estaba asombrado al encontrar que el orden riguroso y los hábitos exigentes del taller de Tapicería Tres Reyes se habían disuelto tan fácilmente como arrancar la cretona satinada de un sillón confidente viejo.

—¿De cuándo a acá Tres Reyes hace sillas de cromo para la cocina? —comienza Inocencio.

No seas tan esnob —Chato se encoge de hombros. —El dinero es el dinero.

—Te lo dije —le dice Baby a Chato. —Te dije que no le iba a parecer, ¿pero quién me hace caso a mí?

— No le parecerá tan mal cuando empiece a entrar la lana.

—¡Pendejos! —grita Inocencio, mientras una vena en la frente le punza: —¿Qué ustedes dos son tan tarugos que no entienden nada? Tres Reyes siempre ha sido sinónimo de trabajo hecho a la medida, de calidad. El día en que intercambiemos nuestros martillos por engrapadoras estamos arruinados. Nos hemos hecho un nombre restaurando antigüedades finas, ¡a mano! No produciendo sillas para la cocina baratas. Me doy la media vuelta y ¡miren nomás lo que han hecho! Cuando venga a ver me dirán que estamos haciendo fundas de plástico.

—La mera verdad —dice Baby con orgullo. —Es que prácticamente hemos conseguido el contrato con la mueblería Casa de la Raza en Cermak. Si están de acuerdo con nuestra propuesta estaremos haciendo ¡todo el trabajo de sus fundas!

—Por favor —dice Inocencio. —¡Ya mátenme de una vez!

—No nos hagas un dramón, Tarzán. Sabes tan bien como yo que éste es un negocio.

—Bueno, será un negocio para ti, pero para mí es como una religión. No pongo mi nombre en trabajo que sea una… porquería.

—Ahórrate tus historias. No podemos depender de las viejitas de Winnetka. Está muy bien eso de poder hacer una silla bonita, pero no es suficiente volumen como para hacernos ricos.

—No por el momento, pero pronto, pronto.

—¿Pronto? ¿Cuándo? Estoy hasta el gorro de esperar ese pronto. Tarzán, óyeme. Si tan sólo soltaras un poco las riendas y me dejaras hacerme cargo por un rato. Vives en las nubes. No tienes cabeza para los negocios, nunca has…

—¡Hacerte cargo! ¡Me voy por unas semanas y mira lo que haces! ¡Estás loco!

—¡Tú eres el que está loco! Nunca me dejas hacer nada. No me puedes mangonear como cuando éramos niños. Vives en el pasado, ¿me oyes? ¿Tú crees que es fácil trabajar con alguien como tú? ¡Ja! ¿Quieres saber la verdad? ¡Tarzán, me vuelves loco! ¡Me sacas de quicio! ¡Me desesperas! ¿Te das cuenta de que mencionas el nombre de Zoila por lo menos veinte veces cada hora? No miento. Es como el hipo. Y eso no es todo. No quería decírtelo, pero se nos han ido más tapiceros que nada porque tú los haces que arranquen algo que acaban de hacer y haces que lo repitan sólo porque no está a tu altura. Y déjame que te diga otra cosa: no puedo ni poner un martillo sin que tú vengas, lo recojas y lo guardes. ¡Eres peor que una vieja! Ya me fastidiaste…

*I*nocencio le cuenta sus problemas a su madre. —Sabes lo que dice Chato, mamá. Que él y Baby ya quieren abrir su propio negocio.

—¿Conque sí? —dice la abuela. —Ay, déjalos. No los necesitas, mijo. Estás mejor trabajando por tu cuenta.

—Me gustaría verlos. Les doy un mes, y luego me estarían rogando que regresara. Mamá, no los conoces. Son mis hermanos, pero son unos tapiceros malísimos. Es que no puedo prosperar con ellos. Chato siempre descuida los detalles, y la dejadez de Baby nos está costando nuestros mejores clientes.

—No necesitas estas mortificaciones. Hazle caso a tu madre, pon tu propio negocio. Los clientes te seguirán. Reconocen el buen trabajo cuando lo ven.

—Es que ahorita no tengo los centavos. Quizá algún día. Ojalá.

*P*ero nada, nada en la imaginación de la abuela la preparó para los horrores de un invierno en Chicago. No era la estación pintoresca de Navidad, sino la tundra interminable de enero, febrero y marzo. La luz del día se atenuaba hasta un color peltre opaco. El sol una gruesa capa de hielo detrás de un cielo lanoso y sucio. Era un frío como no te puedes imaginar, algo bárbaro, un cuchillo en los huesos, un frío tan frío que quemaba los pulmones si uno pudiera imaginar siquiera tal frío. Y las montañas de nieve inmunda apaleada en montones enormes, los pedazos de hielo en las banquetas que podían matar a una persona mayor. —Oh, esto no es nada, deberías haber estado aquí para la Gran Nevada, presumían los nietos, hablando de la tormenta reciente del '68.

Poca o mucha nieve, daba lo mismo una vez que pasaba la novedad. Una molestia, algo fatal, un exagerado e interminable suplicio que lo hacía sentir a uno como si se estuviera muriendo, que lo mataba, una tortura. *Déjame morir en febrero, déjame morir antes que volver a dar un paso afuera, te lo ruego*, la abuela pensaba en su interior, horrorizada ante el prospecto de tener que vestirse como un monstruo para salir. —*Ay, ya no puedo, ya no puedo.* Y justo cuando ya no podía más, cuando ya no encontraba las fuerzas, el empuje, la voluntad de seguir viviendo, cuando ya estaba lista para encerrarse en sí misma y dejar a su espíritu morir, justo entonces, y sólo entonces, abril llegó con el cielo del color de la esperanza y las ramas llenas de posibilidades.

# 59

# Mugre

Los domingos por la mañana otras familias van a la iglesia. Nosotros vamos a Maxwell Street. —Vamos al Más-güel, anuncia papá, y empieza a cantar «Farolito» con una voz alegre. Canta mientras se rasura. Canta tan fuerte que no lo aguantamos. Papá prende y apaga la luz en los cuartos donde estamos durmiendo. —Levántense. Vamos al Más-güel. Abre las cortinas y sube las persianas, el polvo se arremolina a su paso, el sol veraniego nos mata.

La abuela ya ha tomado su pan tostado y su café para cuando la recogemos en casa de tío Baby. Se sube a la camioneta con su morral de ixtle peludo y su paraguas viejo color granate de mango de ámbar. —Para protegerme del sol. Gracias a ustedes dormilones ya hace tanto calor. De seguro para ahora ya nos perdimos las mejores ofertas, agrega, instalándose. Trae puesto su vestido de mercado, un vestido suelto, desteñido y sin forma. —Para regatear mejor —insiste la abuela. —Así me tendrán lástima.

Pero papá se pone su ropa buena a pesar de que Maxwell Street está inmundo. Las moscas en los huacales de melones podridos. Latas de café oxidadas llenas de clavos oxidados. Una caja Timex de plástico llena de muelas de oro. Pays de merengue de limón con el merengue un poco apachurrado. Más allá de la basura hay tesoros reales y no tan reales. Un hombre toca el acordeón con un pollo vivo en la cabeza. Hilos de perlas de plástico de los colores de los huevos de Pascua. Una estatua de porcelana de una pastora con una rajadura como una hebra de pelo rubio: —De París, dame diez dólares. Los mejores tamales del mundo hechos en casa de esa viuda de Michoacán a la que la policía sigue jorobando porque no tiene permiso para vender alimentos.

Papá odia las cosas usadas. Cuando traemos cosas de Goodwill o del Salvation Army, tenemos que mentir cuando nos pregunta de dónde las sacamos. —¿Esto? Nos lo compraste, ¿te acuerdas? Pero Maxwell Street es diferente. A papá le recuerda a los tianguis de México.

Mamá y la abuela se alegran simplemente de poder salir de casa. Deambulan por las calles como prisioneras que se escaparon de Joliet. Todo las divierte. Los músicos de blues pulsando las cuerdas metálicas de sus guitarras. El aroma ahumado de la carne asada tipo *barbecue*. El curandero que trae puestas víboras vivas. A ellas no les importa si no compran nada. Están felices de tan sólo comer, de pararse en la calle 18 por carnitas y chicharrón, o en la calle Taylor por limonada italiana de camino a casa.

Pero papá viene de compras con un propósito en mente. Está buscando sus bostonianos con bigoteras, el Cadillac de los zapatos, con diseños de agujeritos en la punta y el talón, por la parte acordonada, zapatos tan pesados que si se los soltaras a alguien en la cabeza, lo matarías. Pero estos son los zapatos preferidos de papá, los bostonianos clásicos de piel de becerro aceitada y encerada, un color tabaco cálido e intenso.

Nos encaminamos a Harold's, esquina de Halsted y Maxwell, enfrente de Jim's Original Hot Dogs.* Harold ha estado allí desde… —Desde antes de que nacieras, nenita. Subiendo por un tramo estrecho y oscuro de escaleras de madera. En cada escalón hundido, una tira de aluminio que anuncia tus pasos que suben o bajan. *Tap, tap, tap.* Las escaleras crujen. Las paredes están manchadas. El barandal, oscuro por el aceite de las manos, está hundido. Todo está hundido como un montón de cajas de zapatos: el edificio, las repisas, los escalones, fláccidos como Harold.

Las doscientas cuarenta libras de Harold están de pie con una caja de zapatos en una mano, el papel de china boquiabierto, un zapato en la otra mano. —Estos te cuestan el doble en el centro, adentro del *Loop* —Harold le dice a una madre negra que está comprando un par de botas de tenis rojos para su hijo larguirucho con cara de niño.

Los mejores zapatos de Harold's vienen en números raros, los zapatos en la vitrina, tan diminutos como una Cenicienta. Qué suerte que Papá tiene pies chicos.

Huele dulce en la zapatería Harold's, polvoriento y dulce como la piel. El ventilador portátil de la ventana da vueltas lentamente. Todos los vendedores de Harold's son jovencitos de corbata, el lugar demasiado caliente para usar corbatas, especialmente hoy. Todos sudan. Harold, sin corbata, de pie entre una pila de cajas desordenadas, habla demasiado fuerte. ¿Cómo puede encontrar algo aquí? Lo encuentra. No es una tienda elegante. La suciedad, la mugre, el olor dulce a piel. Harold se limpia la cara con un pañuelo. Sabe de zapatos como papá sabe de sofás.

Sólo hay unas cuantas sillas, de esas con asientos que se levantan como en el cine. Mamá y la abuela han reclamado ya las últimas dos, mamá se abanica con la tapa de una caja de zapatos, la abuela sacude un pañuelo flojo.

Harold exige que te pares en la tapa de una caja cuando te pruebas un zapato. El lugar está mal iluminado y oscuro, y hay un verdadero desorden que parece no importarle a nadie, lo cual hace más emocionante encontrar un par. En cualquier segundo podría ocurrir otro incendio de Chicago, una combustión espontánea de betún para zapatos y papel y calzadores y repisas sucias. En cualquier momento el lugar podría desplomarse en un mar de llamas. Una luz moteada entra por las ventanas que han vuelto a pintar con pintura verde. Las ventanas bostezan y se abren. El ruido de los vendedores ambulantes y de los mercachifles. El aroma pegajoso de los sándwiches de chuleta de puerco se eleva de Jim's Original Hot Dogs.

Pero en Harold's papá olvida que los bostonianos con bigoteras son sinónimo de excelencia. —Mugre, mugre, dice en español, cuando examina las resbalosas suelas de cuero, los pespuntes finos, el dulce aroma de la verdadera piel de becerro italiana. —Basura —sigue murmurando en español. —Mugre. Porquería. ¡Fuchi! Papá siente que es su deber insultar a la mercancía. Se pone furioso siempre que pagamos el primer precio que nos ofrecen por cualquier cosa. —¡Mensos! Los dueños de los comercios esperan que les regatees.

—¿Cuánto, *my friend?* —pregunta papá.

—Se los doy a cincuenta —dice Harold, hablando de inmediato con otro cliente.

—¿*Jau moch?* —como si no lo hubiera escuchado.

Harold, sudando, lo mira indignado. —Amigo, ya le dije, *fifty bucks.* Cincuenta. Cinco *and oh.*

Papá: —¿Cincuenta? Entonces adquiere esa expresión que lo ha hecho famoso, ese ojo de gallo, la cabeza ladeada un poco como si tuviera navajas atadas a los talones y fuera a atacar en un destello de plumas verdinegras y espuma ensangrentada.

—¿Cincuenta dólares? Por *esta mugre…*

Harold acarrea su cuerpo de comerciante de 240 libras y arrebata la caja de zapatos de las manos de papá. —Para ti, *no* están a la venta.

—*Get outta...*

—Tú lárgate de aquí, Reyes. Deja de darme lata, estoy ocupado vendiendo zapatos.

—Veinticinco. Te doy veinticinco.

—Ya te lo dije, *forget it*. Son los mejores, estos zapatos.

—*Chiit on you. Get outta... Son of a moder...* —refunfuñando mientras todos bajamos por los escalones desvencijados con el borde de alumi nio que anuncia el *tap-tap* de nuestra derrota.

Papá está posesionado. Le hablamos, pero sus ojos son unas espirales. Lo jalamos de la manga y le enseñamos cosas que queremos comprar: paletas, pañuelos de colores, marcadores. Es inútil.

Después de que hemos dado la vuelta a la cuadra y tocado montones de calcetines, seis pares por un dólar, después de que hemos tratado de agarrar una botella fría de refresco de *strawberry cream* cabeceando en una hielera con pedazos de hielo que flotan como témpanos, tu mano dormida cuando por fin lo pescas, después de que hemos escuchado al predicador gritándonos que recibamos al Señor, *Él* está por venir, pero no está aquí hoy en Maxwell Street, después de que hemos pasado por entradas con mujeres corpulentas y pechugonas en blusas sin espaldas y unos *hot pants* de raso morado, después de que hemos mirado costales de toronja tipo *Ruby Red*, una Venus de Milo de yeso, un geranio que crece de una lata de café, *sí* regresamos, vamos a regresar, tenemos que regresar. ¿Será? ¡Tenemos que! Es horrible subir las escaleras chuecas con el borde de alu minio la segunda vez.

Mamá pide las llaves del carro.

Es humillante la tercera vez.

Cuando llegamos a Harold's, la abuela acampa en el primer escalón y dice: —Aquí los espero.

—¿Cuánto? —le pregunta papá a Harold una vez más, como si fuera la primera.

—Cuarenta y cinco —resopla Harold. —Y te los estoy dando regalados, ¡sí señor!

—¡Treinta! —dice papá.

—¡Cuarenta! Es lo que me costaron.

—¡Treinta y cinco!

—Dije cuarenta y ya lárgate de aquí, ¡ya me oíste!

Papá paga su dinero a regañadientes: —Mugre, mugre, para esta mugre. Harold se llena el bosillo de la camisa de billetes y lo espanta a la vez, agitando los brazos como para decir: —Estás chiflado, vete a la porra, olvídalo. Ambos terriblemente enojados, incluso arruinados, todo el día. Enfurecidos. Indignados.

¡Triunfantes!

---

*\*Taquitos de Pine-Sol*

*La taquería favorita de papá es un lugar en Haslted Street llamado La Milagrosa, a unas cuantas cuadras de Jim's Original Hot Dogs en Maxwell. A papá le gusta contar la historia de la primera vez que llevó a mamá allí. Fue de recién casados. A mamá no le causó muy buena impresión.*

*Una muchedumbre hambrienta se para junto a un mostrador de acero grasiento y agita números de plástico al aire a los carniceros que despachan órdenes bajo un letrero de neón de la Virgen de Guadalupe y una cabeza de toro polvosa con ojos de vidrio. Tiras matamoscas rizadas cuelgan del techo como serpentinas en una fiesta infantil, el constante zumbido mortal de las moscas hace que el cuarto brinque.*

*—¿Cómo me puedes traer aquí? Este lugar parece un chivero —dice mamá.*

*—Es un chivero —dice papá. —Así es como se sabe que los tacos están buenos.*

*—Digo, ¿cómo te imaginas que puedo comer aquí? —pregunta mamá, mirando el aserrín en el piso detrás del mostrador de carnicería. —Este lugar parece que está lleno de cucarachas y ratones.*

*—Bueno, también nuestra casa, pero comemos allí, ¿verdad?*

*Al oír esto, no se le ocurre una respuesta ingeniosa. Es cierto. Viven en los únicos barrios que están dentro de su alcance, donde la renta es barata y la fauna resistente. Mamá trata de no ver el empalme entre el piso y la pared. Pide un taco de chile relleno y uno de cabeza. Papá pide tres tacos de sesos y dos de lengua, y una horchata.*

*Al momento en que llega su comida, como si le hubieran dado la entrada a escena, aparece un hombre con el consabido trapeador y la cubeta† y empieza a trapear con Pine-Sol. La jerga apesta a dulce, como si no se hubiera secado del todo, el Pine-Sol tan fuerte que te hace pestañear. Ese olor, el olor triste del sábado por la mañana, de corredores comparti-*

*dos con otros inquilinos, de asilos de ancianos, de mascotas o gente que han sufrido percances, de los pobres que no tienen que ponerse más que el orgullo. Seremos pobres, pero puedes estar seguro de que somos limpios, dice el olor. Seremos pobres. No es desgracia ser pobre, pero… es muy inconveniente.*

[†]*Hasta Bernal Díaz del Castillo, uno de los soldados de a pie de Hernán Cortés, menciona en sus crónicas maravillosamente minuciosas la obsesión mexicana por la limpieza. Esto es cierto hoy día. No tienes más que llegar al aeropuerto de la Ciudad de México, bajarte del avión a la sala de espera, y tu primer encuentro con la cultura mexicana será esquivar a alguien trapeando frenéticamente. Sobre todo si es mediodía. ¡CUIDADO!, advierte un letrero amarillo con un monigote cayéndose de espaldas.*

# 60

# Cuando un Elefante se Sienta en tu Techo

—Larga distancia de Texas —digo, pasándole el teléfono a mamá. —Es papá.

—¿Mijo? —dice mamá con ternura. Siempre le dice «mijo» a papá cuando está de buenas. Papá ha estado fuera por más de dos semanas, tiempo suficiente para que mamá lo extrañe.

—¡Mi vida!* ¡Ya tenemos casa! —dice papá, gritando tan fuerte que hasta yo puedo oírlo. —¡Ya somos dueños!

Mamá lo acosa a preguntas, y por fin termina diciéndole a papá que cuelgue y llame otra vez después de las once, cuando las tarifas son más baratas. Mamá está tan alocada como si se hubiera sacado la lotería.

—Bueno, por fin tu abuela nos ha dado otra cosa que no sean dolores de cabeza. Nos compró una casa en San Antonio. En una calle llamada El Dorado. Y tu papá se encontró un taller cerca. ¡Barato además! ¡Una casa, Lala! Imagínate. Al fin, después de tantos años.

—¿Cuántas recámaras? —pregunto.

—¿Recámaras? ¿Me dijo o se me olvidó preguntarle? Pero dijo que había un departamento detrás que podríamos rentar. Ese bato Mars anduvo busque y busque con tu papá y tu abuela pa' arriba y pa' abajo por todo San Antonio hasta que encontraron una casa a buen precio. Ni un garaje podríamos comprar con ese dinero aquí en Chicago. Ni en un millón de años. Te apuesto que no tendremos que cerrar la reja con llave todas las noches pa' que los callejeros no se claven mis rosas. Piénsalo, Lala, ¡un jardín sin ratas! Nos podremos sentar afuera al oscurecer sin miedo, ¿a poco no sería suave?

Mamá empieza a reír y llama a su hermana Frances. —Pancha, adivina qué, no lo vas a creer, buenas noticias. Compramos casa. Ajá. En Texas. Exacto, San Antonio. No, no hay un Ku Klux Klan allí. ¿De qué hablas? Es mexicano. ¿Por qué crees que se llama San Antonio y no Saint Anthony? Síguele. Estás loca. Síguele, ¡ni siquiera has ido! Bueno, ¿me dejas acabar? Si no me dejas hablar, te juro que te cuelgo.

Papá y la abuela se fueron a San Antonio nada más para mirar, porque Mars los encandiló. Pero nadie creyó que papá iba realmente a comprar algo en este viaje. Pensamos que tal vez algún día, cuando se hiciera viejo, y por supuesto que no creímos que la abuela sería tan generosa.

Es como si a nuestra familia le hubiera caído un rayo. Pasa tan rápido que estamos aturdidos por el olor a madera carbonizada, la espiral de humo gris. Mamá anuncia que vamos a empacar y mudarnos este verano, para llegar allí antes de que comience la escuela y todo. Ése es el plan. —Sólo traigan lo esencial —ordena papá. — Todo lo demás lo conseguiremos en Texas.

—¿Texas? Me estás vacilando —gruñe Toto. —¿Qué hay en Texas?

—Una casa. ¡La nuestra! No creíste que íbamos a seguir tirando dinero a un dueño de casa toda la vida, ¿verdad? Dice mamá: Ya no falta tu papá en regresar. Hay que empacar.

Memo y Lolo empiezan a quejarse. —¡Empacar! ¿Otra vez? Acabamos de ayudarle a la abuela a cambiarse el verano pasado. ¿Tenemos que hacerlo?

—Sí, tenemos que. Son órdenes de tu papá —dice mamá.

*O de la abuela,* pienso en mi interior. Da igual.

Los mayores — Rafa, Ito y Tikis— empiezan a sublevarse y a alegar que tienen que quedarse en Chicago porque no pueden desperdiciar sus becas y préstamos de la universidad. No tienen por qué mudarse; de todos modos han estado viviendo lejos de casa en dormitorios estudiantiles todo el año pasado. Podrían encontrar un departamento barato y vivir juntos durante el verano.

—¡Ya mero acaban! No falta mucho —mamá le recuerda a papá una vez que regresa a casa.

Papá dice que siempre y cuando estén en la escuela, no importa si los mayores se quedan en Chicago. —Para que no tengan que trabajar como yo. Y luego agrega para beneficio de nosotros los menores: —Estudien y usen la cabeza, no las manos. Nos enseña las palmas para darnos un buen susto. Las manos tan duras como cuero de zapato, con varias capas y amarillentas como una Biblia abandonada en un campo.

Soy la única que no se queja de esta separación en nuestra familia. Yo me iba a cambiar de escuelas de cualquier modo aunque nos quedáramos, ya que empiezo el *high school* este otoño. Lo que nunca le he confiado a nadie es esto: toda mi vida no he deseado otra cosa que salir de aquí. Salir del frío y la peste y el terror. No se lo puedes explicar a alguien que nunca haya vivido en una ciudad. Todo lo que ven es una postal bonita. La fuente de Buckingham al atardecer. Pero fíjate bien. Esos bultos peludos que corretean de aquí a allá no son gatitos.

Papá me prometió que en nuestra nueva dirección tendría mi propio cuarto, porque aún él admite que ya soy una «señorita», y está cumpliendo su promesa, creo yo. Nunca ha habido suficientes recámaras para todos en ningún lugar donde hemos vivido. Los departamentos no están hechos para acomodar a nueve personas. Duermo en una cama individual en el cuarto de en medio, lo que no estaría mal si no tuvieras que pasar por aquí para llegar a los otros cuartos. Todo este tráfico, y sin ninguna intimidad nunca, y ruido todo el tiempo, y tener que vestirme y desvestirme en el baño, el único cuarto con llave menos las puertas de salida.

Cuando era chica dormía en la sala en el sillón Lazy Boy anaranjado, pero crecí demasiado como para dormir allí cómodamente. A veces papá nos acostaba a mí, Lolo y Memo juntos. Hemos dormido de pies a cabeza en literas, sillones, camas individuales, camas matrimoniales, catres, y camas sobre ruedas metidas en cualquier cuarto menos en la cocina. Hemos dormido casi en cualquier parte menos en el piso, lo cual papá prohíbe. —Dormir en el suelo, así como andar descalzos, es de clase baja, dice. Luego agrega: —¿Quieren que la gente crea que somos pobres?

Puedo recordar todos los departamentos que hemos rentado alguna vez, sobre todo los que quisiera olvidar. Sus corredores y su olor a corredor, frío, húmedo y polvoriento o apestando a Pine-Sol. Una puerta pesada desgastada por las patadas, las iniciales grabadas, y las cicatrices de los cambios de cerrojos como apendectomías. Las huellas digitales en los vidrios. Sin patio, o si hay un patio, sin pasto. La oscuridad del corredor, como una cueva o una boca abierta. La pintura vieja y escarapelada. Un foco delgado, desnudo, y que emite un brillo enfermizo. Un hilo de algodón sucio que cuelga del foco. Polvo entre los postes del barandal. Techos altos. Paredes embarradas de aceite. Voces detrás de las puertas de los departamentos. Gente abajo que habla muy fuerte o gente arriba que camina mucho. Vecinos que son una lata. Manolo y Cirilo, y su mamá tan pelada. La duela del piso aporreada por la música ranchera mexicana temprano por la mañana, aun los fines de semana cuando tratas de dormir, ya ni la friegan.

Un escalón suelto que da un chillido como un ratón o un ratón que da un chillido como un escalón suelto. Los agujeros sellados con un pedazo de hojalata y clavos. Una curva oscura antes de llegar al tercer tramo de escaleras. Los que hacen las entregas tienen miedo de subir hasta acá. Nadie toca a nuestra puerta para pedir *Halloween*. No hace falta poner decoraciones tenebrosas. Nuestra casa parece embrujada tal como está. Polvo y oscuridad y polvo, sin importar cuántos sábados la limpiamos.

En nuestro descanso al lado de nuestra puerta, algún hijo de vecino dibujó a lápiz en la pared un pollo grande con un ojo estúpido que parece de humano, una pared que volvimos a pintar, pero todavía se puede ver el contorno de ese pollo si lo ves de cerca. Adentro del departamento todo está resanado, parchado y lijado hasta dejarlo limpio. Las paredes pintadas de colores tan brillantes como el interior del cuerpo. Linóleo nuevo que hace juego además, trapeado todos los días por Ma o por mí.

Todos los departamentos en los que hemos vivido alguna vez tienen su cuarto frío, un cuarto atrás donde toda nuestra ropa arrugada espera en bolsas a que la planchen. En ese cuarto frío al que nadie le gusta entrar, un fantasma probablemente cuida las bolsas frías. Cada vez que entro allí:
—Ay, bendito fantasma de la ropa arrugada, te ruego que me dejes en paz, caray.

Las ratas en las paredes chirrían como pájaros. Un pequeño ruido sordo y un barullo del otro lado. Ruidos como grava, como piedritas que caen. Yeso suelto. No me atrevo a salir de la cama en la noche. Ni para hacer pipí. Prefiero mojar la cama antes que enfrentarme a la oscuridad.

Hermanos que roncan a mi lado. Mamá y papá cuchicheando en su cuarto a lo lejos. Codos y rodillas calientes. No te pases a mi lado de la cama o te doy de moquetes. Dormir de panza, voltear la almohada del lado fresco, limpiarme el polvo de los pies. El sueño que viene por mí.

Vieja casa, nuestra casa, zapato viejo y feo. La boleamos y limpiamos y pintamos y arreglamos, componemos lo que tenemos dinero de componer, pero de nada sirve. Se ve todavía tan sucia como siempre.

*L*a buena noticia de nuestra casa nueva en El Dorado Street no es buena para todos. Papá y la abuela regresan a Chicago de muy buen humor, ciegos al hecho de que todo el mundo a su alrededor está encabronado. Tío Baby y tía Ninfa están sentidos, y no los culpo. Después de todo, así es cómo les agradecen después de cuidar a la abuela todos estos meses. Tío Chato y tía Licha están más que sentidos. —¿Y nosotros qué? ¿Estamos pintados? ¿No necesitamos ayuda tanto como Tarzán? Ese dinero salió de la venta de la casa en la calle del Destino, que nos lo debimos haber repartido entre toda la familia. Nuestro padre siempre lo dijo. —Qué tonterías —dice la abuela. —Inocencio tiene más necesidad que el resto de ustedes, tiene «siete hijos». Y si van a pelear por su herencia, por lo menos espérense a que esté muerta.

Son como una fuga de gas, los malos sentimientos. Un silbido lento que sabes que terminará en algo horrible.

Pero en nuestra casa, papá y mamá ignoran las disputas familiares. En la noche, susurran sus planes.

—Y hay un departamentito atrás, para mi mamá, claro.

—¿Tu mamá? Yo pensé que se iba a conseguir su propia casa. Tú no me dijiste que iba a vivir con nosotros.

—Poco a poco. Necesita buscar una casa, y yo necesito pedirle prestado un dinero para montar mi taller nuevo. Estoy empezando de cero. Tengo que comprar máquinas de coser, un compresor, construir mesas. No esperarás que me lleve más que mis herramientas con mis hermanos portándose así. Después de todo, mi mamá nos dio el dinero para el enganche de la casa. Nos lo *dio*. Un *regalo*, no un préstamo, Zoila. Nomás piensa, cuando se cambie a su casa, tú serás la dueña. ¡Una *dueña*, Zoila! ¿No es lo que siempre habías querido ser?

—Pos... No se va a quedar pa' siempre, ¿verdá?

—Mi vida, ¿alguna vez te he mentido?


*N*os toma mucho tiempo deshacernos de nuestras cosas y empacar sólo lo esencial. Algunas cosas las enviamos, y otras las dejamos con los muchachos en Chicago, y algunas nada más se pierden o se rompen o ambos. Vendemos algunos de nuestros muebles, y muchos se regalan. Y el resto lo guardamos en una bodega. —No te preocupes, papá le promete a mamá. —Te voy a hacer muebles nuevos cuando lleguemos allá. Pero la mitad de nuestras posesiones ya son viejas de todos modos, y mamá se alegra de deshacerse de ellas. Lo único que quiere son sus rosales, y Toto los excava diligentemente y los empaca en cubetas de plástico.

Cuando por fin enganchamos un remolque con el ropero de nogal de la abuela envuelto en un acolchado verde de mudanzas, parecemos, como dice papá, «hungaros». Papá sigue insistiendo que nos desprendamos de cosas. Y cuando no lo hacemos, las regala cuando no nos damos cuenta. —No te preocupes, te compro uno nuevo en Texas.

Nuestro pastor alemán, Wilson, casi se queda en Chicago con Rafa, Ito y Tikis. Papá trata de convencernos de que nos comprará otro, porque Wilson ya está viejo y medio cojo, pero no hay otro Wilson como él en el universo. Encontré a Wilson hace años en el callejón y lo pusimos en nuestro patio. Ya estaba crecido en ese entonces, sucio y cubierto de quemaduras de cigarro en el hocico; un perro de ojos tristes, acuosos, con los bordes resaltados en negro como Alice Cooper. Pero ahora Wilson es un vejestorio; a pesar de que todavía anda cojeando, arrastrándose, tratando de protegernos. Toto, Memo, Lolo y yo decidimos organizarnos. —Si Wilson no va con nosotros a Texas, nosotros no vamos. Mamá ni quiere ni hablar del asunto, hasta que nos echamos a llorar. —Mírala, pobrecita —dice papá. —Deja que la niña traiga su perro, no da lata. Finalmente, Wilson consigue permiso de venir con nosotros y lo metemos en la camioneta en su cama especial hecha de un cojín viejo de sillón.

El viaje a San Antonio es lento, no como cuando nos dirigimos a la Ciudad de México, quizá porque estamos arrastrando el pasado. Papá no deja que nos entretengamos ni nos deja pasar la noche en un motel por el remolque y el riesgo de que nos vuelen todo. Así que los muchachos y papá se turnan manejando, descansando sólo para el café y la comida, la abuela ronca profundamente, despertando con cada bache y preguntando: —¿Ya llegamos?

Llegamos a San Antonio temprano por la tarde, cansados y malhumorados, listos para llegar a la casa en El Dorado Street, pero papá insiste en llevarnos primero a su lugar de trabajo. —Está aquí cerquita, de camino, ya verán. Papá circula hacia el oeste pasando la esquina de las calles Commerce y Rocillo, donde vivía Carol Burnett cuando era chica. Pasamos calles llamadas Picoso, «*Hot and Spicy Street*»; Calavera, «*Skeleton Street*»; Chuparrosa, «*Hummingbird Street*». Me extraña ver los nombres en español. Casi como estar del otro lado, pero no exactamente.

Papá nos lleva de arriba abajo y alrededor como si estuviera perdido, por callejones traseros con idénticas casas en hilera con cabras y gallos amarrados al barandal del porche y patios llenos de perros durmiendo bajo la sombra de un árbol, rascándose o trotando al cruzar la calle. Blackie, Snowball, Smokey, Lulu, Pinky. Perros que se vuelven locos y persiguen nuestra camioneta como si nunca antes hubieran visto unas ruedas.

Finalmente papá se para a lo largo de una franja de fachadas de comercios blanquecinos como si los hubieran pintado con betún para zapatos de enfermera, una hilera desmoronada de un blanco vuelto aún más blanco por el sol. Es un taller polvoso en una calle polvosa, Nogalitos Street, carretera vieja 90, la cual solía llevarnos al sur a Laredo antes de que construyeran la nueva autopista interestatal. Nos estacionamos enfrente en diagonal como todo el mundo, la banqueta unos escombros de concreto y unos girasoles indestructibles que vuelven a la vida el instante después de que les pasamos encima con el carro. JOYERÍA MINGO'S, «OFRECEMOS DERECHO DE APARTADO». PASTELES DE BODA HECHOS POR FINA PARA TODAS LAS OCASIONES. CASTILLO DE BELLEZA UNISEX AZTECA —«CORTES ELEGANTES POR SÓLO UNO CUARENTA Y NUEVE». REPARACIÓN Y POLARIZADO DE PARABRISAS PARA NO HACER BIZCOS. La oficina de un notario público que anuncia: TAXAS CONTABILIDAD, TORONJAS A DÓLAR LA DOCENA, Y SE DAN LIMPIAS/CASA/NEGOCIO. Pero allí en la esquina que domina, MARS TACOS TO WENT.

—Oye, hemos estado aquí antes, papá, ¿te acuerdas? Comimos en la esquina en el negocio de Mars.

Metido como cuña entre la panadería y el salón de belleza, el taller de papá. TAPICERÍA REYES en letras de molde rojas y amarillas con una corona en la «R». Una peste a solución rosa para permanente y a pan dulce. —Después de un rato, ni lo notas —dice papá.

A poca distancia al sur por Nogalitos y luego a un pasito, y estamos en El Dorado Street. En una cuadra de casas achaparradas y sin chiste, una casa de ladrillo moderna de dos pisos resalta como una joya entre la porquería. Ladrillos limpios de color claro, y una entrada inmaculada rodeada de una reja alta de fierro pintada de negro y dorado, imponente como un Doberman.

—¿Ésta es?

—No —dice papá. —Es más adelante. Luego agrega: —Drogas. Queriendo decir: —Puedes apostar a que los que viven allí probablemente estén metidos en el comercio de drogas.

—¿Es ésta? —pregunto señalando una casa victoriana morada con un columpio verde en el porche.

—Uy, no —dice la abuela. —Es mucho más grande que ésa.

—¿Ésta sí es?

—Ja, ja, ja. Papá y la abuela se miran uno al otro con aire de suficiencia y se guiñan el ojo.

Por fin papá dice: —Aquí estamos, y se mete por un camino lleno de nueces pacanas que machacamos con las llantas.

—¿*Ésta* es?

Veo la casa. Me recuerda una adivinanza del primer grado. Pregunta: ¿Qué hora es cuando un elefante se sienta en tu techo? Respuesta: Hora de conseguir un techo nuevo.

Rascuache. Es la única palabra para describirla. Nuestra casa es de las que están hechas a lo loco, destartaladas, inventadas, como si cada cuarto se hubiera agregado según crecía la familia que la construyó, cuando les alcanzaba el dinero, capa tras capa de mejoras, tratando de superarse lo mejor posible, aun cuando ese mejor posible no quisiera decir gran cosa. Partes de madera, partes de revestimiento exterior chafa, y algunas partes de ladrillo. Una casa como las excavaciones de la Ciudad de México. Un porche en la planta baja y un porche en la planta alta con barandales de metal oxidados que no hacen juego, toldos de aluminio torcidos, enrejado de fierro en las ventanas, las decoraciones navideñas del año pasado —un Santa Claus y un reno de varilla— macetas con pedazos de azulejo o espejo pegados, nicho a la Virgen de San Juan, macetas de llanta, una reja de alambre opaco de Sears, una antena de televisión chueca, un columpio podrido de mimbre para el porche, una huerta llena de plátanos abandonados y coyoles rojo oscuro y amarillo, enredaderas creciendo encima de todo, aduchándose de todo, ahogándolo todo, realmente. Los retoños de las nueces que brotan de las ranuras de la banqueta pandeada y de las macetas abandonadas llenas de maleza. Las nueces pacanas que truenan debajo de los zapatos. Pequeñas lagartijas verdes que inflan el pecho rosa y luego se esfuman. Margaritas de fierro hechas de tubos de cañería y las hojas de un ventilador roto. Un pozo de los deseos de madera donde cucarachas gigantes del color de la madera barnizada se escabullen cuando lo tocas.

Nuestra casa se ve como algo salido de Acapulco, como la casa de Catita, en realidad. Deslavada, podrida, cayéndose. Náufragos. Eso es lo que somos. Un galeón enorme hecho de esto y aquello varado en tierra firme.

Todo el verano hemos estado oyendo de nuestra maravillosa casa de la boca de papá y la abuela, olvidando lo exagerados que son. Con una especie de optimismo como el de los agentes de bienes raíces, papá y la abuela ven las posibilidades de la casa, pero yo veo lo que está frente a mí.

A nuestro alrededor hay casas tan amoladas o peor que la nuestra. Casas como palabrotas que quieren horrorizarte o espantarte. Como chanclas aplastadas y raspadas y que dan lástima.

Empiezo a llorar.

—¡No llores, Lalita, por favor! —dice papá. Sostiene mi cara entre sus manos y hace que me suene en la orilla de su camiseta. —¿Es que extrañas tu casa, verdad? Pero imagínate, muy pronto no pensarás en ninguna otra casa más que en ésta.

Eso me hace llorar todavía más fuerte. Lloro con mucho sentimiento, como dicen, como una profesional. Lloro al cargar cajas adentro de la casa y lloro al sacar la basura.

—Chinelas —dice mamá. —Fuiste chillona de bebé y sigues chillona. ¡Ya párale! Lo que este lugar necesita es un poco de Pine-Sol.

---

*Mi vida: así le dice papá a mamá cuando no está enojado. —Mi vida, ¿dónde escondiste mis calzones limpios?

Mijo, mi hijo. Así le dice mamá a él cuando no está enojada. —Están en el ropero de nogal, mijo.

Mijo, aunque ella no es su mamá. A veces papá le dice mija, mi hija. —Mija, grita. Las dos, mamá y yo, salimos corriendo y contestamos: —¿Qué?

Para enredar todavía más las cosas todo el mundo dice mamá o ¡mamacita! cuando una preciosidad pasa por allí. ¡Ma-maaaaaá! como un grito de Tarzán. ¡Mamacita! como un hipo.

Si la preciosidad es masculina, —¡Ay, qué papacito! O, —¡papasote! para los verdaderamente deliciosos a la vista.

Una confusión incestuosa tremenda.

Aún peor, son los insultos dirigidos a la madre: —–Tu mamá. Mientras algo encantador y maravilloso es —¡Qué padre!

¿Qué dice esto sobre el mexicano?

Yo te pregunté primero.

# 61.

## Muy buena gente y muy amable, igual que usted

—¿Y entonces qué pasó?

—Y luego su esposo huyó con esa fulana de enfrente y nunca volvieron a saber de él. Y ella dijo: —«¡Al fin sola, gracias a Dios!» Tan tán.

Fulana es una de las palabras de mamá, de sus tiempos no de los míos, pero la uso de todos modos para hacerla reír, y funciona. Mamá está de buenas. Estamos ayudando a papá a organizar un poco su taller. Mamá trapea y yo barro. De vez en cuando, de la nada, mamá pregunta: —¿Y entonces que pasó? Aunque yo no estuviera contando una historia. Es como un juego entre nosotras. Tengo que salir con algo inesperado, mientras más escandaloso mejor. Nos ayuda a pasar el rato.

Papá estaba instalando una serie de repisas para sus carpetas de muestrarios de telas, pero ahora está hablando con un cliente que acaba de entrar. Algunos de los que vienen son muy maleducados. Los mexicanos no. Ellos saben cómo ser educados. Me refiero a los güeros. En lugar de llamar a mi papá «Míster Reyes», le dicen «Inocencio». ¡Qué falta de respeto! Qué bárbaros. Pobrecitos. Papá dice que tenemos que perdonar a los ignorantes, porque no saben lo que hacen. Pero si nosotros sabemos lo suficiente sobre su cultura para saber lo que está bien, ¿cómo es que ellos no se molestan en aprender sobre la nuestra?

—*Hey,* así es. ¿De dónde es usted, amigo?

—México. ¿Y usted, *my friend*?

—Oh, bueno, un poco de todas partes, supongo. De aquí. De allá. Yo era hijo de militar. Mi papá estaba con el ejército norteamericano.

—¡Yo estuve en el ejército norteamericano! Durante la segunda Guerra Mundial, *my friend*.

—¡No me diga! No sabía que los mexicanos habían peleado del lado de los aliados.

—Tanto en México como aquí.

—Mi papá peleó en esa guerra. Vio suficiente acción de guerra como para que lo ascendieran a un puesto en Camp Blanding.

—¿Camp Blanding? ¡No lo puedo creer! El entrenamiento básico en Camp Blanding lo hice yo también.

—Bueno, ¡esa sí que es una coincidencia! Tal vez conoció a mi papá.

—*Pliis*, su nombre.

—Cummings. Mi papá era el general mayor Frank Cummings.

—¡*Oh, my Got*! ¡Me acuerdo! Todos querían mucho al General Cummings. Era un caballero.

—¡Seguro que sí! Era un buen tipo, mi papá.

—Más que eso. Era muy buena gente y muy amable. Igual que usted, mi amigo. Siempre, decía, *my son*, mi hijo. Qué orgulloso estaba.

—¿De verdad que sí? Aj, qué gustazo me da escuchar eso, sobre todo porque nunca me lo dijo a la cara en vida. Pero papá era así. Yo como que siempre lo supe, sabe. Aunque de veras me alegra oírlo.

Papá y el tejanote hablan y hablan por lo que parece una eternidad. Oh, está bromeando. No, se lo juro. Bueno, ¡si no será! Así. Cuando por fin se pliega dentro de su Mustang azul y se aleja, el tejano suena que suena el claxon y todos nosotros le decimos adiós con la mano, menos papá, quien se cuadra. En ese momento mamá se lo pone verde.

—¡Qué mentiroso eres! —dice mamá. —¡Ni fuiste a Camp Blanding! Fuiste a Fort Ord. ¿Qué ni siquiera sabes contar bien una historia? No aguanto a los mentirosos.

—No es ser mentiroso —dice papá. —Es ser amable. Sólo digo lo que la gente quiere oír. Los hace felices.

—Qué lambiache —dice mamá entre dientes, usando la palabra que quiere decir «*lick*». —Es lo que me choca de los mexicanos —continúa, —¡Siempre están llenos de *bullshit*!

—No *chit* —papá la corrige. —La buena educación. Soy un caballero. Ladea una caja de tachuelas negras y las vierte en su palma, luego se mete unas a la boca como si fueran pasitas.

—Pos, los güeros no lo miran como buena educación, la mera verdá —dice mamá.

Papá sólo sigue besando la punta magnética del martillo y martillando el sillón de orejas que está componiendo.

—¿Me oyes? —dice mamá. —Te hablo, Inocencio…

Prendo mi radio de transistores y encuentro una estación que toca canciones viejas. La canción de las Supremes «*Stop in the Name of Love*». Le subo tanto al volumen que no puedo oír ni una palabra del cuento de papá, ni de la historia de mamá.

# 62

## Una mujer sin Dios, mi madre

En nuestra casa las veladoras nunca parpadean desde sus burós en las recámaras de día y de noche. Ninguna estatua regordeta del Niño Jesús vestido como el Santo Niño de Atocha, sombrero emplumado de los Tres Mosqueteros, guaraches ajados de correr de noche respondiendo a las oraciones, nos ha visitado jamás. Nadie quema copal para las almas condenadas al purgatorio ni las almas condenadas a la vida. No hay un rosario empolvado que cuelgue de la pared sobre nuestra cabecera. No hay una cruz de Domingo de Ramos que acumule grasa encima de la puerta de la cocina. Ningún ángel de la guarda nos protege mientras soñamos. No se prometen milagros de plata ni trenzas de pelo a un santo favorito. Nadie murmura una novena, y no hay comida que exija que bendigamos la mesa. No nos barren «el susto» con la escoba. Nadie nos cura el mal de ojo con un huevo. No nos persignamos dos veces ni nos besamos el pulgar al pasar por una iglesia, ni hemos pedido la bendición de nuestros padres al despedirnos jamás. Los domingos por la mañana no nos llaman a misa. Los altares no exigen que nos arrodillemos. Nos dejan que creamos o no creamos lo que las monjas y los curas nos enseñan en la escuela, y aunque cuentan unas historias bonitas, lo que se graba es el Dios del palo ardiéndonos en las palmas de las manos, y, cada mes que pagamos tarde la colegiatura, el horrible Dios de la vergüenza. No se enseña en la escuela católica sobre el Dios de la felicidad de los girasoles.

Salvo un retrato enmarcado de la Virgen de Guadalupe, Dios no visita nuestra casa. Pero la abuela enojona sí. Y en una ocasión trajo, además de varias piezas grandes de equipaje de vinilo, a la Guadalupe. Esta Guadalupe, comprada de un vendedor de la Villita frente al mismo cerro donde la Madona indígena hizo su milagrosa aparición, bendecida por un cura de la basílica, envuelta en una copia reciente del periódico deportivo *Esto,* amarrada con firmeza y un nudo doble de mecate peludo, metida junto a una botella de rompope, unas bolsas de glorias, el chuchuluco favorito de papá, y el equivalente a un año de revistas de monitos de *La familia Burrón* en un morral de ixtle —¡A mano, a mano, para que lo sepas! — ascendió por los cielos vía Aeroméxico, descendió, y fue entregada a nuestro departamento atiborrado de Chicago hace varios años, y, a petición de la abuela, fue colgado en la cabecera de papá y mamá. Haz esto en memoria mía.

—Al diablo —mamá masculló, pero papá insistió. Papá es un verdadero devoto de las madres, tanto terrenales como divinas. Aunque se podría alegar que mamá también es una madre, sólo mamá alegaría su jerarquía sobre las otras dos.

Mamá creció con una profunda desconfianza de cualquiera que representara a la Iglesia, aunque no fueran católicos.

—No abran la puerta, son los aleluyas.

¿Entonces por qué nos mandaba mamá a una escuela católica? No era por amor a la Iglesia, créeme, sino porque las escuelas públicas, en sus propias palabras, eran un montón de mierda.

—La pura sistema está construida para hacerte fallar —dice mamá. —Mira nomás los números de los que se salen de la escuela. Pero hasta que los hijos de los güeros fallen tanto como nosotros, a nadie le importa un carajo. Óyeme, Lala. Más vale que te palicen los padres y las monjitas, a que te dé una paliza la vida.

Mis hermanos creen que mamá es Dios. No se quejan para nada de los planes de mandarlos a Resurrection High School de niños en el centro. Papá dice que me van a inscribir en la escuela afiliada de niñas, Immaculate Conception. Pero si quiero tener una vida social, tengo que lograr que mamá me mande a la escuela pública del otro lado de la autopista.

En eso estoy pensando mientras limpiamos la casa en El Dorado Street. El dueño anterior dejó tantos triques que tenemos que acarrear ahora, que apenas podemos hacer un campito para poner un pie. Algunos de los triques son útiles, unos aires acondicionados y ventiladores de ventana que ya estamos usando, porque llegamos aquí al final de la canícula, en agosto, y está, como dicen aquí, más caliente que el mismo infierno.

En la puerta de la cocina dejamos puesto un calendario mexicano de 1965, una pintura titulada «El rapto». Un caballo blanco, un charro muy guapo, y en sus extasiados brazos, una belleza desfalleciente, su rebozo de seda y su blusa resbalándose de un hombro sensual. El caballo levanta un casco en el aire, orgulloso como una estatua de bronce. El rapto.* Me pregunto si quiere decir «*The Rape*». Y me pregunto si «rapto» y *rape* vienen de la misma palabra.

En la sala hemos heredado un retrato doble de Lyndon B. Johnson y John F. Kennedy, que mamá quería tirar, pero que papá quiso que dejáramos allí. Papá le tiene mucho cariño a casi cualquier presidente.

—Es porque nunca agarra un periódico —dice mamá.

El sonido del martillo de mamá golpeando como si quisiera tirar la casa. Mamá no puede descansar hasta que todos los agujeros de la casa estén sellados con tapas de latas de atún y de café: su guerra contra los ratones y los bichos del tamaño de Texas. En algunos cuartos la duela no empata con las paredes porque los cimientos de la casa se mueven, pero eso no detiene a mamá.

—¿Por que no mejor llamamos a un control de plagas?

—Hay que ahorrar, por eso.

Siempre se trata de ahorrar. Siempre se trata de algo que brilla en la pared cuando apagas la luz. O algo asqueroso que se escabulle por el piso de duela. Siempre, siempre se trata del miedo a levantarse a media noche. Y un miedo mortal de comer de una caja medio abierta de hojuelas de maíz. Que me cuenten a mí sobre el ahorro.

—Qué tal si hacemos un sacrificio, ma, y este año no nos mandas a la escuela católica. Imagínate todo el dinero que ahorraríamos.

—Ya te dije. Que no y no y no. Me das bastante lata. De todos modos, tus hermanos se van a encontrar chambitas para ayudarnos. Tienen que prepararse para ir al colegio. ¿Qué quieres, que vayan a Vietnam?

—Pero así no tendría que tomar el camión para ir a la escuela pública, porque me podría ir a pie. Y a mí nadie me mandaría a Vietnam.

—Mira, podemos cuidar el dinero en muchas cosas, pero no con tu educación. ¿Y si te casas y algo te pasa?

—¿Cómo qué?

—Algo. Nunca sabes. A la mejor tienes que mantenerte. Por si acaso.

—¿Por si acaso qué?

—Olvídalo, metiche. Ve y corre a la ferretería y tráeme un poco de fibra metálica. Y una espátula. Y no te pierdas al regresar.

Mars nos dijo que el que vivía aquí se dedicaba a la compraventa de cachivaches y que o estaba demasiado viejo o era demasiado flojo como para alzar otra cosa que no fuera una cerveza. Acumulaba de todo y se metía en esto y lo otro, razón por la cual ninguna de las ventanas hace juego, y cada puerta en la casa se ve como si hubiera salido de otra parte. Pero el hecho de que la casa tuviera tres baños fue el mayor atractivo para que papá la comprara. Uno arriba en un cuarto tipo dormitorio con tejado a dos aguas para los muchachos. Otro abajo, y uno pequeño para el cuarto que da a la cocina. Se suponía que ése iba a ser mi cuarto, pero la abuela lo pescó casi al momento de entrar a la casa, porque su departamento en la parte trasera todavía no está listo. Ahorita está tan empolvado como un granero y lleno de cucarachas gigantes, demasiado sucio hasta para Wilson.

—¿Y *yo* dónde voy a dormir? —la abuela preguntó al momento que llegamos, en una voz tan majestuosa como la emperatriz Carlota.

Quizá porque es el cuarto más lejano del de mamá y papá, o quizá porque es el único cuarto con baño privado, mamá le da mi cuarto. ¡Sin siquiera preguntarme!

En vez de dar las gracias, la abuela dice rotundamente: —Ah, como cuando vivía en casa de Regina y tenía mi propio cuartito al lado de la cocina. Su intención es herir a mamá, de seguro, porque el cuarto contiguo a la cocina en México siempre es el de «la muchacha», sólo que mamá no se da cuenta o no la oye.

—¿Y yo qué? —pregunto. —¿Y ahora? ¿Me duermo en la camioneta?

—Te vamos a hacer una cama en la sala. Nomás por esta noche —dice mamá. —Y no te quejes. No eres la única haciendo sacrificios.

Nada es como papá había dicho. No es dueño de un taller. Lo renta. De Mars, porque necesita dinero para los materiales y el equipo del taller y luego, poco a poco, piensa comprar su propio taller. Y luego, poco a poco, cuando la abuela tenga su propio lugar ya arreglado, me regresará mi cuarto, el que da a la cocina donde el inquilino anterior había pegado un póster de Raquel Welch[†] de la película «*One Million Years B.C.*» en la pared. Lo pegaron con laca y quién sabe qué más; no podemos quitarlo hasta que pintemos el cuarto. Hasta entonces, tanto la Virgen de Guadalupe como Raquel comparten el espacio en la cabecera de la abuela.

Duermo en la sala. Por las mañanas está el maldito rechinón de hule de los pájaros negros llamados urracas. De vez en cuando una nuez pacana cae y hace *pas* contra la casa como si alguien nos estuviera tirando piedras. Para las diez, el sol está tan denso y potente que obliga hasta a los muertos a levantarse. Luego está el ruido de la abuela dando portazos en la alacena de la cocina, estornudando como un clarín, arrastrando los pies en sus chanclas.

Hemos abierto todas las ventanas y ventilado la casa, pero todavía huele a encerrado, a moho y a humedad eternos, como si algo espeluznante estuviera creciendo dentro. También está el olor a gis y a yeso y a polvo de las cosas sobre las que hay que trepar. ¿Herramientas? ¿Periódicos? ¿Botas? Cosas que te hacen tropezar mientras subes las escaleras o atraviesas un cuarto. Un aire triste, desesperado tiene esta casa, como una boca a la que le faltan varios dientes. Revistas viejas y fajas elásticas y brocas de taladro en huacales o cajas apachurradas. El papel tapiz pegajoso y empolvado. Y el olor a insecticida, como si alguien hubiera echado una bomba contra cucarachas, y el olor se te pega a la garganta y a los ojos y te hace escupir flemas todo el tiempo.

Afuera, las nubes tejanas: amplias, holgadas y ligeras, como pijamas, pero un sol tan brillante y caliente que duele estar afuera y mirar cualquier cosa. Los niños en la calle se llaman a gritos: Víctor, Rudy, Alba, Rolando, Vicente. Y a lo lejos, un radio sintoniza la música tejana con su acordeón brioso y su contrabajo pesimista.

Soy como ese contrabajo. Grande. Los únicos sonidos que salen de mí tristes y profundos. Mamá tiene razón, nunca estoy contenta a menos que esté triste. Al anochecer, me doy vueltas como Wilson, tratando de encontrar un lugar cómodo para descansar. Después del noticiero de las diez, bajo mi cama del clóset —las sábanas y la almohada— y hago tiempo en el comedor arrimando dos sillas y leyendo hasta que todos han desaparecido y se han ido a dormir, y puedo reclamar el sofá.

Ciertas noches, como hoy, me dan los depredélicos.

A decir verdad, nadie sabe lo que quiero, y apenas lo sé yo misma. Un baño donde me pueda meter a la tina sin tener que salir cuando alguien aporrea la puerta. Una puerta con llave. Una puerta. Una recámara. Una cama. Y dormir hasta que me dé la gana sin que nadie me grite: —¡Levántate o te tengo que levantar! Silencio. Sin una radio parloteando del mostrador de la cocina, ni una tele retumbando de la sala. Alguien en quien confiar mis penas. Algo bueno y relajante que ver. Estar enamorada.

Todo eso está muy bien si un día pudiera tenerlo, pero me deprime pensar que podría acabar como Hans Christian Andersen, vieja y moribunda en una cama que ni siquiera es mía. ¿De qué le sirvió toda esa fama si ni siquiera tenía su propio cuarto?

¿Conoces a la Quinta Dimensión? El grupo musical, quiero decir. «*Up, Up, and Away*» y «Aquarius». Los depredélicos son así. Una armonía de voces, agudas y graves, sólo que en vez de hacerte sentir bien, te hace sentir triste: en cinco gradaciones. Soledad, miedo, dolor, aturdimiento y desesperación.

No puedes remar más allá de los depredélicos. Yo al menos no puedo. Como que me ahogo en ellos, me quedo dormida, mi cuerpo empapado y saturado. Y cuando despierto, si tengo suerte, es un alivio ver que los depredélicos se han desvanecido como cuando por fin te baja la calentura.

Mi prima Paz me enseñó a tejer a gancho un verano, y qué bueno que lo hizo. Es muy útil cuando me dan los depredélicos. Compro una bola de hilo de algodón y un gancho de doble cero en el Woolworth's y hago una bola de encaje sucio a crochet porque siempre me sudan las manos, y no puedo evitar ensuciar el hilo. Hay un poema de García Lorca que tuvimos que memorizar una vez en la escuela. Tiene un verso que dice: «¿Quién me compraría a mí, este cintillo que tengo y esta tristeza de hilo blanco, para hacer pañuelos?» Algo así. Suena medio bobo en inglés. *Who will buy me this sadness of white string to make handkerchiefs?* Esta tristeza de hilo blanco. Así me siento cuando me dan los depredélicos. Un infinito hilo blanco lleno de nuditos.

—El problema contigo es que eres demasiado sombría —me dice una monja en la escuela. Sombría. Me pregunto si esa palabra viene del mismo lugar que «sombrero».

No olvides ponerte tu «tristeza». No lo olvidaré. Esta «tristeza» te viene a la medida, ¡está hecha para ti, en realidad!

La tristeza me queda bien. La saboreo de la misma forma en que la gente saborea la buena comida. Sueño o tristeza, todo me da igual. Ven por mí. Como un océano deseoso de la muerte.

—Gracias a Dios estamos aquí y llegamos con bien —dice papá, despertándome de mi ensueño. Luego hace la misma broma. —¿Qué tienes, mi vida? ¿Sueño o *sleepy?*

—Es que tengo *sleepy*, papá.

No le digo la verdad. Esta casa me da ñáñaras, como que está embrujada o algo. ¿Pero cómo puedo decirle eso si está tan contento?

—Es hora de hacer la meme. Noches —dice papá. —Que duermas con los angelitos panzones.

Los angelitos panzones, como los que la Virgen siempre está pisando. Como los que empujan a un santo al cielo, cargando el manto azul de María, o revolcándose en las nubes en éxtasis divino.

Los angelitos panzones. Suspiro y me tapo la cabeza con la sábana como cuando era chiquita y le tenía miedo a las lagartijas. Gracias a Dios alguien cree en algo.

---

*«El rapto» también es una película dirigida por el Indio Fernández, con la actuación estelar de María Félix y Jorge Negrete, 1954. Es la versión mexicana de La fierecilla domada.

†Según la publicación Star, el verdadero nombre de Raquel Welch es Raquel Tejada, y es latina. Hubiéramos aplaudido de haberlo sabido en ese entonces, salvo que nadie lo sabía a excepción de Raquel Tejada. Quizá ni siquiera Raquel Welch.

# 63

# Dios le da almendras

*L*a que abre la puerta es una rama retorcida, pinta, blanquecina, quebradiza como un abedul. Nunca se me ocurre pensar en cómo me veo hasta que alguien me ve como ella lo hace. Debí ponerme mis zapatos buenos.

Papá comienza: —*Madam,* le ruego, *the priest,* ¿está en casa?

—El Padre Ginter no puede ver a nadie en este momento. Está comiendo… Pero pueden pasar y esperarlo.

—Muy amable.

Cada vez que nos cambiamos a una colonia nueva, papá y yo tenemos que pasar a ver al padre. Sólo una vez y ya, nunca más. El cuarto de espera de todas las rectorías en las que hemos esperado tal como éste. Limpio. Los mosaicos del piso un tablero de ajedrez en beige y café, siempre encerados, siempre lustrosos, sin una rozadura por ningún lado. Las paredes tan impecables como un museo. Toda la casa con un olor a gis y a nubes benditas de papas hervidas.

—Acuérdate, Lala. No digas nada cuando aparezca el padrecito —susurra papá, —ni una palabra, ¿entiendes? Déjame hablar a mí.

Para conseguir un descuento en la colegiatura en Resurrection y en Immaculate Conception, hemos venido a contarle un cuento al padre.

—Nada más le diremos al padrecito que somos una familia de buenos católicos —dice papá.

—Pero eso es mentira.

—Por supuesto que no —dice papá. —Es una mentira sana. Además, ¿tú quieres ir a la preparatoria católica, no?

—Pero yo quiero ir a la escuela pública.

—Mija, por favor —dice papá —porque ya hemos discutido esto cientos de veces. —Tu mamá —agrega y suspira.

Mientras esperamos al padrecito, papá se levanta e inspecciona los cojines del sofá.

—¡Mugre! —dice entre dientes. —¡Con sus patas!

Quisiera que papá no hubiera insistido en venir directamente del taller. Está tan lleno de pelusa como una toalla. Hasta trae borra en el bigote. Cuando se sienta, se quita pedazos de hilo y copetes de algodón. Papá murmura para sí, hace cálculos mentales. Ya sé qué está pensando. Cuánto le tomará desbaratar estas sillas, volver a barnizar las patas, amarrar las cinchas de algodón hasta que queden tirantes, volver a amarrar los rodetes, rehacer el cuarto en una tela bonita y brillante, no en estos tonos cafés tan feos y ásperos que tanto gustan en las casas de los párrocos católicos. Pero antes de que papá pueda hacer un cálculo aproximado, el padre Ginter está aquí, un hombre con una carota de buldog, como un gángster, aunque su voz es sorprendentemente aguda y bondadosa.

—*I have seven sons* —dice papá.

El cuento comienza como siempre lo hace, pero nunca sé cómo va a terminar.

—¡Siete hijos! Vaya, debe estar muy orgulloso.

Papá quiere decir *children,* no sólo *boys,* pero no creo que el padre Ginter entienda.

—Soy un buen católico.

No es cierto. Papá jamás va a la iglesia.

—Mis hijos… aquí papá hace una pausa para llamar la atención, —todos, todos van a la iglesia. Todos los domingos. Así es en mi tierra.

Papá siempre nos deja dormir tarde los domingos menos cuando vamos a la pulga. Entonces *tenemos* que levantarnos temprano.

El padre Ginter escucha, asiente con la cabeza y murmura elogios a papá por ser un hombre tan devoto.

—¡*Seven sons*! No se preocupe, Míster Reyes. Veremos qué se puede hacer.

—*Pliis,* es obligación de la iglesia ayudarnos, ¿no? Somos muy católicos en mi país, ¿*understand*? ¿Conoce la iglesia de la Virgen de Guadalupe? Allí me bautizaron. Mi hija, mírela, siempre está hablando de seguir el ejemplo de las monjas.

—¿Conque así es?

—Sí-sí, sí-sí, sí-sí, sí. Todo bonito y limpio, así le gusta. Como a las monjas.

—Dios encuentra la manera de proveer para todos, ¿no es así? El Señor no permitirá que a sus hijos les falte una educación católica.

—Si Dios lo manda, mis hijos tendrán una vida mejor que la de su pobre papá.

Aquí el padre ladea ligeramente la cabeza como la Virgen de Guadalupe.

—Tenga fe, Míster Reyes. Veremos qué se puede hacer. ¿Cuántos años dijiste que tenías, *little lady?*

—Catorce —digo.

—No me digas. Yo creí que eras mayor. Para que veas. No te preocupes. Encontraremos algo para ti, nena.

En casa, durante toda la comida, papá presume: —Ya ves, nomás hay que regatear.

Unos cuantos días después el padre Ginter ha encontrado trabajitos para los muchachos para después de la escuela en un vivero. Pasa un mes, y luego a mediados de octubre, el padre Ginter me manda un recado pidiéndome que pase a verlo. Qué sorpresa cuando dice, —Señorita, ¿cómo te gustaría trabajar como ayudante del ama de llaves?

El corazón se me hiela. No sirvo para nada que tenga que ver con el trabajo doméstico. Por lo menos eso dice mamá. Pero ésta no es una historia que le puedas contar a un padre, y sólo asiento con la cabeza y sonrío.

Tengo que reportarme con Tracy, una chica que terminó el bachillerato y se supone que me va a entrenar antes de que se vaya a la universidad. Tiene cara de Tracy, como las chicas pecosas y alegres de las páginas de «*Seventeen*»; todo, el pelo, la nariz, la sonrisa, todo en una bonita punta de gato hacia arriba. Tracy me da uno de los uniformes viejos, un vestido entallado de cloqué, del tipo que usan las señoritas en los salones de belleza y en las panaderías. No sé cómo pretenden que me venga este vestido de muñeca.

—Quizá mi mamá lo pueda agrandar —digo.

Tracy me lleva por la casa, presentándome a los otros curas que viven aquí. Éste es el padre Fulano, y este es el padre Mengano y Perengano, quienes extienden la mano y aprietan la mía muy fuerte y me llaman por mi nombre de pila como si fuera un hombre. Qué maleducados, como bárbaros, pero no saben lo que hacen.

En el cuarto de la lavandería, Tracy me enseña mis tareas. —Tienes que revisar y ver si hay algo para lavar. Separa los colores, y pon la máquina así. Luego aquí está la plancha. Sé que esto te va a dar risa, pero al padre G. le gusta que le planchen los calzoncillos.

No me da risa. Sigo preocupándome de quemar algo como lo hago en casa.

—Luego haces esto, luego aquello… Y sigue dale y dale, nombrando cosas que tengo que hacer que nunca he hecho antes o que nunca he hecho bien.

Por fin me lleva a la cocina y me presenta a la señora que abrió la puerta el día en que papá y yo vinimos por primera vez, la Sra. Sikorski, delgada y retorcida y nudosa como un árbol en la nieve invernal. La cocina de la Sra. Sikorski está súper limpia comparada con la de mamá. Todo está arreglado y en orden, aun cuando está cocinando. No hay nada que esté desbordándose y derramándose sobre el fuego. No hay cerillos para encender la hornilla, todo es eléctrico y silencioso. No hay yema de huevo seca al lado de la estufa. No huele a tortilla frita. No hay grasa salpicada. Todo está tan impecable como las cocinas modelo en la sección de aparatos electrodomésticos del Sears. La Sra. Sikorski guarda todo después de usarlo. Cada salero, cada abridor de latas, cada vaso lavado y secado, tan pronto como sea posible.

Me siento como la niña en el cuento de hadas de Rumpelstiltskin cuyo padre hacía alarde de que ella podía hilar paja y convertirla en oro. Y ahora aquí estoy encerrada en la casa del rey pidiéndome que hile, y no sé cómo, y tengo ganas de llorar, pero si lloro, sólo voy a empeorar las cosas y no a mejorarlas. Como sucede cuando tienes que hacer pis, no puedes llorar nomás un poquito sin que nadie se dé cuenta.

Cuando por fin me dejan ir y abro la puerta de enfrente, el fresco nocturno se siente agradable en mi cara. Bajo corriendo dos escalones a la vez. Ya está oscureciendo aunque apenas son las siete y media. La oscuridad como la oscuridad que desciende a principios del otoño.

Tomo un camión al centro y tengo que hacer un transbordo. Es de noche para cuando llego a nuestra colonia. Corro deprisa calle abajo y no por la banqueta cuando doy la vuelta a nuestra cuadra. Las casas apiñadas y la oscuridad me asustan. Corro por el centro de la calle, no cerca de los carros estacionados, como lo hago en Chicago, para que tenga tiempo de escapar si es necesario.

Quería decirle al padre Ginter cómo nunca camino a casa en la oscuridad sin un hermano. Cómo no me dejan. Cómo estoy acostumbrada a que alguien venga por mí. Cómo no se acostumbra, pero no sé cómo decírselo, así que nada más corro. Todavía traigo el miedo en la garganta y en el pecho cuando llego a casa. El miedo de toda la tarde. El vidrio de las ventanas de enfrente lleno de las lágrimas de la comida cociéndose. Albóndigas y tortillas de harina cuando entro por la puerta, y ese olor, me da ganas de llorar. Sólo que no lloro, no digo nada sino que me encojo de hombros cuando mamá pregunta: —¿Entonces qué pasó?

—No voy a regresar.

—¿Cómo que no?

—Porque no.

—¿Te hicieron algo?

Niego con la cabeza.

—Pos, si no quieres no vayas, ya sabes.

— ¿Pero qué va a pasar con mi colegiatura?

—Bueno, tendremos que encontrar el modo, es todo.

—¿Pero qué le diré al padre Ginter?

—Tu papá pensará en algo cuando venga.

Así es.

—No te preocupes, Lalita. Le diremos al padrecito que no te doy permiso de regresar. Está muy oscuro afuera cuando regresas a casa. ¿Cómo espera que una señorita camine sola a casa de noche? ¿No se da cuenta de que somos mexicanos? Dile que me niego a permitirte ese trabajo de sirvienta. Ni siquiera tienes que regresar.

Pero sí tengo que regresar, porque soy yo quien le explica al padre Ginter, a la Sra. Sikorski por qué no puedo trabajar en la rectoría como ayudante de cocina. Cómo mi mamá dice sólo sirvo para quemar el arroz. Cómo no puedo planchar ni mi propia ropa sin chamuscarla. Cómo necesito que me vigilen cuando coso algo. ¿Te conté cómo una vez cosí mi camisa a la pierna de mis pantalones cuando estaba tratando de coser un botón? No sirvo para la cocina aunque sea la única hija.

Cuando hago el quehacer son cosas que sí sé hacer: limpiar los baños, hacer las camas, lavar los platos, restregar las ollas y los sartenes, trapear los pisos con desinfectante de pino, limpiar el refrigerador y la despensa. Pero no sé cómo poner la mesa para los güeros. No sé cómo planchar calzoncillos de güeros. Mi papá y mis hermanos usan trusas. No sé cómo hacer comida para güeros, o cómo trabajar en una cocina donde guardas todo al instante después de usarlo. Trato de recordar todo esto mientras me encamino a la rectoría al salir de la escuela al día siguiente, con una sensación enfermiza, una sensación horrible de tener que mentirle a un padre, *aun* si se trata de una mentira sana.

Es la Sra. Sikorski quien abre la puerta, quien me escucha decirle por el umbral por qué no puedo regresar. —Porque mi papá no me deja está muy oscuro cuando regreso a casa dice que no quiere que regrese a casa de noche porque no lo permitirá porque soy una hija mexicana sí así es. Lo siento. Muchas gracias. Lo. Siento. De todo corazón.

La Sra. Sikorski dice que comprende. No sé cómo lo comprende si ni siquiera yo lo comprendo. Cuando la puerta se cierra con un suspiro que huele a casa de güeros, el olor a papas, me doy cuenta de que no tengo que volver a tocar el timbre de LA PAZ SEA CONTIGO en forma de pescado, y doy saltitos por los escalones de piedra, corriendo, casi volando.

En mis oídos, ese dicho que le he oído tantas veces a papá que ya no lo oigo. Dios le da almendras a quien no tiene dientes.

# 64.

## Sor Oh

—¿Debe una llegar virgen al matrimonio?

La que pregunta es Sor Odilia. Ojos como un mágnum. Azul acero. Azul bala tiburón. Seria, pongamos manos a la obra, obsesionada con el sexo Oh-dilia. Odilia. Oh. Di oh. Pulgar e índice en un círculo, su boca dentro de esa redondez y... —Di Oh. *Oh-DEE-lee-ah*. Muy bien.

El año escolar comienza con una misa en el gimnasio para que todo el alumnado pueda asistir. Las santitas rasguean sus guitarras de Canción Nueva. Es «*Bridge Over Troubled Water*», o canciones de *Godspell* o *Jesus Christ Superstar* o, si tenemos suerte, la canción «*Suzanne*». Cuando llegan a la parte sexy, bueno, todas las que estamos en las gradas por mero nos meamos en los calzones.

Después de la misa nos dividen en «grupos de charla» compuestos de alumnas de todos los niveles. Los muchachos de al lado no están invitados. Bastante aburrido, si quieres saber mi opinión, hasta que Sor Oh se arranca con su encuesta sobre el sexo.

—¿Debe una llegar virgen al matrimonio? ¿Qué tal su pareja? ¿Esperan que su esposo sea virgen en su noche de bodas?

Viva Ozuna pone los ojos en blanco y murmura entre dientes: —Las mismas preguntas pendejas. Lo único que cambia es tu opinión dependiendo de cuándo te preguntan. Estudiantes de primer año: «Sin duda una virgen. Mi esposo no me querría para nada si no lo fuera. Y tampoco quiero que él haya estado con alguien. Guácatelas. ¡¡¡Quién quiere las sobras!!!» Segundo año: «Creo que debo ser virgen creo. Pero tal vez él no tenga que serlo. Quiero decir, alguien tiene que saber qué hacer». Tercer año: «No estoy segura». Último año: «¿A quién chingaos le importa?».

Bozena Drzemala alza la mano. —En mi noche de bodas sólo voy a dejar que la naturaleza tome su curso.

—¡Todas saben que en la vida ha sido virgen! —Viva agrega para información de las que están sentadas alrededor, seguido de muchas risillas.

Xiomara Tafoya, con un collar de chupadas gruesas alrededor del cuello, «yo digo que son mordidas de amor», ojos bonitos y bigote velludo: —Una señorita no habla de eso.

Wilneesa Watkins, dos años menor que nosotras porque la subieron dos grados: —Oigan, huercas, me dan asco.

Casi una hora de interrogaciones. Sor Odilia es peor que el FBI. Si me pregunta no tengo idea de qué diría. Fingir que soy una puta o fingir que soy la Virgen de Guadalupe. ¿Cuál es peor? De todos modos, de seguro todas se van a reír.

Decido que voy a decir que no he decidido, lo cual no es mentira.

—Es importante que no vayan demasiado lejos cuando coquetean con un joven —Sor Oh está diciendo. —Para que un hombre se detenga cuando ya está… apasionado… es muy difícil. Es distinto para las mujeres. Por eso les corresponde como señoritas no atreverse a ir demasiado lejos. Es dificilísimo para un hombre detenerse una vez que ha comenzado. Requiere de muchísimo, muchísimo, muchísimo control. Vaya, hasta es doloroso para él.

Y aquí hace un gesto de dolor como si se hubiera agarrado un dedo en la puerta del carro.

Soy virgen. Tengo catorce años. Nunca he besado a un muchacho y nadie me ha besado a mí. Pero de una cosa estoy segura: Sor Odilia no sabe ni madres.

# 65.

## Cuerpo de frijol.

—Oyes, Wilneesa. ¡Te ves súper! ¡Parece que por fin tuviste un orgasmo!

Ninguna otra alumna de la Immaculate Conception se atreve a hablar así más que Viva Ozuna, una chaparrita de zapatos de plataforma tambaleantes. Es la única alumna del último año en nuestra clase de álgebra del primer año porque tuvo que repetir el curso que reprobó en su primer año. —Es que esa pinche monja me odiaba a muerte —dice. Ahora hay un nuevo maestro de álgebra, Míster Zoran Darko, uno de los primeros maestros laicos contratados por la Immaculate Conception y víctima del coqueteo de Viva. ¡Lo llama Zorro y él la deja! Míster Darko parece un boxeador fornido que necesita una rasurada. Un caso perdido. Viva coquetea con él nomás por coquetear, creo yo.

En clase, Viva me pasa recados con todas las letras escritas en letras minúsculas como e.e. cummings, y con pequeños «os» puntuando las «íes». *¿te molestaría comparar tus respuestas conmigo? te debo un favorzote big time. please.*

Tiene las chichis bizcas de un chihuahua, camina ufana por los vestidores medio desnuda, como una blanca. —Es que soy medio blanca —dice Viva riendo. —La mitad de arriba, ¿no se nota?

Cuando terminan las clases, Viva se anuda la blusa del uniforme a la altura del estómago y se enrolla la falda todavía más zancona, sus nalgas partidas en dos como una ciruela. Tiene el lomo hundido, así que las pompas le resaltan todavía más, un cuerpo de niña haciendo pucheros como un frijol pinto o una pasita de chocolate.

—Vi a Janis Joplin en concierto el año pasado en el HemisFair —dice Viva, sacudiéndose el pelo de los hombros. —Conseguí dos boletos gratis del Radio KONO. Voy a escribir canciones. Tengo libretas y libretas de canciones. Tan pronto cumpla dieciocho, me largo de aquí. Me voy a San Francisco.

—¿Por qué mejor no te cambias a Austin? —le digo. —Sería más barato.

—Carajo, no te puedes hacer famosa en Texas. No hasta que te hayas ido. ¿Qué no sabes nada de nada?

Viva tiene ese tipo de pelo ralo que se queda lacio y pegado al cuero cabelludo, como si acabara de salir de la alberca. Con todo y eso, es bien bonita, sólo que se saca las cejas y se deja unos arcos malvados como las estrellas de cine de las películas en blanco y negro. Lo sé; la miro ponerse el maquillaje todo el tiempo. En álgebra, en la sala de estudio, en el baño, en la mesa de la cafetería, dondequiera. Es un ritual para ella. Capas y capas de rímel hasta que las pestañas se le ven peludas. Chorros de brillo en los labios. Colorete chispeante. Sombra para los ojos. Base de maquillaje y polvo. Todo el rollo. Hasta de día. Quiere ser maquilladora dice. —¿Creí que dijiste que ibas a escribir canciones? —Pues las dos cosas, ¿por qué no? Dice que me va a dar una sesión de maquillaje y darme otro *look*, ¡pero ni crea que me va a tocar la cara¡ ¡Seguro! ¡Eso sí que no!

Conozco a Viva en nuestro trabajo después de clases, enderezando las filas de escritorios en la sala de estudio. Vengo a dar a este trabajo cuando la chamba de ama de llaves no resulta. Un montón de muchachas trabaja en nuestra escuela, algunas en la cafetería, otras después de clases como yo. Gracias a Dios nadie me ve escondida por aquí después de clases. Nadie sabe que soy una de las niñas pobres menos las otras niñas pobres, como Viva.

La primera vez que la veo, Viva Ozuna está rodeada de admiradoras sentada mitad adentro mitad afuera de la ventana de la sala de estudio, fumando un puro con sabor a cereza, echando el humo afuera, mientras a la vez habla hasta por los codos de su tema favorito. El sexo.

—Está así de ancho —dice Viva haciendo un puño. —Mexitamaño, aunque ni siquiera es mexicano.

—Pero creí que lo que importaba era el largo —digo.

—¡Virgen estúpida! Alguien inventó eso nomás para que su novio no se enojara. Mira, no se puede sentir nada a menos que la cosa del hombre esté así de ancha como la cabeza de un bebé. Mete o saca, es lo ancho lo que te va a hacer aullar. Lo ancho, mija, acuérdate.

Me pregunto por qué le pusieron así y un día cuando ya le tengo más confianza —le digo.

—¿Cómo fue que tus papás te pusieron Viva? ¿Querían que vivieras mucho tiempo, o fue por una toalla de papel, o qué?

—¡Pendeja! Me llamo Viviana. ¡Y llamaron esa puta toalla de papel en honor a mí! Chihuahua, no sabes nada de nada.

Es cierto. No sé nada. Digo, a comparación de Viva. Por lo menos hasta que hablamos de México.

—Quién sabe, nunca he estado allí —dice Viva.

—¡N'hombre! ¿*Nunca* has ido a México?

—Sólo a Nuevo Laredo. Mi familia es de allá. Desde antes.

—¿Desde antes de qué?

—Desde antes de que esto fuera Texas. Hemos estado aquí por siete generaciones.

Ni siquiera me puedo imaginar quedarse en el mismo lugar por siete años.

Viva me cae bien. Escupe maldiciones como si fueran semillas de sandía y sabe dónde quedan las mejores tiendas de segunda mano. Compramos faldas mexicanas viejas pintadas a mano. Las de algodón y las de terciopelo con lentejuelas con escenas de Taxco o los dioses aztecas. Las más largas son las mías, porque tengo las piernas muy gruesas. Viva se queda con las falditas de niña, mientras más zanconas mejor dice. Si tenemos suerte le llegamos al *Thrift Town* del lado sur y buscamos botas de vaquero antiguas. Encuentro un par de Noconas negras, de las picudas con los tacones sesgados, ¡a sólo seis dólares! Y Viva tiene un par de Acmes y un par precioso de Dale Evans bajito. Hacemos que papá nos cosa unas blusas sin espalda de pallacates y manteles antiguos: ¡muy sexy! Por lo menos eso creemos. Papá se queja de que parecemos rancheras, pero ¿qué sabe él de modas?

Como pago por haberla ayudado a pasar la prueba de álgebra, Viva me invita a su casa a comer. Todo en su casa parece como si hubiera estado allí desde siempre, hasta sus padres. El olor de las cosas es suave y usado y desteñido. Cada plato hondo desportillado, mesa rajada, tenedor doblado, tapete raspado, colcha tejida a gancho, sofá hundido, ventilador de ventana empolvado, cortina de lunares de la cocina recuerda, y al recordar tiene un lugar aquí, en este casa, hogar. El olor está en todas partes, en los pasillos, clósets, toallas, carpetitas, hasta en Viva. Un olor como a *hot dogs* hervidos.

Y me doy cuenta de que respiro por la boca cuando estoy allí, pero ahora ya estoy tan acostumbrada que ni siquiera lo huelo a menos que no haya ido por un rato. Las casas de la gente son así. Ningún miembro de la familia lo puede oler, nombrar, reconocer, a menos que haya estado fuera mucho, mucho tiempo. Luego cuando regresa, una ráfaga de este olorcillo casi los hace llorar.

Después de tantos departamentos y cocinas que hemos heredado, me he vuelto una experta en detectar el olor de los inquilinos anteriores. Por lo general asocio a una familia con un sólo alimento que abandonaron. Un galón de vinagre de manzana. Una botella de salsa dulce color verde enjuague bucal para el helado. Una lata gigante tamaño restaurante de col agria. Como no sabemos qué hacer con estas cosas, se quedan en la despensa por años hasta que alguien tiene el valor de tirarlas.

La mamá de Viva tuvo un derrame cerebral hace algunos años. Está enterita, sólo que no puede caminar muy bien. A veces se le queda atorado un pensamiento, como un disco rayado, y dice lo mismo una y otra vez. Por eso su papá hace la comida y todo. La mamá nomás se sienta en la misma silla de la cocina y toca las cosas con el brazo que todavía le funciona. Y habla raro, como si tuviera la lengua demasiado gorda para la boca. Pero es muy buena conmigo. Me dice hola y trata de levantarse y me mira bondadosamente con esos ojos tristes y llorosos suyos.

Viva tiene un hermano mayor muy rezongón que estuvo casado alguna vez y quizá todavía lo esté. Dejó a su mujer y regresó a casa de sus padres, y nadie sabe cuándo se va a ir, sólo que quisieran que fuera pronto. Les hace la vida imposible, grite que grite. Por eso nadie se queja cuando sale. ¿Adónde? A quién le importa.

Así se hablan en casa de Viva.

La mamá de Viva trata de agarrar una manzana de la mesa de la cocina. —¡Ja! ¿Cómo es que un árbol puede sostener fruta tan pesada?

—Viviana, ¿quieres que te caliente las tortillas para la comida?

—Está bien, papi, yo lo hago.

—Y las tortillas, mija. ¿Quieres que te las caliente ahora?

—No, papi, *it's okay,* deja.

—¡Ja! ¿Cómo es que un árbol puede sostener fruta tan pesada?

—¿Qué tal si te las caliento ahorita, Viviana?

—No te molestes, lo voy a hacer en un momentito.

—¡Ja! ¿Cómo es que un árbol puede sostener...

—¿Quieres que te traiga otra toalla de la cocina? ¿Qué tal ésta?

—No, gracias, papi, ésta está buena. Está limpia.

—¡Ja! ¿Cómo es que un árbol puede…

—Pero esa toalla tiene hoyos. ¿Qué tal si te traigo otra? ¿Quieres ésta, Viviana, o aquélla?

—No te apures, papi. Ésta está buena.

—¡Ja! ¿Cómo es que un árbol puede sostener…

—¿Quieres que te haga eso, Viviana?

Para entonces, sólo quiero gritar: —¡Ya dámelo! ¡Yo lo hago!

Me marean tanto, que me tengo que agarrar de las paredes. En nuestra casa mamá termina cada oración con «rápido». —Pásame ese cuchillo, ¡rápido!

Viva dice que podemos cambiarnos a San Francisco y ser compañeras de cuarto. ¿Qué te parecería eso? Y las dos podríamos escribir canciones y volvernos famosas y todo. Me da risa de pensar en nosotras escribiendo canciones como Lennon-McCartney.

Ozuna-Reyes, digo en mi interior, y suena suave. Sólo que las canciones que Viva escribe están llenas de maldiciones, y todas las que yo escribo están llenas de pendejadas tristes. ¿A quién le gustaría comprar eso?

Un día cuando vamos a pie de la escuela a la casa, un Mustang azul convertible nos empieza a seguir. Me asusta, pero Viva se comporta como si le pasara todo el tiempo, y a lo mejor sí.

—¿Quieren un aventón, chicas?

Es Darko. Viva se cuelga de la puerta y habla por muchísimo rato, y finalmente le da a entender que, no, esta vez no.

Se hablan de un modo raro, esos dos. Un montón de desaires, y acaba con Darko diciéndole algo, ni me acuerdo qué, antes de que se vaya en su carro. Algo bien estúpido, como: —Te vas a arrepentir, tú te la pierdes. En lugar de sólo reírse, Viva grita: —¡Chinga tu padre, Zorro! —cuando se aleja rugiendo. Luego agrega, pa' que no falte: —¡Tu mamá es un hombre!

# 66

## Sólo nosotros los pollos

—¡El cuarenta y uno! —grita papá desde su recámara al fondo de la casa.

—¡No! ¡El ocho! —la abuela responde desde su cuarto que da a la cocina.

—Cuarenta y uno —papá insiste.

Mamá pasó el día tapando sus rosales con bolsas de la basura de plástico y acolchados de mudanza debido a la helada, y ahora que es de noche, tenemos que dejar todas las llaves de la casa goteando para que la tubería no reviente. El fregadero de la cocina, los lavabos, las tinas y las regaderas del baño, las del departamentito de atrás, hasta las llaves de afuera. Todo ese gotear, borbotear y chorrear *glu, glu, glu* sólo me da ganas de mear.

Entró un norte. Lo que me hace pensar en un mexicano alto con botas picudas y sombrero de vaquero, gente como la familia de mamá. Pero un norte aquí en Texas es un viento feroz del norte. De Chicago. Y en Chicago quiere decir un viento del otro lado de Canadá. Y allá en Canadá quiere decir un viento del Polo Norte, y quién sabe lo que la gente del Polo Norte lo llama. Quizá verano.

Ito llamó de Chicago y dijo que a excepción de la temperatura bajo cero, estaban todos bien y arreglándoselas sin nosotros, y que debemos dar gracias de estar viviendo en Texas ahora mismo. Cierto, pero no esperábamos que la temperatura en los veintitantos grados se sintiera tan fría *dentro* de la casa.

—No debiera estar helando en San Antonio en el invierno —dice mamá, trayendo sus macetas de sávila y dejándolas caer en el mostrador de la cocina. Tiene que treparse encima de Wilson, que está acurrucado frente a la estufa. —¡Quítate, animal bruto! Como toda la gente del campo, los Reynas creen que los animales deben estar afuera. Pero debido al bajón de temperatura esta noche, Wilson tiene privilegios de visita. Cuando negociamos para que Wilson viniera a Texas, le prometí a mamá que no sería una molestia. Ahora hay periódicos y Pine-Sol por todo el piso de la cocina debido a Wilson que no es una molestia.

—No es normal que hiele en Texas —mamá continúa. —Si me preguntas, debe ser por esos desgarriates nucleares. Es lo que hace que el planeta se ponga raro. Son esas pruebas subterráneas secretas que el F.B.I. está haciendo al oeste de Texas y en Nuevo México y Arizona. Lo oí en la televisión pública. ¿Por qué demonios agarramos y nos fuimos de Chicago si iba a estar igual de frío aquí? Újule, se siente más frío. Por lo menos en el norte las casas tienen aislamiento. Ya sabía que venirnos a Texas iba a ser una mala idea. ¿Me oyes, Ino? Te hablo.

Grita hacia el frente de la casa donde papá está acostado en la cama viendo la tele.

—¡El cuarenta y uno! —papá le grita a su mamá, a nuestra mamá, a quienquiera que lo escuche. Esto quiere decir que la abuela debe oprimir el control remoto de su tele portátil de la recámara al canal 41, y mamá debe cambiar el disco selector al 41 en su tele de la cocina. ¡Apúrense! —agrega papá con urgencia. —¡Está a punto de salir María Victoria!*

—No me importa esa mierda —gruñe mamá, pero sólo tan fuerte como para que yo lo oiga. —No hay vida inteligente por aquí menos mis plantas.

Arrimé dos sillas junto al calentador de la sala, y aquí es donde trato de leer un libro sobre Cleopatra. No tengo ninguna intimidad en esta estúpida casa para oír mis propios pensamientos, pero puedo oír los de todos los demás. Las voces reverberan porque la casa todavía está a medio amueblar, aunque papá nos prometió hacernos muebles nuevos tan pronto como llegáramos, pero eso fue en agosto.

Mi libro de Cleopatra es uno gordo, que es lo único que pido de un libro estos días. Un boleto barato fuera de aquí. Las biografías son las mejores, mientras más gruesas mejor.

Juana de Arco. Jean Harlow. María Antonieta. Sus vidas como las cruces blancas en el camino. ¡Cuidado! ¡No te metas allí! ¡Te arrepentirás!

Mamá pasa marchando de camino a su recámara, pero no grita: —Te vas a quedar ciega, o, —Muévete del calentón, te va a dar una artritis. No dice nada. Sólo me ve y menea la cabeza. Todavía está enojada por los tampones.

—¿Qué no sabes que los tampones son para las fulanas? Mamá había dicho cuando los encontró en el baño, y luego se enojó todavía más porque no los escondí bien, sino que los dejé en el mueble debajo del lavabo «anunciándolo a todo el mundo» en lugar de meterlos en el clóset del baño detrás de las toallas donde me había enseñado a enterrar la caja morada de los Kotex. —¿Qué no sabes que las niñas decentes no usan tampones hasta que se casan? Y tal vez ni siquiera entonces. Mírame a mí, yo uso Kotex.

—Ma, ya te dije y te dije. Estoy harta de usar esos tamales gruesos. Y además ya estoy en el *High School*. Muchas niñas usan tampones.

—Qué me importan otras niñas, ¡hablo de *ti!* No te mandamos a una escuela privada para que aprendas esas «cochinadas».

Sólo que usa la palabra en español, que es más como *«pig ways»*, y peor.

—¡El cuarenta y uno! —la abuela pega un grito desde su cuarto. —Hay una película en blanco y negro de Libertad Lamarque.[†] Se ve que está buena.

—¡Es lo que te decía! —papá grita desde el otro extremo de la casa.

Todas las noches es así. La tele siempre está caliente, el radio con su antena de gancho forrado de aluminio parlotea encima del refrigerador al lado de la bolsa apachurrada del pan rebanado, mis hermanos dan pisotadas subiendo y bajando las escaleras que cuando nos mudamos estaban alfombradas, hasta que mamá tuvo la brillante idea de echar la alfombra a la basura porque: olía a perro mojado. Papá le grita a su mamá para que vea lo que él está viendo en la tele. Nunca se les ocurre levantarse y ver la tele juntos. Quizá porque los muchachos siempre acaparan la tele grande en la sala, o quizá porque les gusta ver la tele en la cama. No hay espacio para que papá vea la tele en la camita de la abuela, y papá nunca se atrevería a pedirle a ella que venga a su cuarto sin que mamá empiece.

Papá me prometió que el departamento de la abuela estaría listo muy pronto, y finalmente yo tendría mi propio cuarto. Mientras tanto estoy atrapada junto a las escaleras donde mis hermanos suben y bajan haciendo *pum, pum, pum* como un equipo de fútbol americano en entrenamiento. Y nunca hablan en una voz normal, siempre están gritando.

—¡No estamos gritando, así es como hablamos! —dice Lolo, gritando.

Los muchachos suben las escaleras a su cuarto con un gran estruendo, asegurándose de que sus pelotas de fútbol sean todavía más ruidosas.

—¿Ah, sí?, y ésta no es una biblioteca —dice Memo con una voz de trueno. —Si no te gusta, cámbiate.

—Ojalá pudiera… para que me pudiera alejar de *ti*. Pero para cuando se me ocurre agregar la segunda parte, ya está galopando por las escaleras, subiendo los escalones de dos en dos, y no me oye.

Tengo que esperar hasta que todos estén en cama para tener un poco de intimidad. Puedo oír los ronquidos de papá, la respiración silbante de mamá, los suspiros y los tragos de saliva y el resuello de los muchachos arriba. La abuela duerme con la boca abierta, acaparando el aire como una coladera tragando agua, luego despertándose y dándose la vuelta con un gemido. La casa con todas las llaves haciendo gárgaras.

Bajo mis cobijas y sábanas del clóset y hago mi cama en el sofá de la sala. Me entierro debajo de tres cobijas hoy en la noche por la helada: una cobija imitación leopardo que las costureras de papá le regalaron como regalo de despedida, una cobija mexicana de lana que pica y pesa una tonelada y huele a bolas de naftalina, y una cobija azul tejida a gancho con una orilla de raso que hemos tenido desde que éramos bebés. Luego apago la luz.

En algún momento en medio de toda esa agua burbujeando y goteando, en medio de la noche más fría del invierno de San Antonio, la abuela se enferma. Quiero decir en serio. Cuando no se despierta a la mañana siguiente, papá dice que probablemente esté cansada, pobrecita, y tenemos que andar de puntitas por la cocina hasta medio día. Después de que se han lavado los platos del desayuno, papá se empieza a preocupar y, finalmente, se le ocurre tocar a la puerta.

—¿Mamá?

Esperamos, pero no hay respuesta.

Papá menea la perilla, pero la puerta está cerrada con llave. No es una de esas puertas huecas, sino una puerta de verdad, de las viejas con cuatro paneles, sólida, parte de la casa original, o de alguna otra casa vieja. Papá manda a Toto alrededor de la casa a mirar por la ventana, y él reporta que la abuela está desplomada en su cama. Hay una discusión sobre si tumbar la ventana en comparación con echar la puerta abajo, pero para entonces alguien ya tuvo la sensatez de llamar a los bomberos.

Son unos hombrones, estos bomberos. Llegan a nuestra casa y la casa se vuelve pequeña, su altura raspa el techo, sus codos resaltan de las ventanas. Entran con sus vozarrones como si nadie estuviera enfermo y éste fuera nada más otro simulacro de incendio, como si fuera cualquier otra mañana invernal. El árbol cerca de la banqueta con sus hojitas doradas como semillas de melón. Traen éstas consigo, porque los bomberos nunca se limpian los zapatos al entrar.

Miro alrededor con vergüenza. Las sábanas del sofá todavía tibias, mi ropa de cama un revoltijo arrugado porque no tuve tiempo de guardarlo. La puerta del baño abierta, una toalla colgada descuidadamente sobre la barra de la regadera, una camiseta hecha bolas en el suelo.

¡*Zas*! La puerta se abre con una palanca y un buen empujón, y después sólo hay cuerpos rondando alrededor de ella.

¿Se acordó de tomar las pastillas para la presión? ¿Se acordó de mandar pedir su medicina? ¿Quién estaba pendiente?

Pero como dirían los mexicanos, sólo Dios sabe. Sacan a la abuela en una camilla con ruedas, pero la abuela no puede responder. No puede decir ni una palabra, sólo puede sacar la punta de la lengua por su delgado pico amarillo y emitir un leve chisporroteo.

---

*María Victoria, una artista mexicana que fue famosa en los años cincuenta y sesenta por tenderse sobre un piano y usar vestidos muy ajustados que se fruncían a la altura de las rodillas y caían en una falda de cola de pescado, que la hacían parecerse a una magnífica sirena. Tenía una voz suave y sexy y no particularmente sonora, pero sus trajes y su cuerpo eran inolvidablemente amanerados. En una época de rubias, ella era morena; con el pelo negro, negro y el voluptuoso cuerpo de una diosa mexicana, y esto, a mi parecer, la vuelve maravillosa.*

†*Libertad Lamarque era una cantante y estrella de cine argentina con una voz como un cuchillo de plata con un mango de madreperla. Supuestamente fue amante de Perón, y por esta razón dicen que Eva la echó del país. Libertad se estableció en México, donde tuvo una carrera larga y próspera. Murió en 2001, trabajando hasta el final en una telenovela mexicana, una señora grande y una gran señora, tan hermosa y elegante en su vejez como siempre, quizá hasta más hermosa.*

# 67.

## El Vogue

No de mucha categoría como Frost Brothers, pero sin duda no chafa como el Kress. —Muuuy lujoso, muuuy chic, muuuy Vogue —dice Viva con ese tono afectado y presumido que saca de no sé dónde. —Vestidos de etiqueta, zapatos, guantes, sombreros, medias. Cuando busque algo para esa ocasión especial, vaya al Vogue, esquina de las calles de Houston y Navarro, en el centro de San Antonio, dice Viva con la respiración entrecortada mientras hace girar las puertas como en un comercial de televisión.

—Estamos buscando algo para el baile de graduación —les dice Viva a las dependientas que nos persiguen. No es verdad, pero así es como conseguimos jugar a los disfraces por una hora, probándonos vestidos de noche bordados con chaquira que no podemos pagar. Viva se jala un modelito morado en crochet por la cabeza y se bambolea hasta que cae en su lugar, las lentejuelas color perla centellean cuando se mueve, el escote se hunde como un clavadista de Acapulco.

—¡Ay, Dios mío, Viva, te ves igualita a Cher!

Las dependientas de Vogue tienen que usar unos gafetes ñoños que dicen «*Miss*» frente a sus nombres de pila, ¡aunque ya tengan cien años! Miss Sharon, Miss Marcy, Miss Rose.

Viva me pregunta: —¿Y cuando tienes la regla, te pones bien cacosa?

—¡Mierda, sí!

—¡Ja, ja! Ésa estuvo buena. Yo igual.

Miss Rose nos está rondando, tocando la puerta del vestidor con muchas ganas y preguntándonos cientos de veces: —¿Te puedo ayudar en algo, *honey?*

—¡Chinelas! ¿Que no podemos estar solas? —Viva dice mientras mete sus chichis a fuerza en un vestido tipo corsé que las sirve en bandeja de plata.

Viva prefiere el Vogue. Yo prefiero el Woolworth's enfrente del Álamo por la barra del mostrador que serpentea como una víbora. Me gusta sentarme al lado de los viejitos chimuelos que disfrutan de sus triángulos de atún a la parrilla y sorben caldo de pollo con fideos. Podría sentarme en esa barra por horas, pidiendo Cocas y papas fritas, un sundae de caramelo, una banana split. O pasearme por los pasillos y llenar una canasta plegadiza de barniz de uñas con destellos, pequeños tarros de brillo para labios con sabor a frutas, marcadores fosforescentes, tomar las escaleras eléctricas al sótano para ver los periquitos y los canarios, hurgar por la Ferretería buscando cosas padres, o registrar los tambos de las gangas para encontrar tesoros rebajados.

Viva dice que ¿a quién le gustaría ir *shopping* al Woolworth's cuando está el Kress? Tiene olfato para encontrar joyas allí. Como quizá hallar estambre grueso fosforescente para el pelo en Tejido. O una bolsa para niña que yo no hubiera notado ni en mil años. O las sandalias de señora más grotescas que se vuelven sexys cuando ella se las pone.

Pero en el Vogue Viva se siente realizada. No le veo el caso a pasar tanto tiempo en una tienda que no vende nada por menos de cinco dólares. —Y a mí qué —dice Viva. —¿Verdá? Qué importa.

Nos probamos todos los vestidos de gala de la tienda hasta que me quejo de hambre. De nada sirve. Viva se detiene en Joyería y se prueba un par de arracadas de oro casi más grandes que su cabeza.

—Las arracadas de oro se nos ven bien —dice Viva. Quiere decir a las mexicanas, y quién soy yo para alegar con la experta de modas. Y sí nos quedan bien. —Aunque nunca te duermas con las arracadas de oro puestas —agrega Viva. —La última vez que lo hice me desperté y ya no eran arracadas, sino parecían cacahuates. Voy a escribir una lista de las veinte cosas que no debes hacer nunca, o te arrepentirás, y comenzando esa lista estaría: Nunca, nunca, nunca te duermas con las arracadas de oro puestas. Para que veas.

—Número dos. Nunca salgas con nadie más bonito que tú —dice Viva, probándose una diadema de diamantes de fantasía. —Créemelo, lo sé por experiencia.

Encima tiene que fastidiar a las dependientas para que la dejen tocar esa fedora de fieltro, las mallas caladas, las redes para el cabello adornadas con perlas, los brasieres sin tirantes. Estoy echada en una banca cerca del elevador cuando por fin reaparece, suspirando y diciendo bruscamente:

—Número tres. Nunca vayas de compras por más de una hora en zapatos de plataforma. Traigo los pies como zombis, y este lugar está pero bien aburrido. Vámonos ya.

—Tenía ganas de pasar por el Woolworth's por un *hot dog* cubierto de chile con carne —digo —pero ya se hizo tarde. Mi 'amá va estar furiosa.

—Ya párale. Le decimos que… que estábamos en mi casa bañando a mi mamá.

Viva está carcajeándose de lo genial de la historia que vamos a contar, exagerando peor que nunca, chachareando a mil por hora al momento en que abrimos de un empujón las pesadas puertas de vidrio del Vogue y salimos al tránsito intenso de peatones en Houston Street.

Y después el resto, no recuerdo exactamente. Un payasote de traje oscuro detrás de nosotras nos grita furioso, una sombra oscura de reojo, y el alarido de Viva cuando uno la agarra del hombro y el chaparrito me lleva del codo, escoltándonos bien rápido de vuelta al Vogue mientras un montón de clientas se nos queda viendo, y Viva empieza a maldecir, y yo bien encabronada diciendo: —¡Suéltenla! Pasa tan rápido que al principio de veras que no sé qué está pasando. Como cuando te zarandean para despertarte de una pesadilla, sólo que la pesadilla está del lado contrario.

Los dos tipos de traje dicen que nos hemos robado algo. Digo, ¿cómo pueden creer eso? Porque somos muchachas, porque somos morenas, porque no tenemos lana, ¿verdad? Hijos de puta. Esto pienso mientras me llevan al sótano a empujones y nos hacen trotar a sus oficinas, donde hay espejos y cámaras y todo. ¿Quién chingaos se creen que son? No hemos robado nada de nada. ¡Dios mío, ya déjennos en paz!

Viva se ve bien asustada, hasta patética, dándome ganas de vomitar. Le diría algo si nos dejaran a solas, pero no nos pierden de vista ni por un minuto.

—Saquen todo de sus bolsas y bolsillos.

Viva saca las cosas de su bolsa como si tuviera todo el tiempo del mundo. Yo no; yo vacío mi mochila militar allí mismo en el escritorio del policía de modo que todos mis libros y papeles se desparraman encima. Estoy tan furiosa que apenas puedo mirar a alguien a los ojos. Luego me vacío los bolsillos. Ojalá tuviera algo bien cabrón que aventarles al escritorio, como una navaja o algo, pero todo lo que tengo son dos tambaches de Kleenex usados y mi pase para el bus, los cuales sacudo con tanto odio como puedo, como Billy Jack en esa película.

Me pregunto si nos van a obligar a encuerarnos, y de sólo pensar en tener que encuerarnos enfrente de estos pinches viejos me encabrona.

Pero no completo el pensamiento por lo que Viva saca de un jalón de uno de sus bolsillos. Un par de guantes de lamé dorado, del tipo que te llegan hasta las axilas, la etiqueta todavía girando de un hilo de algodón.

Por Dios santo, fue cuando de veras me asusté. Despúes Viva hace algo genial.

Comienza a llorar.

Nunca he visto a Viva llorar, nunca. Verla llorar al principio me pega un susto de la chingada. Estoy pensando que tal vez deberíamos llamar a un abogado. Debe haber alguien a quien podamos llamar, sólo que no se me ocurre ningún nombre menos el de Ralph Nader, ¿y eso de qué sirve?

Viva les ruega con lágrimas de verdad a los policías de la tienda a que no llamen a nuestros papás. Que de por sí ella ya está a prueba con su papá, que es un metodista mexicano y, lo que es peor, si se entera de esto, ni siquiera la dejará ir a su propio baile de graduación. Y de cómo ha tenido que trabajar después de clases para comprar su vestido, y cómo únicamente necesitaba los guantes porque no tenía efectivo, y no le podía pedir a su papá porque él ni siquiera quería que ella trabajara, y ándenles, llamen. Su mamá está muerta, murió de leucemia el invierno pasado, una muerte lenta y horrible. Y no sé de donde saca la sangre fría para inventar esa bola de mentiras, pero las inventa, todo ese rato moqueando entre hipos como si cada palabra fuera cierta. Híjole, se luce tanto que casi me hace llorar.

No sé por qué, pero nos dejan ir, nos avientan como si fuéramos bolsas de basura, y no hacemos preguntas.

—Y no vuelvan por aquí.

—No tengan cuidado, no lo haremos.

Salimos destapadas por las puertas dobles del Vogue del lado de Navarro Street. Quiero decir destapadas, como alma que lleva el diablo. El aire fresco me hace sentir qué tan caliente traigo la cara. Me siento mareada y noto un olor raro en mi piel, como a cloro. Estoy tan aliviada que nada más me quiero echar a correr, pero Viva me agarra del brazo y se demora.

—Ay, Dios mío, Lala. No se lo vayas a decir a nadie. Júramelo por Dios. ¿Me lo prometes? Prométeme que no vas a decirle a nadie. Me lo tienes que prometer.

—Te lo prometo —digo.

Un minuto está asustada, y al siguiente minuto veo que se está riendo con la cabeza echada hacia atrás como un caballo.

—¿Qué? —pregunto. —¿Qué te pasa? Ya dímelo, anda.

—Número cuatro, nunca... —Viva comienza pero se detiene allí. Se está riendo tan fuerte que no puede ni hablar.

—¿Qué? ¡Vale más que me lo digas, Ozuna!

Se saca de la blusa un bloc de notas barato que se voló del escritorio del detective.

—Carajo, Viva, palabra de honor, me asustas.

Viva nada más se ríe. Se ríe tan fuerte que me hace reír. Luego hago que ella también se ría. Tenemos que agarrarnos del edificio. Nos reímos hasta que nos estamos muriendo, con un dolor de panza. Cuando creemos que por fin se nos está pasando, la risa nos llega otra vez todavía más fuerte. Las carcajadas de Viva me tiene gruñendo como un puerco. Hasta que se nos vencen las rodillas. Hasta que Viva tiene que hincarse ahí mismo en la banqueta, en la transitada Navarro Street, no estoy vacilando, y no dejarlo salir, girando sobre un pie. Se está riendo tan fuerte que no puede ni hablar.

Después Viva se levanta como una actriz a punto de decir su parlamento. Por una fracción de momento, como con el ojo de una cámara, pesco a Viva como nunca antes la he visto, una tristeza que ha llevado a cuestas todo este tiempo, años y años y años, desde que era chiquita, un destello plateado, veo reflejadas en su cara todas las cosas malas que le han pasado alguna vez, pero sólo por un minuto pasajero, y luego desaparecen.

—Número cuatro —dice Viva, muy seria. —Nunca. Pero nunca dejes que te arresten cuando... cuando tienes muchísimas ganas de mear.

Y entonces soy yo la que se desploma en la banqueta, y Viva se tambalea a mi lado, risa que risa, el hueso delgado del tobillo metido como cuña en ya sabes dónde para detener la inundación, nuestros cuerpos temblando, y los habitantes de San Antonio pasan caminando y se preguntan, —¿Qué chingaos?— y probablemente creen que estamos locas, y quizá lo estemos. ¿Pero a quién le importa, verdad? O sea, ¿a quién chingaos le importa?

# Mi cruz

Cuando la abuela se enferma, sus hijos se olvidan de que es su madre, y cómo culparlos, ya que ella siempre olvidó que ellos eran sus hijos. Ni hablar de la tía Güera. Cada vez que papá la llama por teléfono, hay muchos gritos. —Hermana, sé razonable —le ruega, pero la última vez que la llamó ella le contestó con brusquedad: —Dios es justo —y colgó. Los tíos de Chicago también se niegan a venir, todavía enojados por el dinero que la abuela había prodigado a su primogénito.

—Es una desgracia —dice papá meneando la cabeza. —No puedo creer que ésta sea mi familia.

Papá tiene que convencer a mamá de que la abuela se ha portado bien con nosotros al darnos para el enganche de nuestra casa aquí en Texas, y que hay que pensar en la herencia para todos sus hijos. Me imagino que así es cómo lo consigue, porque mamá por fin admite de nuevo en casa a nuestra abuela aunque la cara de la abuela esté medio congelada en una mueca estúpida y se haya quedo sin lenguaje. Babea. Un ojo está ladeado y vidriado y mira a lo lejos, como si ya viera a la muerte viniendo por ella.

Cual Jesús arrastrando su propio instrumento de tortura, mamá siente que está cargando con el peso de la muerte de la abuela. Le da por apodar a la abuela, y por qué no, piensa. Nunca la ha llamado por un nombre. Un nombre es algo que uno le confiere a un ser humano. Mamá no considera humana a nuestra abuela. Debe haber sido raro de recién casada. No se atrevía a llamarla «mamá». Madre. Mamá. No lo hubiera dicho. ¿Cómo? No podía decirle Sra. Reyes. —¡No soy su sirvienta! No la llamaba. Nunca.

Decía «tu mamá», o «tu abuela», o «su esposa» cuando el abuelito todavía vivía. Pero a su cara no le decía nada. La llamaba como lo hace un animal, viéndola a los ojos, por reconocimiento. No podía llamarla cuando estaba en otro cuarto. Tenía que buscarla, mirarla a los ojos, decir: —El teléfono, le llaman. O, —Su hijo quiere saber si le va a hacer mole. O, —Falta un calcetín amarillo y una toallita.

Y ahora que la madre de su esposo ha sufrido un derrame cerebral, por fin se atreve a dirigirse a ella como le da la gana. Le dice «tú». No «usted», que es como hacer una caravana. «Tú». —Oyes, tú —le dice en español, —¿Qué te trais dejándome esa cochinada para limpiar? *Pig mess*, cochinada, ¡eso dice! Cuando mamá está particularmente indignada, le llama «mi cruz».

—Pos, mi cruz, ¿cuál quehacer me vas a dar 'ora? Dice todo esto cuando papá no está en casa.

La abuela da mucha lata. A mamá le habían dicho que la abuela no iba a durar mucho, pero el cuerpo se toma su tiempo en morir. Se empieza a pudrir de adentro para afuera, como un árbol lleno de gusanos. Un olor atroz como a rata muerta atrapada en la pared. —¿Qué? ¿Todavía estás viva? ¡Hijuesú chin…! Mamá dice todas las mañanas cuando le da sus vueltas.

Qué bronca es morirse. Pensarías que es como en las películas, pero no es así en absoluto. Está el horror del cuerpo dándose por vencido, simplemente dándose por vencido, y la vejación de ese desplome, gradual y continuo. Le prometí a mamá que ayudaría lo más posible, pero la verdad es que no tengo el valor de mirar cuando hay que mirar. Le toca a mamá hacer todo el trabajo inmundo, el trabajo pesado, alzar y cambiar y limpiar con gasa y dar de comer, como si de alguna manera la vida les hubiera regalado la una a la otra como una especie de castigo.

Un día, mamá recoge a la abuela de su cama. Está tan ligera como una brazada de ramas desnudas, que han pasado por un invierno y enloquecido. No le cuesta ningún trabajo cargarla por las escaleras al segundo piso y acercarla a la ventana. El amplio cielo. Demasiados aleros y canaletas, y esa maldita pacana. Mamá carga a la abuela al descanso en la parte superior de las escaleras y hace una pausa. *La estaba bajando por las escaleras al primer piso después de darle un baño…*

Si la cara de la abuela no hubiera dicho nada, quizá esta historia sería otra historia. Pero en ese momento, el ojo izquierdo de la abuela decide hablar, y deja salir un poco de agua. ¿Tristeza? ¿Polvo? ¿Cómo saberlo? Es suficiente para devolverle a mamá su humanidad. Carga a la abuela de vuelta a su recámara y la arropa en la cama bajo las imágenes de la Virgen de Guadalupe y Raquel Welch.

# Zorro ataca de nuevo

—Preciosa —dice Viva, besando el aire junto a mi cachete y tambaleándose en sus plataformas de mezclilla. Su aroma *hippy* de pachuli mezclado con el olor a comida frita, marea a toda la cafetería. Su falda enrollada tantas veces que tiene que menearse para sentarse enfrente de mí. Viva esboza con los labios un hola fuerte a un grupillo de alumnas mayores del último año del otro lado del cuarto, se inclina y se tiende a media mesa para decirme lo que sea que tiene que decirme.

Después echa su bomba. —Lala, ¿me prometes que no le vas a contar a nadie de nadie lo que te voy a decir? Nada, nadita. Prometes, ¿*okey*? Te vas a desmayar.

Viva tome un tragote de aire, y luego agrega: —¡Adivina!

Y luego cuando me encojo de hombros y me rindo: —No, de veras que no puedo adivinar. Te lo juro. No puedo. Híjole. Ándale, ¿me vas a decir o qué?

—Nunca adivinarías lo que me dijo Zorro. Ni en un millón de años. Ay, es chicotudo, es para cagarse en los calzones. Prométeme que no vas a decir nada.

—Ya te lo prometí, pos, ándale.

Se encoge de hombros y anuncia, con sus cejitas levantándose como sombreros al aire: —¡Estamos comprometidos!

Palabra de honor, siento como si me diera un trancazo con un calcetín lleno de piedras. —¿Pero y qué pasó con San Francisco? Creí que habías dicho que íbamos a ir a San Francisco.

—Todavía podemos ir a San Francisco. Tú, yo y Zorro. ¿Te vas a acabar esas papas fritas?

—¿Qué pasó con eso de que la libertad es otra palabra para nada que perder? Digo, ¿qué pasó con nuestros planes?

—Contrólate, no te agüites. Dije que estaba comprometida, no que me iba a morir. Todavía podemos ir. Todavía podemos convertirnos en un equipo famoso que escribe canciones. Los escritores tienen su vida, sabes.

No puedo creer que es Viva quien habla. De sólo pensar en Míster Darko acompañándonos a cualquier lado, incluso al Woolworth's, me da ganas de llorar.

—No me siento muy bien —digo.

—¡Oyes! No te enojes. Ándale, yo creí que te iba a dar gusto.

—¡No te hagas! ¿Qué no ves que Darko es un viejito? Es un tipo asqueroso. Un anciano. Tiene treinta años, con arrugas en la cara como origami. Y, fíjate, por si se te olvida, a tu edad lo mandas a la cárcel.

—Ahora tú eres la que suena como una viejita. Yo soy madura para mi edad. Eso dice Zorro. Soy lo que se llama precoz. Siempre he sido muy madura para mi edad. Y de todos modos, ¿por qué estamos hablando de esto? No es como si nos fuéramos a casar pronto, estamos comprometidos, ¿te cae? Comprometidos. Al cabo vamos a esperar hasta que gradúe, hasta que cumpla dieciocho, y así no tendremos que pedirle permiso a nadie.

Pero dijiste que íbamos a ir a San Francisco nomás que termináramos la escuela, y todavía me faltan tres años.

—La, no me vengas a llorar. La tristeza es una cosa, las lloronas me agüitan.

La futura Sra. de Darko vacía los contenidos de su bolsa en la mesa y vuelve a aplicarse el maquillaje. Mete el dedo meñique en un tarro de brillo para labios y lo saca con una bola repugnante de grasa chispeante color frambuesa molida y diamantina, y se da unos toques cuidadosos en los labios, mientras se observa en un espejo compacto, hasta que su boca parece un dona rellena de jalea. Luego se limpia el meñique abajo de la mesa de la cafetería, chachareando y chirriando como los periquitos que vemos en el sótano del Woolworth's.

—Me partes el alma —dice Viva, aplicándose la sombra de ojos morada. —Deberías verte. Te pareces a esos ositos grandes que regalan en las ferias. Óyeme, 'manita, es muy sencillo. Eres la autora de la telenovela de tu vida. ¿Quieres una comedia o una tragedia? Si el episodio es una drama, te puedes ahorcar o puedes seguir adelante. Tú escoge. Creo en el destino tanto como tú, pero a veces hay que ayudar un poco a tu destino. Oyes, preciosa, no es el fin del mundo. Todavía eres mi mejor amiga, ¿a poco no? Ándale, Lala, no te agüites, me tienes que decir que sí. Te necesito como mi dama de honor. Ya hasta estoy diseñando los vestidos más chingones que vamos a llevar.

La boca de Viva se abre y se cierra, sus cejas depiladas suben y bajan. Dale que dale con lo mismo por una eternidad. Como siempre. Ella hablando, yo callada. Dale que dale que dale.

# 70.
## Volverse invisible

Cuando era niña y su papá se había vuelto a casar. Ésa fue la primera vez. Y luego otra vez cuando estaba perdida entre la tribu de tía Fina, perdida ante todos menos ante las atenciones desagradables de su tío Pío. Antes de que Narciso se fijara en ella y la rescatara de ese manicomio.

La abuela sólo se volvió visible cuando su cuerpo cambió y cosechó el trofeo de las atenciones masculinas. Pero después, había perdido sus atenciones a medida que su cuerpo cambiaba y se desgarbaba hasta el deterioro después del nacimiento de cada niño. Y después, cuando ya no era vanidosa y dejó de importarle su cuidado personal, empezó a desaparecer. Los hombres ya no la miraban, la sociedad ya no le confería mucha importancia cuando su papel de madre había terminado.

Tenía cuarenta y tantos cuando tuvo plena conciencia de este cambio en sí misma y su lugar en la sociedad, y esto la había vuelto difícil y peleonera, propensa a tristezas que se apoderaban de ella de pronto, y así de pronto desaparecían. A la larga se acostumbró a ser ignorada, a no ser vista, a no llamar la atención, a no hacer que los hombres alzaran la cabeza o la rozaran con la mirada como lo habían hecho alguna vez, y eso le proporcionaba cierto alivio, cierta calma, como si se hubiera guardado un cuchillo.

Ahora que estaba enferma, con la respiración pesada, y su conciencia subiendo y bajando, se dio cuenta de esa sensación familiar de despojarse de su cuerpo una vez más. Tanto la deleitaba como la amedrentaba.

Se estaba volviendo invisible. Se estaba volviendo invisible. Lo que había temido toda su vida. Su cuerpo la guiaba, una barca ancha sin remos o timón, a la deriva. Aturdida, no necesitaba hacer nada, simplemente ser. Como flotar en una laguna de agua tibia.

Una vez cuando sus hijos eran chicos, se había sentido así en una playa en la península de Yucatán. Fue una de las pocas veces en que Narciso llevó a su familia de vacaciones.

Después de un largo y caliente viaje en coche desde Mérida, habían parado a descansar en una pequeña laguna, el agua del golfo tan transparente como el aire. Narciso y los niños se habían echado a andar en busca de refrescos y comida, dejándola al fin en paz.

En los labios poco profundos, Soledad se había acostado en la arena ondulada. La suave arena bajo sus espaldas, el mar chapa-chapaleando, el cielo serenamente fresco a través de las hojas de las palmeras, y la luz veteada sobre esa superficie verdiazul reía felizmente. Soledad se quedó dormida un rato, el agua lamiéndole los lóbulos de las orejas, diciéndole cosas que no necesitaba entender. Una paz y una dicha que recordaría por siempre cuando necesitara sentirse segura.

Eso sentía ahora que moría y su vida la soltaba. Un bienestar cálido de agua salada. El agua elevándola y su ser flotando fuera de su vida. Un desvanecerse y un transformarse a la vez. La llenaba de tal emoción, dejó de retorcerse y se dejó a sí misma flotar fuera de su cuerpo, fuera de esa ancla que era su vida, se dejó convertir en nada, se dejó transformar en todas las cosas chicas y grandes, fabulosas y triviales, importantes y modestas. Un charco de lluvia y la pluma que cayó haciendo añicos el cielo en su interior, las veladoras titilando a través del vidrio azul cobalto de la catedral, las notas iniciales del aquel vals sin nombre, un plato hondo de barro con arroz en caldo de frijol, un terrón humeante de estiércol de caballo. Todo, todo. Sabio, delicado, sencillo, oscuro. Y era bueno y jubiloso y bendito.

# 71.

## El último viaje
### o Este lado y aquél

$\mathcal{L}$a noche en que la abuela enojona muere, mamá nos ordena abrir todas las ventanas de la casa. Todas. Aun cuando es enero. Aun cuando es medianoche. Aun cuando la abuela muere en el hospital y no en la recámara de la cocina. Porque el momento en que la abuela enojona cierra los ojos y deja escapar su último aliento entre hipos, es como si la calaca flaca con sus ancas de perra correteara por las vías del tren donde Madero llegó y organizó su Revolución mexicana, se barriera por el estacionamiento del centro, sobre las casas del lado sur de San Antonio hasta llegar a nuestra casa sobre El Dorado Street, porque mamá dice: —No puedo dormir, aquí adentro apesta a barbacoa podrida.

No lo huelo, pero obedezco y abro las ventanas de todos modos. La barbacoa me recuerda demasiado a ese domingo en que le di una mordida a un taco y encontré un pedazo todavía con pelos. ¿Qué parte de la cabeza de la vaca me tocó? ¿La oreja? ¿La aleta de la nariz? ¿Una pestaña? Lo que más asco me dio fue no saberlo.

Y luego empecé a pensar en todas esas cosas en las que no debía pensar. El pedazo gordo de la barbacoa. Una pestaña. El pelo en las orejas de un hombre igual al pelo en la nariz de un hombre. Las patas peludas de las moscas. Una espiral pegajosa de papel atrapamoscas colgada encima del mostrador de la Taquería la Milagrosa en South Halsted Street zumbando, zumbando, zumbando esa canción de muerte —en lugar de las cosas en las que debía pensar— el amor y cuánto lo siento, pero no siento nada por mi abuela, quien en este justo instante sin duda está revoloteando sobre nuestras cabezas buscando su salida de este mundo de dolor y pestilencia podrida.

Taquitos de barbacoa. Aserrín en el suelo para absorber la sangre. Cuando nací mamá dijo que necesitaba dos cosas después de salir del hospital: —Por favor, un sándwich de chuleta de puerco de Jim's Original Hot Dogs en Maxwell Street, y un taquito de barbacoa a un pasito en La Milagrosa. Y yo recién nacida envuelta en mi cobija de franela nueva, el pelo mojado como un becerro, la cara todavía alargada de haber pasado por el tobogán del nacimiento, y mi mamá allí parada en Halsted y Maxwell con su sándwich de chuleta de puerco, y los hombres con dientes de oro pregonando sus relojes, y el hombre de los globos con sus globos feos en forma de profiláctico, y justo en la calle de enfrente ese hombre Harold con el que mi papá siempre pelea cada vez que compra zapatos, y La Milagrosa llena de ratones. ¡No mires!

Estoy pensando en eso en lugar de en la oración que estoy tratando de elaborar, porque no se me ocurre nada que decir por mi abuela que es simplemente la madre de mi padre y no es nada para mí. Mientras más trato de no pensar en la barbacoa, más me viene a la mente como el olor que alega mamá, como esas cabezas y pezuñas de toros en la carnicería del mercado de la Ciudad de México, un ojo pegajoso con moscas, cómo cuando alguien dice: —No mires— es exactamente lo que haces.

# 72.

## Mexicana de los dos lados
### o Metiche, mirona, mitotera, hocicona, en otras palabras, cuentista

Podrías ser un miembro de la realeza y ser pobre. Podrías no tener dinero para ropa bonita y todavía ser mejor que esas niñas con cara de rata y dientes podridos que te escupen palabrotas. Bolilla. Perra. Puta. Podrías estar bajo un hechizo. Las cosas podrían ir de mal en peor. Ese tipo de cosas pasa en las telenovelas todo el tiempo. Justo antes del final feliz, el precipicio de donde la heroína tiene que agarrarse como pueda porque todo está en su contra. Es lo que me digo para seguir adelante. Es lo que tengo que creer, porque no creerlo me deprime.

—Va a haber que apretarnos el cinturón a lo menos otro año —dice mamá. —Nomás hasta que podemos respirar.

Todo el dinero se nos fue en la mudanza a Texas, en comprar la casa en El Dorado Street, en echar a andar el taller en Nogalitos Street. Y después la muerte de la abuela, y sus cuentas de hospital que engulleron todo su dinero, y el velorio y el entierro en la Ciudad de México, pues, ha sido una mala racha, *a hard spell*, así es.

Sólo una racha. O sólo un *spell*, que en inglés es lo mismo que un hechizo. Un hechizo que algún malvado nos hizo. Alguno como la abuela. No lo digo en voz alta, pero es lo que estoy pensando. Ella es la razón por la que estamos atorados aquí.

A principios de mes, papá se ve obligado a contarle otra historia a Mars de por qué otra vez está atrasado con la renta del taller. Para tratar de conseguir más clientes, papá hasta le cambia de nombre al taller. De un extremo al otro de la vitrina en letrotas rojas y doradas, *King Upholstery* con esa misma corona peculiar posada llamativamente sobre la «K».

—Papá, ¿que ya no te gusta «Tapicería Reyes»?

—Los güeros —dice papá y suspira, —«King» les hace pensar en King Ranch. De esa forma creen que Míster King es el jefe, y que yo sólo trabajo para él.

Apretarse el cinturón. Así es como se me concede mi deseo y me cambian de la Immaculate Conception a la Davy Crockett, la escuela pública al otro lado de la autopista.

Pero Crockett es una *high school* vocacional. Eso quiere decir que no hay nada ahí que me llame la atención. No quiero acabar como agricultora o esteticista. Quiero tomar clases como antropología y teatro. Quiero viajar algún día. Salir en una película, o, aún mejor, filmar una película. Quiero hacer algo interesante algún día, no sé qué todavía, pero te apuesto a que no es algo que ofrecen en una vocacional. Voy a vivir en San Francisco en un departamento de ático con una cortina de cuentas. Voy a diseñar casas, o enseñar a leer a los niños ciegos, o estudiar delfines, o descubrir algo. Algo útil.

Vocacional Davy Croquetas de mierda. Centro de los Futuros Agricultores de Estados Unidos. Ferias ganaderas. Rodeos. Batonistas revoleando batones. Economía doméstica. Taller mecánico. La banda de marcha de Davy Crockett con porristas en gorritos de mapache y botitas con flecos. Bichos raros con lentes retardados y pelo a rape. Las niñas todavía con el peinado de crepé tipo burbuja como Patty Duke. Super fresas. Como si se hubieran escapado de los años cincuenta, en serio.

Viva dice que no debería quejarme. —Por lo menos no traes a las monjas por detrás oliéndote los pedos. Y nomás fíjate, La, vas a ir a la escuela con chavos.

Lo que no le cuento es que los chavos de mi escuela se portan como si yo fuera la *nerd* rara. Mira nomás cómo hablan:

—¡Bato, 'tás más gordo que la fregada!

—La buena vida.

—Simón león.

Y fíjate como me hablan a mí:

—Oyes, *hippy girl*, ¿eres mexicana? ¿De los dos lados?

—Por enfrente y por detrás —digo.

—Pos no pareces mexicana.

Por un lado quisiera darles una patada en el culo. Por el otro me da lástima ver lo ignorantes y estúpidos que son. Pero si nunca has ido más allá de Nuevo Laredo, ¿cómo diablos van a saber qué pinta se supone que tienen los mexicanos, ¿verdad?

Están los mexicanos de ojos verdes. Los mexicanos rubios y ricos. Los mexicanos con la cara de un jeque árabe. Los mexicanos judíos. Los mexicanos patones como alemanes. Los mexicanos franceses que se quedaron. Los mexicanos chaparritos y compactos. Los mexicanos tan altos como los saguaros del desierto. Los mexicanos mediterráneos. Los mexicanos con cejas tunecinas. Los mexicanos negritos de las dos costas. Los mexicanos chinos. Los mexicanos pelirrojos, pecosos, de pelo rizado. Los mexicanos de labios de jaguar. Los mexicanos zapotecas tan anchos como el árbol de Tula. Los mexicanos libaneses. Mira, no sé a qué te refieres cuando dices que no parezco mexicana. *Soy* mexicana. A pesar de que nací del lado estadounidense de la frontera.

Les cuento un cuento.

—Vengo de un extenso linaje real. De los dos lados. Los Reyes tienen sangre azul que se remonta a Nefertiti, los gitanos andaluces, las tribus que bailan por su dote en los desiertos de África del Norte. Y eso sin mencionar a la familia de mi mamá, los Reyna, de Monte Albán, Tenochtitlán, Uxmal, Chichén, Tzin Tzun Tzán. Podría continuar.

—Eres como tu padre —dice mamá, —una mentirosa desde que naciste. Pura bola de mentirosos, desde su mamá hasta el tatarabisabuelo o qué sé yo quién que dijo quesque venía del rey de España. Mira, los Reyes son puro mitoteros, y si dicen que no es cierto, están diciendo mentiras. Si me preguntas, todos los de la Ciudad de México son unos mentirosos. No lo pueden remediar. Así son los chilangos nomás. Te dan un beso en los dos cachetes como si te conocieran de toda la vida. ¡Y apenas te conocieron! Me dan asco. ¡Chilangos, metiches, mirones, fisgones! Dios mío, si hay algo que no aguanto, es a los chilangos. Y a la familia Reyes. Y a los mexicanos.

¿Cómo le explico? Lo único que tengo son palabras.

Voy a intentar decir la verdad, aunque mamá dice que soy como papá. Tengo por lo menos siete enemigas mortales en la Davy Crockett a quienes nada les gustaría más que darme una freguiza. Cookie Cantú, que se cree la gran caca porque trabaja en la oficina como ayudante de asistencia. Norma Estrada. Suzy Pacheco. Alba Treviño. Elvia Ochoa. Rose Falcón.

Y Debra Carvajal. La traen conmigo desde una clase de historia donde metí la pata contándoles la historia de mi bisabuelo Eleuterio Reyes de Sevilla.

¿Queda el infierno en San Antonio? ¿Son el infierno las urracas, haciendo ruidos como payasos? Un gritar triste y extraño. El cielo tan azul que duele. El calor que hace que la gente blanca se vea de un rosado extraño, y los morenos se vean brillosos.

¿Son el infierno Cookie Cantú y sus perras parlanchinas que dicen babosadas como —¡*Brown Power*! ¡Poder a la gente morena! Haciendo puños y gritando: —¡Viva la raza! O, —Soy chicana, a mucho orgullo, te cae, pendeja?

Ya déjenme en paz.

Cuando me agarran sola: —¡Perra! Te haces la muy *Spanish* y todo ese rollo.

Entonces dejan salir aire de los dientes como con la fuga lenta de una llanta.

No digo nada, pero eso basta para que estas cabronas me odien a muerte.

Me vale. ¿Qué puedes decir cuando sabes quién eres?

Me dicen «bolilla» cuando se me atraviesan en el camino o, aún peor, «gabacha». ¿A quién le gusta que le digan blanca? Digo, ni siquiera a las niñas blancas les gusta que les digan *white girls*. Puedo ignorar las palabras. Los chingazos son lo que me jode.

Papá nos prometió todo nuevo cuando nos cambiáramos a Texas, pero nuestra casa estaría tan vacía como una tumba saqueada si no fuera por mamá. Casi todo lo que tenemos es el botín que encontramos en ventas de garaje, en el mercado de la pulga y en tiendas de segunda mano.

—Ya lo verás, cuando el asiento esté retapizado se verá tal y como las sillas que tu papá hacía para sus clientas de Winnetka.

En Chicago, mamá y yo caminábamos muchas cuadras hasta el Salvation Army a buscar tesoros, a veces hasta el Goodwill. Teníamos que pasar por el hospital de Cook County donde los pacientes parecían como si les hubieran dado un navajazo en la cara en una pelea, unas puntadas negras y chuecas como el cáñamo que papá usa cuando hilvana algo. Hasta si papá cosiera con las patas lo haría mejor que esos doctores. Algo espantoso como Frankestein, daba lástima ver a los pacientes del hospital del condado. Pero *teníamos* que. Era la ruta más corta al Goodwill.

En San Antonio, casi tan pronto como llegamos, mamá sale en busca de tiendas de segunda mano, ventas de garaje y mercadillos baratos. Hay un Goodwill gigante unas cuantas millas al norte del taller de papá, y nos da por caminar hasta allá al rayo del sol bajo nuestras sombrillas, como los lugareños. Si tenemos suerte, está nublado y podemos olvidarnos de las sombrillas. —¿Bonito día, qué no? Es el único lugar donde he vivido en un cielo nublado quiere decir un bonito día.

Puede que el olor a viejitos y a camisas replanchadas es lo que hace que la gente no quiera comprar cosas usadas, puede que es lo que hace que papá se enoje cuando se entera de que hemos ido a «la usada» a escondidas. Papá dice que primero muerto antes que tener algo que era de otra gente. No le decimos que la mitad de las cosas de nuestra casa provienen de tiendas de segunda mano. Mejor que ni lo sepa. ¿Para qué meterse en líos? Para no disgustarlo, inventamos cuentos, mentiras sanas sobre la procedencia de cierta mesa o silla. Algo heredado que encontramos guardado en el cobertizo de atrás. Un regalo del primo de nuestro vecino. O si estamos desesperados: —Tú nos lo regalaste, ¿ya no te acuerdas?

En el Salvation Army grande de Flores Street al sur, entre un tambo de brasieres amontonados y fondos aguados con el elástico guango, mamá me pone a cuidar una bandeja giratoria «*Lazy Susan*» mientras ella revisa un tambo repleto de loza, volteando los platos para ver si alguno de ellos tiene «Francia» o «Inglaterra» estampado al dorso. Mamá es una experta en separar las joyas de los cachivaches. Estoy pensando en qué historia le podremos contar a papá sobre un sillón Duncan Phyfe que me está haciendo ojitos cuando una voz me sobresalta: —Pura plática. Eres pura mitotera. Te portas como si fueras mejor que nosotras, pero mírate nomás, Miss Señorita *Bulchit*. Comprando en «la segunda».

Es ella. Cookie Cantú trae puesta una bata con un gafete del Salvation Army. Me alejo como si no la conociera.

¡Chihuahua! ¿Por qué tuvimos que venir a *este* Salvation Army? A *éste*. De todos los lugares horribles, apestosos, de medio pelo que hay, tuvimos que escoger el mismísimo donde trabaja Cookie Cantú. Como si no bastara andar a escondidas, ahora todo el mundo se tiene que enterar de que compramos cosas usadas.

Y a mí que me importa. Nomás no quiero proclamarlo a los cuatro vientos para que se me queden viendo como si tuviera piojos o algo. Como si no tuviera una vida muy dura por ser nueva y ni siquiera ser de Texas. ¡Maldita sea! Me quiero ir a casa en ese mismo instante, pero mamá me grita, fuerte y enfrente de todos, porque me olvidé de la bandeja giratoria.

De camino a casa, me toca cargar la bandeja mientras mamá se queja de mi mala cara. No puedo decirle qué es lo que me pasa. De seguro se reiría de mí como siempre. Carajo, ya me imagino a Cookie Cantú diciéndole a todos con los labios cómo me vio comprando cosas de segunda mano. Tal vez le dé lástima. Es lo único que me faltaba, que alguien como ella me vea con lástima.

Justo cuando ya me puedo volver a dormir sin pensar en Cookie Cantú, Cookie Cantú reaparece en mi vida para aterrorizarme. Sucede de camino a casa de la escuela. Me están esperando bajo la autopista, de ambos lados de la banqueta, y algunas hasta abajo en la canaleta de cemento. Dando vueltas como los zopilotes que veíamos en nuestros viajes a México.

Cookie Cantú y sus amigotas. Empiezan echándome palabras y acaban echándome piedras.

—¿Qué miras, bolilla? Te crees muy lista porque hablas como una blanca. Huerca babosa. Crees que tus pedos no huelen, ¿verdad? Pinche princesa, eres pura basura. A ver quién te ayuda ahora.

Alguien me da un trancazo con su bolsa, y me deja el oído zumbando. Puedo sentir el calor aflorando de ese lado de mi cara, pero antes de que pueda alzar la mano, alguien más me da una patada en los riñones, y después todas me caen encima, todo es garras y plumas negras. Trato de empujarlas para que suelten mi cabello, y me retuerzo para zafarme de ellas, y cuando me doy cuenta de lo inútil que resulta, nomás me echo a correr, primero de regreso hacia la escuela, luego por la lateral dirección norte, pensando en que puedo cruzar en el siguiente paso a desnivel. Pero antes de llegar siquiera, puedo ver a algunas niñas esperándome allí también. Al menos creo que me están esperando. Sería muy arriesgado averiguarlo.

No me queda otro remedio que treparme por la barda de alambre como puedo y escaparme por la autopista. Todavía no es la hora pico, pero el tráfico ya está muy tupido en ambas direcciones. Puedo sentir el rugido del viento cuando los camiones pasan a mi lado. Cuando el tráfico disminuye, corro. Una camioneta *pickup* toca el cláxon y cambia de carril para esquivarme, no me importa, no me importa. Que me lleven de corbata. No me importa, nunca me sentí aceptada aquí. Ya no sé dónde me sentiría aceptada. Y el ardor de la paliza no es nada comparado con lo mucho que sufro por dentro.

Cruzo la autopista corriendo como si mi cabello estuviera en llamas, mi bufanda suelta y una agujeta desamarrada. No sé cómo, pero llego al camellón donde la barrera de seguridad divide el tráfico que se dirige al centro de los carros que van hacia la frontera. Mi corazón un conejo, el aire en mis pulmones ardiendo. Para treparme por la barrera tengo que agarrarme de un poste para recobrar el equilibrio. Justo cuando me siento a horcajadas en la parte de arriba, un camión torton largo pasa zumbando y tocando el cláxon.

—¡Culero! —grito a todo pulmón, pero aquí, con todos los carros corriendo de un lado al otro, las palabras revolotean como papel. Me desplomo en la barrera, y luego exploto como una niña, vomitando lágrimas, mi pecho arrojándolas convulsivamente. A mi alrededor la autopista ruge con furia, pedacitos de grava me pegan de vez en cuando.

Tengo demasiado miedo para atravesar tres carriles de tráfico dirigidos al sur y demasiado miedo para quedarme plantada. No sé qué hacer, el miedo me paraliza.

—Celaya. Algo menciona mi nombre en un susurro fuerte. —Celaya. La voz es tan aguda y clara y cercana a mi oído, sisea y chisporrotea y me hace pegar un brinco. —Celaya.

Entonces me arranco en automático, corre que corre, bajándome de un salto de la barrera y corriendo por los tres carriles tan deprisa que no me detengo hasta llegar al montículo cubierto de hierba más allá de la salida. Atravieso torpemente por el alambrado y hago arcadas y arrojo una flema ardiente. Mi cuerpo está caliente y frío a la vez, me duelen los pulmones al respirar.

Celaya. Alguien o algo dice mi nombre. No «Lala», ni «La». Mi nombre completo. —¿Quién demonios dijo eso? —pienso en mi interior. —¿Quién sería?

Cuando cruzo más allá por las calles residenciales, me tiemblan las piernas. Una viejita se entretiene regando sus plantas del porche y me voltea a ver desde su jardín, un perrito gordo de ojos saltones que trae puesta una camiseta de Abelardo me ladra del otro lado de la barda.

—¡Qué no te da vergüenza, Maggie! —la dueña de Maggie la regaña. Pero Maggie sigue ladrando hasta que me pierde de vista.

Me arrastro a casa temblando y sudando, las palabras y los sentimientos se azotan en mi pecho como grandes murciélagos negros atrapados en mis huesos.

Cuando llego a casa, me encierro en el baño, me desvisto, e inspecciono el daño, examinando todas mis partes que están amoratadas, o despellejadas o punzando.

Celaya. Sigo siendo yo. Sigo siendo Celaya. Sigo viva. Condenada a vivir mi vida mientras Dios tenga ganas de reírse.

# 73.

## Saint Anthony

*L*as manos de papá están entumecidas de trabajar en un juego de sillas para un salón del Saint Anthony Hotel. El cuero es áspero para las manos. Sus manos callosas de jalar el cáñamo hasta que queda tenso y tirante. Después de seis días, llega a casa y no puede desamarrarse sus propios zapatos, las manos hinchadas tan gordas como un colchón de agujas. Es un buen trabajo, uno que no puede darse el lujo de despreciar. Necesitamos el dinero, y conseguir ese contrato con el hotel es algo que enorgullece a papá.

Pero ahora sus manos están tan grandotas como las de Popeye. Está tan agotado que come su cena en una charola viendo la tele en la sala. —Por favor, una cubeta de agua caliente para mis pies y otra para mis manos. Mamá le trae dos cubetas de plástico, una para cada pie, y dos palanganas para sus manos. Después papá sencillamente se queda allí esparcido sobre su sillón Lazy-Boy. Mamá le da de comer albóndigas con tortillas de harina recién hechas, porque es la comida favorita de papá. Ella le da de comer, como si le diera a un bebé.

— Tu 'apá trabaja duro —dice ella.

## Todo lo que una niña pudiera desear

—¿Sola? ¿Pero por qué te gustaría estar sola? Aquí tienes todo lo que una niña pudiera desear. ¿Por qué dejarías todo esto?

Papá ondea un cuchillo en el aire, señalando alrededor de la cocina. El ventilador de la ventana revuelve el aire imposiblemente caliente de afuera y lo empuja adentro. La mesa de la cocina está llena de migajas de pan y está grasosa de mantequilla. Papá está acabando su desayuno de pan tostado y un huevo cocido por tres minutos.

Enjuago otro vaso bajo la llave y lavo otro plato sin voltear a ver los esplendores que papá me señala. Un refrigerador pegajoso con huellas de manos fastidiando para que lo laven, encima de éste una hogaza de pan junto al radio con la antena cubierta de papel de aluminio y algunos trastes velludos de polvo. Alacenas de la cocina baratas con el barniz desgastado. Un piso de duela que cruje y está pelón en unos lados, pidiendo a gritos que le quiten el barniz y lo vuelvan a barnizar. Un juego de sillas que mamá encontró en el Salvation Army, no le digas a papá, con los asientos retapizados en lo que a mis hermanos les encanta decir que es «Nalga-*hide*». Y la mesa de la cocina de una venta de garaje. Todo lo que papá señala significa más trabajo para mí. De por sí la casa se siente tan pequeña, como Alicia después de comerse la galleta de «Cómeme».

—Es sólo que quisiera estar sola algún día.

—Pero eso no es para niñas como tú. Las niñas buenas no se van de casa hasta que se casen, y no antes. ¿Por qué te gustaría vivir sola? ¿O es que… quisieras *hacer* cosas que no puedes hacer aquí?

—Nada más me gustaría probar algunas cosas. Como enseñarle a leer a la gente, o rescatar animales, o estudiar historia egipcia en una universidad. No sé. Cosas como… como las que ves hacer a la gente en las películas. Quiero una vida como…

—¿Cómo las que no son mexicanas?

—Como otros seres humanos. Es que me gustaría tratar de vivir sola algún día.

—¿Sola? ¿Cómo? ¿Por qué? ¿Para qué querría una señorita estar sola? No, mija, eres muy ingenua para saber lo que estás pidiendo.

—Pero todos mis amigos dicen…

—Ah, ¿con que tus amigos son más importantes que tu padre? ¿Los quieres más que a mí? Recuérdalo siempre, Lala, la familia es lo primero: la familia. Tus amigos no te van a ayudar cuando te metas en aprietos. Tus amigos no van a pensar primero en ti. Sólo tu familia te va a querer cuando estés en aprietos, mija. ¿A quién vas a llamar? ¿Al señor de enfrente? No, no. La familia, Lala. Recuérdalo. Más sabe el diablo…

—Por viejo que por diablo. Ya lo sé, ya lo sé.

—Si te vas de la casa de tu padre sin un esposo eres peor que un perro. No eres mi hija. No eres una Reyes. Me hieres cuando hablas así. Si te vas sola te vas como, y perdóname por decirlo pero es cierto, como una prostituta. ¿Eso es lo que quieres que el mundo crea? Como una perra. Una perdida. ¿Cómo vas a vivir sin tu padre y tus hermanos que te protejan? Uno debe tratar de ser honorable. Ni sabes lo que estás pidiendo. Eres como tu madre. Igualita. Cabezuda. Terca. No, Lala, ni lo vuelvas a mencionar.

Cuando respiro, me duele el corazón. Prostituta. Puta Perra. Perdida. Papá.

# 75

# El rapto

Se supone que debes amar a tu madre. Se supone que debes tener buenos pensamientos, honrar su memoria, llamarla cuando estás en peligro, pedirle su bendición. Pero nunca pienso en mamá sin esquivarla para hacerme a un lado, el *fum* de su mano más rápido que el machete del enemigo, el pellizco de su pulgar e índice más malvado que la guacamaya de una feria.

Es culpa de Toto. El primer día cálido de la temporada, cuando el cielo está de nuevo azul y el viento es tan cálido que podemos apagar los calentadores portátiles y abrir las ventanas, llega a casa muy ufano por haber tenido finalmente una buena ocurrencia. —¿Adivinen qué? Me enrolé.

¿Habías visto cosa igual? El Toto de mamá se nos volvió conservador. Lo aceptan en junio, la semana después de que se gradúa de Resurrection. Y mamá ha sido una diabla desde entonces. Olvídate de huir a México, Toto no quiere ni que lo mencionen. Toto dice que él está hecho para el ejército. —¡Nunca he visto a nadie tan cabezón como tú! —grita mamá, indignada, sin darse cuenta de a quién salió. ¿Qué se le puede decir a Toto después de todo y a fin de cuentas? Tiene dieciocho. Ya está decidido. No quiere estar pegado a las faldas de mamá toda la vida.

No lo culpo. Viva tiene razón, a veces uno tiene que ayudar a su destino. Aun si esto exige medidas drásticas. Papá dice que el ejército le hará bien a Toto, que lo hará hombre y toda esa mierda. ¿Pero qué hay para hacer de una mujer una mujer?

Si pudiera, yo también me enrolaría en algo. Sólo que no sé quién me aceptaría como miembro. Soy demasiado joven para pertenecer a cualquier cosa menos al Club de la Juventud Agrícola 4-H, y olvídate de eso.

Mira, no quiero espantar a nadie, y puedes creer lo que quieras, pero juro que esto es cierto. Cada vez que apenas entro a la recámara de la abuela que da a la cocina, el olor a carne frita casi me noquea. Mamá dice que es mi imaginación, y los muchachos dicen que nomás estoy contando cuentos.

Es por eso que me regreso a dormir en el sofá de la sala, y por qué Toto agarra el cuarto para él. Lolo me advierte que será suyo cuando Toto se mude este verano, y le digo que no hay problema, que se lo quede.

No me importa. Ya no me importa nada. No voy a las tiendas de segunda mano con Viva ni con mi mamá, y ya no doy vueltas por el centro después de clases. Viva me enferma. Y mamá. Mamá nunca se ha puesto de mi lado para nada.

No puedo explicarlo excepto para decir que ni siquiera saben quién carajos soy. Esto es lo que más me hiere. Viva está demasiado absorta en Zorro y mamá demasiado absorta en Toto. No quiero sonar como Igor, pero es la verdad. A papá le gustaría creer que mamá y yo somos amigas, pero ¿qué tipo de amiga no te escucha cuando le estás hablando? Estoy cansada, es todo.

Le echo la culpa a mamá y a sus proyectos locos. Mamá que insiste en que arreglemos el departamento de atrás y lo rentemos, ¿pero quién lo va a arreglar? Papá está en su taller, los muchachos ocupados con sus trabajos después de clases. Nomás quedamos mamá y yo batallando contra el polvo y el deterioro. La casa, como un bravucón que recibe nuestros golpes insignificantes, nos mira y se ríe de nosotras.

No puedo vivir así, es todo lo que quiero decir.

Cuando no lo espero. Cuando estoy a solas. Cuando no quiero. La abuela viene y me agarra. Cuando cierro los ojos. Un calor feroz detrás de las cuencas, en la profundidad de mi cabeza, en algún lugar que no podría precisar. Como la luz, o un baile, o una aguja de tatuaje, porque no existe un nombre para lo que estoy nombrando. Y es como un timbre o la alarma contra incendios sin un sonido. Viene, y si deseo con todas mis fuerzas que no venga, llega con más fuerza que una ola.

Sé que cuando abra los ojos, ella estará allí. Tan real como cuando estaba viva, o, si puedes imaginarlo, aún más viva ahora que está muerta. Ella. La abuela. Con su peste de carne frita.

La primera vez que me di cuenta fue ese día que corrí por la autopista, y desde entonces la abuela enojona sigue apareciéndose. Deja caer el limpiador en la tina por detrás de la cortina de baño cuando estoy haciendo pis. Carraspea y tose cuando maldigo. Sus chanclitas chanclean detrás de mí de cuarto a cuarto. ¡Déjame en paz, Chihuahua!

Mamá dice que cuando su mamá vivía, acostumbraba a contarle una historia sobre el día en que las ollas de la cocina cantaron. Todas las ollas y sartenes, vasos y platos chocaron y se estrellaron y traquetearon. Esto sucedió mientras los niños estaban en la escuela y su esposo en el trabajo, y ella estaba sola en casa en cama con el bebé. ¿Qué podría pensar? ¿Un ladrón en la casa? Y de ser así, ¿qué podría hacer? Después de lo que pareció como una eternidad los choques pararon tan repentinamente como habían empezado. Cuando tuvo el valor suficiente para salir de la cama, ella y el bebé por fin se asomaron a la cocina, esperando encontrar un revoltijo. Pero mira: todo estaba en su lugar. Los vasos y las tazas en su repisa, todos los sartenes y las ollas todavía colgadas de su clavo. Miró a su alrededor: nada. Revisó puertas y ventanas: cerradas. Después recordó la muerte reciente de su hermano. ¿Eres tú, Serapio? ¿Quieres que rece por ti? Porque allá creen que si alguien se muere pero no ha dejado sus asuntos en orden en la Tierra, su espíritu se queda vagando por ahí amarrado al mundo de los vivos, traqueteando platos o dejando una puerta abierta sólo para decirte que acaban de pasar por allí.

Es por eso que creo que la abuela enojona, quien no podía soltar las vidas de los demás en vida, no puede soltar esta vida ahora que está muerta. ¿Pero qué tiene que ver conmigo?

—Vieja metiche —me escucho a mí misma refunfuñar como mi madre. —¡Vieja metiche! —grito a veces bien y fuerte. No me importa quién me oiga.

Ya era muy latosa en vida. Pero ahora que está muerta, la abuela enojona está en todas partes. Me observa mientras orino, me toco, me rasco las nalgas, escupo, digo su nombre en vano, me vio con mi bufanda desatada y un zapato desamarrado corriendo por la autopista Interestatal 35. Mi ropa ondeando al aire. Y debí haber seguido corriendo. Debí haber dejado que alguien me llevara de corbata. ¡Llévenme de aquí!

En las comidas, estoy ida, mirando el calendario mexicano que ha estado colgado de la puerta de la cocina desde 1965. Un charro lleva en brazos a su verdadero amor, una mujer tan inerte como si estuviera durmiendo, un rebozo azul cielo le cubre los hombros, el charro trae puesto un sarape de lana roja muy hermoso, el caballo dorado, la luz resplandeciente por detrás de su sombrero como si fuera un santo varón. Si lo miras de cerca, puedes ver el ribete plateado en sus pantalones, escuchar el crujir de la silla de piel labrada. El cielo nocturno fresco y transparente. Detrás de ellos un poblado oscuro de donde huyen, quizá. El momento anterior a un beso o justo después, su cara girando en torno a la de ella. El rapto. «*The Rapture*». Y por un momento, me transporto lejos de aquí en ancas de ese caballo, en los brazos de ese charro. Hasta que alguien grita: ¡Pásame las tortillas!—, y me trae de golpe a la realidad.

Despertarse triste e irse a la cama triste. El sueño un lugar donde no te pueden encontrar. Un lugar al que puedes ir para estar sola. ¿Qué? ¿Por qué te gustaría estar sola? Dormida y soñando o soñando despierta. Es una forma de estar contigo misma, la intimidad en una casa que no te permite la intimidad, un mundo donde nadie quiere estar solo y nadie entendería *por qué te gustaría* estar sola? ¿Qué estás haciendo? Ya dormiste bastante. Sal de ahí. Ya levántate. La gente te arrastra como un cuerpo ahogado y ensopado que sacan de un río. Te fuerzan a hablar cuando no tienes ganas. Meten una escoba bajo la cama hasta que te sacan corriendo de allí.

—¿Qué trais tú? —pregunta mamá.

—Estoy deprimida.

—¿Deprimida? ¡'Tas loca! Mírame a mí, tuve siete hijos y no ando deprimida. ¿De qué demonios estás deprimida?

—¿Que te importa? —le digo a mamá. —Lo único que te preocupa son los muchachos.

Y por primera vez creo que mamá está a punto de darme una cachetada. Pero en lugar de eso empieza a gritar. —Mocosa malcriada, egoísta, hocicona, sabelotodo, presumida, te voy a enseñar. Hay lágrimas en sus ojos a las que no permite escapar. Es incapaz. No sabe cómo llorar.

Soy yo quien acaba llorando y corriendo afuera, la puerta mosquitera azotándose como una pistola detrás de mí.

—¡Ven acá, chillona! —mamá grita bien y fuerte. —¿Adónde vas? Dije ven acá, huerca. ¡Te hablo! Cuando te agarre te voy a dar dos buenas chancleadas en tu cabeza. ¡Me oyes! ¡Me oyes! Entonces vas a saber lo que es estar deprimida.

# 76

## Parece mentira

Si tuviera que escoger a la última persona del planeta de la cual me enamoraría, Ernie Calderón, serías tú. El más zonzo. Palabra de honor. Completamente fuera de onda. Mírate. Te vistes como si todavía estuvieras en el sexto grado. Camisas polo a rayas y jeans blancos: ¡y ni siquiera acampanados! Tenis en lugar de botas. El pelo tan corto como si estuvieras en el ejército. Ni un rastro de barba o bigote, ni siquiera un poquito de patillas. ¿Y de dónde sacaste esos lentes negros tan raros? Por lo menos consíguete unos de armazón de alambre. Para rematar, eres muy chaparrito para mí. Te ves ridículo. ¿Cómo vine a parar con alguien como tú?

Le caes bien a papá, sin embargo. Ni me sorprende. Eres del tipo que le cae bien a los padres. Seguro. Eso es lo que eres. Del tipo que se confiesa cada sábado y va a misa cada domingo. —Un buen muchacho —es lo que dice papá cuando Toto te trae a casa de la escuela un día y anuncia. —Les presento a Ernie. Porque aparentas lo que eres, Ernie. Un buen muchacho católico mexicano tejano.

A alguien se le ocurre comenzar una banda, y no hay manera de evadirte. Tú y Toto chirriando con sus guitarras eléctricas, Lolo y su trompeta espantosa, y Memo golpeando latas de pintura haciendo de cuenta que es un baterista. Pedacitos de Santana, Chicago, Grand Funk Railroad, porque no has aprendido a tocar una canción entera todavía. Gracias a Dios mamá los hace ensayar en el departamento del garaje, pero aunque estuvieras en el taller de papá en Nogalitos Street, apuesto a que todavía podría oír tu versión triste, en cámara lenta de «25 or 6 to 4».

Así es como empiezas a venir por aquí. Primero para las sesiones de improvisación, y luego por el negocio después de clases que mis hermanos y tú comienzan, haciendo trabajo de jardinería, cortando el pasto, recogiendo y limpiando basura.

Ernie.

La pura verdad es que, al principio ni me fijo en ti. ¿En qué me fijo? Y después cuando comienzo a ver, eres muy hermoso. O muy feo.

Depende. ¿Pero a poco no es así con el amor?

Antes del amor. Y durante. Durante te cambia. No sé cómo es después. En realidad nunca he estado enamorada más que de Lou Rocco en el cuarto grado y Paul McCartney, pero ellos no cuentan. Eso no era amor, ¿o sí?

Ernie.

Es la época de la lluvia de meteoritos. Llegas en tu camioneta blanca rascuache, la que tú y los muchachos usan para el negocio de cortar pasto, una *pickup* grande y pesada llena de abolladuras y óxido y mugre. Nunca he visto una estrella fugaz.

—¿Cómo, nunca?

—Nunca.

—¿Ni siquiera en México?

—No.

—Entonces ven con nosotros.

Como se trata de ti, y mi hermano Toto y yo, papá me deja ir, ¿puedes creerlo? Pero Toto primero quiere encontrarse con sus amigos en el centro y jugar futbolito de mesa. Y luego acabamos por dejarlo y prometerle que regresaremos por él más tarde. Así es cómo manejamos hacia el norte a la región de las colinas, tú y yo, Ernie.

Ernie

No eres más que un bebé grande. Un chillón. Peor que una niña. Cualquier cosita y te sientes. Lo sé por esto.

La noche de las estrellas fugaces, no vemos ninguna estrella. Ni una maldita estrella. —Está demasiado nublado. Nos sentamos afuera en el piso de la *pickup* y preguntas: —¿Quieres oír una canción que escribí? Y antes de que pueda contestar, das un salto, sacas tu guitarra de la cabina de la camioneta, y empiezas a tocar.

No está mal. Hasta que abres tu bocota y empiezas a cantar. Bien desafinado. Quiero decir bien, pero bien desafinado. *Perdido estoy. Yo siento el Destino llevándome a tu amor, tu amor, tu amor.*

Primero creo que estás bromeando, y me empiezo a reír. Hasta que guardas tu guitarra en su estuche, lo cierras, y no me miras a los ojos. Un silencio terrible. El sonido del viento, el aroma penetrante del cedro. En la oscuridad, te brillaban los ojos.

Qué niña eres, pero no lo digo. ¿Cómo podría? No te pareces en nada a mis hermanos, ¿o sí? No te pareces a nadie que haya conocido. Excepto yo. Palabra de honor. Palabra de honor, Ernie, y pienso en mi interior, *prometo que nunca más te haré llorar.* Y tampoco dejaré que nadie más te haga llorar. Es lo que estoy pensando.

—Entonces, ¿cuál es tu nombre verdadero? —pregunto.

—¿Qué?

—¿Cómo te dicen?

—Ernie.

—No, quiero decir, ¿no tienes un apodo o algo? ¿Cómo te dicen en tu casa?

—Ernie —dices de nuevo, y esta vez das un pequeño *je, je* como en una tira cómica.

—¡Ernie! —dejo salir un suspiro. Le hace falta dignidad, respeto, misterio, poesía, todos los ingredientes necesarios para enamorarse. Sólo que ¿cómo puedo decirte eso?

—Te voy a decir Ernesto.

Y así te digo. Desde la noche de las estrellas fugaces cuando no vimos ninguna estrella fugaz. Ernesto, entonces y desde entonces.

# 77.
## Al borde de la risa

Tal como en esa ilustración del calendario mexicano, «El rapto», Ernesto llega a mi vida a rescatarme. Su camioneta *pickup* blanca me espera en la banqueta todos los días a las tres, rescatándome de Cookie Cantú y sus desesperadas. Siempre he sido una soñadora, pero lo único que necesito es que Ernesto me mire y me recuerde que no soy una bola de luz, una mota de polvo subiendo y bajando en espiral en un rayito de sol.

Es un salero de porcelana, mi Ernesto. Muy delicado, es como lo describirían en español, muy fino, como si fuera un puro. Con una cara y manos que sudan mucho, y con los hombros delgados ligeramente encorvados como si su cuerpo dijera: —No me pegues.

Hasta que Ernesto llegó, papá le daba a cualquier muchacho que se me acercara esa mirada de gallo por el que es famoso, un vistazo de reojo de pe a pa como si de pronto hubiera tenido un ataque y no te pudiera mirar a la cara. Pero con Ernesto, pues, creo que simplemente está contento de que sea mexicano.

Creo en la Divina Providencia. La familia Calderón es de Monterrey, México, y van y vienen de Texas a Nuevo León todo el tiempo. Cuando Ernesto me vio ponerle crema a las enchiladas y no dijo —fuche— como otros chavos de San Antonio, lo supe. No tengo que explicarle todo, sobre las diferentes comidas que comemos según las diferentes regiones de las que provienen nuestras familias: el desierto del norte de México con sus tortillas de harina, la península de Yucatán al sur con sus plátanos fritos y su frijol negro. Los frijoles de cáscara rosada y los frijoles de cáscara negra, los mexicanos de piel rosada y los mexicanos de piel negra, y todas las sombras intermedias de mexicanos. Ernesto no tiene que preguntarme si soy mexicana. Lo sabe.

Qué curioso. De sólo vernos a mí y a Ernesto juntos hace reír a la gente. Como es tan católico, mis hermanos le dicen «el monaguillo» a sus espaldas, y a mí «Lala, la luchadora» a mi cara, pero esto sólo hace que quiera proteger a Ernesto aún más de la crueldad del mundo. Yo estoy acostumbrada, pero el pobre de Ernesto con su corazón como un huevo pasado por agua, no tiene idea.

A decir verdad, Ernesto Calderón es cursi. No muy chistoso, pero él en sí es chistoso. Al borde de la risa. ¿Me entiendes? Sus bromas siempre un poco fuera de lugar.

—Así es que la maestra le pide a Juanito que use las palabras «*liver*» y «*cheese*» en una oración.

Y Juanito dice: —«*Liver alone, cheese mine*».

Lo más triste es Ernesto en las fiestas. Hace trucos con la baraja e imitaciones malas: un acento irlandés, un turista italiano, un gurú hindú. Patético. Y lo más triste es que se cree bastante bueno. Pobrecito.

Tiene una voz sensual, Ernesto sí que la tiene. Un velour aterciopelado, como las pinturas del príncipe Popo pintadas en terciopelo negro que encuentras en los mercados de la pulga. Tan majestuoso como un tambor. Pero la peor risa de la tierra, no estoy bromeando. Payasa como la de una hiena. De esas que hacen que la gente en un restaurante levante la mirada de su plato y diga: —Dios mío, ¿qué fue eso?

Y cuando se ríe echa la cabeza hacia atrás como un hipopótamo de caricatura, las anginas a la vista y la parte inferior de las muelas expuestas. Puedo ver todo su trabajo dental, pero lo que más me sorprende es que tenga dientes extra junto a las muelas, todo un juego extra como un monstruo o algo, sólo que no es un detalle que puedas señalar: —Oye, tienes dientes extra, ¿eh? Sobre todo como es tan sensible, mejor me callo.

Ernesto me lleva a ver *El bueno, el malo y el feo*, pero aunque no lo creas, cuando llegamos al cine nos encontramos con que la van a pasar junto con una película chafa de Elvis en concierto. Por supuesto, primero pasan la película de Elvis y dura una eternidad. Ni Ernesto ni yo aguantamos a Elvis, pero ¿qué podemos hacer? Llegamos temprano. Le cuento de cómo a mi primo le pusieron el nombre de Elvis y cómo a mi abuela le daba un ataque cada vez que escuchaba su nombre, por lo que dijo sobre los mexicanos.

—¿En serio?

—Te lo juro. Pregúntales a mis hermanos si no me crees.

Alguien en la fila de atrás se suena la nariz como un clarín tocando la diana. ¡Híjole! Volteo a ver sobre mi hombro, y allá muy lejos en la última fila veo a una viejita secándose la cara con un pañuelo.

Después Ernesto hace algo que ocasiona que me olvide de los demás en el cine. Traza un circulito en mi mano con un dedo, una espiral vuelta y vuelta con saliva. Tengo que cerrar los ojos, me hace sentir un cosquilleo, se me para el vello de todo el cuerpo. Hasta que una viejita en la fila de enfrente empieza a toser y a arrojar una garganta llena de flemas, algo asqueroso que rompe la atmósfera.

Ernesto sigue jugando con mi mano, subiendo por mi muñeca, ajeno a todo menos a mí, sólo que no puedo dejar de mirar detenidamente a la de la tos de perro —una vieja fastidiosa que se parece mucho a mi abuela— hasta que Ernesto toma mi cara en sus manos y me da un beso que sabe como a palomitas de maíz y a mota. Palabra, me toma tan desprevenida que casi ignoro la tos que viene de la fila atrás de nosotros.

Alguien debe estar desenvolviendo un taco o una torta, porque el lugar huele a carne frita. Es cuando abro los ojos sobresaltada y la veo. ¡Ella la de la peste a barbacoa! ¡La abuela enojona sentada detrás de mí viéndome mientras Ernesto Calderón me besa!

—*Oh, my God*—digo, haciendo a Ernesto a un lado. Agarro mi bolsa y salgo disparada hacia las puertas de la salida como si el lugar se estuviera incendiando.

Ernesto me alcanza en el lobby cerca de los *hot dogs,* pero el olor a carne me marea.

—Ernesto, llévame a casa, ¿*okey?* Por favor. No me siento bien.

—¿Qué pasó con *El bueno, el malo y el feo?*

—Ya vi lo malo y lo feo. Lo bueno puede esperar.

No le digo nada a Ernesto sobre la abuela. Más tarde, cuando estamos en la camioneta y me siento mejor, empiezo a pensar que quizá era sólo alguien que se *parecía* a mi abuela. Fue un susto, es todo. De manera que Ernesto me trae de vuelta como un cohete a la realidad con una hamburguesa con queso y papas fritas en Earl Abel's y un chiste malo de Elvis Presley.

Lo peor de Ernesto es que hace locuras idiotas o de machín, como ponerse una chamarra Levi's con una planta de marihuana pintada en la espalda con plumón negro. Digo, ¿para qué hace eso? Mejor que se ponga un letrero que le diga a la chota, AGÁRRENME.

La gente desvergonzada como Ernesto me llenan de asombro. Me pregunto si su exceso de confianza proviene de ser el hombre de la familia. Su papá murió hace mucho tiempo, y siempre han sido nada más él y su mamá y hermanas. Tal vez su mamá y sus hermanas hicieron lo opuesto de lo que mis hermanos me hicieron a mí. Le festejaron todos sus chistes, lo animaron a cantar en voz alta de niño, le aplaudieron mucho sus actuaciones en las fiestas de cumpleaños, y le lavaron el coco diciéndole una y otra vez: —Ay, Ernie, eres tremendo.

Pero lo amo, con todo y sus chistes cursis. La verdad, amo a Ernesto porque es un pazguato. Porque me recuerda a mis seis hermanos. Porque no se parece en nada a mis seis hermanos. Por su sentido del humor estúpido del sexto grado, sus trucos de baraja aburridos, su poca gracia para cantar y su pésima postura. Mentón mal definido, risa espantosa, brazos flacos y todo. Así que Ernesto Calderón no es buena onda y no es guapo. ¿Y qué? Qué importa. Él es buena onda y guapo.

Para mí.

## 78.

*Un día encantador, mi príncipe Popocatépetl vendrá*

—Cásate con alguno que te adore —me dijo mamá una vez. —Óyeme, quieres tener una buena vida, fíjate en que te adoren. Que te adoren, ¿me oyes? Lala, te hablo. Todo lo demás es mierda —dice, revolviendo la basura buscando la canastilla de la cafetera eléctrica que desapareció. —¿Pos 'ónde demonios dejé esa fregadera del café?

Es posible que he conocido a ese alguien que me adora. ¿Podría ser Ernesto Calderón? Tuve un sueño sobre Ernesto aun antes de conocerlo, y cuando apareció, era como si estuviera tratando de recordar a alguien a quien ya conocía, alguien a quien siempre había conocido, aun cuando estaba flotando por la vía láctea como polvo lácteo.

Debido a papá, estoy acostumbrada a que me adoren. Si alguien me ama, me tiene que decir cariñitos mexicanos cursis, o no lo puedo tomar en serio. Me atarugo cuando Ernesto me dice: —*Baby*, si me muero, ¿quién te besa? Eres mi vida, mis ojos, mi alma. Quiero tragarte, masticarte, digerirte, cagarte.

¿Está grueso o qué?

Así que cuando Ernesto viene a verme esa misma mañana en que mamá me está sermoneando sobre el matrimonio, no sé qué pensar. Después de todo, quizá Ernesto Calderón sea mi destino.

—Mira, Ernesto. *Tienes* que pedirle permiso a mis papás.

—¿De qué?

—De casarte conmigo, tontito, ¿qué más?

—Muy bonito. Ya lo tienes todo resuelto, ¿no?

Me encojo de hombros, satisfecha de mí misma.

—Sólo se te olvidó una cosa —dice Ernesto. —¡Ni me preguntaste!

—No con palabras exactamente. Con mi cuerpo y alma.

—¿Pero no crees que estamos demasiado jóvenes para casarnos?

—Podemos estar comprometidos hasta que estemos en edad. Así lo hacen muchos.

—Mira, ni siquiera. Me voy a meter en líos —dice Ernesto. —Olvídalo.

—¿No quieres que Dios apruebe *nuestra* unión? Tú eres el que siempre se está quejando de que te creo conflictos religiosos.

—Con Dios me puedo entender. La que me preocupa es mi 'amá.

—Pues, ¿qué no quieres?

Ernesto muerde la cadena de su medalla de la Virgen de Guadalupe y ve sus tenis. Luego lo oigo decir: —Bueno, pues, supongo que sí.

Mi corazón se estremece, como si hubiera dejado ir la cuerda de un pozo, la cubeta cantando hasta el fondo. Demasiado tarde. Ernesto ya está del otro lado de la puerta mosquitera, saludando a mamá, que lo ignora.

No sé por qué, pero mamá ha escogido este día para hacer sus experimentos en la cocina. El mes más caliente del año, el día más caliente de la canícula. Mamá no es gran cocinera. Casi nunca cocina nada que no sea la comida típica de rancho mexicano: sopa de fideo, arroz y frijoles, carne guisada, tortillas de harina. Pero de vez en cuando le entran unas ideas locas de crear algo nuevo, y hoy es uno de esos cuandos.

Cuando la camioneta de papá llega crujiendo por la entrada, la casa está más caliente que nunca, aun con todos los ventiladores puestos. El proyecto de mamá es algo que recortó de las páginas del *San Antonio Express-News*, bistec empanizado frito: comida para güeros. Se pasó el día preparando alimentos exóticos que con la misma facilidad podríamos haber pedido en la cafetería del Luby's —ejotes almendrados, guisado de brócoli, dulce de camote, pay de nuez— pero mamá jura: —No hay como lo casero. Y ahora papá entra soplando como un norte por los estados de las grandes llanuras, arremolinando todo a su paso.

—¡Vieja! ¡Mis papeles! —dice papá a gritos. —¡Zoila, Lala, Memo, Lolo, todos, rápido! ¡Mis papeles!

—¿Qué pasó?

—¡La migra! —dice papá. —Vinieron hoy al taller ¿y qué crees? Alguien les dijo que contrato a ilegales. Ahora quieren prueba de que *yo* soy ciudadano. Zoila, ¿donde están mis papeles de cuando me dieron de baja en el ejército? ¡Ayúdame a buscar mis papeles!

Cuando la abuela murió, pasaron su retrato y el de la Virgen de Guadalupe enmarcada a la sala al lado del retrato doble de los presidentes Lyndon B. Johnson y John F. Kennedy. Fue cuando tuvimos que dejar de ver la televisión.

—Para honrar la memoria de mi madre, vamos a guardar luto. No habrá televisión ni radio —papá había ordenado.

Después fue a cada cuarto y corrió todas las cortinas. También cubrió los espejos porque ésa es la costumbre del otro lado, pero cuando le pregunté por qué, simplemente dijo: —Porque es propio. Quizá no debíamos pensar en nuestra apariencia, o quizá quería evitar que la muerte nos mirara.

Vivimos sin el parloteo de la televisión y el radio por un rato, como si la casa necesitara tiempo para pensar, para recordar, para pensar. Al hablar hasta lo hacíamos en voz baja como si estuviéramos en la iglesia. Pero no estábamos en la iglesia. Estábamos de luto.

Los espejos estuvieron cubiertos por sólo unos días, pero las cortinas han estado bien cerradas desde entonces. Papá está abriéndolas de un jalón y llenando la casa de una luz tejana color blanco acero de agosto. El polvo se arremolina en el aire.

—Buenas tardes, señor.

—¡Ernesto! Haz algo útil y ayúdame a buscar mi caja de zapatos.

Papá abre el ropero de nogal con la llave y vacía el contenido de los cajones sobre la cama.

—Van a regresar por mí después de la comida —continúa. —¡Madre del cielo, ayúdame!

Ernesto me dice en secreto: —¿Para qué está buscando una caja de zapatos?

—Allí es donde guarda todos nuestros papeles importantes y esas cosas. Antes de que papá heredara el ropero de nogal, escondía todo en su cajón de la ropa interior. Ahora lo guarda en una caja de uno de sus zapatos bostonianos. Pero desde que nos cambiamos, bueno, ¿quién sabe donde diablos estará?

—¿Pero quién lo querría reportar a la migra, señor?

—La envidia. La gente amarilla de celos. ¿Qué sé yo, Ernesto? No hay tiempo para hablar, ¡ayúdenme!

—¿Les dijiste que habías servido en el ejército norteamericano, papá?

—Les dije, les dije.

Luego me imagino a papá hablando con los agentes de Inmigración. El inglés de papá nunca ha sido bueno. Cuando se pone nervioso sale doblado y arrugado, peor que en esos libros viejos que había mandado pedir cuando llegó por primera vez a este país y trabajó para Míster Dick. *¿How you say?*

—Les dije de Inchon; Pung-Pion; Fort Bragg; New Cumberland, Pennsylvania; Fort Ord; *S.S. Haverford Victory; Peggy Lee, get out of here give me some money too.* Hasta les conté una historia.

—¿Una historia?

—De cómo en nuestro primer viaje a Tokio tuvimos que regresar al hospital de Honolulú cuando esos güeros se rompieron los brazos y piernas. Ya sabes cómo les gusta asolearse. Estaban tirados en la cubierta, pero entonces, ¿qué crees? De la nada el mar se puso bravo. Te lo juro. Una ola enorme vino y meció el barco como una hamaca. Todo un cargamento de soldados se barrió de la cubierta y acabaron con las piernas y los brazos rotos, y por eso nos tuvimos que regresar. Ja, ja. ¿Qué creen que dijo la migra entonces? «No necesitamos historias, necesitamos papeles». ¡Lo pueden creer! ¡No necesitamos historias, necesitamos papeles! Hasta preguntaron por tus hermanos, Lala. Gracias a Dios ellos nacieron de este lado.

Ponemos la casa patas arriba, pero no encontramos la caja de zapatos de papá. Todo este tiempo Ernesto está picoteando a papá, tratando de encontrar una manera de hablar sobre él y yo, pero papá sigue diciendo —Luego, luego. Papá está desesperado. Encontramos cajones llenos de billetes viejos, cartas, fotos escolares, anillos para cortina de baño, tarjetas de cumpleaños hechas en casa, cupones para la comida, ligas de hule, las placas de la rabia de Wilson, pero ninguna caja de zapatos. Papá siempre se ha enorgullecido de ser organizado. En su taller, cada herramienta, cada rollo de tela, cada caja de tachuelas está en su lugar, un retazo es barrido antes de que toque el piso. Vuelve locos a todos. Pero en casa, el caos de mamá se impone.

—Lo único que pido es *un* cajón para mí mismo, ¿es mucho pedir? *Un* cajoncito y todo el mundo mete sus manos allí. Zoila, cuántas veces te lo he dicho, ¡¡¡no toques mis cosas!!!

—No sólo yo vivo aquí —gime mamá. —Siempre, siempre me echas la culpa, estoy harta y cansada…

—*Sick and tired* —papá la arremeda en inglés —*Sick and tired… ¡disgusted!*

Todo ha sucedido tan rápidamente después de la muerte del abuelito, después del derrame cerebral de la abuela, después de empacar y dejar una ciudad por otra, y luego otra, enterrar a la abuela, regalar sus cosas, los pleitos, las discusiones, el dejarse de hablar, el griterío, y lentamente la vida se iba asentando para que comenzáramos de nuevo. Y ahora esto.

—Mis cosas, mis cosas —dice papá, jalándose los pelos y dando saltos como un niño haciendo berrinche. —¡¡¡Van a regresar después de la comida!!! Y sacude de nuevo las cortinas en cada cuarto, abre los clósets y los cajones de los tocadores, se asoma abajo de la cama.

—'tas lurias —dice mamá. —Te portas como si te fueran a deportar. Voy a llamar a Inmigración y ver qué es qué.

Mamá agarra el teléfono, y empieza a hablar su inglés-inglés, el inglés que habla con los güeros, gangoso y quejumbroso, con las sílabas alargadas como ropa mojada en el tendedero: —*Uh-huh. Yesssss. Mmm-hhhmm. That's right.* Pero cuelga después de un rato porque la dejan esperando.

—¿Ahora? —pregunta Ernesto, queriendo decir: ¿le pregunto ahora?

—¡No, Ernesto, espérate!

Lolo y Memo tienen su negocio de cortar pasto en que pensar. Con el calor, sólo hacen el trabajo pesado en la madrugada o al anochecer. Apartan lo más caliente del día para ir a la alberca pública. Solamente Lolo está en casa cuando papá regresa, y cuando la caja de zapatos no aparece inmediatamente, se empieza a preocupar de que va a llegar tarde a su cita en la alberca.

—¿Con que tus amigos son más importantes que tu padre? dice papá. —Esto es una emergencia. Lolo y Ernesto, por favor, vayan a buscar a Memo. Tráiganlo ahorita mismo.

Así fue que todos estábamos en casa cuando aparece la caja de zapatos.

—Aquí 'stá —dice mamá, furiosa.

—¿Pero dónde estaba?

—En el ropero —dice ella.

—¿Pero quién la puso allí? La busque allí.

—Tu mamá. ¿Qué sé yo? Ahí 'staba.

Ernesto me jala del codo y mueve las cejas. —Ahora no, Ernesto —susurro.

Sin embargo, no basta que haya aparecido la caja. Todos tenemos que subirnos a la camioneta y acompañar a papá a su taller en Nogalitos

Street, hasta Ernesto. —Cinco minutos —dice papá. —Se los prometo. Pero después de lo que parece una eternidad, cuando parece que papá nos ha arrastrado a todos para ser testigos de nada, los de Inmigración llegan en una de sus famosas camionetas verdes. Hay dos agentes y, lo que es más triste, uno de ellos es mexicano.

—Ahora vean, no dije mentiras —dice papá, agitando sus papeles. Uno fechado el 23 de noviembre, 1949, dice que fue dado de baja honorablemente de las Fuerzas Armadas, y el otro dice:

*El soldado Inocencio Reyes ASN 33984365 ha completado exitosamente el Curso de Entrenamiento Especial llevado a cabo por esta unidad y se recibió el vigésimo primer día de junio de 1945 en New Cumberland.*

Pero del que papá está más orgulloso es aquel firmado por el presidente.
—Éste, Lala, léeselo a todos —dice papá.
—¿*Tengo* que hacerlo?
—¡Lee! —papá ordena.

## REYES CASTILLO, INOCENCIO

*Para usted que respondió al llamado de su patria y sirvió en las Fuerzas Armadas para lograr la derrota total del enemigo, le extiendo las más sinceras gracias de parte de una nación agradecida. Como uno de los más distinguidos de la nación, desempeñó la tarea más rigurosa que uno puede ser llamado a ejecutar. Ya que demostró la fortaleza, la inventiva y el juicio sereno necesarios para llevar a cabo esa tarea, ahora nosotros seguiremos su ejemplo y su mando para exaltar más allá nuestro país en época de paz.*

*[firmado] Harry S. Truman*
*La Casa Blanca*

Los agentes de Inmigración simplemente se encogen de hombros y mascullan: —*Sorry*. Pero a veces es demasiado tarde para decir «lo siento». Papá está temblando. En lugar de —No hay problema, mi amigo —que es la respuesta usual de papá cuando alguien le pide disculpas, papá

corre detrás de ellos mientras se meten a su camioneta y escupe
—You… Changos. *For you I serving this contry. For guat, ¿eh? ¡Son of a moder!*

Y como no puede convocar las palabras para lo que realmente quiere decir, dice: —*Get outta here… ¡Make me sick!* Luego se da la media vuelta y entra de nuevo al taller, fingiendo que busca algo en su montón de rollos de tela.

Manejamos de vuelta a casa en silencio, las chicharras resonando en las pacanas, el calor una calima ondulada que se eleva del asfalto como un espejismo. Papá mira de frente como un hombre recortado de cartón.

Cuando llegamos a la entrada, mando a Ernesto a su casa y le digo que lo olvide, que se olvide de todo. —¿Mañana, tal vez? ¿Quieres que regrese y le pregunte mañana?

—¿Te puedes estar quieto, Ernesto, ya? —digo entre dientes. —¡Déjame en paz!

Aun antes de que abra la puerta, hay un olor horrible en la cocina, peor que a frijoles quemados: ¡la comida casera de mamá! A mamá le da un ataque. —¿Todo este trabajo, pa' qué? ¿Pa' tu mierda! ¡Ya estoy fastidiada!

Es lo más cercano que mamá ha estado en su vida de perder el control y echarse a llorar, sólo que mamá es demasiado orgullosa como para llorar. Se arranca un zapato y lo avienta contra la pared de la sala encima de la televisión antes de encerrarse en la recámara. Creo que mamá quería darle al retrato de la abuela, o quizá a los de cada lado, la Virgen de Guadalupe o el de Johnson y Kennedy, no estoy segura. Pero el zapato pega contra la pared, dejando una marca negra grande como un cometa y una hendidura que tenemos que enyesar con *Spackle* y volverlo a pintar cuando nos mudamos.

Papá se rasca la cabeza con ambas manos y se queda parado en la sala parpadeando. La casa es un desmadre. Los cajones abiertos, los cojines del sofá en el piso, la cena quemada y apestosa, mamá encerrada en la recámara. Y aquí está papá con su caja de zapatos, unos cuantos papeles, su caja de dominó de madera con mis trenzas infantiles, el rebozo caramelo a rayas de la abuela, con el cual se envuelve como una bandera.

—*Sick and tired* —dice, desplomándose en su Lazy-Boy anaranjado. Durante mucho tiempo se queda allí sentado protegiendo esa caja de triques como si fueran las joyas del emperador Moctezuma. —Mis cosas

—sigue mascullando. —¿Entiendes, verdad, Lala? Tu mamá... ¿Ya lo *ves*? ¿Ya *ves* lo que pasa?

Es como cuando era chiquita. —¿A quién quieres más, a tu mamá o tu papá? Sé que es mejor quedarme callada.

Casi de inmediato, alguien quita el retrato doble de Johnson y Kennedy. Y tan pronto como se nos pasa el susto, papá está en el teléfono con quienquiera que lo escuche. Monterrey. Chicago. Filadelfia. Ciudad de México.

—Hermana, no te miento. Ahí estaba, era mi palabra contra la del gobierno... No tienes que creerme, hermano, pero esto fue lo que pasó... ¡Qué barbaridad! Compadre, quién creería que esto me pasaría a mí, un veterano... Es una cuestión fea, Cuco... Pero para acabar de contártelo, primo... Y ahí está.

Y pues ahí lo tienes.

# 79.

## A mitad de camino entre aquí y allá, en medio de quién sabe dónde

Papá llega a casa con la noticia, y las palabras hacen que se me hiele el corazón. —Nos vamos a casa.

Papá tuvo un pleitazo con Marcelino Ordóñez de *Mars Tacos to Went* en que papá acabó maldiciendo a su viejo amigo Mars, maldiciendo a todos los chicanos por portarse como chicanos y darle mala fama a México, maldiciendo los cincuenta dólares prestados, la segunda Guerra Mundial, la frontera salvaje, ese calcetín maloliente y atrasado que es este pueblo tejano, para luego desbordarse en un torrente de lágrimas convulsivas al recordar a su madre.

—Maldito seas y maldita sea la madre que te parió — dijo papá. Bueno, no exactamente. Lo que dijo fue un poco más fuerte, pero, dado que es *mi* padre, no puedo repetirlo sin faltarle un poco al respeto.

Maldito seas y maldita sea la madre que te parió. Al escuchar la palabra, *madre*, papá recuerda el resuello dentro de su corazón. —¡Ay, madrecita!, ¡si hubieras vivido mil años, no habría sido suficiente! Y es como si en ese instante preciso su madre le estuviera metiendo un alfiler en el corazón para ver si todavía está vivo, como si su madre lo estuviera abrazando en sus brazos carnosos y suaves. Mamá con su olor a comida freída en manteca, y ese olor, el olor a hogar y a consuelo y a abrigo.

Mars le subió otra vez la renta al taller de papá.

—Estoy perdiendo dinero. El edificio necesita reparaciones. ¿Ves esa grieta? Los malditos cimientos están a punto de tronar, no es más que la verdá. Y el techo tiene goteras. Y las *taxas*. ¿Qué más puedo hacer? No semos ricos, sabes.

Papá se saca una tachuela de la suela del zapato. —*Un puro montón de nada* —piensa papá, para explicar quién sabe qué.

—¡Fuiste tú quién llamó a la migra!

—¿Qué trais, bato?

—Tú fuiste. Tú llamaste a la migra. Explícame cómo fue que Inmigración sólo vino a mi negocio ese día y no al tuyo, ¿eh?

—Hombre, estás zafado. ¡Chilangos de mierda, siempre creen que saben todo!

—Baboso. ¡Ni siquiera sabes hablar tu lengua materna!

—Claro que sí hablo mi lengua materna, pero a que no es el español.

Las palabras van de mal a peor a pésimo hasta que acaba así.

Papá tiene que mudarse.

Empacamos el compresor, los caballetes, el tablero con agujeros donde cuelga los martillos y las tijeras y los quitatachuelas y las abrazaderas, los rollos de guata y los rollos de tela, las cinchas, los resortes espirales, el cáñamo italiano, los patrones, el gis, las grapas y las tachuelas, desarmamos las mesas para cortar y las repisas hechas en casa, los desgarbados muestrarios de tela en carpetas de anillos, la Singer ciento once W cincuenta y cinco de primera categoría.

Cuando el taller está casi vacío, papá se jala el bigote y mira hacia la calle, más allá de las letras rojas y amarillas de KING UPHOLSTERY, hacia algo más distante que no podemos vislumbrar.

—Estoy cansado. *Sick and tired* —papá refunfuña en su inglés peculiar. —*Make me sick*.

Nogalitos. Carretera Vieja 90. Papá recuerda con demasiada nitidez la ruta al sur, y es esa la corriente que lo jala y arrastra cuando el polvo se eleva y el polen de cedro lo hace estornudar y arrepentirse de habernos trasladado a San Antonio, un pueblo a mitad de camino entre aquí y allá, en medio de quién sabe dónde.

Ese tremendo dolor y nostalgia que uno siente por el hogar cuando el hogar desaparece, y no se trata de éste. Y el sol tan blanco como una cebolla. ¡Y a quién diantres se le ocurrió poner una ciudad aquí sin agua alrededor! En menos de tres horas podríamos estar en la frontera, pero ¿dónde está la frontera con el pasado, te pregunto, dónde?

—El hogar. Quiero volver a casa —dice papá.

—¿El hogar? ¿Dónde está? ¿Norte? ¿Sur? ¿México? ¿San Antonio? ¿Chicago? ¿Dónde, papá?

—Lo único que quiero son mis hijos —dice papá. —Son la única patria que necesito.

Hay una sola cama en todo el Hotel Majestic que no sea individual. ¿Lo puedes creer? Una cama matrimonial es lo que pide Ernesto, y una cama matrimonial es lo único que hay, literalmente. El Hotel Majestic hace negocio de los turistas que visitan la Ciudad de México, no de las parejas de luna de miel. Afortunadamente para nosotros, esa cama es nuestra. Habitación 606, un cuarto que hace esquina con Madero y el Zócalo, un tanto ruidosa, la recepcionista nos advierte, por el restaurante de la terraza, ¿si no tienen inconveniente? No importa.

El primo de Ernesto de Monterrey nos consigue el cuarto. Es agente de viajes y tiene conexiones con el «*Jotel Machestic*». Así es cómo conseguimos una ganga por toda la semana, y cómo no me preguntan nada cuando no traigo visa. ¿Papeles? El rostro de Andrew Jackson en uno de a veinte.

Habitación 606. ¡La recámara más hermosa del mundo! Nuestra cama matrimonial coronada con una cabecera de fierro tan elegante como un Picasso. Candeleros de pared de cada lado, además. Un angelito de yeso en una pared. Y ventanas francesas alargadas con un par de cortinas chuecas de malla abierta y unas cortinas de gasa blanca que se ven maravillosas cuando el viento les sopla. Debido al Día de la Independencia, los edificios están cubiertos de hilos de luces de colores, y hebras verdes, blancas y coloradas que suben como una telaraña por toda la fachada del Hotel Majestic, incluso la habitación 606.

Perfecto. Trato de memorizar todo para no olvidarlo nunca por el resto de mi vida. Y para rematar, hay un espejo gigante en una pared, tan grande que te preguntas cómo los trabajadores lo pudieron subir sin reírse. Tan pronto como el botones desaparece, Ernesto y yo saltamos a la cama como chiquillos, brincamos el uno sobre el otro, felices como delfines.

El cielo raso con sus medallones de yeso como pays de crema congelados.

—¿Te conté alguna vez, Ernesto, cómo siempre teníamos que compartir la comida? Cuando hay nueve de familia, nunca puedes comprar comida lujosa como el cereal Lucky Charms. Te dan hojuelas de maíz. Así. Nunca podías comprarte nada sólo para ti. Pero de vez en cuando, si papá nos acompañaba al mandado, se daba un lujo, como un pay helado Morton. Sólo que cuando lo dividíamos entre tanta gente, sólo nos tocaba una tajadita, un pedazo como de cuatro a cinco en las manecillas del reloj, no bastaba para sentirte satisfecho. Una vez ahorré mi dinero y me compré un pay entero, sólo para mí. De fresa, me acuerdo que era. Me comí una tajada tan ancha como de las doce a las siete en las manecillas. Cuando estuve satisfecha, y sólo entonces, les ofrecí a mis hermanos. Así me siento aquí en este cuarto. Como que me tocó el pay entero.

Viva tiene razón, sobre el destino quiero decir. Sobre como a veces hay que ayudarlo. Siento que estoy en mi propia película, mi brazo contra la almohada, el hombro de Ernesto contra las sábanas. Viviendo mi vida, y viéndome vivir mi vida. Como una gran película. Mejor que un churro, porque yo salgo en ella.

Es maravilloso acostarse en una cama después de dormir en un camión por dos días. Desempaco el rebozo caramelo y envuelvo a Ernesto en él. Cuando esculqué el ropero de nogal para buscar mi certifi cado de nacimiento justo antes de salir, agarré impulsivamente el rebozo de la abuela. Qué suerte. Se le ve hermoso a Ernesto, en serio. Ese cuerpo suyo de muchacho, lampiño y terso, las rayas caramelo contra su piel. Un verdadero pecado que los hombres no usen rebozo.

Ernesto me jala hacia él, pero yo me aparto, para poder verlo un rato más. Siempre que papá come algo especialmente delicioso, siempre me fuerza a probar un poquito. —Prueba —dice, y me lo acerca tanto a la cara que apenas puedo verlo. Ernesto es así, se acerca tanto a mí que no lo soporto. Y casi deseo que cierre los ojos para poder verlo sin que me vea.

—Lalita —me dice por mi apodo de niña. —Lalita.

Todas las partes de mi ser regresan de algún lugar de antes de que naciera, y soy chiquita y me siento segura en la calidez de ese nombre bienamado, soy yo de nuevo. Las sílabas me hacen arquear y estirarme como un gato, darme vueltas panza arriba, acicalarme. Y me río en voz alta.

—Una vez que me embarace, entonces *tendrán* que darnos su bendición, tu 'amá y mi papá, quiero decir. Ya no podrán decirnos nada, y podremos casarnos.

—Te podrías olvidar de ellos por ahora —dice Ernesto, recogiendo mi cara en ambas manos como si fuera agua.

Estamos sedientos, sedientos. Somos agua salada y dulce. Y lo amargo y lo triste se mezclan con lo dulce. Es como si fuéramos ríos y mares vaciándose y llenándose y subiendo y ahogando uno al otro. Es aterrador y maravilloso a la vez. Por una vez, siento como si no hubiera lo suficiente de mí, como si fuera demasiado pequeña para contener toda la felicidad dentro de mí.

Nos quedamos dormidos bajo el ruido del Zócalo, el arrullo del tráfico. Las luces verdes, blancas y coloradas colgadas sobre la ventana se abren y se cierran, parpadean, proyectan sombras en la habitación. Cuando despertamos, el cuarto está oscuro, los focos han dejado de parpadear. La basura rueda por la plaza vacía. Aquí y allá algunos rezagados deambulan a sus casas. Ernesto se acerca a mí por detrás y me estrecha, yo y él asomados por el balcón asimilando la noche en la Ciudad de México.

Una enorme luna azteca sale sobre el Palacio Presidencial.

—¡N'hombre, Lala, imagínate! Todo sucedió en esta plaza. La Decena Trágica, la Noche Triste, los ahorcamientos, los tiroteos, las pirámides y los templos, las piedras que quitaron para construir las mansiones de los conquistadores. Todo sucedió aquí mismo. En este Zócalo. Y aquí estamos.

Pero estoy pensando en las mujeres, en las que no tenían otra opción que saltar de estos campanarios no hace tanto tiempo, tantas que tuvieron que prohibir la entrada a los visitantes. Quizá ellas habían salido corriendo o las habían corrido. ¿Quién sabe? Mujeres cuyas vidas eran tan desdichadas que saltar de un campanario les parecía una buena idea. Y aquí me encuentro recargada contra un barandal de fierro en el centro sagrado del universo, un muchacho con sus manos debajo de mi falda, y yo sin ninguna intención de brincar por nada ni nadie.

Un viejo con una fedora puesta cruza en diagonal por la plaza, y justo cuando llega al círculo de luz de un farol acanalado debajo de nuestra ventana, se queda parado y voltea hacia arriba, como si pudiera vernos en el sexto piso del Majestic asomándonos por el balcón de la habitación 606.

Es un hombre delgado con ropa de otros tiempos, corbata ancha, hombreras, traje cruzado con botonadura doble como en una película vieja de gángsters. Se agacha para amarrarse el zapato pero no me quita los ojos de encima. Se parece a mi papá. Parece que está enojado. Como si supiera. Pero realmente no puede ver lo que estamos haciendo, ¿o sí?

Y justo cuando empiezo a preocuparme, los campanarios empiezan a repicar. Medianoche. La hora de las brujas. El hombre allá abajo me mira, prende un cigarro, se toma su tiempo, y quiero empujar a Ernesto lejos de mí, y quiero que Ernesto se quede, y los campanarios de la iglesia repique que repique en señal de alarma, en protesta, contienen un aullido que podría sacudir a todos los murciélagos del Zócalo. Una alegría vertiginosa, de manera que cuando el momento se eleva y tiembla y pasa, y la iglesia cesa su asonada, sólo quedo yo riendo mi risa de bruja.

El hombre allá abajo ha desaparecido. Como si nunca hubiera estado allí.


*A* las 6 a.m. el toque de diana y el tambor de los soldados del Zócalo izando la bandera mexicana.

Ernesto y yo retozamos y nos revolcamos y nos metemos debajo de la cobija y las almohadas hasta que terminan, al parecer un rato insoportablemente largo. En mi medio sueño, oigo el motor de una camioneta haciendo *tic tac* y creo que es papá. Luego recuerdo dónde estoy. Papá está a millas de distancia.

Caemos en un medio sueño delicioso al momento en que la ciudad ne despierta, acelerando para arrancar, y el corazón principal de ese aceleramiento se encuentra aquí mismo en el centro del universo...

El Zócalo. El Grand Prix de Monte Carlo de la Ciudad de México. *Rrrum, rrrum.* Los coches aúllan, los taxis Volkswagen del color de las lunetas *M&M's* hacen *chuc, chuc,* la sirena de una patrulla maúlla, los frenos rechinan, los motores gruñen, un motor parado relincha pero no enciende, un claxon elegante toca las primera notas de «La *Cucaracha*», las motocicletas balan, las bocinas hacen *pip pip* como un impaciente toque de trompeta, los motores fallan, espetan, se pedorrean, hipan, eructan, gruñen en el rechinón de una vuelta a la izquierda, el calor se eleva, la luz en la habitación tan brillante aun con las cortinas cerradas, un camión gorgotea, gruñe, un rugir incesante de motores que se convulsionan como una gran ola de mar, un toser y petardear y gargarizar de motores y ruedas, mientras un tapón de llanta sale volando y da vueltas y traquetea hasta detenerse como en un gran final de tambores.

Luego las campanas de la catedral empiezan a repicar, todas doce, una a la vez, como una mujer golpeando las barras de su celda exigiendo que la dejen salir.

Encima de nosotros, el tremendo chirriar de las sillas de fierro cuando las arrastran por los mosaicos, el restaurante abre sus puertas para el desayuno. Llega tanto barullo a la habitación 606 que es risible. Justo cuando caigo en un sueño tibio, sueño este sueño. Ernesto me besa el arco del pie. Cuando la puerta hace *clic* y se cierra, me despierto, y estoy a solas.

En el buró, una gardenia en un vaso para cepillos de dientes; un puro cubano a medio fumar; cinco veladoras apagadas a la Virgen de la Macarena, la Virgen de los matadores; y un plato con media cáscara de melón. Cuando me levanto a hacer pis, me encuentro una nota escrita con jabón en el espejo: FUI A MISA.

Me vuelvo a acostar. En la pared de enfrente, un angelito de yeso me frunce el ceño. Se parece al angelito bajo la Virgen de Guadalupe. De hecho, es el *mismo* ángel.

El ángel de yeso comienza:

—El rebozo de tu abuela. Y con la iglesia como testigo. Y ese hombre que podría haber sido tu padre mirándote. Debía darte vergüenza.

—Debía… ¿pero cómo es que no me da?

—Válgame, San Rafael —dice el angelito. Luego comienza con sus deberías y tendrías, y es cuando de veras me enojo.

—¡No jodas! Pero cuando no lo hace, le aviento mi guarache. Eso hace que se esté quieto, y me siento mejor.

—Pinche latoso, digo, abriendo las ventanas francesas. La brisa matutina hincha las cortinas de gasa blanca, el calor y el ruido del Zócalo entran con más fuerza todavía. La luz, harinosa como polvo plateado. No hay volcanes a la vista con toda la contaminación, sólo la luz despiadada de la Ciudad de México.

Observo al mundo abajo en su rutina, entrecruzándose, el altavoz retumbando una versión borrosa del «Vals de las flores», los brillantes albañiles enfilados para trabajar, los mendigos mendigando, las mujeres vendiendo pasteles de merengue rosa, los vendedores de crema nácar, los vendedores de limas de uñas, los estudiantes, los oficinistas. Todo siempre ha estado aquí, siempre estará aquí. Millones de ciudadanos. Algunos chaparritos y fornidos, otros altos y delgados, algunos encantadores, otros crueles, algunos horrorosos, otros terribles, algunos un fastidio increíble, pero todos ellos hermosos a mi parecer. En realidad, los más hermosos del mundo.

Pienso en ir caminando a La Villa, sólo para ver la casa de mi abuela, sólo para caminar por la colonia, pero no me puedo mover. Escribo en mi diario. Estoy de ociosa con la camiseta de Ernesto puesta y le digo a la muchacha del aseo que se vaya. Pido flautas para el desayuno y me las como en la cama mientras el viento sopla por las cortinas de gasa blanca adentro y afuera, inflándolas hacia arriba, agitándolas hacia afuera, una boca exhalando e inhalando.

De vez en cuando me paro en el balcón y lo aspiro todo. Estoy tan contenta que tengo ganas de gritar, ¿pero qué diría? No hay suficientes palabras para lo que siento. Pienso en la posibilidad de escribir una canción y llenar once páginas de mi diario con mi balbuceo, un nudito de letra tan enredada y apretada que parece crochet. Quizá pasen horas, quizá minutos, no sé ni me importa.

Cuando oigo la llave arañando la cerradura, mi corazón da un vuelco. Me trago a Ernesto con los brazos y piernas y boca. Quiero disolverlo dentro de mí otra vez. Quiero ser él y que él sea yo. Quiero vaciarme y llenarme de él.

—No, detente. Detente, detente, detente... —dice Ernesto, apartándome por las muñecas. —Detente —sigue diciendo una y otra vez.

La boca le tiembla. Un arbolito antes de la lluvia.

—¿Qué pasa? Oye, Ernesto, no, por favor. No llores.

Pero no tiene caso tratar de convencerlo. Su cara se arruga, y le da tanto hipo que se estremece en un ataque incómodo. No sé qué hacer. Es como si me robara las lágrimas. Y ahora tengo que pescar un Kleenex arrugado del buró y pasárselo.

—Toma —le digo. —No está tan sucio. Se suena como un clarín.

Es demasiado tarde. Inútil sacarle las palabras. Lo observo y espero y me pregunto.

Después me cuenta una historia tan increíble que creerías que la había inventado.

—Lala, tú y yo, no podemos... —dice Ernesto entre resuellos. —No me puedo casar contigo.

La boca se me ondula como si me hubiera pegado con un palo. —¿De qué hablas? Trato de que me salga fuerte, pero me sale débil y chillón. Lo miro detenidamente, como si nunca antes lo hubiera visto, y de alguna manera, es cierto. Está radiante, resplandeciente, como si emitiera luz. Trato de sentarme cerca de él, incluso encima de él, pero es él quien me hace a un lado esta vez.

—Espérate, déjame hablar —dice Ernesto con seriedad, sin mirarme a los ojos, casi como si no pudiera mirarme a los ojos. Se cambia a una silla frente a la esquina de la cama, como un abogado a punto de dar malas noticias. —Fui a misa enfrente, y antes de misa estaban confesando. Y cuando me doy cuenta estoy hablando con este padre. De cómo llegamos aquí, yo y tú. Y de cómo mi madre no sabe dónde estoy ahora. Y me puso a pensar.

Ernesto hace una pausa como si le costara trabajo expresar sus pensamientos. Luego da el golpe: —Así que estamos pecando, Lala. Tú y yo. No podemos escaparnos así nomás y luego suponer que ya casándonos todo va a estar bien. El sexo es únicamente para la procreación. La Iglesia lo dice. Y todavía no nos casamos. Y la verdad del asunto es, no me puedo casar contigo; ni siquiera eres católica.

—¿Es tu 'amá, verdad? Tu 'amá está detrás de todo esto. Tu 'amá y esa religión distorsionada que cree que todo es malo.

—No te burles de mi fe —dice Ernesto, enojándose. —De todos modos —continúa Ernesto, recobrando la compostura y viéndose las manos, —el padrecito me ayudó a darme cuenta... a entender cosas.

—¿Cómo qué? —digo tratando de no chistar, porque para ahora puedo sentir que se me calienta la cara.

—Cosas que he estado sintiendo. Que me han confundido, sólo que no quería asustarte, Lala. Y lo que me hizo ver es lo siguiente. Mi mamá es como la Virgen de Guadalupe, soy su único hijo, y ahora le he hecho daño. Sencillamente entendí todo. Luego cuando pedí perdón, es como si hubiera vuelto a ser yo otra vez. Decidí quizá pensar en la religión primero. Intentar el celibato tal vez.

—¿Cómo volverte cura?

—Bueno, no, sí, tal vez. No sé. Por lo menos por ahora. Prometí dejar de meterme cosas impuras, como la mota y esas mugres.

—¿O meterte en cosas impuras, como yo, verdad?

Ernesto menea la cabeza. —Es que no entiendes, Lala. Nomás no entiendes, es todo.

—Ay, sí que lo entiendo. Sólo necesitabas que Dios te diera permiso de zafarte. Tienes miedo. Eres demasiado gallina para pensar por ti mismo y volverte un hombre. Así que tienes que preguntarle a la Iglesia para que te diga lo que está bien y mal. No tienes el valor de escuchar tu propio corazón. Te costaría demasiado. Después de todo, no querríamos ofender a tu mamá.

—A eso me refiero —dice Ernesto enojado. —No compartimos los mismos valores espirituales. ¿Cómo podemos casarnos si ni siquiera creemos en lo mismo? ¿Que no ves? A la larga sería un desastre, Lala. Escucha, todavía te tengo cariño…

—¡Cariño! Creí que era amor hacía algunas horas.

—*Okey*, todavía te amo. Mira, este cuarto está pagado por el resto de la semana. Podemos, me puedo quedar aquí contigo, si quieres. ¿Quieres que me quede? ¿Como amigos?

—¿Amigos? ¿Cómo que amigos?

Me abraza de una forma extraña, sin que nuestra pelvis se toque. Me dan ganas de reír sólo que tengo ganas de llorar. Y lloro, todo el día y toda la noche, un fluir caliente, como una herida drenando. Ernesto se levanta de vez en cuando y me abraza y llora también. Dormimos inquietos, dando vueltas, como un comercial malo de colchones, y el Dios que vi cuando él me tocó sale volando del cuarto, y el angelito encima de la cama parece hacer una sonrisita burlona y creerse mucho.

Es sólo después, semanas, que me daré cuenta de que aquellas lágrimas, fueron la única cosa sincera que me dijo en la vida.

A la mañana siguiente, Ernesto se ha ido, dejándome suficiente dinero para la comida de los próximos días y un boleto de autobús de vuelta a San Antonio, pidiéndome que me cuide, haciéndome sentir fatal por haberle rogado que me «robara», porque, después de todo, ésta fue mi gran idea.

Soy tan mala como Eva. Me siento mal y la habitación 606 parece pequeña y sucia, cercándome. Cuando me levanto a hacer pis, me doy cuenta que me bajó la regla, y es como si todo mi cuerpo se hubiera estado aguantando la respiración, y finalmente pudiera soltar todo lo que había estado guardando dentro. *Tengo que salir de aquí*, pienso.

Me visto, me amarro el rebozo caramelo de la abuela en la cabeza como una gitana, y empiezo a chuparle el fleco. Tiene un sabor familiar, como a zanahorias, a camote, que me tranquiliza. Bajo las escaleras y deambulo por las calles del centro de la capital, caminando por aquí y por allá en dirección a La Villa. No me detengo hasta que me encuentro frente a la casa en la calle del Destino. Pero todo ha cambiado. La han pintado de un color caca feo, lo que sólo me hace sentir peor.

La casa en la calle del Destino se ve fea. Una mujer rechoncha sale apresuradamente de la reja agarrando una bolsa del mandado de plástico, pero no se fija en mí. Esas recámaras donde dormíamos, el patio en el que jugábamos con la Candelaria, la calle de nuestros recuerdos han desaparecido.

Me encamino a la basílica. Las calles se han convertido en callejones baratos de Guadalupes fosforescentes, pisapapeles de Juan Diego, insignias de la Virgen Bendita, escapularios, etiquetas engomadas para la defensa, llaveros, pirámides de plástico. La vieja catedral se desploma bajo su propio peso, el aire arruinado, inmundo, los elotes pudriéndose en la banqueta, la colonia llena de viruelas, llena de gente, hirviendo en su propio caldo, los hombres de las esquinas haciéndome *psst, psst,* las moscas descansan en las natillas frotándose las patas peludas como diciendo me muero de ganas.

La vieja iglesia está cerrada. Han construido un edificio nuevo y feo con una escalera mecánica que pasa enfrente de la tilma de Juan Diego. Pobre Virgen de Guadalupe. Cientos de personas se suben a la banda transportadora de humanidad. Los más desdichados de la tierra, y yo entre ellos, con el rebozo de mi abuela amarrado en la cabeza como una pirata, como alguien del elenco de *Hair.*

No esperaba *esto.* Me refiero a la fe. Mezclé al Papa con *esto,* con todo *esto, esta* luz, *esta* energía, *este* amor. La parte de la religión la puedo echar por la ventana. Pero no me había dado cuenta de la fuerza y el poder de la fe. ¡Qué tonta he sido! Una señora menudita se pasa febrilmente una vela. Una madre todavía en su delantal, se persigna y persigna a sus hijas. Una viejita harapienta que llegó aquí de rodillas. Los hombres adultos lloran, los machos murmuran oraciones con los labios, gente tan necesitada. ¡Ayúdenme, ayúdenme!

Todos necesitan tanto. El mundo entero necesita tanto. Todos, las señoras que fríen la comida y te ponen monedas tibias en la mano. Los vendedores del mercado que preguntan, ¿qué más? Los taxistas que se apresuran antes de que cambie el semáforo. El bebé que ronronea en el hombro gordo de una mamá. Los soldadores, bomberos, abuelitas, cajeros de los bancos, boleritos y diplomáticos. Todos, cada uno necesita tanto. El planeta se equilibra en su eje, un borracho tratando de hacer una pirueta. Yo, yo, yo. Cada puño con un vaso vacío al aire. La tierra retumba como un prado de girasoles a punto de explotar.

Miro hacia arriba y la Virgen me mira hacia abajo, y, te lo juro, parece mentira, pero es cierto. El universo una tela, y toda la humanidad entretejida. Todas y cada una de las personas conectada a mí, y yo conectada a ellas, como las hebras de un rebozo. Jala un hilo y se desbarata todo. Cada persona que entra en mi vida afecta el diseño, y yo afecto el de ellas.

Camino de vuelta al hotel. Camino más allá de los peregrinos que han venido a pie desde sus pueblos, más allá de los danzantes que bailan con cascabeles en los tobillos y grandes penachos emplumados, más allá de los vendedores que pregonan velas y veladoras de Lupe. Camino por la Alameda, un oasis verde, y me siento en una banca de fierro. Un hombre que lleva una pirámide de algodones de dulce flota tan etéreo como los ángeles. Una carretilla repleta de maíz dulce pasa rodando y provoca que me crujan las tripas. Una muchacha y su joven amante se besuquean ávidamente enfrente de mí. Me recuerdan a mí y Ernesto. De sólo verlos tan contentos me parte el alma.

— ¿Y entonces qué pasó? —escucho a mi mamá preguntarme. Y luego siento como si me hubiera tragado una cuchara, como si tuviera algo atravesado en la garganta, y cada vez que tragara, me doliera.

*Me duele,* digo bajito en mi interior. Pero a veces ésa es la única manera de saber que estás vivo. Es como dijo tía Güera. Siento que estoy empapada de tristeza. Cualquiera que se me acerque, o me roce siquiera con la mirada, sé que me voy a desbaratar. Como un libro olvidado en la lluvia.

Regreso a la habitación 606 del Hotel Majestic justo cuando el sol proyecta sombras profundas y sesgadas sobre los edificios del centro, hace que los edificios del otro lado del hotel, el Palacio Presidencial y la calle de la Moneda, resplandezcan como en esas pinturas que ves de Venecia. Pero estoy demasiado cansada como para apreciar la luz.

Me tiro en la cama y me quedo dormida de inmediato. Duermo como si me hubiera arrastrado la lluvia y el río. Y justo antes de despertar, sueño este sueño. El cielo nocturno de Tepeyac cuando la oscuridad es reciente. Y en esa tinta violeta, veo las estrellas dar vueltas y darse codazos y dar marometas hasta que se acomodan en la forma de una mujer, en la forma de la Virgen. ¡La Virgen de Guadalupe formada por estrellas! Mi corazón se desborda de alegría. Cuando despierto, la almohada está húmeda, y el mar se escurre poco a poco de mis ojos.

*Recuérdalo siempre, Lala, la familia es lo primero:* la familia. *Tus amigos no te van a ayudar cuando te metas en aprietos. Tus amigos no van a pensar en ti primero. Sólo tu familia te va a querer cuando estés en aprietos, mija. ¿A quién vas a llamar?...* La familia, *Lala. Recuérdalo.*

Las luces parpadeantes colgadas fuera del balcón están prendidas. En ese carnaval de oscuridad y luz, busco a tientas el teléfono y me escucho pedir una llamada de larga distancia, si me hace favor, por cobrar.

—¿Acepta?

—¡Sí, sí! —escucho a papá decir con desesperación. —¡Lala! ¿Lalita? Mija, ¿dónde estás, mi vida?

Abro la boca tan ancha como una herida mortal, y me escucho aullar:
—¡Papá, quiero regresar a casa!

# 81.

## Mi desgracia

En el lobby del Hotel Majestic espero con mis maletas listas al Sr. Juchi, el compadre de papá, al que solía llamar Cuchi cuando era chiquita. De vez en cuando, me asomo a la calle de Madero, esperando a que en cualquier momento un carro se pare a recogerme. Pero cuando el Sr. Juchi finalmente aparece, viene en dirección del Zócalo, y a pie, con una mujer a quien me presenta como su señora.

Papá los mandó. Hasta que papá pueda llegar aquí, me tengo que quedar con el Sr. Juchi y su esposa en su departamento de Barranca del Muerto. Es un viaje corto en metro desde el Zócalo con un sólo transbordo de trenes. Nunca había conocido a la señora hasta ahora. Me cae bien. Me gusta que me diga mija y camine a mi lado del brazo, como lo hacen las mujeres aquí cuando caminan juntas, con mucho cariño y protección irradiando de ellas como el sol.

El Sr. Juchi y su esposa fingen no clavarme los ojos en el trayecto en metro a su casa, pero puedo sentir sus miradas. Sus caras llenas de preocupación y algo más, lo que sólo puedo describir como desconsuelo. Una mirada de absoluta lástima mezclada con vergüenza. Debería saberlo. Yo también lo siento, más no por mí misma. Se comportan como si hubiera estado en las garras de Jack el Destripador y no de quien amo. ¿Y cómo podría convencerlos de lo contrario? La gente a veces sólo cree lo que quiere creer, sin importar qué historia estés dispuesta a contarles.

El Sr. Juchi habla mucho, tal como lo recuerdo, con esos ojos verdes suyos que taladran agujeros en tu alma. Se porta como si fuera un policía o algo. Que esto y eso y aquello. —Cuando llamemos a las autoridades... ese muchacho no puede escaparse... ¿y sabes dónde se podría estar escondiendo?

¡Virgen Santísima! Quizá cree que es por mi propio bien que me diga lo malvado que es Ernesto. Cómo lo va a partir en dos con un machete Collins y golpearlo hasta hacerlo chicle, o lo que sea que les hacen a los hombres que huyen y no cumplen con sus obligaciones. ¿Es una trama tan trillada y cursi, verdad? No sé si reír o llorar.

Mentira. Tan pronto como llegamos a su departamento y me instalan en el cuarto de huéspedes, sí sé. Me tiro en la angosta cama individual y comienzo. Los amigos de papá deben creer que lloro por mi desgracia, pero no es eso en absoluto. Cómo explicarlo, y aun si lo hiciera, no quieren escucharlo.

Y es como el sueño de mi tía sobre los pañuelos. Tengo tantas lágrimas por derramar, tantas y tantas. Lloro por horas, hasta enfrente del Sr. Juchi y su esposa, que son como unos desconocidos para mí. No puedo evitarlo. No puedo parar. Ni cuando la señora toca a la puerta y me trae una taza de manzanilla: ese antídoto mexicano contra todo. Lo tomo a sorbos entre sollozos, me acuesto todavía con hipo en la camita individual que fuera una vez de su hijo y, ahora que está casado, es el cuarto de la costura de la señora, un cuarto pintado todo de blanco ahora, como si me hubiera estado esperando. Y pienso en cómo cuando era chiquita el Sr. Juchi me prometió mi propio cuarto, un cuarto de niña igualito a éste. ¿Acaso no es curioso? Es lo que pienso cuando por fin cierran la puerta, y estoy acostada allí en la oscuridad en la cama angosta con la colcha resbalosa de chiffón, blanca como un traje de novia.

Sé que están hablando de mí al otro lado de la pared. Sé que están haciendo *psss, psss,* y pensando toda suerte de cosas, preguntándose cómo le pude hacer algo así a una persona tan agradable como mi padre, y cómo es que les suceden tales cosas a las muchachas allá del otro lado, y cómo se alegran de no tener hijas porque tienes que preocuparte de que alguien les llene la cabeza de tantas tonterías que no les creen a los que de verdad las quieren sino que están dispuestas a aventarse enfrente del primero que apenas si les echa una flor.

Ay, no puedo explicarlo. Ni un millón de años se los podría decir. No se lo puedo decir a nadie. Una tristeza enorme se yergue en mi pecho, hace arcadas como una ola de Acapulco, y me arrastra. Me pongo la mano en la panza que borbotea y gorgotea con mi regla. Cómo puedo decirles al Sr. Juchi y a su linda esposa que no quiero hablar de ese muchacho, que de nada sirve tratar de cerrar la puerta y hablar a solas conmigo, de mujer a mujer, que no necesito ver a un doctor, gracias, que estoy sangrando allá abajo, y que sólo me avergonzaría que me revisaran, no, gracias, estoy bien, palabra que lo estoy, por favor.

Pido a cambio que me lleven a La Villa, a la basílica. Pregunto, pero la señora le juró a mi papá que no me perdería de vista, y es tan amable que no puedo alegar con ella. Papá y Memo están en camino, me dicen. Han estado manejando toda la noche y deben llegar muy pronto, si conozco a Memo. Es un alivio que sea Memo y no Rafa quien viene por mí. A Memo lo puedo manejar. Es papá el que me preocupa.

Me siento tan sola-sola.

En el primer grado recuerdo sentirme así; tan desconsolada, todo lo que hacía eran dibujos de mi familia. Todos los días lo mismo. Empezaba a la izquierda y terminaba a la derecha, como al escribir mi nombre, retratos familiares en hojas de un papel grueso color crema que la maestra llamaba «manila», lo que yo oía como «vainilla», quizá por que eran del mismo color del helado.

Primero me dibujaba a mí. Luego dibujaba a Memo, un poco más alto. Al lado de Memo, dibujaba a un Lolo más grande. Luego a Toto. Tikis. Ito. Rafa. Mamá. Y en el extremo más alto dibujaba a papá con un cigarro debajo de un bigote fino como de Pedro Infante.

Nunca me podía dibujar a mí misma sin dibujar a los demás. Lala, Memo, Lolo, Toto, Tikis, Ito, Rafa, mamá, papá. El nombre de papá en español con el acento al final. Papá. El fin. Tan Tán. Como las notas al final de una canción mexicana que te indican que aplaudas.

Nunca había estado sola en mi vida antes del primer grado. Nunca había estado en un cuarto donde no pudiera ver a uno de mis hermanos o a mi mamá o a mi papá. Ni siquiera por una noche prestada. Mi familia me seguía como una cola de papalote, y yo los seguía a ellos. Nunca había estado sin ellos hasta el día en que comienzo la escuela.

Recuerdo que lloro todo el día. Y al día siguiente, y el siguiente. De camino a la escuela dejo caer adrede mi caja de puros llena de crayolas, o camino tan despacito que llegamos cuando ya han cerrado las puertas.

Ito se queja. —Si llego tarde una vez más, la maestra dice que tienes que venir a la escuela, Ma.

Papá soluciona todo. —*Yo* la encamino a la escuela. Es tu *única* hermana —dice, regañando a los niños, especialmente a Ito. —¿Qué no sabes que es un placer caminar con tu hermanita a la escuela? Pero esto sólo los hace gruñir.

—No le digas a nadie pero tú eres mi consentida —dice papá guiñando el ojo, aunque no sea un secreto.

De camino a la escuela, le enseño a papá la lavandería china de la esquina donde trabaja mi amigo Sam. —Papá, ¿has ido alguna vez a la China?

Hago que papá vea una casa que tiene estrellas doradas pintadas al interior de un techo de un porche azul. —¿Quién puso eso allí?

Señalo el perro malvado y la mujer policía que está en el cruce de peatones que es todavía más malvada. Es maravilloso hablar y no hablar con papá a mi lado. Casi olvido sentirme triste hasta que llegamos a la puerta de la escuela, después hago que me prometa que no me va a dejar todavía. —No me gusta aquí. Por favor no me dejes aquí, por favor no me dejes.

Papá me lleva a casa.

Mamá está furiosa. —¡Llévatela otra vez!

—Pero es que no *quiere* ir.

—¡Qué me importa! ¡*Tiene* que ir! ¡Llévatela!

Esta vez vamos en carro. Papá tiene que ir al trabajo, y ya se le hizo tarde. Debo estar llorando, porque papá dice: —Ya no llores, ya no llores —una y otra vez, dulcemente y en voz baja como si fuera él quien estuviera llorando.

Cuando llegamos a mi salón de clases, recuerdo a papá parado en la entrada por mucho rato, aun después de que se cierra la puerta. En la ventana angosta de la puerta, su cara larga y delgada con los ojos como casitas.

Me quedo dormida con la ropa puesta, encima de la colcha de chiffón, sin molestarme en meterme debajo de las cobijas, y me despierto con un dolor de cabeza, la boca seca. Busco el baño a ciegas, prendo la luz, y ¡es ella! La cara de la abuela en la mía. Suya. Mía. La de papá. Me mete un sustazo, pero sólo soy yo. Es increíble cómo me veo distinta ahora, como si mi abuela empezara a examinarme desde mi propia piel.

—¿Qué me ves? —digo con mi voz más bravucona. Pero no se me ha aparecido desde que crucé la frontera. Me supongo que llegará con papá. Y me dará mi merecido. *¡Niña tonta! ¡Tu papá te ama y tuviste que irte! Yo nunca abandonaría a quien me ama. Vaya, en mis tiempos, mi propio padre me abandonó, y nunca lo olvidé ni lo perdoné. Y aquí estás, tonta desagradecida.*

Repaso lo que voy a decir:

*Es que creí, creímos que así todos nos darían permiso para casarnos. Creímos que así no se podrían negar.*

No le puedo decir a papá que todo esto fue mi idea, que hice que

Ernesto me «robara», ¿verdad? No es el tipo de historia que le puedas contar a tu padre. No quiero herirlo todavía más, así que me voy a quedar callada he decidido. Tampoco voy a llorar como una niña.

Pero cuando papá y Memo llegan, me duele la cabeza. Memo entra marchando al cuarto primero, meneando la cabeza como si yo fuera una idiota. Estoy segura de que papá le ha hecho jurar que no diga nada para molestarme, porque lo único que hace es mirarme de ese modo y menear la cabeza, como si fuera demasiado estúpida para hablarme siquiera. Después, antes de que papá entre, agrega: —Jijos, Lala.

—Mija —dice papá cuando me ve, y se echa a llorar. Está temblando y respirando agitadamente como si me hubiera muerto y luego resucitado de entre los muertos. Ver a papá tan acongojado es superior a mis fuerzas, y todo lo que me dije a mí misma que no haría cuando papá llegara sale volando por la ventana.

Una vez mamá y papá se pelearon en grande por alguna razón, y mamá estaba tan encabronada que corrió a papá. No regresó a dormir esa noche. Ni la siguiente, ni la siguiente. Estuvo fuera cuatro largos días. Finalmente nuestro primo Byron nos dijo que papá estaba durmiendo en el taller en un sillón modular a rayas. Cuando mamá por fin dejó que papá regresara a casa, papá había cambiado. Comía la cena en una charola en su sillón Lazy-Boy anaranjado de cuero artificial con la tele sintonizada a las noticias en español, como siempre, los pies remojados en una tinaja de plástico rosa. Pero se veía distinto. Cansado. Más pequeño. Su cara gris con la barba llena de pelusa y el pelo desgreñado. Se veía acabado. Cuando terminaba de comer, me hacía un campito en el brazo del sillón, me abrazaba fuerte, y me susurraba al oído: —¿A quién quieres más, a tu mamá o a tu papá? Esa fue la única vez que dije: —A ti, papá.

Y ahora de ver a papá tan deshecho, tan acabado, quiero decirle la misma mentira sana.

Papá me toma en sus brazos y solloza en mi hombro. —No puedo —dice papá entre hipos. —No puedo. Ni siquiera cuidarte. Todo es. Mi culpa. Yo. Soy el culpable. De esta. Desgracia.

Creí que papá había venido a consolarme. Pero soy yo quien lo sostiene, quien tiene que decir, *Lo siento. Te amo, papá. No llores por favor, no fue mi intención herirte.* Pero no puedo decir estas cosas. Me quedo callada. Mi boca se abre y se cierra y lo único que sale es un alarido débil y escurridizo, como seda cruda desovillándose de mi panza. El cuerpo hablando el lenguaje que habló antes del lenguaje. Más sincero y verdadero.

# 82

# El rey de las fundas de plástico

Sit Beside The Breakfast Table
Think About Your Troubles
Pour Yourself A Cup Of Tea
And Think About The Bubbles

You Can Take Your Teardrops
And Drop Them In A Teacup
Take Them Down To The Riverside
And Throw Them Over The Side
To Be Swept Up By A Current
And Taken To The Ocean
To Be Eaten By Some Fishes
Who Were Eaten By Some Fishes
And Swallowed By A Whale
Who Grew So Old
He Decomposed

He Died And Left His Body
To The Bottom Of The Ocean
Now Everybody Knows
That When A Body Decomposes
The Basic Elements
Are Given Back To The Ocean

And The Sea Does What It Oughta
And Soon There's Salty Water

*(that's Not Too Good For Drinking)*
*'cause It Tastes Just Like A Teardrop*
*(so They Run It Through A Filter)*
*And It Comes Out From A Faucet*
*(and Is Poured Into A Teapot)*
*Which Is Just About To Bubble*
*Now Think About Your Troubles*

—*"Think About Your Troubles" de Harry Nilsson, en* The Point!

Cambios enormes. La Tapicería Tres Reyes prospera bajo la dirección de tío Baby y tío Chato. Papá no lo puede creer. Invitan a papá a integrarse de nuevo al negocio. Después de todo, es de la familia. Pero con la condición de que le deje la administración a Chato.

Tío ha diseñado de nuevo toda la operación. Encontró una fábrica vieja de manzanas de caramelo en Fullerton Avenue, y ahora toma pedidos en volumen masivo: restaurantes, hoteles, funerarias. Tapicería Tres Reyes es uno de los patrocinadores principales del programa de radio matutino de José Chapa. Los barrios de Kennilworth, Winnetka, Wilmette han hecho lugar para el trabajo proveniente de Pilsen, Little Village, Humboldt Park, Logan Square y Lakeview. Los hermanos Reyes se toman fotos con sus coronas y togas de reyes, y en verdad todo sería genial si papá no se viera tan trágico. Trae cara de rey Lear en vez de rey Melchor.

Quién sabe por qué, pero a la larga sólo la foto de papá aparece en los anuncios. Tanto en las páginas de los periódicos *El Informador* y *La Raza*, así como en los comerciales del canal 26, papá trae puesta una corona extra grande debajo del título: «Inocencio Reyes: El rey de las fundas de plástico».

Papá no está contento. No quiere que lo conozcan como «El rey de las fundas de plástico», sino como lo que es. ¿Cómo podría quejarse cuando les llueven clientes? Pero es el tipo de cliente que quiere retapizar sus sillas de cromo de la cocina, o poner fundas de rayas de tigre a los asientos de su carro. Papá tiene que contratar a americanos, y poco a poco los polacos, los alemanes, hasta los mexicanos tienen que hacer lugar a los *'Mericans* con sus dedos impacientes en el gatillo de la engrapadora. Son una generación más joven de tapiceros que no sabe cómo agarrar un martillo y que nunca ha probado una tachuela. En menos de una hora arman sillones enormes hechos de terciopelo azul estriado y camas circulares de cisne con cabeceras de satín rojo.

Papá se ve obligado a aceptar el trabajo que caiga: taburetes para bar, butacas, camas de agua, cabinas de camiones, hasta el forro de ataúd para el gato mascota de alguno. A tío Chato y a tío Baby no les importa. Siempre han sido descuidados con su trabajo. Pero papá es un perfeccionista. Esta nueva prosperidad ocasiona que se avergüence de llamarse a sí mismo tapicero y confirma sus peores sospechas. Al público le gustan las porquerías.

—¡Pero es lo que los clientes quieren! Aparentar que viven en la casa de campo de Pancho Villa. ¡*Oh, my Got*! —dice papá.

Es cierto. Los pobres quieren aparentar ser reyes. No les gusta ser pobres, y si se pueden engañar un poco a sí mismos con una cama que parece como si la emperatriz Carlota o Elvis durmieron allí, todavía mejor.

Lo bueno es que papá ya no tiene que agarrar un martillo, y ahora es jefe de todo un taller lleno de trabajadores, pero lamenta la pérdida de las antigüedades finas con las que antes trabajaba. Suspira por las monedas y las mancuernillas perdidas, las perlas azules en los cojines de plumón suelto de su pasado.

Hay algo más. Papá y mamá están a punto de convertirse en abuelos. Regresamos para encontrar que Rafa no había estado viviendo con Ito y Tikis después de todo, sino que se había ido a vivir con su prometida, Zdenka, una rubia tan pálida como el conejo de un mago. Su bebé va a nacer en algunos meses, y nadie nos dijo ni una palabra, ¿puedes creerlo? Mis hermanos siempre han sido expertos en taparse uno al otro con mentiras sanas. No son como yo, decidida a aporrear a papá con la verdad cueste lo que cueste.

Ito y Tikis son otro cuento. Se han acostumbrado a vivir como solteros y se niegan a regresar y vivir bajo el techo paterno. Papá tiene que aceptarlo. —Ya están muy americanizados —dice papá y suspira. —Duermen en el suelo con huacales en lugar de muebles. ¡Como *hippys*! Papá se culpa a sí mismo, dice que nos falló.

Es demasiado. —Ya no puedo —dice papá todas las noches cuando se desploma en su Lazy-Boy de *Naughahyde*. Y algo pasa cuando lo dice que hace que su cuerpo lo crea. Pero nadie toma a papá en serio, porque por la primera vez en su vida, papá está ganando bien. En palabras de tío Chato, Tres Reyes está haciendo un negociazo.

—Papá, ¿eso quiere decir que ahora traficas drogas? —bromeo.

Papá no dice nada. Después dice con un suspiro:

—Los drogados son los clientes.

Pero el cambio más grande desde que nos cambiamos a Chicago es cómo se comporta la gente a mi alrededor. Nadie menciona mi «rapto». Mientras menos lo mencionan, más obvio resulta. Como el recuadro en la puerta de la cocina donde estuvo colgado una vez ese calendario mexicano viejo. Alguien lo arrancó antes de que yo regresara a Texas. Pero ese rectángulo, un tono más pálido que el resto de la puerta, sólo clama a gritos: —*¿Qué hace falta aquí?*

Mis hermanos. Creí que dirían algo como que si alguna vez agarraban a Ernesto le iban a romper la madre. Es lo que se supone que los hermanos deben decir para salvar el honor familiar. El honor. Es la palabra que están usando hoy en día para traer a casa a los muchachos de Vietnam. Pero no dicen nada, mis hermanos. Siento como si estuviera arrastrando un pie cojo. Todos se niegan a mirarme, y eso sólo empeora las cosas.

No sé nada, pero sé lo siguiente. No me avergüenzo de mi pasado. Es la historia de mi vida lo que lamento.

Cuando regresé a San Antonio, Viva me dio una buena regañada por no saber nada sobre anticonceptivos. —Chinelas, si no puedes controlar tu propio cuerpo, ¿cómo vas a controlar tu propia vida? ¿Qué quieres? ¿Autodestruirte o algo? Hizo que la acompañara marchando a la clínica de Planned Parenthood, y aprendí más de mí misma en una visita que en un año con Sor Odilia, eso es seguro.

Viva es inteligente. Terminó con Darko después de que empezó la universidad. Por fin se dio cuenta de que no quería *casarse* con Darko, quería *ser* él. ¿No es curioso? Él fue quien la motivó a asistir a la universidad y le ayudó a entender cómo funciona la ayuda financiera. Todos los que entran en tu vida afectan el diseño. Darko la desenredó y la encaminó y todo. Pero seguramente no tienes que casarte con él en agradecimiento, ¿verdad?

Ernesto se casó. Viva dice que dejó embarazada a una católica que ni siquiera lo deja fumar mota, ¿puedes creerlo? Míster Mojigato. Así es el destino. Lo que sea que no esperas, mejor agáchate y esquívalo.

Es como la historia de los volcanes que mi abuelito me contaba de niña. Sencillamente, así es como aman los mexicanos. No están contentos hasta que te matan.

Es verdad que eres la autora de la telenovela de tu vida. ¿Comedia o tragedia? Escoge.

Ernesto. Era mi camino, pero no mi destino. Es lo que estoy pensando.

*T*arde. El día primero siempre nos salen con un cuento —dice mamá. —Nunca pagan a tiempo la renta. ¿Creen que estamos hechos de puritito dinero? Tenemos *biles* que pagar también. Se aprovechan de nosotros, es todo. Te hablo, Inocencio.

Compramos una casa de dos pisos sin elevador en Homan cerca de Fullerton. Vivimos en la planta alta, y Rafa y Zdenka se mudaron a la planta baja. Una familia de chaparritos de Michoacán renta el sótano. Mamá pensó que sería magnífico ser dueña de casa. Hasta que se volvió dueña de casa.

Mamá tiene un bistec chisporroteando en una hornilla, tortillas en la otra, y en la otra está recalentando frijoles para la cena de papá. —A todas horas, a todas horas ando calentando y recalentando comida. Me voy a retirar. Entonces qué, ¿eh?

Se queja, pero la comida es el único lenguaje que habla con fluidez, la única manera en que puede preguntar: —«*¿Quién te quiere?*»

—Mija —dice papá, apagando un cigarro y prendiendo otro. —Hice un coraje con Chato esta mañana sobre un sillón confidente, y ahora esto. Estoy cansado.

—Pos yo también estoy cansada —continúa mamá, —ya estoy hasta aquí de esos inquilinos. Te digo, si no haces algo, ¡yo sí! ¿Me oyes?

—No te apures, yo me encargo —dice papá.

Después de un rato regresa, misión cumplida.

—Lo arreglé.

—A poco. ¿Ya? ¿Cómo?

—Les bajé la renta.

—¡Jijos de la patada! ¿'tás zafado? Te dejo a que compongas las cosas y ahora mira...

—Escucha, Zoila, ¡escúchame! ¿Que ya no te acuerdas de cuando diez dólares significaban mucho para nosotros? ¿No? Acuérdate de cuando a veces no *teníamos* ni diez dólares, ni siquiera *eso* hasta el fin de semana. No fue hace tanto, y no sé tú, pero yo nunca, nunca olvidaré lo avergonzado que me sentía por tener que arrodillarme ante ese perro

Marcelino Ordóñez el día primero de cada mes. En inglés agrega:

—*Make me sick*.

Y sí se ve enfermo, la cara de un color raro, como chicle.

Mamá se queda callada. No sé si papá le acaba de dar una lección de humildad o si está enojada, o qué, pero algo sagrado desciende en el cuarto y la bendice con la sabiduría de guardar silencio, sólo por esta vez.

—Tú, a la cocina —me dice mamá. —Ayúdame con la cena de tu papá. Después, cuando él ya no puede escucharnos, agrega. —Trabaja duro.

Mamá rebana un aguacate y pica un poco de cilantro, y me pone a exprimir limones para la limonada de papá.

—¿Sabes cuál es tu problema? —grita mamá hacia la sala. —¡No sabes cómo dejar tu trabajo en el taller! Deja de pensar en tus líos. Tú y Lala siempre están remachando el pasado. ¡Se acabó, se terminó! Ya no pienses más. Mírame a mí. No me agarras a *mí* preocupándome. ¿Te vas a sentar a la mesa o quieres una charola? grita mamá, envolviendo las tortillas en un trapo limpio.

No hay respuesta.

—Inocencio, te hablo —continúa mamá.

De nuevo, no hay respuesta.

—Te hablo, te hablo.

Pero papá no contesta.

# 83

# Una escena en un hospital que parece una telenovela cuando en realidad son las telenovelas las que se parecen a esta escena*

Cuando era chica, había cosas en las que no podía pensar sin que me doliera la cabeza. Uno: lo infinito de los números. Dos: lo infinito del cielo. Tres: lo infinito de Dios. Cuatro: lo finito de mamá y papá.

He superado del número uno al tres, pero el número cuatro, pues, no importa si tuvieras dos vidas para hacerte a la idea, no creo que nadie esté preparado para la muerte de su mamá o su papá, ¿no crees? Podrían tener ciento cincuenta años, y todavía gritarías, —¡Eh, un momento!— cuando les llegara la hora. Eso es lo que creo.

De alguna manera, estás esperando toda la vida. Como una guillotina. No tienes que mirar hacia arriba para saber que está allí. De algún modo crees que vas a tener valor suficiente cuando llegue la hora, pero sentí como si me hubieran sacado los huesos. La impresión de ver a papá amarrado a la cama del hospital, anclado a máquinas y tubos, y papá sin poder hablar, su cuerpo que no cabía en sí de rabia y miedo y dolor. No me podía sostener. Como esas momias en el sótano del Field Museum; les sacaban las entrañas por la nariz y los rellenaban de clavo. Así me sentí cuando vi a papá, las enfermeras se apresuraban a su alrededor y nos apresuraban hacia afuera. No me podía sostener.

Pasaron a papá a la sala de cuidado intensivo. Sólo le permiten visitas de una por una, y ahorita mamá está allí.

Tengo miedo.

Me planto en un sillón de vinilo en la sala de espera, pero el cuarto está lleno de niñitos que fingen hacer la tarea mientras ven *El concurso de los recién casados,* riéndose tan fuerte y escupiéndose semillas de girasol entre ellos. Quisiera escuchar cualquier otra cosa que no fuera su bullicio y ese programa estúpido de televisión. Sigo tratando de rezar, pero las palabras del Avemaría se enredan en mi cabeza, como cuando tejes a gancho y pierdes una puntada y tienes que desbaratar lo que acabas de hacer. Hacía tanto que no rezaba. Deambulo por el pasillo y encuentro una hilera de sillas de plástico de las que se apilan, y aquí es donde me acomodo con los ojos cerrados para poder concentrarme en rezar.

—Quiere verte —dice mamá, dejándose caer en la silla de plástico a mi lado. Debo haberme quedado dormida, porque el sonido de su voz me hace pegar un brinco. Entonces ya no tengo una excusa, *tengo* que entrar allí.

—Lala.

Mamá me llama de vuelta, dando una palmadita en la silla a su lado, haciéndome una seña para que me siente otra vez.

—Lala, óyeme. Respira hondo: —Ya sé que crees que tu papá es perfecto... No me pongas los ojos en blanco, sabelotodo. Ni sabes qué voy a decir. Óyeme. Tú crees que es perfecto, pero no lo conoces como yo.

—¡Si lo he conocido toda mi vida!

—¿Qué es tu vida? ¡Sólo has estado en este planeta quince años! ¿Qué demonios sabe una huerca como tú?

—Muchas cosas. Ni muy poco.

—Ni tanto, tanto, nomás para meterte en líos.

Se refiere a Ernesto. El hecho de que tiene la razón nada más me enchila más.

—Lala, te hablo. Estaba esperando a decírtelo hasta que fueras mayor, pero con tu papá así de enfermo, podría... Bueno, yo creo que ya es hora.

Un dolor se agita en mi pecho como un pez que sale disparado por una corriente de agua fría, y oigo una voz decir dentro de mi cabeza, *¡Pon atención! Escucha. Aun si duele.* Especialmente *si duele.*

—Tu papá —dice mamá, —antes de que yo y él nos casáramos... ya tenía una hija. Fuera del matrimonio digo. Yo no lo sabía antes de casarme con él, y todavía después nadie me dijo nada. Por muchísimo.

Su familia se quedó callada. No lo supe hasta que los tuve a todos ustedes. ¿Te acuerdas de ese viaje que hicimos a Acapulco? Allí fue 'onde me enteré. No sé si te recuerdas o no, pero había una criada que fue con nosotros. No me acuerdo su nombre. Ella. Esa niña fue la primera hija de tu papá. Tu abuela fue la hocicona. Se hizo como que yo sabía de primero, pero nomás se estaba tomando su tiempo, una araña gorda esperando en su telaraña. Así era ella, tu abuela, puro peleonera. Si había modo de anudar las vidas de los demás, créemelo, ella lo hallaba.

Era una sinvergüenza. Jija de la patada, tenía a la madre y a la hija trabajando para ella bajo su mismo techo. ¡Hasta cuando íbamos de visita! Ya ni la amuela. Es lo que me mata cuando lo pienso. Allí mismo en mis narices lo hizo. Quiero decir, ¿qué tipo de mujer...? ¿Y cómo chingaos crees que *yo* me sentía? No me respetaba a mí, su esposa. ¿Qué tipo de culebra? Y los Reyes siempre se hacían como que eran mejores que mi familia. Éramos pobres, pero no hacíamos cochinadas de esas, de seguro. ¡Hijuesú' chin... madre! Todavía 'ora me dan ganas de darle cachetadas a alguien.

Mira, no quería que lo supieras de alguien cruel y que te sorprendieran y te hicieran daño como a mí, Lala. Creí que tenías que saberlo, es todo.

Pienso en Candelaria meneándose en el mar de Acapulco. El sol resplandeciendo en motas doradas a su alrededor. Entrecerrando los ojos como yo los entrecierro, como papá lo hace. Su cara de pronto la cara de papá.

Y pienso en la mamá de Candelaria, la lavandera a quien siempre recuerdo tan vieja y fea. ¿Se enamoró papá de ella y el amor la volvió hermosa alguna vez? ¿O era tan sólo un chamaco llevado por apetitos que nada tenían que ver con el amor? ¿Se quedaba despierto en las noches y se preguntaba por ella? ¿Alguna vez se preocupó de qué le pasaría a su hija mayor? ¿Le duele pensar en ellas? ¿Es por eso que ha sido tan bueno con nosotros? Papá siempre ha tenido una debilidad por los niños.

—Pobre papá.

—¿Con que sí? ¿Pobre papá? ¡Y yo qué! A *mí* es a la que trataron como basura. Y él nunca se disculpó ni nada. Todos estos años. Eso es lo más peor. Tu papá...

—¡Má, está enfermo! ¡Dale chance!

—Okey, así que 'tá enfermo. De todos modos lo que hizo no estuvo nada bien... entonces qué, ¿vas a entrar a verlo o qué?

—Dejas caer una bomba así, ¿y luego quieres que entre a verlo? ¿No me vas a dejar pensar ni un minuto?

—No tengo todo el día. Los hospitales me enferman. Necesito regresar a casa. Ya está haciéndose de noche.

—Anda, vete, vete. Los muchachos vendrán pronto. Conseguiré un aventón a casa con alguno.

Papá tiene los ojos cerrados. Ni siquiera sabe que estoy aquí. Un monitor que muestra algo en su interior forma cordilleras de «uves» en una pantalla. Esa aguja nerviosa brinca de arriba a bajo y da un pitido de vez en cuando, y el corazón de mi papá no anda muy bien, y cómo me gustaría intercambiar corazones, darle el mío porque es tan atroz ver a papá así, enchufado a tubos y bolsas de plástico y máquinas, su cuerpo hecho jirones y cansado y arruinado, acabado, yo creo.

Arrimo una silla a su cama y recuesto la cabeza en las sábanas. A veces las luces fluorescentes casi te tranquilizan, el rugido del aire acondicionado y el pitido suave de alguna maquinaria desempeñando su trabajo. A veces los teléfonos ronronean cuando timbran. Los uniformes azul pastel marchan en silencio con zapatos de hule gruesos sobre pisos de mosaicos azules. Las luces fluorescentes, los techos de corcho blanco, las sábanas blancas y las cobijas de franela blancas, y las batas de hospital con diseño de copo de nieve, el lustre severo del cromo y del acero. Todos laborando tan silenciosamente en ocasiones. Y algunas veces, pero sólo algunas veces, una voz, una risa, un ruido que desborda la realidad y te sobresalta del murmullo del sueño.

El cuarto se inunda con la peste a carne frita. Posada en la cabecera, ¡es ella! La abuela enojona. Al verme se desencarama y se enreda alrededor de él.

—Ya lo has tenido mucho tiempo. Ahora me toca a mí, sisea.

—¡No! Todavía no —digo, anclando a papá de los tobillos. —¡Déjalo, perra roñosa!

—No me hables así. Soy tu abuela.

—Todavía eres una perra roñosa. Como siempre. No eres más que una metiche, mirona y mitotera. Una hocicona.

—Bueno, muy bien, porque yo soy tú.

Luego ríe esa risa horrible como una navaja rebanando mi mejilla. Esto me sorprende, y lo suelto.

Y sé que exagero mucho, pero ésta es la verdad. La cara de papá deja de ser la suya. La piel se le pone como cuero de gallina desplumada, barbada y adiposa y amarilla, los ojos repentinamente abiertos, malvados y como cuentas, barren el cuarto del piso al techo como reflectores, como campanas. Es la abuela enojona.

Un chillido quiere salir de mi boca, pero tengo mucho miedo como para llorar. Esa cara enojona encima de la cara que amo. No sé que hacer. Papá cierra los ojos de nuevo, y por una brizna de momento se le extrae toda la vida, su cuerpo se torna del color de la arena mojada. Muy deprisa. Todo esto sucede en segundos ante mis ojos. La abuela enojona lo estrecha contra su pecho, suspirando. —Mijo.

—Vive, vive —le digo a papá.

—Está cansado de vivir —la abuela enojona dice bruscamente.

—¿Y tú quién eres para opinar? Nos necesita. Lo necesitamos. No podemos… no puedo… vivir sin él.

—¿Y tú crees que yo puedo vivir sin él?

—Pero no estás viva. Estás muerta.

—Es cierto, él me está matando. ¡Y estoy tan sola aquí!

—¿Sola? ¿Que no estás… del otro lado?

La cara de la abuela se arruga y abre bien la boca. —Bueno, es que estoy a medio camino entre aquí y allá. ¡En medio de ningún lado! Soy un ánima sola.

Luego empieza a aullar y lo suelta, y a papá le regresa el color. Y por primera vez en mi vida, me compadezco de la abuela. Sus gritos son como el gañido de un perro cuando lo atropellan, una tristeza antigua, espantosa, de más abajo del vientre. He oído antes ese grito. Yo también grité así, cuando la ambulancia vino por papá. Un grito como un hipo, una y otra vez, y no hay nada que puedas hacer para remediarlo.

—¿Abuela?

Quiero tocar el hombro de la abuela, pero no sé cómo. Nunca la abracé en vida, y es muy tarde para empezar ahora. —Abuela, ¿por qué insistes en perseguirme?

—¿Yo? ¿Persiguiéndote? Eres *tú*, Celaya, quien me persigue a *mí*. No lo soporto. ¿Por qué insistes en repetir mi vida? ¿Es eso lo que quieres? ¿Vivir como yo lo hice? No es pecado enamorarte con tu corazón y con tu cuerpo, pero espérate a tener edad suficiente para amarte a ti primero. ¿Cómo sabes lo que es el amor? Todavía eres una chiquilla.

—Pero vislumbré a Dios cuando hicimos el amor.

—Claro que sí. ¿Crees que eso es un milagro? Huele una flor y también verás a Dios. Dios está en todas partes. Y sí, también en el acto de amor. ¿Y qué? Ese muchacho no es el único que te puede amar de esa manera. Habrá otros, tiene que haber otros, *debes* tener a otros. Ay, Celaya, no acabes como yo, conformándome con el primero que me echó un piropo. Ni siquiera eres una persona formada aún, todavía te estás convirtiendo en la persona que vas a ser. Caray, si toda la vida te estarás convirtiendo en quién eres. Ése es el problema. Dios nos da las ganas de amar cuando todavía somos unas criaturas, pero la edad de la razón no llega hasta que estamos bien entrados en los cuarenta. No querrás a alguien que desconoce su propio corazón, ¿verdad? Mira, él es un chamaco y tú eres una chamaca. Encontrarás a alguien que tenga el valor de amarte. Algún día. Un día. Hoy no.

—Papá dice: «Nunca encontrarás a nadie que te quiera más que tu papá».

—Es porque está celoso. Óyeme, los celos son algo espantoso. Mira dónde vine a dar. Ay, Celaya, con razón ando por aquí, ni viva ni muerta.

La abuela se acomoda en la almohada de papá como un zopilote enorme y triste, algo lastimoso de contemplar, sorbiéndose los mocos y llorando.

—Abuela, ese día en el barco de Acapulco, le contaste a mi mamá de Candelaria, ¿no? Qué papá también era papá de Candelaria, ¿no es así? ¿Por qué lo hiciste? ¿Por qué? No tenía por qué saberlo, mi mamá. ¿Por qué herirla?

—Fue por amor.

—¡Amor!

—Sí, anda, búrlate de una desdichada como yo. Se lo dije por amor, aunque no me lo creas. Quería a tu papá para mí misma. Ya no lo quería compartir. Se lo dije porque tu madre me enerva con sus comentarios insolentes. Se lo dije porque tu madre me odiaba tanto, todavía me odia. Por eso estoy aquí atorada. Necesito que me perdonen todos a quienes ofendí. Tú les dirás de mi parte, ¿no, Celaya? Diles de mi parte que lo siento, Celaya. Tú que tienes facilidad de palabra. Diles, por favor, Celaya. Haz que me comprendan. No soy mala. Estoy tan asustada. Nunca quise estar sola, y ahora mírame dónde estoy.

—¿Y por qué papá no me había dicho de Cande?

—Hay historias que un padre no puede contarle a sus hijos.

—Pero creí que papá era un caballero.

—Lo es. Es un caballero. Feo, fuerte y formal. Así es tu padre. ¿Qué no ves que lo ha mortificado toda su vida? Es por eso que trata de ser tan buen padre con todos ustedes.

Para compensar. Él hace la lucha, Celaya. Lo escucho pensando ya tarde por las noches. Escucho sus pensamientos.

Mira, no quise herir a nadie, Celaya, te lo juro. Pero en ese entonces no entendía cuánto me amaba tu padre. Y tenía tanto miedo. Cada vez me venía a visitar menos, y los tenía a ustedes sus hijos para amar. Y ya había perdido a Narciso hacía años, y antes de eso a mi propio padre y madre.

—Pero tienes a otros hijos, abuela.

—Ellos no me entienden o aman de la manera en que Inocencio me ama. Con tanta entrega que crees que te morirías si perdieras ese amor, crees que nunca nadie te amaría así de nuevo. Celaya, es tan solitario estar así, ni viva ni muerta, sino en un punto intermedio, como un elevador entre pisos. No tienes idea. ¡Qué barbaridad! Estoy en medio de la nada. No puedo cruzar del otro lado hasta que me perdonen. ¿Y quién me va a perdonar con todos los nudos que he hecho de mi enredada vida? Ayúdame, Celaya, tú me ayudarás a cruzar del otro lado, ¿no es cierto?

—¿Cómo un coyote pasándote de contrabando por la frontera?

—Bueno... por decirlo de alguna manera, me supongo.

—¿Por qué no consigues que alguien más te cruce?

—¿Pero quién? Tú eres la única que puede verme. Ay, es horrible ser mujer. El mundo no repara en ti hasta que te crecen las tetas, y luego una vez que se te secan, te vuelves invisible otra vez. Tú eres la única que puede ayudarme, Celaya. Tienes que ayudarme. Después de todo, soy tu abuela. Me lo debes.

—¿Y tú que me debes?

—¡¡¡Qué es lo que quieres!!!

Señalo con el mentón al hombre que duerme entre nosotras. —A él.

La abuela abraza a papá como si no tuviera la menor intención... —Después me mira con esos ojos que son mis ojos, y suspira: —Por ahora. No por siempre, sino por un ratito más.

Siento un gran alivio, como si me hubiera olvidado de cómo respirar hasta ahora.

—¿Contarás mi historia, no, Celaya? ¿Para que me entiendan? ¿Para que me perdonen?

—Cuenta, te escucho.

—¿Ahora? ¿Aquí? Bueno. Está bien, pues. Ya que insistes. Bueno, ¿por dónde comienzo?

—¿Dónde comienza la historia?

—En mis tiempos, los cuentistas siempre empezaban una historia con «Así comienza mi historia para tu buen entender y mi mal decir...»

Y así comenzó la abuela: —Había una vez, en la tierra de los nopales, antes de que a todos los perros les pusieran Woodrow Wilson...

---

*Un cronista famoso de la Ciudad de México afirmó que los mexicanos han modelado su forma de contar cuentos según el melodrama de una telenovela, pero yo sostendría que la telenovela ha emulado la forma de vida mexicana. Únicamente las sociedades que han sufrido la tragedia de una revolución y casi un siglo de mando político inepto podría amar con tal pasión la telenovela, el arte narrativo en su mejor expresión ya que tiene el poder de una Scherezade: te hace regresar por más. A mi parecer, no es el arte de contar cuentos de las telenovelas lo que está tan mal, sino la insufrible actuación.*

*Los mexicanos y los rusos aman las telenovelas con pasión, quizá porque sus historias gemelas corroboran a la Divina Providencia como la guionista de telenovelas más grande de todos, con más reveses y maromas en la trama de los que cualquiera pensaría creíble. No obstante, si nuestras vidas realmente fueran grabadas como telenovelas, las historias parecerían tan ridículas, tan ingenuamente increíbles, tan grotescas, desatinadas y absurdas que sólo las personas mayores, quienes han presenciado toda una vida de asombros, lo aceptarían como verídico.*

# 84

# No worth the money, but they help a lot

Es como la abuela lo prometió. Papá se está mejorando, de hecho está de maravilla, asombrándonos a todos, aunque se queja demasiado, sobre todo de la comida. Mamá le trae su comida favorita: gelatina Jell-O de confeti. Come directamente del recipiente del delicatessen con una cuchara de plástico. Ahora que ya salió de cuidado intensivo, tiene una televisión, y esto es lo que está mirando. Sé que la muerte no puede venir y llevárselo ahora que se está riendo de Cantinflas.

Nos sentamos alrededor mirando a Cantinflas como si fuera Dios y, en cierto modo, lo es.

—¿Cómo le va, Míster Reyes? Finalmente llega el doctor de papá.

—Bien, gracias, doctor.

—No, bien no —dice mamá, —purititas quejas, y ahora que te puedes quejar, ¡pos quéjate!

Las enfermeras filipinas se asoman sin cesar y bromean con papá.

—Papacito, ¿cómo estás hoy?

—*Mabuti* —dice papá, sorprendiéndonos con su tagalo. —Me siento *mabuti*.

Mis hermanos están discutiendo sobre de quién es la culpa que una *chaise longue* no haya sido entregada a tiempo. ¡Esténse quietos! Papá está enfermo, y ellos malgastando oxígeno inútilmente. Trato de cambiar de tema para que papá no se altere también.

—Papá, ¿cuál es tu primer recuerdo? El más antiguo, lo primero que puedas recordar.

Papá hace una pausa entre cucharadas de gelatina de confeti y piensa.

—Dos hombres asesinados en el paredón. De la época en que vivíamos en una casa al lado de un cuartel militar. Acostumbraba despertarme con el clarín. Recuerdo haber despertado una mañana y haberme parado en la cama, tu abuela aún dormida con Chato de bebé, los otros todavía no nacían. Nomás era yo. Estaba mirando por la ventana hacia afuera buscando al que tocaba el clarín, y allí estaba, como siempre, pero ¿qué crees? Esa mañana tenían a dos pobres con los ojos vendados y de espaldas a la pared. Y luego oigo las pistolas hacer, ¡*pum!* Y los dos caen al suelo. Igualito que en las películas. *Pum* y los hicieron polvo. Y me dio un susto que nunca olvidé. Desperté a tu abuela con mis chillidos. Es lo que recuerdo.

—¿Eso fue durante el levantamiento de los cristeros?

—No sé. Sólo sé lo que vi.

—¿Cómo es que nunca nos lo habías contado antes?

—Nadie me preguntó.

Su vida, la mía, la de ellos, cada una, ah. Y aquí está papá, una hojita. Seca y ligera como la nieve. Se lo podría llevar el viento. GRACIAS POR SU VISITA, REGRESE PRONTO. Mejor le pregunto ahora.

—¿Y qué es… quiero decir, que dirías que es lo más importante que has aprendido en todos tus años de vida? ¿Qué te ha enseñado la vida, papá?

—¿La vida?

—Sí.

Chupa su cuchara de plástico y mira fijamente la pared. Un largo silencio.

—El dinero no vale, pero ayuda mucho. *No worth the money, but they help a lot.*

Asiente y regresa a su gelatina.

Suspiro.

—Papá, sabías que la Carnicería Xalapa de la esquina se está extendiendo. Compraron toda la cuadra y van a abrir un super-supermercado.

—Drogas. Eso es lo que venden. Con razón no prospero. Soy demasiado honrado.

—Dale la buena noticia a papá. Anda, dile.

—Papá, cuando estuviste enfermo tuvimos una reunión familiar —dice Rafa. —Y hemos decidido montar un negocio juntos, para usar lo que hemos aprendido en la escuela y hacer un fondo común con nuestros recursos, ayudarte con tu negocio. Tú tienes todos los contactos y la experiencia, y tanto Ito como yo tenemos la capacitación en administración de negocios. Tikis puede ayudar si quiere cuando acabe la escuela. Y los más jóvenes ya están trabajando contigo en los veranos. Así que decidimos abrir nuestro propio negocio, y que tú ya no trabajes con Tres Reyes. No es bueno para tu salud. Deberías tener tu propio taller, con tus hijos, y contratar a tapiceros de verdad, de los que saben usar el martillo.

—Trabajo de calidad, hecho a la medida —dice papá, ilusionado.

—Quizá Toto querrá acompañarnos cuando regrese del ejército, ¿no? ¿Y qué tal tu hermana? Ella puede ser la recepcionista. ¿Verdad, Lalita? ¿A ti te gusta sentarte en un escritorio y leer, no es así?

Por una vez tengo la sensatez de quedarme callada.

—¿Y adivina qué más, papá? Mandamos pintar la camioneta con el nombre nuevo, Inocencio Reyes e Hijos. Tapicería de calidad. Más de cuarenta años de experiencia. Se ve a todo dar.

—¡Caramba! ¿De verdad ya han pasado cuarenta años, papá?

—Bueno, sí, pero no. Más o menos —dice papá. —Es lo que quieren oír los clientes.

Papá está cansado. Mamá hace que todos le demos un beso de despedida, y salimos al estacionamiento donde espera la camioneta del taller, el nombre del negocio nuevo pintado de ambos lados y en la puerta trasera. INOCENCIO REYES AND SONS, QUALITY UPHOLSTERY, OVER FORTY YEARS EXPERIENCE.

Rafa tiene razón. Se ve a todo dar.

# 85.

## Mi aniversario

—Cinco mil bolos, hermano.

Papá está ocupado en el teléfono. Llamando a Baby, llamando a Chato. Marcando el servicio de banquetes y los músicos. Buscando salones de baile de alquiler. —Mi aniversario, —sigue diciendo. Su trigésimo aniversario de bodas, aunque sabemos que papá y mamá no llevan treinta años de casados. Son más como veinte y pico, pero papá teme no vivir por mucho tiempo.

—Ya me voy.

—¿Adónde vas?

Papá hace sus llamadas sentado en la cama apoyado en un montón de almohadas floreadas. Está estirado encima de las cobijas en un par de pantalones de pijama de franela desgastados, las piernas cruzadas a la altura de los tobillos delgados y blancos. Trae puesta una camiseta tan vieja que el cuello está todo guango, haciéndolo parecer más flaco que nunca, su cuello se empieza a ver fláccido como el moco de un guajolote, los pelos crespos del pecho brotan blancos aquí y allá. Le vendría bien rasurarse y cortarse el pelo, y sus pies descalzos con las uñas largas y curvas parecen como de Godzila.

—¡¡¡¿Cuánto?!!!— papá grita en el auricular. —¡¡¡Pero tengo siete hijos!!! ¡Imagínese! ¡¡¡Siete!!!

Sobre la cabecera, la Virgen de Guadalupe vigila a papá desde su marco dorado, y al lado de ella, en un marco de plástico detrás de un cristal rajado, el retrato familiar en blanco y negro de nuestro viaje a Acapulco cuando éramos chiquitos. El cuarto está oscuro a excepción de la luz azul que arroja el televisor y la luz amarilla tenue de una lámpara del buró. Todo es un desorden. Hay ropa, limpia y sucia, amontonada aquí y allá, la limpia en alteros doblados esperando a ser guardada, la sucia colgada perezosamente sobre perillas de puertas y pilares de cama esperando a ser recolectada. En el suelo un calcetín hecho bola al lado de una montaña de revistas: las revistas de monitos mexicanas, la ¡Alarma! metida con modestia en bolsas de papel porque mamá no aguanta las portadas sangrientas, los periódicos deportivos ESTO, la foto satinada de una joven actriz de muslos gruesos en la contraportada de una publicación de noticias respetable. Bolas de Kleenex arrugados vagan por los cerros y valles de las cobijas como ovejas descarriadas.

—Sí, mi amigo. ¡Treinta años gracias a Dios! —sigue presumiéndole papá a algún desconocido del otro lado de la línea.

Si no fuera por las botellas y ampolletas de medicina en el buró, nunca adivinarías que papá ha estado enfermo. Allí está el último tentempié de papá, una cáscara de plátano y un vaso vacío cubierto de leche. Y, siempre a la mano, «mi juguete», el dispositivo de control remoto para la tele de papá.

—Hola, mija —dice papá con su voz aniñada cuando cuelga. —¿Cómo está mi niña bonita? ¿Cómo está mi reinita? ¿Quién te quiere más que nadie en este mundo, mi cielo?

—Tú —digo, suspirando e inclinándome para besar su mejilla entrecana. Huele a frasco de vitaminas. Gracias a Dios el tufo a muerte ha desaparecido.

—¿Sólo un besito? Pero me debes más que un beso. Me debes tantos besos. ¿Cuántos besos calculas que me debes para ahora?

—Ay, Chihuahua, ya ni la amuelas…

—Ya ves cómo eres. Cómo eres mala con tu papá. Eres coda con tus besos. Pobre de papá. Cuando esté en cielo te vas a acordar de él. Y entonces te darás cuenta de cuánto te quería. Recuerda, nadie te quiere como tu papá. Nunca encontrarás a nadie en esta tierra, a nadie, nadie, nadie que te quiera como tu papá. Nunca. ¿A quién quieres más… a tu mamá o a mí?

—¡Papá!

—Nomás estoy vacilando, mija. No te enojes… Lalita —agrega papá, susurrando, —¿crees que podrías comprarle unos cigarros a tu pobre papá?

Mamá marcha dentro del cuarto con otro altero de ropa limpia.

—Qué cigarros ni que nada. ¡Nunca más! Son órdenes del doctor —dice mamá. —Hijos de su madre, este cuarto apesta a rayos. Métete a la tina, viejo.

—No, no quiero —dice papá con voz aniñada. —Déjame en paz. Estoy aquí muy a gusto viendo la tele, sin molestar a nadie.

—Óyeme, te hablo. ¡Dije te hablo!

—Ay, caray, estoy tratando de ver la televisión. Mija, por favor —dice papá, repentinamente interesado en el programa que estaba ignorando.

—Dije que te metieras en esa tina. No puedo creer lo apestoso que te has puesto en tu vejez. Qué más que la verdá, si tu madre te pudiera ver ahora. Lala, no me vas a creer, pero cuando conocí a tu papá se vestía como un fanfarrón. 'Ora míralo. ¿Cuántos días vas a traer esa camiseta? Este cuarto huele a cementerio. ¿Me oyes? Cuando acabe de trapear la cocina, mejor que te metas a la tina.

Papá mira fijamente la televisión en silencio, sólo reanimándose una vez que mamá marcha hacia la cocina.

—Lala —me dice guiñándome el ojo, —¿adivina qué fui e hice?

—Ni me lo quiero tratar de imaginar.

—Contraté a unos mariachis. Y me están dando presupuestos de conjuntos que se especializan en la música de mis tiempos. Para mi fiesta.

Mamá grita desde la cocina: —¡Ya te lo dije, no voy a ir!

Tu mamá —dice papá meneando la cabeza, —tiene oídos de murciélago. ¿Pero adivina qué más? —dice, bajando la voz. —Ya encontré a un fotógrafo, y un precio buenísimo para las invitaciones con letras doradas. Y llamé ese lugar que nos va a dar un descuento de grupo para los esmóquines.

—¿Esmóquines? ¿Tú crees que los muchachos se los van a poner? Ni siquiera les gusta usar corbata.

—Claro que sí. Y tú y tu mamá van a ir de traje de noche. Ay, Lala, es como la fiesta que siempre soñé para tus quince que nunca pude darte. Nos vamos a divertir en grande.

Otra vez desde la cocina: —Ya te lo dije, no voy a ir, ¿me oyes?

Papá sigue hablando de «mi aniversario» como si mamá no tuviera nada que ver. De cómo quiere buscar un frac y quizá hasta un sombrero de copa, porque se acuerda de un amigo de antes de la guerra que traía uno así. Es como si las quejas de mamá sólo lograran que papá estuviera más decidido. Ya ha llamando a todos sus amigos. El Reloj, el King Kong, el Indio, el Pelón, Cuco, el Capitán, el Juchiteco. Todos los amigos que mamá dice que son igualitos a él.

—Una bola de fanfarrones —me dice mamá mientras hace el arroz con leche favorito de papá. —Tu papá, no lo aguanto. Es tan cabezón que se puede besar las nalgas. ¡Me da asco! ¡*He makes me sick*!

—Bueno, entonces, ¿por qué no te divorcias de él?

Ya es muy tarde. Me necesita.

Ya es muy tarde. Quiere decir, lo necesito, pero no puede decir eso, ¿verdad? No, nunca. Ya es muy tarde, ya te quiero.

—¡Mija! —papá grita desde la recámara.

—¿Mande? —digo, corriendo a su recámara como un súbdito al ser llamado por su bajá.

—¡No, tú no —dice papá, —quise decir tu mamá. Después empieza a gritar de nuevo: —¡Zoila, Zoila! Ven a ver el comienzo de *Hasta que la muerte nos separe*. Ya va a cantar.

—¡Qué me importan esas estúpidas telenovelas! —grita mamá enojada. —Te juro que no hay vida inteligente por aquí.

—¡Zoila, Zoila! —papá continua gritando.

—¿Ya ves? Se la pasa gritando que arroz con leche. Un plátano. Jell-O con crema. *Hot cakes*. Una taza de chocolate mexicano. Así es, todo el día grite y grite como un ahogado. Me vuelve loca, dice mamá, pero hay algo en la manera en que lo dice, como si presumiera. —Ayúdame a llevar la merienda de tu papá a su cuarto.

Para cuando le servimos su charola, papá ya ha oprimido el botón silenciador del control remoto de la televisión y está hablando por larga distancia. Lo sé porque siempre grita cuando habla a México.

—¡Claro, por supuesto que te puedes quedar aquí! —grita papá. —Hermana, no me ofendas, ni pensarlo. Sí, y Antonieta Araceli y su familia también. Todos son bienvenidos.

—¡Chinelas! —mascula mamá. —Esto no es el Hilton. Ya estoy cansada de recoger detrás de gente toda mi vida. Ya estoy jubilada, me oyes, ¡jubilada!

Papá la ignora hasta que cuelga. Entonces comienza…

—Zoila, no me mortifiques. Después de todos esos años que nos quedamos con ella en México, ¿cómo le voy a decir a mi hermana que no se puede quedar aquí, cómo?

—Estoy harta y cansada…

—*Sick and tired* —papá la arremeda en su inglés gótico. —¡*Disgusted*!

Luego papá me pide una de las medias de nylon de mamá. Tiene una jaqueca.

Mamá recoge toda la ropa sucia en una toalla sucia y se lleva ese bulto a la lavadora. Azota y abre puertas, le da vuelta a la perilla, y no me voltea a ver.

—Tu papá, es terrible —dice mamá a punto de llorar. —Ya estoy harta.

Cuando regreso a la recámara, papá trae la media de nylon amarrada en la frente, estilo apache, y come su arroz con leche bajo la luz azul de la televisión.

—Tu mamá —sisea papá sin quitar la vista de la pantalla, —es terrrrrible.

# 86

*Los hijos y nietos de Zoila e Inocencio Reyes los invitan cordialmente a celebrar sus treinta años de matrimonio*

Pues bien, así que no es el Ritz. Es el salón del Sindicato de los Trabajadores de Correos. ¿Y qué con eso? Hemos hecho lo mejor posible con lo que tenemos. Tiras de papel crepé retorcidas y recogidas en el centro del techo, donde una espera enorme de discoteca da un giro lento y sensual y hace añicos la luz en un millón de astillas bonitas sobre el piso de baile de marquetería.

Alguien encontró un arco de florería de alambre en un cuarto trasero, y le amarramos globos, y aquí es por donde tienes que pasar para entrar al salón. El lugar está oscuro como una cueva; un cuarto oscuro y barnizado con paneles de madera, como un pabellón de caza o una taberna que apesta a cerveza agria y cigarros, pero trabajamos toda la noche para que se vea bonito. Copas de champaña de plástico llenas de mentas en forma de cojines de colores pastel. Servilletas festoneadas con «30 Zoila e Inocencio» grabado en letras doradas. Me pregunto si a alguien le molesta que no sean exactamente treinta años. ¿Pero quién lleva la cuenta?

Llevamos puestas nuestras mejores galas. Mamá compró un traje de noche hasta el piso, y hasta los muchachos accedieron a ponerse esmóquines. Yo encontré un vestido que no me hace ver tan rara. Un modelo de seda shantung que me recuerda el vestido rosa mexicano que tenía mamá. Llega a la altura de un vestido de cóctel, pero lo engalané con el rebozo caramelo de la abuela. No hay problema, fue idea de la abuela.

La gente ha venido de todas partes a la fiesta. De todo Chicago y los suburbios del norte, de Wilmette y Winnetka, hasta de Aurora al poniente y de Gary, Indiana, al occidente, de los maizales de Joliet, en avión y en carro desde México, California, Kansas, Filadelfia, Arizona y Texas. Los Reyes y los Reyna desperdigados, y los amigos de los Reyes y los Reyna, se han reunido aquí esta noche para festejar a mamá y papá, para decir: —¡Caray! ¿Quién lo hubiera pensado? ¿No creí que duraran, tú sí? O para alzar una copa y agradecerle a Dios que Zoila Reyna e Inocencio Reyes todavía estén vivos, todavía en este planeta dando lata, todavía incomodando a todos y siendo incomodados por el fastidio de vivir.

—¿Eso fue lo que te dijo? ¿Que lo recogieron de las calles de Memphis y lo obligaron a enrolarse? ¡Puro cuento! Él quería enrolarse. Yo sé. Yo estuve allí. Le dijo a mi padre, «Tío, llévame al centro de reclutamiento, quiero convertirme en ciudadano americano. Quiero convertirme en ciudadano americano». Eso fue lo que dijo. Y tampoco fue en Memphis. Fue en Chicago…

—Cuando era chiquita bailaba con tu papá. Se me hacía guapo, guapo, guapo. Se parecía a Pedro Infante, sólo que flaquito…

—Nuestros perros se las comen si les pones mantequilla. Si les ofreces una tortilla y no tiene mantequilla, olvídalo, ni siquiera la voltean a ver…

—¿Qué tienes? ¿Sueño o *sleepy?*

—¿Y quién es el responsable de que no hayan entregado el sillón de orejas a tiempo? Supongo que ahora me vas a echar la culpa.

—¿Qué no pueden dejar de hablar del taller? Se supone que esto es una fiesta. Olvídense del sillón de orejas.

—¿Olvidarlo? ¡Tú fuiste quien le prometió a la Sra. Garza que se lo tendrías listo hoy!

—¿A poco le crees? ¡Qué casada, ni qué ojo de hacha! Mira, no me gusta hablar mal de mi hermana, pero tu tía Güera no podría decir la verdad ¡ni aunque le salvara la vida! Y yo he de saberlo, soy su hermano. No se casó. Nomás le gusta andar de argüendera.

—Dicen que hasta hizo un sofá que está en la Casa Blanca.
     —¡A poco!
—Eso dicen. Parece mentira, pero es la verdad. La Casa Blanca. ¡Imagínate!

—Todo lo que él quiere es comida que da mucha lata hacer. Sobre todo ese maldito mole mancha manteles que de veras mancha y que cuesta tanto trabajo lavar que ni siquiera el *Tide* lo deja limpio.

—Ya sabes lo que dicen. Que la verdad es hija de Dios… Así no va. ¿Cómo va? La verdad es hija de Dios; la mentira hija del diablo. Y yo tenía la verdad de mi lado, sí, claro. ¿Me crees, verdad?

—No le estaba haciendo ojitos, sólo estaba siendo amable.
     —¡Mentiroso! ¡Te vi! ¿No vas a creer que después de estar casada contigo por veinticinco años no sé con quién estoy casada?
     —¡Ay caray! ¿Por qué eres tan cruel conmigo? ¡Te encanta hacerme sufrir! ¿Por qué me mortificas?
     —No, te equivocas, amiguito. ¡TÚ eres el que siempre me mortifica a MÍ!

—Por Dios Santo. Cuando era joven su papá le disparó a un elefante, un elefante que se había vuelto loco en el plató donde estaban filmando. Era un elefante cirquero. Eso es lo que dicen, no sé, yo no lo vi. Y él dice que cuando… Ah, no, eso es mentira. No fue eso lo que dijo.

—¿Con un cuerpo como el de María Victoria, la recuerdas?

—Y después nos íbamos a la Plaza Garibaldi a ligar gringas, pedir una Carta Blanca o un Brandy Sagarniac. Bailábamos un danzón y un bugui-bugui toda la noche en el Salón México.

—Su mamá era de esas que no se sientan en una silla sin limpiarla primero.

—Si de veras quieres comer comida yucateca auténtica cuando estés en la Ciudad de México, ve a comer al Habanero en la colonia Nápoles en Alabama 54, esquina con Nebraska.

—¿Verdad que sí? ¿Tú eres quien más me quiere?

—Leí que Buster Keaton llenó su alberca de champaña. ¿Lo puedes creer? Para que las burbujas les hicieran cosquillas en las plantas de los pies a sus invitados. Es fue lo que leí en un libro en México.

—En mi época eran Packards, Lincolns, Cadillacs.

—Yo nunca quise a mi marido. Mi familia era de mejor categoría, pero como no tuve recursos…

—No he llorado tanto desde que me hicieron ese corte de pelo de cinco dólares en la academia de belleza.

—¡Una bolsa entera! Se lo comió todo, y ya se sabe que la comida fosforescente no puede ser buena para la salud.

—¿Te crecieron los dientes o bajaste de peso?

—Está igualita a su papá, ¿a poco no? Cuando la vi dije, ahí está Inocencio vuelto a nacer.

—¿Y tú… quién eres?
    —Soy una niña.

—¿Te acuerdas de cuando el abuelo se enojaba con nosotros porque revolvíamos el arroz con los frijoles? ¿Te acuerdas?
—No, no me acuerdo.
—Agh, no te acuerdas de nada. Qué tal de cuando nos formaba en hilera para la inspección militar. A fuerza te acuerdas de eso.
—No lo creo.

—No se lo digas a nadie, pero tú eres mi preferida.

—Es la más bonita de nosotras las hermanas, pero nació un poco retrasada. Por eso nuestro padre la quería más. A veces entra en celo, y nuestra mamá tiene que echarle agua.

—¿De qué marca compro, Pillsbury o Duncan Hines?
    —No le hace. La que sea. La que sea más barata. Las dos saben bien.

—¡Ay, no! No me puedo poner los de encaje. Me pican en el pezón.

—Ya sé que no la conoces, pero es tu prima por parte de tu tío Nuño. No me hagas pasar vergüenzas, ve y salúdala.

—Se llama Schuler, mamá. Schu-ler.
—¿Como azúcar?
—No, mamá. Schuler. No *sugar*.

—Ya nadie hace comida como la de antes. Nada sabe igual. La comida no sabe a nada. Ni tengo ganas de comer a veces, y a veces ni como.

—Se le nota por las cejas que probablemente tiene mucho vello por todo el cuerpo.

—Esta es la foto familiar de nuestro viaje a Acapulco cuando éramos chiquitos. Pero no aparezco aquí, estaba a un lado haciendo castillos en la arena, y nadie se molestó en llamarme cuando llegó el fotógrafo. Como siempre, se olvidaron de mí.
—¿De qué hablas? No estabas haciendo castillos en la arena, Lala. ¿Quieres saber la verdad? Estabas enojada, y es por eso que cuando te llamamos, no quisiste venir. Esa es la *verdadera* razón por la que no apareces en la foto. Y yo debería saberlo, soy el mayor.

—¡Yo no alego más! ¡Tú alegas más!
—Estás loca. Te gusta mortificarme, ¿verdad? Tú eres la que...
—¡¡¡Mentiroso!!!

inalmente, tarde como es costumbre, el programa da comienzo cuando papá irrumpe en la pista de baile con su hermoso frac, parecido a Fred Astaire, todo un caballero. Los mariachis empiezan con la canción de los toreros, quién diablos sabe por qué. Todo el mundo aplaude. Mamá entra al ruedo tan bravía y llena de energía como un torito. Rebosa de vida después de estar atada a casa por semanas cuidando de papá. Ella asiente con la cabeza y saluda agitando la mano en su traje de noche nuevo de chiffón aguamarino de cintura estilo imperio, saluda forzadamente como la reina de Inglaterra. Papá besa la mano de Memo, acerca la cara de Toto a su mejilla, besa a cada uno de sus hijos en la frente o en la coronilla. Basta para hacerte llorar.

Después los mariachis empiezan una canción lenta, «*Solamente una vez*». Y mamá y papá se ven obligados a bailar. Mamá está muy acartonada al principio; ésa es la primera señal de que hay que meterle unos cuantos jaiboles, rápido, después entrará en ambiente. Mamá y papá bailan como si siempre hubieran bailado juntos, como sólo dos personas que se han aguantado y amado pueden hacerlo.

Finalmente, el disc-jockey que contratamos se hace cargo después de que los mariachis se van. Es muy bueno, toca todo tipo de música, desde Pérez Prado hasta Stevie Wonder. Cuando toca «*Kung Fu Fighting*», de repente todas las mamás se ponen de pie y jalan a sus maridos que no quieren acompañarlas. Son sus chiquillos con quienes bailan en lugar. A los bebés les encanta. Gimen y lloriquean, pidiendo que los carguen. Los escuincles consentidos dan patadas al aire, se dan karatazos bruscos en el cuello, o se deslizan por la pista de baile. Las niñitas, al menos las princesas, bailan con sus papis, y las que no son de la realeza bailan entre ellas. El chiquillo de Rafa está aullando, y él y su esposa, Zdenka, se lo pasan de acá para allá hasta que papá ofrece sacarlo a dar un paseo, para que se calme el niño, pero todos sabemos que está fumando un cigarro a escondidas que apañó de uno de sus cuates.

Después de «*She Loves You*», «*El Twist*», «*These Boots Are Made for Walking*», «*Midnight Train to Georgia*», «*I Shot the Sheriff*», «*Crocodile Rock*», y «*Oye Cómo Va*», el disc-jockey se dispone a tocar música de los tiempos de mamá y papá, y finalmente selecciona algo que seguramente hará que todas las generaciones se levanten de sus asientos al mismo tiempo: una cumbia. En efecto, todo mundo llega a la pista de baile: los niños, los recién casados, los viejitos, hasta los que caminan en andaderas o en sillas de ruedas, los parientes gordos y flacos, las tías sexys que parecen caballitos de mar inflados, voluptuosas, enormes, explotando por la parte superior de sus vestidos, caderones de sirena y chichotas de sirena, vestidos tan ajustados que es risible y maravilloso. Todos, pero todos, moviéndose en un perezoso círculo en sentido contrario a las manecillas del reloj. Los vivos y los muertos. El Sr. y la Sra. Juchi que han volado de la Ciudad de México. Tía Güera con un niño chiquito de cada mano, sus dos nietos. Tío Chato y tía Licha, tío Baby y tía Ninfa, todos los primos y sus hijos, mis seis hermanos con sus parejas y chiquillos. Toto baila con su bebita nueva, y mamá está molesta y enojada porque él no le hace caso. Papá hace reír a la esposa de Toto. Es americana de origen coreano, y él se está luciendo, cantándole una canción en coreano, algo que aprendió cuando estuvo en la guerra.

Y me doy cuenta de que todo ese ruido al que llamamos «hablar» en mi casa, ese hablar que no es otra cosa sino hablar, que forma tanto parte de mi casa y mi pasado y de mí misma que no puedes oírlo como varias conversaciones, sino como un rugido similar al rugido en el interior de una concha, me doy cuenta entonces de que ésta es mi vida, con su arabesco de voces y vidas entrecruzadas, precipitándose como un Ganges, irrevocable e indómito, llevando todo a su paso, aldeas enteras, cerdos, zapatos, cafeteras y esa canastilla que va adentro de la cafetera que mamá siempre pierde en las mañanas y tiene que poner la cocina de cabeza por ella hasta que a alguien se le ocurre buscar en la basura. Los nombres, las fechas, una persona, una cuchara, los bostonianos que mi papá compra en Maxwell Street y antes de eso en la Ciudad de México, la voz que daba un grito ahogado de ese agujero en el pecho del abuelito, el bisabuelo que apestaba a astillero de tanto teñir de negro rebozos todo el día, los viajes en carro a México y Acapulco, los refrescos Lulú, los taquitos de canasta calientes y sudados, tu nombre en un grano de arroz, la crema de concha nácar que venden en la calle donde un vendedor reparte muestras gratis como cucharadas de crema, los matachines emplumados que bailan frente a la catedral en el cumpleaños de la Virgen, una sirvienta que llora en la televisión porque se perdió y no sabe dónde vive en la Ciudad de México, el Lazy-Boy anaranjado de cuero artificial. Todo, todo, todo esto, y yo eliminando el ruido con el cerebro como si ésta fuera una película y se apagara el sonido, sus bocas moviéndose como caracoles contra el cristal de un acuario.

De pronto me doy cuenta de esta verdad atroz. Yo soy la abuela enojona. Por amor a papá, mataría a cualquiera que se le acercara para lastimarlo o entristecerlo. Me he convertido en ella. Y veo dentro de su corazón, la abuela, quien había sido traicionada tantas veces que sólo ama a su hijo. Él la ama. Y yo lo amo. Tengo que encontrar espacio en mi corazón también para ella, porque ella lo guarda dentro de su corazón como lo guardó dentro de su vientre, el badajo dentro de la campana. No se puede alcanzar a uno sin tocar el otro. Él dentro de ella, yo dentro de él, como cajas chinas, como muñecas rusas, como un océano lleno de olas, como los hilos trenzados de un rebozo. *Cuando me muera, entonces te darás cuenta de cuánto te quiero.* Y todos nosotros, nos guste o no, somos el mismo ser.

Allí entre la multitud, lo imagino o realmente veo a mi hermana Candelaria bailando una cumbia, como una Venus mexicana que llega entre la espuma de mar. Y veo a la abuela enojona marchando a su lado y guiñándome el ojo mientras pasa, y detrás de ella, haciéndole caso omiso, el abuelito arrastrando los pies con sus pasitos rápidos de pequinés. Luego, Catita y su hija sin nombre pasan cumbiando, y el Sr. Vidaurri avanza torpemente detrás de ellas con su carota quemada como «el Sol» en el juego mexicano de la lotería.

Y veo a gente a quien nunca antes he conocido. La bisabuela Regina alzándose las faldas y pavoneándose como una reina, y a su lado tambaleándose torpemente como un oso bailarín, el español, el bisabuelo Eleuterio. Una tía Fina gigantesca meneándose graciosamente con un muchachito en un hermoso traje de charro; sin duda su Pío. Y ésa debe ser la diminuta curandera María Sabina bailando descalza en su huipil raído. Y el Sr. Wences muy galán con su sombrero de copa y su frac, un puño pintado como Johnny, su marioneta, que canta en una voz aguda y fuerte. El apuesto Enrique Aragón con su atractivo de estrella de cine arrogante, encantador, embelesado caminando felizmente detrás de Josephine Baker bamboleándose en una falda de plátano. La enamorada de tierra caliente, a quien mi abuelo amaba, con su tocado de iguanas, cumbiando del brazo de la mujer que huyó con su corazón, la cantante de voz humeante Pánfila vestida de manta blanca de campesino. Y Fidel Castro paseándose como un chiquillo de la mano de su amor perdido, la despampanante Gladys. ¡Y mira, es la Tongolele descalza que está haciendo una versión tahitiana de una cumbia en su bikini de piel de leopardo! ¿No es preciosa? Todos, chicos y grandes, jóvenes y viejos, vivos y muertos, imaginados y reales pasan dando zancadas en la gran cumbia del círculo de la vida.

—¡Lala!

Es papá que se desploma en la silla a mi lado, nada más sentado allí mirándome, meneando la cabeza.

—Todos estos años te había estado guardando esto, Lala. Pero me estoy volviendo viejo. Ya me voy.

—¿Adónde vas? Si acabas de llegar.

—Mija, no me hagas burla.

Papá me pone una caja de madera en la mano. Es su caja de dominó de la buena suerte, un ataúd de madera con una tapa que se desliza por encima. Es tan ligera como si contuviera un pájaro muerto.

—Ábrela, anda, es para ti.

Adentro, envueltas en papel de china azul, mis trenzas, las de Querétaro. Las han tejido en una cola de caballo en lugar de las dos trenzas que la señorita había recortado.

—Las mandé a que lo hicieran un postizo —dice papá con orgullo.

El cabello es de un extraño color castaño claro que ya no se parece a mi cabello ahora. Lo han peinado de manera que se riza un poco en espiral, o quizá ése fue una vez mi ondulado natural, ¿quién sabe?

—¿Eso quiere decir que ahora ya soy mayor de edad?

—Siempre serás mi niña. Papá dice esto con tanto sentimiento, que se ve forzado a sacar su pañuelo y sonarse la nariz. —Ay, Lala. La vida nunca sale como la planeas. Quería tanto para ustedes. Ojalá hubiera podido darles más a mis hijos.

—No, papá, nos has dado mucho.

—Trabajé duro toda la vida, y no prosperé. Y ahora mírame. El rey de las fundas de plástico.

—No, papá, siempre nos has dado tanto. Ni muy poco, ni tanto, tanto. Nos has enseñado cosas maravillosas. La necesidad. Hemos tenido que arreglárnoslas. ¿Cómo podríamos haber aprendido esa valiosa lección? Ser dadivosos. Ser dignos de confianza y ayudarnos unos a otros, porque somos familia. Estar orgullosos de nuestro trabajo. Y trabajar duro. Eso nos has enseñado. Has sido bueno y amable. Has sido un padre maravilloso, un rey. Y somos tu reino: tus hijos.

—Mija, crees que lo sabes todo, pero tengo algo que confesarte. Te lo digo, porque quiero que te cuides, Lala. Cuídate. Somos Reyes, nosotros no somos perros.

Siento un apretón en el corazón. Ya sé lo que me va a decir. ¡Me va a decir de mi media hermana! No puedo verlo a los ojos. Empiezo a juguetear con el fleco del rebozo caramelo enlazado sobre mis hombros.

—Se trata de... tu abuela.

—¡Mi abuela!

—Cuando era muy joven, prácticamente de tu edad, concibió un hijo. A mí. Y lo hizo por amor, antes de que se casara, quiero decir. Cuando mi papá se enteró de que ella estaba esperando, quiso huir, pero tu bisabuelo fue quien le recordó que somos Reyes, no somos perros. Piénsalo. Mi papá era sólo un chamaco, pero gracias a Dios tu bisabuelo tuvo la sabiduría de los años para recordarle a su hijo su obligación. Y te lo digo para que me escuches. Soy más viejo, he cometido muchos errores, Lala. No eches a perder tu vida, no desperdicies ni un sólo día. No cometas imprudencias que luego te dejen enfurecida y amargada y triste más adelante cuando seas vieja. No quieres tener remordimientos, ¿verdad? Más sabe el diablo...

—Por viejo que por diablo. Ya sé, ya sé, lo he oído un millón de veces. Pero... ¿no hay algo *más* que necesitas decirme, papá?

—¿Qué más hay por decir?

Quería hacerle preguntas sobre la niña Candelaria, mi hermana. Sobre su otra hija, la que procreó antes de que todos nosotros naciéramos, cuando éramos mugre. Quiero enterarme de Amparo, de su hija. *Toda la vida has dicho que soy «la única hija», papá. Has regañado a mis hermanos y les has dicho que me tienen que cuidar porque soy su «única hermana». Pero no era cierto, papá. ¿Por qué dirías una mentira? ¿Y acaso fue una mentira sana? ¿Y si no fue así, entonces qué fue?*

*¿Por qué no fuiste un caballero? Creí que no éramos perros. Creí que éramos reyes y que debíamos comportarnos como reyes, papá. ¿Y por qué el abuelito no te recordó de tu responsabilidad si él era tan feo, fuerte y formal? ¿Por qué no me lo dices, papá? Yo lo comprenderé. Palabra de honor.* Pero no digo ni una palabra.

Pienso en locuras. En cómo podría contratar a un detective. Como podría poner un anuncio en el periódico. *En la colonia Industrial en los años cuarenta y tantos una lavandera llamada Amparo tuvo a una niña llamada Candelaria. Si conoce su paradero...* Cómo quizá miles de hijas de lavanderas aparecerían, una larga fila de hijas reclamando ser mi hermana, contando historias más melodramáticas que cualquier telenovela. Las lágrimas entrecortadas por el hipo, las caras de las mujeres morenas como las caras de las sirvientas extraviadas que aparecen en la televisión. *Si alguien sabe dónde vive esta muchacha, favor de venir y reclamarla.* Candelaria hipando lágrimas, llore que llore. Y alguien conduciéndola a una entrada sin salida y dejándola allí. Y cuando abre los ojos y se da cuenta de que no es un juego, ¿entonces qué? La niña Candelaria con las oscuras cejas andaluces de nuestro abuelo sevillano, la piel más morena y más dulce que la de cualquiera. La niña Candelaria mi hermana, la mayor, y yo la menor.

No debes andar preguntando ese tipo de cosas. Hay historias que nadie está dispuesto a contar.

Y hay historias que no estás dispuesto a contar. Quizá papá tenga sus propias preguntas. Quizá quiera saber, o no saber, de mí y Ernesto, pero no pregunta. Somos tan mexicanos. Tantas cosas sin decir.

Tengo miedo, pero no puedo hacer nada sino mirar al miedo a los ojos. Me llevo las puntas del rebozo caramelo a los labios, y, sin siquiera darme cuenta, estoy mordiendo el fleco, su sabor a calabaza cocida tan familiar y reconfortante y bueno, recordándome que estoy ligada a tanta gente, tanta.

Quizá está bien que no pueda decir, «Lo siento, papá» y papá no me diga, «Te perdono». Quizá no importa que papá nunca le dijo a mamá, «Perdóname», ni que mamá nunca le dijo, «Te perdono». Quizá está bien que la abuela nunca le pidió disculpas a mamá, «Te hice mal, te ruego me perdones», ni que mamá nunca le dijo, «Eh, olvídalo, ya se me pasó». No importa si a veces no podemos decir las palabras. Quizá mi labor es separar las hebras y anudar las palabras de todos los que no pueden expresarlas y hacer que todo esté bien al final. Es lo que estoy pensando.

Ojalá pudiera decirle a papá: «Te comprendo» o «Te quiero», que es lo mismo. Pero es extraño siquiera pensar en decirlo. Nunca decimos «Te quiero» uno al otro. Como cuando mis hermanos me abrazan, porque casi nunca nos abrazamos, aunque papá nos abraza mucho a cada uno. Y cómo aunque se sienta tan raro que me abracen mis hermanos, que familiar resulta. Su olor como sus almohadas. El aroma a su pelo y su masculinidad, como papá, como su bote de pomada Alberto VO5, que *nunca* me ha gustado, pero esta vez cuando abrazo a papá, ese olor casi me hace llorar.

—Imagínate lo inimaginable—dice papá, mirando hacia la pista de baile a los cuerpos zarandeándose y marchando y meneándose y pavoneándose en un círculo cirquero. —Imagínate lo inimaginable. Piensa en la cosa más increíble que podría pasar y, créemelo, el Destino te superará y saldrá con algo todavía más increíble. Así es la vida. ¡*My Got*! ¡Qué telenovela son nuestras vidas!

Es cierto. La Divina Providencia es la escritora más imaginativa. Las tramas se enrollan y forman espirales, las vidas se entrecruzan, las coincidencias se estrellan, sucesos aparentemente azarosos están entretejidos en nudos, figuras de ochos y lazadas dobles, diseños más intrincados que el fleco de un rebozo de seda. No, no podría inventar esto. Nadie podría inventar nuestras vidas.

La cumbia termina, y de pronto comienza un vals, que dispersa a los que bailan en la pista como una bomba.

—¿Quién pidió un vals?

—Yo —dice papá. —Ven, ahora vas a bailar con tu papá.

—Pero no sé cómo.

—No te preocupes, mija. Así como sea.

Papá se pone de pie y me saca a bailar como el caballero que es. Todo mundo aplaude y nos ceden la pista de baile, lo que de verdad me hace sudar, pero después de un rato me olvido de todos, y cuando finalmente le agarro la onda a esto de bailar valses, un montón de los cuates de papá se paran y nos acompañan, algunos de ellos jalando a sus esposas, y algunos de ellos jalando a miembros más jóvenes de la familia, hasta que la pista de baile se llena de nuevo, primero con algunos que bailan bastante bien, los veteranos, y después con algunos que bailan bastante mal, los jóvenes, pero a nadie le importa, todos se divierten de lo lindo.

—¿Quién es mi niña bonita?

Papá baila como si fuera un jovenazo otra vez, como si fuera el mismo muchacho dando vueltas en los salones de baile durante la guerra, me imagino. El que mamá conoció que era tan creído. La cara ya fláccida y cansada, pero el pelo y el bigote furiosamente negros todavía.

—¿Y que dirías que has aprendido de la vida? ¿Qué te ha enseñado la vida, papá?

—¿La vida? A laborar honradamente.

—¿Y ya?

—Eso es bastante para una vida…

Digan lo que digan, sin importar lo que ha sido la vida de mi papá, la ha vivido lo mejor que pudo, ha trabajado honradamente. Pues bien, cometió algunos errores. Quizá dijo algunas mentiras sanas en su época. ¿Y? Aquí estamos, ¿no es así? Aquí estamos.

—Pero Lala —papá me susurra al oído, —estas cosas que te conté esta noche, mi cielo, sólo a ti te las digo —dice papá, acomodándome el rebozo caramelo en los hombros como debe ser. —Sólo tú has escuchado estas historias, hija, ¿me entiendes? Sólo tú. Sé digna, Lala. Digna. No andes contando esas cosas como los bárbaros, mi vida. Mencionarlas hace que nuestra familia quede como sinvergüenzas, ¿entiendes? No querrás que la gente crea eso, ¿verdad? Prométele a tu papá que no vas a hablar de esas cosas, Lalita. Nunca. Prométemelo.

Miro la cara de papá, esa cara que es la misma cara de la abuela, la misma cara mía.

—Te lo prometo, papá.

*Fin*

# Pilón

*omo el tendero mexicano que te da tu pilón, algo de más que te echa a la bolsa para agradecer tu compra justo antes de que te vayas, te regalo otra historia en agradecimiento por haber escuchado mi cuento...*

En la calle Cinco de Mayo, frente al Café la Blanca, un organillero toca «Farolito». Nacido de una alegre pena, la gente le ofrece monedas por haberles sacudido el recuerdo de un padre, de un ser querido, de un niño con el que Dios se fugó.

Y era como si esa música me revolviera por dentro cosas en un pedazo de mi corazón de una época que no podía recordar. De antes. No exactamente una época, una sensación. Así como a veces uno guarda un recuerdo de imágenes borrosas y redondeadas, pero ha olvidado la única cosa que podría volver a enfocarlo todo. En este caso, había olvidado un estado de ánimo. No un estado de ánimo, una manera de ser, para ser más precisa.

Como mi cuerpo antes no era mi cuerpo. No tenía cuerpo. Estaba tan cercana a ser un espíritu como un espíritu. Era una bola de luz flotando por el planeta. Me refiero al yo antes de la pubertad, ese Río Bravo rojo que tienes que cruzar contigo a cuestas.

No sé cómo es para los niños. Nunca he sido un niño. Pero para las niñas en algún punto entre las edades de digamos, ocho y la pubertad, las niñas se olvidan de que tienen cuerpos. Es la época en que le cuesta trabajo mantenerse limpia, los calcetines siempre bajándosele, las rodillas cacarizas y ensangrentadas, el pelo chueco como una escoba. No se mira al espejo. No es consciente de ser observada. No es consciente todavía de que su cuerpo hace que los hombres la miren. No hay esa sensación de la volatilidad del cuerpo femenino, su tosco peso, la molestia de acarrearlo por doquier. No existe un mundo que te acose por su culpa, ni que te aporreé por él, o te condene a una vida entera de temor. Es la época en que ves a una niña y te das cuenta de que está en su punto más feo, pero al mismo tiempo, más feliz. Está tan cercana a ser un espíritu como un espíritu.

Después ese Rubicón rojo. El nunca poder volver a cruzar. A ese territorio, quiero decir.

Y aunada a esa sensación, revoloteando en las notas de «Farolito», recuerdo tantas cosas, tantas, todas a la vez, cada una distinta y separada, y todas entremezclándose. El sabor de un caramelo llamado gloria en la lengua. En la playa de la Caleta, una niña con piel como cajeta, como dulce de leche de cabra. El color caramelo de tu piel después de enjuagarte al salir de la espuma de Acapulco, el agua salada que te escurre del pelo y hace que te ardan los ojos, el olor a mar crudo, y el mar que te sale de la boca y la nariz. Mi mamá regando sus dalias con una manguera y echándose un chorrito de agua en los pies también, pies indios, gruesos y chatos, como de barro, como las ollas de barro colorado mexicanas.

Y no sé cómo es para los demás, pero para mí estas cosas, esa canción, esa época, ese lugar, se encuentran todas ligadas a un país que extraño, que no existe ya. Que nunca existió. Un país que yo inventé. Como todos los emigrantes atrapada entre aquí y allá.

# CRONOLOGÍA

1519:   Cortés y Moctezuma se encuentran en la Ciudad de México. Bernal Díaz del Castillo, uno de los cuatro testigos presenciales en haber dejado una crónica escrita de la conquista, anota en sus memorias maravillosamente detalladas: «Moctezuma se encontraba sentado en un taburete bajo, suave y ricamente labrado...»

1572:   Fray Diego Durán hace la primera mención publicada del rebozo.

1639:   Las primeras deportaciones. Los primero colonizadores de Plymouth Rock autorizan a que se traslade a los «inmigrantes ilegales indigentes» de su comunidad. Virginia y las Colonias Británicas siguen su ejemplo.

1776:   La propietaria de un negocio de tapicería Betsy Ross, quien luchaba por ganarse la vida, fue abordada por tres hombres sabios para que hiciera una bandera. El resto de esta historia, dicen, pasó a la historia. Investigaciones históricas recientes, no obstante, aseguran que esta anécdota famosa es puro cuento inventado por los descendientes de Ross cien años después de su muerte. Lo que viene a demostrar el poder de un buen relato bien contado.

1798:   La Ley sobre Inmigrantes Ilegales y Sedición prohibe la entrada a «inmigrantes ilegales» que pongan en peligro la paz y la seguridad nacionales, y hace posible su expulsión.

1830–1840:   Inmigrantes católicos, alemanes e irlandeses son atacados. Se forma el movimiento "nacionalista" *Know-Nothing* (o, «No sabemos nada».)

1846:   Estados Unidos invade México. *The Mexican War*, o la Guerra de Intervención Estadounidense, dependiendo de tu punto de vista.

1847:   Los «Niños Héroes» del Castillo de Chapultepec de la Ciudad de México se lanzan a su muerte defendiendo este bastión militar, antes que rendirse ante los invasores estadounidenses que se avecinaban.

1848:   El Tratado de Guadalupe Hidalgo, el fundamento de la educación bilingüe y las papeletas bilingües de votación, se firma al terminar la guerra entre

México y los Estados Unidos. En teoría, protegía los derechos culturales y de propiedad de los mexicanos que optaron por quedarse y convertirse en ciudadanos estadounidenses.

1860–1870:   Se ataca a los nuevos inmigrantes, sobre todo a los chinos e irlandeses. La mayoría de los ciudadanos estadounidenses de origen mexicano son despojados de sus tierras y derechos, y algunos son linchados.

1882:   La Ley de Exclusión a Chinos suspende la inmigración y naturalización de la mano de obra china. Los números de inmigrantes mexicanos aumentan.

1891:   Ley de Inmigración. La primera ley exhaustiva para el control nacional de la inmigración.

1900–1933:   Aproximadamente un octavo de la población mexicana se traslada al norte a los Estados Unidos.

1907:   La depresión económica de los Estados Unidos. El «Pacto de Caballeros» de Teddy Roosevelt prohibe la entrada a trabajadores japoneses. • Francisco Gabilondo Soler, Cri-Crí, el Grillito Cantor, nace en Orizaba, Veracruz; el compositor de trescientas canciones infantiles famosas a través de América Latina y Europa, especialmente la antigua Yugoslavia.

1909:   Un tratado entre México y los Estados Unidos importa a trabajadores mexicanos a California a cosechar la remolacha azucarera.

1911:   Comienza la Revolución mexicana.

1916:   Se envía al General Pershing a capturar a Pancho Villa.

1917:   130 millones de dólares más tarde, las tropas estadounidenses regresan de México con las manos vacías. Estados Unidos importa a trabajadores mexicanos otra vez al enfrentarse a la escasez de trabajadores debido a su ingreso en la Guerra Mundial. • La Ley de Inmigración restringe aún más el ingreso de los asiáticos e introduce requisitos de alfabetismo y un impuesto de 8 dólares por cabeza para entrar. • Los estadounidenses de origen alemán que viven en los Estados Unidos son vistos con sospecha debido a la primera Guerra Mundial. Las comunidades alemanas, una vez separadas entre sí por motivos religiosos, se unen contra el sentimiento anti-germano. El idioma alemán desaparece de los púlpitos y de los letreros de las calles, así como de los periódicos. De la noche a la mañana se izan banderas estadounidenses en los pórticos de los hogares germanoamericanos, y los mayores castigan a los niños por hablar otra lengua que no sea el inglés.

1920:   Termina la Revolución mexicana. • El congreso estadounidense propone un tope al número de inmigrantes mexicanos a quienes se permite la entrada. •

Buster Keaton llena su piscina de champaña para que las burbujas cosquilleen las plantas de los pies de sus invitados. • Se prohibe el charleston en las aceras de Nueva York.

1921: El 14 de noviembre se coloca una bomba en la basílica de la Virgen de Guadalupe en la Ciudad de México, pero, milagrosamente, la tilma no sufre daños. • La Ley de Cuotas Provisionales de los Estados Unidos toma el primer paso hacia las cuotas de inmigración.

1924: La Ley de Inmigración impone el primer sistema de cuotas permanente, predispuesto a admitir a europeos occidentales y del norte, en rigor hasta 1952, establece la única policía nacional del país, la Patrulla Fronteriza de los Estados Unidos, y provee para la deportación de aquellos que se vuelvan una carga pública, que violen las leyes estadounidenses, o participen en presuntos actos anarquistas o sediciosos.

1926: José Mojica, el Valentino mexicano, graba «*Júrame*».

1927: Lupe Vélez y Douglas Fairbanks hacen una película juntos. • En Bélgica, la ex-emperatriz Carlota muere. *Adiós, mi Carlota.*

1928: A consecuencia de los levantamientos de los cristeros y la enemistad post-revolucionaria entre la Iglesia y el Estado, el presidente mexicano Álvaro Obregón es asesinado por una monja católica y un fanático religioso en el restaurante La Bombilla en la Ciudad de México.

1929: La legislación fija el sistema de cuotas, que garantiza el predominio numérico de gente de raza blanca en la población y vuelve un crimen el que un inmigrante ilegal previamente deportado trate de ingresar de nuevo al país. • La bolsa de valores se desploma en los EE.UU.

Años treinta. La llamada «amenaza mexicana» en los primeros años de la Gran Depresión da lugar a una redada y deporta a cientos de miles de mexicanos de los Estados Unidos.

1933: Se consolidan funciones separadas de inmigración y naturalización en el Ministerio de Trabajo, dando origen al INS (Servicio de Inmigración y Naturalización, por sus siglas en inglés).

1935: México inaugura la Carretera Panamericana el 1ro de julio, que atraviesa cañones tropicales, valles, ríos y montañas.

1940: El brillante Gabriel Vargas da inicio a *El señor Burrón o vida de perro*, precursor de la revista de historietas *La familia Burrón*. • Frida se casa con Diego: ¡otra vez! • Decenas de miles de ciudadanos estadounidenses de origen japonés son despojados de sus propiedades e internados en campos de concentración. •

A decenas de miles de refugiados judíos se les niega el permiso de reingresar a los Estados Unidos. • El INS se transfiere al Departamento de Justicia como respuesta a las tensiones internacionales y a la guerra.

1941:   Los Estados Unidos se suma a la segunda Guerra Mundial. La inmigración mexicana se fortalece de nuevo durante la guerra. • Oculta en una casa llamada «la Escondida», Dolores del Río regresa a México porque ama a México, dice ella, pero en realidad es porque el amor de su vida, ese gordo Orson Welles, el único a quien realmente amó porque siempre amamos a quien no nos ama, la había cambiado por otra latina: Rita Cansino o Rita Hayworth, quien cambiará a Orson por el Aga Khan.

1942:   El Programa de los Braceros provee 5 millones de trabajadores mexicanos a los empleadores estadounidenses durante las siguientes dos décadas. • México se suma a los Aliados en declarar la guerra al Eje; El Escuadrón 201 de México, chiquitos pero picosos, se envía al Pacífico.

1943:   Revocación de la Ley de Exclusión a Chinos. • Los «Disturbios de los Pachucos» o los «Disturbios Militares», en Los Ángeles, dependiendo de tu punto de vista; semanas en que los militares estadounidenses dieron caza y tremenda paliza a los pachucos, apareciendo en primera plana en periódicos de toda la nación. • En México, el volcán bebé el Paricutín nace en la milpa de Dionisio Pulido.

1945:   Termina la segunda Guerra Mundial. Los mexicanos ganan más Medallas de Honor del Congreso que cualquier otro grupo étnico. • Estreno de la película de María Félix «La devoradora».

1948:   Tongolele irrumpe en la Ciudad de México.

1949:   La recesión económica ocasiona redadas masivas de trabajadores indocumentados. La Guerra Coreana pone fin a la recesión, pero después de la guerra, en los años de 1953 a 1955 da comienzo otra redada de mexicanos debido a otra recesión.

1952:   Ley de Inmigración. Continúan las cuotas en cuanto a país de origen, así como cuotas para inmigrantes calificados cuyos servicios son necesarios.

1953:   Se nombra comisario del INS a Joseph M. Swing, quien profesa «odiar profesionalmente a los mexicanos desde hace mucho». Un ex-soldado de la expedición de Pershing que intentaba dar caza a Villa en 1916, solicita 10 millones de dólares para construir una barda de 150 millas de largo para no dejar entrar a los mexicanos. Rastreos militares a mediados de los años cincuenta someten a los mexicanos a redadas, arrestos y campañas de deportación.

1957:   Un terremoto sacude la Ciudad de México.

1963:   Elvis encuentra *Diversión en Acapulco*, se tira clavados de los acantilados de la Quebrada, es perseguido por Úrsula Andrews y una torera mexicana, y termina la película cantando «*Guadalajara*»» con una bola de mariachis.

1965:   Enmiendas a la Ley de Inmigración y Nacionalidad. Revoca las cuotas por origen nacional. Establece un sistema de unificación familiar. Se establece un límite de 20,000 por país para el hemisferio oriental, y se establece por primera vez un tope para el hemisferio occidental.

1973:   Las tropas estadounidenses salen de Vietnam. Los soldados chicanos reciben el mayor número per cápita de medallas por valentía en la Guerra de Vietnam. También mueren en números desproporcionados.

1976:   Enmiendas a la Ley de Inmigración y Nacionalidad. Limita a 20.000 el número de visas legales expedidas a inmigrantes mexicanos cada año.

1980:   Ley de Refugiados. Establece el primer procedimiento permanente para admitir a refugiados; definido de acuerdo a criterios internacionales.

1985:   Un terremoto grave arrasa la Ciudad de México.

1986:   Ley de Control y Reforma de Inmigración. Se sanciona a los empleadores por contratar a inmigrantes indocumentados a sabiendas. Se crean programas de legalización; amnistía a extranjeros que pueden comprobar que han residido en los Estados Unidos de manera continua desde 1982. Aumenta la aplicación de la ley en la frontera.

1990:   La Ley de Inmigración aumenta el tope de inmigración legal en un 40 por ciento, y establece, entre otras cosas, condición de protección temporal para aquellos que corren peligro debido a un conflicto armado o a desastres naturales en su país de origen. • El compositor mexicano Francisco Gabilondo Soler, Cri-Crí, muere el 4 de diciembre.

1994:   Zapata no está muerto, se levanta de nuevo en Chiapas.

1996:   Detención obligatoria a cualquiera que busque asilo en los Estados Unidos sin documentos válidos. Mayor aplicación de la ley en la frontera. Se construye una barda triple de catorce millas al sur de San Diego, y se aumenta la pena por pasar de contrabando a trabajadores indocumentados a los EE.UU., así como por usar documentos falsos. • Lola Beltrán, la gran cantante de rancheras mexicanas, muere el 26 de marzo. A pesar de que ya en vida era una leyenda, tuvo una actuación en el Palacio de las Bellas Artes en la Ciudad de México sólo unos años antes de su muerte, y el auditorio estaba medio vacío.

1997:   El grupo bipartidario asesor de la Comisión sobre Reforma Migratoria, designada por el Congreso y el presidente en 1990, recomienda abolir el INS y repartir sus funciones a otras agencias federales.

2000:   El censo revela que los inmigrantes latinos y asiáticos, sus hijos y nietos, están transformando los pueblos pequeños y las grandes ciudades en el corazón de los Estados Unidos.

2001:   El Subcomandante Marcos y los zapatistas marchan a la Ciudad de México en defensa de los derechos indígenas. • Los braceros mexicanos entablan una demanda por pagos atrasados, retenidos desde los años cuarenta. • El Banco Mundial calcula que 1.2 millones de personas alrededor del mundo viven con menos de un dólar al día, 75 por ciento de ellas mujeres. • A raíz del ataque de las torres gemelas de World Trade Center, los Estados Unidos restringe aún más sus fronteras.

2002:   El papa Juan Paulo II canoniza a Juan Diego como santo a pesar de la controversia de si Juan Diego existió alguna vez. Algunos mantienen que él era simplemente una historia que se les contaba a los indios para convertirlos y alejarlos de su devoción a Tonantzín, la diosa azteca de la fertilidad. • María Félix, la diva del cine mexicano, estrella de *El rapto* y ex esposa de Agustín "María Bonita" Lara, muere a la edad de 88 años en la Ciudad de México. Su cortejo fúnebre del Palacio de las Bellas Artes al panteón francés causa pandemonio en las calles.

Por todo el mundo, decenas de millones abandonan sus hogares y cruzan fronteras ilegalmente cada año.

*¡Ya pa' qué te cuento!*

# AGRADECIMIENTOS

Escribir este libro ha sido como realizar una peregrinación a Tepeyac desde Chicago. De rodillas. Muchos me ofrecieron casa y comida en el camino y con todos ellos estoy agradecida. Un agradecimiento especial a mis amigas Bárbara Renaud González, Josie Méndez-Negrete, Josie Garza y Ellen Riojas Clark. A Bert Snyder, gracias por mi dosis diaria de *Vita-Berts*. ¡Una *Vita-Bert* al día previene el bloqueo mental del escritor! A Ito Romo y Gayle Elliott por llevarme en carro por la ruta que mi padre manejaba de Chicago a San Antonio, gracias. Gracias a Dorothy Allison y Eduardo Galeano por el maná y el agua de sus palabras. Gracias a los ángeles que mantuvieron mi casa ordenada mientras yo estaba de viaje. Juanita Chávez y Janet Silva, Armando Cortez, Mary Ozuna, Daniel Gamboa, Roger Solís y Bill Sánchez. Gracias también a Reza Versace por nutrirme en cuerpo y espíritu.

En cuanto al trabajo de investigación estoy en deuda con varias personas por sus testimonios e indagaciones. Primero, el primo de mi padre, mi querido tío Enrique Arteaga Cisneros, hombre de letras, cuyas páginas me ayudaron para inventar el mundo de «cuando era mugre». Al Sr. Eddie López por compartir sus documentos personales sobre la segunda Guerra Mundial, y a su esposa, la Sra. María Luisa Camacho de López, por sus invaluables conocimientos sobre rebozos. Mario y Alejandro Sánchez ayudaron con la investigación bibliotecaria. El historiador Steven Rodríguez revisó mis referencias históricas. Me gustaría también agradecer a mis amigos Gregg Barrios y Mary Ozuna por sus recuerdos de San Antonio a principios de los años setenta, y gracias también a mi cuñada Silvia Zamora Cisneros por sus recuerdos de Chicago durante la misma época. Garret Mormando, Pancho Velásquez, Marisela Barrera y César Martínez, gracias por sus conversaciones que me permitieron robar de su pasado. Liliana, te debo por la historia del abuelo. Las madres espirituales Elsa Calderón y la Sra. Camacho de López proporcionaron las oraciones. Los correctores de prueba del control de calidad: Ruth Béhar, Craig Pennel, Liliana Valenzuela, Ito Romo, Norma Elia Cantú, Barbara Renaud González y Ellen Riojas Clark. ¡Gracias! El personal tan paciente de Mail Boxes Etc. en West Avenue sobre Blanco en San Antonio, Texas, merece que le de las gracias en público por sus excelentes cuidados con este manuscrito y conmigo. Gracias a Felicia, Dorothy, Connie, Jeffrey y Priscilla. Gracias, María Herrera Sobek, por la investigación de las canciones.

461

# AGRADECIMIENTOS

Un escritor es solamente tan bueno como sus revisores. Estoy en deuda con Dennis Mathis, quien me acompañó en la peregrinación de principio a fin. Ito Romo y Alba de León fueron mis coyotes por la frontera, y Liliana Valenzuela fue mi guía hacia el interior de México. Susan Bergholz, la agente literaria/ángel de la guarda que nunca duerme, leyó estas historias mientras yo dormía, y me las mandaba de vuelta con sus comentarios antes de que reanudara mi viaje a la mañana siguiente. Gracias a la santísima Robin Desser, mi editora en Knopf, cuya absoluta fe en mí me impulsó tambaleándome hacia adelante.

Agradezco a mi familia en Chicago por aceptar pacientemente la distancia y el silencio que este libro requirió. Agradezco a mi familia espiritual en San Antonio por lo mismo.

El epígrafe de este libro, «Cuéntame algo...» es cortesía del libro de Ruth Behar, *Translated Woman* (Beacon Press, 1993, p. 18).

Doy gracias a las ánimas solas, mis compañeras escritoras por hacer sonar sus cadenas en señal de apoyo. Denise Chávez, Julia Alvarez, Norma Elia Cantú, Norma Alarcón, Helena Viramontes, Sonia Saldivar-Hull, Tey Diana Rebolledo. Gracias a todas, todas.

Me gustaría agradecer a la Fundación John D. y Catherine T. MacArthur por su asistencia, alas que permitieron que el manuscrito se hiciera al vuelo y se convirtiera en el libro que vislumbré en mi corazón.

Hay muchas personas, muchas circunstancias en mi vida que me permitieron convertirme en una escritora, pero vale repetir aquí cinco elementos principales. La oposición de mi padre a mi vida como escritora. El apoyo a mi decisión por parte de mi madre. La Biblioteca Pública de Chicago. Dennis Mathis, el amigo más maravilloso y mi mentor literario. Susan Bergholz, mi agente, quien soñó más allá de mis sueños y me permitió ganarme el sustento con mi pluma. Quedo en deuda con todos ellos.

Durante la década en que estaba escribiendo *Caramelo*, estas vidas se deslizaron por la frontera de esta vida a la siguiente: Thomasine Cordero Alcala, Eulalia Cordero Gómez, Efraín Cordero, Joseph Cordero, Dolores Damico Cisneros, James P. Kirby, Gwendolyn Brooks, Carolyn Schaefer, Jeana Campbell, Marsha Gómez, Arturo Patten, Jerry Mathis, Albert Ruíz, Kevin Burkett, Kip, Danny López Lozano, Drew Allen, Paul Hanusch, Emma Tenayuca, Libertad Lamarque, Federico Fellini, Lola Beltrán, Astor Piazzola, Wenceslao Moreno, Manuela Soliz Sager, José Antonio Burciaga, Ricardo Sánchez, Jim Sagel, Eugene P. Martínez, Héctor Manuel Calderón, Jozefina Martinovic Karaula, María Félix, Peggy Lee y mi padre, Alfredo Cisneros del Moral. Innumerables personas cuyos nombres desconozco mueren cada día tratando de cruzar fronteras a través del globo. Mientras terminaba este libro, miles de personas murieron en el desastre del 11 de septiembre de 2001. Miles de muertes llevaron a estas muertes, y, me temo, miles les seguirán. Cada una conectada a la otra. Con ellas muere una multitud de historias.

A la Virgen de Guadalupe, a mis antepasados. Que estas historias los honren a todos.

## NOTA A LA TRADUCCIÓN: EL REVÉS DEL BORDADO

Al igual que los personajes de Guillermina, la tejedora de rebozos que deja su rebozo caramelo inacabado, y Encarnación Henestrosa, quien con hilo rojo borda paisajes que calan hasta los sueños, Sandra Cisneros ha tejido un intrincado y fino bordado. En *Caramelo*, Cisneros borda rosetones con hilos dorados y punto de cruz con hebras de seda con su prosa sensual y minuciosa. Su aguja entra y sale por la manta, entretejiendo palabras en brocados, creando relieves y flecos, en ocasiones hasta haciendo zurcidos invisibles. Cuando comencé a traducir *Caramelo*, la novela de Sandra Cisneros, me sentí tan maravillada como abrumada ante la magnitud y complejidad de la empresa. Mi madre, quien solía hacernos trajes de flamenco de lunares con varios olanes o vestidos de fiesta en un santiamén y se sabía nuestras medidas de memoria, me preguntó si alguien me podría ayudar. Le respondí que esto era algo imposible, ya que hay que mantener un estilo propio, un mismo ritmo y una misma musicalidad de principio a fin. Ella, comprensiva, agregó que era como cuando alguien te quiere ayudar con un tejido y le queda más apretado o más flojo que el tuyo, y se puede reconocer que alguien más te ayudó.

La traducción al español es otra versión de este bordado. El propósito de este epílogo es mostrar las opciones que elegí como si fueran las costuras al reverso del bordado, no aparentes a primera vista, pero que se encuentran ahí de todos modos, con sus nudos y retazos en hilos de colores.

Jugar con las palabras es parte de mi oficio de poeta, y esto me permitió moverme con libertad para seleccionar la palabra justa. La autora me dio licencia poética para usar la imaginación y recrear la obra, mientras le causó alegría contar con la traducción de una compañera poeta. También por el hecho de ser mexicana, originaria de la Ciudad de México, así como habitante de la frontera de los Estados Unidos, pude comprender mejor el mundo que Cisneros describe en la novela, mundo que ambas compartimos. Mis estudios de antropología y folclor también fueron herramientas valiosas para ayudarme a interpretar y a traducir el complejo contexto cultural y social de los personajes.

Un traductor es quizá el lector más cercano que una obra pueda tener y, como tal, viaja al interior del mundo de la autora y lo habita por completo durante varios meses. Ése ha sido mi privilegio. Al traducir su lenguaje poético —la estructura a veces mínima, a veces compleja de sus oraciones, sus símiles y metáforas tan bien logradas— he ingresado en un mundo mágico y a la vez real en el cual los personajes viven y transitan por dos mundos, dos culturas y dos lenguajes. Mi intención fue la de lograr que los lectores en español sintieran el mismo asombro y admiración que sentí por el original desde que llegó a mis manos.

La autora chicana Sandra Cisneros, de madre chicana (de origen mexicano nacida en los EE.UU.) y padre chilango (originario de la Ciudad de México), emigrado a los EE.UU. en su juventud, nos lleva de la mano por un mundo que es en su gran mayoría en inglés, pero en el que, sin embargo, se usa una cantidad inusitada de palabras y frases, de sintaxis y modismos en español. Nosotros, los lectores bilingües de aquellos espacios fronterizos de los EE.UU., reconocemos instantáneamente esa realidad que existe al margen de la realidad imperante y que nosotros vivimos como propia. Cisneros reproduce fielmente la completa naturalidad con que los habitantes de estas comunidades fronterizas sintetizan un lenguaje formado de palabras en inglés y español, el cual refleja una realidad auténtica y con una personalidad inconfundible.

Aún en un grado mayor que *El arroyo de la Llorona*, libro que también traduje, en *Caramelo* Cisneros le ofrece al lector en inglés una experiencia bilingüe y bicultural sumamente rica y auténtica. En vez de traducir del español a un inglés idiomático, Cisneros crea un efecto novedoso al traducir literalmente ciertas frases, tales como «*What a barbarity!*» (¡Qué barbaridad!), o «*Not even if God commanded it!*» (¡Ni que Dios lo mande!) y dichos populares: «*He who is destined to be a tamale, will find corn shucks falling from the sky*» (Al que nació para tamal, del cielo le caen las hojas). Este recurso de traducir literalmente expresiones muy mexicanas al inglés produce un efecto de extrañeza en el lector que lee la obra en inglés, y le abre un universo de sensibilidades y de formas de pensar muy distintas a las suyas. La manera en que sumerge a sus lectores en este mundo híbrido o mestizo por excelencia, de referencias culturales dobles (por ejemplo, el padre tiene un bigote «como de Pedro Infante, como de Clark Gable») es magistralmente innovadora.

Para recrear este mundo de referencias culturales dobles para el lector en español, elegí el español mexicano en los diálogos, insertando algunos términos y expresiones en inglés que aun el lector monolingüe sea capaz de interpretar en la lectura con la ayuda de otras pistas. Recrear este lenguaje de la frontera, de la manipulación de códigos lingüísticos que se suceden a menudo a una velocidad vertiginosa en personas que habitan dos mundos a la vez, ha sido mi meta.

Especialmente en los diálogos, me he permitido el uso de regionalismos, arcaísmos, expresiones o términos no aceptados en la lengua estándar, incorrecciones comunes de la lengua hablada, así como del mal llamado español «pocho» de los chicanos en los Estados Unidos. Cisneros no sólo enfatiza las diferencias entre el español y el inglés, sino también los prejuicios y diferencias entre los que hablan el español de México y los que hablan el español mezclado con inglés de la frontera o del interior de los Estados Unidos. Por consiguiente, la voz de Zoila en la traducción representa en la literatura mexicana e hispana una incursión innovadora de esta mezcla del español con el inglés. No sólo es su voz chicana, sino también pertenece a la clase trabajadora.

Cisneros también usa la pronunciación fonética de un inmigrante tratando de hablar inglés (por ejemplo, cuando el padre dice: «*Oh, my Got*», «*Hell you...*», «*Full of sheet*»), que yo he tratado de volcar a un inglés fonético desde el punto de vista del español: «*Hell yu... Ful of chitu*»), Cisneros incluso usa las traducciones literales de las expresiones que el padre inventa, aun cuando éstas no están en conformidad con las reglas gramaticales del inglés, como «*No worth the money, but they help a lot*» (El dinero no vale, pero ayuda mucho). El hecho de que muchos de los títulos de capítulos estén en español en la obra original dice mucho en cuanto al grado de bilingualismo que la autora ha buscado en ésta, su obra más compleja y madura hasta la fecha.

También he buscado recrear la voz poética de la autora, con sus elegantes cadencias, su aliteración y sus asonancias, la intrincada y elaborada estructura de sus oraciones que van de la micro oración que consiste de una sola palabra hasta la oración larga que tiene la extensión de un párrafo. Abundan también las onomatopeyas, propias de la voz de la niña Lala en la primera sección, pero las cuales también aparecen en otras secciones. Con el permiso de la autora, cuando no he podido reproducir exactamente los mismo sonidos de aliteración y asonancia en una sección, he buscado otros sitios en donde crear un eco de estos elementos poéticos.

Cada voz representó un reto único y traté de mantener el lenguaje en el registro más adecuado para el narrador. Al principio encontramos la voz de Lala cuando niña, así que mantuve un lenguaje sencillo y directo. Más adelante Lala ya es adulta, una voz en ocasiones omnisciente, que es ayudada por la voz del espíritu de su abuela, de manera que utilicé un lenguaje más sofisticado y un vocabulario más amplio. Y en la tercera parte, Lala es una adolescente que adolece de; por lo tanto, su voz usa más modismos y el lenguaje de la juventud de los años setenta.

Aún más aguda y subversiva a partir del renombre que ha ido adquiriendo en la última década como una de las mayores exponentes de la literatura chicana, los narradores de Sandra Cisneros emergen de los márgenes y presentan un reto al discurso dominante. La traducción no puede menos que buscar la relación inversa pero proporcional, para invertir así también los códigos lingüísticos del español.

Aunque elaboré este tejido de principio a fin, muchas personas me ayudaron a encontrar palabras y expresiones que no se encuentran en los diccionarios. Pues así como la autora realizó un gran trabajo de investigación y hasta podría decirse de etnología al rescatar de la tradición oral la manera de hacer rebozos, al igual que las costumbres y dichos mexicanos, yo también tuve que investigar los términos más apropiados hablando con la gente. Quedo en deuda con muchas personas, en especial con mis padres, a quienes molestaba frecuentemente con una letanía enorme de preguntas, tales como *kick pleat skirt* (falda ajustada con tablón de abanico en la parte de atrás) o *scrolled molding* (medallones de yeso), pero quienes curiosamente esperaban gustosos mis llamadas. Mi hermano, el arquitecto, una vez me contestó una pregunta «a vuelta de emilio» desde un café internet en Tailandia. Mi hermana, la música, intentó recordar la canción del Oso Yogui y me recordó el nombre de *Eeyore* en español (Igor); mi hermana, la pintora, me aclaró cuál era el color *chartreuse*. Ni hablar de la invaluable ayuda de nuestra mutua amiga Bárbara Renaud González, quien enriqueció los diálogos chicanotejanos de Zoila y Mars. Mis colegas y amigos Carolina Valencia y Tony Beckwith me ayudaron generosamente a corregir y refinar los capítulos más difíciles. Los jardineros de Sandra Cisneros, Bill Sánchez y Roger Solís, nos ayudaron con la palabra regional para *canna lillies* (coyoles). Gracias también a José Lucas

Badué, Annette Granat, Rodolfo Ybarra, Angélica Martínez, Ana Rosas y Silvia Fernández. Y por supuesto, les agradezco a mi esposo George, e hijos, Sophie y Diallo, su paciencia y cariño. Le estoy infinitamente agradecida a Sandra Cisneros, quien me ayudó con cuestiones de significado que sólo la autora podría pescar, con su recuerdo nítido de lo que algunos personajes habían dicho o cómo lo habían dicho, y asimismo con su oído de poeta para lograr que ciertos pasajes cantaran tan melodiosamente como en el original.

Toda estrategia implica asimismo riesgos y responsabilidades. Yo los asumo plenamente con la esperanza de que he logrado representar las intenciones de la autora y que he reflejado sus valores estéticos lo mejor posible. Con la ayuda de muchos he hilvanado todas las hebras y creado un todo armónico. Reconozco que puede haber tantas traducciones como traductores, cada uno ofreciendo su propia interpretación de una obra. Por mi parte, y en colaboración con la autora, es un honor ofrecer a los lectores de habla hispana una versión fidedigna, a mi leal saber y entender, de una novela que seguramente habrá de enriquecer la literatura chicana y el acervo cultural de todos los latinos y, por ende, la literatura estadounidense y mundial.

—*Liliana Valenzuela*

*Nota de imprenta*

*Este libro fue compuesto en Fournier, un tipo de letra llamado en honor a Pierre Simon Fournier, hijo (1712–1768), un célebre diseñador francés de tipo de imprenta. Proveniente de una familia de fundidores de tipo de imprenta, Fournier fue un diseñador extraordinariamente prolífico de tipos de letra y adornos tipográficos. También fue el autor de la importante tipografía, Manuel (1764–1766), en la cual intentó formular un sistema estandarizado de tipos de imprenta con medición en puntos: un sistema que todavía se usa internacionalmente. El tipo Fournier es considerado de transición ya que se inspiró en el estilo antiguo, más era ingeniosamente innovador, brindando una apariencia elegante y legible. En 1925 la Monotype Corporation of London restableció su tipo de imprenta.*

*Composición: North Market Street Graphics,*
*Lancaster, Pennsylvania*
*Impresión y encuadernación: R.R. Donnelley & Sons,*
*Harrisonburg, Virginia*
*Diseño: Iris Weinstein*